陳舜臣 著
卞立強 譯

鴉片戰爭 上

一本小說式的歷史史實書

本書在日本暢銷數十年，曾被東京大學作為學習近代史的指定教材。

五南圖書出版公司 印行

中文版自序

亞洲近代史的開端

《鴉片戰爭》對我來說，是記載著青春時代的書。這部書是我三十年前的作品，不是那個時候的我是絕對寫不出來的。隔了三十年再回頭重讀這部書，想重寫的地方實在非常多，可是如果一改，那麼當時亮眼的部分必定也會同時消失。因此，我再三考慮，決定還是保留原貌。

十九世紀下半葉，是中國知識份子懷抱危機意識的時代。他們成立了「宣南詩社」，其中包括林則徐，還有龔自珍、魏源等成員。這些人所散發出來的熱情，對我來說十分具有魅力。

魏源所著的《海國圖志》，給予日本幕府時代末期有識之士深切的影響力，其資料便是由被貶謫新疆途中的林則徐手中親自取得，由此可見，「鴉片戰爭」不只對中國影響甚鉅，對日本也一樣。

亞洲的近代是由「鴉片戰爭」開始的。針對這場戰爭，我們實在需要由各種角度來重新檢討。這部書雖然是小說體裁，可是骨架卻是十足的歷史。

從開始撰寫以來，我就懷著讓更多人來讀這部書的期望，迄三十年之後的今天仍然沒變。此時，只要一想到故鄉的人們也會讀它，忍不住就會興奮起來，這感覺就像給了年輕時代的我極大的鼓舞。

陳舜臣

主要登場人物

連維材：白手起家創建了廈門大商號金順記。不但是位充滿活力的商人，同時也是對世界趨勢觀察敏銳的知識份子。

溫　翰：傑出人物，金順記的大掌櫃。在連維材十七歲、被名門連家所經營的金豐茂驅逐時也跟著一起離開。在林則徐會試中進士後，一直扮演著其幕後支持者的角色。

連同松：廈門名門連家嫡子，和連維材是同父異母的兄弟，也是金豐茂的主人。

陳化成：號蓮峰，是個稚氣洋溢具反差的猛將。鴉片戰爭時任江南提督，後在吳淞戰死。

關天培：不善於表達喜怒哀樂的猛將，蓄著美髯，身材高大。與林則徐有著極佳的友情。其在鴉片戰爭時任廣東水師提督，後不幸殉職。

龔自珍：號定庵，公羊學者，同時也是大詩人。生性多情，與軍機大臣穆彰阿的愛妾關係親密。

休・漢米爾頓・林賽：東印度公司幹部，中文名為胡夏米。

查理斯・歐茲拉夫：澳門新教教會傳教士，精通中文，舊譯郭士立。

溫　章：金順記大掌櫃溫翰的獨子。

溫彩蘭：溫章的女兒。其從小被寄養在主人家，與連維材的四個兒子一起長大。

哈利・維多：原為東印度公司職員，後被廣州夷館墨慈商社挖角。

石田時之助：原為日本商船的警衛，在海上漂流被救而與溫章認識，住進金順記，後來成為林則徐的幕僚。中文名字為石時助。
余太玄：金順記的食客、拳法家。
林則徐：字少穆。在鴉片弛禁論和嚴禁論的爭辯中，其所持的嚴禁論深獲道光帝之心，特命其為欽差大臣，授與全權，實施鴉片嚴禁。
連統文：連維材的長子，生性豪放。
連承文：連維材的次子，生性浪蕩，嗜吸鴉片，後被其父囚禁，最終戒掉毒癮。
連哲文：連維材的三子，立志成為畫家。
連理文：連維材的么子，最像父親，後來進龔定庵之門學習。
招綱忠：林則徐的幕僚，雖無行政能力，在人際關係的處理卻十分拿手。
王舉志：遊俠的大首領，頗有光風霽月的胸懷，被眾人尊稱為王老師，年紀很輕。他受林則徐委託，集結「山中之民」的力量。
吳鐘世：龔定庵等公羊學派人士聚會地點——不定庵的主人，也是林則徐的幕僚之一，常在北京擔任情報蒐集工作。
穆彰阿：朝廷中權力最大的軍機大臣，持鴉片弛禁論而與林則徐對立。
李默琴：穆彰阿之妾，因接受龔定庵詩文的刪修、指導，而與其有親密的男女之情。
李清琴：默琴之妹，為了刺探林則徐、連維材的動向，而親近石田時之助和連哲文等人。
辰　吉：與石田一起漂流的少年，被溫章視同家人般看待，長住中國，後改姓王。
久四郎：曾是京都和服店的代銷業務員，中文名字為林九思。

伍紹榮：廣州十三行總商（理事長）怡和行主人伍元華之弟。很有骨氣，繼承兄長之職，成為對外貿易商之最高領袖，被稱為浩官。

西　玲：印度帕斯族錢莊商人的女兒，雖是連維材的情婦，但個性自由奔放，也大膽地與有名仲介商彭祐祥、伍紹榮等人交往。

簡誼譚：西玲之弟，在金順記工作，因為與人口角而離開，到處惹事。後來在廣州做買辦，與連承文聯手做變造鴉片的生意。

威廉・墨慈：接替英國東印度公司，大力招攬新興資本家投資遠東的商人。

道光帝：清朝第八代皇帝，廟號宣宗。

奕　譞：道光帝之四男，日後成為咸豐帝。

王　鼎：漢族軍機大臣，是個正義凜然的熱血漢子，以氣節而獲得他人尊敬。也是林則徐的擁護者。

曹振鏞：奉慎重、仔細為政治要諦，為最年長的軍機大臣；也是極端的文字至上主義者。

藩耕時：昌安藥鋪主人、穆彰阿心腹。穆彰阿就是經由藥鋪後門與愛妾默琴相通。

魏　源：與龔定庵並列為公羊學派巨擘。對海防、鹽政、河運等，都有深入了解的經世濟民學者。

鮑　鵬：英商顛地商社之買辦，替廣州高官們增殖財產，深獲信任。在琦善對英交涉中也得到重用。

律勞卑：極具功名心的軍人外交官，後來成為新成立的駐清商務監督之首席，作風強硬。

梁章鉅：林則徐支持者之一，鴉片戰爭時為廣西巡撫，以金石學著名於世。

予厚庵：徵稅高手，具有超群才能的經濟官員，林則徐的幕僚之一。鴉片戰爭時任廣東海關監督。

王　玥：湖廣道監察御史，曾向道光帝上奏鴉片弛禁論。

許乃濟：太常寺少卿，曾向道光帝上奏鴉片弛禁論。

黃爵滋：鴻臚寺卿，與林則徐、龔定庵、魏源等有深交的少數直諫之士。以《黃鴻臚奏議》勸導道光帝採鴉片嚴禁論而出名。

鄧廷楨：在廣州首倡弛禁論，後來悔悟，因此終生不再支持此論。鴉片戰爭時，與林則徐合力共度難關。

查理斯・義律：勇敢的英國商務總監督。繼堂兄喬治・義律後，受命為總司令官兼特命全權大使，最終使清朝屈服。

喬治・義律：查理斯・義律之堂兄，英國艦隊總司令官兼特命全權大使，因與堂弟意見不和而回國。

韓肇慶：被稱為「取締鴉片的名人」，走私者如果向他賄賂則不會被抓，他自己也以走私鴉片而獲利。是個體態肥滿、不像軍人的副將。

錢　江：慷慨任俠之士。鴉片戰爭時，自願成為眾矢之的而被流放新疆。

何大庚：林則徐的幕客，主要擔任文書工作。

怡　良：江蘇按察使、布政使，曾幫助時任江蘇巡撫的林則徐，是林則徐的老朋友，後來成為廣東巡撫。

琦　善：直隸總督，屬穆彰阿一派。在欽差大臣任內以割讓香港來處理鴉片戰爭。

查　頓：原為東洋航路的船醫。與馬地臣合組查頓馬地臣商社，活躍於對清貿易，被稱為「鴉片王」。

馬地臣：是廣州外國人的智囊。

伊里布：鴉片戰爭時，任兩江總督兼欽差大臣。因與英國談和而被撤職。

耆　英：由熱河都統做到盛京（奉天）將軍，率領滿洲八旗軍，之後以欽差大臣身份參與鴉片戰爭。

陳連陞：曾是琦善的部下，景仰連維材的先見之明而與其成為知己。抱著「為林（則徐）尚書而死」的壯志，以司令官之位在沙角要塞奮戰。

丁守存：軍機章京。天文曆算之泰斗，也會製造地雷，但對俗事漠不關心，記憶力特強。

奕　山：皇帝的外甥。取代琦善以靖逆大臣成為廣東首腦，最後仍舉白旗投降。

裕　謙：蒙古鑲黃旗人，由江蘇巡撫繼伊里布之後成爲欽差大臣。屬於勇敢、單純的主戰論者，英國人稱其爲「十九世紀的成吉思汗」。

余步雲：由一名義勇兵卒成爲浙江提督。相信自己是幸運兒，對英軍卻連戰連敗，是鴉片戰爭中唯一被判死刑者。

目錄

第二部

第三部

第一部

望潮山房的主人

那艘船來了！

連維材走到窗前，風平浪靜的金門灣海面上，陽光燦爛、波光粼粼，水天相接處已經出現了船影。他用望遠鏡一看，立刻明白就是「那艘船」。有三根桅杆，噸位可能是兩千噸，是道地英國製造的東印度型洋帆船。連維材凝視著它，也極力抑制著心底的興奮。

「新的時代就要到來了！」他自言自語地說。

1

清道光十二年三月二日（西元一八三二年），地處亞熱帶的福建省廈門城，從早晨起就被酷熱的陽光所籠罩。

廈門是由岩石構成的島嶼。島上的名勝，無論南宋大儒朱熹所創的白鹿洞書院，還是大虛法師開基的南普陀寺，無不以奇岩怪石而著稱。

城區的東郊有一座豪宅，庭院裡也羅列著各種奇石。豪宅的大門上並排掛著兩塊匾額——「鴻園」、「飛鯨書院」。字寫得很潦草，很難說寫得好，甚至應該說是敗筆。邊角上署名是「定庵書」。

路過的讀書人都會抬頭看看這兩塊匾額，看後往往搖頭說：「這麼豪華的宅子，門匾卻寫得如此拙劣。」

這天早晨，一頂轎子從門前經過時，轎簾突然揭開半邊，露出一張眼角下垂的半老男子的臉。

「暴發戶！」此人抬頭望了望宅子說，接著吐了一口唾沫，再猛地放下轎簾。

這宅子是廈門的富商——金順記老闆連維材——的別墅兼家塾。宅子建造在一座山的斜坡上，園內的建築物遠遠看去就像堆疊在一起似的。

《飛鯨書院志》上記載此宅——「依山而建，其形如筆架。」也就是說，這宅子呈階梯狀，就好像擱筆的筆架。這種說法，也好似在賣弄、炫耀它的氣派、奢華。

大門的左邊就是名爲「飛鯨書院」的家塾，其餘部分是連家的別墅。

家塾是四進式的書院，前座爲門樓，二座爲文昌堂，三座爲講堂，後座爲經明閣；兩側的廂房則爲寢室和書庫。書院的名字取自白鹿洞東邊的名勝「玉屏山」，並以此山上的名岩「飛鯨石」而爲名。

書院隱掩在杉樹林中。經明閣的上面還有一座建築物，門上的木匾寫著「望潮山房」四個字，題字的筆跡和連同松宅大門上的匾額一樣。蝴蝶瓦的屋脊向上翹起，外觀是一座中國傳統式建築物，內部卻完全採用西方樣式設計。金順記的老闆連維材和帳房先生溫翰，此刻正在這座山房的一間屋子裡。

連維材打開四面帶有蓮花花紋的玻璃窗，舉著望遠鏡正朝著外面觀看。望遠鏡鏡頭落到大門前正掀開轎簾、仰望宅子的那個半老男子充滿憎惡神情的臉上。

「金豐茂的老闆在大門外吐口水了。」連維材回頭朝著溫翰說道。

「給我看看。」溫翰伸過手來想拿望遠鏡。

「他已經放下簾子了。」

「不，我要看海。」溫翰接過望遠鏡，對著大海看著。

從這座山房可以清楚地看到大海，所以這山房名爲「望潮山房」就是這個緣故。縱目望去，東面是金門，西面是鼓浪嶼，南面有大膽、青嶼、梧嶼各島，一片和平景象。

連維材把手放在額上遮擋住一些陽光。

連維材，四十三歲。濃密的粗眉毛嵌在他那緊綳的微黑臉上，薄薄的嘴唇、尖尖的鼻子，使他全身緊裹著一股嚴峻的氣氛。不過，他的眼睛裡卻流露出一種沖淡這種嚴峻氛圍的溫和眼神，這也可能是他故意顯露出來的。

溫翰剛過六十，辮子已經雪白。厚嘴唇，瞇縫眼，一副平凡臉孔，讓人感覺不像老闆連維材那麼嚴肅。

他倆的相貌完全不同，但兩人確有相似之處，那就是當他們不說話時所造成周遭的那種嚴峻氣氛。看來溫翰本人也很了解這一點，就像連維材極力想流露出柔和的眼神一樣，他也在自己的唇邊經常掛著微笑。

「還沒來嗎？」連維材問道。

「還沒有。」溫翰把望遠鏡轉向下方，「呵！金豐茂……坐在很氣派的轎子裡呢！」

「管他的，他愛坐什麼就坐什麼吧！」連維材輕蔑地說。

接著兩人離開窗邊回到屋子中央。

室內的家具幾乎都是西式的，邊上刻有蔓草花紋的乳黃色穿衣鏡是法國貨，椅子之類是英國製的，桌子是荷蘭商人送的。

東面的牆壁上掛著一幅小型的波斯畫，連維材看著這幅畫。畫中一個戴帽、王子模樣的男子，緊挨著一位躬身的貴婦人；旁邊有三頭鹿在嬉戲。

他轉過身看著西牆，那裡掛著從英國人那裡得來的一大幅世界地圖。

「我一進這間屋子就有無限的活力，就像在火上澆了油一般，熊熊地燃燒起來。」連維材自言自語地說。

「您說得對！」溫翰對連維材說：「在您的面前有一個世界，您和金豐茂的較量早就成定局了啦！」

連維材走到世界地圖前。地圖上大清朝的疆域塗成黃色；印度、美國、歐洲大陸、英國等是淡紅色；鄰近清朝的狹長島嶼是日本，塗成草綠色。

他久久地凝視著地圖。

2

溫翰不知何時又走回窗前舉起望遠鏡朝遠處觀看。他突然大聲說道：「是桂華！她剛進了大門。」溫翰看膩了大海，把望遠鏡轉向下方時，一個正要邁步跨進大門的女子形象進入了鏡頭。

「什麼？是姐姐？」連維材的視線離開了地圖。

他走到山房後面，從竹籠中抱出一隻信鴿。這座山房是不准任何外人隨意進來的，有什麼緊急事情需要和宅子裡的人連繫，一向都利用鴿子。

他把一張匆忙寫成的字條塞進鴿子腳上綁的信筒。紙上寫著：「最多可借給姐姐八千兩。」

他放開鴿子後鴿子迅猛地飛起來，振搏的翅膀受到朝陽照射發出微微的光。

這光芒使他從原本看著世界地圖而膨脹起來的夢想世界，一下子就被拖進世俗的事務中。

快近中午時溫翰才離開窗邊，慢慢地向著連維材走過來。溫翰壓抑著內心的興奮，盡量裝出平靜的樣子。但是連維材一看他的臉，就已經明白了。

「出現了嗎？」連維材問道。

「終於來了。」溫翰用沙啞的嗓子回答。

那艘船來了！

連維材走到窗前，風平浪靜的金門灣海面上，陽光燦爛、波光粼粼，水天相接處已經出現了船影。他用望遠鏡一看，立刻明白就是「那艘船」。有三根桅杆，噸位可能是兩千噸，是道地英國製造的東印度型洋帆船。連維材凝視著它，也極力抑制著心底的興奮。

「新的時代就要到來了！」他自言自語地說。

那艘船看起來好像靜止的，其實是在慢慢地移動。從船頭伸出來的斜檣，緩緩地劈碎海面上的陽光，直接朝著廈門港開來。

溫翰安靜地走到老闆身邊，兩個人輪流拿起望遠鏡望著。

「能夠登岸嗎？」連維材瞇著眼睛問道。

這時，山房後發出翅膀撲打的聲音。「大概是鴿子回來了。」

連維材走到山房後，察看了一下飛回來的鴿子身上的信筒，有一張折疊的紙片，妻子的筆跡寫道：「姐姐說：『因家裡的事需要五千兩，所以我已答應借給她了。』」

當連維材回到窗前時，溫翰問他情況如何？

「五千兩。」連維材回答。

「眞麻煩！還要幫金豐茂擦屁股。可是那傢伙並不認爲是得到了您的幫忙，簡直是……」

「可能是姐姐沒有跟他說吧！」

「眞氣人！」

兩人又望著海港那裡。

「不知爲什麼，總覺得怪寂寞的。」連維材突然說。

「沒辦法呀！」溫翰安慰他說：「我們生逢在這樣的時代嘛！」

「反正時代的浪潮會推著我們往前走……，聽之任之就是了。」連維材說道。

「不過，這一點您可辦不到。您的個性是要乘風破浪前進的。您可以說是一艘船的領航員。」溫翰說道。

「領航員？」連維材閉上了眼睛。

在遼闊無邊的大海上，獨自破浪前進的領航員確實是很寂寞的。

3

「甲板船來啦！三根桅杆的。還有外國旗子哩！」

成群的孩子在廈門的街上到處嚷嚷著。他們的辮子上沾滿了灰塵，變成灰色，在背後不停地跳動著，臉上也因爲汗垢和塵土而顯得黝黑。

之前廈門曾經是開放的港口，在對外貿易上有過繁榮的時代。但自從清朝乾隆二十四年（一七五九），政府限定廣州以一個港口對外貿易以來，廈門的繁榮就消失了。現在它仍然是一個港口城市，商船對它來說並不稀罕，三、四百噸的近海航船經常有幾艘匯集在港內，只是難得看到有千噸以上的洋帆船入港。

「甲板船！甲板船！甲板船！」從城裡小巷中傳來的尖叫聲，不知什麼時候已搭配上節奏，變成合唱了。

所謂甲板船或夾板船，本來是一種在船艙上鋪上船板的船，現今已成爲「洋船」的同義詞來使用了。在孩子們的嚷嚷聲中，城裡的人們也開始嘰嘰喳喳地議論起來。在那個很少有娛樂、刺激的時代，人們總希望發生些什麼聳人聽聞的事件。

甲板船大搖大擺地駛入港口了，這對居住在廈門的人們來說是一件頭條大新聞。

自從被廣州奪去對外貿易以來已經七十多年，儘管經常有一些洋船躲在島嶼後面，偷偷地進行鴉片走私買賣，但像這樣公然大搖大擺地闖入港口的洋船，還是前所未有的事。這種行爲顯然違反了朝廷的禁令。

「是不是呂宋船呀？」有人這麼問道。

對呂宋的貿易在廈門是准許的，所以來的很有可能是西班牙的大甲板船。不過廈門作爲一個商港，其規模已經日益縮小，這種呂宋船是不太願意來的。

據記載，呂宋船自道光三年（一八二三）入港以來，已有九年未曾出現了。去年從越南來了一艘甲板船，當時簡直轟動了整個城市，人們聚集在海岸邊不停地議論紛紛。

「聽說不是呂宋船。」

「那旗子是哪個國家的呀？」

「是不是荷蘭呀？」

「聽水兵說，是叫什麼『英吉利』。」

在這個廈門城，多少有點外國知識的恐怕只有和水師有關的人了。

這裡在明代就設置了中左所（即現今海軍基地司令部），和海軍的關係很深。清朝也在廈門駐有水師提督，當時的水師提督是猛將陳化成，他指揮福建海域各營兵船約三百艘、兵力兩萬餘人。

現在陳化成登上了瞭望樓，正盯著那艘違犯禁令、非法闖進的洋船。「哼！他媽的！」他的言談一直不像一位高級軍官。

他放下望遠鏡說：「眞他媽的要進港了！狗英國佬！」提督狠聲狠氣地罵了一句。

你以爲他在發脾氣？其實說這話時他的臉上還掛著微笑。

陳化成，號蓮峰。據《清史稿．陳化成傳》所寫，他投身行伍時是一個普通水兵；二十三歲時被提拔爲相當於下士官的「額外外委」，二十八歲才當上相當於尉官的「把總」，可以說是大器晚成。

他現年五十八歲，由於終年剿伐海盜和在海上巡邏，臉曬得黝黑，就像熟牛皮，皺紋又多又深。他的外形又瘦又矮，確實沒什麼風采，加上出生於孤門微賤，言談舉止間缺乏爲政者長袍大袖者的風雅。他被任命爲提督這一最高軍職已經兩年了，卻仍然沒有一點大官的派頭。在十年後的鴉片戰爭中，他擔任江南提督和英國艦隊作戰，並在吳淞壯烈犧牲。朝廷賜給他諡號「忠愍」，詩人們也爲他寫了許多讚歌。

詩人林直的《壯懷堂詩初稿》中有一首〈陳將軍歌〉，其中有一句說：「生來自具封侯相。」這句詩有過於美化殉節提督之嫌。陳化成的相貌不但沒有封侯之相，恐怕只像個住在海邊的老漁翁。

「眞他媽的欺人太甚！開出兵船，把它包圍起來！」這位粗魯的提督大聲發出命令。

旁邊一名文官拿著望遠鏡看著，用毛筆一個字一個字地摹寫下船名的拉丁文。

「怎麼？你認識船屁股上的洋文嗎？」提督問道。

「是的。」文官回答。他邊回答邊在手邊的紙上摹寫著：LORD AMHERST。

「船叫什麼名字？」

「羅爾．阿美士德。」文官報告。

「羅爾．阿美士德？」提督重複說了一遍，然後歪著腦袋說：「嗯！這個名字我聽說過。」

4

當天晚上，從水師提督陳化成將軍房裡出來的勤務兵，在走廊裡遇到迎面走來的同僚。

「老頭子還穿著那玩意兒嗎？」來人問道。

「該脫了，可是他還戀戀不捨。」

「金順記的老闆突然跑來了。」

阿美士德號來到廈門港，這對陳將軍而言是穿正式軍裝的最好藉口。

其實這位提督有點孩子氣，他常心心念念想穿那已經屬於舊時代的甲冑。能夠穿正式軍裝的機會一年只有一次，即是在所謂「秋季大閱」的閱兵場上。而近來連秋季大閱也流行一種狡猾的做法：把頭盔和鎧甲放在轎子裡讓僕人抬著，自己則輕裝去參加。但他對這種做法一直很不滿。

他還是水兵的時候，在一次和海盜蔡牽的戰鬥中，他所搭乘的兵船被海盜的砲彈擊沉了。就在他覺得絕望的時候，出現在他腦海裡的還是他上司在閱兵場上戴的那頂頭盔。

「啊！真想戴上那個玩意兒啊！哪怕只戴一次也好。」他在海水裡載浮載沉時這麼想。

他腦子裡所描繪的那位軍官的頭盔，其實是很蹩腳的劣等品。

現在他已經晉升為水師提督。提督頭盔頂插上鵰的羽毛，盔上鑲繪著金光燦燦的花、雲和龍，周圍垂著貂尾，還有十二個纓子；低一級的「總兵」頭盔則拖著獺尾，不允許插著鵰的羽毛，而且沒有雲、龍，不准鍍金，只能鍍銀。有關鎧甲，根據軍制，提督在護肩和軍衣相接處鑲有金龍；副將以下則為銀龍。

他在海上漂流時所夢寐以求的軍裝，現在總算穿戴上了，遺憾的是一年只能穿戴一次。

英國船犯禁開進來了——這可是他披戴甲冑的好機會啊！於是，陳將軍立刻穿戴上那套其實很不舒服的正式軍裝。

清軍在乾隆以前經常披掛甲冑；在嘉慶以後（即進入十九世紀以後），甲冑變成了儀仗隊的服裝。這是因為戰爭方式發生變化，以往軍裝裡要繫上鐵片或貝殼以防刀劍矢彈的，自從甲冑變成只有重要節日才會穿上的禮服之後，這些東西都被摘除了；以前軍裝表面繡著水珠花紋似地鑲著「銅星」，用作防禦，現在卻用刺繡代替了。

甲冑雖然已變成了裝飾品依然很漂亮。陳將軍穿上軍裝，心情很好。那些遠遠地看著他的下士官和水兵們，也在一旁咕咕噥噥地議論著，「這是準備和英國船開戰嗎？」

「那衣服緊得連身體都動彈不了、不好隨意靈活擺動。穿這衣服還想打仗？」

「看他皺著臉，應該是汗流進了眼睛吧？啊呀！也眞夠他受的了。」

不過，這些背後的議論絕不是對他個人的憎恨，人們的話中包含著親切的情感。屬下一直稱他為「老佛」，因為他曾經長時間經歷過基層生活，能夠體會屬下的辛勞。儘管表面上他會大聲斥責人，但內心裡還是充滿了對下屬的關懷。

提督撫摸著胸前閃閃發亮的護心鏡，連他自己也覺得自己是在裝模作樣。

「我脫掉它就過去，讓他等一會兒。」他從容不迫、恭恭敬敬地摘去頭盔。「想用這玩意兒來打扮自己，也眞有點可憐啊！」他居然自我反省起來。

來客連維材是提督所喜歡的人物。連維材不過是一個小小的商人，但提督敬佩他是廈門難得的人才。「剛剛用金光燦燦的軍裝把自己打扮了一下，又去會見廈門裡了不起的人物。這眞是一個諷刺啊！」提督感到很有趣。

陳化成和連維材兩人的個性沒有一點相同之處。

連維材憑自己的力量累積了萬貫財富，長於權謀、敏銳地觀察情勢、頭腦靈活，喜怒哀樂不太喜形於外；與其相反，陳化成是個直腸子，不曾離開過軍界，以粗魯聞名，他根本不懂得什麼權謀、策略，高興的時候放聲大笑，傷心的時候淚流滿面。

也許是因為他們的個性相反，反而更容易互相親近。「因為我和他年輕的時候都吃過大苦吧！」陳提督簡單地解釋他和連維材的好交情。

關於連維材，提督所知道的是：

連維材是廈門名門連家一個侍妾所生的孩子。他的母親原本是連家的傭人，加上正宮十分厲害，所以連家人在他出生後就沒把他當成家裡的人。他從十二歲起就在連家經營的「金豐茂」店鋪裡像牛馬般供人使喚。

正宮只有一個兒子，名叫連同松，在父親死前，他都是遊手好閒、吃喝玩樂的過日子。父親死時，連維材十七歲。連同松從北京遊學回來，就把連維材趕了出去。連同松從不准比他小十二歲的連維材叫自己「哥哥」。

連維材被趕出金豐茂之後，赤手空拳地創辦了「金順記」，金順記和金豐茂同樣是經營茶葉和其他國內貿易。當時帳房先生溫翰——這個了不起的人物——也辭去了金豐茂的工作，成爲連維材的左右手。可能是溫翰有識人的眼力，因此他才和連同松斷了關係。二十五個年頭過去了，連維材的金順記把主力放在廣州，取得了驚人發展，現在他已成爲廈門首屈一指的富豪。

連維材如此艱難辛苦的前半生，和提督當年是個不起眼的兵卒的境遇很相似，提督極力想從這裡找出他倆的相似點。其實除此之外，他們還有共同之處——他們的人格都很有魅力。

在那樣腐敗透頂的清朝軍隊裡，不行賄賂、不拉關係、不搞陰謀詭計、不阿諛逢迎，卻從小小的水兵被提升爲提督，這確實像個奇蹟。奇蹟之所以產生，除了提督在剿滅海盜中立下大功之外，陳化成的人格魅力也發揮了很大的作用。他的爲人比金錢、權術具有更強大的力量，只不過他本人並不知道。

提督換上便服，急忙朝連維材等候的房間走去。他的個性耿直，對自己喜歡的客人露出笑容；對不喜歡的客人也不想掩飾自己厭煩的情緒。提督現在就是滿臉笑容。

5

連維材被領進房間後，一直站著等待會見。提督一進來，他就連忙拱手，深深地一揖說道：「在軍門大人公務繁忙的時候來打擾，很感不安。」

「坐下吧！」提督向連維材說道。

「由於英船入港，一定會有種種……」

「是呀！我準備把那艘船包圍起來，一個也不准上岸。」

「今天不能上岸，但還有明天。」

「明天、後天，永遠不准……」提督話說了一半，突然感到一陣不安。連維材見此，眼睛猛地一亮。

「只要軍門大人在這裡，他們恐怕是不可能上岸的。不過，廈門不成，他們還會找別的地方上岸。他們終究是要達到目的的。」

「目的？」

「我曾和大人說過，他們正在尋找英國商品的出路。」

「不過，國法如山，他們能在登陸的地方找到買家嗎？」

「不，我的想法是，這次英船的目的恐怕是在偵察。」

「偵察？」

「他們一直想要打開我國廣州以外的港口。時機一旦成熟，恐怕會使用武力也在所不惜。」

「武力？」提督經歷過長期的軍旅生活，他深知清朝的軍事力量，也了解英國的海軍力量。清朝的舊式海軍敵不過英國戰艦，這是再明顯不過的事了。

「這是將來的事情，不過，恐怕也是不遠的將來。他們會用武力迫使我們開港讓他們上岸。」眉毛動也不動就說出一些重大的問題，這是連維材一貫的作風，這反而會產生一種不尋常的說服力。

「難道就沒什麼可以應對的辦法嗎？」清朝被英艦的砲火粉碎的木造兵船，和淹沒在海中的官兵慘狀，此時掠過了提督腦海。

「英國武力的之可怕，軍門大人恐怕也是了解的。對付他們的辦法只有一個——就是自己要強大起來。要造砲臺、要造堅固的軍艦。」

「我們既需要砲臺，也需要軍艦，可是，那得花很多銀子。而京師的一次賜宴，就足夠造幾門大砲了。但這問題還是銀子呀！」

「弄到銀子不就行了。」

「關於這次英船，」連維材把話題拉了回來，「剛才說到偵察的事，看來重點可能放在民情、軍事設施和軍隊的士氣上。」

「老子可不願讓他們看到這些。」提督的話突然粗魯起來，露出了他的本性。

「您說得對。不過，這艘英國船的背後有巨艦、大砲啊！如果我們沒有東西能與它匹敵，即使在這裡能阻止他們上岸，那又有什麼用呢？」

提督凝視著連維材的臉。

廈門曾是個風紀敗壞的城市，有所謂「大窯口」的鴉片批發商和「小窯口」的鴉片零售店。

去年五月，湖廣道監察御史馮贊勳要求朝廷嚴禁鴉片的奏文中曾舉出廈門的名字，指出其作爲開設大窯口的事例。廈門當局爲了挽回名譽，才不得不打擊鴉片商人，一部分商人因此轉入地下，表面上不敢公然進行鴉片的交易。

「現在正好，」提督說：「廈門暫時還算是個模範城市。再說，還可以讓他們看看我的軍隊，根本不會那麼丟人。」他本想把話說得俏皮些，可是說到最後，話音已有點兒發顫了。

當時清朝的軍隊很腐敗，尤其是世襲制的滿洲八旗官兵更是不像話，其中不會騎馬的騎兵並不罕見。與他們相比，廈門的水師確實傑出許多，裝備姑且不說，士氣還是很旺盛的，這和當時海盜猖獗，他們經常參加實際作戰大有關係。總之，福建水師是名震天下的，這一傳統在清朝滅亡後仍然繼承下來，而且，現今中國海軍的高級軍官很多就是福建人。

這支軍隊確實如陳化成將軍所說的那樣，讓別人看看也不會很丟人的。

「其實，今天晚上來造訪，並不是爲了說這些煞風景的話。明天晚上如果有閒暇，想恭請大人光臨鴻園。」連維材換了話題，拿出了請帖。

「哦！公子要外出？」提督接過請帖打開一看，上面寫道：

小兒統文年已十八，將赴北方遊學。特設薄宴，恭候光臨，並請賜教。

「您能大駕光臨嗎？」

「根據目前的情況，明天晚上還沒有安排。不過，因爲那艘可惡的英國船，我還不能明確地答應你。就盡量地擠出時間吧！」提督的腦袋裡一直在考慮其他的事情。

他沒有受過正規教育，但在軍務之暇還是學了很多東西。他自認爲是一介武夫，其實他不單只是這樣的人物。在那個閉關自守的時代，在幾乎所有人都不了解外國的情況下，就他看過外國船艦這點來說，也可以稱得上是一個外國通，即使和那些很有教養的達官貴人說話，一談到外國的事情，對方也是一問三不知的。

關於英國船進入廈門港，那些達官貴人們是不可能採取妥當的措施的。

「好吧！這件事由我來處理。」提督這麼想著。

6

連維材離開提督官署，坐上轎子。當天晚上他沒有回鴻園，決定住在城裡金順記的店裡。

在去店鋪的途中，他一直閉著眼睛。「寂寞啊！」他低聲對自己說。

這種孤獨感來自何處呢？

關於阿美士德號來航的問題，在整個廈門知道眞相的只有他和溫翰兩個人，這當然使他感到寂寞。不過，更難忍受的寂寞，是他感覺自己心中潛藏著一種魔鬼似的破壞慾望。

阿美士德號船長對清朝官吏說他們是因爲避風而入港的。但那是謊話，其實它是英國東印度公司偷偷派遣到清朝的偵察船。

當時英國把對清朝貿易的壟斷權給了東印度公司，這種許可壟斷的證書再過兩年就要到期了。新興的工商業市民已透過產業革命得勢，成爲國會的主人，看來要延長許可證書的期限已經沒有什麼希望，因爲新的領導階層現在正高舉著個人主義、自由主義的旗幟。東印度公司不能不考慮要留點什麼紀念品，爲今後進入中國的貿易家把中國的門戶開得更大一點。那還有比這個更好的紀念品嗎？

東印度公司廣州特派員威廉·布洛丁，爲了替他偉大的公司錦上添花，早就籌畫——廣州以外，禁止外國人接近海岸進行偵察。

要偵察最好有內應，於是，布洛丁選中清朝商人中最有發展性及實踐才能的連維材。連維材把總店設在廈門，但他一年裡有一半以上的時間是住在廣州和澳門。布洛丁在澳門會見了連維材，要求他協助偵察工作。

「請您不要誤解這是對國家的背叛。我想您也能理解，對外開放才是貴國應該選擇的正確道路。所以，如果您協助我們，不也是爲您的國家效勞嗎？」

「好吧！」連維材當場答應了。看起來他好像是輕描淡寫地答應，其實他的心情是很複雜的。

對外開放當然是他所希望的，不過，他答應協助英國的偵察船，並不只是爲了開放，還因爲他覺得這可能是某種巨大破壞的前兆。

破壞一切！在他心底深處蘊藏著連自己也無法抑制的慾望。這也許是一種天眞的期待，他是這麼想的——希望能在一切都毀滅的廢墟上萌生出新芽；這也可能是一種詛咒。現實世界曾帶給他很大的痛苦，他至今還無法忘記，十七歲時他身無一物被趕出金豐茂那段窮困艱苦的日子。

「喂！丫頭的小崽子！」孩提時，他經常挨同父異母的哥哥這種咒罵，這種咒罵聲至今仍在他的耳邊迴響。

父親的正宮生了幾個女兒，但除了比連維材早生十天的姐姐連桂華，其餘都和連同松一樣，不承認連維材是自己的兄弟，常常欺負連維材。

距他被趕出家門已經二十五年了，金豐茂仍債臺高築。金豐茂之所以還沒有破產，是因爲對連維材比較友好的連桂華，一直偷偷地從連維材那裡借錢，又瞞著錢的來路來接濟哥哥連同松。

連同松作爲一個商人確實是個低能兒，但金豐茂經營得如此一敗塗地，實際上也是因爲連維材對它在商場上的徹底打擊。所以，打的是他，接濟的也是他。這些都已經是過去的事了。用溫翰的話來說，連維材和連同松的較量早已成定局。而那裡已是一塊平坦的土地，只等待著萌發新芽。

儘管連同松還對自己的豪宅吐口水，但連維材已不把它當一回事了。因爲，對於連同松那個已經被他打擊、破壞的人和店鋪，再也沒有什麼事可做了。

溫翰早就在金順記的店裡等他。

「情況怎麼樣？」

「提督很明白事理。簡直是太明白了。」

「那太好了！」

「今年秋天，廣州的事一結束，我想抽空去北京走走。」

「是去旅遊嗎？」

「我想去見一見定庵先生。」

「您是感到寂寞了吧？」只有溫翰才能說出這樣的話。溫翰能夠理解連維材的孤獨，因爲是他這麼教育連維材的。

連維材回到自己的房間，讀起定庵的詩：

故物人寰少，猶蒙憂患俱。
春深恆作伴，宵夢亦先驅。
不逐年華改，難同逝水徂。
多情誰似汝？未忍托禳巫。

詩的大意是：人世間的故物（不變的事物）很少，只有「憂患」永遠纏著我。在春深的時候它緊緊地挨著我；在夜夢中它率先露面。歲月流逝，這樣的狀況卻依然故我，不能像流水那樣一去不返。恐怕再沒有別人像我這般多愁善感了。它雖然像纏人的妖魔，但我還是不忍請巫婆來把它趕走。

扎根在連維材心中的「破壞的慾望」，正是龔定庵所說的「憂患」，即使想把它除去，但它已滲入自己的血肉中，不可分開了。而且，連維材很難想像自己失去破壞的慾望後將會是什麼樣子。正因爲有了它，才能成爲——連維材。

他把這首詩反覆讀了好多遍。

為了不讓要前去的地方對他們產生敵意，阿美士德號確實未帶任何鴉片，船長休．漢米爾頓．林賽還取了一個中國名字，叫「胡夏米」。

「不准進入！不准進入！」站在小艇上的清朝官員氣勢洶洶，一個勁地叫喊著不准船進來；而林賽也陪著笑臉，翻來覆去地說：「我，胡夏米，貨物一共十萬兩銀子。」

阿美士德號

1

地勢平坦的金門島剛在眼前出現不久，奇岩怪石畢露的廈門鼓浪嶼就突然進入了視野。船一轉換方向，這島嶼就呈現出完全不同的形狀，不一會兒就出現一個獅子狗形狀的島嶼，那就是他們的目的地。阿美士德號就這樣出現在這個禁止他們進入的港口。

船長休．漢米爾頓．林賽在甲板上盯著逐漸接近的廈門島，就好像要把它吞下去似的。他兩腿叉開，一動不動地站在那裡，一副想挑戰的姿態。林賽是東印度公司的高級職員，他被上司布洛丁挑選為這次偵察活動的負責人。

臨出發時，布洛丁反覆叮嚀說：「在當地特別要調查居民的眞正動向，絕不要相信官員。遇事要隨機應變、小心謹愼。」

幹這種勾當，林賽是最適合不過的人了。

在那個海盜橫行的時代，商船都是武裝起來的。阿美士德號上也裝有幾十門大砲，船員約八十人，低階的船員大多是印度人和馬來人。

在林賽旁邊，傳教士查理斯．歐茲拉夫❶眨著眼睛，和他形成鮮明對比的是他背後的哈利．維多，他那雙明亮的藍眼睛幾乎一眨也不眨。哈利的身體還沒有完全長大成人，尤其是那雙眼睛更是如此。這少年此刻正全神貫注地凝視著廈門島。

「喂！到了！」瞭望哨在桅杆上喊道。

林賽的寬肩膀微微地搖晃了一下。不一會兒，從廈門港開來的船隊進入他的眼簾。

「哈利！」林賽喊道：「告訴溫章，寫那封信！」

「是！」年輕的哈利急忙跑進船艙。

林賽連看也不看哈利，臉上只掛著蔑視的微笑注視著正向他們包圍過來的船隊。

小艇共有七艘，後面跟著一艘兵船，好像在指揮著這支船隊。

林賽用望遠鏡觀察了一會兒，然後對歐茲拉夫使個眼色說：「海字七號。」

福建水師提督也是管轄海壇、金門、南澳、臺灣等四鎮之兵，不過各鎮都有總兵官，直屬於提督的是提標五營（中營、左營、右營、前營、後營）；水師副將的閔安左營、右營以及烽火營、銅山等九個營。各營兵員大約一千人；各營分別有特殊的「字」，所屬的兵船用某字第幾號來稱呼，例如提標左營的字爲「國」、右營爲「萬」、前營爲「年」、後營爲「清」、銅山營爲「紀」等。也就是說，取名的方式不像

❶ 舊譯郭士立。

日本航空母艦「陸奧」、「長門」那樣，而是像舊日本海軍的潛水艇，用記號和數字組合起來命名。提標中營的代號是「海」字，現在指揮小艇包圍阿美士德號的兵船就是「海字七號」。

歐茲拉夫是傳教士，不懂軍事，但熱心於研究，能熟練地閱讀中文。他立刻翻閱《欽定戰船則例》。據上面記載：「海字七號」長六丈五尺，船首高二丈五尺，吃水六尺一寸有餘。清代的度量衡和日本略有不同，一丈為三點二公尺，一尺為三十二公分，所以該兵船的長度為二十公尺八十公分。船身是木造的，和英國的商船相比，簡直就像小孩的玩具。

兵船上飄著一面細長的龍旗，掛著一面五公尺見方的大沖風旗和三面長方形大小不一的定風旗。奇怪的是，船上還立著一杆媽祖旗，要知道，媽祖可是清朝華南地區的海神。

「呵！飄著花裡胡哨像隻花蝴蝶般的旗子來啦！」林賽面帶奸笑地說道。

不一會兒，一艘小艇划到阿美士德號旁邊，艇上一個官員模樣的男子大聲地詢問他們：「船是從什麼地方開來的？」

林賽用廈門當地方言官話吼叫著回答：「從孟加拉來的！」

「什麼？榜……榜什麼？」

夾雜著打手勢，又提到蒙兀兒、印度、加爾各答，這樣才算弄明白了。後來這位官員在紀錄上把孟加拉寫成「榜葛刺」。

「要到哪兒去？」

「日本。」

「去幹什麼？」

「進行貿易，因為颳大風所以停在這裡。」

「船上裝的是什麼貨？」

「沒有任何鴉片。有毛織品、鐘錶，還有望遠鏡，總價值十萬兩銀子。」林賽大聲回道。

爲了不讓要前去的地方對他們產生敵意，阿美士德號確實未帶任何鴉片，船長休・漢米爾頓・林賽還取了一個中國名字，叫「胡夏米」。

「不准進入！不准進入！」站在小艇上的清朝官員氣勢洶洶，一個勁地叫喊著不准船進來；而林賽也陪著笑臉、翻來覆去地說：「我，胡夏米，貨物一共十萬兩銀子。」

2

溫章在船艙裡的桌子上托著雙腮。

他今年三十歲出頭，但看起來比實際年齡大得多。他那副充滿憂慮的臉，說他五十歲恐怕也沒有人會感到奇怪。溫章是金順記帳房先生溫翰的獨生子。

哈利走進來大聲地對他說：「溫先生，你怎麼啦？不上甲板去看看你想念的廈門嗎？」

「我想應該會有事情要我做，我就在這裡等著。」溫章回道。

「你是說把一切都做完之後才上去看？」哈利笑嘻嘻地說：「我把工作帶來了，請你馬上給廈門當局寫一封信。」

「好，我馬上就寫。」

這兩個人的對話方式總是那麼奇怪，哈利對溫章用中文說話，溫章對哈利卻用英語回答。

溫章提起筆，凝視著眼前的白紙，紙上似乎模糊地顯現出女兒的臉。

他在澳門學過英文，十八歲結婚，生了一個女兒。自幼體弱多病的妻子於五年前去世，他十分傷心，企圖用鴉片來療癒自己的悲痛。父親溫翰得知這一情況後，就把他趕到麻六甲。這已經是四年前的事情了，現在他已戒掉鴉片。

他一直住在麻六甲，一個月前，金順記突然來人要他回澳門，其實是有以下原因：阿美士德號的船主林賽和傳教士歐茲拉夫都會說中文。年輕的哈利．維多中文說得很好，歐茲拉夫甚至還能說幾種中國各地的方言。但是，說話和寫文章還是兩回事。他們三個人的共同弱點是：中文寫得不怎麼樣。

清朝的官吏是極端的形式主義者，把文書看得無比重要。和各地官吏打交道一定要有文書，因此他們需要有一個中文寫得好的人協助。因此他們和連維材一商談，連維材就說：「我在麻六甲的分店有一個叫溫章的人，他會英語，中文也很好。」

「讓中國人上船，恐怕會引起麻煩吧？」布洛丁的這種擔心也不是沒有道理。

清朝閉關自守的主要目的是不讓中國人和外國人接觸。外國船隻在中國近海出現，他們擔心的只是這個，然後說什麼「奸民豈不勾結圖利？」如果再讓他們知道外國船裡有中國人，那就一定會引起麻煩。

「不要緊，這個人已經剪掉辮子了。」聽連維材這麼說，布洛丁才放心。

剃光頭，僅留下後腦勺上的頭髮梳成長長的辮子，這本來是滿族的風俗。清朝成立之初，強迫漢人蓄辮子，把這看作是服從清朝的標誌；不留辮子的人則被視爲反叛，要判處殺頭之罪。最初有許多人就因爲拒絕這種奇風異俗而付出了流血代價；有的人則以出家當和尚進行消極抵抗。

不過，清朝統治中國已近兩百年，現今沒有留辮子的人只意味著不是清朝人，讓這樣的人坐上外國船，說他是馬來人就好。所以，現在待在阿美士德號船艙裡的溫章就是一身馬來人的打扮。

溫章一邊寫信，一邊還不時地用手摸一摸後腦勺，看來這是他下意識的動作。金順記麻六甲分店的老闆叫陸念東，是連維材的妻弟。陸念東是個怪人，一次趁溫章熟睡的時候，用剪刀剪掉了他的辮子。事情已經過去四年了，但至今溫章還覺得是潛意識裡的心病。

他在阿美士德號上寫的那封信，現今仍然留存下來。

福建省省會是福州，相當於省長的「巡撫」住在那裡。在廈門統轄文官武將的最高官職是水師提督，因此，溫章以船主「胡夏米」名義寫信的對象就成了陳化成將軍。

信的草稿在他們出發之前就擬定了。因爲對清朝官員的藉口是入港避難，所以向官府提交的文書必須裝作是匆忙寫就、墨漬未乾的樣子。因此，在遭到清朝小艇包圍的時候，他們才命令溫章寫這封信。信的大致內容是這樣：

……本欲自孟買往日本，不意途經廈門，遭遇巨風，望能補充食糧飲水。吾乃英國公民，英國和大清帝國素來友好，亦多往來貿易。然今蒙誤會，乃至於兵船相圍。貴國人民到吾英國本土，或諸屬地通商洽公者，無不受到禮遇如本國公民者，實不圖今日竟受 貴國如此待遇？

信的結尾說：「伏望清朝之人，以恩管待英吉利國之賓客。」這裡的「管待」是筆誤，應該寫爲「歡待」或「款待」。其實也不怪他，離開中國四年了，他的中文難免有些生疏。

陳提督沒有答覆船主胡夏米的這封信，而是向阿美士德號發出以下的警告：

天朝國法素嚴，例定不准拋泊，務必即日開行，不得逗留；並不准私自登岸。

3

天黑之後，溫章才登上甲板。

這是一個沒有月色的夜晚，黑幽幽的大海上，閃爍著點點燈火。阿美士德號仍然被包圍著，在左舷的遠方，燈火更密集，「海字七號」就停泊在那裡，遠處也可以看到廈門城裡微弱的燈光。

女兒彩蘭就住在這座城裡。他離家時她才七歲，現在應該是十一歲了。由於爺爺溫翰經常外出，很難照顧孫女，就將她寄養在主人連維材的家中。連維材有四個孩子，但全部都是男孩，據說連家像對待公主似地撫養著彩蘭。

「啊！你在想你家小姐吧？」這時他背後傳來爽朗的聲音。這是哈利說的不太標準的中文。

「嗯！是的。分別四年了，這次不知道能不能見上一面？」仍和平時一樣，溫章用英語回答。

「林賽已經說了，我們一定要登岸。你不用擔心，一定能見到。」

「是嗎？」

溫章一臉灰心喪氣的樣子，哈利親切地拍了拍他的肩膀。

這個年輕的英國人出生於英國利物浦，是水手的孩子，父親在他還是孩童時就在海上遇難，於是他成了孤兒。他十七歲來到東方，在麻六甲的「Anglo-Chinese-College」❷讀書，後來進了東印度公司工作。

英國人米憐於一八一五年在麻六甲建立一所學校，這所學校具有雙重性質：一方面，對準備和清朝進行貿易、傳教活動的英國青年教授中文、中國的風俗習慣；另一方面，向住在馬來的中國學生教授英語和西方文化。最初米憐採用自己老師的名字，把這所學校稱為「馬禮遜學校」，後來改為「Anglo-Chinese-College」，它的中文名為「英華書院」。

溫章受父命來到麻六甲時，哈利還是英華書院的學生，他們在這裡相識，相互作為練習外語的對象，

---

❷ 英文，即下文所說的「英華書院」。

他們互相使用對方國家的語言進行對話。

孤兒哈利的人生道路是不平坦的，可是他的個性卻十分開朗。如果以多年往來於複雜貿易戰場的林賽，和經歷過苦難傳教生活的歐茲拉夫等人的眼光來看，哈利似乎太逍遙自在了。總之，他的個性不太喜歡把緊張的情緒在外人面前流露出來。

「那傢伙整天傻乎乎地張大著嘴巴，太散漫了。」林賽對哈利的評價很嚴厲。

其實哈利除了微笑外，總是緊閉著嘴脣，他只不過是不願讓他人感覺到他的緊張而已。

不知為什麼，溫章覺得只有自己才能體會哈利內心裡的嚴肅。對哈利來說，他也覺得被別人當作「寫中文工具」的溫章是自己最親近的人。

此時，他們並排站在被黑暗籠罩的甲板上，默默地看著海上和對岸的燈火，彼此卻感到有某種相通的地方。

「你家小姐住的地方在哪一帶？」哈利問道。

「在那邊。」溫章指著黑暗的對岸。鴻園裡樹木多，很難看到那裡的燈光。

兩人互相想探詢什麼，用的是很簡短的語言。然後，幾乎什麼也沒說，就在原地站了一個多小時。

「在海風裡站久了，對身體不好。」過了一會兒，哈利這麼催促溫章說。

溫章回到船艙裡。狹窄的船艙裡放著一張雙層床，溫章一走進來，躺在床上層的一名男子猛地跳了下來。微弱的燈火在玻璃罩中閃動了一下，照著這男子的側臉。他沒有辮子，但要說他是馬來人，膚色又顯得蒼白了一些。他的眉宇間充滿稚氣，又略帶憂鬱。他拿起毛筆在紙上寫道：「我知汝望鄉。」然後遞給溫章。

溫章在旁邊寫道：「汝亦定思念家鄉。」

那男子大大地寫了兩個字：「不想。」他的字大到把紙上的空白都填滿了，寫完後嘻嘻地怪笑起來。

這男子是在海上漂流被救起來的日本人，他名叫石田時之助，還不會說中文，只能靠筆談溝通。

石田和五名船員在海南島附近被荷蘭船搭救。這艘荷蘭船是經巴達維亞回國的，在第一個停泊地——婆羅洲西岸的坤甸讓他們下船，他們從這裡被送往麻六甲。在麻六甲逗留期間，他們受到金順記分店富有俠義心腸的老闆陸念東的照顧。因爲只有澳門才有去日本的船，他們不久之後就去澳門。溫章去澳門搭的也是這艘船。到了澳門之後，其他的日本人都想回國，只有石田表示——「不想回去。」

問他爲什麼不想回去？他說回去沒意思。當他知道溫章要上阿美士德號，就要求帶他一起去。於是溫章和東印度公司一說，對方立刻爽快地同意了。大概是因爲，像石田這樣和誰都沒有關係的人當偵察船上的水手是最適合的。

石田手扶著床沿，「嗨」的一聲，一下子就跳上上層床。這種本領溫章是做不到的。

4

「喂！那些小破船撤退啦！」第二天早晨，阿美士德號上的瞭望員大聲地叫喊著。船員們都聚集到甲板上來，「海字七號」確實率領著小艇正在撤退。

「是不是在換班？」歐茲拉夫問林賽。

「不是。如果是換班，應該等到接班的船來後再撤退。」

「這麼說，是眞的解圍了嗎？」

「應該是。」林賽笑了笑說：「廈門有金順記的連維材，他是我們的朋友，有錢，……而且很多很多。」

「是收買的嗎？」

「肯定是。」

「聽說本地提督是個清廉的人物。」歐茲拉夫眨著眼睛說道。

「人總有兩面嘛！」林賽嘲諷著不懂人情世故的傳教士說：「而且連維材很有才幹，連布洛丁先生都很欣賞他哩！」

接著，林賽轉過頭，神氣十足地下達命令說：「馬上登岸！準備測量工具。」

連維材的兒子連統文正要出遠門，鴻園裡正忙著準備他的歡送宴會。

連維材的兒子們在十八歲之前和店員的子弟們一起在家塾裡讀書，而且要經常到店裡實習；一到十八歲就要外出遊學、開闊眼界。這就是連維材的教育方式。

他有四個兒子，彼此都相差兩歲。大兒子連統文一結束遊學回家，就會輪到二兒子連承文去遊學。遊學的地點是連維材喜愛的蘇州，那是一個充滿文學藝術氣質的城市。

鴻園這天一早就有許多人進進出出。廈門最有名的廚師帶著他的同行來了；鴻園內的空地上要搭兩座戲臺，一群扛著木材的木匠師傅也來了。

在這個祝賀長公子出門遠遊的大喜日子，連家決定把鴻園的一塊空地開放一個晚上，讓市民們觀看歌仔戲和傀儡戲。有名的戲班子把大大小小的道具裝在車上進了鴻園大門。演出的劇碼有《三國演義》的折子戲和《楊門女將》。接著，傀儡戲劇團也到了。這是一種由人操縱的木偶戲，演員大多是老人。

臨近傍晚，師公們也來了。師公就是道教中做祭祀的道士，爲了祈禱連統文一路旅途平安和前程無量，並祭祀神仙和祖先。

這些穿著華麗的道士服、戴著師公帽的道士們被領進休息室，只有最後面的一位道士沒有進去，而是飛快地穿過走廊。從他走路的樣子看來，他好像很熟悉這宅子。他迅速地轉過轉角，在第三個房門前站立了一會兒，然後朝四周看了看後，再輕輕地推開房門。

房間裡只有溫翰坐在桌前翻閱著書籍，他那雙小眼睛顯得異常敏銳。

「爸！」道士服打扮的人低聲叫喚了一聲後，脫下帽子。

「是阿章！……」溫翰敏銳的眼中微微地露出一絲慈愛之情。

「我回來了，您身體好嗎？」

「只是增添了一些白髮。」

「快四年了啊！」

「看來你的氣色不錯。」

「辮子沒有了。您看，我已蓄起頭髮了。」

「這倒不錯。」

溫章不自覺地用手摸了摸後腦勺。

「彩蘭在等著。一塊兒去吧！」溫翰慢慢地站起身說。

父子倆分別了四年再次重逢，但彼此都太過壓抑感情了。

5

阿美士德號上的船員們登岸後，城裡市民們好奇的眼光對他們來說成了一種新的包圍。溫章即使能進入鴻園，但如果是穿著水手服或馬來服就不能進入，沒有辮子確實很不方便，因此，他偷偷來到小巷裡一個爲金順記看管倉庫的人家中。這個看管倉庫的人隨即爲他奔走連繫，最後讓他扮成道士進入鴻園。

溫章離開孩子時孩子才七歲，現在已十一歲了，長得比他原本預想的還像個大人。溫章看著女兒，頓時胸口堵塞、說不出話來。

女兒彩蘭睜著一雙大眼睛，但沒有流一滴眼淚，只爽朗地說道：「爸爸，您回來啦！」

「嗯、嗯……」溫章回答。

溫翰就像監視似地在一旁看著兒子和孫女會面。

「這孩子如果是男的就……」他心裡總是這麼想。

溫翰一向膽大心細，他的兒子溫章雖然有像父親細心的一面，遇事卻膽小軟弱，以致在失去妻子時他經受不起這種打擊。相較之下，彩蘭雖然是個女孩子，卻繼承爺爺豪放的性格。父親因一時間百感交集而說不出話來，十一歲的女兒卻非常冷靜地和父親打招呼說：「爸爸身體好，比什麼都好。」

「我沒有辮子了。」這就是溫章，好不容易才開口和女兒說的話卻放錯重點。

「我也沒有裹腳呀！」彩蘭平靜地回道。

溫翰很愛孫女這種性格。他不願讓孫女纏足，剝奪她的自由，反而希望她像個男孩子。這在當時這麼做是很需要勇氣的。

「小腳」在當時女孩子最晚六歲就必須纏足，也是女兒長大出嫁的必要條件。在溫章去國外的時候，爺爺溫翰下了決心。他心想：「纏足就算了吧！太痛了！再說，廣東人、客家和疍民都不纏足，將來招女婿也不一定非本地人不可。」

留辮子是當時強制的，纏足卻並非如此。雖然政府曾爲此發出多次禁令，留辮子嚴格實行，纏足的禁令卻被人們所忽視。這是因爲，辮子是「服從的標誌」，對統治者來說很重要，而纏足與否卻不會因此動搖清朝的統治。

還有一個原因：當時社會風氣普遍認爲女性是男人的私有財產，纏足有利於防止女性逃跑；而且腳一小，腰部就彎曲起來，這也符合男性隱藏在心裡變態的愛好。

連家沒有女孩，所以大家都很疼愛彩蘭。但連家的女人們背地裡都說溫翰是個狠心的爺爺，因爲，女人如果不纏足，就會被人們看作是必須勞動的窮苦階級，會被輕蔑地稱其爲「大腳姑娘」。

沒讓彩蘭纏足，溫章從父親的來信中早已知道。父親的信中寫道：「……此久積之惡習，應從我國除去，欲使彩蘭成爲時代之先驅……」溫章也覺得父親的這種做法太過分了。

不過，他自己被鴉片已弄得身敗名裂，最後流落海外——這樣一個窩囊的父親哪有資格對女兒的事說三道四呢？

一個女孩家和闊別四年的父親見面，應該更激動一些、流一點眼淚，恐怕也是合情合理的事。可是彩蘭爲什麼這麼平靜呢？這完全是其爺爺對這個幼小的孫女教育的結果。溫章想到這裡，眼角不覺得濕潤起來。

「哦！你的腳……」

「我免了一場疼痛，眞感謝爺爺。」

在腳上的骨肉成長最旺盛的幼年時期，人工的纏足會帶來劇烈疼痛，這種疼痛簡直要沁入骨髓，女孩們有一段時期還會因爲疼痛而晝夜啼哭。

「是嗎？那太好了！」溫章眼裡噙著眼淚說道。

「去見見連維材吧！和彩蘭以後還可以慢慢地聊。」溫翰在旁邊說道。他實在看不慣兒子這種婆婆媽媽的樣子。

溫章依依不捨地離開女兒來到走廊，父子倆才並排地走在一起。

「我不久要去上海，」溫翰說：「你這次航行結束後就到澳門去。至於彩蘭，你想留在身邊嗎？」

「嗯！當然想。」

「那麼，最近連維材要去廣州，就請他先把彩蘭帶去嗎？」

「如果可以這樣就太好了。」溫章回答。

「彩蘭的事，你一點兒也不用擔心。」溫翰突然停下腳步，專注地看著兒子的臉。

江蘇巡撫

「對方把我當棋子，我也可以反過來把他當成自己的棋子。」林則徐正想到這裡，一旁的溫翰突然說道：「英國船很快就會離開上海，您可以不用負任何責任。」

「噢！」林則徐盯著對方的臉，「您想把英國船也當成棋子來運用吧？」

「是的。」溫翰回答。

1

關帝廟的牆上靠著一杆旗子，上面寫著「饑民團」三個大字，筆跡相當秀美。

在廟前廣場上，一群大約兩百多男子正吃著饅頭，有的站著吃，有的蹲著或坐在地上，也有人懶懶散散地躺在那裡。他們大多穿著黑色棉衣，其中也夾雜著一些衣衫襤褸的，像是流浪漢。不過大部分人的穿著並不差，和這附近的農民沒有多大差別。

「喂——沒有了。」有人大聲地喊起來。

「怎麼？就這麼一點兒？」

「不准騙人！」

人群中傳來亂糟糟的叫嚷聲。

「馬上就拿來！請大家稍等一會兒。」一個老頭提著一個大水壺，慌忙地登上臺階。他用袖子擦了擦額上的汗，放開嗓門大聲地說道。

「快點！」

「不要磨磨蹭蹭的！」

人群中這種亂糟糟的叫罵聲很快就消失了，因爲，十來個盛著饅頭的大籮筐被抬了過來，人們的嘴巴又緊張地咀嚼起來。

過了半個時辰，饑民團的人們都已經吃飽了，有的人摸了摸肚子，把剩下的饅頭塞進口袋。

「飽了，我們走吧！」一個大漢這麼說。

他站起來，舉起雙手，伸了個懶腰。他肥大的身軀慢吞吞地朝牆邊走，拿起靠在牆上的旗子舉了起來。

「我們走！」說完這句話，他那張大臉上滿是笑容，露出的大齙牙也閃閃發亮。

這些饑民們陸陸續續地跟在他身後。原本坐在地上的人們站起來時還順手拍拍褲子和上衣，廣場上一下子灰塵瀰漫。

這個頭頭模樣的肥胖男子嘴裡發出「嗨呵嗨呵」的吆喝聲，把那杆旗子一會兒舉起來，一會兒放下去，那樣子看起來很滑稽。

饑民團開始移動了。他們有一半的人光著腳，腳趾頭又粗又大，走起路來好像要把沙子、小石子踏碎似的；而穿著草鞋和布鞋的腳也雄勁有力。

兩百人腳下揚起的塵土慢慢地向北邊移動，廣場上只剩下村子裡原本十幾個接待饑民團的人，和滿地的空籮筐、茶碗。這就是「蠶食」之後的情景。

提水壺的老頭子此刻渾身無力地坐在關帝廟的臺階上，嘟嘟囔囔地說：「好啦、好啦！總算打發走啦！」

這裡是江蘇省揚州北面的一個村莊，村的名字叫「鳳凰橋」。

隔著廣場，關帝廟對面有一戶人家，林則徐正帶著一群幕僚在這戶人家的樓上休息。他剛才一直在窗邊看著饑民團強索食物、大口吃饅頭的情景。

「這些糟糕的傢伙最近經常來嗎？」林則徐問這家的主人，這位主人是村裡的一位鄉紳。

「每月一兩次。」

「哦！次數這麼多。」

「秋、冬還要多一些。」

「這可是個大問題。」

「不過……」主人吞吞吐吐地說：「我們村裡的人也這麼經常到別的地方去……」

「你是說大家都互相這麼做嗎？」

「沒辦法呀！」主人眼神往下地回答。

這些人既不是土匪，也不是流浪漢，其實是外出打短工的人群。由於氣候，各地插秧和收割的時期不同，於是就形成了一種習慣，年輕的農民會利用這段時間外出打短工。因爲自己的子弟也要出遠門受苦，沿途的農民最初都主動爲他們提供吃食，後來那些以「吃四方」爲職業的人也逐漸混進這些打短工的人群裡。

「是個麻煩的事呀！」林則徐小聲地說。

突然，他好像想起了什麼，就從行李中取出書籍。他打開《皇朝通典》，上面寫到：「乾隆二十二年（一七五七）人口，一億九千三十四萬八千三百二十八人。」接著他查閱一下道光十年（一八三〇）的《戶部檔案》，其中寫到：「本年全國人口，三億九千四百七十八萬四千六百八十一人。」

七十年裡人口增加了一倍，而耕地面積在這期間僅增加百分之十八，而全國大部分是農民。在這種人口和耕地面積的增加不平衡之下，當然會影響老百姓的生活。

這些人雖非「乞丐」，但自稱饑民到各地需索飲食……，就連那些眞正受雇於當地工作的人們，由於生活日益困苦，在家中待不下去，也會慢慢地淪落爲對他人敲詐勒索者，很難說他們以後不會變成土匪。

饑民團的人群越走越遠，那旗子上的字已經辨認不清了，但還可以看到那旗子在濛濛灰塵中隱約地上下躍動。

「拿旗子的傢伙簡直像個丑角。」林則徐自言自語地說。

如果由一個有更大野心、懷有目的的奸惡之徒來揮動旗子，就可能把這群人變爲暴徒。危哉！危哉！想到這裡，林則徐的肩膀抖動了一下，照這樣發展下去，這種結局是不可避免的，他很難把這種想法從心裡排除出去。

「我們出發吧！」他說道：「揚州就在眼前了，這次要趕一下路。」

去年七月江蘇遭逢水災時，林則徐立刻運去河南的糧食到當地，博得了人望，人們頌揚他是「林青天」。而所謂的「青天」，即是指清廉仁慈的官吏。

他完成運糧任務後，於十月任「河東河道總督」，去了北方，人們因此感到很惋惜。

今年二月，他被任命爲江蘇巡撫，當地的人民拍手歡呼，但他本人卻藉口因爲要處理治理河道的未完事務，沒有馬上赴任。不過，現在不允許他再拖延了，因爲英船阿美士德號已非法進入上海港口。他現在正由山東入江蘇，趕赴上海。

2

林則徐到任之前，江蘇省巡撫的職務由布政使梁章鉅代理。

巡撫是一省之長，掌管全省的行政、司法和軍事。在巡撫下，「布政使」主管行政，「按察使」主管司法。

這位代理巡撫、布政使梁章鉅，和地方軍司令、蘇松鎮總兵關天培將軍以及蘇松太道（蘇州府九縣、松江府七縣和太倉州四縣的行政長官）吳其泰——這三個人，是當前的負責官員。

關天培悶悶不樂地待在房間裡。他的情緒不佳，他從櫃櫥裡取出酒壺，斟了一碗酒，一口氣就把它喝完。今天已派出兵船，把官兵部署在塘岸，但阿美士德號並未因此有絲毫畏懼。作爲一個海軍軍人，他太了解敵我之間的實力差距了。

「哼！什麼『速驅逐出境』？」他又喝了一碗酒，捋著絡腮鬍恨恨地說。這位年已五十三歲的將軍，蓄著一把漂亮的灰鬍子。

他那渾濁的眼睛望著虛空，又把一碗酒灌進自己的喉嚨。「要打，誰勝誰敗早就注定了。」眞叫人無可奈何啊！中央那些要人們吝惜軍費，對海防毫無理解，卻動輒就命令他要什麼「驅逐出境」？實在叫他氣憤。

「六千斤的砲有十門也好啊！」他自言自語地說。

在後來的鴉片戰爭中，身爲提督而壯烈陣亡的猛將有兩位，一個是之前提到的陳化成；另一個就是關天培（他第二年由總兵提升爲提督，鴉片戰爭時任廣東水師提督）。

陳化成心直口快，關天培性格內向。小個子的陳化成顯得機靈；高大的關天培穩重，說得難聽一點，有給人很笨拙的感覺。陳化成有點幼稚，有時顯得有點可笑；關天培卻一味地謹愼嚴肅，在屬下面前很少露出笑容。

關天培發洩感情的唯一方法，就是像這樣在沒有人的地方大碗喝酒。

「好在少穆就要到了。」他這麼說著，好像在安慰自己。

少穆是林則徐的字。道光三年（一八二三）關天培任蘇松游擊時，林則徐是江蘇省按察使；三年後，關天培任太湖營水師副將，林則徐就在他身旁主持兩淮鹽政；隔年，關天培提升爲蘇松鎮總兵，至今已有五年之久，林則徐在這期間曾兩度擔任江蘇布政使。他們兩人之間建立了眞正友誼，關天培心裡有什麼煩憂的事，往往會想起信賴的朋友，而這位朋友正從北方朝這裡趕來。

關天培打開窗戶，夜晚的上海港出現在他眼前，阿美士德號上明亮的燈光刺得他的眼睛發痛。這艘可惡的夷船，自六月二十日（農曆五月二十二日）入港以來，已經在那裡待了十天了。

這時，一位軍官進來報告說：「巡撫大人來了通知，說他已到揚州。」

「是嗎？」關將軍很少在外人面前流露感情，甚至被人們認爲有點笨拙，但這時卻高興到露出滿口白牙。

3

林則徐到了揚州。

揚州是兩淮鹽業的重鎮，設有鹽運使署。六年前，林則徐曾在此地任鹽運使，掌管了半年左右的鹽政。這次來揚州，他本來應該住進他所熟悉的鹽運使署，卻選擇了平山堂作爲住宿地。平山堂是鑑眞和尙曾經駐錫過的大明寺遺址。

「有客人在等著大人。」來迎接林則徐的平山堂僧人說道。

「噢！是翰翁吧！」

林則徐曾接到溫翰的來信，要求在揚州和他做一夕之談，恰好林則徐也有些事情要徵詢他的意見。

平山堂在乾隆元年（一七三六）重建時，在堂的西面建造了庭園。庭園裡一片青翠蔥綠，人們曾讚揚：「揚州芍藥甲天下，載於舊譜者，多至三十九種。」這些芍藥現在已經凋謝了。《浮生六記》中敘述平山堂說：「雖全是人工，而奇思幻想，點綴天然。」點綴天然的意思並不是模仿自然，而是說在自然之中點綴一些人工建造的東西。

鹽運使署裡也有庭園，但林則徐不喜歡那裡的自然氣氛，卻喜歡平山堂帶有人工建造的美。庭園裡的石頭確實是從洞庭湖運來的，但石頭的布置絕不像是原來就生長在那裡一樣。那些滲透了搬運工人汗水的岩石，本身就好像表明它們不是自然的產物，而是人工建造的結果。林則徐就喜歡這一點。

在平山堂的一間屋子裡，溫翰早就在那裡等著了。

「撫臺（對巡撫的尊稱）越來越有精神了。」

「這麼說，翰翁也好像突然增添了銀絲，尤其是您那眉毛。」

「那是老朽的年齡應該有的。」

「不，絕不是這樣。」

「我想問一問，這次夷船來到上海，撫臺將作何處置？」

「您看應當作何處置？」

溫翰沒有直接回答這個問題，只說道：「最好是不要去。在夷船走後才去赴任，撫臺就可以逃脫一半責任。」

「這麼說，翰翁是來勸阻我赴任的囉？」

「是的。」

「夷船的到來，翰翁今年年初就已經知道了吧？」

「是的。」

「翰翁，您眞是個可怕的人物啊！」林則徐這麼說著，原本想笑一笑，但內心裡有什麼東西把這種笑的衝動給壓了下去。

這可不是好笑的事情啊！

林則徐初次見到溫翰是在二十年前，地點在北京。準確的年份是嘉慶十六年（一八一一），即全國英才參加三年一度的會試而齊集北京的那一年。

當時林則徐二十七歲，已是具有參加會試資格的「舉人」，於是他在那一年的春天來到北京。他是福建省福州府侯官縣人，上京之後，同鄉們都跑到他的宿舍裡來鼓勵和慰問。

會試一及格就是「進士」。進士是從上萬名府試、院試、鄉試等三級考試都及格的應試者中選出來的，名額只有兩百人左右，而且三年才選一次，可見中了進士是很有權威的。

進士就是未來的大官，北京同鄉們拜訪、慰問有希望的應試者，實際上等於是一種預先訂貨。因爲這些人都有某種慾求，溫翰卻沒有，他拜訪了林則徐後只說了一句：「我總算見到我所要尋找的人了。」

林則徐這一年中了進士，進了翰林院。同樣是進士及第，能進翰林院的是朝廷特別挑選的英才。

在當時的政界，賄賂有很大的作用。林家雖然富裕，但最好還是可以另外擁有大量的政治活動資金。鄉紳們向他提供政治活動資金，當然指望能得到相應的報酬，獲得各種利益、權力，而溫翰卻似乎根本不期待什麼。二十年過去了，溫翰沒有向林則徐提出過任何要求，沒有對任何事情的進行有過干預。而勉強稱得上是「干預」的建議只提過兩次。

一次是在道光二年（一八二二）林則徐被任命爲江蘇淮海道（淮安府和揚州府海州的行政長官）的時候，溫翰派出急使，建議他延遲赴任，原因是透過另外的管道運作他擔任鹽運使的官職。因爲「道」是正四品官，「鹽運使」是三品官。

從那次到現在又過了十個年頭了。林則徐已被任命爲江蘇巡撫，溫翰卻一直建議他盡量推延赴任的時間。從溫翰的語氣來看，這似乎是因爲他事先已知道阿美士德號即將來航的訊息，所以不願讓自己寶貴的棋子捲進這場騷亂。

象棋的棋子。二十年只提過兩次建議，林則徐卻明顯感覺到自己是顆棋子。「可怕的翰翁！」這是他的眞實感覺。他中進士時，並不感覺溫翰可怕，只覺得「這個人有點奇怪，只提供他政治活動資金，卻不提任何要求。這種「不提任何要求」的態度，卻越來越增加了他的無形壓力。兩、三年後，他推測溫翰這麼做可能是「放長線釣大魚」。過了五、六年，他覺得溫翰「眞有耐心」；七、八年之後，他才逐漸感覺到溫翰的可怕。

就這樣過了二十年。

林則徐早就認識溫翰的主人連維材。三年前，林則徐因父親去世回鄉服喪時曾和他多次見面，當時他就意識到連維材身上有某種奇特的東西和自己很相似。他們年紀相仿，嚴肅的臉也有某種相似，但相似的還不只這些。

「對！」想到這裡，林則徐意識到了，「看來我們同樣是象棋的棋子。」他不覺得微笑起來，而連維材的臉上也露出微笑。林則徐感覺到對方大概也意識到這一點。「假如說我是『車』，連維材大概就是『砲』吧！」按照日本的將棋❶來說，就是「飛車」和「角行」。

這兩顆棋子都很厲害，但所發揮的作用卻完全不同，就像政界和工商界那樣，如果把它們好好地配合起來加以運用，一定會發揮可怕的破壞力。

---

❶ 將棋是日本的一種棋。飛車和角行是將棋棋子的名稱。

4

挪動棋子的手。林則徐這時看了看溫翰的手指頭。

他在溫翰面前盡量做出輕鬆的樣子。

「我記得初次見到翰翁的時候，您曾說過『我是您所要尋找的人』。既然已經讓您給找到了，你總該對我有什麼期待吧？」

「當然有。」

「可是，翰翁從來沒有說過呀！」

「那麼，我現在就說吧！」溫翰淡淡地回道。

他就要說出二十年來一直支持林則徐的原因，但是他並沒有因此正襟危坐，改變他剛才隨便的態度。

林則徐也裝成漫不經心的樣子把視線轉向庭園。屋子朝西的門敞開著，從那裡可以看到平山堂庭園的一部分。園中有一塊太湖石，它的形狀就像一條張口朝天的龍，穿孔的地方相當於龍的眼睛。

林則徐凝視著龍的眼睛。

「我期待您的是……」溫翰就在他面前說話，可是不知道為什麼，他感覺這聲音好像來自很遠的地方。「凡是您真正想做的事，不論是什麼事，我希望您能拿出全部精力果斷地去做。如此而已，沒有別的了。」

「聽起來這似乎是很平常的要求，可是，恐怕再沒有比這個更不尋常的要求了。」林則徐轉回視線，這麼說道。

「是啊！確實是不尋常，但我懇切地希望您能這麼做。」

「您等了我二十年，就是為了我達到能夠這樣做的地位嗎？」

「是的。」

「可是，我想做的事情，以巡撫的地位來說是很難做到的。」

「這個我明白。您一生的事業，僅憑一個巡撫恐怕是不夠的，所以，我早就做了準備，我想也許會對您有些幫助。」

「做了準備？」

「我這次來就是爲了這件事。」

林則徐再一次把視線投到太湖石上。《揚州畫舫錄》上說：「揚州以名園勝，名園以壘石勝。」除了平山堂外，揚州還有影園、九峰園、倚虹園、趣園、萬花園等許多名園。揚州名園的生命在於石頭，石頭以太湖石爲最。它產於環繞太湖洞庭西山、宜興一帶的水中，石性堅硬、潤澤，由於波浪的衝擊產生了孔穴，並帶有縱橫的裂紋。這種石頭極少，搬運起來也十分困難。一般雖稱之爲太湖石，其實大多是鎮江竹林寺、龍噴水和蓮花洞的石頭。而平山堂的石頭是眞正的太湖石。

石頭有種種的美，林則徐現在看的太湖石屬於蘇東坡所說的「石有文而醜」，怪醜和千態萬狀的美是相通的。這石頭像一條龍，但看著看著又好像變成了雲彩狀。「文而醜」——如果把這種石頭比作人的話，那就是溫翰。

溫翰的聲音聽起來更加遙遠了。「我準備了五十萬兩銀子。」

《紅樓夢》第三十九回中有一段描述：

劉姥姥聽說賈府裡一頓飯要花二十多兩銀子，她說這足夠她一家人生活一年。那時平民的一頓飯錢約爲一、二十文。

當時規定一兩銀子爲九百五十文至一千文錢。由於鴉片的輸入造成白銀外流，銀價猛漲起來，現在一兩銀子值一千二百文至一千三百文；到了鴉片戰爭前夕的道光十八年（一八三八）爲一千六百文；十年後達到二千文。

官吏的基本薪水叫「俸祿」，數額極少，因此爲了培養官吏「廉潔」，又增添了「養廉費」，另外還附加一些「公費」。

林則徐是巡撫，巡撫是正二品官，二品官的俸祿年額爲一百七十五兩銀子和七十五石五斗大米。五斗的零頭讓人感到滑稽可笑，一百七十五兩銀子也算不了什麼，只要每天舉行一次二十兩銀子的宴會，不到十天就花光了。

不過，養廉費的數額很大。江蘇巡撫的養廉費年額是一萬二千兩銀子。（附帶一說，布政使是八千兩，知府是二千至三千兩，知縣是一千至一千八百兩。）公費據說「實爲官吏之囊物」按月發給，巡撫是五兩，一年也不過六十兩，太微不足道了。

大體算來，林則徐每年要從政府拿到一萬二千三百兩銀子。當然，這是最高一級的薪俸，和下級官吏的薪俸之間差異很大。最下級的九品官不過三十一兩銀子，外加十五石大米。沒有品級的屬吏就更少了，如兵卒，每月只有一兩銀子和三斗大米，按年額來算，還達不到劉姥姥所說的足以養活一家人的二十兩，所以士兵的素質低劣、軍隊士氣消沉，看來是必然的。當時清朝政府每年的收入還不到四千萬兩銀子。從這些情況可以了解，溫翰說的五十萬兩銀子具有多大的份量。

「應該夠用了吧？」溫翰問道。

「也許還不夠哩！」林則徐低聲回答。

「不夠還可以再給。」

「不過，您應該說出要我用到什麼地方。」

「不必，這個不用說。」

「也許會和您所期望的不一樣。」

「我只希望您用它，並不想了解您會用在什麼地方。」

「是嗎？那我就接受了。」

林則徐又望著庭園裡的太湖石。他心想：「這個老頭子一定有期待我的具體事情。」

對方是商人，而且不是在廣州壟斷對外貿易的公行商人，他對限制貿易一定是持批判的態度。溫翰的主人連維材之前曾對他說過這樣的話：「對外全面開放是不可避免的。現在必須趕快做，否則我國就要落在時代的後面，趕不上西方。」

連維材的這種意見一定就是溫翰的意見。五十萬兩，恐怕只能解釋爲希望儘快對外開放的活動費。

太湖石由雲彩形狀變爲波浪形，像是怒濤被擊碎時的浪頭。

「對方把我當棋子，我也可以反過來把他當成自己的棋子。」林則徐正想到這裡，一旁的溫翰突然說道：「英國船很快就會離開上海，您可以不用負任何責任。」

「噢！」林則徐盯著對方的臉，「您想把英國船也當成棋子來運用吧？」

「是的。」溫翰回答。

5

巡撫是單獨處理政務的官吏，從官制上說，不需要輔佐官。他們是位於官僚組織之上的高官，實際上還帶著一群人，即書吏、幕友或幕客，也就是私人祕書和顧問團。

清代的科舉制度過於重視文辭、拘泥於形式，使一些有才能的人只因爲文辭不合規範、字寫得不好，而在考試中名落孫山。這些人不能當正式官吏，於是就當上了「幕客」，在現實中，這些官員之外的幕客操縱政治的例子是很多的。

林則徐的幕客中有一個人叫招綱忠，他作爲行政官吏的能力幾乎是零，但在處理人事關係上卻十分出色。

溫翰離開平山堂之後，林則徐就把招綱忠叫來。

「招先生的師父近況如何？」林則徐問道。

「您是說王老師嗎？」

「是的。他還在這附近嗎？」

「聽說是的。」

「情況還好吧？」

「嗯！他本人應該覺得過得不錯，不過，依我看來，總覺得他看起來有點自暴自棄。」

「這種自暴自棄、在市井裡隱姓埋名，正是你沒和你師父可以學到的地方，因此你才當上了幕客。」

「我有經濟上考量。」

「你師父當然也會有這方面的困難。」

「可是他即使坐在家裡，也會有人主動送東西去供養他。」

「我想見一見你師父，越快越好，當然不要讓別人知道最好。」

「我明白了，我會想辦法和師父聯絡。」

招綱忠的師父就是隱居於江南的王舉志，社會上都把王舉志看成是俠客的首領。像他這樣來去無蹤的人，根本就沒人知道他什麼時候在什麼地方做了什麼。不過，透過某種管道，馬上就知道哪裡可以找到他。

這天晚上，招綱忠來到街上。

揚州是個懶懶散散的城市，它的繁榮已經慢慢地被對岸的鎮江奪去了。自古以來，這裡的女性以美貌聞名。人們常說：「腰纏十萬貫，騎鶴游揚州，不知歸。」總之，這裡是個美人窩。

招綱忠出門的時候，幕僚朋友們和他開玩笑說：「喝點酒是可以的，可不要讓美人纏住了而忘記回來啊！」

招綱忠並非不喜歡女人，但這天晚上他有任務。他看了看幾家酒店，走進一家人最多的酒館。酒館隔壁是一家經營揚州特產竹編工藝品的商店。

他左手拿著斟滿酒的酒杯，右手掌蓋在酒杯上，然後把蓋酒杯的手掌揭開一點，喝了一口酒，喝完又蓋上。就這樣反覆了三次。

一行人到了其他地方，規定種種和當地所屬組織保持友好關係的同行進行聯絡的暗號。招綱忠剛才的動作就是表示「有事想打聽」的暗號。

不一會兒，一個滿臉鬍子的男子來到他身邊說道：「童子登山。」

「中途返回。」招綱忠回答。

這種問答是他們之間通用的行話。行話說完後，招綱忠請他幫忙和王老師聯絡。

「我不知道老師在什麼地方，我去打聽打聽吧！」大鬍子說。

第二天，林則徐一行人出發之前一切都已聯絡好了。據說王老師正準備從鎮江去江陰。見面的地點定在常熟的燕園。

常熟首富蔣家的府宅稱作燕園，座落在城北門靈官殿旁邊。燕園和當地的拂水園並稱，都是著名的庭園。拂水園不久就荒廢了，而燕園基本上仍按照原來的面貌保存下來。

燕園是康熙年間，當過臺灣知府的蔣元樞不惜重金建造的。園內有兩座假山，東南邊的假山用的是太湖石，西北邊的假山用的是黃石。當時政府的大官外出旅行，喜歡住在各地豪族紳商的家中，林則徐也在這裡住了一宿。大官來住宿，這是家門的榮耀，家主蔣因培愉快地款待了巡撫一行人。

可是這天卻來了一位意想不到的人物，他叫王舉志，人們稱他爲「江南大俠」。從另外的意義上來說，這個人物也是必須款待的，蔣因培只好把他迎進家中，安置在和巡撫一行人相隔很遠的房子裡。

巡撫和王老師在當晚見面了，這件事除了招綱忠外，誰也不知道。

他們倆其實已經見過許多次面。林則徐在江蘇省長期工作過，他十分了解王舉志是何許人物。王老師一鬧彆扭，全省就會一下子鬧騰起來，各地的扒手、小偷會一起開始活動：官鹽、官糧遭到搶劫；饑民團的人數突然增多；賭徒們好像從冬眠中醒來，做出種種暴行，所以，地方官也不得不對王舉志敬讓幾分。林則徐爲了保護官鹽，也曾經會見過他。

現在林則徐把王舉志迎進燕園的一間房中，說道：「我一向對您很欽佩。當官的想調動人是很困難的，而您是一介布衣，卻能調動十萬之眾。」

「您過獎了。您特地約見我，我想不會只是說一些誇獎的話吧？」

「除了誇獎之外，我還想和您談一點事情。」

「請問是什麼事？」

「我很欽佩您，但是另一方面又覺得十分惋惜。我想說的就是這一點。」

王舉志聽林則徐這麼一說，就把臉轉到一邊。人們稱他爲「老師」，其實他還沒有到達爲師的年齡，他比四十八歲的林則徐還要年輕幾歲。

他有一張柔和的臉，下巴稍寬、臉色白皙、五官端正、眉毛不濃，與其說是眼睛、鼻子顯得大，不如說是嘴巴小了一點。他這副容貌，無論什麼時候看起來都像剛剛洗完澡般的那樣輕鬆愉快、乾淨俐落。

很難想像，這樣的人一高興立刻可以調動江南整個黑社會，許多人為了他什麼都願意幹。這大概是因為——他隨時都準備豁出自己的性命——這一點打動了人心。

這也就是招綱忠所說的「自暴自棄」吧！因為只有這一點招綱忠未能從師父那裡學到；但這也是最重要的一點。王舉志之所以為王舉志，也許就在於這種自暴自棄的勇氣，他並不粗暴，讓人有一種經過理智清洗過的、清澄透明的感覺。

「啊！原來如此。」林則徐心裡這麼想，好像突然明白了。

「慚愧！慚愧！」王舉志沒頭沒腦地說。這句話是他平常的口頭禪。

「您慚愧什麼呢？」

「各式各樣的事情。種種的……」

「我接著剛才的話說吧！我感到惋惜的是您只能調動十萬之眾。」

「只有十萬？」

「您本來可以調動百萬，不！千萬之眾。實在可惜啊！」

「我並沒有懷著什麼高尚的想法去調動人，也可以說是排遣排遣寂寞吧！有時候是為了發洩一下心中的怒氣——所以我感到慚愧。」

「如果能調動百萬、千萬之眾，也許更能排遣寂寞。」

「是嗎？」王舉志歪著頭問道。

林則徐想起了饑民團的旗子，這旗子不知道現在又從哪個沒有頭腦的丑角那裡轉到誰的手中了？但願不要落在糊塗人手裡，因為王舉志畢竟是個明白人啊！

「這麼一來，您也許就不會感到慚愧了。不僅是您——」林則徐加重語氣補充道：「也包括我們。」

王舉志的眼睛突然露出異常的光芒。他們倆互相盯著對方的眼睛，一動也不動地待了好一會兒。

正陽門外

對默琴的想念，一下子變成這種政治感慨，確實有點不合情理。

他具有一種多愁善感的個性，一遇到什麼事，立刻陷入一種失魂落魄的狀態。他常一味地用意志和理智來壓抑他那過於豐富的情感。在他身上，一種可以稱之爲「幻想」的詩魂，和對當前現實社會的關心交織在一起。

龔定庵就是這樣一個人物。

1

龔自珍向他供職的國史館告了假，今日再度赴城外的吳鐘世家拜訪。吳家二樓總是有些文人雅士聚集在那裡品茗下棋、談古論今，不過，今天卻一個人也沒有。

主人吳鐘世兩手抱了一大堆書，在走廊裡和龔自珍打招呼，「噢！定庵先生又到不定庵來了？」

「嗯！才剛到。」龔自珍回道。

龔自珍號定庵，吳家主人模仿他的號，爲自己的家取名叫「不定庵」，而且還請定庵寫了一塊門匾。定庵的字寫得很蹩腳，但他對寫字向來樂此不疲，凡有朋友相託，他都高高興興地提筆揮毫。前面已經說過，廈門連家別墅的門匾就是出自他之手。

「『不定庵』，定庵書」——這塊好像取笑他的匾額掛在吳鐘世家的門上已經好幾年了，從他們幾位朋友成立同人組織「宣南詩社」的時候就掛在那裡了。

「你先找個地方隨便歇一會兒，我收拾收拾就來陪你。」主人說道。

吳鐘世今年四十七歲，小個子，人很機靈。

「今天好像誰也沒來呀！」

「大概以爲是曬霉的日子，避忌諱吧！」

「啊！是嗎？我都忘了。今天天上一片雲彩也沒有，的確是曬霉的好天氣。」

農曆六月六日有曬書籍和衣服的習慣。北京農曆六月經常下大雨，在這種時候曬霉，似乎不合情理。不過，這是一年一度必須要做的事，而且只有今年，也是道光十二年（一八三二）夏天的紀錄上記載著「旱」，曬霉還是很適合的。

定庵等吳鐘世抱著一堆書穿過走廊後就獨自走到窗邊。一打開窗戶，眼前的景色一下子分爲兩部分：視野的上半部是鮮豔耀眼的碧藍色；下半部卻是一片黯淡的顏色。

這座不定庵座落在北京正陽門（通稱「前門」）外東邊的一條巷子裡。打開面北的窗戶，看到的是連綿不斷、灰褐色、高達十公尺的城牆，城牆下是一片布滿灰塵的屋脊。

當時的北京，即使是主要街道，也是兩邊人行道鋪著石子，中間並不鋪，據說天一下雨就遍地泥濘；三天不下雨就積塵三尺；一颳風就「黃塵十丈」。

碧藍清澈的天空、布滿黃塵的灰暗城牆和屋脊——這是他已看過多少遍的景色啊！

「太膩了！」龔定庵厭煩了。

書籍全部搬到院子裡後，書房頓時空曠起來。吳鐘世一高興，順便又把書櫥挪動，準備打掃一下。空書櫥很輕。放在屋子東北角的書櫥一挪開，它背後的一扇窗戶就露了出來。

「啊！對，這裡還有一扇窗子呢！」之前這裡沒有放書櫥，後來藏書越積越多，十年前這扇窗子才被書櫥堵了起來。

吳鐘世漫不經心地往這扇窗子外看了看，他已經十年沒有從這扇窗子往外看了。書房在二樓的東北角，可以從其他窗戶、不同的角度看到外面。

這座不定庵面南是一條狹窄的巷子，背後是一家名叫「昌安藥鋪」的大藥店，藥鋪的店堂朝北，面對一條相當寬闊的大街。所以這兩家是背靠背，中間有一條只能容一個人通行的小過道。不定庵和它的東西鄰舍都是背靠著藥鋪的後牆，可見藥鋪相當大。

昌安藥鋪的後牆彎彎曲曲，從不定庵的窗子看不到它的東側。不過，由於角度不同，從書房的這扇窗戶卻可以看到它的東面。

「啊呀……」吳鐘世歪著腦袋沉思起來。藥鋪的後牆上不知什麼時候開了一個小門，但十年前卻沒有這個小門。在這條勉強只能通行一個人的小通道裡，東西兩頭又被藥鋪的倉庫和藥材粉碎場的房屋堵住。在這種地方開了一道門，究竟打算幹什麼呢？

就好像要回答他的疑問似的，這時剛好一幅奇妙的景象進入他的眼簾。

從藥鋪的後門走出了一個人。天氣這麼熱，這人卻蒙頭蓋腦地罩著一塊青布。東西兩頭都不能通行，這人究竟要到哪裡去呢？

那個頭蒙青布的人，對著吳家東鄰的後牆彎了彎身子。

「啊！明白了。」吳鐘世是個機靈人。

藥鋪的後門當然不是爲了往東西兩邊通行而開的。一出這道後門，緊對的就是不定庵東鄰人家的後門。那家也開了一道後門，看來是昌安藥鋪和不定庵東鄰人家爲了能夠互相通行，才開了兩道面對面的後門。

剛才那個人彎了彎身子是為了開鎖。在吳鐘世沉思的時候，那個頭蒙青布的人已經走進這裡的後門了。

「我全明白了！這件事應該告訴定庵。對方可不是個簡單的人物啊！」吳鐘世搖了搖頭，自言自語地說。

2

龔定庵是浙江杭州人，現年四十一歲，是公羊學者，也是一位詩人。他和妻子兒女住在北京的上斜街。

龔定庵幼時被人們稱爲神童，但會試卻屢遭失敗。長期中不了進士，有人爲他辯解，說是因爲他的字寫得不好。其實恐怕還是由於他平素所學的不是要應試的學問。他三十八歲（道光九年）時好不容易才中了進士，但成績並不佳，未能進入翰林院。他胸懷「憂患」，一直停留在正七品內閣中書的職位上，現在在國史館擔任重修《大清一統志》的校對官。他也曾經被任命爲知縣，但他卻辭謝未去就任。

現在他抱著胳膊坐在桌子邊。到這裡來，除了想和好友們聊聊天外，他還有另外的目的。

不定庵東鄰的那戶人家，他們戲稱爲「妾宅」。家主據說是山西商人，但誰也沒有見過他。最近十年間，租房子的房客變換了三次，都是年輕婦女，而且一眼就可以看出是妓女出身的女人。看來不知是哪裡的財主專門在這裡養妾，而且不時地更換。奇怪的是，誰也沒見過這裡的男人。

一年前又換了女人。

當時吳鐘世向不定庵的常客報告說：「這次來的可是個大美人。腰肢婀娜，簡直像迎風搖曳的楊柳，而且不像是北裡（妓院）出身的人。」

有一天，一位少女大大咧咧地走進不定庵。她自稱是鄰居，問她的姓名，她回答：「我叫李清琴。」她年約十五、六歲，臉蛋兒確實長得很漂亮，只是胖一點，和她的年齡不相符，沒有吳鐘世所形容的那種「腰肢婀娜」的感覺。

當時龔定庵用一種埋怨的眼神看了吳鐘世一眼，好像是說：「喂！這就是迎風搖曳的楊柳嗎？」吳鐘世的腦袋瓜兒十分靈敏，他立刻爲大家介紹說：「這位是鄰居的妹妹。」這才打消了大家的疑惑。

清琴生性不怕生，她聽說定庵是詩人，就邀請他說：「我姐姐也作詩，她說什麼時候能請位好老師幫她修改修改。老師，您到我們家去好嗎？」在座的朋友都興高采烈地揶揄定庵說：「去吧！去見見玉京道人嘛！」

清初的名妓賽賽當過女道士，取名叫「玉京道人」。她是個才女，文筆秀麗，她和詩人吳偉業之間的悲戀曾經轟動一時。

當時定庵只不過是出於一種好奇心，想看一看吳鐘世所說的「腰肢婀娜」的女人是個什麼模樣。當他一見到清琴的姐姐默琴之後，就變成了她的美貌的俘虜，想當吳偉業第二了。

吳偉業的對象是女道士，龔定庵的對象則是「別人的妾」。

「看來誰也不會來了，我還是回去吧！」吳鐘世一進屋子，定庵就站起來說。

「你要到隔壁去嗎？」

定庵沒有回答。

「要是想到隔壁去，就打消這個念頭吧！她的男人剛才來了。」

「你怎麼知道？」定庵又坐回原來的椅子上。

「她的男人是什麼人，我也大致觀察出來了。」吳鐘世說。

「是什麼人？我問過她，她就是不說。」定庵的表情嚴肅起來。

「應該是不敢說吧！因爲他是身份很高的人。」

「這一點她也說過。」

定庵想起了兩個月前的事情，當時他揪住默琴的衣領，來回搖晃著她的腦袋說：「妳的男人叫什麼名字？告訴我！我嫉妒他！妳的一切我都想知道。」

「不能說！只有這件事請您原諒。」

「不說我就殺了妳！」他雙手使勁說道。

「您就殺了我吧！」她掙扎著，眼裡浮出了眼淚。

默琴的眼淚是不可戰勝的，於是他鬆開了手，她雪白的脖子上留下了一道鮮紅的印跡，這是定庵狂亂的雙手使勁揪她的衣領弄的。看到紅印，他也哭了。

「好啦、好啦！以後再也不問了。」之後兩人瘋狂地擁抱在一起。

鬧到這種地步默琴也不說她的男人是誰，而吳鐘世卻說他已經察覺出來了。

「是什麼人？」定庵催促道。

「是軍機大臣。」

「什麼？軍機大臣！」

「對！而且是韃虜！」

韃虜是漢人帶著侮蔑和憎惡對滿族的稱呼。定庵臉色一下子變得煞白。他問道：「是兩個字還是三個字的？」

清朝的政體原則上是皇帝獨裁，在皇帝親政時，要設四、五個軍機大臣以供商談，人們往往從軍機大臣的名稱而認定他們所管的工作只限於軍事，其實軍機大臣是決定有關國政一切機要問題的官員。所謂六部不過是單純的行政機構，必須要遵照軍機處的決定來處理事務，可見軍機大臣的權力是極大的，他們位於文武百官之上，包括頤使六部的尙書、各地的總督和巡撫，以及各個軍營的將官。

道光十二年的軍機大臣滿漢各兩人，共四人。漢族的大臣是曹振鏞和王鼎，滿族的大臣是文孚和穆彰阿。所以，名字爲兩個字和三個字的各兩人。定庵所問的意思是——這人是文孚還是穆彰阿？

「三個字。」吳鐘世回答。

「穆彰阿！」定庵呻吟地說。接著，他揚起眉毛問道：「你怎麼知道的？」

3

不定庵的吳鐘世和龔定庵是同鄉，都是浙江杭州人。吳鐘世的想法、行爲都很驚人的敏捷，但這種傑出的才能並未使他走上正途。

清代的學問主要是取自古典文獻，盡可能在腦子裡把古代文化恢復原本的面貌，這就是考證之學。當政者也獎勵這種學問，可以說是一種和現實政治、生活毫無關係的——不，斷絕了關係才能形成的——學問。

一些想把學問和現實政治、生活稍微結合起來的人，逐漸脫離考證學而趨向當時剛剛萌芽的實用主義——公羊學。

公羊學起源於解釋孔子《春秋》的《公羊傳》，是一門注重實踐和改革的學問。把它向前推進一步就成爲「經濟之學」，它所論述的是有關海運、水利、貨殖、產業、地理等現實的政治。

吳鐘世曾經和已去世的劉逢祿學過公羊學。公羊學雖然是一種實踐的學問，但不適用於應試。他也曾參加過科舉考試，但每次都名落孫山。最後他斷了中進士的夢想，當了林則徐的幕客；而林則徐是公羊學派的政治家。

林則徐一直把吳鐘世安置在北京，這次往江蘇赴任，也未帶他同行。原因是：北京是政治中心，吳鐘世有爲林則徐蒐集情報的任務，不僅要巧妙地蒐集，還要分析和歸納。因爲林則徐在吳鐘世身上發現了他這種才能。

「是怎麼知道的？我說給你聽吧！」吳鐘世按著定庵的肩頭說。這肩頭還在激烈地抖動著。

「你說吧！」定庵的聲音裡帶著悲痛。

「好吧！事情是這樣的。以往誰也沒看見過隔壁妾宅裡的男人。說起來這也並不奇怪，我家出入的人很多，我就從來沒聽說過誰曾見過那裡的男人。」

「我也覺得奇怪啊！……」

「不過，隔壁有男人是確定無疑的。而且那男人既然養了女人，就應該上女人那裡去。」

「這是當然的。」定庵從默琴的口中就聽說過她有男人，而且還約定了，當男人來的時候，她就在門旁繫上一塊黃布條作爲暗號。實際上，在他們往來的半年中，這塊作爲暗號的黃布條只繫過兩次。

「可是，這個男人是什麼時候以什麼方式去的？還是個謎。」

在第二次門旁出現黃布條時，定庵想看一看這個可恨的傢伙，於是就躲在隱蔽的地方看著默琴的大門，可是看了很長的時間也沒看到男人出來，而是默琴的妹妹清琴出來把黃布條摘了。後來他摟著默琴談起他已在門外等了好久的事，默琴這樣回答：「實在對不起！他早就回去了，是我忘了摘布條。」

「這個謎剛才才解開。」吳鐘世說。

「解開了？」

「因爲曬霉，我挪動了一下書房裡的書櫥，那裡有一扇窗子。我家後面東邊的那一段，從別的地方看不見，只有從這裡才看得到外面。我看到一個男人從後面人家——昌安藥鋪的後門走了出來。」

「那個地方還有後門？」

「我以前也沒有注意過。不過，隔壁的妾宅也有個後門。這下你該明白了吧？這樣就可以和藥鋪子從後門往來了。」

「就這樣……」

「是呀！你可以想像一下，她的男人是從後門進出的。」

「那麼，那個男人是穆彰阿嗎？」

「我沒有看到他的臉，他的頭上蒙了一塊青布。」

「那你是怎麼知道他就是樞相（軍機大臣）呢？」

「這是我的推測。」

「你的推測一向有道理，這是大家公認的。不過……」

「這男人不會是昌安藥鋪的老闆，因爲那位老闆我很了解，他叫藩耕時，和大老婆、小老婆一起住在店堂後面的房子裡，這都是公開的事，即使他再娶一個小老婆，也不會特別讓她分居在後面。」

「這話有道理。不過……」

「我也曾想過是不是帳房先生，不過，這傢伙不可能幹出在老闆家後面養女人的事。」

「除了帳房先生外，不是還有一個什麼醫生在他家裡吃閒飯嗎？他是個怪人，誰請也不去，即使找上門來，要不是很有來頭的人，他也不給看病。」

「我起初也曾想過會不會是這個裝模作樣的醫生。不過，這個醫生名叫溫超光，已經上了年紀，還是獨居一人，如果他有了妾，會把妾放在自己身邊。不是把妾叫過來，就是自己搬過去，兩者必選其一。因爲他自己現在還住在別人家裡，受別人的照顧。」

「有道理。那麼……」定庵焦急地看著吳鐘世。

「這時我想起一件事：從十來年前開始，穆彰阿就爲了治療胃病，經常來昌安藥鋪找這位食客先生。」

「嗯！這件事我也聽說過。」

「朝廷裡有的是名醫，憑他的身份地位，只要一叫，哪個醫生不會搖著尾巴跑去？可是他卻偏偏來找這個不出診的怪醫生，這裡面一定有什麼名堂。」

「也許他是個有能耐的名醫吧！」

「恐怕還有其他的原因吧？」定庵緊握的拳頭直發顫，但吳鐘世並沒理會他，繼續說：「你和默琴相好，知道她是別人的愛妾。不過，對手既然是穆彰阿，我覺得你還是有點心理準備爲妙。……我這麼直白的和你說，實在抱歉！」

「不，我很感激。」定庵垂下了頭。

「話就說到這裡吧！」吳鐘世轉了話題，「不知林巡撫到什麼地方了？那艘英國船一定會停靠上海，不應該讓他受牽累啊！」

這個話題現在已引不起定庵的興趣了，他只說了一聲：「我要走了。打擾你啦！」說完就像逃跑似地離開了。

「唉……」吳鐘世目送著定庵的背影，嘆了一口氣。

4

透過淡綠色絲絹的帷簾，隱約看到一張朱漆的雙人床，綴錦的椅袱（椅套）甩在緋紅的地毯上。天氣熱，直接坐在紫檀椅子上會更舒適些。

男人的一隻腳搭在楠木腳踏上，鞋子已脫掉，光著腳板，在脫下的鞋子旁放著一塊捲成一團的青布。男人穿著一件輕便的白色長衣，胸口裸露在外，一個勁地搧著扇子。

軍機大臣穆彰阿正舒舒服服地休息。

「要是在家裡，一定會有人來幫我搧扇子的。」他這麼說。

「那我來……」默琴慌忙地從桌子上拿起一把孔雀羽毛做的扇子。

「不，不用妳搧。在家裡僕人服侍我，在這裡我要伺候妳。」

默琴猶豫了一會兒又放下扇子，坐了下來。

穆彰阿的臉又長又扁，吊著兩顆略帶浮腫的細長眼睛，這是典型滿族人的臉。他已經五十多歲，但那結實的骨架、高大的身軀，仍然不顯老，現在就是他在操縱著清朝的政治。

他的心情好像不錯，斜躺著身子，一隻胳膊肘撐在旁邊的桌子上。那是一張朱漆的書桌，桌上放著幾本書。

軍機大臣懶洋洋地拿起其中一本，「《內訓》？哈哈哈！」他好像覺得十分有趣地大笑起來。他的嘴巴雖然張著，但聲音聽起來就像從鼻孔出來。

《內訓》和《女論語》、《女誡》、《女範捷錄》等合稱「女四書」，是婦女道德修養的教科書。默琴聽到男人的笑聲，感覺自己的身子似乎在抽縮。她心想：「大概是侍妾配上『女四書』，讓穆彰阿覺得好笑吧！」

「熱吧？」穆彰阿的眼睛盯著默琴，手仍在翻弄桌上的書。

默琴被他盯的整個身體都僵直了。

「下一本該是《賢媛詩》了吧？」穆彰阿用眼梢瞟了一眼書名，那是一本彙集女詩人作品的詩集。

默琴緊張起來，注視著男人的手，更怕穆彰阿會不會馬上打開書桌的抽屜？

抽屜裡放著她的習作詩，而且詩稿上還有龔定庵用朱筆爲她修改的字跡。如果穆彰阿要問這是誰修改的，那她該怎麼回答呢？默琴想到這裡，心就怦怦地猛烈跳動起來。她今年才十九歲啊！

「我說……」她心裡祈求著男人的手指頭不要碰到那個抽屜，於是問道：「您什麼時候去熱河呀？」

「不去熱河啦！」男人用他那細長的眼睛緊盯著她的臉。

北京一到夏天就熱得很，按照慣例，朝廷的高官會到熱河的行宮避暑。

默琴低著頭，用眼梢擔心地看著男人的手指頭，他的手指頭正在桌沿上。

「爲什麼呀？」她問道，就像要用自己的問話來阻止男人那移動的手。

「譃……」也許是她的祈求起了作用，男人的手指頭頓時離開了桌子。「妳問爲什麼？這可是頭一回的新鮮事呢！我覺得妳的個性就像妳的名字一樣——很少說話；特別是聽了別人說的話後，從來沒有問過『爲什麼』。」

默琴被男人說的滿臉通紅。

「是妳妹妹的個性傳染給妳了吧？清琴可是個愛打聽新鮮事的ㄚ頭。」

這時清琴端著一個盤子走進來，盤子裡放著兩碗冰鎮梅漿。這是北京夏天的清涼飲料。

「說曹操，曹操就到了。」穆彰阿笑著說。

「說我什麼呀？」清琴問道。

「啊呀呀！正說妳就是一個愛打聽事情的ㄚ頭。」

「大人也喜歡打聽事情呀！」清琴回嘴道。

「哈哈！好厲害。不過，我打聽事情是爲了工作，因爲不熟悉下情，就不能搞政治。」穆彰阿喝了一口梅漿，接著說：「妳姐姐不愛打聽事情，剛才卻破例問了我一件事。」

「問了什麼事呀？」清琴看了看姐姐，又看了看軍機大臣。

「問我爲什麼不去避暑？」

「這件事我也想問一問呢！」

「原因很簡單嘛！因爲皇上要求雨。不過，默琴居然打聽起事情來了，這可是件不尋常的事呢！我不知道是妳的個性傳染給了她？還是她希望我快快去熱河？是不是她有了相好的男人，我變成了一個障礙物呀？」

默琴的臉色立刻變得蒼白。不過，這時清琴發出一陣爽朗的笑聲，吸引了軍機大臣的注意力。

「姐姐，妳眞的有了？嘻嘻嘻！」這確實是天眞的笑聲。

默琴對這個妹妹突然感到可怕起來。她心想：「這丫頭明明知道我和定庵先生的關係……」妹妹天眞無邪的笑聲，把軍機大臣胸中剛產生的一點疑團颬到了九霄雲外。

5

龔定庵在默琴家的前面站立了好一會兒，黃色的布條仍掛在門旁。

定庵想到默琴白皙的肌膚，想到她長長的睫毛，想到她的呼吸——這一切……，此時的她正在這座屋子裡遭受一個滿族大臣的蹂躪。

他常常在自己心中描繪那些生動的情景，現在他的心中也出現了默琴埋在韃虜胸前的臉。她經常用雙手掩住自己白皙的臉——眞是掩面面如玉，點點紅淚痕。

當他清醒過來時，幻影也消失了，於是他小跑著離開了默琴的門前。

一走上大街，周圍突然喧囂起來。這一帶是正陽門外的繁華區，塵土滾滾的大街兩旁，各式各樣的商店鱗次櫛比，一堆一堆的人群圍聚在各種店鋪前面。這裡有許多銀號，旁邊就有一座宏偉的銀號會館，兩隻鴿子掠過會館的青瓦屋頂飛上晴朗天空。銀號會館每天都要規定銀子的價格，圍聚在這裡的商人們，都利用傳信鴿把銀子的時價儘快地報告給自己所屬的商店。

「這裡的生活，我的願望不就是把這裡當作自己的世界，來對它進行改革嗎？」定庵心想。

這是什麼樣的人群啊！人越來越多，卻一天比一天窮困，各地的饑民已處於暴動前夕。英國船正違禁北航；而統治者——那些異民族的高官貴人們卻對此拿不出任何對策。對默琴的想念，一下子變成這種政治感慨，確實有點不合乎情理。

定庵具有一種異常的多愁善感個性，一遇到事，立刻陷入一種失魂落魄的狀態。他常一味地用意志和理智來壓抑他那過於豐富的情感，在他身上，一種可以稱之為「幻想」的詩魂，和對當前現實社會的關心交織在一起。

龔定庵就是這樣一個人物。

穆彰阿一直在和默琴的妹妹說話，默琴則在一旁默默地聽著。

清琴是個愛打聽的姑娘，尤其喜歡打聽宮廷裡的事情；而軍機大臣對宮廷裡的事情瞭若指掌。

「竟然有個傢伙認為老天不下雨是他的罪過，因而提了辭呈。莫非他是雨神的親戚？」軍機大臣在妾宅裡悠閒自在地和她們談起這些有趣的怪事。

「這位雨神的親戚是誰呀？」

「是富俊這個死腦筋的傢伙，他的辭職當然沒有被批准。」

「是富俊大人？是那個大學士嗎？」

「就是他。」

「大學士辭職，也要由軍機大臣來批准嗎？」

「重大的事情都要由我們決定。」

從官制上來說，內閣大學士是最高的輔政官，是正一品。不過，大學士這個官職已逐漸變為單純的榮譽職，掌握實權的是經常在皇帝身邊的軍機大臣。

穆彰阿做了說明，清琴的眼睛裡流露出興奮神色。這個十五歲少女的好奇心已展翅飛翔起來了。

「一位叫王鼎的軍機大臣，他是什麼樣的人呢？他可是很有人望的。」

「王鼎？妳說他很有人望？他是隔壁不定庵那群人之一吧！」

「是呀！」

「光是隔壁那幫傢伙並不代表老百姓。得啦！不談這些了。最近隔壁有什麼人出入嗎？」

清琴掰著手指頭說出鄰居家常來的客人名字，說到龔定庵的名字時，她連眼睛都沒有眨一下。

穆彰阿一一點著頭，低聲地說：「嗯！都是公羊學派的傢伙。」

主人吳鐘世是公羊學者劉逢祿的門生，由於這層關係，在不定庵俱樂部出入的大多是同一學派——公羊學派的人。

他們談論的不是古代聖人的遺德，而是現實的政治，例如怎樣才能控制銀價上漲、禁止鴉片的具體方法，以及恢復鹽業的方案和治理黃河論等。對穆彰阿來說，這些都應該是軍機大臣所關心的事。

「這些討厭的麻雀。」穆彰阿想起來都覺得很討厭。

「好啦！」他對清琴說：「妳可以走啦！」

「是！」清琴調皮地伸了伸舌頭，然後朝姐姐看了看。

默琴仍然低著頭。

6

龔定庵離開後，吳鐘世有點放心不下，因爲定庵是個多愁善感的人。

「對默琴男人的推測，恐怕還是不說爲好吧？」他心裡這麼想。一種責任感驅使他尾隨定庵追了出去。

果然不出所料，定庵此刻正茫然地站在鄰家門前。

「雖說他早已過了不惑之年，但這傢伙恐怕到死也會執迷不悟吧！」吳鐘世把身子緊貼在牆上，注視著定庵。

過了許久，定庵終於邁步離開了，吳鐘世悄悄地尾隨在他後面，來到了正陽門外的商店區。

街上掛著許多各式各樣商店的牌子。據說南方掛的大多是招牌（帶字的牌子），北方大多是幌子（帶畫的牌子），這大概是因爲外來的征服者主要住在皇城周圍，最初他們不認識漢字，於是掛上象徵商品畫的牌子，好讓他們知道那個商店賣什麼東西——鞋鋪門前掛著一個鞋子形狀的大幌子、鐵匠鋪掛著一個風箱。正陽門外的許多銀號，都把用線串在一起的銅錢模型作爲標記。

從定庵張望著兩邊商店和人群的樣子來看，他似乎已經從激動的狀態中清醒過來了。

「應該可以放心了。這傢伙是個奇才，但也眞叫人擔心。」吳鐘世這麼想著。此時定庵已經朝西邊走去，他可以不必再跟蹤了。

沿著正陽門外的大街一直往西走可以走到宣武門，定庵的家就在宣武門外的斜街上，他和妻子、三個孩子就住在那裡。

定庵二十九歲時寫過兩首詩——《因憶兩首》，其中一首就是回憶斜街的。他的父親暗齋是嘉慶元年（一七九六）進士，授禮部主事時定庵五歲，住在北京。以下的詩是定庵寫八歲時的回憶，可見他住在斜街的時間是很長的。

因憶斜街宅，情苗茁一絲。
銀缸吟小別，書本畫相思。
亦具看花眼，難忘授選時。

泥牛入滄海，執筆向空追。

他八歲時就萌生出對愛情的渴望，可見是個早熟的孩子。上詩中自註「宅有山桃花」，解釋他家中有一個美麗的女性。

「得啦！不用管定庵了，接下來該處理我自己的事了。」吳鐘世目送著定庵逐漸遠去的背影，拍了一下自己的肚子。

他走進一家棉花店，棉花店幌子的形狀是用珠子把三顆棉子串在一起。他善交際，這家店的老闆也是他的老朋友。

「怎麼樣？老闆，我想讓你獨占一批棉花的生意，賺一筆大錢。」他和店老闆說。

「得啦得啦！現在時機不好。」店老闆一臉胖肉，使勁地擺著手說。

「是嗎？」吳鐘世看了看店老闆的臉，那張胖臉上肉堆得太多，很難看出他的眞正表情。「這筆大買賣你既然不要，那我們看看可否在銀價上找點樂子吧！」

「目前銀子的行情外行人可能看了很想下手大量購買，不過，一個月之後這種行爲可就冒險啦！」

「哦！爲什麼？」

店老闆拿出了算盤，直接算給他看。

吳鐘世是林則徐安插在北京的祕探，他的工作是要向林則徐逐一報告重要大官們的動態、各個派系集散離合的情況，以及民眾的想法等。他作爲幕客的報酬是由林則徐的養廉費中支出，不過，光靠這一點錢還不夠，他父親平時吸食昂貴的鴉片要花很多錢，於是，他又兼當連維材的情報員。兩相比較，還是連維材這裡給的報酬較多。

連維材經營的金順記，在長江以南的主要城市都設有分店，但在上海以北則還沒有。北京雖然有他的主要顧客，至今尚未設分店，因此他請吳鐘世擔任情報員，以便掌握北方的商情。

吳鐘世雖然是學者，他是學公羊學的，腦子裡有經濟的基本概念。

吳鐘世出了棉花店，又去調查經營景德鎮陶瓷器的批發行，和出售廣東佛山鐵絲的商店。

由於銀價高漲，陶瓷店的處境十分困難，店老闆牢騷滿腹地說：「洋人要買了帶走；廣州的商人大肆搶購，價格直線上升；北京人越來越窮，價錢一高就買不起。」

從鐵絲店那裡他得知，佛山的鐵製品因爲進口洋鐵而受到沉重的打擊。

當時廣東佛山的製鐵工業剛剛從手工製作走上機械化。一般工廠的人數平均約爲一百人，大的工廠雇用一千名工人。正在這個即將有大發展的關鍵時刻，洋鐵侵入中國。特別是針，據說因爲受到洋針的威脅，製針工廠正一個接一個地倒閉。

「洋貨的品質穩定，人們比較放心啊！」鐵絲店的老闆談到他準備購進一大批已經運到廣州和上海的洋針說：「價錢也會便宜些，廣東貨越來越敵不過啦！」

「是嗎？」吳鐘世臉色陰沉。作爲一位公羊學者，他十分清楚這種現象意味著什麼。

回家途中，他在一旁攤子上喝了一杯冰鎮梅漿，這時恰好有一隊駱駝從這裡經過。駱駝共三頭，大概是從西北穿過戈壁沙漠來的。駱駝慢吞吞地每跨一步，就從乾燥的大街上帶起一股塵土，吳鐘世趕忙用手蓋住盛梅漿的碗。

他回到家裡，到父親的房間看了看。老人右半邊側躺在床上，手裡拿著長煙槍，煙槍嘴是漂亮的翡翠做的。他兩腿併攏在一起，彎成一個「弓」字，懶洋洋地拿著象牙籤子把鴉片揉成小團。他那布滿皺紋的嘴脣正含著煙槍嘴蠕動著，把鴉片煙吸進肚子裡。

老人閉上眼睛，他的枕邊放著一個紫檀的方盤，盤上雕刻著山水。放在盤中的銀製鴉片煙灰缸上刻著一副對聯：

若到黑甜夢鄉，喚彼作引睡媒；
倘逢紅粉樓中，藉爾作採花使。

意思是說：鴉片在午睡的時候可當作催眠劑、在閨房中可當作春藥。

銀座八角煙燈的藍光，朦朧地映照出繡在窗簾上的花鳥圖。吳鐘世看著看著，心裡不禁難受起來。

「我還是去書房吧！也許到那裡我的心情會好一點，那裡可是我心靈休憩的地方。」

他急忙走上二樓的書房，但那裡整個氛圍卻和平常不一樣，因爲書籍全部被搬出去曬霉了。少了那些書，整個書房就像失去了靈魂。他無力地坐在地板上，往前看就是那扇窗子。他站起來走到窗邊朝外面看去，他看到的情景也讓他覺得悶。

「啊！那傢伙要回去了。」

從東鄰走出一個頭蒙青布的男人，正消失在藥鋪的後門。

7

盛夏正午的閨房熱得叫人全身流汗。

穆彰阿離開之後，妹妹清琴立刻跑進來說：「姐姐，隔壁準備好洗澡水了。」

默琴現在對這位機靈過度的妹妹感到更加可怕了。

隔壁是一間很窄的休息室，地上鋪著大理石，室內放著一個大澡盆，也可以當作浴室。澡盆是木製的，外面包著一層銀，裡面滿滿地盛著一盆溫水，旁邊放了一塊布手巾和兩只缸子。兩只缸子裡分別裝著皀莢和金銀花的花汁。皀莢汁是去汙的，金銀花汁是洗過澡後擦身體用的。

默琴只用一塊薄薄、帶紅藍花點的羅紗裹著胸部以下的身子。進入浴室後，她解開繫在胸部上的結，羅紗輕飄飄地滑落下來，掉在大理石地上。

屋子裡垂掛著厚厚的暗綠色窗簾，在黯淡的光線中，浮現出默琴柔白圓潤而苗條的裸體。澡盆裡微微地冒著熱氣，默琴的肌膚被汗水濕透了，細細的腰肢上好像閃著光亮。

她動了一下腳，踩著腳下的羅紗，她發亮的腰肢也動彈了一下——這樣的動作說明她不只是把腳放在脫下的羅紗上，而是在踐踏著。她覺得這就像踩在穆彰阿的身上。

她的父親是個小官吏，當父親死後、姐妹倆正要流落街頭時，軍機大臣收留了她們。

「自從認識定庵後，再委身於軍機大臣就等於是處在地獄般的活受罪了。」她心裡這麼想著。

她的腰肢不停地搖動著，因爲她還在踩那塊羅紗。

穆彰阿是鑲藍旗人。凡是漢族，誰都有個某省某縣的原籍，滿族卻沒有，因爲他們原本是遊牧民族，他們必須隸屬於八個軍團中的某一個軍團，稱之爲滿洲八旗。在滿人的記載中，往往寫著「某旗人」，就相當於漢族的原籍，各個軍團都擁有象徵該軍團顏色的旗子。

在太祖（愛新覺羅．努爾哈赤）建國初期，只有「正黃旗」、「正白旗」、「正紅旗」、「正藍旗」等四個旗，後來又增加了「鑲黃旗」、「鑲白旗」、「鑲紅旗」、「鑲藍旗」等四個旗，總稱爲八旗。所謂「鑲」，就是鑲上邊的意思。鑲黃、鑲白、鑲藍等三旗，是在各自的顏色上鑲上紅色的邊，但鑲紅旗不能鑲紅色的邊，只能鑲白色的邊。

軍機大臣穆彰阿所屬旗的象徵就是藍色鑲紅邊——剛才默琴脫下來扔在地上，用她那讓人憐愛的白嫩小腳踐踏的羅紗，正是這個顏色。

她在認識定庵先生之前什麼也不懂，就像生活在黑暗中一樣。現在她略微懂了一點人生，也深切地懂得了人生的悲哀。「定庵先生曾經說過『韃虜』這個詞，那時他的眼睛裡充滿了憎恨。」自己是見不得人的侍妾，這一點定庵先生是知道的。可是他要是知道我是滿人大官的侍妾，他會怎麼想？

不，不只是韃虜，還是軍機大臣呢！

默琴不曾像妹妹那樣到隔壁的不定庵裡去玩，但從定庵的談吐中，也朦朦朧朧地感覺到那裡的氣氛。要改變世道——這是定庵和他志同道合的朋友們為之奮鬥的目標。

「要改變這個世道可不容易啊！」定庵曾經這麼說過。

為什麼不容易呢？因為希望維持現狀的人會進行阻撓，定庵他們必須和這些人抗爭。那些不願改變世道的人的代表，不正是軍機大臣穆彰阿嗎？

默琴用雙手捂著自己的兩個乳房擦上皂莢，然後用溫水沖洗。她洗了多少遍、擦了多少次，全身要擦洗掉的髒東西太多太多了。

胸口、腹部，眼看紅了一大片。當她用皂莢擦到大腿時，眼中湧出了淚水。

當她一想到自己身上存在著兩個男人的痕跡——一個是她厭惡的男人，一個是她喜愛的男人，她的胸口就憋得透不過氣來。就好像兩道閃電在她的身體內部攪動，她感到彷彿受著磔刑般的痛苦。

一個男人現在大概在昌安藥鋪裡洗澡；另一個男人現在在做什麼呢？

這時定庵先生已經回到斜街自己的家中，他正對著書桌發呆。他想給已到江蘇的林則徐寫封信，可是有點意興闌珊。他想起了大學士富俊曾經要求他「直言」。富俊是蒙族人，被人們稱為蒙古文誠公。他就是那位因為旱災提出辭職而未獲准、很耿直的大學士。

定庵提起筆，用他那並不好看的字寫了個題目「當世急務八條」，寫完這個字後又擱下筆，嘆了一口氣。

他自八歲就初戀以來，到如今已經經歷過許多次戀愛，每一次都會給他帶來新的喜悅和憂傷。他茫然地回想著，但又像要趕走這些回憶似的使勁地搖了搖頭，然後又提起筆來。

他曾多次宣布過要「戒詩」——再也不作詩了。他深知自己有異常豐沛的情感，他想用理智來壓抑這種情感。他要「禁詩」，大概就是要扼殺自己這種過於豐沛的「情」。可是，他的情是會氾濫的，禁詩的想法很快就破滅了。

不知他在道光十二年是真的沒有寫詩，還是寫了詩卻又丟棄了，總之，這一年他沒有留下任何一首詩。在散文方面，記載裡他曾著有《群經寫官答問》一書，但原文已經散失不傳。龔定庵在道光十二年寫的文章，至今僅留存下《最錄司馬法》。

斷章之一

他從容不迫地拿起紅蘸水筆。他的面前放著阿美士德號的收支表。他用紅筆塡上虧損總額——£5647。這在當時可是一筆鉅款。

林賽望著煤油燈嘟噥著說：「公司，不，英國政府現在應該懂得，這筆買賣是多麼划算啊！」

1

阿美士德號——

廈門的提督陳化成說他依稀記得曾經聽說過這個名字。他會這麼說是有道理的，「阿美士德」是一個英國人的名字，十六年前他爲了貿易談判全面自由化和締結通商條約而來過北京。

再往前追溯二十年，馬戛爾尼曾兼任祝賀乾隆皇帝八十大壽的使節，當時帶著同樣的使命來到北京，但均未成功。

清朝政府根本不關心對外貿易。乾隆皇帝曾託馬戛爾尼帶給英王喬治三世一道敕諭。這道以「諮爾國王」開頭的著名敕諭中寫道：

天朝物產豐盈，無所不有，
原無藉外夷之貨物以通有無。

意思是說：我國什麼都有，不需要和外國通商、互通有無。只因爲外國沒有茶葉、瓷器、絲綢等這些生活必需品，跑來相求，天朝爲了「嘉惠遠人、撫育四夷」，才答應進行交易。這完全是一種單方面施加恩惠的想法，絲毫沒有「平等互惠」這種通商的基本精神。

事實上，當時中國進口的商品大多是奢侈品；中國出口的茶葉等，卻都是西歐的生活必需品。茶葉是十六世紀初由船員和外國傳教士從中國傳到歐洲，十七世紀後半以後，飲茶的習俗才逐漸在老百姓中普及。特別是進入十九世紀後，英國才形成了「飲茶休息」的習慣，茶葉的需要量也因此迅猛增加。

中國出口了大量茶葉，但沒有什麼貴重的進口貨來抵消，因此貨款基本上是用現銀償付。可是，清朝卻不樂於進行這種有利於己的貿易，一味地要垂惠外夷。

不僅通商如此，清朝連外交關係也不承認。它認爲中國是天朝，在這個世界上根本就不存在和它地位相等的國家。天朝的周圍是東夷、西戎、南蠻、北狄之類的野蠻國家，對方來進貢還可以，想進行對等的交往，那簡直是狂妄之極的想法。

馬戛爾尼失敗後又過了二十年，英國於嘉慶二十一年（一八一六）又派來使節，他就是阿美士德。阿美士德在謁見皇帝時，因爲拒絕行一般朝貢者的三跪九叩禮被趕出北京。

阿美士德後來擔任印度總督，發起第一次緬甸戰爭，也因爲這件功勞而當上了伯爵。他死於一八三六年，所以阿美士德號北航時，他應該還活著。

阿美士德號的偵察航行正是「鴉片戰爭」的序曲。

林賽等人詳細偵察了中國海防現狀，調查了兵員、兵船、砲臺，乃至各個砲臺的大砲數，連那些只有砲臺而未安裝砲的「假砲臺」，也讓他們偵察的一清二楚。

後來林賽提出對中國的戰略向英國獻策。鴉片戰爭前夕，英國下議院的主戰派很多人都引用他們的報告。傳教士歐茲拉夫眨著眼睛說過：「全中國一千艘兵船，也敵不過我們一艘軍艦。」這句話也曾多次被主戰派議員引用過。

阿美士德號在廈門停靠了十幾天後來到福州，水師副將沈鎮邦和都司陳顯生因此受到朝廷「摘頂」的處分。

清朝文武官員官帽的頂上都戴有稱作「頂戴」的徽章，按照規定，一品官的頂戴是正珊瑚，二品官是起花珊瑚，三品官是藍寶石，四品官是青金石，五品官是水晶。被剝奪和摘去這種頂戴稱爲「摘頂」，這雖然不是革職，但也近似於革職的重罰。

清朝綠旗營（漢人部隊）軍官的軍階序列如下：

提督→總兵→副將→參將→游擊→都司→守備→千總→把總→外委千總→外委把總→額外外委

提督是一品官，總兵是正二品官。大體上可以這樣來理解：參將以上相當於將官，游擊至守備相當於校官，千總以下相當於尉官，從九品官的額外外委相當於中士。

副將是從二品官，沈鎮邦的頂戴應該是起花珊瑚，現在他官帽上光輝燦爛的起花珊瑚被摘去了，這眞是禍從天降。

可憐左營都司陳顯生也遭受了摘頂之災，他給林賽的一封信至今仍保存下來。信由這樣值得嘉許的文字開頭：「中華和貴國相距甚遙，四海之中人皆兄弟。」信的大意是說：我被摘去了頂戴是我的命運，並不抱怨。唯恐貴船妄聽人言來到本地，累及於我。本地地瘠人貧，年歲饑荒，不足以糊口，哪裡還有能力購買那麼大量的貨物？貴船應該是估計錯誤，還是打消念頭吧！值此天氣放晴、風平浪靜之際，正是駕船放洋的好時光，如若停留不去，我等將獲重罪。我和您「無冤無仇」，豈忍坐視我遭此不幸？信的結尾說：「務祈速掛帆開往，俾我等免於重咎。」

這完全是一種哀訴，有點像祈雨時致天帝的祈禱詞。

阿美士德號在福州的重點工作是進行商業上的調查，其次才是軍事偵察。

茶葉一向是英國主要的進口商品，福州是茶葉集散中心，如果直接在福州購買茶葉，比在廣州每擔（一百斤）要便宜四兩銀子，而且茶葉在福州可以經常保證大量供應，不必擔心缺貨。林賽等人了解這些情況，另外還詳盡調查了英國商品在福州的市場情況等。

阿美士德號達到目的後就離開福州了，福建巡撫魏元烺還因此洋洋得意地上奏說：

……率同舟師，示以聲威，尾追驅逐，該夷船於十八日由東北外洋遠颺無蹤。……

這完全是謊言，說的好像是用武力把人家趕走的，其實是拱手禮拜，求人家撤走。

2

廈門的陳化成和福州的魏元烺，都把夷船長期停泊的原因說成是因爲天氣，浙江也是如此。

阿美士德號離開浙江後直奔上海，從江南洋面進入吳淞口是六月二十日，二十一日到達上海。

林賽給地方長官發了一封信，他在信中敘述近百年來中英貿易發展的狀況，廣宣開港的好處。

當時的蘇松太道是吳其泰，他用老套的官腔答覆說：「本地一向禁止對外貿易，快去廣州進行交易吧！」他在信中使用了「夷商」一詞，林賽抗議說：「無法忍受此種凌辱！這是有關本國體面的事。大英帝國不是夷國，是一般的外國。」

對此本來可以置之不理，但吳其泰卻說什麼「夷」並不是貶詞，是「外國」的同義語，還鄭重其事地引用孟子的話：「舜乃東夷人也。」

舜是中國儒家的聖人之一。

阿美士德號也有一個懂漢語的傳教士歐茲拉夫，他在第二次抗議信中引用了蘇東坡的話：「夷狄不應以中國之治治之。」

這是帶著輕蔑的意思來使用「夷」字的例子。

吳其泰沒有辦法，儘管覺得可恨，還是讓步了，把「夷商」改寫爲「該商」。他嘆了口氣說：「偏偏總督、巡撫都不在的時候這夷船闖進來。」

兩江總督陶澍在江寧（南京）；江蘇巡撫林則徐已在二月任命，爲什麼還不來上任呢？

清朝的官制以相互鉗制爲基礎，例如中央政府的行政機構六部，均任命滿漢尚書各一名，即每個部都有兩名大臣。地方官也是如此，各省有巡撫一人，但在巡撫的上面，一省或數省重疊設置一名總督。

江蘇省也有相當於省長的巡撫，此外還有管轄江蘇、安徽、江西的兩江總督。

總督陶澍正急急忙忙地趕赴上海，巡撫林則徐也由山東進入江蘇。不過，林則徐到達上海不久，那麻煩的夷船像是等他到了就揚帆開航離去了。巡撫到任是七月五日，阿美士德號在上海停靠了十八天，於七月八日離去。

兩江總督和江蘇巡撫於是聯名上奏的表文中說：

……望見沿海一帶塘岸，布列官兵，頗露惶懼。……伊等已經悔悟，不敢再求買賣。現值風狂雨大，實在不能開船。只求俟風色稍轉，即速開回。迨六月十一日（陽曆七月八日）晚間，風色稍轉西南，即促令開行，該夷船不敢逗留，即起碇開帆，向東南而去。……

其實，阿美士德號即使望見兵船排列海上、官兵布列堤岸，也絕不會惶懼和悔悟的。他們悠閒自在地逗留在上海，把上海城內外視察了一遍，甚至還購買了蘇州的絲綢。上奏表文中所謂的「風狂雨大」，是所有地方官慣用的辯解之詞。

在阿美士德號入港後的一週期間，進入上海的國內商船有四百多艘，船舶大小爲一百噸至四百噸。最初幾天大多是天津船，裝載的貨物主要是麵粉和大豆。接著連日進港的都是福建船，每天有三十至四十艘。這些船說是福建船，其實只有船主是福建人，大多是從臺灣、廣東、琉球、安南、暹羅等各地開來的，其中有不少是金順記的船。

蘇松鎮總兵關天培，這個人不善於表達自己的情感。當這艘傷腦筋的阿美士德號離開上海時，他不知道該怎麼樣表達自己高興的心情。他拉著林則徐的手直說：「太好了！太好了！」接著就抽抽噎噎地哭了。要是廈門的陳提督在場的話，一定會俏皮地罵上一句：「活該！滾吧！」

關天培好不容易平靜下來，說道：「我眞想有這樣快速、堅固的船啊！再配上六千斤的大砲。」

阿美士德號於七月十五日突然出現在山東省威海衛劉公島海面上。

在北京的朝廷接到山東巡撫的報告後，質問江蘇當局說：「你們說驅逐到東南，爲什麼它卻竄入了北面山東省呢？」

關天培這次又流下了眼淚，心裡十分懊惱。政府究竟給了什麼樣的兵船來驅逐這艘三桅杆的快速武裝船呢？砲臺、大砲、兵船——一件像樣的東西也不給，只是一味地下命令要他們驅逐。

林則徐在上奏的表文中辯解說：

……一經放出外洋，即一望無際，四通八達，船由風轉，倏而東南，倏而西北，不能自主，亦不能寄碇。兩船同行，轉瞬之間，相去數十里，彼此各不相見。……

一眨眼的工夫就相距幾十里，看不見了，當然沒辦法知道它眞正航向何方。在這篇奏文的字裡行間，也參雜著關天培咬牙切齒的憤慨心情。

3

溫章在阿美士德號上十分忙碌。

他除了草擬各種文件外還有翻譯的工作，這些任務完成後，又要教同船的日本人中文。

這個被救起來的日本人名叫石田時之助，溫章幫他取了個中國式名字叫石時助。他本來就有漢學的底子，學習也很熱心，所以進步很快。

阿美士德號於二月十六日從澳門出航，回到澳門是九月五日，在海上待了半年多。在這期間，這個原名叫石田時之助的石時助，中文有了很大進步。

「爲什麼這麼熱心學呀？」如果有人這麼問他，他就回答：「不想回日本了，準備在這裡生活。」

「爲什麼？」

再問的話，他就乾笑著說：「回去也沒有出路啊！」

石田家的祖先是日本九州某諸侯手下的一名武士，自從前幾代變成「浪人」❶以來一直住在東京。他曾經當過練武場的老師，後來因爲要供養父親，被一名商人雇用當保鏢。這個商人是大阪人，名叫河內屋善兵衛，他用船隻運輸各地產物，爲了保護貨物和監視船員，他雇用了一些武藝高超的人當保鑣。

石田時之助在兩年前被雇用當保鏢。「保鏢，可憐的工作啊！」他這麼自嘲地說。保鏢或鏢客，在日文中爲「用心棒」，他說這個詞時帶著一種奇怪的語調。看來他回國後也沒什麼前途，而且他只有二十三歲，正是前程無量的青年。

經過這次漂流，他的眼界開闊了。

在婆羅洲，他看到中國移民建立一個奇妙的共和國，叫作「蘭芳大總制」；在麻六甲，他詳細觀察了英國重商主義在亞洲的情況；在國際城市澳門，東方和西方正在自由地融合。

「不知爲什麼，我覺得我要是在這些地方出生就好了。」石田心裡這麼想。

日本當時是一個和外界隔絕的世界，他回到日本，恐怕也只能重操保鏢的舊業。幕府已公布了嚴厲的鎖國令❷，對於看過外國的人，哪怕是漂流到國外，政府當局也會嚴密監控，所以，如果他回日本的話，行動一定比以前更不自由。

---

❶ 武士失去為之效忠的主人，即為「浪人」。

❷ 指江戶幕府為實行閉關自守而公布的一系列法令。

「討厭死了！不回去！」石田的決心更加堅定了。現在他甚至覺得漂流對他反而是件好事。他不僅學了中文，還學了英語。讓他更興奮的是，這艘船正在到處敲打閉關自守的清朝門戶，而日本總有一天也會產生這樣的呼聲。他心裡明白，現在出現在他眼前的情況，若干年後也會在日本發生。

「一定要好好地看一看。」他留下來的決心比剛離開澳門時更加堅定了。

九月初，阿美士德號回到澳門時，灼熱的太陽還蒸烤著大地。

在陽光的蒸烤下，榕樹的樹葉和樹幹都發出一股氣味。

高大的榕樹有氣味，低矮的月橘樹也有一股氣味；頭上纏著頭巾的印度人吐在路上的鮮紅蒟醬葉，立刻散發出一股酸臭的氣味。

大街上的建築物是用磚石建造的，背街上的房屋是木、竹和泥巴的混合物。從石頭和石頭之間，從灰泥掉落的地方，從竹竿和泥巴難以癒合的縫隙裡，也冒出一股股令人感到倦怠的熱氣。

一個女黑人露出白牙齒，正粗聲粗氣地唱著催眠曲。她健壯的胳膊裡抱著金髮的小女孩。小女孩的汗毛閃著光亮，可愛的鼻尖上冒著小小的汗珠。

三個水手模樣的赤腳男人在她身邊旁若無人地高聲談笑，其中一個人的表情尤其豐富。他搖晃著腦袋，一會兒伸展雙手，一會兒聳聳肩膀。每搖晃一下腦袋，他背後的辮子就像嘲弄主人似的微微地擺動著。

人在炎熱的天氣裡也會散發出體臭，那是一股大蒜的氣味。

旁邊的人家裡一定養著豬。一隻雞橫穿過鋪著石板的大街，雞的兩隻爪子就好像踩在燒紅的鐵板上。

一切都雜亂無章。這裡有很多東南亞人和混血兒，沒有辮子也不引人注目。

4

石田時之助從厤六甲被送到澳門後，曾寄居在金順記的店裡。他下了阿美士德號後，也只能到那裡去落腳。

他一走進帳房，認識他的店員們就一起站了起來，帳房先生拿著紙筆朝石田走來。

「我才剛回來。」石田慢慢地說：「溫章先生因為公司（東印度公司澳門分公司）有事，稍晚一點回來。」

店員們都露出一臉驚訝的表情。

「你的中文進步了，都不用紙筆了。」帳房先生看了看手中的紙筆，大聲地笑著說。

半年前，石田在這裡經常和店裡的人進行筆談。

「我只在船上跟溫章先生學了一點，難的話還是說不好……請問，我的那些夥伴們的情況怎麼樣了？」

他們同時漂流的六個夥伴全都由厤六甲送到澳門，一半寄居在金順記，一半寄居在基督教新教的教會裡。

「只有一個人留下，其餘的人都回國了。回去已快三個月了。」帳房先生回答。

他們六個人剛到澳門時，希望留下來的只有石田一個人，其餘五個人都想念故鄉，希望儘快回國。現在卻說還留下了一個人？

「誰留下來了？」

「那個最年輕的。」

「噢！是辰吉吧？」夥伴中年紀最小的是十六歲的辰吉，他在海邊生長，皮膚白皙，讓人感覺很瘦弱。

「是的，就是那個可愛的娃娃。」

「他為什麼要留下來？」

「據說他不想回去了，不知道是什麼原因。」

石田想起辰吉是個孤兒。「他現在在哪兒？」

「在教會裡。」

「待會兒我去看看他……我應該先告訴小姐，溫章先生馬上就回來。」

石田時之助和店員打了招呼後就從帳房往裡面走去。

金順記澳門分店是一座石造建築，帳房面對大街，後面是住房，溫章的女兒就住在那裡。店堂和住房之間是一座相當寬闊的石頭院子，此時院子裡有一位小姑娘和一個四十來歲全身肌肉隆起的壯碩男子。

石田沒見過溫章的女兒，但他感覺這個小姑娘一定就是溫章的女兒。她的面貌很像溫章，前髮垂在額上，很像是所謂的「瀏海」，她給人的感覺與其說是可愛，不如說有一種凜然的氣概。

旁邊的那個男子，石田以前在澳門時就認識，他是余太玄，是個拳術家，他在金順記說不清是店員還是食客。

現在余太玄把右手緊貼身軀，手心向上、緊握拳頭，那姿態好像是用匕首刺殺接近的敵人。他的左手張開一半，輕輕地向前推進；兩腿劈開站立在那裡。

「這架勢是『白虎獻掌』啊！」石田以前曾經請余太玄教他比劃過這個架勢。余太玄把這個架勢的名稱寫在紙上教給了石田。

再一看，那姑娘也在做著余太玄所示範的架勢。

敵人如果用右拳從正面打過來，可以用左手撥開，然後用右拳直搗敵人的胸部。這時右手腕應該盡量下沉，左手要保護自己的右側。

余太玄猛地一躍而起。他光著背脊，肩膀上的肌肉有力地跳動著。

接著，那姑娘也飛躍起來。

「哇！相當不錯呀！」石田心裡感到很欽佩。

姑娘俐落地穿著一條草綠色的緊身褲，腳踝上紮著一條黃色帶子，她穿著雪白布鞋，當她躍起的時候，腳上的黃穗子在半空中迎風飄揚。

跳躍完畢，「白虎獻掌」就告一段落了。

他們倆一直集中精力練拳，都沒注意到石田在旁邊。

「很好、很好。不過，還是有點緊張，如果這樣後面就會受到影響的，這一點妳自己可以體會體會。」余太玄說話的時候，姑娘已經注意到石田，露出驚訝的神情。余太玄看了看姑娘的臉，回過頭來見是石田，連忙跟石田打招呼說：「啊！稀客、稀客。」

「這位是？」石田看著姑娘問道：「溫先生的女兒彩蘭嗎？」

「嗯！是的。」余太玄回答。

「託您的福，我平安回來了。」石田說。

「啊呀呀！中文進步了。」余太玄的看法和帳房先生一樣。

石田轉身朝著彩蘭說：「敝姓石。我和您父親搭乘同一艘船，船剛回到澳門。您父親在公司還有點兒事，一會兒就會回來。」

「啊！是嗎？謝謝您來告訴我這個消息。」彩蘭低頭行禮說：「我父親身體好嗎？」

「非常好。」

石田一直看著彩蘭的臉，在談到她父親的時候，她臉上一瞬間的喜色很快就消失了。她這樣壓抑情感，不像是一個才十一歲的女孩。

石田覺得很難理解，心想：「她這樣的年紀，聽到父親回來了，一般的情況不是會高興得跳起來嗎？」

5

澳門金順記要爲溫章回國開場歡迎的宴會，距宴會開始還有一個多小時，石田決定利用這個時間到教會去看看辰吉。

教會裡也因爲歐茲拉夫的歸來而熱鬧起來。

「哦！是找那個孩子。」看門的中國人聽石田說要見辰吉，指著另一棟房子說：「兩個日本人都住在那裡。」

「兩個？」石田感到奇怪，於是朝那裡走去。

門是開著的。石田朝裡面一看，有一個小小的客廳，牆上掛著黑板，擺著六套桌椅，客廳裡沒有人。旁邊似乎還有一個房間。

「辰吉！」石田用日語叫了一聲。

不一會兒，黑板旁邊的一扇門打開了，露出辰吉的臉。

辰吉一看到石田，他那稚氣的臉上露出高興的神情，喊道：「老師！」

以前船上的人一直把船上的保鏢稱爲「老師」。

「老師平安回來，太好了！歐茲拉夫先生回來了，我想老師一定會和他一起回來，正想去金順記看望您呢！」

「啊！變了！」石田心裡這麼想。辰吉之前說話用詞很粗淺，才半年沒見，竟說出這樣文雅的話。

「你也看起來很有精神。太好了！」

「託您的福呀！」

「聽說你決定不回日本了。爲什麼？」

「嗯！這個嘛……因爲……」辰吉呑呑吐吐的，想說什麼又停住了。

這時從辰吉剛出來的門裡又走出來一個人。這人拖著辮子，穿著中國服裝，是一個二十五歲的青年。他的皮膚白皙，新刮過的鬍子留下一道青痕。日本人長期離開日本，較容易分辨是否爲日本人。但這人不僅容貌，就連他周圍散發的氣氛也使人感覺到有一種獨特的、非常熟悉的味道，石田立刻意識到他是日本人。這人身上有一種日本商人的氣味，難怪看門的說有兩個日本人。

「您就是石田大人吧！」那人果然用日語說話了。

「正是。」石田用武士的語調回答。

「石田大人的情況，辰吉經常跟我說起。」那人用冷靜沉著的聲調自我介紹說：「在下也是日本人，名叫久四郎，在京都綢緞鋪當過二掌櫃。三年前因爲買賣上的事情去江戶的途中船隻遇難。其實在石田大人上船之後不久，我就來到此地，之後一直跟辰吉在一起。」

「噢！三年前？」

「是的，時間過得眞快。在這三年期間，我去過很多地方。我是被美國船搭救起來的，在美國一個叫波士頓的地方待過一段時間，然後去過歐洲、印度、暹羅，之後就來到這裡。」

「你不準備回國了嗎？」

「我已經斷念了。在暹羅我學了中文，改成唐人❸打扮。我也已經受過洗禮了……。」

「噢！是嗎？」要是在日本國內聽到這種話，那可是了不得的大事❹，但這裡是離日本千里的外國。石田時之助也早已離開日本，所以淡淡地應聲說道。

久四郎搓著手繼續說：「我已經信奉上帝，所以不能再回到禁止基督教的祖國去了……辰吉這孩子雖然還未接受洗禮，但他能理解我。」他彎著腰，用眼尾餘光看著石田。他的態度十分穩重，但石田很不喜歡他那個眼神。他一眨一眨的小眼睛讓人捉摸不定，看起來很討厭。石田不由得聯想起他厭惡的歐茲拉夫。

「我明白了……」石田回道。

這傢伙大概是勸誘漂流的同胞信奉基督教，但他那巧辯的舌頭並沒有戰勝國內有家小的同胞們的懷鄉之心，只在孤兒辰吉的身上奏效。

石田和辰吉談著漂流夥伴們的事，久四郎在一旁不時地插嘴說話。

「像辰吉這樣的年輕人能留在這裡太好了，這裡有廣闊的世界。」他裝出一副笑臉，但他的眼睛並沒有笑。

「好吧！我以後再來。今天晚上金順記有個聚會，我不能再待下去了。有時間你可以經常來玩。」石田對辰吉這麼說後，站起身來。

---

❸ 日本人在古代稱中國人為唐人。

❹ 日本人在江戶時代禁止基督教，發現教徒要處以死刑。

久四郎又搓著手說：「今後請您多幫忙。我原本是個商人，沒有姓。在這裡沒有姓很不方便，我就隨便取了個姓。我姓『林』，這個姓對唐人和日本人都通用❺。」

「噢！是林久四郎先生。」

「不過，有了姓，名字還不像唐人，因此我改名叫九思❻，我現在叫林九思。我就是這樣簡單地取了一個名字。」

「好。老師，我送您到門口吧！」辰吉這麼說著，跟著石田走出來。

久四郎目送著他們，他那小眼睛帶著一種異常的神態。

在教會門前道別的時候，辰吉小聲地說：「老師，您什麼時候把我帶走呢？」

「為什麼？你想回國嗎？」石田也小聲地問道。

「不！我一直想留在這裡做點正常的工作，這個決心是不會改變的。」辰吉更加小聲地說：「不過，跟久四郎在一起我有點受不了。」

「是嗎？」石田笑著說：「找到好工作後，我找個機會帶你走。」

「說起工作，久四郎說要和我一起做印刷。」

「印刷？……你跟他說，你對這個工作不感興趣。」

「那就拜託老師了。」辰吉趕忙行了一個禮。

---

❺ 日本古代只有武士階級有姓，其他階級的人只有名，沒有姓。日本人的姓中也有「林」，但讀法與中國不同。

❻ 「九四」與「九思」，在日語中讀音相同。

在回金順記的途中，石田時之助不覺口中唸叨著：「綢緞店的二掌櫃、林九思……」

當金順記歡迎溫章的宴會正在熱鬧進行時，在東印度公司澳門分公司，林賽正坐在桌子面前工作著。他在煤油燈光下不停地寫著，不時地拿起旁邊盛著威士忌的玻璃杯輕輕地啜上一口。當金順記的宴會將近尾聲，拳術大師余太玄領頭大聲喊著乾最後一杯的時候，林賽才放下筆。他把玻璃杯裡剩下的威士忌全部喝完了。

「啊！終於做完了！」

他從容不迫地拿起紅蘸水筆。他的面前放著阿美士德號的收支表。他用紅筆塡上虧損總額——£5647。這在當時可是一筆鉅款。

林賽望著煤油燈，嘟囔著說：「公司，不，英國政府現在應該懂得，這筆買賣是多麼划算啊！」

三昧火

那張臉慘白得像死人，這不完全是因爲掛燈顏色的緣故。由於燈光的照射，瘦削臉頰的凹窪處黑得叫人害怕，跟他的臉色恰好形成對照。他的眼睛異常朦朧，瞳孔似乎沒有焦點。其實他凝視的是根本不存在的虛空，當然顯得空洞和茫然。

1

澳門就像已經熟透、腐臭的果子。它快要掉落到地上了，卻被一根巨大的樹枝接住，所以仍然留在樹上。這根巨大的樹枝就是——廣州。

澳門作爲一個貿易商港的生命，應該在十七世紀前半段就已經結束。清朝的對外貿易規定在廣州進行。廣州有夷館（外國貿易商的住宅），它和日本長崎出島❶的荷蘭人住宅相似。

外夷不能把番婦（外國婦女）帶來廣州。夷人住在夷館，禁止隨意外出（每月限定八日、十八日、二十八日等三天，才准許夷人在附近的花地海幢寺散步，但一次不得超過十人。）；夷人不得在廣州過冬。

❶ 日本江戶時代後期實行「鎖國」政策，除荷蘭與中國外，禁止與外國交往。對荷蘭人也只限定在長崎出島一處居住。

廣州旁有澳門。澳門和荷蘭人稱爲「遠東監獄」的日本長崎出島很相似，但比長崎有利的條件是：葡萄牙人在這裡獲得了特殊居住權，夷人可以讓自己的妻室兒女在澳門居住。

歐洲的船隻趁五、六月的西南風來到廣州時，就預備趁十月前後的西北風歸航。「禁止越冬」的目的，就是要夷人做完買賣就趕快回去。

不過，在貿易的季節裡不可能把全部事情都辦完，而且這是一次要迂迴非洲南部的遠航，所以許多人都希望留下來，等待來年貿易季節開始。但廣州禁止夷人過冬，所以他們就在澳門等待。

據道光十年（一八三〇）調查居住澳門的外國人人口紀錄：

白人　男　一二〇一名　　女　二一四九名

奴隸　男　三五〇名　　女　七七九名

女人反而比男人多，作爲一個殖民地，這種現象是罕見的。其實是因爲男人們在廣州做買賣，才出現了這種數字。一到開始颳西北風的時候，那些半年多過著沒有女人生活的男夷人們，都紅著眼睛朝澳門奔來，十月以後的澳門變成了世界上最淫蕩的城市。

一天，拳術大師余太玄帶著石田上街，說是有些地方一定要帶他去看看。

良家女子一到這個時期都不外出。但這裡除了當地的妓女外，還有看準這個季節從蘇六甲和果阿遠道而來掙錢的「夜間女郎」——有白皮膚的也有黑皮膚，還有不少混血的女人。一位金色頭髮水手模樣的男人，看起來不過二十歲左右。他在石田眼前突然撲到一個棕色皮膚的女人身上，把她摟進自己的懷裡。

「石先生，你有何感想？」余太玄看著石田的臉問道。

在明代，葡萄牙作爲它打退海盜的報酬，每年繳納地租，獲得特殊居住權。過去發生涉及外國人犯罪的事件，葡萄牙當局就收買清朝駐澳門的官吏，偷偷由自己來處理。

這類事情日積月累下去，葡萄牙不知不覺地就獲得了治外法權；律令上規定的「化外人犯罪，依律問斷」的原則，現在差不多已有名無實了。

石田和余太玄並肩走著，他一直在想拳術上的事。

「那種絆腿法好，有學習的價值。」可是，當他看到停泊在海港裡的艦隊，不由得產生疑問。不管拳術多高明，也不能赤手空拳去對付那些鋼鐵啊！

「應該怎麼辦才好？」他想到男子漢大丈夫的平生事業，他感到過去從未注意到的事業好像就擺在眼前了。

旁邊突然發出一陣女人的笑聲。一個邋裡邋遢、滿臉雀斑的白種女人，被一個爛醉的水手摟住脖子，像傻子似地放聲大笑。

「這是個糟糕的地方，是一個腐爛的城市。」余太玄這麼說著，用拄著的手杖在石板地上寫了個「腐」字，在「腐」字上又寫了個「最」字，然後挽起石田的胳膊，看來他是要讓石田看一看最腐爛的地方了。

余太玄轉進小巷。巷子裡沒有鋪石板，使人有一種濕漉漉的感覺。一個男人把一個女人頂在牆上。從服裝上來看，男的並不像水手。女的被男人擋住，看不清楚，但可看出是一雙小腳，那樣子好像馬上就按捺不住了似的。走了不到十步遠，又碰到一對這樣的男女。

澳門是一個大垃圾堆，人們自暴自棄地沉浸在廢物堆中尋找樂趣。這座城市位於珠江口三角洲南端，不從事任何生產。它是廣州貿易商人們的踏腳板和休息地，也是鴉片走私的中轉站。眞正走私的中心是在伶仃島。若把澳門和香港連成一條直線，直線的北面有內伶仃島，南面有外伶仃島。那裡停泊著鴉片母船，等待著走私船。鴉片貿易史上把這個時期稱作「伶仃時期」。

澳門不僅沒有產業，而且是個「三不管城市」。清朝時，它是「天朝的地界」；葡萄牙占領時，它是「殖民地」。八年前，葡萄牙曾要求北京正式割讓澳門，但遭到清朝的拒絕；如果採取強硬態度又缺少藉口；清朝的官吏也由於賄賂關係而不希望改變現狀。

這種鬆散的狀態就產生了澳門是三不管的城市，走在大街上可以無拘無束。石田此時跟在余太玄後面，嗅著澳門的氣味，踏進了小巷濕漉漉的土地。

2

余太玄在一家木造舊民房門前停下了腳步。這家窄小的門樓和附近人家毫無區別，沒有任何引人注目的地方。

「我們進去吧！」余太玄催促石田說。

推開大門，左右有兩個年輕人面對面坐在椅子上。他們都很健壯，當他們看到余太玄和石田，什麼話也沒說。余太玄默默地從他們中間穿過，石田跟在他後面走進去。房子比預料中的寬敞得多，門樓雖然窄小，裡面卻足足有三間房子那麼大。

「是後面的屋子。」走到一扇門前，余太玄回頭看了看石田，指了指通向後面屋子一道黑色厚實的門。他指著門的樣子好像帶有某種含義。

門上掛著一塊匾額，寫著「三昧堂」三個金字，門兩邊的柱子上貼著墨筆寫的對聯。迎面的右邊寫著「喉間噴出三昧火」，左邊寫著「滅去現世懊惱事」。

「這就是人們所說的鴉片館吧！」石田終於意識到了。

「你自己把門推開。」石田遵照余太玄的話用手去推門。在門推開的剎那間，一陣低低的、從未聽過哼哼唧唧的聲音，朝石田的耳邊撲來。那不是耳鳴，而是許多人在各個角落裡竊竊低語和無病呻吟發出的聲音。

這是一間相當寬大的房子，由於平時關閉的嚴嚴實實的，顯得光線很黯淡。房子裡只掛著兩盞綠色掛燈，掛燈發出陰慘慘的藍光，朦朧地映照出二十來個煙客。四周掛著黑色帷布，帷布後面也有煙客，從那裡也傳來了那種可怕的聲音。

石田看到這寬闊的房間裡到處都支著床，一群人以各式各樣的姿態隨意地躺在床上。那些所謂的床，不過是在粗製的木頭長椅上鋪著草墊。

還有一個男人，像夢遊病患似的在床鋪之間晃來晃去。這些人不是一個集團，鴉片館並不是社交場所。這裡雖然有二十來人，但每個人都在他們身邊圈圍起一個他們自己的小天地，不管自己的旁邊是什麼人，這個小天地是不許任何人隨便闖入的。

「你看看他們的臉。」余太玄在石田的耳邊小聲地說。

此時石田的眼睛已習慣黑暗，他低頭看了看躺在旁邊鋪上一個男人的臉，那張臉慘白得像死人，這不完全是因爲掛燈顏色的緣故。由於燈光照射，瘦削臉頰的凹窪處黑得叫人害怕，和他的臉色恰好形成對照。他的眼睛異常朦朧，瞳孔似乎沒有焦點。他凝視的是根本不存在的虛空，當然顯得空洞和茫然。石田的耳朵很快就適應了那種低低的哼哼唧唧的聲音，慢慢地能分辨出煙客們發出的聲音和燒鴉片的聲音。

鴉片的氣味十分奇妙，它像堵在你的胸口，但不知什麼時候又會嗍地一下從你的胸中透過。各個床鋪上不時搖晃著小小火苗，那是燒鴉片的「煙燈」發出的火光。煙燈是一種帶玻璃罩子的銅燈檯，裡面裝著油，油裡浸著棉紗的芯子。吸鴉片的人都散漫邋遢，煙燈要做到倒下也不會潑出油。

徐易甫曾寫過一首詩，叫《煙燈行》：

玻璃八角銀作臺，隱囊褥臥相對開；

海外靈膏老鴉翅❷，象牙小盒蘭麝味。

不過，這座「三昧堂」裡並沒有這種豪華的銀檯煙燈。富人都是在自己的家裡吸鴉片，到這種地方來吸鴉片的大多是窮人。煙燈以山東省太古縣做的太古燈和山東省膠州製造的膠州燈最爲有名，但這裡沒有放這種煙燈。

拿盛鴉片的容器來說，這裡用的也不是象牙小盒，而是佛山鑄造的廉價小鐵盒。從盒子裡取出鴉片，用鐵籤子蘸著，在煙燈上邊烤邊撚。三昧堂的煙客現在大多在烤鴉片，鴉片烤好後，塞進一根簫一樣的竹煙管孔裡。煙管稱作「槍」，孔稱作「斗門」。之所以使用這種軍事用語，大概是鴉片也像兵器那樣屬於不祥之物。

在烤鴉片和給煙槍的斗門點火時，煙燈的火苗就會搖曳起來。這種火苗的搖曳帶有一種淒慘的節奏：火苗一會兒在這兒搖曳著，一會兒在那兒搖曳著——隨著火苗的搖曳而出現石田他們所看不見的虛幻極樂世界，剎那間又崩潰、隱沒、消失了。

這讓人感到多麼夢幻啊！

3

一看煙客們骨瘦如柴的軀體和空虛發呆的眼神，就可以知道他們的肉體和精神都不剩一絲一毫的力氣

❷ 原注：「老鴉翅」指鴉片。

了。人失去了精神、力氣，那不就是亡國之民嗎？

石田朝余太玄看了一眼，余太玄也一直在注視著石田，好像在觀察石田對這個鴉片窟的反應。

他好像想說什麼，大概是想震動一下對方的心。這情景好像是一幅憂世志士余太玄以實物垂訓鄰國青年圖。余太玄嚴肅的臉和彎成「八」字形的嘴唇，突然露出一種無法忍受的憎惡神情。余太玄和煙客們在這種場合好像是人類的兩個極端：一端是可以稱之爲健壯化身的拳術家；另一端則是皮包骨、臉色慘白的大煙鬼。

當石田對這一端的余太玄感到一種莫名其妙的反感時，不知道爲什麼，另一端的煙客們卻讓他感到親近起來。「吸鴉片有什麼不好？」石田突然感到一陣衝動，心裡這麼嘟囔說。

正在這時，門開了，一個人無聲地飄了進來。如果說這人還是活人，那世上恐怕再沒有比他更瘦、更慘白的人了。他披著一件外衣，胸口裸露在外，可以看到一根一根的肋骨。他平伸著兩隻胳膊，好像要抓撈什麼東西似的搖搖晃晃地走過來，看來用根小指頭就可以輕易地把他推倒。

看不出來他究竟有多大年紀。兩只眼睛深埋在陷下去的眼窩裡，看不到他的眼珠，但一定不會有一點兒生氣。眼窩下濕漉漉的，他在流著眼淚；鼻子下面也黏糊糊的，他在流鼻涕；額頭、臉頰……他的全身都濕濕的，那是汗水。在他裸露的胸膛上，汗水順著肋骨往下淌。他突然張開嘴巴，不是要說話，而是打了一個懶洋洋的哈欠。這是煙癮發作的症狀。他的脈搏一定跳動的很快，四肢一定很冰涼，他的心裡會感到一種說不出的慌亂。

他腳步踉蹌，只能用枯樹枝來形容的細腿碰了一下石田。他的身體多麼輕啊！石田幾乎感覺不到它的重量。對方好像也沒什麼感覺，只踉踉蹌蹌地向前走去。石田心想：「簡直像飄過了一片枯葉。」據說凡是吸鴉片的人，他的身體一定會瘦、他的血一定會乾、他的舌頭會經常脫液。

石田非常奇怪這樣的人怎麼能推開那麼厚重的門？如果眞的是他推開的，恐怕不是憑他的體力，而是借助他想尋找鴉片的慾望。

「他還有慾望嗎？」石田這麼想著，心裡也不覺得激動起來，但這和余太玄想帶給他的激動是兩回事。

這時余太玄用激烈的口氣說著話，不過石田沒有聽懂。余太玄正抬起他那粗壯的胳膊指著剛才進來的煙鬼。也許是因爲過分激動，使他忘了石田對中文的理解能力。余太玄馬上就意識到了，他不好意思地笑了笑。不過，他還是一臉焦急。

石田雖然不懂余太玄說的話，但他覺得自己能夠體會他話中的意思：「這條小爬蟲太不像樣了！這簡直是對現世的嘲弄。」身居這麼多的大煙鬼中，不吸鴉片的人確實會感到好像是受到了嘲弄，余太玄也許是爲此而感到憤慨。但石田心想：「我沒吸過鴉片，但我過去是認眞地在這個世界上生活嗎？」對商船的保鏢工作，不能說他已投入了全部精力。那這不也是對現世的嘲弄、對自己的嘲弄嗎？石田感到好像明白了他會對這些人產生親近感的原因。

從明朝萬曆十七年（一五八九）的關稅表來看，鴉片兩斤的價値相當於銀條兩根，稅率規定十斤鴉片納稅銀兩錢（一錢爲三點七克）。當時是作爲藥材進口鴉片的，數量也很少。從清朝開始，鴉片才不作爲藥品，而是作爲嗜好性的痲藥在中國氾濫。鴉片能使吸食者感到一種冥想的快樂，它不會讓人狂躁，能使人感到幽靜，從這一點來看，也可以說它極富東方味道。可是，大多經常吸食的人，吸食量日益增多，身體的中樞神經遭到破壞而成爲鴉片的犧牲者，等待他們的未來只是成爲「廢人」的命運。

清朝也早已意識到鴉片的毒害，曾多次發出禁令。雍正七年（一七二九）對鴉片販子的課刑是披枷一個月（枷號一月），發配到附近地區服軍役（充軍）；對開鴉片館的刑罰是「杖一百」、「流三千里」。

一七七三年，東印度公司獲得孟加拉的鴉片專賣權後，鴉片於是成爲貿易的明星商品出現，這一年清朝又再一次發出禁令；嘉慶元年（一七九六）從關稅表中砍去了鴉片這一項目，意思就是禁止鴉片進口；

嘉慶四年又禁止國內栽培罌粟。當時禁煙論者的意見是：

以外夷之泥土，易中國之貨銀，殊爲可惜。且恐內地人民輾轉傳食，以致廢時失業。……

關於當時進口鴉片的數量，中國方面沒有準確的數字。因爲是走私商品，關稅也沒留紀錄。根據英國方面的資料：

一八二一年　五四五九箱（一箱爲1331/3磅，即一百斤）

三年後的一八二四年爲一萬箱；此後一段時期維持著一萬箱左右。在阿美士德號北航的一八三二年才超過兩萬箱；三年後的一八三五年約爲三萬箱；又三年後的一八三八年終於超過四萬箱。增加的速度飛快。

清朝過去一向是出超國，現在終於淪爲入超國，面臨白銀外流的嚴重局面，稱之爲「漏銀」。鴉片開始動搖清朝的國家財政基礎。

愚民們廢時失業還可以，可是漏銀問題一嚴重，吸食鴉片一旦滲透到國家軍隊的內部，清朝政府也慌了。

在阿美士德號回到澳門十天後，兩廣總督被革職。原因是鎮壓連州瑤族叛亂失敗，於是追究他的責任。當時的奏文上說：

調至連州，軍營之戰兵多有吸食鴉片煙者。兵數雖多，卻難得力。

也就是說，軍隊吸鴉片，根本無法打仗。余太玄領著石田時之助去看鴉片窟，目的是想把這裡的悲慘情景裝進他的腦子，使他有所感觸。而石田卻想和余太玄說：「讓別人感動，這很好。可是你是不是像那些鴉片鬼一樣，也有點著迷了呢？」

對方既然對自己說一些聽不懂的話，這次我也要和你說一些你不懂的話。石田故意用日語說道：「我明白了、我看到了。鴉片究竟是怎麼一回事，我大體上已經明白了。那些傢伙確實沉溺在可怕的鴉片之中。不過，有些人能豁出性命來適應所好，這也未嘗不可。好啦！我們回去吧！」

他想起自己過去就不曾努力做好保鏢的工作，於是他指了指剛才進來的那道門朝那裡走去。余太玄一時間露出驚訝的神情，不過，他還是默默地跟著石田出了「三昧堂」。

5

來到大街上，石田才深深地舒了一口氣。

這裡本來就有一種澳門的特殊氣味，但他覺得自己比去三昧堂之前似乎更能適應這種氣味了，就連他腳下穿的布鞋也似乎合腳多了。

路邊早已擺開了黃昏的晚市。商販們把物品擺在草蓆上，扯開嗓門大聲地招攬顧客，圍攏來的顧客也大著嗓門討價還價。

穿著黑色褲子的女人們，伸出指頭咒罵價錢太貴。蔬菜、水果攤販也板著臉大聲地嚷嚷著。

「不貴！這價錢怎麼算貴？」

「昨天才五文錢。」

「昨天是昨天，今天是今天。」

「這簡直是殺人！」

旁邊一個黑人女傭人露出一口白牙，微微地笑了笑；一個看起來是拉丁裔的中年西洋女人靠在牆上，毫無表情地看著這一場爭執。她抱著胳膊，嘴裡在咀嚼著什麼。她那寬大的裙襬沾滿了汙漬，看來她是從印度果阿一帶來的妓女。她擦了厚厚的白粉，但仍遮不住臉上的皺紋。

「你又不是千金小姐，難道不知道東西會漲價？」商販老頭惡狠狠地這麼說，不過，他的聲音裡也充滿了哀傷。由於進口鴉片而產生「漏銀」問題，使得銀價上升，物價也全面飛漲。

龔定庵寫過一首《餺飥謠》——饅頭歌：

父老一青錢，餺飥如月圓，

兒童兩青錢，餺飥大如錢。

盤中餺飥貴一錢，天上明月瘦一邊。

……

這首詩是定庵三十一歲時的作品，諷刺了十年前的社會，可是之後的社會不但沒有改善，反而更加嚴重了。不過，中國人的樂天主義能驅除這種生活的艱苦。定庵在饅頭歌的結尾這麼寫道：

月語餺飥：圓者當缺，

餺飥語月：循環無極，

大如錢，當復如月圓。

呼兒語若，後五百歲，俾飽而元孫。

路旁的市場熱鬧非凡。看到這種活躍的景象，簡直無法想像他們和三昧堂裡那些煙鬼是同一個人種。鴉片煙鬼跑到哪裡去了呢？

路上偶爾也可看到一些慘白臉、聳肩膀的吸鴉片的人。也有的人大概是煙癮發作了，走路踉踉蹌蹌的，他們或許是急急忙忙地要到三昧堂那裡去吧！

廣州

連維材猶豫不決。每當他要擁抱西玲的時候，他總是猶豫不決。

猶豫的時間很長——對他來說簡直是太長太長了。

當他終於下定決心，於是就像要跳進深淵似的緊閉眼睛，把手放到她的肩上。

1

第二年，道光十三年（一八三三）的春天。廣州十三行街的公行會館邀請連維材。

清朝的對外貿易一向是由得到戶部批准的「行商」所壟斷，這些行商成立了一種同業公會的組織，稱作「公行」。這年公行的成員共有十家，相當於理事長的總商是怡和行，此外還有廣利行、同孚行、東興行、天寶行、順泰行、中和行、同順行、萬源行和仁和行等各家，他們不僅在商業買賣上，而且在關稅徵收和有關夷人的一切問題上都需全面負責。

從外商來看，他們對這種全面負責的同業公會並不感興趣。商品價格由公行單方面決定，外商不能和一般工商業者自由地進行交易，所以他們動輒就指責公行制度。阿美士德號北航時提出的理由之一就是——「廣州的貿易欠公正」。

連維材的金順記並不是公行成員，所以不能直接從事對外貿易，但他在福建武夷山等地擁有許多茶園，可以左右茶葉市場。茶葉是重要的出口商品，儘管政府在茶葉的流通、運輸等方面訂定了種種規定，但他一動念頭就可以操縱茶葉價格、阻礙公行的茶葉出口。對進口商品來說，只要他想做的話，他也可以大量放出手中的存貨而叫公行大吃苦頭，所以，公行的成員在連維材面前自然要低一等。

英國政府若要取消東印度公司對中國貿易的壟斷權，實行自由化，情況一定會發生很大變化。公行的成員連日開會討論新情勢，恰好這時金順記的連維材來到廣州，因此決定聽聽他的意見。

連維材根據他們的要求發表了意見：「去年英國國會決議，決定來年四月二十二日散局（取消壟斷權），東印度公司再也不會在廣州出現，取而代之的將是各個商人獨自做生意。各人的看法不同，我認為這對你們極為有利，因為對方是分散的，而你們是團結在一起的。」

輔佐總商的廣利行老闆盧繼光提問：「您的意思是說可以壓價購買嗎？」進出口商品的價格過去一向由公行單方面決定，要是對這種價格不滿意，東印度公司可以反抗，把貨物原封不動地運回去；但分散的商人就經受不起把整船貨物運回的巨大損失，含著眼淚也得按照對方的定價賣出貨物——盧繼光是這麼想的。

「這恐怕辦不到吧！」連維材說。

「為什麼？」

「東印度公司離開、大班（東印度公司駐廣州代表）走了，英國政府恐怕還會派人來代替他們的。如果英國商人蒙受的損失太大，其政府的官吏一定會勸告商人把貨物運回，損失將由政府補償。」

「這麼說，就是由政府來代替公司囉？」

「總的來說，可以這麼認為吧！只是政府本身並不等於商人，各位的對手還是各個商人。儘管背後有政府撐腰，但可以採取辦法，巧妙地利用對方分散的弱點，於我們有利的機會將會增多。我是這麼想的。」

「也就是說，情況比過去複雜了，需要講究策略。您是這個意思嗎？」

「是的。」富有的人總是希望維持現狀。連維材說東印度公司的離開對公行有利，有利或不利姑且不說，現狀將發生變化是無疑的。過去坐在家裡什麼也不做也可以賺錢，但現在情況變得複雜起來，這當然是會讓人覺得傷腦筋。公行的商人一向只想做穩妥的買賣，他們已習慣壟斷，缺乏對現況的研究，不願意冒風險。

吃過午餐後，怡和行的伍紹榮把客人連維材送到大門口。怡和行是公行的總商，老闆伍元華正在生病，因此由弟弟伍紹榮代表出席。

「謝謝您啦！」伍紹榮說了一些客套話之後，好像想起了什麼，「您知道廈門之前有個一代名妓叫如柳嗎？」

「聽說過這個名字。」連維材回答。「您聽說過府上的溫翰老先生，在年輕的時候曾經迷戀上這個如柳嗎？」

「這還是初次聽到。」

「據說當時可火熱哩！分手的時候，溫先生簡直失去了理智。這是我最近聽老人家說的。」

「是嗎？人眞不可貌相啊！」連維材告別了伍紹榮之後，朝東邊走去。

夷人不得在廣州過冬這條規則並沒有被嚴格遵守。不過，一過了貿易季節，這一帶還是冷清了起來。十三行街在廣州城外的西郊，是一條狹長的東西向街道，街旁有十三座兩層或三層的洋樓，它相當於日本長崎出島的貿易區。街的西端是丹麥館，通稱「黃旗行」；往東是西班牙館（大呂宋行）和法蘭西館（高公行）。

連維材走到英國館——即東印度公司的前面停下腳步，心想：「伍紹榮跟我談這些話是什麼意思？」他抬頭看了看這一棟夷館，所有的窗戶都放下百葉窗，顯得十分寂靜。

在盤踞於壟斷權的公行商人中，最有心的是伍紹榮，他應該是支撐著公行的核心人物。對於具有叛逆精神的連維材來說，已經形成權威的公行是應該被破壞的。

連維材經常這麼想：「我的叛逆不會創造出什麼東西。」要創造的話，當然要由他的保護者溫翰來進行。他一向認爲，他跟溫翰之所以能成爲默契的搭檔，是因爲他們生來都具有共同的叛逆精神。不過溫翰對他的影響確實很大。

人一過四十，眞正自己的東西就形成了，而總想把過去所受的影響排除掉。連維材已經到了這個年紀，這個對自己進行清理的時期，他希望自己能夠輕裝前進。在這種時候，他無法區分哪些是自己身上固有的東西，哪些是從溫翰那裡接受來的東西，這確實讓他十分焦躁。

那他應該排除什麼東西呢？

過去他總希望溫翰在自己身邊，最近卻突然感到厭煩起來。溫翰大概也已經察覺到了吧？他去上海的原因之一就是這個吧！

想給金順記致命的打擊，只有在連、溫兩人之間製造分裂，想到這裡，連維材不由得感到全身哆嗦了起來。「伍紹榮是故意把溫翰過去的醜事說給我聽的。」

如果連維材對溫翰感到幻滅，金順記就將邁出毀滅的第一步。而他把公行看作是敵人，伍紹榮能夠不察覺而進行反擊嗎？

2

連維材離開後，公行的人仍在會館的一間屋子裡繼續討論。伍紹榮只是總商代理，所以會議的主席由總商輔佐盧繼光擔任。

「在英國，議會最有權威。不過，在我國，皇帝陛下可以否決軍機處的決定，難道在英國就不能這樣嗎？」盧繼光一邊說，手指頭還把桌子戳得哢哢地響。

伍紹榮想起了自己的父親，他父親雖然已經年老、不管事，但對店裡的事情還經常發表議論。他父親就有用紫檀的手杖捅地板的毛病，時代正在飛速前進，他那樣子就好像要阻擋時代的前進似的。

伍紹榮站起來說道：「這不可能。對於取消東印度公司的特許權，英國根本沒有表示同意的意見，因爲現在的英國是尊重自由和個人力量。」

他說了這幾句開場白之後，開始朗讀起從英國報紙中選譯的資料。英國報紙的論調帶有一種躍動的節奏。英國已宣告貴族的寡頭政治結束，去年克服了上議院的抵制，修正了選舉法。過去那種只給予納稅十英鎊以上「戶主」的世襲選舉權已經廢除，工業城市的市民獲得了投票權。

世襲、保守和領地的時代已經過去，繼之而來的是自由、進取和工廠的時代，所以，再也不允許東印度公司繼續壟斷對清貿易的呼聲已經形成社會輿論。

「我們沒必要爲東印度公司操心。」伍紹榮繼續說道：「他們過去究竟爲我們做過什麼事？他們不是把我們看成眼中釘嗎？他們曾經收買總督，企圖削弱我們的力量。我們過去是不是太過相信權威了？只要有VEIC[1]的商標，我們不看貨物就進行交易，今後恐怕應該要好好地研究研究了。而且我認爲，貿易額將會因爲取消東印度公司的壟斷而大大增加，這不是値得高興的事嗎？」

「不增加也行，只要是可靠的買賣就好。買賣如果能夠不看貨物就進行交易，那也……」盧繼光這麼說。

[1] 東印度公司的略稱。其英文全稱是United East India Company，但其正式名稱使用拉丁文，所以United的第一個字母不是U而是V。——原注。

「完啦！」伍紹榮心裡這麼喊道，臉上露出灰心的神色。

看來公行的時代不得不結束了，他的腦子裡瞬間出現了連維材的臉。對伍紹榮來說，他有個公行的組織需要保護，還有個徒具虛名的門第包袱，他對我行我素的連維材感到羨慕，他覺得總有一天要背著各種破爛包袱和連維材作戰。但在他前進的道路上充滿著艱難困苦。

其實他的預感完全對了。伍紹榮的哥哥伍元華在這一年去世，伍紹榮當上了怡和行老闆，還作為總商被抬上代表公行的位子，他成了全中國對外貿易商人的最高首腦，而且是在英國企圖訴諸武力的最困難時期。他字紫垣，還有元薇、崇曜等別名，不過，一般最熟悉的還是他的世襲名「浩官」。

伍紹榮咬著嘴唇沉默不語，會議有點冷場了。

「總之，就是要好好地研究研究。」天寶行的梁承禧這麼說。

他好像是想調和一下會場的氣氛，可是，總商輔佐盧繼光似乎認為，天下聞名的公行成員要像小商人那樣學習研究，有損體面，加上他的妻子又是總商代理伍紹榮的堂姐，所以他直言不諱地說道：「現在還這麼謹小慎微，拘泥於小事，也頂不了什麼事。即使對方有什麼變化，反正我們這邊不變。朝廷過去只准公行的商人貿易，今後大概也不會不准許，因為我們該做的事都如期完成了。」

所謂該做的事，是指每年向朝廷獻納的「貢銀」，還有臨時捐款和向有關官吏行賄。

貢銀規定每年十五萬兩。而所謂臨時捐款，是指這一類的捐款——如道光六年（一八二六）新疆回教徒之亂時，公行捐款六十萬兩；去年連州瑤族叛亂時捐款二十一萬兩。

公行的商人已成為商業貴族，一味地裝潢門面，但他們捐這麼大的鉅款是相當勉強的。怡和行、廣利行這些實力雄厚的商人情況好一些，其他的會員則感到負擔過重，有幾家店號竟因此破產。

「公行危險啊！」伍紹榮心裡這麼想。連維材精悍的臉再一次掠過他的腦海。

3

中國人把十三行街的外國商館稱作「夷館」，這些建築物都是中國人的私產，由房東租給夷人。它們稱之爲荷蘭館、瑞典館等，但現在那裡的商人國籍和這些建築物的國名已經不一致了。例如瑞典館已爲三家美國商業公司所占據，瑞典的商業公司都在荷蘭館裡租了房間。

連維材沿著小河朝北向廣州城裡走去。從十三行街的夷館到城門的距離約爲兩百公尺，進了城以後，他盡量挑狹窄的小巷子走。

城內由於十年前發生一場大火，和新開闢的十三行街不太一樣，破街陋巷殘破不堪，到處是攤販擺的貨攤，出售的東西大多是油炸點心、蔬菜、水果和魚貝之類的食物；燒雞的表皮油光閃亮，樣子十分難看；在燒雞旁，廈門魷魚乾全身鹽霜，散發著潮水的氣味躺在日光下。

這時，不知什麼地方傳來了女人的聲音，叫賣的聲音帶著吵架的氣勢。到處飄溢著帶油味的熱氣，遇到這熱氣，叫人有一種汗毛孔被堵塞的感覺。賣狗皮膏藥的爲了招攬顧客，拚命地敲著銅鑼。

「吵死人啦！你少敲幾下好不好？」旁邊賣杏仁湯的向賣膏藥的大聲吼叫著。從他的臉看來，還是一個孩子哩！

六榕寺的八角十二層高塔越來越近了，連維材繞到寺的西面，走進一家白磚圍牆的宅子。

這是一座幽雅精緻的四合院式住宅，院子裡有一座小花園，花園裡有一個小巧玲瓏的亭子。

連維材坐在亭中的陶墩上，一個女人坐在他對面。

女人的相貌與眾不同，她的鼻子又高又尖，作爲一個女人，眼光顯得過於銳利，這大概是因爲她的眼窩有點下陷的緣故吧！她約莫二十三、四歲，臉型端正，但線條過於鮮明、表情過於嚴肅。她沒有纏足，缺少當時美人所具備的條件——窈窕的情趣。不過，仔細一看，她那白嫩的肌膚美得簡直有點迷人。

「西玲，妳眞的覺得很無聊嗎？」連維材問道。

「無聊死了！」女人回答。

「學點技藝不好嗎？」

「我想工作。學點技藝等於玩耍，我不幹。你看我到夷館去當清掃婦好不好？」

「辦不到。」

當時規定禁止外國人雇傭中國人。在廣州的外國商人受著種種限制，例如夷人不得乘坐轎子、夷人不得雇傭漢人及使喚等。採取這些限制是出於所謂的天朝思想意識——夷狄乘坐中國人抬的轎子、使喚中國人——這成何體統。

不過，這些規定實際上並沒有被嚴格遵守。夷館裡既有稱作阿媽的女傭人，也有稱作沙文的男僕人。沙文是英語的「Servant」的譯音。

儘管有禁令，只要一點賄賂，當局也會視而不見。雖說是夷人，但畢竟在館內生活，會有種種雜務，不可能大老遠從本國帶僕人來，在袖子底下塞點東西，官吏們也會一下子變得人道起來。

事實上，有許多夷人在廣州過冬。名義上說是處理未了的事務，實際上是辦理所謂「立券」工作。

鴉片是禁止進口的商品，不能公開運進廣州，因此，把一種稱爲「躉船」的巨大鴉片母船停泊在海上。這是一種船身很高的怪船，目的不是航行，只是讓它起著海上倉庫的作用。偷運鴉片的外國商人平時把這種海上倉庫停在伶仃洋上，實際交易還是在廣州的夷館裡進行，交易一旦談成，夷人就在註明貨物種類、數量的提貨單上簽字，得到現銀後，就把提貨單交給客戶辦理這種提貨單並在上面簽字，稱爲「立券」。「券」可以當作實物直接買賣，持券的人坐上快船開到伶仃洋的鴉片母船邊用券換取鴉片，然後裝在船上帶回。當時的鴉片交易就是這樣進行的。

一般的交易至十月前後結束，以後就進入貿易的淡季，不過，鴉片的買賣是一整年都進行的。正因爲這個原因，夷館表面上看來寂靜無聲，其實裡面還有很多外國人，所以，只要連維材想點辦法，西玲馬上就可以進入夷館工作。

不過，連維材不願幫這個忙。那些非法留在夷館辦理立券的人，都是從夷人中挑選出來特別膽大妄爲的傢伙，他們一般都十分粗野，連維材當然不能把西玲送進這群豺狼虎豹當中。

「這件事就算了吧！別的事我可以……」連維材說了一半停住了，他突然意識到自己說不定上當了，這可能是西玲的策略——她確實有某種要求，但故意不說出來，只先拿一些他根本無法接受的難題向他討價還價，然後表示自己讓步，以達到她眞正要達到的目的。連維材看到她的眼珠子在轉動，苦笑了笑，心想：

「又耍什麼鬼花樣？」

「我想把弟弟收到身邊來，他已經十六歲了。」西玲說。

西玲的弟弟叫簡誼譚，是個狂妄自大、很難對付的傢伙。連維材想起了他那張經常跟人鬧彆扭的臉——這個少年兩年前寄養在廈門連家的飛鯨書院裡。

4

連維材猶豫不決。每當他要擁抱西玲的時候，他總是猶豫不決。

猶豫的時間很長——對他來說簡直是太長太長了。

當他終於下定決心，於是就像要跳進深淵似的緊閉眼睛，把手放到她的肩上。

連維材火燙的肌膚和西玲的肌膚貼在一起，他感到自己的血管好像馬上就要崩裂，沸騰的血液就要流進西玲的體內。不僅是他的肌膚和呼吸，他感覺自己的一切都在沸騰。

「看你，怎麼能在這裡……」西玲掙扎著說。

「除了我和妳，什麼都不存在。」連維材把嘴脣貼在西玲的臉頰上。

「可是，大白天的在這裡……」

「不要緊、沒關係的。」

「進屋子裡去，好嗎？……」

「就在這裡，哪裡都可以。」

在西玲那間屋子裡，從窗戶射進的陽光被簾子擋住，無力地落在地板上；豪華的朱漆鏡臺、掛在牆壁上的鴛鴦掛軸，趕也趕不散的脂粉香氣——這樣的背景怎麼能招架得住連維材此刻火熱的心情呢！

「你說哪裡都可以，可是……」

「西玲，我這滿腔的熱血是不能禁閉在屋子裡的，怎能關在那個像積木似的房間裡呢？不，還是這裡好，陽光這麼迎面照著。」

就連太陽直射的花園，它的熱度也抵不上他心中的熱情。

「這麼一個小小的花園，能開出什麼了不起的花呀！」他心裡這麼想著。此刻他的眼睛已被暴衝的慾望衝得模糊了，看不到周圍的花朵。

在連維材的身體裡始終有一種狂暴的感情。應該幫它取個什麼名稱呢？是一種對權威的反抗吧！不，這麼說來不恰當，因為他本身就是一種權威，勉強地說，那可能是一種漠然的破壞慾望。

當時的中國蔓延著吸食鴉片的風氣，很多人認為這時是民族頹廢的時期，不過從另一方面來看，也可以說是漢民族的復興時期。人口飛速地成長，傑出的人才在各界嶄露頭角，學術領域也擺脫了過去書齋裡的考證學，重視實際的公羊學派正在興起。在這個民族精神高漲的時期，魚龍交雜、玉石難分，呈現出一種一應俱全、眼花撩亂的局面。

凡是有什麼新事物即將誕生，總會有一陣像廣州破街陋巷那樣的混亂；就連鴉片的流行，說不定也是某種新事物出現的前奏。到那時，人們蘊藏的能量將採取什麼樣的方式來表現呢？其前提就是絕不滿足於現狀，把禁錮於現狀之中看作是一種「羞愧」——這是那位王舉志的心理，如果前進一步，一種要打破現狀的慾望就會開始躍動。看來連維材這個人的身上就表現了這種民族精神，破壞的慾望總要表現出來，有時表現在工作中，有時也會表現在女人的身上。

「啊！我的骨頭都要碎了。」西玲嬌嗔地說。

「骨頭碎了，那用我的血漿幫妳黏接上。」

「啊！痛死了！」西玲說話的聲音都有點嘶啞了，但連維材仍然緊抱著她。

在這之前，連維材猶豫了很長的時間，一旦摟抱住西玲的身體，就像暴風雨般瘋狂起來。

連維材和西玲互相擁抱著，躺在亭子裡石板鋪的地上。他們渾身沾滿泥沙，長時間地瘋狂擁抱著。

「你怎麼了？」連維材不時爲西玲的話音而暫時清醒過來。他好像吝惜這樣的時光，他的手仍撫弄著西玲的胸脯。

「還是進屋子去吧！」西玲低聲地說。

到了這種時刻，背景和場所是沐浴著春天陽光的花園也好，是光線黯淡的房裡也好，已經無關緊要了。

不知什麼時候，他們已經回到西玲的房間。連維材的手已經不再撫弄西玲的胸脯，而是放在西洋毛毯上。女人的身體已經離開他。西玲蹲在他的面前說道：「你稍微等我一會兒。我想起了一件事，不去處理一下心裡不踏實。約半刻鐘左右，我馬上回來。」

連維材無力地閉上眼睛。一切又要從頭做起，又要從長長的猶豫開始了。

等人的時間最無聊，尤其是在閨房中等待更加無聊。等了很久的時間，連維材爬起來走到窗邊。房裡的結構是半洋式的，連維材喜歡這種房子，故意建造成這種樣子。他拉開絹子窗簾朝外面望去。恰好西玲正跟一個男人一起穿過花園朝大門口走去。兩人站在門房前談了一會兒話，西玲輕輕捅了捅男人的後背，男人好像高興地笑了。當男人轉身時露出他的側臉～

「這人我在什麼地方見過？」

這人並不年輕，年紀和連維材大致相仿，長著一副典型的廣東人精悍的臉。

他記憶中曾在宴會上多次見過這張臉，看來一定是廣州相當知名的人物。不一會兒，他很快就回想起來了——彭祐祥！

彭祐祥是一個最近突然紅起來的大人物，是那個半紳士、半流氓社會中的一個頭目。他具有籠絡人心的才能，據說他的徒子徒孫最近突然增多起來，還聽說關於他揮金如土的種種傳聞。連維材當然不喜歡這樣的人物出入西玲家中。

「妳辦事的時間眞久，可把我等壞了。」西玲回到房裡後，連維材這麼說。

「旁邊的牆快要塌了，我去見了可以幫忙的人，談了談修補牆的事。」西玲十分自然地回答著。

看來彭祐祥爲了擴大勢力、贏得人緣，正在想方設法爲市民服務。「不過，這傢伙的腿也眞勤，連修補牆壁也跑來幫忙。」連維材這麼認定之後就不想再深究下去了。

可是幾天後，夜已經很深了，他去找西玲。當他走到六榕寺西邊西玲家門前時，恰好看見西玲送客人出門。他條件反射似的縮回身體緊貼著牆壁、躲開客人。這時西玲和客人的談話傳到他的耳朵裡。

「我還要來啊！」男的這麼說。

「下次你白天來吧！」西玲話說得有點媚聲媚氣的。

「爲什麼？擔心晚上會和妳老公遇到嗎？」

「不是。他有時白天來，有時晚上來，不知道他什麼時候來。」

「這傢伙眞討厭。不過，白天來不也是一樣嗎？」

「白天來，可以說是木匠師傅來商量工作，或商店裡來人推銷東西呀！簡單地編個說詞就可以蒙混過去。」

「嗯！這麼說，還是晚上不適合呀！哈哈哈！」男的笑了起來。

西玲手裡提著燈籠，燈籠的光亮照出那客人正是彭祐祥。

彭祐祥朝著和連維材相反的方向走去，西玲提著燈籠站在門口，一直照到他轉過拐角。連維材等她轉身走進家門之後才離開牆。他決定不去找西玲了，而是回到金順記的分店去。

暗殺

「我明白了。」余太玄好像下定決心，抬起頭來。

「哦！你眞的明白了？」連維材盯著余太玄的臉。

余太玄用他粗壯的大手拿起茶杯，一口氣把茶喝光。連維材冷冷地看著他的手在微微地顫動。

1

第二天早晨，拳術大師余太玄來見連維材，他們商談的事情是招收弟子、開闢練武場。之後，余太玄吞吞吐吐地提出了五百兩白銀的薪資，連維材爽快地答應了。接著他們轉入閒談，余太玄就社會風氣的墮落，慷慨激昂地大發了一番議論。

「世道不正，這究竟是怎麼一回事呀？鴉片、賣淫、賭博……」

「因爲不必幹正經的工作也可以生活吧！」連維材說。

「我覺得奇怪的是，怎麼會變成這樣？」

「因爲有人毒害這個社會，他們爲人們提供淫逸安樂的生活。」

「你的意思是？」

「有的人養活不勞而獲的人。」

「這是社會的害群之馬。」

「這種害群之馬越來越多了。」

「這種傢伙就應該幹掉他！」

「不會那麼簡單。這些傢伙彼此間私底下都有連繫，要幹掉他們不是那麼容易的事。」

「只要有勇氣，世界上沒有辦不到的事。」余太玄非常激動，他緊握的拳頭在膝頭上微微顫抖。

「廣州實在太不像話了，社會風氣越來越壞。」

「還不晚。爲了社會，那些傢伙……對，遲早有一天，這些害群之馬就……」余太玄十分激動。

連維材打斷他的話說道：「他們不過是群烏合之眾，他們的弱點太多了。問題在於操縱他們的人——他們有頭目啊！這些傢伙用不正當的手段搜羅金錢、散布誘餌。不過，這種人也只是一小撮。」

「這麼說，問題就更簡單了。」

「不是這樣的。他們手下有人。例如現在廣州最得勢的彭祐祥，他直接指揮的就有五百人。」

「彭祐祥！啊！我聽說過這個名字。」

「他可是紅得發紫的大頭目，正在得勢。你利用學習拳術，即使一天能挽救五個青年，彭祐祥卻能一天製造出十個流氓、無賴。趕不上他呀！」

「這麼說，我的工作不就沒有意義了嗎？」

「不，不是這個意思。你的工作起碼會因爲他而減少一半效果，這是肯定無疑的。你想清掃這個世界，有人卻要把它弄髒。你明白我的意思嗎？」

「有道理。」余太玄看著自己緊握的拳頭，一會兒鬆開，一會兒握緊。

「不管你怎麼打掃，總有那麼一些人要倒垃圾。你的工作實在很艱鉅。」

「嗯！那你覺得該怎麼辦呢？」余太玄發出呻吟般的聲音問道。

「怎麼辦？這該由你自己去想，這可是關係到你平生的大志啊！」連維材看著余太玄意味深長地說。

「不能饒了他！」余太玄咬牙切齒地說：「絕不能饒了他！彭祐祥這敗類。」

「這件事就這樣吧！」連維材改變話題說：「你的工作是很艱鉅的，你提出的五百兩，我擔心不夠，準備最近再準備一千兩銀子。不過，這要等你的工作環境略微清淨之後才能給你，在這之前暫時由我保存。」

「我明白了。」余太玄好像下定了決心，抬起頭來。

「哦！你眞的明白了？」連維材盯著余太玄的臉。

余太玄用他粗壯的大手拿起茶杯，一口氣就把杯內的茶喝光。連維材冷冷地看著他的手在微微地顫動。

2

石田時之助已經蓄起了辮子。他早已從澳門來到廣州，成了金順記廣州分店裡的食客，中文也比以前進步多了。此時他面前放著一根手杖，他拿起手杖，把右手放在靠近粗頭的地方，緩緩地往上推動，推到離上端約五分之一時，突然閃閃發光。

其實這是一根裡面藏著刀的手杖，俗稱「二人奪」。石田把刀身端詳了一會兒說道：「確實是日本製的。」余太玄從潮州弄到一根二人奪，據說是日本貨，他請石田來鑑定。

「刀是要殺人的。」余太玄做了一個雙手揮刀的動作。

「那當然。」石田回應道。

「但殺人不好。」

「是呀！」

「你殺過人嗎？」

「沒有。我使過刀，但沒有殺過人。」

「我可殺過人，不過，不是用刀。」余太玄把手往前一挺，做了一個打拳的架勢，「你看，用這個。」

「噢！」

「殺人不好。不過，有時候也是應該的。」

「是嗎？」

「有時爲了社會不得不殺人，而且是心裡流著眼淚去殺人的。」

「我記得在我們國內也有過這種說法。」石田曖昧地點了點頭。

「石先生，」余太玄一本正經地說道：「我告訴你，最近我要殺人，這是爲了社會、爲了國家。」

「爲什麼？」石田對余太玄這種做作出來的悲壯氣概感到討厭，如果眞有這想法，他就不聲不響地去殺人不就好了。

「怎麼樣？石先生，這次你能跟我一起去嗎？」

「一起去？」這確實是件麻煩的事。可是，在清朝看暗殺，這種機會今後恐怕是不太多的。「要去嗎？」石田心裡正在考慮。

「對。這種事當然不用你出手，只是請你在旁邊看著就行了。在澳門請你看了鴉片館，先生還看了我國種種低級下流的地方。你也許認爲清朝的正氣已經盡了，不過，我想讓你看看它還留下來一點點。」

余太玄可能覺得這個最關鍵的地方一定要讓對方理解。說罷，他提起筆來，特地把所謂的清朝正氣之類的話寫在紙上，遞給石田。

紙片放在石田的膝頭上，他默默地看了一眼，心想：「算了吧！少來這一套。」讓人看拳術、看三昧堂，這次還要看暗殺，這傢伙總是喜歡讓人看點什麼。也許是余太玄經常注意別人對自己的看法，他讓人看各式各樣的事，其實眞正想讓人看的一定是他自己。

「可憐的傢伙！」石田心想：「眞是頭腦簡單的人。」

這時石田突然想到這傢伙是不是被人利用了？力氣大、個性直的人往往會被人利用，他在日本的時候，這種例子看得太多了。他受過的所謂教育，其目的不就是要培養這種被人利用的人嗎？

「好吧！讓我看看吧！」他這麼說。

「啊！你同意了？」余太玄好像打從心裡感到高興。

幾天之後，余太玄來找石田，顯得很興奮。

「我們立刻出發！」余太玄說。吃過晚飯已經好一會兒，天已經黑了。

「是爲了那件事嗎？」石田問道。

「對。」余太玄帶了他那根二人奪，把它遞到石田面前說：「這是日本刀。你是日本人，我想把它送給你作爲今天的紀念。送給你這個，並不是要你幫忙。我只想請你看看，中華仍然存在慷慨憂國的正氣。到時候，我希望你握著這把象徵貴國尙武精神的刀。」

後面的話有點不好懂，不過余太玄早已有所準備，拿出紙筆，龍飛鳳舞地寫出了大意，遞給石田看。

在路上，余太玄說出這天晚上要幹掉的那個「害群之馬」。石田聽了大失所望，心想：「原來要幹掉一個流氓頭頭呀！」他原以爲余太玄要暗殺一個重要的大官。

他們埋伏的地方在城內東南方，靠近貢院（科舉的考場）。這天晚上沒有月亮，兩人躲在一家圍牆的拐角上等著。這一帶都是大戶人家的宅院，幾乎沒有行人經過。路很窄，地形對暗殺來說最適合不過了。

這時，終於看到一個醉漢踉踉蹌蹌地走過來。

「來了！」當余太玄小聲說時，石田一點兒也不感到興奮。余太玄畢竟受過拳術的鍛鍊，事到臨頭反而冷靜起來。他抑制著急躁的情緒，努力辨認他要狙擊的對象。

「沒錯，是彭祐祥。」他低聲對石田說，隨即，箭一般地跳了出去。

說時遲那時快，連石田也不明白余太玄使了什麼絕招。只見他筆直地衝跑過去，轉眼間就到了對方身邊。當余太玄向旁邊跑了十來步時，對方已癱倒在地，連一聲喊叫都沒有。接著，余太玄又慢慢地走回來，趴在男子身上，好像在探查他究竟死了沒有。這確實是絕招。

不過，掌握這種近乎神技本領的人頭腦卻多麼簡單啊！不，也許正因爲他頭腦不複雜，才能掌握這樣的絕技吧！

絕技確實是可怕的，但更可怕的是，用這樣的絕技殺死的不過是一個微不足道、喝醉了的流氓。

「死了。」余太玄說了一聲，站起身來。

死了的男子，恐怕除了余太玄外，再也不會怨恨其他任何人了。余太玄肯定想聽聽石田的感想。可是石田回程的路上一聲不吭，默默地回到金順記。他只感覺到手裡那根「作爲今天的紀念」的二人奪沉重得要命。

3

連維材在擁抱西玲之前，奇怪地猶豫了很長的時間，其實是有特殊原因。

西玲是他恩人的女兒，連維材一向把兩個人看成是自己一生的恩人：一個是帳房先生溫翰；另一個是一位「白頭夷」，名叫菲洛茲，中文名字叫富羅斯。他跟溫翰不同，早已成了故人。

當時世界各地的商人為了爭奪中國市場，曾經聚集在澳門和廣州，其中最多的是英國人，其次是葡萄牙人。他們在澳門獲得居住的特權，在英國人進入中國貿易之前，一直稱霸中國市場。

西班牙曾經以它所占領的菲律賓為基地進入中國進行貿易。中國人曾把西班牙稱為「大呂宋國」。他們曾把西班牙銀元輸入中國市場，這種銀元後來在中國稱為「洋銀」，曾發揮了流通貨幣的作用。

荷蘭曾經壟斷過日本貿易，它以爪哇為根據地，在中國的貿易中也相當活躍；法國人曾以印度支那為基地，向東推進過，但每年只向廣州派出一、兩艘商船，多的時候也不過四、五艘；美國很快就在中國貿易中躍居第二位，僅次於英國，由於它的國旗十分花俏，中國人稱它為「花旗國」。

很多國家是用它的國旗來稱呼的，例如稱奧地利為「雙鷹國」，稱普魯士為「單鷹國」，稱瑞典為「藍旗國」等，這些國家的商人也來到廣州。此外，南洋各地的貿易商人也經常來此。這些地區一向被看作是朝貢國或屬國，廣州以外的港口也可出入。

廣州稱印度人為「港腳人」，他們在英國東印度公司的庇護下相當活躍。不過，在印度人當中，帕斯族人有點特殊。他們原本信奉拜火教，居住在波斯，在回教徒軍隊進入波斯後，因為拒絕改信回教而逃到印度。他們逃到印度後仍然受到追逐，在卡提阿瓦、諾薩里和蘇拉特等地流竄。他們沒有土地，只好以商業維生。他們居住在蘇拉特時期，正好東印度公司把中國廣州當作根據地，於是帕斯族人借助東印度公司和莫臥兒帝國的勢力，逐漸變成商業民族。帕斯人皮膚白皙，眼睛碧綠，長相和一般的印度人不同，而且他們幾乎全都從事金融業。

當時的廣州因為鴉片的特殊買賣，是世界上商業利潤最高的地區，帕斯人是典型的商業民族，當然不會放過利潤高的澳門和廣州。他們帶來大量資金，並以金融家活躍於中國的貿易市場，人數相當多；而中國人把這些帕斯族的高利貸者稱為「白頭夷」。

澳門的白頭夷菲洛茲，曾給當時經營小商店的年輕老闆連維材大批貸款。這種貸款幾乎是有求必應，毫無限制，從信用程度上來說，可以說非常大膽果斷。

金順記由於獲得這筆資金而暴發起來。如果沒有大批資本，即使有溫翰這樣的好助手，金順記恐怕也不會這麼飛快地發展起來。

菲洛茲看準了連維材和溫翰這兩個人物，他的眼光並沒有錯。他當然得到很多利息。連維材也很感激菲洛茲對自己的恩惠和情誼。

白頭夷菲洛茲在澳門和一個中國女傭生下一個孩子，這孩子就是西玲，所以連維材在西玲小時候就認識她了。

西玲是波斯拜火教時期一個王妃的名字。王妃是王子荷斯洛．帕爾維茲的妃子，但她有個情人，名叫范爾哈德，所以她也是愛情悲劇的女主人公。菲洛茲仿效這個王妃的名字，爲自己的女兒取名爲西玲。

白頭夷菲洛茲年老之後回國，把西玲委託連維材照顧。菲洛茲回國之後不久就死了，連維材遵守承諾照顧西玲母女。西玲的母親把幼小的西玲硬推給連維材，自己則跟一個葡萄牙商人同居。她其實是一個多情的女人。

西玲的母親私奔了，也結束了她不幸的一生。因爲當她懷孕的時候，那個葡萄牙人卻不見了，她在生孩子時死去，生下的孩子卻平安無事。這次生的是個男孩，要由誰來撫養這個孩子呢？這個孩子雖然和連維材的恩人菲洛茲毫無關係，但也只好由他收留。

恩人的女兒是神聖不容侵犯的，也許正因爲是神聖不容侵犯，連維材反而產生了染指她的念頭，這也是他那漠然的破壞慾望的一種表現吧！

西玲繼承了母親的血統，也具有淫蕩的個性。連維材的妻子是個賢淑的女人，西玲的性格卻和她恰恰相反，他不知不覺就被西玲迷住了。

西玲十七歲時他第一次摟抱她，這是他那強烈的破壞慾望促成的。

猶豫躊躇的時間——這是等待破壞慾望凝聚的時間，之後才能產生一種搗毀一切的衝動。連維材最初不過是經受不起這種誘惑，他意識到西玲的魅力，但還得等她成熟之後才帶有一種淫蕩的妖豔風情。這是很久以後的事了。

4

「我後天要回廈門。」連維材一邊這麼說，一邊觀察西玲的表情。

她的臉上並沒有什麼特別表情，看不出彭祐祥的死給她究竟帶來多大的刺激。

「啊呀！是嗎？」她的話總是冷冷的，而且聽起來叫人感到含有情意，但這又不是她故意做作出來，而是天生的。

「我讓誼譚到廣州來。」連維材說。

西玲對弟弟的感情之深簡直叫人難以相信。這姐弟倆雖然不是同一個父親，但他們都是沒有親人的孤兒，而且都是混血兒，看來是這種關係把他們緊緊地連繫在一起。如果誇張一點說，這社會上的一切都是他們的敵人。他們的年紀相差八歲，西玲對弟弟似乎抱有一種母性的慈愛。

「我遵守諾言把他送到這裡來，不過，暫時要讓他住在金順記。」

「不能跟我住在一起嗎？這和您答應的有點不一樣。」

「誼譚還年輕，放在陌生人當中做點事情，對他有好處。」

「我會讓他做點事的。」

「妳也還年輕，誼譚應該讓年紀更大一點、懂得事情的人來監督。」

「那就這麼辦吧！只要誼譚能來廣州，我就知足了。」西玲改變了主意。

「我們要暫時分別了。」連維材掃視了一下屋子。

這裡是西玲家的正房，正房兩邊通向東西廂房的地方，一般是耳房——小小的休息室。連維材在廣州經常到西玲家來，但他從未進過耳房。那是備用的房間，一般堆放一些不常用的東西，但他不知怎麼心血來潮，突然想進耳房去看看。

「妳說牆壁壞了，其他還有壞了的地方嗎？這房子還不至於那麼糟糕吧！」他邊說邊把手放到耳房的門上。

「別的什麼地方……壞了，還沒有……」西玲的聲音聽起來跟平常有點不同。

連維材回頭看了看她，只見她突出的下嘴脣比平時更加突出，西玲的臉上開始露出連維材所想要看到的慌亂神色。

「我平時很注意，不要緊的。」西玲不等連維材答話，趕忙這麼說。

「她不想讓我進耳房。」連維材心裡這麼推測。爲什麼？是裡面藏著情夫？彭祐祥已經死了，她的情夫也許不只彭某一個人。

「我要進去看看。」連維材打開了耳房門。

房間很小，一眼就看遍了。果然是一間堆放東西的房間，裡面堆放了十來個木箱，箱子上蓋著蓆子，此外什麼也沒有，也沒有地方能藏下一個人。

連維材感到有點不好意思，想把這種尷尬蒙混過去，一邊說：「這是什麼呀？」一邊裝著若無其事的樣子朝木箱走去。

「這種地方，你出來吧！」西玲拉住他的袖子。

連維材回過頭盯視著她的臉，發現她一臉慌亂的神色，於是他甩開西玲的手走到木箱旁，揭開蓆子。嶄新的木箱上印著鮮明的標籤：

VEIC
公班土
淨重 $133\frac{1}{3}$ 磅

VEIC是英國東印度公司的標誌，「公班土」是鴉片的一種，公班是Company❶詞的譯音。

走私的印度鴉片有三種，以孟加拉產的鴉片品質最好，稱爲「公班土」；由孟買運出的「白皮土」次之；從馬德拉斯運出的「紅皮土」最差。此外，主要還有美國商人運來的土耳其和波斯產的鴉片，品質比紅皮土還次，專門摻在印度鴉片中出售，這樣可以降低價格。

連維材皺著眉頭看看鴉片木箱，又看了看西玲。

西玲低下了頭。

「怎麼有這麼多鴉片？」

「受別人委託寄放在這裡的。」西玲不敢抬頭，這麼回答。

「受誰委託？」連維材的話中帶有質問的語氣。

「一個叫彭祐祥的人。他……他最近不知被誰打死了。」

---

❶ 英文，公司的意思，此為東印度公司的略稱。

「噢……」

「他說我認識官吏，放在這裡安全，所以跑來求我。我這個人的個性，叫人家一求就不好意思拒絕。」

「妳這個糟糕的個性。」這麼一來，連維材的心裡反而舒坦了。

看來彭祐祥出入這個家，可能是爲了把這裡當作隱藏遭到嚴禁的鴉片的地方。

「彭祐祥給了妳手續費——不，保管費了嗎？」連維材問道。

「嗯！給了一點。」

「不能要，還他。」

「他已經死了。」

「這些鴉片怎麼辦？」

「讓彭祐祥的朋友來取走。」

「來取的時候把錢還給他們。」連維材說這話時的語氣很嚴厲，但馬上又柔聲地說：「如果零用錢不夠，老實跟我說。」

「不！」西玲搖了搖頭。

「是呀！還是因爲太無聊了吧！」連維材心裡這麼想。

如果因爲太無聊而幫人家做鴉片買賣，那也許比去夷館當女傭還要好一些。

她垂著頭髮。當時的婦女在結婚之後才把頭髮梳上去，每當看到西玲的垂髮，連維材總要心生一股愧疚。

把恩人的女兒置於這種不清不白的地位——像連維材這樣的人在當時也很難消除儒家的倫理觀念。

他爲這個女人而殺了一個男人。

他的腦子裡迴盪著伍紹榮的話，「連溫翰也為一個女人發過狂。這是男人的悲劇啊！女人的悲劇加上男人的悲劇，使人世多麼痛苦啊！」

世人眼中的事業，好像只在這痛苦萬狀、不時地喘息著，那短暫的一瞬間才存在。連維材把這些斷斷續續的瞬間連接在一起，創立了金順記。

這是否也會白費呢？連維材曾經這麼想過，但他很快又返回儒家世界那牢固的結構裡去了。不過，無論如何，住在這裡時會使他快活。他不由得撫摸西玲的頭髮，她的頭髮中夾雜著一些金髮。

東方和西方

道光皇帝勤奮地治理清朝後，首先處理的是他過去有意識擱置下來的鴉片問題。

同一時期，在濃霧籠罩的倫敦，外交大臣巴麥尊正召集專家研究對清政策——制訂打開清朝門戶的政策。

1

聰明的額頭、長長的眉毛，眉毛下一雙細長的眼睛不時閃現冷酷的光芒，這一切和他那尖尖的鼻子、薄薄的嘴唇十分相稱。只是他的下巴彷彿努力地向左右拉開，而他那出身名門——呑普爾家——文雅的貴族風範，一下子就被他這個下巴給破壞了。

他是當時英國的外交大臣——巴麥尊子爵。

「應該要找年輕人。年輕人富有活力，就用這種活力來發展你的公司。」巴麥尊說。

他的面前坐著商人威廉．墨慈。墨慈是禿頭，看起來好像是個慈祥的老爺爺，其實這只在他瞇著眼睛的時候才是如此，當他睜大眼睛時，眼睛就露出凶光。

「對，東印度公司的年輕職員也加入了我們的公司。」墨慈畢恭畢敬地回答。

「年輕人富有進取精神，他們不僅能使你的公司快速發展，也能使英國富強起來。」

情。

「我明白了。我們一定不會敗在美國商人的手下。」墨慈這麼說著，還稍微看了一眼外交大臣的表情。

巴麥尊轉過頭去，他似乎擔心會讓眼前的商人看出自己的內心想法。

巴麥尊表面看起來好像非常理智、冷靜，其實他是感情用事的人。他從一八三〇年擔任外交大臣後，直到八十一歲去世，三十餘年來一直是指導英國外交的重要人物。

「爲了大英帝國的榮譽！」——他的政治理想和信念就是如此。

他曾經爲一個猶太血統的英國人利益對希臘施壓，遭到人們的譴責。當時他在英國下議院鄭重其事地說：「對於英國臣民的利益，應該像過去的羅馬市民那樣，在世界的任何地方都要由英國政府加以保護。」

他曾經援助匈牙利的獨立運動，招致當時英國維多利亞女皇的不快，只因他帶頭承認法國路易．拿破崙的政變而被罷免——這些都充分表現出他的感情用事。

他出身於貴族，本來對自由主義的新興工商市民並不同情，但爲了「帝國的榮譽」，他狂熱的支援產業資本家的活動。

墨慈離開後，巴麥尊露出滿臉不高興的神色，抱著胳膊心想：「商人眞是討厭的一群人。我想盡量不讓人看出我對美國抱有敵意，但是這傢伙好像意識到了。」

被他人看出自己心裡的想法，當然是不太愉快的事。

對美國這樣一個新興國家抱有敵意，這關係到大英帝國外交大臣的聲譽，巴麥尊是這麼想的。而且他並不是憎恨美國，只是覺得絕不能允許美國在大英帝國的榮譽上落下一點點陰影。

「可惡！」他恨得咬牙切齒。

對清朝的貿易就是其中一個例子。巴麥尊拿起桌上的文件資料又重新看了一遍。

這份名叫《各國對清貿易現況》的報告書，是外交部有關官員和東印度公司的專家合作寫成的。根據數字來看，美國還遠遠趕不上英國。各年的情況雖有差別，但一般來說，美國的對清貿易僅是英國的六分之一，在進口方面爲英國的三分之一。

問題是利潤比率。

英國東印度公司一艘一千兩百噸至一千三百噸的商船，航行一次，在廣州獲得的淨利，按美元計，平均只有三萬至四萬美元；而美國商人一艘三百五十噸的小商船，平均即可賺到四萬至六萬美元的淨利。原因大概是東印度公司採取官僚主義的經商方式，讓效率極差的大船裝上大批人員去做貿易；相較之下，美國商人是採取游擊式貿易方法。他們做的是所謂全球貿易：把美國的農產品運到歐洲，換得西班牙銀幣；再從印度把鴉片運到澳門；在廣州裝上中國的茶葉、絲綢和棉花，再歸航。

據說美國商人的資本不是美元，而是勤勉和冒險精神。他們沒有足以和英國東印度公司相匹敵的資本實力和組織能力，但他們有可以彌補這些不足的東西。

美國獨立不到五十年，國內產業還不十分發達，所以有爲的青年都看著海外，並在貿易業中聚集了很多人才。

美國船上的水手大多是良家子弟。船上准許船員裝載一定數量的「個人商品」，他們除了薪水外，還可以透過銷售這些商品獲利。

水手存錢然後買下農場經營，這已成爲當時美國青年的生財發跡之道。他們工作時投入的心力、積極度之大，是東印度公司那些穿制服的職員遠遠無法比擬的。

報告書裡談到了上述這些問題。

「再這樣下去不行！」巴麥尊心裡這麼想。

在英國，最優秀的青年從不到海外，會到遠東的，大多是品行惡劣、在國內走投無路了才去的，所以年紀一般都比較大。巴麥尊建議墨慈「要找年輕人」，也是考慮到這些情況，因此墨慈立刻看出外交大臣的話中有影射美國的意思。

會打動巴麥尊的心的，不是這份報告書上羅列的數字，而是美國商人的情況。光從數字來看，英國還是十分穩固的，大英帝國的榮譽仍光輝奪目。但巴麥尊是個重感情的人，他看到這些數字下隱藏的英國危機。

像東印度公司這樣一個正規公司所進行的貿易，本來是符合巴麥尊這種貴族所需的，但即使議會批准延長東印度公司的特許期限，他也覺得不能再允許東印度公司壟斷對清朝的貿易了。這並不是說他對貿易產業的自由主義已經有了理解，而是他的嗅覺已經聞到美國可疑的氣味。不，他已經感覺到有人正在悄悄地侵蝕「大英帝國的榮譽」。

想到這裡，他又找出另一份報告書。

這是阿美士德號的報告書。他很快看完這份報告書，然後站起來在屋子裡走來走去。

「要怎樣才能把美國一下子甩到後面去呢？」巴麥尊低聲地自言自語。

那些自由的商人，爲了追求利潤什麼事都幹得出來。由他們來充當英國對外的貿易戰士，一定比東印度公司有力的多。

「但是，完全交給他們也是不行的。」

該怎麼辦呢？

其實從派出阿美士德號的時候，答案就已經出來了。——使用國家權力——武力！

要打開廣州以外的各個港口，就要運用英國的武力。用血換得的權益將會堅如磐石，那將是美國望塵莫及的。到那時，大英帝國的榮譽將會大放異彩。

2

馬車中的墨慈滿臉笑容。

爲了能會見外交大臣巴麥尊，他花了相當一筆費用打通關係，也收到了相應成效。巴麥尊幫墨慈寫了好幾封介紹信，那些信的對象都是曼徹斯特的大商人。

威廉·墨慈商會正準備進軍遠東做貿易。它準備以廝六甲的金順記公司爲跳板，暗中早已制定計畫，問題只在於資金。而巴麥尊的介紹爲他在這方面帶來了希望。

馬車此時正好從東印度公司倫敦總公司的門前經過。

墨慈從車窗中看到那座森嚴的建築物，他感覺就好像是看到什麼歷史遺蹟似的。

「我能得到像這棟建築物般的遺產嗎？……」他自言自語地自問。

第二天，墨慈從倫敦出發到曼徹斯特。

曼徹斯特——這裡的紡織工廠鱗次櫛比，冒著黑煙的煙囪林立，它可能是當時世界上最有活力的城市。這個城市正在激烈地鼓動著，每鼓動一次，英國就膨脹一點。鼓動進去的力量尋找出口，發出咆哮的吼聲，衝出來的力量可以擊毀任何堅固的牆壁，連製造這種力量的人也無法控制。

曼徹斯特是個龐大的怪物。在這裡，人們好像在這個彷彿精靈的命令下行動。在這個城市裡，到處都在舉行集會。現在它正展開「反穀物法運動」，這個運動將給貴族、地主最後致命的一擊。

學者們都出席了這些會議，當時所謂曼徹斯特學派的學者們，作爲產業資產階級的代言人，正大力提倡自由主義經濟。

這樣的政治集會一結束，資本家們立刻坐上馬車趕到下一個會議場所——紡織工廠的股東會議、工資協定會議或成立新公司的發起人會議。

墨慈來到曼徹斯特後，在這個緊張忙碌的城市裡到處拜訪資本家的辦事處和府邸，遊說到遠東發展貿易的好處；巴麥尊的介紹信當然發揮了很大威力。一個月後，他就把那些繁忙的資本家邀聚在一起了。墨慈洋洋得意的看著這些有實力的出資人，此時他們正齊集在輝煌的枝形吊燈下。

第一次股東大會開得很順利，墨慈意識到大家對自己的期待，於是抑制自己興奮的心情。他低下頭，只見會場大理石的地板閃閃發亮，似乎象徵著他光明的未來。但是，在曼徹斯特，許多人的境遇和這裡卻恰好形成鮮明的對比。

當墨慈在股東大會上發表談話時，哈利．維多正走在這個城市一條潮濕的小巷裡。這個曾經登上過阿美士德號東印度公司的年輕職員，現在被挑選進了墨慈商會。

你能為我找一些年輕人嗎？只要年輕就好，沒有經驗也沒有關係。」經理墨慈之前這麼委託他，因此現在他來找他小時候的朋友約翰．克羅斯。

蘭開夏迅速發展起來的棉紡業需要大批工人，海上運輸的新花輪船，首先把工人從愛爾蘭運到英格蘭。他們為這批工人建造簡易的住房，根本不考慮什麼地基，在泥濘的地上就出現一排排像火柴盒似的小房子。

約翰．克羅斯就住在這種簡易的住房裡，房裡正發出帶著機械油味的臭味。在這間地窖般的陰暗房子裡，約翰正臉色蒼白抱著膝頭坐在木頭刨花上。

「約翰，你應該離開這裡，待在這種地方你會完蛋的。」哈利兩手輕輕地扶著約翰的肩膀說。

「我早就完蛋了。」

「你這張臉怎麼弄成這個樣子？頰骨突出來，眼睛這麼混濁，之前那個精神抖擻的約翰到哪裡去了？

那個希望登船航海的約翰……」哈利說著說著，眼睛濕潤了。

「唉！」約翰瞪著混濁的眼睛說：「到了能夠登船航海的年紀，我的身體就弄成這個樣子，任何船長一看到我這個樣子，都說要我別開玩笑了。」

「是嗎？……」哈利又把約翰從頭到腳端詳了一遍，看他實在瘦得不像樣，於是說：「當水手看來有點勉強，不過，做貿易還是可以的。到東方去吧！現在是個機會。東印度公司已從廣州撤退，私人貿易爭先恐後地往那裡跑。他們正在到處找人，連我這樣的人也大受歡迎哩！」

「你學過中文？」

「不，是人手不夠，尤其缺少年輕人。不懂中文也沒關係，記帳的、過磅的、監督裝卸貨物的，都缺人；就連點貨箱數目的人也需要。」

「點貨箱數目的也可以嗎？」約翰好像有點心動了，「那麼我也行啊！」

「就是嘛！約翰，你在紡織廠工作拿多少錢？」

「一星期十先令，很少。不過，比我還少的人很多。兒童還不到五先令。」

一八三三年就已經實行禁止雇用兒童工作的法律。可是根據第二年的調查，在工廠工作十三歲以下的兒童仍近六萬人。

「一星期十先令，一月兩英鎊。你看，我在東印度公司每月拿三十英鎊，而且是正式薪水，另外還有各種收入，例如臨時翻譯、特別分紅……」

「啊！那是我的幾十倍啊！」約翰的臉上露出喜色。他抓起一把地上的刨花，猛地朝它吹了一口氣。

這時，他們身後傳來嘶啞的聲音：「能把我也帶去嗎？」

不知什麼時候進來了一個男子，坐在床沿上。

這男子長得魁梧結實，跟約翰的樣子恰好相反。他的年紀約三十歲，那惹人發笑的蒜頭鼻旁邊，一雙小眼睛在微笑著。不過他的額頭上有一塊五公分長的傷疤，使他那張滑稽可笑的臉帶上幾分凶相。

「噢！你回來了。」約翰說。

「你們只顧說話，沒注意到我。我剛才才回來的。你們的談話內容很有意思，我全聽到了。我對這種渾身煤灰、棉花的溝老鼠生活膩煩透了。你叫哈利吧？你能幫我說說話嗎？」這男子站起身來，搖晃著肩膀向他們走過來。

突然出現這名陌生男子，哈利不知該怎麼辦，只望著約翰。

約翰趕忙介紹說：「他是跟我住在一起的保爾，他叫保爾．休茲。」

3

整個北京都圍在城牆裡。明朝嘉靖年間補建的城牆叫羅城，一般通稱爲「外城」。當時住在內城的大多是滿族，外城是漢族的居住地。

寅時——清晨四點鐘，天還沒亮，夜空的一角有點微明。高聳的天安門城樓上的黃色琉璃瓦，在黑暗中閃著微弱的亮光。

軍機大臣穆彰阿從天安門經端門進了午門。他的熏貂帽頂上，小紅寶石在鏤花金座中閃閃發光，上面還安了一個雕刻的珊瑚。蟒袍的長朝服上繡著龍，衣襬上有波浪形的圖案；坎肩「補服」的胸前繡著仙鶴。這是一品官的正式服裝。

清晨四點至五點是軍機大臣上朝的時間，而且必須在辰初（上午八點）之前把工作結束。時間確實太早了，但政府各個部門要在接到軍機處各項工作指示後才能開始當天的工作。

「這差事可不輕鬆啊！」他小聲地自言自語說。

要說不輕鬆，每天早晨四點就開始召見軍機大臣的皇帝也很辛苦。大臣還可以辭職，皇帝可無法辭職。這樣的召見一般都在乾清宮進行，乾清宮緊挨著皇帝的寢宮養心殿，所以皇帝比大臣輕鬆一點的是不必走那麼多路、不用趴在地上向皇帝叩頭。

此時道光皇帝坐在乾清宮的玉座上，臉色陰沉。昨晚他跟宮女們賭錢賭到很晚，之後又吸了鴉片。「看來身子骨有點不行了。」皇帝已經五十一歲了。

道光皇帝即宣宗，名綿甯，即位時改名爲旻寧。從太祖努爾哈赤算起，他是清朝第八位皇帝。

寶座背後是五扇金碧輝煌的屏風；寶座上面雕刻著飛龍；牆上掛著一塊匾額，上面寫著「正大光明」四個大字。道光皇帝一看這匾額心裡就煩悶起來。

滿族沒有長子繼承家業的習慣，皇帝在世期間，就要從皇子當中選一人來繼位當皇帝。但一經公開就會引起種種麻煩，因此把繼位皇帝的名字封在密書中，放在這塊「正大光明」匾額後面。皇帝一死，才打開這封密書，決定新皇帝。

不過，道光皇帝已沒必要準備這種密書。他有四個兒子，但活著的只有第四個兒子奕詝。

「爲什麼死了這麼多孩子呀？」道光皇帝心情十分鬱悶。第二個女兒死於道光五年；第二個兒子奕綱死於道光七年；第三個兒子奕繼死於道光九年；大兒子奕緯死於道光十一年。從道光五年以來，每隔一年皇帝就要死去一個孩子。

「今年不知又要死誰啊？」自從大兒子死後，今年又該是會出事的一年。

眼下他唯一傳宗接代的兒子奕詝今年剛滿兩歲。道光皇帝此時的腦子裡像走馬燈似的出現奕詝和四個兒女的臉，心裡像刀絞般的難受。

四位軍機大臣正跪伏在玉座下面。

「反正今天還給他們一個『妥善處理』好了。」

大臣們行完了三跪九叩禮。道光皇帝看了看他們，悶悶不樂地點了點頭，沒什麼精神。

道光皇帝是先帝從四個皇子中挑選出來的，他不是一個平庸的君主，但是時代已經變壞了。他的祖父乾隆皇帝當政的時候是清朝的鼎盛時期，平定了西域、西藏和臺灣，出兵緬甸；荒年慷慨地免去租稅；完成了編輯八萬卷《四庫全書》的偉大事業，文化上可謂百花盛開。龔定庵曾在他的詩中寫道：「卻無福見乾隆春。」慨嘆自己出生晚了。

不過，乾隆盛世也有搞得太過分的地方，例如進行空前規模的遠征、賑災、文化事業、多次巡幸，再加上晚年綱紀鬆弛，出現了寵臣和珅侵吞國家歲收的事件。另外，人口也大大地增多了。

嘉慶帝當政的二十五年間，藉乾隆盛世的餘勢守成；而道光皇帝即位以後，長年淤積的膿血就一下子從各個地方噴射出來。人口增加了，並沒有帶來生產力的擴大；官吏貪贓枉法已成爲司空見慣；邊境不斷地發生叛亂；頹廢的時代精神成了吸食鴉片的誘餌；漏銀日益增多，物價高漲，民心更加不穩。

道光皇帝即位之初也曾銳意圖治，力圖整頓歷朝的秕政，但是，他推行任何政策都不順利。儘管道光皇帝並不平庸，也不特別傑出，他也因此逐漸開始倦於政務，再加上又接連死了好幾個孩子。

此時軍機大臣王鼎熱情地談論鴉片問題。但是，王鼎的熱情並沒有感染道光皇帝，他在御座上努力憋住哈欠沒有打出來。

「明白了。所以前年已經發出禁令了嘛！」道光皇帝不耐煩地說。

「禁令是發了，但並沒有嚴格遵守。而且由於禁令，鴉片的價格提高了，因爲想得到鴉片罪犯就日益增多。」

「那就讓刑部去研究研究嘛！」道光皇帝想快點結束召見好去休息。

早朝召見要處理的事當然只限於有關國政的最重要事項，儘管如此，他每天也要處理五、六十件有關重要官吏任免，以及對各部和地方長官的奏文批示，起碼要花三個小時。

4

召見一結束，四位軍機大臣走進軍機堂休息，穆彰阿開始跟年輕的章京閒聊。

軍機大臣共帶十六名章京（分滿漢兩班、各八人）以輔佐自己，這些章京都是未來的候補寵臣。人們稱軍機大臣爲樞臣或樞相；稱軍機章京爲樞曹，也稱「小軍機」。他們年紀輕、級別低，但都是大有前途的青年，穆彰阿早就把他們馴服了。

「你妹妹的未婚夫決定了嗎？」

「還沒有哩！」

「我來做個媒吧！」

「那就拜託您了。」

王鼎一聽這樣的對話，輕蔑地轉過臉去。

穆彰阿不是沒有意識到這些，但他不怕這個正義熱血的王鼎，他反而覺得王鼎很「容易駕馭」。王鼎遇事總是反對穆彰阿，但這位熱血男子缺乏深謀遠慮，是個非常單純的人。例如人事問題，穆彰阿看中了某個人，但他暫不推舉，而先提出另外一個人的名字，這樣一來，王鼎一定會反對，穆彰阿就故意裝出一副爲難的樣子說：「那麼，誰比較恰當呢？」結果還是把他最先物色的人安插上去；王鼎卻以爲是因爲自己而迫使穆彰阿撤回他推薦的第一個人選，顯得很高興。

年紀最大的軍機大臣曹振鏞，對穆彰阿來說也不是什麼對手。

「最近皇上有點倦怠，對奏摺的文字也不做訂正了。」曹振鏞嘮嘮叨叨地說。

穆彰阿只是適當地在一旁敲敲邊鼓，內心裡卻奸笑著說：「這個文字迷。」

搞政治要愼重、認眞。——這就是曹振鏞的信念。可是，不知什麼原因，他只在文字上愼重、認眞。

他認眞地寫字，這對於推行政治當然是起碼需要注意的，但是他這方面的要求又太計較了。人們評價他說：「字則專搜點畫，詩則泥黏平仄，不問文章工拙。」

在錄用官吏的考試時，「遂至一畫之長短，一點之肥瘦，無不尋瑕索垢」。龔定庵就因爲不會寫端正的楷書，儘管他具有異常的才能，也直到三十八歲才中進士。所以，字寫得如何，竟然決定了一個人能否飛黃騰達。

當時是「專尚楷法，不復問策論之優劣。」（《燕下鄉脞錄》）；「舉筆偶差，關係畢生之榮辱。」（《春冰室野乘》）。可見形式踐踏了內容，當然不可能指望這些得了楷書神經官能症敏感的官僚們能推出有建樹的政治，因此出現了「厭厭無生氣」的局面。

曹振鏞不是壞人，但由於他是一個極端的文字至上主義者，因此給社會帶來了毒害。當時恰好是西方透過產業革命培育起來的勢力向東方洶湧而來的時期，這樣的曹振鏞當然不可能成爲穆彰阿的勁敵，穆彰阿在政界中已沒有一個像樣的競爭者，不過，在地方上還是有的。

希望維持現狀的營壘和爭取改革的黨派之間對立，儘管有程度差別，但在任何時代都是存在的。這樣的對立首先從區分敵我開始，接著就要尋找敵人的核心。

學習經世之學——公羊學的人，當然要批判當前體制、爭取改革。不過，公羊學派的兩巨頭魏源和龔定庵，在穆彰阿的眼中還不算危險人物。魏源不過是一個在野的學者；龔定庵雖然踏上仕途，但地位很低。

在少數的公羊學者當中，在政界有實際影響力的人並不多，當前最値得他警惕的人物就是擔任江蘇巡撫要職的林則徐。穆彰阿很久以前就已經注意到林則徐的言行和他周圍的人。

穆彰阿下朝後回到家裡，家裡人告訴他昌安藥鋪的老闆藩耕時正在密室裡等他。

穆彰阿向藥鋪老闆問道：「不定庵頭頭的消息弄清楚了嗎？」

穆彰阿了解到林則徐的耳目吳鐘世離開北京去了南方，立刻提高警覺，就命令自己的耳目藩耕時去調查。

「從揚州以後一直有兩個人跟蹤他，不斷和這邊連繫。吳鐘世從揚州順長江而下，路過上海，在金順記的分店住了一宿。」

「金順記？啊！是總店設在廈門的那個金順記嗎？」

「是的。第二天他在蘇州拜訪了魏源的家，據說當天林巡撫恰好也在魏家作客。」

「這不會是偶然的巧遇。」

「我想這次會面可能是事先連繫好的。會面時底下人都遠遠地避開了，無法了解他們的談話內容。」

「行啦！能知道他見了什麼人就可以了。」

「吳鐘世第二天見了金順記的連維材，地點是在閶門的瑞和行。」

「之後呢？」

「根據昨天的消息，吳鐘世在拙政園再次見了林巡撫；而且魏源和連維材也同一時間在天后宮附近碰了面。」

「一定是談論了些無聊的事吧？不過，最近倒是經常聽到連維材這個名字。」

「那是來自廣州的消息吧？」

「對。在政界，對過去一些好的規章制度，有些傢伙主張要搞什麼改革；在商界，好像也是如此。這個金順記的連維材和林則徐的關係，你還不清楚吧？」

「目前只了解兩人在宣南詩社的會上、在不定庵裡都見過面。」

「廣州的獻款到了嗎？」

「還沒有。不過，剛才收到密信。」潘耕時拿出了信。

穆彰阿看完信，微笑著說：「十萬兩，這個數目很大啊！」

「是的。看來廣州的問題會越來越多。」

「蘇州對林則徐的輿論怎麼樣？」

「好像很不錯……」藥鋪老闆心裡有點顧慮地回答。

「這傢伙生來就有一種受人歡迎的本領。不過，有什麼別的情況？他的兒子們怎麼樣？」穆彰阿對大的方針政策不在行，卻擅於絆人跌跤的小動作。但林則徐爲人廉直，沒有空子可鑽，無法找藉口陷害他。去年英國船停泊上海是一個機會，可是林則徐上任晚了，巧妙地逃脫了責任。「那麼，他家裡有沒有什麼醜聞？」——穆彰阿是這麼想的。

「他的公子們好像都很不錯。」藩耕時提心吊膽地回答。

「是呀！大兒子汝舟據說跟他老子一模一樣，可能很快就要中進士了；二兒子聰彝、三兒子拱樞學業都很好。」穆彰阿對大官們的家庭情況瞭若指掌、如數家珍般地說出了和他關係並不密切的林家兒子名字，藥鋪老闆聽得目瞪口呆。

5

這時，吳鐘世正在蘇州城外沿著城牆朝南邊信步閒走。——穆他南下的目的是爲了把北京的氣氛傳達給林則徐，直接面談比寫信更能表達生動具體的情況。黨的進攻矛頭看來是逐漸對準林則徐了。北京的保守派逐漸集中焦點，吳鐘世也意識到了這一點，他感覺應該提醒林則徐。

這天他在虎丘的一榭園見到了林則徐，詳談了情況。要傳達的全都談了，他覺得好像卸下了肩上重擔。他從虎丘坐船在吊橋邊登岸，橋的對面就是閶門。從這裡至胥門的城西區，在繁華的蘇州也算最熱鬧的地方。

他站在萬年橋邊抬頭望著城牆。蘇州的城牆高約九公尺。

「老爺，請讓一讓路。」

他回頭一看，只見一個腳伕挑著擔子走過來。他挑的雖然是小小的木箱，卻好像很重的東西，而且有一個壯漢正目光炯炯地跟在腳伕身旁，一眼就可看出他是個會拳術的保鏢。

「是銀子！……」吳鐘世低聲地說。

他剛才見到林則徐時就曾談到銀子。白銀現在正以驚人的速度流到國外，洋商要求用現銀來換取他們的鴉片，眼看國家的財富就要被他們剝削走了。

吳鐘世穿過胥門進到城裡。

蘇州是座水都，在這座城市裡水路縱橫相連；在長達二十三公里的城牆外，也像蜘蛛網似的密布著運河。也許是受到這些橫行霸道的水路威脅，街上的道路顯得十分狹窄。蘇州的特色是水，到處都可以看到橋，拱橋尤其多。大約一千年前的唐代，當過蘇州刺史的詩人白樂天曾寫過這樣的詩句：

綠波東西南北水，紅欄三百九十橋。

橋的欄杆大多是紅色的，這給本來帶有女性氣息的蘇州城市更添了鮮豔的色彩。

吳鐘世剛才意識到一種微妙的氣氛，它跟這美麗的城市很不相配。

他感覺好像有人跟蹤他。他聯想到昨天的情況也覺得很可疑，一個長著老鼠鬍子的閒漢在偷偷地盯他的梢，於是，他有意地停下腳步回頭看了看，只見一個戴著斗笠農夫模樣的人趕忙把身子緊貼著牆壁背轉臉去，樣子顯得有點慌張。從胥門到城內，兩邊排列著官倉，接著就進入文教區。這一帶匯集了紫陽書院、正誼書院、鶴山書院等培養過無數英才的知名學校。他頻頻回頭張望，但盯梢的人好似已經斷念了。

走過紫陽書院，吳鐘世突然遇到連維材。

「啊呀！沒想到會在這裡遇到您！」吳鐘世打招呼說。

「啊！……」連維材好像正在想著什麼事，見狀也吃驚地說：「原來是吳先生呀！」

「您在想什麼事情吧？」

「沒有，沒什麼……」

兩人並肩走在一起。

「蘇州很繁華啊！」吳鐘世說。

「不過，還能繼續多久呀？」連維材回答。

「您是說……？」

「蘇州恐怕也在走下坡路了。運河這麼狹窄，大船是進不來的。如果不能停泊繞過非洲而來的洋船，那就……」

「非洲？」這可是個陌生的地名。吳鐘世歪著頭問道：「您不在蘇州而在上海建立分店，就是這個原因嗎？」

「是的。」

吳鐘世盯著連維材的臉。

現在只許洋船在廣州進出，不過，這種制度在連維材看來不過是一道薄板牆，隨時都可以把它踢倒。不，這道板牆不必抬腿去踢，時代的激流說不定什麼時候就會一下子把它沖走。

這座蘇州城自古以來就十分繁華，由於戰火曾經一度衰落過，但它像不死的火鳳凰，不知什麼時候又恢復了它原本的面貌。

隋代開闢的大運河把蘇州和遙遠的北方連結起來，江南豐富的特產先在這裡集中，然後運往各地。繁榮是先天賜給蘇州的，這座城市將會永遠繁榮，人們都對此深信不疑。

蘇州人往往蔑視新興的上海說：「那個魚腥味的小鎮能成什麼氣候？」

上海不久以前還是一個在海岸邊曬漁網的漁村，最近卻獲得很大的發展，但和有百萬人口的蘇州相較，還差很遠。不過，時代正在向前發展著。

這時連維材的眼珠子朝旁邊閃動了一下，臉也略微動了動，樣子有點兒奇怪。

「您怎麼了？」吳鐘世問道。

「沒什麼，沒什麼了不起的大事。好像已經不再跟著了。」

「跟著？連先生也叫人盯梢了？」

「啊！這麼說，吳先生您也……？」

「嗯！」

兩人互看了一眼。然後沿著小河朝北走去，西邊是蘇州府的衙門。兩人暫時沒說話。走到第三座橋時，連維材自言自語地說：「陣營慢慢地分清楚啦！」

6

水都蘇州是江蘇省的省會，所以巡撫的官署設在本地。巡撫林則徐正在官署看一本草草裝訂的手抄本。手抄本的封面寫著《西洋雜報》，這份雜報是連維材從西洋的書籍和報紙上抄譯下來，作爲禮物從廣州帶來的。

林則徐的手邊放著紙筆，他想到了什麼就提起筆在黃色紙上寫道：「關於美利堅之國制，不明之點甚多，要研究。」

他放下筆又繼續看下去。他的腦子裡還印刻著去年胡夏米船（阿美士德號）的來航。「連維材說那是什麼的前奏……」

前奏？什麼前奏？是不是什麼可怕的勢力要來襲擊我們這個國家了？一定要想點什麼辦法。

現在清朝總算初步形成了改革派。據北京來的吳鐘世說，維持現狀的大官們正在想辦法對付改革派，不過，兩派都屬於同一個士大夫階級，現在的政治都集中在士大夫階級的人事問題上。現在的政治鬥爭，不過是盡可能讓該派更多的人來擔當重要的職務。

不知是什麼力量要來襲擊清朝，它也許十分強大，是官僚政治難以抵禦的。清朝有沒有比整個士大夫階級更強大的力量呢？

林則徐從事過鹽政和河政。他想起了築堤工程中，那些擔著土筐、像螞蟻一樣的人們；那些扛著饑民團的旗幟、掀起大路上的灰塵仍不停往前行進的群眾。

他認爲，在這些地方有一股潛在的力量。不，現在還沒有形成力量，但有人會把他們變成一股力量；到那時，讀書人的士大夫政權就無能爲力了。這種力量是應該粉碎、還是應該加以利用呢？

「王舉志現在在幹什麼呢？」林則徐從《西洋雜報》上抬起眼睛，出神地望著荷蘭造的玻璃燈罩中的火焰。

北京的紫禁城。

道光皇帝打算召見一結束就到附近散散步，然後再回養心殿去躺一會兒。

長達三小時、令人腰酸背痛的政務已經告一段落，但時辰還很早。春天和煦的朝陽炫人眼目，禁苑的樹林子一片新綠、耀眼鮮豔；各個宮殿的屋頂上鋪著各種顏色的琉璃瓦，這些黃的、綠的、紅的屋頂，沐浴著陽光。在這紫禁城外，還有無邊無際的廣闊土地都受他管轄，他一想到這裡就心神不定、焦躁得要命。

他有時好像想起了什麼，就認眞地處理政務、通宵研究奏文，把第二天要諮詢的問題認眞寫下來，廢寢忘食，他身邊的人都爲他的健康擔心；可是，一旦他厭倦了，就把政務全部置之腦後，召見時只是模棱兩可地回答問題、敷衍了事，然後就通宵玩樂。道光皇帝的一生就是這兩種情況下的循環、反覆。

北京分爲內城、外城；紫禁城也分爲舉行朝廷儀式的外朝和皇帝日常生活的內廷，其分界線就是保和殿後面的那道牆壁，那裡有內左門和內右門等過道，中間夾著乾清門。

內廷就是皇宮內院。那裡的女人很多，「貴人」以上才能受到皇帝的寵愛。貴人升級爲「嬪」；貴嬪升級爲「妃」、「貴妃」；再上面是「皇貴妃」，最高的當然是「皇后」。加上伺候她們的宮女，這個女人世界的規模之大簡直無法估計。

在內廷從事雜役的太監超過千人。太監就是喪失男性機能，所謂的「宦官」。

如此眾多喪失性機能者無聲的嘆息，供妃嬪使役、虛度十年青春的年輕宮女們的脂粉香氣……。這一切混雜在一起，使內廷充滿一種妖豔的頹廢氣氛。

道光皇帝除了那個被軍機大臣們包圍的嚴肅世界外，還有另一個畸形的頹廢世界，他命裡注定要生活在這兩個世界之中。他來往於外朝和內廷之間，他的精神也不停地徘徊徬徨於兩個世界之間，所以他有時緊張、有時鬆弛。

道光皇帝想在養心殿裡躺一會兒。當他坐在床邊時，一個太監進來說：「皇后娘娘好像感冒了。」

「什麼？」道光皇帝的聲音大得可怕。

太監大吃一驚。皇后不過是患了傷風感冒，爲什麼皇帝要這麼大聲喊叫呢？

每兩年要死去一個孩子。今年又該是出事的凶年，說不定要死的還不限於孩子哩！道光皇帝腦海中掠過一道不吉利的預感。

皇后佟佳氏崩於道光十三年舊曆四月，又是一個死人的凶年。

「我願代替奕詝去死，但願那孩子長命百歲。」皇后在去世的兩天前這麼說。

唯一活著的皇子奕詝已滿兩歲，他不是皇后生的。皇后只在道光皇帝當皇子的時候生過一個女兒，這個女兒在六歲時死去，從此以後，皇后一直多病。

皇后在奄奄一息時低聲說了最後遺言，這話只有道光皇帝聽見。

「陛下，戒掉鴉片吧！」——她是這麼說的。

皇后佟佳氏謚號孝愼成皇后，葬於龍泉谷。道光皇帝輟朝（未理朝政）九日，素服（喪服）十三日，在肅穆的氣氛中舉行葬禮。道光皇帝一向儉樸，他把清朝歷來鋪張浪費的「葬墓陵制度」簡化了。

奕詝（後來的咸豐皇帝）的生母是全貴妃，她一度被提升爲皇貴妃，第二年當了皇后。

道光皇帝折斷煙槍、燒了煙盤、砸了煙燈，毅然戒了鴉片。

週期性的「勤奮季節」又到來了。他每天晚上都拿起朱筆對著奏文，寢宮養心殿裡燈火輝煌、通宵達旦，連那位一向嚴格的老臣曹振鏞也擔心地說：「陛下要保重龍體啊！」

道光皇帝勤奮之後，首先處理的是他過去有意識擱置下來的鴉片問題。

同一個時期，在濃霧籠罩的倫敦，外交大臣巴麥尊正召集專家研究對清政策——制訂打開清朝門戶的政策。

在曼徹斯特，那些像墨慈那樣取代東印度公司、躍進對清貿易的商人們，也連日召開業務會議，商討要如何向清朝出售更多鴉片。在加爾各答早已召開鴉片增產的委員會，商討私人販賣鴉片的辦法。

墨慈打斷哈利的話說：「股東們讓我全權負責，如果擔心危險，那就會一事無成。查頓、馬地臣、顛地都在幹什麼？去年詹姆斯．印茲搭乘加美西拉號到了福建；麥凱的西爾夫號走得更遠；荷蘭船、瑞典船都往北邊開了。跟他們相較，墨慈商會的行動晚了一點。如果我們害怕冒險，那就趕不上他們了。」

鴉片商人

1

「存貨已經不多了。」哈利．維多已由東印度公司轉到墨慈商會。此時他手裡拿著存貨單，向他的主人威廉．墨慈報告。

「初次開張，生意算不錯了。」墨慈心情很好，點點頭說。

「準備讓下一艘船來接替嗎？」

「不，我有另外的計畫，下一艘船不到這裡。」

年輕的哈利露出驚訝的神情。

墨慈經常改變鬍子的形狀，最近他蓄了髯鬚。接著，他很滿意地掃視了一下甲板。

這時是白天，地點是在伶仃島附近一艘鴉片母船的甲板上。這種船不是航海用，是專門用於等待陸上來領取鴉片、代替倉庫用的船。這艘船船身特別高，英國人替它取了個巧妙的名字，叫作「商店倉庫」，中國人則稱它爲「蔓船」。

一個買主模樣的中國人，正大聲吆喝正在改裝鴉片煙的苦力。

生意是在廣州十三行街的「夷館」裡商談的，然後拿著用現銀換來的「券」，到伶仃島指定的「商店倉庫」去領取貨物。

鴉片的包裝種類很多，一般是一個木箱裝一百斤。有的人直接把木箱取走，但大多數人爲了隱蔽，會把鴉片改放到自己帶來的草包裡。

甲板上放著秤，可以供人檢查份量，其實眞正的作用是爲了防止苦力偷竊。因爲貼有東印度公司商標的鴉片，不論是重量還是品質都是可以信任的。

「您說不到這裡來，那會是去南澳嗎？」哈利問道。

「去更遠的地方。」墨慈閉上眼睛回答。

東印度公司對清貿易的壟斷權要從明年才開始取消，但在這之前，只要獲得東印度公司的准許，個人商社也可以參加對清貿易。墨慈等人來到廣州就是爲了試試自己的力量。

在夷館進行的鴉片交易原則上是在伶仃島交貨。內伶仃離虎門不遠，是屬於珠江的島嶼；外伶仃恰好位於珠江河口，但一向被看作是「外洋」。

南澳位於廣東省東端，靠近廣東和福建的邊界。邊界地區的管轄往往比較複雜，官吏們一般總想把一些麻煩事的責任推給對方；山賊、海盜、饑民團等經常活躍的地方也大多是在邊界地區。

拿南澳來說，在行政上屬廣東省所管，但在軍事上，設在那裡的海軍司令部則受福建水師提督指揮。附近有勒門群島等許多小島嶼，搞走私最方便，而它的背後就是大商業城市——「汕頭」。

在南澳交貨的鴉片比在伶仃交貨的鴉片價格高得多。在伶仃「商店倉庫」交貨的鴉片，每百斤的價格按西班牙銀元計算，約為：

烏土　八百元

白皮　六百元

紅皮　四百元

西班牙銀元的重量為七錢三分五厘；中國銀則一兩等於十錢。

烏土又稱「公班土」，公班的原文為Company，即東印度公司的意思，它是孟加拉產品質最好的煙土；白皮主要是從孟買運出瑪律瓦產的鴉片；紅皮是品質相當低劣的馬德拉斯運出的鴉片。此外，土耳其產的鴉片叫「金花」；波斯產的叫「柔佛巴魯」。美國商人絕大多數是從事印度產以外的鴉片做交易。一旦締結了南澳交貨的合約，每百斤烏土的價格就將近千元。

由於路途遠，當然要花更多的運費。不過，跟伶仃交貨相較，還是划算的多。其主要原因是風險大。

所謂風險，並不是指被官府破獲、沒收。鴉片商人跟警備當局早已達成默契，鴉片船可以正大光明地在清朝兵船面前露面。巡邏的軍官登上鴉片船，船長任何時候都這麼解釋：「我們是從新加坡開往廣州的途中遇到風浪，漂流到這裡來的。」於是，軍官會在甲板上高聲地宣讀禁令，莊嚴地宣布說：「絕對不准進行買賣。」這些形式一走完，軍官就進入船艙，就開始了英國紀錄中所謂的「私人會面」。

「你們帶進來多少？」

「我們抽多少成？」

警備當局的默許費有一定價格，一般一箱爲十元左右，所以問題不複雜。一達成協議，清朝海軍就對鴉片交易給予保護。

那麼，風險究竟在哪裡呢？

出珠江至南澳這一帶的沿岸有許多海灣，從西邊數起，有大鵬灣、大亞灣、紅海灣、碣石灣、甲子灣、海門灣，都是有名的海盜巢穴，尤其是大亞灣和紅海灣的海盜之殘暴，更是天下聞名。對鴉片船來說，他們要擔心的風險不是官府，而是海盜的襲擊，要防止海盜襲擊，就必須徹底武裝起來。風險多，利潤也大，而且鴉片的價格也以經濟學的原則，離卸貨地廣州越遠，價格越高。偷偷地買三、五斤鴉片的小宗買賣，每斤要價十六元左右，這等於是份仃交貨的批發價兩倍，所以値得冒海盜襲擊的危險。

如果從南澳再往前走，當然更有利。

「你怕嗎？」墨慈盯著哈利的臉問道。

「不，不怕！」哈利很不滿地回答。

「我想你是不會怕的。去年你登上過阿美士德號船啊！」

「他們是東印度公司，所以才能那樣做。但我們可沒有保障啊！股東們究竟……」墨慈商會的股東都是曼徹斯特、利物浦有實力的大商人。

墨慈打斷哈利的話說：「股東們讓我全權負責，如果擔心危險，那就會一事無成。查頓、馬地臣、顚地都在幹什麼啊？去年詹姆斯．印茲搭乘加美西拉號到了福建；麥凱的西爾夫號走得更遠；荷蘭船、瑞典船都往北邊開了。跟他們相較，墨慈商會的行動晚了一點。如果我們害怕冒險，那就趕不上他們了。」

哈利一下子就被墨慈的話感染了，他說：「我明白了。」

「明白了就好。」

墨慈又帶著微笑，十分滿意地看著苦力們在甲板上改裝鴉片。

過了一會兒，他歪著頭衝哈利說：「啊呀！你看，有個奇怪的小傢伙……」

2

這個奇怪的小傢伙年約十六、七歲，拖著一條油亮的辮子；白嫩的臉蛋上兩道又長又濃的眉毛；鼻梁很高，不時地撇著嘴脣，好像掛著嘲笑。他的眼睛大的有點異常，眼窩有點下陷。他的相貌不太像中國人，更奇怪的是，此時他竟然抓住一個英國船員，用英語在爭論著。

「我可是來買東西的。」小傢伙說道：「錢已經付了，可以算是顧客吧？」

「啊！是呀！」船員好像被他嚇倒了，點點頭說。

「既然是，那你剛才說的是什麼話？『豬玀』是什麼意思？你說！你把顧客看成什麼了？」小傢伙抱著胳膊，眼睛瞪著對方。

「我、我……我以爲你一定聽不懂英語……」

「你以爲聽不懂，就可以隨便罵人嗎？」

「不，不是這個意思。」

「那你道歉！」

「我道歉。」

「叩頭！」

「你說什麼？這太過分了。」船員好像在求救，四面張望著。

其他的船員們把他們倆圍在當中亂起哄，連那些不明白是怎麼一回事的苦力們，也停了手上的工作跑過來看熱鬧。

這小傢伙確實膽大包天。當時英國船上的水手在廣州經常大打出手，在這些漂流到遙遠的東方來的傢伙當中，有不少是亡命之徒。

這時，一個胳膊上筋肉隆起、遍體紅毛、像大猩猩似的男子，慢吞吞地走到前面來，大聲地吼道：

「喂！你這小子！」

「你要幹什麼？」小傢伙也大聲地回敬。

「你這小子說話太過分了吧！」大猩猩眼露凶光，盯視著小傢伙。

他的額頭上有一塊傷疤，小蒜頭鼻子一搧一搧地抽動著——，保爾·休茲。

「話太過分了！是誰過分了？你們隨便罵人……」

「看來不叫你吃點苦頭，你這小子是不會嘴軟的。」保爾冷笑著握緊拳頭。

當小傢伙擺好架勢時已經晚了，保爾突然猛撲過來，在小傢伙的臉上猛擊了一拳。小傢伙仰面跌倒在甲板上，他的頭磕碰在船欄杆上。但是他仍然咬緊牙根，一隻手撐著欄杆站了起來喊道：「你要幹什麼？」

眞是個魯莽的小傢伙。他衝著保爾擺好一副準備反擊的架勢，保爾卻隨隨便便地做出一副滿不在乎的樣子。

這次保爾疏忽大意了。他以爲小傢伙會用頭來衝撞他，但對方的身子卻突然往下一沉，一眨眼的工夫，只見保爾就雙手捂著胯下，一隻腿跪倒在甲板上。他擰著眉頭、皺巴著臉，極力忍著疼痛，小蒜頭鼻子又一搧一搧地抽動起來。

原來是小傢伙跳到半空中，用腳踢中了他的要害。

「怎麼樣？小子！」小傢伙挺著胸脯說道。

這時，圍觀的人沸騰起來了！英國船員、印度船員、丟下鴉片工作來看熱鬧的苦力們，一起吶喊起來：

「活該！」

「保爾，揍死他！」

「狠狠地揍！」

聲援的人們用各種語言亂喊一通。

這時，保爾站了起來，把他的肩膀抬得更高，露出一副憤怒的凶相。他伸開雙臂，準備向小傢伙猛撲過去，但是這次他可不敢輕忽大意了。

小傢伙微弓著身子、穩住腰杆，他把十指張開的雙手筆直地伸向前面，顯然是擺了一個打拳的架勢。

正當他們瞪著眼睛、互相對峙時，墨慈和哈利擠進了人群中。

「住手！」墨慈大聲地喊著。

「雙方都挨了一下，不要再打了。」哈利也這麼說。

「是呀！我也不願意幹這種小孩子的事。」小傢伙異常沉著，大聲地說。

「哈哈哈！」保爾放聲大笑說：「這小傢伙很有意思！我很滿意。」

兩人就這麼爽快地停戰了，船員和苦力們也都各自回到自己的工作崗位上，只剩下打架的兩個對手和墨慈、哈利，共四個人。

「你叫什麼名字？」少年用手撫摸著他被打的下巴，哈利親切地問他。

「我叫簡誼譚。」

「誼譚君，希望你不要介意……你是混血兒吧？」

「嗯！是的。我並不怎麼介意。」

混血兒的地位在當時是很微妙的，他們往往受到當地中國人的排擠，而外國人又不把他們看成是自己的同類。

「你父親是……？」
「葡萄牙人。我不知道他是死了還是活著，連面也沒有見過。」
「你母親呢？」
「她一定是死了，我一生下來她就死了。」
「這麼說，你是個孤兒。跟我一樣，我也是孤身一人。」
「我還有個姐姐。」
「哦！是嗎？那太好了！你比我幸福啊！」
「說是姐姐，但可不是同一個父親。姐姐的父親據說是帕斯人。」
「那麼，你的英語是……？」
「小時候在澳門自然而然學會的。英文字是長大之後在學校裡學的。」
「是在澳門的教會學校裡學的嗎？」
「不，是在廈門連家的學校裡學的。」
「連家？是金順記的連家嗎？」
「是的。」
這時，一直望著大海的墨慈突然轉過頭來。

3

「你跟連家有關係嗎？」墨慈問道。
「要說有關係也有關係。」誼譚淡淡地回答。
「是什麼關係？」

「據說金順記的老闆在年輕時，曾經得到我姐姐的父親很大的幫助。」

「那麼，對連維材來說，你是他恩人的兒子嘍！」

「不，剛才我已經說了，我的父親是葡萄牙人，不是帕斯人。」

「你現在在姓柳的手下工作嗎？」

姓柳的是來取鴉片的走私集團頭目。

「不，不是。」誼譚回答：「我從來沒有見過商店倉庫，我只是求他帶我來看看，必要的時候我還可以當翻譯。」

「這麼說，你現在沒工作？」

「在金順記做過一段時間，他們把我當學徒使喚，我就跑出來了。我想當買辦，像顛地商會的鮑先生那樣。我想求求鮑先生收我，但他說我年紀太小，不行。」

「你多大？」

「十六歲。」

「不小了。在廣州，有的美國人十六歲已經當上經理。不過，你要想當買辦的話，說話應該更文雅一些。」

「我會說，我在學校裡學過文雅的話。」

「如果眞的這樣，我可以雇用你。」墨慈看了看誼譚說：「這當然要得到通事的許可，我可以想辦法去說說看。」

「是眞的嗎？」誼譚的眼睛發亮了。他裝出一副大人的樣子，但不時還露出掩飾不住的孩子氣。

「啊呀！這小傢伙很有出息。」剛才打架的保爾從旁插嘴道。

「喂！誼譚，」保爾向簡誼譚伸出手：「我是保爾·休茲。」

誼譚眉開眼笑，握住保爾的大手。

墨慈曾經和麻六甲的金順記做過生意，即使現在，墨慈也好像在金順記的指導下做生意，所以說這個小傢伙和他是有關連的，再說墨慈商會的人手也不夠。

「我十天之後就回廣州，那時你來找我。我的辦事處在十三行街最邊上的丹麥館裡。」當姓柳的一夥人改裝完鴉片乘上快蟹船回去時，墨慈對誼譚這麼說。

快蟹船是一種專門用於走私鴉片的快船，它可以裝載幾百石貨物。三張帆、左右有五十支櫓、船員一百人，船的兩側圍著鐵絲網，以防砲火。據說它「來往如飛」，可見其速度之快。

要走私鴉片，就必須用兵船也追不上的快速船，因此就造了這種快蟹船。它的速度比清朝海軍任何一艘兵船都要快，即使被巡邏船發現了，也可以「瞬間逃脫」。據道光十一年（一八三一）湖廣道監察御史馮贊勳的奏摺說，這種快蟹船當時多達兩百艘。

而清朝海軍當時採取了什麼措施呢？既然走私集團迫於需要而製造了「快蟹」，那麼用國家的力量也可以製造比它更快的兵船，但清朝仍未這麼做有種種的原因，根本問題是道光皇帝政府「守」的政策。他們的宗旨第一是儉約，第二還是儉約。要改正乾隆盛世時鬆散放縱的狀態——基本方針。拿製造兵船來說，也是墨守《欽定戰船則例》，一切都是向後看。

4

「你能當買辦嗎？」西玲藍色的眼睛看著淘氣的弟弟的臉。

「墨慈老頭已經答應了呀！」誼譚撇著嘴脣，好像掛著冷笑，這樣子顯得有點不自然。他平時總是擺出一副大人的架勢，可是一到姐姐面前就露餡了。如果沒有其他的人在場，恐怕他更會露出孩子氣。

來的客人是顛地商會的買辦鮑鵬。這個中年人大腹便便，一眼就看出他是個八面玲瓏的人物。他的打扮雖不奢華，但從他那紳士派頭的穿著到他的言談舉止，都顯得瀟灑大方。他本人也似乎深知這一點，感到十分得意。

西玲姐弟和鮑鵬三人正圍著一張桌子吃飯。

西玲一向好客，她在這座漂亮的住宅裡不知道怎麼打發時間，她無聊得要命。弟弟來廣州，多少能消除她一點寂寞。誼譚進了金順記，但跟店裡的人吵架跑了出來，到處給她捅婁子，這也爲她帶來許多她所追求的刺激。

誼譚剛剛鑽進姓柳的一夥走私集團，現在他又提出要當買辦。

「我說鮑先生，這孩子當得了買辦嗎？」西玲問鮑鵬。

鮑鵬的嘴裡正含著一口魚翅湯。他帶著微笑，不疾不徐地說道：「是呀！買辦也有各式各樣的工作。誼譚君很聰明，一般的工作我想還是做得了的。有些工作可能有點勉強，學一學就好。拿我本人來說，最初剛當買辦的時候，也不是什麼工作都能勝任的。」

「那個墨慈商會是個可靠的店鋪嗎？」

「嗯！那可是個有實力的公司。現在它可以算得上是我們店鋪的一個勁敵。」

「這麼說，那還可以。不過……」

廣州不准外國商館隨便雇用中國人，而且禁止直接和政府機關打交道，所有的外商如不透過「公行」，不得和當地政府機關接觸。

有一種職業叫作「通事」，從事這種職業的人要有公行的成員當保證人。外國人也稱他們爲Linguist（外語專家），所以一般人都把他們當成專業翻譯。其實他們還代辦複雜的事務，用現在的話來說，勉強可以稱爲兼管中間介紹事務的翻譯。

通事要有公行保證，「買辦」也要有通事的保證，外國商人才能雇用。他們爲外商承擔金錢出納、購買食品以及雇用雜役、阿媽（女傭人）等工作。所以，按等級來說，其順序應該是公行——通事——買辦——僕役。不過，由於情況不同，當買辦有時比通事更有甜頭。

廣州的外商除了從事貿易外，大多還兼營高利貸。廣州當時是世界上利息最高的地方。根據法律，外商只能和公行進行交易，因此，貸款給非公行會員的商人時，需要有買辦當介紹人，買辦再從中抽利潤、賺錢。

不過，誼譚考慮的是更大的事情。

鮑鵬離開之後，西玲對弟弟說：「要當買辦，就要當像鮑先生那樣的買辦。」

誼譚好像沒聽見姐姐的話，反而提出了一個毫不相關的問題：「姐姐有眞正喜歡的人嗎？」

「你說什麼呀？你這個孩子。」

「妳坦白地說吧！」

「沒有這樣的人。」

「還是最喜歡連先生？」

「這孩子眞討厭！……連先生是個了不起的人。不過，他叫人感到有點可怕，說不上是我喜歡的人。」

「那妳還沒有喜歡的人……嗯！妳有可能找個喜歡的人嗎？」

「可能還是有的。」

「那爲什麼不找呢？」

「不是不能找。」

「那爲什麼呢？是怕連先生嗎？」

「要說怕，也有點兒怕。不過，還有另外的……」

「也就是說，有了眞正喜歡的人，就必須跟連先生分手，這樣一來，經濟上就會發生問題。是這樣嗎？」

「這種事，小孩子是不該過問的。」

「也許不能像過去那樣過著悠閒自在的生活，因爲妳今後找的人不一定是個大財主。」

「別說了。」

「要說！我是認認眞眞地在說。」

「認認眞眞的？」

「對。我勸姐姐快快找個眞正喜歡的人。」

「啊呀！啊呀！」

「如果是因爲經濟問題，那妳不用擔心，由我來解決。」

「看你說的。可別以爲當上了買辦，馬上就可以發大財。你不要把這個社會看得太簡單了。」

「好啦！不久妳就會明白的。」誼譚胳膊肘撐在桌子上說道。

需要有夥伴。找誰好呢？墨慈老頭輩份太大了。這個夥伴應該是和自己同等輩份的人。此時誼譚的腦子裡出現了一張張墨慈商會英國職員的臉。

保爾·休茲——他是誼譚在商店倉庫甲板上的吵架對手，後來他們倆最要好。他是一個豪爽的好漢，可是個性有點大咧咧的，作爲朋友很有意思，當成一起做生意的幫手就不太理想。

在澳門幫忙賣鴉片的哈利·維多怎麼樣？

他也很難說是很恰當的，這傢伙不時流露出一種奇怪的正義感。誼譚策劃的當然不會是什麼正經事業，他感覺像哈利這種人實在不可信賴。

誼譚想起了約翰·克羅斯那張蒼白的臉，聽說這傢伙在國內生活很辛苦。他親身體會到金錢的寶貴，爲了錢，一般的事他都會做。他的腦子不像保爾那麼粗，性格也不像哈利那麼單純。約翰・克羅斯的經歷對誼譚是一種吸引力。

誼譚做了這種觀察和思考，很難想像他還只是一個十六歲的少年。他過去一向只和姐姐兩人捍衛自己的堡壘，絲毫不顧他人；在對人的關係上，他養成了一顆異常冷酷的心。

不過，約翰的身體不強啊！

西玲看了看默默沉思的弟弟，小聲地說：「這孩子眞叫人害怕！」

年關的點綴

各種力量似乎都已經集中到這個時期，這個世道因爲這些集中在一起的力量而開始活動。儘管要如何活動還不清楚，但歷史的齒輪已嘎吱嘎吱地發出了響聲，叫人感到心神不定、坐臥不寧。

林則徐輕輕地拂去肩上的雪花。

1

一八三三年十二月，英國外交大臣巴麥尊把律勞卑勳爵召到官邸。威廉·約翰·律勞卑曾是海軍軍人，他正值四十七歲的壯年，但臉色有點不佳。

「我相信您不屈不撓的海軍精神。」巴麥尊這麼說，臉上帶著微笑。

「請您一定要爲我配備輔佐的官員，我只要這個條件。」

「根據我目前的方案，我打算幫您配備兩位擔任過東印度公司廣州特派委員的人，另外再加一些公司的高級職員。」

「好，我沒意見。不過，我想帶查理斯·義律當隨行人員。」

「好呀！他是個有前途的人，我認爲應該讓他利用這種機會去鍛鍊鍛鍊。」

「他三十二歲。」

「您看中的是他的年輕？」

「我也年輕。」

「是呀！您比我小兩歲，不過，您的臉色好像不太好。」

「最近工作很忙。」

「您千萬要保重身體。」

「謝謝！」

過了年，很快就要取消東印度公司對清貿易的壟斷權。以前是由東印度公司廣州特派委員——即清朝方面所謂的「大班」——指導和監督英國在廣州的貿易，由於公司撤退，這一職務當然要自動取消。不過，保護、指導、監督英國商人的工作是不會取消的，而且今後完全是資本、機構都很薄弱的私人貿易，這工作反而有進一步加強的必要，因此，他決定設立駐清朝的商務監督。巴麥尊擬定的總監督就是律勞卑勳爵。

「您是敲打清朝門戶的第三個英國人啊！」巴麥尊鼓勵律勞卑說。

第一個敲打閉關自守的清朝門戶的英國人是喬治．馬戛爾尼，他於一七九三年進入北京，雖然獲准謁見年邁的乾隆皇帝，但在締結通商條約上失敗了。

第二個人是威廉．彼得．阿美士德。他特地跑到北京，卻因爲拒絕向嘉慶皇帝行三跪九叩禮，被趕了回去。這件事發生在一八一六年。

清朝有難以消除的「天朝意識」，不承認外交關係、把貿易看成朝貢。和這種清朝作對，千方百計地讓它開港貿易乃至締結通商條約，這就是英國的誓願。

英國的生產力由於產業革命而膨脹，它比四十年前的馬戛爾尼時代或十七年前的阿美士德時代，更迫切地要求這個擁有四億人民的巨人國家對外開放。

任務是重大的。律勞卑感到緊張，他的胸中燃燒著功名心。

失敗的兩個前輩，馬戛爾尼後來當上喜望峰的總督；阿美士德當上印度總督，已退職，但仍健在。去年以他的名字命名的船隻，曾經向北航行到清朝禁止航行的沿海。

律勞卑如果這次能獲得成功，他將名垂青史。

「總之，對手是清朝的官僚，要不慌不忙、沉著冷靜。」巴麥尊可能已經看到律勞卑的急躁情緒，於是向他提出忠告。

十二月三十一日到一八三三年最後一天，英皇威廉四世向新任的駐清商務監督官下達了訓令：

1. 採取和平友好的態度，不得刺激清朝；不得引起猜疑、惡感。
2. 謹愼處理英國臣民在清朝發生的糾紛。
3. 除不得已的情況外，不得隨意要求陸海軍援助。

第二年一月二十五日，古雷內閣外交大臣巴麥尊給律勞卑等人特別指示說：

1. 一到廣州，即以書面通知兩廣總督。（這是爭取建立正式外交關係的第一步。）
2. 盡量擴展廣州以外地區的商務。
3. 設法和北京政府直接談判。
4. 除特殊情況外，暫不和清朝發生新的關係，但如果有這樣的機會，要先向政府報告，等候訓令。

5. 除非特別需要，不得把軍艦開進虎門（清朝一向把珠江的虎門水道以北看成是清朝的內河）。

2

一八三三年的聖誕節，鴉片船莎露號停泊在舟山群島附近。這一帶海域位於錢塘江的出海口杭州灣外，人們稱作王盤洋。莎露號是墨慈商會的包船，墨慈本人也坐在這艘船上，還有哈利和保爾也都在船上；而身體不好的約翰．克羅斯則留在廣州。

聖誕節愉快！今天停止營業！——預先通知了一些主要的走私買主。

買鴉片的走私船一般都來自寧波和乍浦，乍浦是對日本長崎貿易的「唐船」出航的港口。

船員們都在想念祖國的聖誕節，自暴自棄地喝起酒來。印度的船員雖然不是基督教徒，他們也用啤酒在乾杯。保爾用一根木棒敲著空酒桶；船長斯賓莎用走了調的嗓門在唱一支快活的歌。

自早上起已來了兩次偷買鴉片的小船。這是沒有通知到的小宗買主，反正他們都只買一箱，墨慈就同意了。

太陽已經開始西斜，王盤洋上一片寂靜。

哈利靠在甲板的欄杆上，嘴裡哼著讚美歌。「小時候的聖誕節多麼快活啊！」他正這麼想的時候，一艘帆船開了過來，大概是不知道停止營業的走私客。

「今天休息。」哈利大聲地喊道。

「爲什麼？」帆船上的人也大聲地問道。

「是西洋的新年。」

「好不容易把銀子帶來了。我們人手多，絕不給你們添麻煩。」帆船的船頭上站著一個男子，大聲地說。

「什麼事？」墨慈聽到了叫聲，來到哈利身旁。

「要買貨。」哈利解釋說。

「好吧！」墨慈說：「賣給他們吧！反正前面兩艘船都賣了。」

「這次可不是小船，是一艘大帆船，恐怕不只買一箱兩箱。」

「一樣。夜晚要謹慎些，趁現在天還沒黑，賣吧！」墨慈一向對做生意非常熱心。

於是，哈利衝著緊貼著莎露號的帆船問道：「要多少？」

「三十箱。我們恰好有三十人，很快就搬走。」

「說要三十。」哈利回過頭來，再一次看了看墨慈的臉。

「好吧！早賣完早安心。」墨慈說。

帆船上的人們都夾著改裝用的草袋子上了莎露號。

「跟他們說，一箱一千二百元，一元都不能讓。」墨慈對哈利說完後就進了船艙。

「買主是誰？」哈利朝著登上甲板的苦力們問道。

「是我。」一個臉膛紅黑的小夥子邊說邊走出人群。

哈利頓時有點不安起來。他再次審視了站在甲板上的人群，這些人不但不是集中地站在那裡，而且姿態不一，正準備散開。

「啊！你是今天早上……」

哈利發現一個男子極力想往其他人背後閃躲。這人是今天早上坐小船來買走一箱鴉片的人，他跟這男子說過，今天休息，會賣給他是特別照顧他的。

「他明明知道休息，又跑來了。也許不值得大驚小怪，因爲他知道休息也會賣給他。」哈利這麼想著。

這時他突然發現，旁邊一個男子的舉動有點異常，這男子好像特別留心腋下夾著那個改裝用的草袋子。

他一把把那草袋子奪了過來，只聽啰嚓一聲，一個長長的東西掉在甲板上——原來是一把槍。

「啊！這？」哈利剛發出一聲驚呼，只覺得後腦勺一陣劇痛，馬上就失去知覺。

好幾個小時後，他才在船艙裡醒過來，保爾正看著他的臉。

「啊！好像醒了。」保爾說道。他的臉上也滿是血跡。

哈利喝了水，保爾和其他船員們向他說了事發經過，原來莎露號遭到海盜搶劫。

「別說鴉片，連辛辛苦苦在南澳、廈門、福州賣鴉片的錢也全都被搶走了。」一名船員氣憤地說。

據說這些扮裝成顧客的海盜，把莎露號上的船員關在船艙裡，由幾個拿槍的海盜看守，然後就大搖大擺地在船內到處尋找他們所要的東西。

「今天早上的小船是來偵察的。」保爾氣憤地說。

哈利用手摸了摸後腦勺，沾了一手血。他是被槍托打的，據當時在敲打空酒桶的保爾說，他看到這種情況就慌忙跑過去，卻被海盜們圍住了，挨了一頓亂打後倒在哈利身上。

「還是我的身體強壯。因爲我挨的打比你嚴重多了，可是我卻比你早一個小時醒來。」保爾說後，大聲地笑了起來。

一旁的墨慈垂頭喪氣、一聲不吭，緊咬著嘴脣。

這年的聖誕節是農曆十一月十五日，王盤洋上升起一輪皎潔的月亮，洋面上搖曳著月影。莎露號上的燈光投射在平靜的海面上，讓人感到十分寂靜。

「這是個什麼樣的聖誕節啊？」墨慈好不容易開了口，懊惱地說。

3

哥哥元華一死，伍紹榮就成了怡和行的主人，並當上公行「總商」。他被海關督察叫去，現在剛回到家。督察問了他許多問題，其中包括會不會有人來代替東印度公司的大班管理散商（私人公司）？有人來是肯定的，但是跟當官的說話，絕不能損害他們的自尊心，如果不小心流露出一點想教訓他們的態度，一定會把事情弄糟。「雖然不太清楚，不過……」——一定要準備一些這種謙虛的話。

他一回到家，先在哥哥的靈位前上香。哥哥是不幸死去的，他死去的主要原因並不是生病，而是因爲積勞成疾。

伍家家財萬貫，當官的早就紅了眼。他哥哥曾經多次被衙門傳去，找個藉口就把他拘留起來；但只要送錢去，馬上就可以獲得釋放。

公行受「海關監督」管轄，海關不受廣東的地方政府指揮，直屬中央政府戶部。公行給海關監督賄賂的金額大得嚇人，所以海關官員的收入很多。據屈大均的《廣東新語》一書中寫道：「一旦任命爲廣東官吏，朋友們都『舉手相慶』、『以母錢貸之』。」這種官職可以賺大錢，朋友們都紛紛把錢送來投資，歸還時往往加倍。

伍紹榮對著哥哥的靈位說：「哥哥，看來公行也要完了啊！」

伍紹榮自從擔任總商的職務以來，非常詳細地調查公行會員的實際情況：公行壟斷了對外貿易，表面看來好像十分堂皇，其實內情並不像它的外表，從道光元年以來的十三年間，公行會員破產的就有好幾家。

道光四年，麗泉行破產，拖欠政府稅款加上外國商人款項等，共二十萬兩。
道光六年，西成行借帕斯商人四十萬兩無法償還，破產倒閉。
道光七年，福隆行借英商一百萬西班牙元無法償還，破產倒閉。
道光九年，東成行無法償還外商大批貸款，發生了糾紛。固執的東印度公司廣州特派員布洛丁以停止貿易表示抗議，清朝方面照例認為：「天朝年豐財阜，毫無依靠各國夷船貨物稅收做補貼之想法；惟因遠道越海來貿易，廣施皇仁，垂以恩惠而已。」因此根本不予理睬。布洛丁也只好忍氣吞聲，撤回了抗議。

「還有許多店鋪危險啊！」伍紹榮想到這裡，心情黯淡起來。

公行會員並不是破產倒店就完事，上述破產的主人還被朝廷流放到新疆的偏僻地區充當軍伕，強制其從事繁重的勞動工作。

伍紹榮出於總商的責任感，正考慮有沒有什麼好的解決辦法。這時，他的表姐夫——廣利行的盧繼光走了進來。盧繼光看到他的樣子問道：「浩官，你在想什麼呀？」

浩官就是伍紹榮。他父親的小名叫亞浩，因此人們稱他為浩官。「官」表示尊稱，相當於日語中的「殿」，並不只用於官吏。這個帶「官」字的名字表示承襲父名，所以伍紹榮也叫浩官。

伍紹榮回答：「想的還是那個老問題——防止公行會員的破產。茂官，你有什麼好辦法嗎？」

盧繼光也有個茂官的名字。

「浩官，公行會員的營業一蹶不振，你看是什麼原因？」

伍紹榮感覺盧繼光說話的語氣跟平時不一樣，似乎在極力壓抑一種煩躁的情緒。「出了什麼事了？」他心裡雖然這麼想，但還是用平常的語氣回答：「原因明擺著嘛！第一，營業蕭條；第二，給當官的獻款、賄賂太多；第三，從外國商人那裡借太多錢了。」

「是呀！當官的讓我們賺一萬兩，他提前拿走九千兩。」
「可是現在營業蕭條，預定的一萬兩賺不到，只能獲利八千兩，算起來我們就要虧損一千兩。長久下去，當然就支持不住了。」
「另外，把從外商那裡借來的錢轉給別人，這也會垮臺的。」
廣州的外商借錢給公行會員是挺慷慨大方的。不少會員借來的錢除了用於自家的資金周轉外，還轉借給公行以外的商人。
盧繼光坐正了姿勢。伍紹榮從他的樣子察覺出，他接下來要說的才是他來訪的眞正目的。
「當然，現在商情不佳。」盧繼光仍然用一種克制的語氣說：「我們從外商那裡買進大量的印度棉花，市價馬上就一落千丈。」
「貨物一多，市價就跌，這也合乎情理。」
「但也應該有個限度。你還記得嗎？有一次我們堅持不把進口貨物投入市場，可是價格仍然沒好轉，讓我們吃了大虧。」
「是有這麼一回事。我記得在購進毛織品時也發生過同樣的事。」
「儘管我們締結了協定、抱著貨物不放，可是上市的貨物還是很多。」
「那是因爲手中有存貨的人害怕跌價就拿出來甩賣。」
「可是，實際情況並非如此。那並不是因爲害怕跌價而拋出來的，而是懷著想搞亂市價的目的拋出來的。」
「啊？」
「有人知道我們買進了大批貨物，馬上就把手中存貨全都拋出來，企圖把市價搞亂。」
「是嗎？幹這種事情，這傢伙首先得垮臺。」

「那是一個垮不了的對手啊！拿出口的茶葉來說，也經常發生這種事。我們和外商訂好出售茶葉的契約，外出採購工作還沒部署好，茶葉價格就猛漲起來了。」

「嗯！發生了好幾次這樣的事，我們吃了大虧。」

「在這件事上，也是因爲有人知道了我們的契約，包買了所有茶場的茶葉，弄得茶價猛漲起來。」

「茂官，眞的能幹出這種事嗎？我想那人必須要有很大的資本啊！」

「浩官，你仔細想一想，有沒有人能幹出這種事？」

伍紹榮吸了一口氣，低聲說：「連維材……」

「是啊！恐怕也只能想到他。」盧繼光認爲對方已了解了自己的意思，點點頭說：「他能幹出這種事。不，恐怕應該說，只有他才能幹出這種事。浩官，現在你該明白了，連維材是有計畫地在搞我們啊！」

伍紹榮沉思了一會兒。連維材是可以跟公行作對的，無論在資本或魄力上，他都具備了充分條件。

伍紹榮慢慢地開口說道：「我知道連維材會幹這種事。不過，茂官，你有什麼證據嗎？」

「我是聽廈門金豐茂的連同松說的。」

「連同松不是連維材同父異母的哥哥嗎？」

「沒錯。不過，連同松跟連維材感情不和，所以他才把連維材的祕密悄悄地通報給我。」

「兄弟不和多麼可怕啊！」

「兩人感情不好。不過，連同松透過親戚、朋友的關係，似乎很了解金順記的情況。聽說在包買茶葉、拋售進口商品的時候，是利用別人巧妙地僞裝，但是追究其根源，據說都是連維材指使的。」

「是嗎？」伍紹榮的胸中突然產生了一種同仇敵愾的情緒。

4

連維材從北方旅行回來後又跑到武夷山，住在臨溪寺裡。

他每年都要到這裡休息。武夷本是茶葉的產地，這一帶有很多金順記的茶場，在崇安還有一個分店，他到這裡兼有視察茶葉買賣情況的目的。

他帶著兒子們來山中閒居，讓在城市裡長大的孩子們親眼看看雄偉的武夷山，他認爲這對於培育孩子有很大的意義。

武夷山位於福建、江西兩省的邊境，在中國被視爲聖山。山裡有條彎彎曲曲的河叫作「九曲」，兩岸有無數懸崖峭壁，這條河因朱熹的詩而著名。臨溪寺面臨九曲河，背後是陡峭的奇岩怪石。

連維材的大兒子連統文正在蘇州遊學，今年他只帶了承文、哲文、理文等三個兒子，另外還有一個食客，就是異國青年——石田時之助。

「承文又溜掉了吧！」連維材面露不快的神情說。

老二承文似乎過不慣山中寂寞的寺院生活，經常溜出去、鑽進崇安城。崇安是個有十萬人口的「茶城」，全國的茶葉商人都往這裡匯集，所以也有一些小妓院，頗爲熱鬧。

「他好像帶著石田先生去崇安了。」老三哲文回答。

老大統文除了善於豪爽地放聲大笑外，似乎並無什麼突出之處。老二承文是個罕見的浪蕩子哥，明年該輪到承文去蘇州了。在蘇州那個花花世界裡，不知道他會變成什麼樣子。

「唉！算了，各人走各人的路吧！」連維材改變了想法。

接著，他好像下命令似的對兩個兒子說：「散步去！」

哲文今年十五歲、理文十三歲。他覺得這兩個孩子似乎比他們的兩個哥哥有出息一點。

父子三人在九曲河畔漫步。河水湍急，不時有幾艘篷船靈巧地躲開岩石朝下游飛駛而去，背後重巒疊嶂，山頂上籠罩著紫霧。

「哲文，你背一背九曲歌中的四曲。」

朱子學的祖師朱熹是福建人，他有一首詩寫武夷山的九曲。

哲文剛過變聲期，他用那變得不徹底的嗓門開始背誦起來：

四曲煙雲鎖小樓，寺臨喬木古溪頭。
僧歸林下柴門靜，麋鹿銜花自在遊。

「理文，你能背出二曲嗎？」

「可以。」

小兒子理文覺得不能輸給哥哥，也立刻用清脆的嗓子背道：

二曲溪邊萬木林，山環竹石四時清。
漁歌棹入斜陽裡，隔岸時聞一兩聲。

連維材並沒有聽兒子們背的詩，他是來尋求靈魂的休息的，但他的心卻不知不覺地飛向地獄般的人間社會。

他每年都來武夷，走在路上看到的農民卻一年比一年神態顯得疲憊。人口不斷增加，光憑這一點就會使人民的生活水平日益降低。農民生活貧困也許是必然的，世道將會走入絕境，他從這裡看到一個無法避免的悲慘結局。因爲企圖用鴉片來消除人世痛苦的人們日益增多，如此一來，只能加速這個結局的到來。

由於鴉片輸入，白銀流到國外，銀價不斷上漲。清朝的官吏，簡單地說，他們不過是承包稅收的中間人，他們的任務是把規定的銀額納入國庫。稅收規定爲一萬兩的地方官吏，把銀子送交中央政府就完事了，多徵收的就落進自己的荷包中。可是，稅額上規定的是銀子，農民卻只能用銅錢來繳稅。

在乾隆以前，銅錢七百文換白銀一兩，之後由八百文升到九百文，現在至少一千二百文卻換不到一兩銀子。即使稅額未變，但以前有八百文就可繳納的稅，現在卻非得一千二百文了。租稅實質上已大大地加重，但需要由農民來養活的人口仍在不斷增多。

這種人民生活的困境已經碰壁了，那麼該怎麼辦呢？只有衝破這道牆壁跑到外面去，那裡有大海，在大海的遠方有廣闊的世界。

當時有像連維材這樣明確思想的人不多。應該說，從那時開始，在當時時代的精神中已經插進了一根可以稱之爲「破壞慾」的軸心。

連維材現在考慮破壞的方式，有些方式他早已付諸行動了。他的眼光早就注意到改革主義者——公羊學派的人身上；他早就跟公羊學派的驍將、實做家林則徐拉上關係，勢必要給保守派狠狠的一個重錘。而對連維材來說，這鐵錘首先所要打的不過是廣州公行的那些人。

一想到廣州公行那些人，西玲的身影就浮現在他的腦海中。

父親雖然沒有再說什麼，理文仍然拚命地往下背，他已背到八曲了。

「嗯！八曲、碩峰、倚碧虛，……底下是什麼呀！……泉水瀑布……」理文已背得零零落落了，很多內容都一時想不起來。

「可以了。」連維材柔聲地說。

西玲那妖豔的姿容跟孩子天眞無邪的聲音，是無法相容的。

同一時間，連承文正帶著石田時之助從山間小路趕往崇安城。

茶葉的旺季雖然已過去，但崇安的存貨還要不斷往外運。運送時，一般的茶葉是一個人挑兩箱，高級茶葉是一個人只能一箱。搬運的方法，是用兩根竹竿交叉地放在兩邊肩上，接著在竹竿半中腰用繩子紮在一起，形成細長的三角形，然後在肩上墊上一塊板子，茶葉箱放在板子上，兩根竹竿的上端緊緊地夾住茶葉箱，搬運的人握住竹竿中央形成四十五度角，就像孩子下了竹馬，把竹竿扛在肩上休息一般。如此一來就可以減少走動時的搖晃，減少茶葉末的掉落。

當他們休息時，就把竹竿直立在地，用兩手扶著，絕不能讓竹竿倒在地上，避免茶葉吸收地上的潮氣。到了旅店，據說高級茶葉的茶箱還要原封不動地綁在竹竿上，靠著牆壁放置。

在趕路的路上遇到搬運茶葉的人，承文爲石田就作了以上的說明，但石田對這些並沒有多大興趣，於是承文很快就轉移話題。

「眞出人意料，崇安居然有漂亮女人。」

「承文先生，你今年多大了？」

「十七。到了我這種年紀，談談女人也不會太奇怪吧？」

石田笑了笑說：「明年該輪你去蘇州了吧？」

「嗯！石田先生也一起去吧！我父親說過，他要讓你見識見識我國的各種地方，一定會讓你去的。」

「我去問問看。」

「你一定要去，聽說蘇州的女人很漂亮時髦呢！」

「你又想到女人啦？」

石田因爲是連家的食客，長年受到連家人照顧，心裡過意不去。他想在明年的茶葉旺季，拿著他的二人奪到武夷山擔任運送茶葉的護衛，他還是習慣擔任保鏢。

把茶葉從武夷運往廣州，中間有七道關稅，每道關稅都要徵收過境稅，這些都是政府的正式關稅。另外還有地方豪族私設的關卡，沿路上還可能遇到許多竊賊、暴徒的攔路威脅，所以茶葉運輸集團一般都有會武藝的人充當護衛。拳術大師余太玄就曾經在金順記擔任過護衛工作。

「好啊！我做兩、三個月的保鏢後就向連家要求到蘇州去。」石田心裡這麼打算著。接著，他停下腳步，縱目遙望武夷的群山。

山勢十分雄偉，岩石疊著岩石，培育茶樹的是石縫間的茶褐色泥土。岩石的形狀千差萬別，有的岩石形狀像龜，往前走幾步再回過頭來看卻變得像頭牛。

石田在日本曾看過中國的山水畫，那些畫好像是把山呀水呀都堆積在一起似的，他一直以爲那很誇張，但武夷山現在這麼眞實地擺在他眼前，他才明白那些畫是寫實的。因此，石田深切地感覺到：世界是廣闊的，絕不可根據自己狹隘的見聞或經驗隨意解釋。

不一會兒，崇安的城牆已出現在眼前。

崇安是縣城，屬建寧府。當時皇帝的名字叫旻寧，因此在道光年間避諱「寧」字，改作建「甯」。

崇安古城牆有五公里長，到處都有崩塌的痕跡，牆上還因此長了薺菜。城牆的荒廢應該是和平的象徵，可是，石田是看過澳門和廣州後才到這裡來的，他感覺到這種和平景象究竟能持續多久是無法保證的，因爲現在就有一股巨大的浪潮想襲擊這個國家。於是，他想起了自己的祖國——日本。

5

道光十三年除夕，蘇州的午後紛紛揚揚地下起雪來。

林則徐在官署裡款待兩位客人，他們是江南水師提督關天培、戶部清吏司予厚庵。關天培在這一年由總兵晉升爲提督，他是林則徐的老朋友；予厚庵是中央政府戶部派來的稅務長官，林則徐一向很讚賞他的才幹。今天是爲了慰問他們一年來的辛勞而特地設宴招待他們的。

「予先生，我得向您表示感謝。」林則徐向予厚庵勸酒說。

「哪裡哪裡，我只是……只是……」予厚庵作爲理財官吏有著超人的才幹，但是他的口才並不佳。

「地丁都達到了規定額，這些都是您的功勞啊！」

「地」是地租，「丁」是指人頭稅。各省都被規定應繳的數額，江蘇省每年爲三百六十二萬兩，這個數額相當大，在全國十八個省中占第二位，僅次於河南省。最近很多省都達不到規定額，而江蘇卻繳齊了，這充分說明予厚庵的才幹。

除了「地丁」外，江蘇省還要向中央政府送交「漕糧」（送往北京當作官兵俸祿的糧食）一百零四萬石，這也完成了。另外，關稅（設關卡徵收的物產稅）也達到了規定額一百二十萬兩。全國的關稅收入爲四百三十萬兩，江蘇一省就擔負了其中四分之一以上。

「反正是值得恭賀的。」一旁關天培見狀，也沒頭沒腦地插嘴說。

這兩位客人都不善言詞，但林則徐很喜歡這兩個人。

「您才值得恭賀哩！」予厚庵也笨拙地說起了恭維話，他是指關天培晉升爲提督的事。

林則徐高度評價予厚庵是一個能吏，爲人也誠實；另一方面，他總覺得他有什麼不足，但是他徵稅的本領確實值得珍視。河南省「地丁」的規定額是四百萬兩，比江蘇省多。據說今年河南省實際繳納數勉強達到三百萬兩，可以想見徵稅是多麼困難的事。而有予厚庵在江蘇，確實爲林則徐壯了膽、加了分。

不過，林則徐覺得，現在民力疲憊，稅款是一個沉重的負擔。作爲國家官吏，能夠繳齊稅款當然是值得高興的事，但他的心裡還有些事無法讓他開心，因爲予厚庵的心中恐怕就沒有林則徐覺得他需要的特質，予厚庵只能算是一位忠心耿耿、一心徵稅的能吏。

「鹽稅方面還要再想點什麼辦法。」予厚庵說。

鹽是政府專賣的。全國的鹽稅爲七百四十七萬兩，江蘇擁有產鹽的兩淮地區分擔其中的三百三十五萬兩，可是現狀很困難，只能繳納規定數額的一半，原因是私鹽橫行，但根本問題還是由於人民生活貧困。

正當他們交杯飲酒的時候來了第三位客人。

「失禮、失禮，來晚了……」

來的是布政使梁章鉅，這人在阿美士德號停靠上海時，曾代替未到任的林則徐擔任代理巡撫。

梁章鉅一看先到的兩位客人，心裡不禁苦笑：「請了三個笨嘴拙舌的人。」

梁章鉅是福建人，官至巡撫。他不是以政客，而是以學者在歷史上留名。在金石學方面，他是清朝屈指可數的權威，所以，他是學究型的人物，而不是逞口舌之快之徒。

「跟關、予同席，我只好周旋應酬了。」他是個責任感很強的人，決定要在酒席上擔當提供話題的人。儘管他也是笨嘴拙舌的，他自認爲比關、予兩人要略勝一籌。

「聽說在舟山洋面上，英國的鴉片船遭到海盜襲擊了。」他首先把其他省發生的事情拿來當作話題。

「我也聽說了。」關天培冷淡地回應。

「不過，外面傳說，所謂的海盜可能是王舉志的手下。」

「什麼？王舉志？」林則徐追問道。

「這可怪了，」關天培歪著頭說：「聽說王舉志是江湖上一些大頭目把他捧上去的，他自己並沒有手下。」

「這個我知道，不過，最近情況好像有點變化。」梁章鉅辯解似的說道。

「行啦！反正鴉片船挨搶是應該的。」關天培爽快地說。

「浙江巡撫富呢揚阿也裝得像沒事一樣。」

「那當然囉！」

提起英國船，關天培曾因為阿美士德號吃過苦頭，現在他眞恨不得要說：「活該！報應！」

「這是在外洋發生的事件。」予厚庵也覺得他應該說點什麼。

如果是像阿美士德號那樣靠近海岸，那將是另外的事。因為夷船在外洋航行遭到搶劫，那也是他們自己自作自受。

今天是除夕，客人們很早就散了。

林則徐擔任欽差大臣赴廣東，關天培是廣東水師提督，予厚庵是廣東海關監督。今天在這裡見面的這三個人，在六年後的鴉片戰爭中都不期而遇地投身其中；最後來的梁章鉅，鴉片戰爭時也在鄰省廣西擔任巡撫。

除夕的晚上官署裡要舉行宴會，宴會之前，林則徐在院子裡散步。

王舉志開始行動了。林則徐感覺到要發生的事情終於發生了。他交給王舉志的經費已達相當大的數目，讓他隨意使用。林則徐希望王舉志不要把那面「饑民團的旗子」交給自暴自棄的暴民，而要交給有健全思想和目的的組織。王舉志手下已經有人，這就說明他已經開始建立組織了嗎？看來將要發生什麼事情了。靜止的歷史大齒輪開始慢慢地轉動了。連維材之前提供了五十萬兩銀子，他一定早就察覺到歷史未來的動向。感覺到歷史脈動的看來不只是改革派，保守陣營也意識到這一點，例如林則徐的身邊有監視者，連維材和吳鐘世來蘇州時也遭到盯梢等等。

林則徐讓幕客們翻譯了外國文獻，他從這些文獻中也意識到，西方巨大的生產力氾濫，必然會波及到自己的國家。

各種力量似乎都已經集中到這個時期，這個世道因爲這些集中在一起的力量而開始活動。儘管如何活動還不清楚，但歷史的齒輪已嘎吱嘎吱地發出響聲，讓人感到心神不定、坐臥不寧。

林則徐輕輕地拂去肩上的雪花。

陷阱

伍紹榮低聲地說：「是仇敵。」他和這次事件也許沒有關係，但是仇敵是十分清楚的。

「對這傢伙要想點什麼辦法。」盧繼光說。

伍紹榮也有同感。破壞者連維材的可怕，已逐漸以某種形式表現出來了。作爲被破壞的一方，本能地要做防禦的準備。

1

道光十四年夏天，溫章帶著女兒彩蘭從澳門去廣州。好久不見的父親溫翰已由上海來到廣州，連維材也從廈門和溫翰一起去廣州。

見見父親——溫章去廣州的表面原因是這個，其實他還帶有另外的任務。他離開澳門的兩天前，英國的新任商務監督律勞卑到了澳門。他要把英國僑民對律勞卑到任的反應、新監督一行的活動等情報，向父親和連維材報告。

聽了溫章的報告，連維材和溫翰互看了一眼。

「看來不過是輕輕地捅一捅、試試。」連維材露出失望的神色。

「北京有穆彰阿，倫敦有巴麥尊……」溫翰低聲說。

「雙方都極力避免在現在發生衝突。在這個前提下放一個對自己有利的棋子，不過如此而已。」

「好呀！那我們這次做壁上觀。」

這兩個人彼此太了解了，談起話來有點像打啞巴禪似的。十三歲的彩蘭聽著大人們的談話，歪著頭，不明白他們到底在說什麼。

幾天之後，從澳門的金順記飛來一隻信鴿，信筒裡一張紙上寫道：「律勞卑本日離開澳門赴廣州。」

「嗯！要幹什麼呀？」連維材抱著胳膊，聳著肩膀。

「放心、放心！」溫翰笑著說。

「這次是做壁上觀嘛！」連維材點點頭，回笑了一下。

一旁的溫章突然感覺心頭怦怦地跳動起來。多麼可怕啊！父親和連維材聽了溫章帶來的情報，估計清、英兩國之間不會發生大的衝突，反而露出不滿的神色。

應該盡量擴大貿易，直接和北京政府交涉，但不得獨斷專行，要等待本國的訓令後才行動。

父親和連維材得知英國外交大臣巴麥尊給律勞卑下過這樣的指示，卻感到大大地失望。

這兩個人是要「破壞」才感到高興嗎？溫章也漠然地感覺到，只有破壞才有活下去的出路。但他辦不到，而那兩個人能辦到？不，那兩個人正在這麼做了。

「做壁上觀。觀什麼呀？」彩蘭滴溜溜地轉動著眼珠子問道。

功名心切的軍人外交官律勞卑，七月十五日到達澳門，停留數天後，就身著海軍上校軍裝登上了軍艦安德洛瑪克號❶。

安德洛瑪克號開到川鼻，律勞卑一行人在這裡改搭小船開往黃埔。川鼻正好位於虎門口。依照外交大臣巴麥尊的指令，他不得把軍艦開進虎門。

七月二十五日早晨，他從黃埔搭商船到廣州登陸。

外國人從澳門去廣州，原則上需要有海關的許可證。許可證是一塊紅色的牌子，所以稱作「紅牌」，但律勞卑沒有紅牌卻鑽進了廣州。

律勞卑住進英國商館。第二天早晨，他命令書記官阿斯特爾把首席翻譯官老羅伯特．馬禮遜翻譯的一封信交給兩廣總督。

這麼做是沒有先例的，因爲夷人不能直接和清朝官員交涉，如果有什麼要說的話，應該事先把「稟」（請求書）提交給公行，由公行轉給海關監督。

當時的清朝認爲，中國是天朝，沒有任何一個國家能和它對等，因此不存在什麼外交，而律勞卑卻想以對等的方式，把他的到任通知總督。其實他這麼做也是遵照外交大臣巴麥尊的指令。「你應該將赴任書函通知兩廣總督。」——這是律勞卑的第一個任務。

阿斯特爾被堵在廣州的城門外，等了三個多小時。凡有官吏從這裡路過，他都要求他們轉交這封信，但是大家都害怕，不僅不接受，還對他進行了種種辱罵。當水師副將韓肇慶出現時，阿斯特爾簡直像在地獄裡遇見了地藏王菩薩。

韓肇慶是外商們的老朋友，他曾要求外商每一萬箱鴉片給他兩百箱「現貨」，作爲他幫忙外商鴉片走

---

❶ 舊譯「安東羅滅古」，下文人名、船名，除了重要的會標示舊譯，一般用新譯名。

私的默契費。這傢伙的腦袋瓜子很靈活，他把默契費的半數鴉片交給政府，製造「取締鴉片」的功績，然後把剩下的一半裝進自己的腰包。

兩百箱鴉片約合十六萬西班牙元，這是一筆很大的外快，而且還讓他得到「勤奮禁煙」的美名，藉此升了官；在鴉片戰爭前夕，這傢伙竟爬到了總兵的寶座。

阿斯特爾請他幫忙轉信，但這和默認鴉片是兩回事，他無情地回答：「不行！」阿斯特爾只好垂頭喪氣地回到十三行街的夷館。

七月二十七日，伍紹榮以公行總商的身份要求會見律勞卑，遭到律勞卑的拒絕，理由是：商務督察不像過去東印度公司「大班」那樣的民間人士，而是大英帝國的官吏。

伍紹榮沒辦法，只好去見同樣是民間人士的查頓。這傢伙是居留廣州的英商大人物。「希望能把信的形式改爲過去那種請求書，再把發信人的『大英國』的文字去掉，就不會有問題。」伍紹榮提出了建議。

「這樣當然不會有問題。但是，律勞卑大人不是大班，是官員。如果交涉時不是官吏對官吏，會受到本國政府的譴責。」查頓說。

伍紹榮怎麼懇求也沒用，最後只好垂頭喪氣地回了家。

第二天，伍紹榮的父親伍敦元親自出馬。他雖然已經告老不管事了，但在關鍵時刻還是會出面的。他拄著拐杖把地板戳得咚咚地響說道：「我一向認爲英國人的偉大就在於他們不拘泥於形式。可是這次爲什麼這麼講究形式呢？能不能照我兒子昨天說的那樣辦呀？就看在我這老頭子的面子吧！」

律勞卑勳爵沒有中國那種敬老的想法。查頓代替律勞卑對老頭子說：「無論如何，這一次沒有別的方法。」

2

律勞卑急得如熱鍋上的螞蟻，他要以對等的地位向兩廣總督發信。他帶來許多任務，首先要完成的是這一項，可是誰也不替他轉交這封信。

當時的兩廣總督是盧坤，他是順天府涿州人，嘉慶四年進士，歷任陝西、山東的巡撫後，擔任兩廣總督。

前面已經說過，清朝的官制是雙頭制，其目的是互相監督。廣東有相當於省長的廣東巡撫，又有管轄廣東、廣西兩省的兩廣總督。論地位是總督高，但重大問題必須由總督和巡撫共同決定，這稱之爲「督撫會同」。

盧坤是個溫和派，在律勞卑的問題上，他也準備採取穩妥處理的方式。當然，這也是爲了保全他自己。

「律勞卑初次來，不懂得天朝法律。考慮到這種情況，可以不追究他未經許可入境。不過，工作一完，他就得立刻回澳門。」總督命令公行總商伍紹榮這麼說。天朝的官吏是絕對不能和夷人直接交涉的。

他打算等律勞卑一回去，就向北京的皇帝這樣解釋：「這傢伙確實什麼都不知道就跑來的。我們已通過公行對他進行教誨，他已悔悟，也返回澳門了。」他準備這樣了事。

律勞卑如果一直不走，一定會受到北京的叱責。總督要律勞卑工作一完成就回去，而律勞卑的第一項工作就是要把表明對等地位的信交給總督，現在無法投遞這封信，所以工作就完成不了。

對清朝來說，所有的外國不是屬國就是進貢國，清朝一向把英國看成是進貢國。當年阿美士德到北京時，船上還掛了一面寫著「貢使」的旗子，如果現在接受了律勞卑的信，那就表明同意和進貢國進行對等交涉，這樣一定要判重罪的，所以，請求書以外的任何形式的信都是不能接受的。

這簡直是在玩兜圈圈的遊戲，夾在中間的總商伍紹榮眞是費盡了心機。他連日奔走，律勞卑卻拒絕接見，只透過英商反覆跟他說：「大班是東印度公司派遣的民間人士，我是政府派來的官員，因此要求對等的待遇。」

事情得不到解決，伍紹榮形容憔悴、瘦得不成模樣，外商們私下都感覺他很可憐說：「可憐伍紹榮夾在魔鬼和深淵之間。」

一天，伍紹榮跟往常一樣，奉海關監督官署之命在去英館的途中，在清海門附近遇到了連維材。「您辛苦啦！」連維材鄭重地向他行了個禮。連維材在律勞卑到達廣州的前夕出現在廣州，這種巧合叫伍紹榮十分擔心，這等於是說：「讓我領教一下你的本領。」

伍紹榮幾乎每天晚上都會夢見連維材。夢中的連維材笑嘻嘻地衝著他說：「你好嗎？」他那張帶著嘲笑的臉慢慢地扭歪、脹大，壓住了伍紹榮。他拚命地掙扎著想把這張臉推開，但連維材的臉光滑圓溜，捉不住、摸不著。「哼！哼！……」他呻吟著醒過來，全身是汗。「好哇！等著瞧吧！」伍紹榮一次從床上坐起來，兩眼瞪著看不到的敵人大叫道。

公行的會館隔著十三行街和夷館相對。總商輔佐盧繼光一邊嘆氣，一邊沮喪地說：「爲什麼我們非得受這種活罪不可？有時我甚至想，是不是有什麼人在故意捉弄我們。」

遇到這種僵局，盧繼光和伍紹榮都弄得精疲力竭。要是在平時，伍紹榮聽到這種話一定會規勸對方，但這一次他也幫腔說：「我也是這麼覺得。」

「這是誰幹的呀？」

「總不會是上帝吧？」

「反正是我們的仇敵。」

一聽到「仇敵」這個詞，伍紹榮馬上就聯想到連維材，不過，說出這個名字的卻是盧繼光：「會不會是連維材呀？」

「連維材應該不會操縱英國人吧？」

「可是，他也許會做一些使我們爲難的事。這傢伙一直破壞我們的買賣，這次他又恰好在這個時候來廣州。」

「而且經常和英國人見面。」

「他一到廣州，一定會和外國人交際。」

伍紹榮低聲地說：「是仇敵！」連維材和這次事件也許沒有關係，但是仇敵是誰是十分清楚的。

「對這傢伙我們要想點什麼辦法。」盧繼光說。

伍紹榮也有同感，破壞者連維材的可怕，已經逐漸以某種形式表現出來。作爲被破壞的一方，本能地也要做防禦的準備。

3

爲了讓不速之客律勞卑回去，伍紹榮等公行的負責人繼續在做毫無效果的努力。

「因爲廣州的天氣特別熱……」八月八日，伍紹榮竟然這樣規勸律勞卑。伍紹榮說這話的時候，連自己也覺得可恥，還感覺到連維材好像正在什麼地方嘲笑他。

律勞卑當然拒絕了。他帶著輕蔑的語氣向外交大臣巴麥尊報告這天的情況說：「他們來訪的目的是說服我回澳門，其理由竟然說是因爲天氣熱……」

關於律勞卑非法居留的問題，總督對公行說：「外夷問題應該由你們解決。」他把全部責任都推給了公行。伍紹榮實在沒辦法，只好把責任擔起來。

八月十六日，伍紹榮徵詢公行全體會員的意見，決定自發地停止和英商的貿易，其目的是逃避朝廷

「貪圖利潤，和外商勾結，支吾搪塞」的指責。

面容消瘦的不只伍紹榮，總督盧坤也失眠了；律勞卑在到任前就身體欠佳，現在更是憔悴得厲害。八月一日，律勞卑失去了可以稱之為其右臂的首席翻譯官老羅伯特·馬禮遜，這對他打擊很大。

羅伯特·馬禮遜被人們稱為近代向中國傳布新教的始祖，曾把《舊約》譯成中文，著有《英華字典》和《通用漢言之法》等。享年五十二歲。他過世後，其職務由他的兒子小羅伯特·馬禮遜繼承。小羅伯特·馬禮遜是一個剛滿二十歲的青年，在澳門出生，中文說得和中國人一樣好。

不過，這個翻譯工作不光是要語言好，老馬禮遜在翻譯時還考慮到中國的文化風俗和官員性格，甚至對律勞卑的健康狀況也要加以考慮。在他的兒子繼承其職務後，清英兩國之間的交涉增添了許多露骨、尖酸刻薄的語言，和某種沉悶緊張的氣氛。

由於廣利行盧繼光的努力，副省長級的清朝官員終於到「夷館」去和律勞卑會談了。清朝禁止官吏和夷人接觸，但這次他們打算向北京報告：是前去「面加查詢」（當面查問）的。

可是，會談時，律勞卑又在席次問題上找碴。當時清朝的三名官員坐在北面上席，律勞卑等英國代表團和公行的商人們在清朝官員的左右對面而坐，這樣的坐法當然不符合律勞卑所要求的對等。讓清朝的官員坐上席，自己是英國的「官」，卻被人家看成和清朝的「民」公行的人同等。更糟糕的是，會談的這間屋子裡還掛著英國國王肖像，英方代表團的席位卻在掛像前。

律勞卑大聲吼道：「難道叫我們把屁股朝著國王陛下嗎？」

因此，會談不僅不歡而散，事態也比會談前更糟。

八月二十一日，律勞卑在向本國政府的報告中說：「用武力施加壓力，可能比費口舌的談判更奏效。」

八月二十五日，律勞卑讓居留廣州的英商組成了商業會議所以表示團結的決心；同時用中文印發了說明自己對現狀看法的文告。這個文告的結尾說：

……數千之清朝人，願和英貿易而立生計，將因其政府之冥頑，不得不爲滅亡和不滿所苦。英國商人願據互惠之原則和全清朝交易。英國商人將不懈努力，直至英清兩國平等獲得承認。而總督即將實行公行瘋狂之決心（指自發停止貿易），應知此和阻塞珠江之水同樣困難。

這顯然是挑釁。外國人向中國人散發中文告示，應該是荒謬絕倫的事，而且還在文告中攻擊清朝政府冥頑，就連總督盧坤看到這個文告也火了。他原本爲了保全自己，盡量想把事情穩當地了結。但他受到廣東巡撫祁的牽制，有時也不得不表露出一點強硬的態度。

巡撫祁，山西人，字竹軒，精於法律。三年後被中央政府召回，任刑部尚書。他本來是法律專家，所以態度強硬、手段簡單。

他把盧繼光叫來，將律勞卑散發的中文文告往盧繼光面前一擲，說道：「夷人不可能寫出這麼好的中文，一定有漢奸爲英國人寫這篇文章。儘快把漢奸查出來報告。」

盧繼光一句話也插不上，只能低著頭。

「三天內如報不來漢奸的名字，這個問題就由公行負責。」巡撫說後就拂袖而去。

盧繼光無精打采地回到公行會館，把這件事告訴伍紹榮。

「一定是馬禮遜的兒子寫的。」伍紹榮又把文告看了一遍說道。

「巡撫認爲是漢奸寫的。」

「把馬禮遜的兒子帶去，讓他在巡撫面前寫篇文章就好。」

「可是，按規定巡撫是不能見夷人的呀！」

前面已經說過，馬禮遜的兒子受過和中國人一樣的教育，文章寫得和中國人一樣好。但這點無法向巡撫證明。

「不好辦呀！要三天內……」盧繼光抱著頭苦思著。

伍紹榮一直在沉思，這時他開口小聲地說道：「拋出一個人當犧牲品吧！」

「什麼？」盧繼光追問道：「要讓誰蒙上無辜的罪名關進監獄？」

「爲了保護公行恐怕只能這麼辦。」

「這太殘忍了！」

「可以拿我們的敵人去當犧牲品啊！」伍紹榮盡量把語氣說得和緩些。

「敵人？」盧繼光的聲音嘶啞了。

「對，要讓誰當？你明白嗎？」

盧繼光沒有答話。這人是誰？一定是連維材。

「說他是漢奸。那證據呢？」

「找呀！沒有就編造一個嘛！」伍紹榮說。

4

伍紹榮和盧繼光悄悄地把顛地商會的買辦鮑鵬叫來，向他打聽連維材在英商館的情況。這種事如果向英國人打聽，以後可能會招來麻煩。伍紹榮他們知道鮑鵬的口風緊，而且也討厭連維材。

「老連最近不常去顛地商會，倒是經常出入墨慈商會，不過，詳細情況我不太了解。」鮑鵬回答。他那雙下巴的胖臉上帶著諂媚的微笑。

「那麼，你能不能去墨慈商會打聽一下？」

「可以。」

年輕的簡誼譚已經進了墨慈商會當見習買辦，透過西玲的關係，他跟鮑鵬已成了親密的朋友。

所謂心有靈犀一點通，鮑鵬早已看出伍紹榮他們的意圖。

要說陷害仇人之類的事情，光憑盧繼光是辦不到的，看來是伍紹榮在暗中出了鬼點子。看樣子他們被律勞卑事件沖昏頭了，連聖人君子般的伍紹榮也變成普通的凡人啦！

鮑鵬看到為人嚴謹的伍紹榮竟然降格到跟自己差不多的水平，不覺得高興起來。因為他不太喜歡了不起的大人物，他希望這些人能從高處跌落下來，這樣一來，他就可以看到那些高深莫測的人心靈深處的東西。他這種想法其實是出於一種幸災樂禍的心態。

連維材給鮑鵬的感覺好像是一個高深莫測的怪物，他不喜歡這種人。再說連維材還霸占了西玲那樣的美女，這更使他感到不快。把這個傢伙拉下馬！要讓這個一向沉著冷靜的傢伙掉到陷阱裡出洋相。

鮑鵬把誼譚叫到十三行街附近的華林寺，此時院子裡沒有其他人。

「我這麼說，你該明白了吧？那傢伙已成了公行的障礙。再說，你姐姐最近好像也討厭他了。」鮑鵬說了想拜託誼譚幫忙的事情後，又補充了這幾句話。

「老連到我們商館裡一般都是由哈利．維多擔任翻譯。」誼譚望著天空說道。

這可不是謊言。他從金順記逃出來後總有點心虛，所以盡量避免和連維材接觸。

「總之，請你找一找連維材幫英國人辦事的證據，有點影子的就好。」

「我想辦法去找一找吧！」

「一定要找。如果找不到，你去告密也成、編造也……」

「我不告密的。」

「那是最後的辦法嘛！」鮑鵬哄著誼譚說。

誼譚和鮑鵬分別後沒有回十三行街，而是從太平門進了城，去他姐姐家。看準了連維材不在之後，他悄悄地走進屋裡，冷不防地出現在姐姐面前。

「啊呀！嚇死人了！」西玲瞪著她發藍的大眼睛看著弟弟說：「你怎麼啦？這麼冒冒失失的。」

「我有話要跟妳說。」

「什麼話？」

「姐姐討厭連維材嗎？」

「爲什麼這麼問？這麼沒頭沒腦的……」

「妳不用管。妳老實回答我。」

「說不上是討厭。不過……」

「不過？妳不是對老連感到厭煩了嗎？」

「唉！怎麼說呢？與其說是厭煩，還不如說是害怕。」

「沒有老連，姐姐會自由自在吧！」

「那倒也是。不過，沒有老連，我生活過不下去呀！你誇下海口，說你會賺錢養活我，可是什麼時候才能……」

「再等一些時候，我正在做準備。無論如何，跟老連斷絕關係，沒有老連，對妳而言恐怕是最理想的吧？」

「的確是，但那可不容易呀！」

這個高深莫測的連維材確實叫西玲感到害怕。她常想：「這個人眞可怕！」把鴉片存放在她那裡的流氓頭子彭祐祥遭到暗殺，最近西玲總覺得這件事和連維材有關。

「姐姐的心情我明白了。再見！」誼譚說罷就離開了。

「這孩子怎麼啦？突然跑來問些奇怪的事，又匆匆地走了。」誼譚已朝門外跑去，只聽到姐姐對著他的背後說道。

墨慈商會的辦事處在丹麥館內，誼譚一回到那裡，一邊東張西望，一邊在字紙簍裡亂抓。

「這個！」他展開一張原本揉成一團的紙片高興地笑起來。於是又伸手到字紙簍再抓出同樣的紙片。

連維材和墨慈談話時，哈利當翻譯。哈利的中文是在麻六甲學的，發音很糟，經常讓人聽不懂，所以彼此就寫成文字讓對方看。

這些紙上寫的大多是閒聊的話，例如：

「律勞卑大人的健康如何？」

「我認爲停止貿易不會太持久。」「廣州政府當局不熟悉外國情況？」

連維材的字寫得很好，哈利的字寫得像雞爪子，完全是外國人的筆跡。兩種字跡擺在一起，一眼就可以看出這是中國人和外國人的筆談。不管內容如何，它給人的印象就是中國人在幫外國人辦事。

「老連的字有特殊風格，一查筆跡馬上就會明白。」

能親手把連維材這樣的大人物投進陷阱，讓誼譚十分興奮——他獵捕到的可是個龐然大物啊！

誼譚將墨慈商會字紙簍裡的紙片交給鮑鵬，這些紙片再轉到伍紹榮的手裡。

巡撫祁希望有一個幫英國人寫中文告示的「漢奸」，這樣一來，夷人向中國人散發告示的事件就可以解決。他是法律專家，既然有犯罪就必定有犯人；要斷定犯人是誰必須有證據。

伍紹榮握著幾張皺巴巴的紙片微微地顫抖著。他小心地把紙片裝進盒子裡，然後命令僕人說：「準備轎子上巡撫官署。」

5

廣東省內有許多地方產花崗石，所以廣州的街道大多鋪著石板。不過，除了主要街道外，一般都非常狹窄、曲折。

挑著擔子的小販很多，他們張開嗓門沿街叫賣；也有的小販把商品擺在街上拚命地叫喊著，其聲音之大，不亞於那些沿街叫賣的；在這些叫賣聲中還夾雜著叫花子的哀哀乞討聲。

擠在街道兩側建築物的磚瓦大多是鉛灰色的，狹窄的街道上又蓋著遮太陽的草蓆，所以顯得很陰暗。一到夏天，幹活的人都不穿上衣。大街上無論什麼時候都充滿苦力、小販、轎夫們帶著汗味的體臭，中間還夾雜著大街上出售食物的氣味。

穿過這樣雜亂的街道，卻有意想不到的幽靜地方，西玲家就在這種地方。走在這裡，你會發現廣州的街道也並不都那麼擁擠混亂的。

當看到西玲家漂亮的白粉牆時，連維材的心情也輕鬆起來。

他了解英國的方針，也知道北京穆彰阿派的政策，他估計不會發生大衝突，他這次來廣州只做壁上觀。但是，他錯了。

人生往往有一些發生突然變化的轉捩點，就像這雜亂的大街上會有這一片幽靜的地區一樣。

一進西玲家，只見十幾個戴著官帽的士兵正威武森嚴地站在院子裡。士兵們一見他進來，馬上跑過去把他團團圍住。

「有何貴幹？」連維材仍然沉著冷靜地問道。

「你是連維材嗎？」一位好像隊長的人問道。

「在下就是連維材。」

「那好，我奉命逮捕你。」隊長走到他的面前說。

「您是誤會了吧？」

「不，沒有錯。」隊長斷然地說，並拿出了綁人的繩子。

屋子裡，西玲臉色慘白。她從窗子裡看著外面，「這是怎麼回事呀？」她問一旁的鮑鵬。

她正在做大米的交易，鮑鵬來告訴她米的行情。其實這只是藉口，鮑鵬到這裡來是想看看連維材是如何受縛的。這些官兵在場，不准任何人到屋外，所以他只好和西玲一樣從窗子裡往外遠遠地望著。

「啊呀！這是怎麼一回事我也不知道。」鮑鵬這麼回答，但他那全神貫注在窗外逮捕現場的視線一動也不動。

「太遠了，看不到他的表情，實在太遺憾了。」他心想。

從遠處看去，連維材的態度還是那麼冷靜，並沒有出現哭泣哀求的場面。

一條鐵鍊子套在連維材的脖子上。那是一條沉甸甸壓在肩骨上的粗鐵鍊。他和西玲經常面對面而坐的陶墩，此刻黯淡無光地放在院子裡。院子裡已盛開的夏天花朵，屋頂的黑影斜映在白粉牆上，好像貼在那裡似的。

連維材仍然沉著冷靜，這叫鮑鵬大失所望。不過，他的眼睛裡卻燃燒起熊熊怒火。

地牢

竹板子發出颼颼的呼嘯聲。

連維材閉上眼睛。「啊！……」他決定不吭聲，但聲音卻從他的脣邊漏了出來。

他並不是因爲疼痛——他幾乎沒有感覺到疼痛。但太出乎意外了，他不自覺地發出聲音。

「一下！」獄卒這次十分認眞地大聲數著。

1

連維材聞著潮濕的泥土味，摸索著在牢房裡走動。不過也沒有多大的地方可走動，稍一抬手就碰到牢房頂上粗糙的泥土，沙土吧嗒吧嗒地落到他的頭上。

當時的監獄大多是地牢，居住條件當然很差，跟地窖差不多。關在牢裡的人也不太多，這並不表示犯罪的人少，而是因爲審判快，很快就判刑。刑分笞、杖、徒、流、死等五種，所以關在牢裡的時間不會太長。審判之所以快，是因爲審判是在絕對專制的情況下進行的。

土牢的三面是土牆，前方有一個小小的格子窗，隔壁也是牢房。連維材是從另一面的鐵柵門裡被扔進來的。

從隔壁的牢房裡傳來了呻吟聲，像病人的聲音。長期關在這種地方，濕氣也會把人的身體弄垮的。最叫人膽怯的是，周圍一片黑暗，什麼也看不見。獄卒提來的燈籠是地牢中唯一亮光，而獄卒兩個小時才來一次，獄卒在這裡簡直像活佛，是救苦救難、帶來光明的活佛。整個地牢只有一個出口通向地面，所以只要把出口守住就不必來巡查了。牢房下面鋪著薄木板，木板上蓋著粗草蓆，而潮氣透過木板，連草蓆也濕漉漉的。

「我什麼也沒幹呀！冤枉、冤枉啊！」隔壁的人又哼叫起來。他本人也許認爲自己在大聲喊叫，其實他的嗓門只能發出極微弱的聲音，所以不管他怎麼大聲喊叫，聚集在地面出口處的獄卒也不會聽見。

「別喊了，喊也是白搭。你這麼喊只是浪費體力。」連維材向隔壁的人說。

「我冤枉呀！是姓洪的陷害我的。是姓洪的挾怨報復，是他誣告我啊！……」隔壁的人仍在瘋狂地叫著。這種從肺腑裡擠出來的喊叫聲，拖著長長的尾音，在黑暗裡徘徊遊蕩著。

「這人說是洪某陷害了他，他是冤枉的，那我是怎麼回事呢？我什麼也不知道，不也是關在地牢裡嗎？我也是遭了誰的陷害吧！……那麼，是誰陷害我呢？」連維材想不出是誰，因爲他樹敵太多了。

被捕當天，他一直在地牢裡沒有審訊。繫在他腰上的鎖鏈一端鎖在鐵柵門上。鐵鍊比較長，走動走動還可以，他就拖著鐵鍊在黑暗中走著。鐵鍊的長短、牢房的大小，剛好適合。

「安排得眞妙啊！」連維材苦笑著說。

他並不緊張。儘管不知道被捕的原因，但幸好溫翰在廣州。只要有溫翰就會幫他想辦法，他感到放心了。

不過，這長夜確實難熬。隔壁的人一直在哼叫，一躺下來，草蓆的濕氣順著脊背向全身流竄，感到骨頭好像要爛了似的。

睡不著覺，加上周圍一片黑暗，連什麼時候天亮也不知道。

那光明的象徵——獄卒提的燈籠在鐵柵門外停下來，只聽呀嚓呀嚓開鐵鎖的聲音，接著鐵柵門嘩啦一聲打開了。

「出來！」獄卒不耐煩地喊道。

連維材剛邁出鐵柵門，腰上就被獄卒狠狠地踢了一腳。

走到地面時，他感到頭昏眼花，他第一次感到太陽光是這樣地眩目。他是半路上被塞進轎子送進地牢的，根本不知道這裡是什麼地方；被獄卒帶進這座衙門似的建築物時，他也沒有任何印象。

「跪下！」

隨著這一聲喊，連維材就跪倒在地。他抬頭一看，只見兩個當官的坐在他面前。天氣這麼熱，這兩個官員仍然穿著官服，挺胸地坐在那裡。

兩個都是九品官，一個是文官，一個是武官。從官服上刺繡的花紋可以判斷出文官、武官和品級。文官的圖案是鳥類，武官是獸類。一個官員繡的是練鵲圖，看得出是九品文官；另一個官員是海馬，也是九品武官。文官可能是司獄或巡檢，武官可能是額外外委或軍營中藍翎長級的下士官，都是下級官吏。

「也許沒什麼了不起的嫌疑。」連維材突然有這種感覺。

過了一會兒，獄卒在他面前擺了一張小桌子，另一名獄卒則放上墨水匣和紙筆。

「把你的姓名、住址寫在這張紙上。」武官嚴肅地命令說。

連維材感到奇怪，他雖然頭一次進監獄，但審訊的情況還是聽說過的。在那個文盲眾多的時代裡，審訊時一般是口頭訊問姓名、住址，然後由書吏記下來；還從來沒聽說過要讓嫌犯自己寫的。

連維材寫完之後，這次輪到文官下令了。他說：「下面按本官說的話用筆記下來。」

連維材提筆等候著。

「廣州政府當局不熟悉外國情況。……律勞卑大人健康如何？……」

連維材按他所說的寫下。他心想：「這些話我記得在哪裡寫過……」

「完了嗎？好了，把他帶回牢裡去。」武官命令獄卒說。

審訊只是寫字，沒做任何訊問。當連維材再次被踢進牢房時，他已經大致明白了事情原委。

律勞卑在民間恣意散發的中文告示使朝廷當局大爲震怒，嚴令公行捉拿寫這張告示的「漢奸」，這些情況連維材早有所聞。

他剛才寫的就是跟墨慈見面時和翻譯哈利筆談時寫的。看來一定是他在墨慈商會隨便寫的紙片讓人送交當局了，剛才要他寫字是爲了核對筆跡。

他跟公行確實結了仇，但這樣陷害他未免太過分了。

「我叫姓洪的給坑害了啊！」隔壁的人又開始喊起來。連維材不聲不響地坐在潮濕的草蓆上。牢房是一個黑暗世界，什麼也看不見，但他終於明白自己被捕的原因。

「一切讓溫翰去辦吧！……」他在黑暗中低聲說。

2

公行雖然表明要停止和英商貿易，但這是出於責任感，是自發的，並不是奉政府的命令，所以律勞卑認爲這不過是一種姿態，不是什麼大事，根本不放在眼裡。

把貿易說成是對夷人的恩惠，其實這是清朝想要面子的表現，清朝一定也和英國一樣把對外貿易看成是件大事，律勞卑一向是這麼認爲的。對產業革命之後的英國人來說，這樣的解釋也許是理所當然的。

不過，清朝方面把貿易看成是大事的，只有由此而獲得實際利益的公行商人，以及一部分接受賄賂的官吏，清朝的高層並不怎麼看重每年五十萬兩的海關收入，他們確實把貿易看成是朝廷對夷人的「施恩」。由此可以看出清朝和夷人雙方認知的嚴重分歧。

律勞卑繼續挑釁。總督和巡撫打著公行的屁股，督促他們要律勞卑退到澳門去。八月底，伍紹榮和盧繼光幾乎每天都在海關監督和英商之間奔走。律勞卑不接見，只好去見英國商人。他們主要和查頓接觸，這個大鴉片販子顯然是接受律勞卑指示，只一味地說：「不達目的，律勞卑大人是不會回澳門的。」

金順記的大掌櫃溫翰，聽說老闆連維材被捕，立刻準備了五千兩銀子打聽情況。總督和巡撫的聽差每人起碼得送銀子十兩，他們把所知道的情況都告訴溫翰；塞進幕客們袖筒裡的銀子起碼一百兩。如此一來，準備的銀子還沒花掉一半，溫翰就已經掌握了確實情況。

「到底還是叫公行給坑了！太小看這些傢伙了。」溫翰咬著嘴脣說道。

這時，連維材又從黑暗的地牢被帶到讓人目眩眼花的地面上。

這次不是前一次那兩個當官的，而是一個臉漆黑、身材魁梧的官員叉著腿站在他面前。他的手裡握著一根鞭子，官服上的刺繡是犀牛，表明他是八品武官，大概是個排長級的「外委千總」。

「你無法無天，竟敢和英國人律勞卑勾結，編造中文告示。」他大聲斥責著，這種威脅的聲音簡直像咆哮。

「我沒有做這種事，根本沒有。」連維材抬起頭來回答。

「胡說！」八品武官把手中的鞭子一揮，在空中發出颼颼的聲響。他說：「我們完全掌握了證據，你的筆跡和在夷館裡寫的字一樣。」

「您一看律勞卑的告示就清楚了，那不是我的筆跡。」

連維材也看過律勞卑的告示。告示是石印的，筆跡看得很清楚。那是小羅伯特．馬禮遜寫的字，筆跡當然不會和連維材的一樣。

「混蛋！誰會在告示中留下自己的筆跡？告示可以讓別人謄寫。這個告示的稿子是你起草的吧？」

連維材沒有回答，只是默默地搖搖頭。他那沉著冷靜的樣子，看來讓八品武官大為生氣。武官命令獄卒說：「給我打！」

現場只有兩名獄卒，八品武官的嗓門卻好像向一排人發布號令般。兩個獄卒走上前來，一個站在他面前，一個站在他身後。站在身後的獄卒，手裡緊握著一根有彈性的竹板子。

「打！」穿著犀牛刺繡官服的武官大聲地下令。

拿著竹板子的獄卒好像舉行什麼儀式似的，慢慢地舉起手來。當竹板子和身體成垂直線時，他的手突然停了停，吸了一口氣。然後只見他的手猛地往後一揚，竹板子觸及他的肩膀，接著就改成緩慢的速度，飛快地打下來。

「劈啪！」

竹板子帶著呼嘯聲，打在連維材穿著薄薄囚衣的背脊上。

「啊喲！」連維材不覺得大聲呻吟了一聲，好像火燒般的劇痛傳遍了他的背脊。

「一下！」站在連維材前面的另一個獄卒，拖長聲音數著數。

站在背後的獄卒，又緩緩地抬起他拿著竹板子的手，他那樣子好像要給連維材留下充分感受痛苦的時間。

竹板子又從空中打下來。連維材閉上眼睛、咬緊牙關，迎接第二下的打擊。他在心中暗暗發誓：「我絕不出聲！」

當竹板子落下來的時候，他覺得脊樑骨好像被打碎了似的，但他只在喉嚨裡哼了一聲。囚衣被打碎了，露出肌肉。

「兩下！」前面的獄卒無動於衷地喊著。

連維材第一次把自己的靈魂託附在自己的肉體上。

「三下！」

背上的皮肉破了，血滲了出來。

「四下！」

眼睛發眩了，背上流下的血一直淌到屁股上，他感覺自己的肉體還緊抱著自己的靈魂。

「五下！」

連維材睜開眼睛，竹板子帶起的血花濺到肩頭、胸口。鮮紅的血點浸進囚衣的纖維，立刻變成黑色斑點。

「六下！」前面的獄卒眼看著別處數著數。

「這小子不吭聲，很頑固！」傳來八品官惡狠狠的聲音。

之後他耳鳴了起來，連竹板子的呼嘯聲也聽不見了。

「魂魄啊！我的魂魄啊！」連維材在心裡這麼呼喊著，極力想把他越來越模糊的意識呼喚回來，甚至連背上像燒爛了似的疼痛感也不想使它消失掉。皮開肉綻的背脊漸漸地失去了知覺。

「我絕沒有做過這種事！」連維材被自己的聲音驚醒過來。

不知過了多少時間，拷打結束了，又開始了審訊。

3

據律勞卑送給外交大臣巴麥尊最後的報告，總商伍紹榮於八月二十八日再次建議其和清朝官吏會談，日期訂在八月三十日，並要求席次按中國的方式排列。但實際上，八月三十日似乎沒有舉行會談，清、英兩國的文獻上都沒有關於這件事的記載，可能雙方都拘泥於「席次」，會談流產了。

總督盧坤費盡心機想找出一個打開僵局的辦法，但是沒有任何成效，這讓他的失眠越來越嚴重。巡撫祁藉口法律揚言要嚴懲英國人；律勞卑也精疲力竭、連日發燒；伍紹榮往來奔走於兩者之間，臉頰也瘦到陷下去了。

金順記溫翰的緊張奔忙也不亞於他們這些人。他悄悄地叫來碼頭上一個苦力頭，這個苦力頭十年來都一直爲金順記運卸貨物。

溫翰往他手裡塞了五十兩銀子說：「律勞卑是搭乘安德洛瑪克號軍艦到達川鼻的，從川鼻到黃埔搭乘小艇。問題是，在這之後，我聽說他是搭小艇到廣州碼頭的，但是他究竟是搭哪艘商船上的小艇，應該會有人親眼看過。我希望你能幫忙找到這個人。你可以嗎？」

「這事好辦。」苦力頭拿著五十兩銀子離開了。

溫翰接著把兒子溫章叫來問道：「目前在澳門的店裡能有多少現銀？」

「馬上能籌到十萬兩。如果有一個月的時間，可以籌到三、四十萬兩。」

「那麼，你馬上去澳門，把能籌到的銀子都拿到廣州來。」

「您的意思是……？」

「釋放老連的活動費要花錢。糟的是廣州的金順記目前只有貨物，一下子換不出錢。如果能張羅出三十萬兩現錢就好了。」

「活動費要花這麼多嗎？」

「越多越好。」

「我馬上就動身。」

溫章當天就去了澳門。

廣州問題無法預計何時才能獲得解決。一方要給總督表示對等的信；另一方不能接受。一方不准許非法居留，命令其立刻回澳門；另一方不回去。

爲了解決這場紛爭，廣州當局終於拔出了傳家寶刀，下了一道「封艙」令，日期訂在九月二日。「封艙」就是封閉船艙、停止一切進出口貿易，同時命令夷館的工役撤退，要通事、買辦、廚師、女傭人等，所有在英國商館工作的清朝人撤離商館，並張貼布告，提供英國商館食品者要處以死刑。

兩廣總督盧坤一直到最後都在思考如何處理這件事的辦法。

美國傳教士裨治文評價這位總督說：「好安逸、享樂，無大野心。要求其屬下恪守崗位，執行各自的義務。」只因為盧坤不願意事態尖銳化。

封艙令上寫的是九月二日，實際發布命令是在九月四日以後。九月二、三兩日，伍紹榮根據總督的指示和英商查頓商談，達成了妥協方案。方案的主要內容是：

1. 總督受理英商的請求，立刻宣布重啟貿易。
2. 律勞卑幾天之後就回澳門。
3. 律勞卑出發時，廣州當局不得發布過激的文告或進行譴責。
4. 律勞卑今後可以悄悄地來廣州做短期居留，當局將予以默認。

也就是說，就按照民間的辦法把事情了結，也給律勞卑未來再回廣州保留了機會。

如果真的採取「封艙」的非常手段，之後給北京的報告就會很麻煩。喜歡多一事不如少一事的總督盧坤對這個妥協方案很感興趣，但巡撫祁是個硬梆梆、做事沒有彈性的法律專家，他認為律勞卑犯了法就應該對他採取嚴厲的法律措施——封艙；至於給北京的報告麻煩不麻煩，這位法律專家是不介意的，因此，在法律面前，總督盧坤也不得不撤回了妥協方案。

貿易停止了，碼頭上一下子冷清起來。

受溫翰委託的苦力頭在碼頭上四處奔走，打聽律勞卑搭過的小艇。可是，誰都說不知道，這讓他感到很奇怪。好幾個苦力的回答都吞吞吐吐的，他覺得這裡面一定有什麼貓膩。

一天，他在竹欄門外遇到一名喝得爛醉的苦力，這個苦力說了一句奇怪的話：「不拿錢就想打聽小艇？想得太美了！你沒聽說過，見過夷人搭小艇的人，每人都得了五兩銀子……」

「多少人見過？」

「啊呀！我不太清楚……嗯！有十幾個人吧！一個人五兩，那也得五十兩呀！嘻嘻嘻！你想一個子兒不花就把事情辦成嗎？」

苦力頭聽了這個苦力的話，趕忙跑到金順記把這些情況向溫翰報告。

溫翰聽了苦力頭的報告後，皺了皺眉說：「對手不好對付呀！他早就做了手腳……一個人五兩……好，我這裡一個人給二十兩。」

「二十兩！」

「條件是要在任何情況下都能出來作證。」

溫翰走進房裡，拿出裝著現銀的箱子。

4

連維材第三次被帶到地面的時候，出現在他面前的是一位新的武官。他的官帽頂戴是純金的，所以是一位七品官，大概他是哪個兵營裡的把總吧！

審訊和以前一樣，連維材同樣予以否認。

「給我打！」七品武官命令獄卒說。

「又是同樣一套。打竹板子的拷問又要開始了，背脊上又要火燒火燎地疼了。」連維材心裡這麼想，咬緊了牙關。

竹板子發出颼颼的呼嘯聲。

連維材閉上眼睛。

「啊！……」他決定不吭聲，但聲音卻從他的脣邊漏了出來。

並不是因爲痛——他幾乎沒有感覺到痛，這太出乎他的意料之外了，他不自覺地發出了聲音。

「一下！」前面的獄卒這次十分認眞地大聲數著數。

第二下竹板子也是一樣。

「這？……」

竹板子從空中揚起時發出很大的聲響，可是落下來挨近背脊時，不知怎麼卻突然停住了。竹板子觸及背脊時也像眞的打下去似的發出聲響，但不像之前那樣不留情的超強力道，只發出一點悶聲。

「兩下！」數數的聲音很大。

「哈哈！溫翰採取措施啦！」溫翰大概是向當官的行賄了，雖然不知道行了多少賄，但看來當官的是受了賄後玩了什麼花招，表面上還要裝作煞有其事地對他進行拷打。獄卒看來是精於此道的老手，手腳做得很漂亮；站在前面的獄卒大概也撈了點油水，之前是無動於衷地眼看著別處數數，這次卻大聲地數著數。

「三下！」看來他是想用威嚴的聲音來掩蓋打板子上玩的詭計。

端坐在正前方的七品武官捋著鬍鬚，擺出一副一本正經的臉。不過，這傢伙大概已得了溫翰的大筆賄賂，他那捋鬍鬚的樣子讓人感覺很溫和。

回牢房時，以前腰上都會被獄卒狠狠地踢一腳，這次獄卒連腳都沒有抬。

九月初的廣州簡直像個炎熱的地獄。這時官兵已戒備森嚴地包圍了十三行街，以斷絕英國商館的糧道。

在被包圍的英國商館裡，律勞卑發著高燒，意志十分消沉，別說糧食，連飲水也日益困難。在被重重包圍的英國商館裡，英國人在焦慮和不安中度日如年。律勞卑終於命令在澳門外洋的安德洛瑪克號和伊姆傑❶號兩艘護航艦立刻開來廣州。儘管外交大臣巴麥尊曾經指示「軍艦不得開進虎門」，但現在是緊急情況。

另一方面，受溫翰委託的苦力頭終於查明律勞卑那時搭乘的小艇——是一艘英國商船上的小艇。現在就要靠金錢的力量來說話了。溫翰已經考慮好下一步計畫，他心想：「阿章爲什麼不快點從澳門回來呢？」

溫章蒐集了在澳門所能張羅到的銀子裝進箱子。十萬兩銀子的重量約爲三點七噸，溫章把這些銀子裝上自家來往於廈門的船隻，準備立刻送往廣州。改名爲石時助的石田時之助和拳術大師余太玄，兩人已從廣州來到澳門，擔任運送現銀的護衛。

溫章的船隻從澳門出發，開到虎門水道時已是九月七日。糟的是，他的船過了虎門，開到蠔墩淺前面時船舵出了問題，不得不停航修理。

「拜託大家了，快點修好，工錢加倍！」溫章鼓勵船老大和水手們說道。

溫章心裡急得要命，因爲此時附近的海面上籠罩著一片異常氣氛。

---

❶ 舊譯「依其禁」號。

據說澳門洋面上的英國軍艦安德洛瑪克號和伊姆傑號，已接到律勞卑派來密使的命令，要它們突破虎門開往廣州，以保護英國僑民的生命財產。

律勞卑把主要官員帶到廣州，這些官員經常往來廣州、澳門之間。當時在廣州有書記官阿斯特爾、首席翻譯官馬禮遜，和律勞卑的私人祕書約翰斯頓等人。留在澳門的有第二監督官德庇時、第三監督官羅賓臣和監督官的武官查理斯．義律，人們傳說，這些人都搭小艇登上了兩艘軍艦。

針對這種情況，總督和巡撫已向有關兵營和砲臺下了命令：只准英國船隻從內河開往外洋，如欲從外洋進入內河者則用武力阻止。

溫章已從可靠的管道得知這些情報。當溫章的船進入虎門水道時，兵船開過來問道：「船上有沒有英國人？」並被檢查了船艙。如果他們在這裡耽擱下去，說不定會被捲入戰爭。

5

伍紹榮來到金順記廣州分店拜訪。他來的目的，只不過就老闆連維材被捕的事說幾句安慰話。

「連老闆的嫌疑很快就會消除的，他會清清白白地被放出來的。不要洩氣，要滿懷希望等待。」伍紹榮說了幾句普普通通的客套話。

「謝謝您的勸慰。」溫翰平靜地回答：「我想不會有什麼了不起的大問題，老闆並沒有把律勞卑這個麻煩人物帶進廣州。」

「那當然嘍！」

「無論發生什麼情況，他的罪總比把律勞卑帶進廣州的人要輕一些，所以我很放心。」

陷害連維材的一定是公行。公行總商伍紹榮明明知道溫翰對這一點很清楚，卻還跑來說幾句安慰話。

兩人的談話表面上看起來好像很平靜，其實骨子裡卻梗塞著疙疙瘩瘩的東西。

伍紹榮說了一些安慰的話就離開了，不過，當時他並沒有意識到溫翰說的話中有可怕的含義。他路過公行的會館順便進去看看。這時，公行的祕書慌慌張張地向他報告說：「興泰行的老闆嚴啟昌被捕了！」

「糟了！」伍紹榮用拳頭敲了一下桌子，這時他才明白剛才溫翰說的話的意思。

按當時規定，到廣州來的外國船一律都要由公行的會員保證，稱之爲「承保」。律勞卑從黃埔進入廣州所搭的小艇，恰好是屬於公行的會員興泰行保證的英國商船，因此，興泰行老闆嚴啟昌應該對律勞卑進入廣州這一非法行爲負完全責任。

律勞卑因爲拂曉時進入廣州，所以看到的人很少，當時碼頭上只有十幾個苦力，伍紹榮就各給他們五兩銀子，要他們不要對外說。苦力們和官吏的關係從來就不好，伍紹榮認爲他們不會向官吏告發，所以很放心。其中也許有人不遵守承諾想去官府告發，以爲官吏會再給他們賞金之類的便宜，但官吏是不會出錢的。

苦力們確實沒有向官吏告發，但卻告訴了金順記的溫翰，溫翰爲此花了很多錢。

「做了一件無法挽回的錯事。」伍紹榮閉上了眼睛。

他只注意到官吏那方而忘了金順記。是自己陷害金順記的連維材，這明顯是一種挑釁，而溫翰現在回報他這種挑釁，那不是理所當然的事嗎？

「應該給那些傢伙更多錢，把他們打發到遠一點的地方去就好了。」——當他這麼想的時候已經晚了。

「無論發生什麼事，他的罪總比把律勞卑帶進廣州的人要輕一些。」——溫翰的聲音又在他的耳邊響起。

律勞卑進入廣州是產生這場糾紛的根源，如果他不進入廣州就不會出現中文告示，從法律上來說，公行會員嚴啟昌的罪當然要比連維材重。

「到處都發生麻煩事。」伍紹榮自言自語地說。

虎門水道內也發生了麻煩的事。

九月七日深夜，溫章聽到遠處傳來一聲砲響，他的臉色煞白，立刻抓住修理船舵的水手說：「開火了！快點修！快點！」

「急反而修不好。你不用說話，在那裡等著吧！」水手轉過頭，露出滿臉不高興的神情說道。

據英國方面的紀錄，這第一砲是凌晨零時二十五分從清朝的兵船上發的，不過據說打的是空砲彈。英國兩艘軍艦改變航向，但凌晨零時五十六分受到大角砲臺的實彈砲擊，接著對岸的沙角砲臺也開火了。兩艦做好戰鬥準備開始反擊，不一會兒，橫檔砲臺開始砲擊，對面的亞娘鞋砲臺也與之呼應向兩艦開砲。伊姆傑號受到橫檔砲臺的砲擊，左舷腰板中彈、左舷主索鐵卡被打壞，掠過的砲彈還險些擊中主桅，一名水兵也被砲彈碎片擊傷。

砲臺隨隨便便放了幾砲，而英方的紀錄卻對橫檔砲臺的砲擊技術大加讚揚。

伊姆傑號吃了橫檔砲臺的苦頭，安德洛瑪克號並未受到多大損失。海風十分強勁，凌晨二時十五分，兩艦在砲臺射程之外的海面上都拋了錨。

「砲聲越來越激烈，會不會打到這裡呀？」溫章臉色蒼白，砲聲停止後才恢復了常態。他看了看始終沉著冷靜的石田和余太玄的臉，羞愧地笑了笑。

這時船舵的故障已經排除。

「趕快出發！」

載著銀兩的船立刻在黑暗中朝廣州開來，溫翰早已來到廣州的碼頭上等候、迎接。

船抵達後，溫翰見到溫章時，他拍了拍兒子的肩膀說：「我這裡已收集好三十萬兩等著你。」溫章焦急地跟父親說聽到遠處砲戰的事，但父親對此並沒有多大興趣，大概是他正一心考慮著如何救出連維材的事吧！

「四十萬兩啊！……興泰行必須搜羅更多的錢才行。」溫翰想著。興泰行的生意不好，老闆嚴啟昌又因為吸鴉片、開銷大，別說四十萬兩，要籌五萬兩也有困難。溫翰早就知道這些情況。

「公行負有連帶責任，它不能不出來想辦法的。」溫翰想到這裡，不覺得發出聲來：「伍紹榮，該叫你領教領教了。」

「什麼？」溫章問道。

「沒什麼。」溫翰回答：「快走吧！彩蘭正在店裡等著。」

再見吧！黑暗的牢房

律勞卑希望能夠完成馬戛爾尼和阿美士德未能完成打開清朝門戶的事，但他也終於步入這兩位前輩的後塵——同樣是失敗者——徒然地和他們並列、齊名。

獄中的連維材從獄卒的耳語中得知律勞卑死去的消息，他心想：「這些傢伙是該死絕的。」

1

其實在溫章九月八日到達廣州時，虎門水道已聽不到砲聲了。

這天風不大，但風向不斷變化，張著帆的軍艦不能隨便開動。另外，伊姆傑號遭到破壞，必須緊急修理。兩艘艦一直停泊在蛇頭灣。

第二天——九日凌晨兩點十二分，戰鬥重新開始。當兩艦拔錨起航，進入砲臺的射程內時瞄準橫檔砲臺，迎著南來的微風射出了第一顆砲彈。這顆砲彈好像是信號，亞娘鞋砲臺、大虎砲臺的大砲也都轟隆轟隆地相繼開火了。

開戰二十分鐘後，伊姆傑號船頭就中彈，一名水兵被打死，他是第一個犧牲者；另外還有兩人負傷。安德洛瑪克號上也被打死了一人、輕傷三人。清朝方面的砲臺不太開砲，可是一旦拉開砲門，就長時間地打個不停，所以兩艦當天只進到蠔墩淺，外國人稱這裡爲第二道內河。

九月十日又進行了激烈的砲戰。

伊姆傑號在蠔墩淺和魚頭石兩次擱淺，安德洛瑪克號也遇到淺灘，但兩艦都設法脫離淺灘，頂著砲臺的砲火逆珠江而上，並於九月十一日上午七點十五分到達目的地——黃埔。

砲臺遭受的損失慘重。英艦發射的三十二磅重砲彈粉碎了砲臺石壘，破壞了砲眼；拿著火繩槍在碉堡上射擊的清兵也不斷被擊斃。最終，兩艘英艦最後強行突破成功。

黃埔是外國貿易船的停泊處，貨物從這裡用舢板運往廣州。兩艦在停泊黃埔的英國商船旁拋下錨，舢板船集中在艦的周圍部署兵員，做好戰鬥準備。兩艦兵員共約四百人。

清朝方面也加強了防守準備，並向黃埔開去兵船：

提標（提督麾下）的大師船兩艘

軍標（駐防的滿洲將軍麾下）的大小師船六艘

內河巡船二十餘艘

在河岸上配備了以下兵力：

督標（總督麾下）兵三百名

撫標（巡撫麾下）兵三百名

提標（提督麾下）兵七百名

由附近縣徵集來的壯丁三百名

此外，爲了防止兩艦接近廣州，在黃埔到廣州的水路上派去參將盧必沅所指揮的巡船二十餘艘，沉下各裝十萬斤石塊的大船十二艘；另外還用大石、木筏、竹筏等障礙物堵塞河面，使這一帶的水變淺了。

在廣州夷館中被包圍的英國人已經疲勞困乏到極點。在安德洛瑪克號和伊姆傑號兩艦休整了一天而開始行動的九月九日，在廣州被圍的律勞卑發起高燒，軍醫柯涅奇診斷後是瘧疾。

躺在病床上的律勞卑緊咬嘴唇，眼睛由於發燒而朦朧起來。他朝周圍看了看，那些熟悉的臉都顯得模模糊糊，而且十分憔悴。他氣喘吁吁地問書記官阿斯特爾說：「我昨天的宣言有什麼後續反應嗎？」

前一天，他以給剛成立的英國商會會長波伊特的信件形式發表了宣言：

我以英國皇帝的名義，抗議總督和巡撫所採取的空前暴虐、不正當之行爲，……抗議其濫用權力。……我要求閣下（波伊特）向他們（公行）宣布：英國皇帝是偉大的君主，比清帝國統治著更廣闊、更有實力的世界領土，指揮著所向無敵的勇敢軍隊，擁有配備一百二十門大砲，能在海上平靜航行，是清朝人從未見過的大船。……如在十五日之前得不到他們關於此信所述問題的答覆，我將把此信在街上公布，並將其抄件散發給人們，相信總有一份能到達北京的皇帝面前。

阿斯特爾悲傷地搖搖頭說：「對方還是沒什麼反應。可是，我們內部……」

由於包圍、糧道斷絕，生活發生了困難，就連那些建議採取強硬政策的傢伙，現在也臉色蒼白、意志消沉了。

軍艦雖然開來了，但水兵根本無法上岸。據說包圍的清兵都耀武揚威地拿著腳鐐、手銬等著。

過去商人們用強硬的言論來煽動律勞卑，到了現在，他們開始覺得律勞卑是個障礙了。軍醫柯涅奇爲律勞卑的健康狀況擔憂，勸他撤退，很多人利用這個藉口表示同意。他們說：「未來並不是沒有機會，不必非現在不可……」

2

過堂的官吏官銜越來越大，這一次是六品的武官千總。他的臉部表情也漸漸地溫和了。

「不必拷打了！」六品武官說。

過堂只不過是形式，連維材透過自己周圍的情況，清楚感覺到溫翰的方法奏效了。從上次開始，他出入牢房已不再挨踢了。這一次不僅腰上未挨踢，獄卒還和顏悅色地跟他說：「再忍耐一下，聽說就要放你了。」

牢房裡的黑暗他已經習慣了。每兩小時一次的巡監，獄卒就在外面喊道：「喂！」在燈籠的照耀下，從鐵柵門的格子縫裡看到送來帶蓋的飯碗。碗裡有時盛著熱呼呼的滷汁麵，有時盛著雞湯。

「這是一次很好的教訓啊！」連維材心想。

他打算「做壁上觀」，因此放鬆了警戒，卻讓自己陷進了意料不到的困境。

隔壁的牢房裡又傳來了呻吟聲。

「啊呀？」連維材屏著呼吸，因爲這次的呻吟聲和以前的不一樣，他心想：「是換人了嗎？」

「我是……被人家陷害的呀！……我什麼也不知道。」

說的是同樣的話，可是聲音不一樣。以前那個人的聲音他已經很熟悉，可能是缺了牙齒，說話有點漏氣，帶著斷斷的聲響，但現在傳來的聲音更加含糊，不好聽懂。確實是另外一個人的聲音，不過這聲音連維材也熟悉。

「我眞的什麼也不知道啊！……我是叫溫翰陷害了啊！……」

「溫翰？」連維材抓住草蓆的邊，閉上了眼睛。

在黑暗中，睜開眼睛和閉上眼睛都是一樣的，不過，在思考問題的時候還是閉上眼睛好，他的這習慣是很難改變的。

隔壁那可憐的聲音在繼續喊道：「我怎麼會知道律勞卑是坐哪艘小艇來的？……我眞的不知道啊！……跟我沒有任何關係啊！」

聽到這些話，連維材終於想起了說話的人。這人一定是公行會員興泰行的老闆嚴啟昌，儘管跟他沒有很深的交往，但曾多次見過面。這傢伙說話時嘴脣是不動彈的。

關於律勞卑的非法入境，連維材以前聽說因爲其所搭的小艇所屬的商船不明，所以不知道應該追究誰的責任。現在看來，小艇可能是屬於興泰行保證的商船。

以前不清楚的問題，現在怎麼弄清楚了呢？嚴啟昌本人說是遭到溫翰的陷害。

「原來如此。」連維材在黑暗中睜大眼睛，他的手無意識地揪著草蓆，接著深深地點了點頭。

溫翰在報仇了！

報仇的行動並未到此結束。

金順記的廣州分店裡，拳術家余太玄和石田時之助在大發議論。「律勞卑這個兔崽子，老連坐牢都是因爲他。等著瞧吧！」他揮了揮緊握的拳頭。

他頭腦簡單，並不了解金順記和公行之間的爭鬥，只能簡單地認爲，律勞卑不來廣州，連維材就不會被捕。

「還要像過去那樣去暗殺嗎？」石田把「二人奪」拿到身邊，半眞半假地問道。

「不！」余太玄慌忙說道：「這不行！那小子住在夷館裡，近不了身。」

「是呀！」石田撇著嘴脣，臉上帶著嘲笑說：「他跟流氓頭子不一樣呀！」

余太玄並沒理會這個譏笑，反而十分認真地回答：「就是嘛！」

「那麼，這次你不會動拳頭了吧？」

「不，只要有機會，我還要揍他一下。你等著瞧吧！」

「那時我也來幫忙。」石田說後，站了起來，打了一個哈欠。

3

「不得肇生事端！……要以和平友好的態度，……不得把軍艦開進虎門水道以北！……要越過公行和總督對等接觸。可能的話，和北京的朝廷……」在律勞卑的耳鳴中，斷斷續續地響起了外交大臣巴麥尊的這些訓辭。

不一會兒，他失去了知覺，燒得神志昏迷，開始說起了胡話：「馬戛爾尼大人……阿美士德大人……總督……到北京……」

醫生柯涅奇緊皺著眉頭。

九月十一日，總督以「對公行的命令」的形式，對律勞卑的宣言做出回應：

……如果英國願意派遣國家官吏以代替東印度公司之大班，乃是他們之自由，但清朝方面繼承舊制，僅透過公行和夷人接觸，亦同樣爲我們之自由。除禮節訪問和朝貢使節之情況外，我國和外國之間從未有過直接關係。關於英國政府任命律勞卑，事前既未寄來任何正式通告，他本人亦未帶來任何委任狀，關於這個新問題，甚至未給予總督請求北京訓示之時間。接著又破壞清朝法律，將兵員和武器引入商館內（註：少數武裝英國人於九月六日進入商館內）；對砲臺進行砲擊，強行侵入內河。……這是不能允許的。……天朝之兵馬，可怕之軍隊，槍砲、武器堆積如山，如發動軍隊，小小軍艦絕難抵禦。律勞卑如能悔改前非，撤退軍艦、遵守舊制，余現在還可稍作猶豫；他如仍執迷不悟，余將難以忍耐。天朝之軍隊一旦發動，擺在他們面前的將是玉石俱焚。

律勞卑終於屈服了。由於連日高燒，他的臉頰深陷下去，連肩膀也瘦削了。

當時畢竟是東印度公司撤退、自由貿易開始的第一年，開到廣州的英國貿易商船比往年要多得多，商人們當然希望重開貿易。

「如果我個人離去而能重開貿易，那我將果斷地撤回澳門。」律勞卑在給英國僑民的信中說：

……余認爲，爲執行陛下之命令而盡一切努力乃余之義務。兩度即將獲得成功，但終究未能取得任何成效，不得不感到余已無再要求諸君忍耐之權利。

九月十八日，軍醫柯涅奇把律勞卑屈服的消息傳達給伍紹榮的父親伍敦元。

九月二十一日，被徹底挫敗的律勞卑無力地提起筆來，在要求安德洛瑪克號和伊姆傑號兩艦退回到伶仃洋的命令上簽了字。這道命令成了律勞卑的絕筆遺書。他已病入膏肓，連站起來的力氣都沒有了，但他在退走時還給英國僑民發出了這樣一封信：

……我們因清朝軍隊的壓迫以及對英國商人所施加的凌辱，現在將從此地退走。總督的措施傷害了和清朝皇帝同等神聖的英國皇帝尊嚴，也許現在還可以大肆囂張、爲所欲爲，然而英國皇帝懲罰總督的時刻總有一天會到來。……

律勞卑悄然離開印斯商會的辦事處。他本來住在東印度公司的辦事處，據說那裡不適合病人居住，根據醫生的勸告，他就搬到通風較好的印斯商會。他的腿腳已經瘦弱到不能支撐他的身體，兩名屬下扶著他走向碼頭。在廣州居留不到兩個月所發生的種種事件，蒙著一層淡淡的灰色影子，從他的腦海裡掠過。

他被轉移到廣州當局派來的小艇上。他所搭乘的小艇被八艘兵船包圍著，由清朝官兵將他「護送」到澳門。其中一艘兵船上坐著打扮成士兵模樣的余太玄和石田時之助。

「不會出什麼問題吧？」石田這麼問道，他是問他化裝成士兵會不會出問題。

「不用擔心，我們花了許多錢。」余太玄自信滿滿地回答。

余太玄把全身力氣都集中在兩隻緊握的拳頭上，焦急地等待著律勞卑。律勞卑是使他恩人連維材蒙受災難的元凶，他憤怒的眼神中露出了對律勞卑的憎恨。

律勞卑出現了。但眼前這個律勞卑卻是一個骨瘦如柴、垂頭喪氣、由別人攙扶著的病人。

「是他嗎？」石田小聲地問余太玄。

「大概是吧！……」余太玄的臉上露出爲難的神色。

4

隔壁的牢房裡傳來鐵鍊的撞擊聲。這是一種不尋常的聲音，帶著一種瘋狂的節奏。爲它伴奏的是人在草蓆上拖行的嚓嚓聲，不時傳來低語，已聽不出在說什麼。其中還雜亂無章地夾著狂叫聲、低低的嘮叨聲、呼哧呼哧的喘息聲，以及突然的哀哭聲。

查監的獄卒大聲地叱責說：「你安靜一點好不好？你再這麼胡搞，我就把你拉出去抽一頓鞭子！」不過，這些話好像並沒有傳進嚴啟昌的耳朵裡，他仍然在呻吟、狂叫，又突然倒下、滿地亂滾，地上的木板也因此發出「咕咚咕咚」的聲響。

獄卒朝隔壁的牢房斥責了一頓後，看著連維材問道：「太吵了吧？我去說說看，幫你換間牢房好不好？」

「不，不要緊，不用太費心了。」連維材這麼回答。

他回想起之前一起參加某個會議時所看到的嚴啟昌那副完美的紳士模樣。他早就聽說興泰行的老闆嚴啟昌抽鴉片，看來是眞的。嚴啟昌以前是那麼的冷靜穩重，現在卻在牢房裡犯了鴉片癮而發狂了。

「是嗎？……」獄卒猶豫了一下，用燈籠朝左右照了照，然後小聲說：「聽說律勞卑就要回澳門了。看來問題是了結了，你在這裡不會待很久的。」

最近獄卒把外面的情況也告訴連維材。

「是嗎？已經了結了嗎？」

果然如連維材所料，事件並沒有擴大。最怕麻煩的總督盧坤，也由於律勞卑的屈服而放下心裡的一塊大石頭。他立刻向北京報告：

……律勞卑自認因初入內地，不知例禁，是以未領牌照，即行進省，兵船實因護貨，誤入虎門。今已自知錯誤，乞求恩准下澳，兵船即日退出，求准出口……

被兩艘英艦尋釁、強行突破的各個砲臺負責人分別受到處分。主管砲臺的參將高宜勇等人被革去官職，「枷號海口示眾」——受到披枷戴鎖在海岸示眾的重刑，戴枷示眾的期限為一個月。

「護送」律勞卑的官吏、士兵，對於為自己帶來災難的律勞卑當然感到憎恨。

律勞卑的船由八艘清朝船引導前進，這樣的引導方式只讓律勞卑感到厭煩，因為船隻像蝸牛似的緩慢前進。

船隻於九月二十一日從廣州出發，二十三日深夜才到香山縣。在香山縣，禮砲、鞭砲和銅鑼聲徹夜不絕，以表示對律勞卑一行人的「歡迎」。

醫生柯涅奇後來指責當時的喧鬧是加速律勞卑死亡的原因。可是，從廣州出發時，英國方面曾透過伍紹榮要求給律勞卑以「和威廉四世陛下代表人的身份相對應的待遇」，當時清朝就是用鞭砲和銅鑼聲來歡迎貴賓的。

律勞卑一行於二十五日下午離開香山縣向澳門出發。

二十四日夜裡，律勞卑被鞭砲和銅鑼聲吵了一個晚上，他提出抗議，要求安靜一點。這天晚上他一定十分焦慮。

官吏帶領群眾在碼頭上不斷地高聲吶喊。

余太玄搓著手說道：「我雖然不想要他的命，倒是想狠狠地給他一拳頭。可是，對病人又不能下手呀！」

「就是嘛！」石田也撫摸著「二人奪」說：「在我們日本，也絕不會向臥病在床的病人動刀。」

這天夜裡，余太玄擠進放鞭砲、敲鑼鼓、高聲吶喊的人群裡，大聲地喊道：「不要鬧了！不要打擾病人！」他的聲音很大，但還是被震耳欲聾的喧鬧聲壓住了。

余太玄於是大聲罵道：「不知羞恥！忘了中華男兒的榮譽！」

石田遠遠地望著余太玄，脣邊掛著冷笑。

5

九月二十六日，律勞卑一行人到達澳門。律勞卑是用擔架抬著上岸的。

他在澳門受到和英國皇帝威廉四世的代表人身份相對應的待遇。澳門有許多天主教堂，葡萄牙當局考慮到律勞卑的病情而不准所有教堂敲鐘。可是，十五天後，律勞卑還是因爲病情突然惡化而嚥了氣。人們都說他是被氣死的。

九月二十九日，兩廣總督盧坤下令「開艙」（重開貿易），一切都恢復到原來的狀態。

律勞卑希望能夠完成馬戛爾尼和阿美士德未能完成——打開清朝門戶的事，但他也終於步入這兩位前輩的後塵以失敗告終。同樣作爲失敗者，而且和他們並列齊名。

獄中的連維材從獄卒對他親切的耳語中得知律勞卑死去的消息，他心想：「這些傢伙是該死絕的。」

這時，隔壁興泰行的嚴啟昌已被轉移到其他牢房。獄卒向連維材示好說：「這是司獄大人的主意。隔壁有這種吵鬧的傢伙，恐怕會影響你的休息。」

吵鬧是可以忍耐的，不過，嚴啟昌認爲自己遭到溫翰的暗算，如果他知道連維材就在他的隔壁，如此一來，這種情況就會是絕妙的。嚴啟昌轉移到別處之後，連維材也安心了。

嚴啟昌走出牢房時已是半狂亂的狀態。

他問道：「我是出獄了嗎？」

光。

獄卒冷冷地回答：「是幫你換牢房。」

嚴啟昌一聽，立刻使出全身力氣又開始胡鬧起來。

借助獄卒手中的燈籠光，連維材看著眼前的場面簡直慘不忍睹，但他覺得一定要看下去。

嚴啟昌扭動著身體反抗。他的臉大半埋在亂蓬蓬的鬍子裡，全身瘦得已不成人形，只有兩隻眼睛在發光。

「不准亂動！」

「你胡鬧也沒用！」

獄卒們摁住嚴啟昌的手腳把他抬了起來，而指揮這些獄卒的是不在現場的溫翰的手，連維材本人也沒有逃脫溫翰那雙厚實而微溫的手。

虎門內河的砲臺不僅未能阻止兩艘英艦的入侵，反而遭到對方砲擊，蒙受了巨大損失。道光皇帝接到這個報告大發脾氣。他在廣州送來的奏摺上做了朱批，痛加斥責，還把奏摺打了回去。

朱批說：

看來各砲臺俱係虛設，兩艘夷船不能擊退，可笑可恨，武備廢弛，一至如是，無怪外夷輕視也。另有旨，欽此！

海防的最高負責人當然是水師提督。當時廣東水師提督李增階正因病要求賜假，不幸的是批准尚未下來就發生了這次事件。道光皇帝在上諭中還責問說：「該提督平日所司何事？」

兩廣總督盧坤一度也被拔去插在官帽上的「雙眼花翎」。官帽除了在頂上安上頂戴外，還插有所謂「翎」的裝飾羽毛。六品以下官員插的是野雞羽毛的「藍翎」，五品以上官員插的是孔雀羽毛的「花翎」。孔雀羽毛上一般帶有一個圓眼花紋圖案，奉特旨的大官有兩個圓眼花紋圖案，稱之爲雙眼；總督和各部尚書都是一品官，都插雙眼花翎。拔去花翎的處分雖然比摘去頂戴輕，但還是很丟臉。

律勞卑一退出廣州，廣州當局給皇上的奏摺就神氣起來，道光皇帝也高興地批示道：

……始雖失於防範，終能辦理妥善，不失國體，而免釁端，朕頗嘉悅，應下恩旨。

恩旨一下，盧坤慶幸地恢復了雙眼花翎、保住官職。不過，主管有關外國人事務的官吏——戶部派遣的海關監督中祥被革職，由彭年代替；而水師提督李增階也被革職。

外國船隻雲集的廣東海域是清朝的海防前線，這一地區的水師提督必須起用卓越的名將，於是提出以廈門陳化成和江南關天培二人作爲候選人。他們倆都是以剛直勇猛而聞名的提督，道光皇帝反覆考慮，最後決定由年紀較輕的關天培來擔任。而關天培前一年剛由總兵提升爲江南水師提督。

6

陽光耀眼，連維材在黑暗的牢房中待了兩個月。雖然他不時地被拉出去過堂，但過堂之後還是必須回到黑暗的牢房裡，但現在他可以在陽光下挺胸走路了。

再見！黑暗的牢房。

溫翰早已來到監獄外面迎接了。

「您遭到飛來橫禍了。……」老人走到他的身邊說。

「沒關係，我感覺到翰翁始終在我身邊。」連維材說道。

回到金順記的廣州分店後，連維材問起嚴啟昌的事。

「他恐怕還要關個兩、三個月吧！」溫翰回答。

「爲什麼？」

「錢沒有湊齊。」

「我們花了多少？」

「四十萬兩，嚴啟昌恐怕得要五十萬兩。從興泰行和公行的現狀來看，起碼他還要關兩、三個月。」

「說不定會趁機把他的鴉片癮戒掉。」

連維材想起還在牢中的嚴啟昌，兩個月的黑暗生活已經變成連維材刻骨銘心的記憶。

在連維材入獄期間，溫翰付出全部力量來證明英國首席翻譯官羅伯特．馬禮遜有中文寫作的能力，最好的物證是連維材不在廣州期間，夷館發出的各種中文文件和有關傳教的小冊子等。不過，四十萬兩現銀恐怕比這些證據還要能發揮作用，因爲衙門一旦逮捕了人，一般不會很快釋放，大概是因爲關係到朝廷的權威。

連維材出獄是十一月三日（農曆十月三日），這一天正好關天培從蘇州坐船出發到廣州。

住在蘇州的江蘇巡撫林則徐這一天十分繁忙。他一早出席紫陽書院和正誼書院由他親自出題的考試，考了三名官吏，工作結束之後，他匆忙趕往胥門碼頭去送關天培赴任。但他到達胥門時，新任廣東水師提督的船已經揚帆啟航了。

「唉！算了，反正昨天晚上已經見過面了。」

昨天晚上他在蘇州的名園滄浪亭舉行宴會，他和關天培暢飲到很晚。不過，關天培離開江蘇，林則徐還是感到很寂寞的。

「還能見到這個眞正的武夫關天培吧？」林則徐突然這麼想。

五年之後，他們倆在廣州重逢；而在林則徐發起的鴉片戰爭中，他卻永遠失去了這位友人。

關天培到任後，立刻給北京奏報「到任謝恩」。據《宣宗實錄》，當時道光皇帝下旨鼓勵說：

廣東風氣浮而不實，加上歷任官吏廢弛，水師尤甚。朕看汝頗知向上，有幹濟之才，是以特加擢用。務要激發天良，公勤奮勉，實力操防，秉公去取，一洗從前惡習，海疆務期靜謐。勉益加勉，毋念。

廣東在猛將關天培到任後立刻加強訓練，開始增建和改造砲臺。

第二部

蘇州水影

最初她的一切都好像是個謎，但石田去過幾次之後，情況就慢慢地明瞭了。玄妙觀的那一幕絕不是偶然事件，看來是有計畫導演出來的。

「對我來說，一切都無所謂。」石田心想。

1

道光十六年（一八三六），距阿美士德號北航已經四年，離律勞卑氣死也兩年了。

連家把彼此相差兩歲的兄弟輪流送往蘇州遊學。二兒子承文回到廈門了，現在要輪到三兒子哲文去江南。

石田時之助在承文遊學期間來到蘇州，之後就留在那裡，還當上了巡撫林則徐的幕客。不用說，他也是連維材推薦的。

林則徐自從了解到穆彰阿在注意自己後，逐漸對身邊的人警戒起來，但是他很賞識石田時之助。

石田這時已經習慣了清朝的生活，原本緊張的情緒也逐漸鬆弛，心情終於穩定下來。

「我究竟為什麼而活呀？」當保鏢時那種自嘲的癖性，相隔了多年此時又死灰復燃了。他沉思著。

最初他毫不懷念自己的祖國，現在不知什麼緣故，有時竟無限思念起祖國來。「哼！這是懷鄉病嗎？」他這麼嘲笑自己。

幕客並不是正式的官吏，是巡撫個人私設的祕書組的一名成員。

石田的工作並不多。連維材大概是看中他的劍術和膽識，推薦他去當林則徐的保鏢。石田曾在武夷山中擔任運輸茶葉的保鏢，大概是在這方面表現出傑出的才能而受到連維材賞識。他還初步掌握了把英文譯成中文的本事，林則徐經常交給他這方面工作，不過量並不大，期限也不短。

人一閒了就會招惹是非。那是石田在蘇州第一年秋天的事。

玄妙觀一帶每天都有市集，一天，他突然被一名年輕女子揪住了領口。

「你搶了我的簪子！」

石田大吃一驚，瞪著女人說道：「妳胡說什麼呀？」

那是有著一張圓圓可愛的臉的女人，她的眼神顯得很認眞。

「就是你！剛才跟我擦身而過的時候……」

「妳看錯人了吧！」

「不，就是你！那是我娘臨死前留給我的遺物，你還給我吧！」

「我沒有拿，還妳什麼呀？」那女子揪住他領口的纖纖玉手有一股濃豔的香氣直衝他的鼻子，他的心也不禁搖盪起來。

「我可要喊官了！」女子說道。

四周已經圍攏了許多人。

玄妙觀坐落在蘇州城中央。「觀」是道教的寺院，傳說這裡是唐玄宗時期的開元寺。

玄妙觀的院子裡擺著攤子，走江湖的與攤販們競相比著嗓門、賣藝的敲鑼打鼓，眞是熱鬧非凡。

表演的曲藝也是形形色色，從聲調尖高的到細語般低吟的，應有盡有。江南人本來就喜愛由琵琶、笙、笛演奏的低音的「崑曲」，但蘇州是省城，從北方來當官的人和他們的家屬很多。北方人喜歡由胡琴、鑼鼓演奏，曲調高昂的「秦腔」。南腔北調在這裡混雜在一起。

周遭圍著石田和女子起哄的聲音也是南腔北調的。

「不是我！」石田大聲地喊著。他不僅是對女子說，還必須向圍觀的群眾爲自己辯解。他說：「我沒有跟妳擦身而過。我是巡撫的幕客，我叫石之助。」

他想把女子的手拉開。當他抓住女子的手時，他感覺自己的手心傳來一種讓人神魂顛倒的感覺。

這時，一名侍女模樣的中年婦人走向前來說道：「小姐，這根簪子掉在那邊的石階下。」說著遞給女子一根蓮花金簪。

「啊呀！這……這該怎麼辦？」女子的氣勢一下子不知道消失到哪裡去了，她不知不覺地低下頭來，往後退縮。

「可能是頭髮鬆了掉下來的吧！」侍女說。

「這麼說，……」女子用手摸了摸頭髮，害羞地抬頭看了看石田。

她還沒有束髮，這表示她還沒結婚，在她垂髮的頸項上掛著一條紅帶子。這種髮型本來就不需要簪子，她大概是爲了裝飾而把簪子插在紅帶子上。

這時群眾中爆發出了笑聲。

「老爺，不能饒了她！」有人這麼一說，看熱鬧的人群中頓時發出一陣喧鬧聲。

「實在對不起您！」女子朝石田深深地低頭行禮說：「眞不知道該怎麼向您賠禮道歉才好。」

「沒什麼，能消除誤會就好了。一時間我還眞不知道到底是怎麼一回事。」石田掃興地說。

「這裡不好說話，我想請您到我家去，我再鄭重地向您賠禮道歉。」女子帶著羞愧的神情說，不太敢正視石田。

「不必了。能證明我是無辜的就好。」

「不，這樣我很過意不去。我家就在程公祠旁，離這裡很近。」

事情就這樣出人意料地了結了，看熱鬧的人們懷著一半安心、一半失望的心情也慢慢走開了。

「要去嗎？」石田心裡這麼考慮著。

他確實爲女子的美貌動了心，但更主要的還是想尋找什麼新奇的東西——這已經成了他的習慣。四年來，在這塊土地上的所見所聞都必然給他帶來刺激。不過，最近他好像沉著冷靜下來了，但他性格裡很自然地要追求「什麼」的好奇心又開始蠢動起來。

自從發生了這件事之後，他越來越頻繁地往程公祠的方向走去。

2

這位女子的名字叫李清琴。

李清琴祖籍江蘇，但她自己出生於已經居住好幾代的北京。她這次是第一次回鄉掃墓，只因看中了蘇州風景，打算在這裡暫住一年左右。

石田對她沒有纏足感到奇怪。她解釋說：「我自幼喪父，被一個滿洲旗人的家庭收留，我是在旗人家裡長大的。」

只有漢族纏足，滿族大多沒有纏足的習俗。難怪她說話是北方口音，身上總帶有一股旗人的味道。她在程公祠旁租了一間小房子，使喚著從北京帶來的兩名侍女和在當地雇用的男女僕人。

「雖說沒有父母，但她看起來很有錢。」——石田透過觀察得出這種結論。

她過著這樣任意揮霍的生活，一般家庭是辦不到的。不過，她不太願意談自己的家庭情況。最初她的一切都好像是個謎，但石田去過幾次之後就慢慢明白了。

玄妙觀的那一幕絕不是偶然的事件，看來是她有計畫導演的。

「對我來說，一切都無所謂。」石田心想。

總的來說，他在這個國家是一個旁觀者，並不站在某一方，所以儘管覺察到清琴的身份和意圖，也不太放在心上。

她特別想打聽林則徐的情況。「聽說這位大人的聲望很高，我對他很感興趣。」清琴這麼說。石田明白這不過是她在為自己的做法辯解。

石田雖然是林則徐的幕客，但並不常在林則徐身邊。尤其是自去年石田成為幕客以來，林則徐經常到外地出差。

「他是個很愛讀書的人。」石田用這樣無關緊要的話來回答清琴的提問。

「他讀什麼呀？」

「不太清楚，各式各樣的書他都喜歡。」

「聽說他也讀外國的書，是真的嗎？」

「不，巡撫不懂外文。」

「那讓人翻譯……」

「嗯！這是很有可能的。」

「他最親密的朋友是……？」

「啊呀！在工作方面有布政使、戶部的人……」

這是誰都知道的事。「看清琴的態度如何，說不定我也可以出賣巡撫。」——石田逐漸產生了這種想法。

傑出的人物一定有仇敵，這些仇敵想刺探他身邊的情況是常有的事。在他們彼此之間的爭鬥中，石田並無直接的利害關係，因爲他一向是個旁觀者。不過，石田對清琴不可能是個旁觀者，他年輕的身體裡已經沸騰起來。

一天，清琴的家裡沒有任何僕人。

「又是有計畫地導演的。」石田心裡雖然這麼想，但他還是高高興興地登上這個事先安排好的舞臺。之前到清琴的家裡不過喝喝茶，最多喝兩杯淡淡的紹興酒，然後閒聊幾句就離開。僕人們似乎也被安排得很周到，家裡總要留下兩個人，而這天僕人們卻全都出門去了。

石田也不是沒接觸過女人的人。他在日本擔任商船保鏢時，就經常上港口的妓院。漂流以後，有段時期他不能太隨便；後來當了連家的食客，行動也不太自由。但在武夷的茶城崇安，浪蕩公子連承文曾帶他去逛過妓院，也是他在這個國家第一次嫖女人。

「這裡的女人有股茶葉味。」後來承文這麼說。

「我在日本港口摟抱的女人有股魚腥味。」

「快到蘇州去，那裡的女人沒什麼難聞的氣味。」承文這麼說。

石田是在浪蕩哥連承文遊學蘇州的期間來到這裡的，所以他的品行也不能說純潔無瑕的。

他玩過女人，但還沒談過戀愛。「看來我和浪漫的愛情是沒有緣分的。」他經常這麼想。雖然如此，他卻奇怪地對清琴產生了一種類似愛情的感情，他自己也不太清楚爲什麼會變成這樣。「對！愛情本來就沒什麼道理可言。」石田心想。

此刻，他輕輕握住清琴的手。她縮了縮身子，低下頭，但並未把手掙脫開。

他把手放在她的肩上。

今天清琴是旗人打扮，綠色的旗袍上罩著一件馬褂。緞子馬褂是大紅色的，鑲著淡綠的邊，她的體溫透過緞子馬褂傳到石田的手心裡。他手上使勁捏了一把，她猛地站起來，臉轉過一邊，露出一點痛苦的表情。

再也不能猶豫了！石田一把就把清琴摟進自己懷中。清琴掙扎了一下，但很快就好像沒有力氣了。石田輕輕地撫摸著清琴的頭髮。由於鬆開了一隻手，擁抱放鬆了，兩人的身體也稍微離開了一點。石田看著清琴低垂的臉說：「清琴，我愛上妳了。」

清琴突然抬起頭來。她用在玄妙觀時一模一樣的認眞眼神凝視著石田，但她什麼也沒說，只是微微地搖了搖頭。

3

「妳不喜歡我嗎？」石田問道。

清琴仍然搖搖頭。

「不是不喜歡？……那麼？」石田雙手搖晃著她的肩膀。

她閉上眼睛，她的臉露出苦悶的神色。過了好一會兒，她才開口說道：「我欺騙了你。」

「我不是問這個，我問妳是不是不喜歡我？」

「喜歡。」清琴迅速地說。她正要說下去，石田的嘴唇早就把她的嘴封住了。

石田的嘴唇剛一離開，她就又迫不及待地說道：「可是，我對您撒了謊。」她那豐滿的臉上泛著紅暈，剛才那種認眞的眼神已從她的眼睛中消失，變成一種陶醉的眼神。

「撒了謊？是指玄妙觀的那件事吧？我早就明白那是做戲。」

「啊？」她想掙脫身子，但石田的胳膊是練過劍術的，仍舊緊緊地把她的身體摟住。

「妳是想打聽林則徐的情況吧？」石田說。

「這你也知道？」

石田的胳膊感覺到清琴越來越沒有抵抗力了。他像要把清琴的骨頭夾碎似的，在胳膊上更加使了點勁說：「這件事我還不知道。不過，巡撫也好，總督也罷，對我來說都是無所謂的。我只是喜歡妳。」

「可是，石先生不是巡撫的幕客嗎？」

「那不過是偶然當上的。坦白說，那只是爲了飯碗。」

「這麼說，如果別人能給你薪俸，你就可以不對巡撫盡情義了嗎？」

「是的。」

「啊呀！原來如此。」清琴的眼裡流露出喜悅的神色。

「她眞的喜歡我嗎？」石田心想，感到不安起來。

他早就明白自己已登上他人設計好的舞臺，自從發生玄妙觀的那件事以來，戲一直在演著。她說她喜歡他，這會不會也是在演戲呢？既然要拉攏人，那對方一定一開始就設下了美人計。

石田過去從來沒經歷過這種情況，只有這次他產生了一種想祈求什麼的情緒。

「說實話，我也有瞞妳的事。」石田說後，鬆開了清琴的身體。

清琴詫異地盯著石田說：「瞞著我？什麼事情？」

「我不是你們國家的人。」

「啊？」

根據穆彰阿方面的調查，只知道石時助和連維材有某種關係，他可能是透過連維材的關係而當上了林則徐的幕客。

「我是外國人。妳還喜歡我嗎？」

清琴的眼睛睜得大大的，一眨也不眨。不過，看來她好像並不是因爲害怕石田而吃驚，只是由於事情太出人意料而愣住了。

一會兒，清琴清醒過來，果斷地說：「喜歡你！不管你是哪一國的人，我都喜歡你這個人。」

石田凝視著清琴的臉，對她表情中任何微小變化都不想放過。

他說：「所以，你們國家的政治爭鬥對我來說都是一張白紙。我不想依附哪股勢力，我只想按照妳的吩咐行事。」

「原來如此……早知這樣，事情就簡單了。」她快活了起來。

「起碼她對外國人沒有惡感。」石田心想。

對他來說，好像通過了最大的難關。對清琴來說，原本她預料拉攏石時助要花很大的力氣，沒想到進展這麼順利，所以也同樣鬆了一口氣。兩人都感到解放，緊張的情緒解除了。兩人面對面站著，不覺得都微笑起來。

這時，清琴突然轉身跑開了，石田跟在她的後面追了過去。

清琴跑進隔壁房間，那是她的臥室，石田也跟進臥室。大紅的朱漆床耀花了石田的眼睛。

他不覺得閉上眼睛。只聽清琴快活地問道：「石先生，我忘記問了。你說你是外國人，那你是哪國的人呀？」

「日本。」他睜開眼睛回答。

「日本？……這個國名我聽說過……對了，我想起來了，在北京聽琉球朝貢使的老爺子說過。」

她確實聽琉球朝貢使說過，不過，她也想起曾從另外一個人那裡聽說過日本這個國名，但她沒有把這個人的名字說出來——這個人是她姐姐的情人龔定庵。

定庵先生經常和姐姐默琴閒談，有一次不知爲什麼事談到日本，定庵先生對這個國家還大大地讚揚了一番。

龔定庵關心日本，是因爲他知道中國的一些古書在國內已經散失，卻在日本得到保存。乾隆年間，就從日本傳來在中國散失已久皇侃的《論語義疏》，接著又倒流進來《佚存叢書》等。這些書籍在文獻上都有記載，但實物在中國早已蕩然無存。

定庵還期待中國散失的其他古書或許能在日本保存，曾寫信委託貿易商船去尋找這些古書。收入《定庵文集補編》的《與番舶求日本佚書書》就是這樣的書信。信上敘述了當佚書從日本傳來時他內心的興奮，並極力讚美日本說：

……海東禮樂之邦，文獻彬蔚，天朝上自文淵著錄（朝廷的書庫——文淵閣的官吏），下逮魁儒碩生（民間的讀書人），無不歡喜。翹首東望，見雲物之鮮新。……

清琴的腦子裡想著定庵說過的話，對石田說：「聽說日本是個非常好的國家。」

「是嗎？……」石田答話。

話音裡感覺不到多少熱情，現在充滿他腦子裡想的並不是自己的國家，而是另外的事情。

清琴不知什麼時候已經離開他的身邊。石田的眼睛一直看著那張華麗的朱漆床，那裡的光線突然黯淡下來。他抬頭一看，清琴正拉緊了窗簾，望著他嫣然一笑。

4

第二天，石田把翻譯好的譯文拿去交給林則徐。

「哦！譯好了嗎？你辛苦了。」林則徐說。

林則徐正伏在一張結實而無任何雕飾的書桌上寫信。

書桌上放著兩個沒有蓋的木盒子，分別裝著未處理和已處理的書信、文件。石田朝面前一個木盒最上面的一封信上飛快地掃視一眼，只見信的末尾寫著「默深頓首」四個字。

默深是魏源的字。魏源也住在蘇州，但林則徐很少去見他。魏源這個人很討厭去敲權貴的門，他不去訪問盟友林則徐看來不是這個原因，他們都有意識地避免讓別人看出他們的關係，因此，主要透過書信來溝通彼此想法——石田是這麼猜測的。

石田退出後，林則徐提起筆來，他準備給魏源寫回信。

魏源的來信中說：

依閣下所言，余已購得揚州新城之邸園以奉養母親。將來鋪條步道，園中蒔花、池裡養魚、庭内飼雀，料可稍慰老人寂寞。金順記融通之銀，兩三年内當可還清。

「他也要離開啦！……」

魏源要離開蘇州，儘管是他的建議，但他還是感到寂寞。關天培已經去廣州；徵稅能手予厚庵現在也不在蘇州；布政使梁章鉅也因病回了故鄉福建。可是，林則徐不僅不願接近魏源，反而要把他趕到揚州去，因爲凡是和林則徐接近的人，即使不是爲了公事，某些勢力也會戴著有色眼鏡來看待的。

林則徐把寫給魏源的回信再看了一遍，然後又把吳鐘世從北京送來的報告重讀一遍。報告寫道：

弛禁論在北京正日益高漲。

這個報告林則徐並不感到意外。嚴禁鴉片的方針並沒有認眞執行，朝野早就斷斷續續出現過弛禁的意見。

在律勞卑來到廣州的那年秋天，兩廣總督盧坤在給皇帝的奏摺中就做了這種試探。奏摺中說：他在鴉片問題上廣泛徵求了意見，有人獻策按照往年的舊章（禁止鴉片以前的法律）允許販運進口、徵收關稅。奏摺上還說，現在夷人透過祕密貿易帶進「無稅」的鴉片，如果正式徵稅，既可增加國庫收入，又可牽制夷人牟取暴利；另外，以茶葉和生絲等貨物來支付鴉片款項，還可防止白銀外流；而如果放鬆嚴禁國內栽培罌粟的法律，就不必吸食外國鴉片，「銀在內地轉運，不致出洋」。其實這恐怕是總督借獻策者的話來陳述自己的意見。

「問題看來是到了該攤牌的時候了。」林則徐低聲地說。

當前燃眉之急就是對鴉片採取什麼政策。鴉片氾濫已是人盡皆知的現實，實施強硬的嚴禁政策，就意味要對現狀進行改革，如此一來，朝廷最害怕的「與夷人之間的糾紛」也許就不可避免；與此相反，「弛禁論」可以說是一種與現狀妥協的意見，保守派當然傾向於弛禁論。不過，現在的國政方針是禁止鴉片，所以弛禁論是不能提倡的。保守派一直期待弛禁論能普及，一旦出現這種情況，就可以放心大膽地來提倡弛禁論了。

現在有關鴉片的問題出現了一種奇怪現象——革新派維護現行法律；保守派企圖加以修改。穆彰阿派正在大力推廣弛禁論。「無論如何，大家都知道，現狀就是如此。」穆彰阿正在向高級官員們灌輸這種思想。這些情況是可想而知的。跟他們的爭鬥最終將會集中到鴉片問題上。

「目前對我們是有利的，但是，……」林則徐這麼想。原因是可以把現行的國策當作擋箭牌，但是，對於現狀還是不能輕忽大意。

確實不能輕忽大意。就在道光十六年，湖廣道監察御史王玥和太常寺少卿許乃濟相繼上奏「弛禁」。

對方判斷時機正日益成熟，自己這一方必須加強嚴禁論。

5

整個蘇州給人一種女性的感覺，其中的花街柳巷尤其帶有一種妖冶的氣氛，那裡大白天就飄溢著脂粉的氣味。大概是爲這種脂粉氣味所吸引，天還沒黑，就有不少浪蕩哥兒們鑽進了青樓的大門。

夕陽還殘照著西邊的天空，連哲文已成了青樓座上客。他常去的那家青樓背靠運河，他總是選中面水的那個房間。

他來到蘇州時，二哥承文還在蘇州，等到弟弟來了之後，承文才回廈門。臨回去之前，承文把弟弟哲文帶到這家青樓，幫他介紹了一個名叫麗雲的妓女。他說：「我還有其他相好的女人。我只把她介紹給你，她已經徐娘半老，但我希望你會喜歡她。我是從大哥那裡把她接過來的，所以我感覺有責任。」大哥統文在承文之前來過蘇州，這女人也和統文相好過。

哲文右手拿著酒杯，左手掀起簾子。河面上有各式各樣的船隻，那些五彩絢麗的船稱作「畫舫」，是一種遊覽船，不過，他的眼睛卻看著窗子下面一艘邋邋遢遢的舢板船。五、六個分不清是男孩還是女孩的兒童，此刻正從茅篷裡探出頭來，他們皺著眉頭，黑黑的臉上帶著驚訝神情。

妓女麗雲從哲文的身邊探出身子。也許是纏足的緣故，她走起路來搖搖晃晃，翡翠耳環在耳邊搖曳著，發出清脆的聲響。

「啊喲！今天沒來呀！」妓女調皮地瞅著哲文說：「你相中的船老大——那個大腳美人好像沒看到呀！」

哲文一句話也沒說，放下手中的簾子，然後皺著眉頭喝了一口杯中的酒。

他經常到麗雲這裡，並不是出於對哥哥們的情義，而是因爲經常停靠在這家青樓窗下的一艘舢板船上，有一位長著一對滴溜溜的大眼睛、充滿健康美的女船老大。

這天，連哲文跟他的老師周嚴第一次去拜訪林則徐。

十八歲的連哲文評價人物時，往往是憑一瞬間閃過的念頭——即第一印象。這不是因爲他的經驗不足，而是因爲他生性就喜歡擺脫一切麻煩的態度，一下子就可以抓住事物的核心。這也可以說是他的藝術家特質吧！

他不承認世俗的輿論，以不抱持成見而自誇；但他對林則徐這樣的人物還是感到敬畏的。見到林則徐，他確實受到感動，但他頑固地掩蓋住自己受到的感動，因爲周嚴一直在一旁悄悄地觀察他的表情。

周嚴那種強加於人的目光，就好像說：「這就是林則徐先生，怎麼樣？他是個傑出的人物吧？你很欽佩吧？」

他對周嚴的這種目光感到反感。歸途中他來到這座青樓，這也是他的一種反抗吧！

他接連喝了幾口酒和麗雲搭話說：「生意怎麼樣？」他想用說話來趕走他心中的什麼東西。

「不行啊！」麗雲含糊地回答。

麗雲的話並沒有送進哲文的耳裡，因爲哲文壓根兒就沒打算聽。

他爲什麼要把林則徐的形象從自己的心中趕走呢？他和一般人一樣——不，比一般人更懷有崇拜英雄的心情。可是，他爲什麼要把這個顯然具有傑出才能，甚至被一些人看成是時代救星的林則徐從心裡趕走呢？

有卓見的觀察家會這樣告訴連哲文，「因爲你是藝術家。如果有什麼使你擔心會束縛自己，不管是人是物，你都會把他（它）排除開。這也可以說是你命中注定自我防禦的本能吧！尤其像林則徐這樣的人物，他是很可能把你的心緊緊束縛住的。」

麗雲幫哲文的杯中斟滿酒。「你在想什麼呀？」她說：「你們兄弟幾個性格完全不同。統文大哥從來沒有出現過像你這麼奇怪的表情，他隨時都能像放鞭砲似的爆發出一陣大笑。承文二哥嘛？嗯！他如果有思考問題的閒工夫，恐怕早就找女人談情說愛去了。」

麗雲今年二十七歲，在這個行業裡，這樣的年紀已經被人們認爲太老了。

「請原諒我在這裡談起你的哥哥們。我派人幫你找個朋友來吧！」

他的腦子裡浮現出朋友們的臉，每一張都讓他感到不滿意……焦急不安的臉、灰心絕望的臉；頑固地閉著眼睛、什麼也不願看的臉……，各式各樣的臉充滿他的腦海，就連最溫和安詳的臉也讓他感到悲傷。

這是什麼樣的時代啊？簡直像一潭發臭的死水，只要還有一點志氣的人，都會情不自禁地伸手把這潭死水攪動。生活在這種時代的青年是多麼悲哀啊！

哲文拿起酒杯狂飲起來，他自己也不明白爲什麼要這麼做。不過，此時他感覺很羞愧，因爲他不願讓飽經世故的麗雲看出自己這種心情，於是慌忙地朝她瞅了瞅。

麗雲的臉不知什麼時候已經扭歪了，露出極度慌亂的表情。她的眼皮在抽動，那強作笑顏的臉頰也好像突然僵硬似的。她的臉色蒼白，額頭上滲出汗珠。

「妳怎麼了？」哲文問道。

她痛苦地扭了扭身子，她那僵化的臉和眼睛極力要流露出一點表情。過了好一會兒，她才好不容易表露出一點好像要說什麼的表情。

哲文把手放在她的肩上說道：「好啦！我明白。是鴉片煙抽完了吧？我帶妳到抽鴉片的地方去。是我哥哥教會妳抽鴉片的，我應該要負責。」

連家兄弟

連維材閉上眼睛。他的背後有奪目的榮光，可是先驅者的道路通常是孤獨寂寞的。

蘇州的周嚴來信，說他擔心三兒子哲文沉湎於繪畫。連維材想到這裡，低聲地自言自語說：

「也許老三是幸福的。」

1

連家的二兒子承文已經二十歲了。他從蘇州遊學回來，又被關進廈門的飛鯨書院，有時還讓他到店裡去實習具體事務。對他來說，這種生活簡直像在地獄裡受煎熬。鴉片無法抽了，可以溜出去鑽鴉片館；可是廈門到處是熟人，很快就會被父親知道。夜裡他必須睡在有嚴格舍監管理的飛鯨書院裡，那裡當然不能玩女人。

一天，他正在碼頭上查點船上貨物，正覺得工作無聊，正好金豐茂的連同松從這裡經過。而連同松是連承文的伯父。

「承文，有空上我那裡玩玩。」連同松和他搭話。

連同松雖然是伯父，但和連承文的父親不是出自同一個娘胎，而且誰都知道他們兄弟彼此的關係不睦。伯父竟然親切地主動和他搭話，連承文也感到很詫異。

「伯父那裡我還沒有去過呢！」

「不必有什麼顧慮。誰都知道我和你老子不睦，但這和孩子沒有關係。無論如何，你都是我喜歡的侄兒。」連同松笑嘻嘻地說。

「是呀……」承文還在猶豫。

「你有什麼困難就來找我。你還年輕，會有一些不能和父母說的事。你老子也太嚴厲了，我很同情你，有事可以和我商量商量。」連同松說完就離開了。

承文望著伯父的背影想了想。要說困難有的是，而且都是不能跟父親說的。

現在他收買了飛鯨書院看管的人，利用他的小屋子偷偷地抽鴉片。可是近來這個看院子的人臉色越來越難看了，他說：「少爺，要是讓你父親知道了，我的飯碗可就砸了。你就戒了吧！」

他不僅收買人的錢拿不出來，連買鴉片的錢也有困難，弄得他走投無路，竟偷偷地花了店裡的錢。事情雖然還沒有敗露，但最近就要結帳，敗露只是時間上的問題。

困難的事情實在太多了，這些事既不能跟父親說，也不能對店裡的人說；鴉片被斷絕的恐懼正一刻一刻地在逼近，而鴉片癮發作時的痛苦，光是想想都覺得可怕。

「伯父說有事就跟他商量，那我何不到他那裡去一趟呢？」

人一旦沾染上抽鴉片的惡習，廉恥是可以不要，連普通的常識也不懂了。

伯父長期在社會上抬不起頭，最近突然有勢了起來，看來他也發跡了，人們傳說他是發了鴉片財。

「他說我是他喜歡的侄兒，我去求求他，說不定能給我一點鴉片。」

承文第二天就去了伯父家。他連面子都不顧，一開口就厚著臉皮說：「伯父，給我一點鴉片吧！」

「要鴉片，可以買嘛！」連同松笑了笑說。

「我沒錢。」

「那就去弄點錢啊！」

「我弄了不少了，但這話只能和伯父說，因爲連店裡的錢我也花了。這件事最近可能就要事跡敗露了。」

連同松的目光正一動不動地盯著承文，但很快地就變成一種憐憫的眼神說道：「你這麼下去該怎麼辦呀？」

怎麼辦？承文自己從來沒有考慮過。「唉！」他只能用嘆氣來回答。

「你認識過去在飛鯨書院待過的一個混血兒嗎？」連同松轉了話題。

「混血兒？啊！是簡誼譚吧？」

「對，叫誼譚。他和你的年紀差不多大吧？」

「是。」

承文以前和誼譚很要好，他們都是調皮鬼，彼此很投緣。四年前，不知什麼原因，誼譚突然在飛鯨書院休學，進了金順記的廣州分店。承文只知道誼譚很快又離開廣州分店，之後他的情況如何，他還沒聽說過。

「聽說誼譚現在廣州獨立做買賣，混得很不錯。」連同松說。

「哦！他？……是呀！他的確會這樣的。」

「我可不是隨便說別人事情的人。」連同松這麼一說，承文感到莫名其妙，他還不能完全理解這句話的意思。

連同松繼續說：「這裡有我一個很好的榜樣。你大概也知道，你父親是姨太太生的，從小教育的方式就和我不一樣，他是經歷過辛苦的。可是，現在如何？我是無憂無慮、逍遙自在地長大的……說起來也眞慚愧，現在卻讓你父親給拉下一大截。剛才說的那個混血兒誼譚，他是金順記收養的。可是你長這麼大還沒有吃過苦，將來說不定他的成就還在你之上哩！總而言之，你和誼譚將來會像現在的我和你父親那樣有一段差距。你明白了嗎？」

「嗯！是。」承文點了點頭，其實他並沒有完全聽懂。

「年輕的時候一定要吃點苦，這點我是深有體會的。你父親比你還年輕的時候就已經獨立了，誼譚也是這樣。所以我勸你要吃點苦、要獨立。」

「啊！獨立？」

「對，你應該獨立。」

「可是，獨立要有資本呀！這……」

「你父親沒有資本就獨立了，誼譚不也是一樣嗎？」

「可是，……」

「你已經有了榜樣了，例如誼譚就是你的榜樣。你和他談談看如何？你們的關係不是很好嗎？」

承文又點了點頭，定神地看著伯父的臉。

獨立！——這意味著是擺脫父親的干涉。如果能獨立，那該多好啊！承文一邊聽著伯父的教訓，一邊在腦子裡描繪著擺脫父親後的愉快情景。對他來說，再沒有比這個更具有吸引力的想像了。可以自由地飛翔！光是想一想都讓他高興得全身發抖。

他從伯父那裡拿了半斤鴉片回到飛鯨書院。他只是不喜歡讀書，其實並不傻，毋寧說是一個十分機靈的青年。

他面帶笑容鑽進了被窩裡認眞地考慮起來：就幹一把吧！店裡就要結帳了，只有幹，沒有別的出路。大丈夫，一不做，二不休！

三天後，飛鯨書院和金順記因爲承文的失蹤而大大地鬧騰了一番，認眞一查，發現店裡的現銀少了五百多兩。

2

「你恐怕早就知道承文抽鴉片了吧？」連維材把小兒子理文叫到望潮山房問道。

他幾乎不看兒子的臉。他把一隻白鴿抱在膝頭上，不時用食指撫摸著鴿子的腦袋。

「是的。」理文畢恭畢敬地回答。

「這種事爲什麼不和爸爸說呢？」連維材的聲音很溫和，並不是責問的語氣。

「爸爸很忙，我覺得不應該讓爸爸爲不必要的事操心。」

「小小年紀，還裝著很懂道理的樣子呢！」

「是嗎？」

「你有個毛病，有點自以爲是。不愛說話不要緊，可是不能遇事都自作主張。你應該想想你的年紀還輕。」

「嗯！快十六歲了。不過……」理文的眼睛一動不動地看著父親，爽快地回答。

「行啦、行啦！關於承文的事應該怎麼辦，你想過了嗎？」

「是的。」

「那你說說看。」

「我想首先要沒收鴉片。已經知道他是在看院子的郭爺爺那裡抽的，所以我已經和郭爺爺說了，今後不要再提供抽鴉片的地方給他，哥哥就沒有其他地方可以抽鴉片了。」

「嘿！你是想一步步逼自己的哥哥吧？」

「是的。」

「有點殘忍。」

「那也沒有辦法。」

「聽說他經常偷店裡的錢，你知道嗎？」

「知道。不過，很快就要結帳了，反正哥哥已經走投無路了。」

「嗯！原來你是這麼想的。」

「我看爸爸出面也可以，不出面也可以。」

連維材仍然用食指撫摸白鴿的腦袋，然後沒頭沒腦地冒出一句話，「看來你最像我。」

連維材也早就知道承文抽鴉片，而且他也和理文一樣想對承文步步追逼，讓他自己去衝開一條血路。至於今後他的下場如何，儘管有點殘忍，也只好讓他自己去選擇。如果他自甘毀滅，那就讓他去毀滅，他對孩子的教育就是堅持這種方針。他心想：「理文可能已經了解我的想法了。」

「承文的事就談到這裡吧！」連維材盯著小兒子的臉說。

「好。」理文點了點頭。

他的個子已經長得和父親差不多高了。身材還是個少年，溜圓的肩膀、聰明的額頭、高高隆起的鼻樑，他的相貌看起來比他父親還英俊。

「不知不覺就長成大人啦！」連維材很難得地感嘆起來。回想之前武夷山中理文拚命背誦詩的樣子，彷彿昨天一樣。

父子相對，好一會兒都默不作聲，但理文很快就露出忸怩不安的神情，在這些地方他還留下一點孩子氣。

連維材看出理文可能有話要說，但他不想主動問，他心想：「讓他自己說。」

他瞇著眼睛望著兒子，過了好一會兒，理文好像下了決心喊道：「爸爸！」

「有事嗎？」連維材故意裝著漫不經心的樣子說。

「再過兩年，也讓我去蘇州嗎？」

「我是這麼打算的。」

「我不想去蘇州，想到別的地方。」

「什麼地方？」

「北京。」

「哦！」連維材睜大眼睛問道：「爲什麼想去北京？」

「北京是國家的政治中心，而且我想拜北京的定庵先生爲師。」

「你了解定庵先生嗎？」

「我讀過先生的著作……」

「讀過什麼著作？」

「書院裡有的我全部都讀了，還反覆讀了好多遍。」

「不過，定庵先生應該不會收你這個弟子吧？」

「不當弟子也沒有關係，當僕人、當清掃夫也可以……」

「當僕人？」連維材放聲大笑起來，「看來你是迷戀上定庵先生了。可是，一旦見了面，也許你會感到失望啊！世上的事情都是這樣的。再說，你只是透過書本了解定庵先生。」

「不，先生的情況我很了解，連他和女人的關係也……」理文說到這裡，不覺得臉紅起來。

連維材深深地吸了一口氣。定庵和女人的關係是不會傳到廈門這種地方的，尤其是和默琴的關係，因爲涉及軍機大臣，在朋友之間也是保密的。連維材向屋子裡掃視了一眼。白鴿此時已離開連維材的手，正滿屋子的走來走去。

「我不在的時候，你來過這山房吧？」

「是的。」理文低著頭說：「請爸爸原諒。」

這座山房裡保存著吳鐘世送來的報告，報告上經常寫著龔定庵的情況。定庵的愛情祕密，如果不是從連維材的嘴裡說出去，那就只有從這間屋子裡得知。

「這事就算了。」連維材平靜地說：「就讓你去北京。」

「眞的嗎？」

理文面露喜色，孩子氣十足。連維材卻板起臉說道：「不過，不必等到兩年以後。」

「啊？」

「要去北京，馬上就去。你什麼時候想走就走。」

理文聽了父親的話，心裡一驚，不過，他很快就平靜下來，深深地點點頭說：「好，馬上走。」

他自以爲很了解父親的心情，他認爲父親是要他走自己的路。今天，他自己也覺得有點狂妄自大，他認爲父親的意思是，「小子，要走就快點滾！」因此他說：「好，馬上走。」

那種孩子般的稚氣從他的臉上一下子消失了，連維材帶著信賴和傷感的心情凝視著兒子的臉。

龔定庵具有一種奇異的力量。二十世紀初葉，古文派巨頭章炳麟在《說林》中貶低龔定庵說：

……多淫麗之辭，中其所嗜，故少年靡然風向。自自珍（定庵）之文貴，則文學塗地垂盡。將漢種滅亡之妖邪也！

本世紀的啟蒙學者梁啟超，也在評清末學術思想的文章中說：

……一時期一般人皆崇拜龔氏。初讀《定庵文集》，如遭電擊。但稍有進步，則了解其淺薄。

近代的學者對龔定庵抱有反感，但也不能不承認他抓住了年輕人的心。不少人因為沾時代的光而顯赫一時；相反的，能把光明帶給時代的人卻很罕見。龔定庵就是這種罕見的人。

他本人就是一個發光體。龔定庵作為一個經學家，對他有種種評價，他的品行也很難說有多好，尤其是和女人的關係存在著弱點。他既不是學者，也不是聖人。他真正的精髓是他那耀眼的詩人氣質；不，也許應該稱他為預言家。

定庵在一篇題名《尊隱》的文章中寫道：

日之將夕、悲風驟至……燈燭無光，不聞餘言，但聞鼾聲。夜之漫漫，鶡旦（黎明時啼叫的山鳥）不鳴。則山中之民，有大音聲起，天地為之鐘鼓，神人為之波濤矣。……

有人認為這篇慷慨激昂的文章預言了日後的鴉片戰爭、太平天國動亂以後的農民革命。這種說法也許有點牽強，不過，龔定庵的思想放出的光芒，儘管他本人並不知道，但確實照耀了當時的時代。

人在年輕時候容易遭到「電擊」，如果長於世故，恐怕就難以用純樸的心靈來承受龔定庵發出的電光。連維材之所以要十六歲的理文立即去北京，就是出於這種想法。

「那麼，你準備吧！」連維材這麼說著站起身來。

3

暫且幫它取名叫「衰世感」吧！當時中國的知識份子恐怕或多或少都懷有這種「衰世感」。到處飄溢著鴉片煙的氣味，亡魂般的鴉片鬼被排擠出農村、充斥著街頭的貧民和乞丐——看到這種景象，怎不叫人有衰世之感呢！

乾隆的盛世剛剛過去，道光的衰世就顯得更加突出。奄奄一息的人群、喧囂的市井，像雜草一樣一有空隙就要生長和刺鼻的體臭——這些都是在中國人口由兩億一下子就膨脹到四億之後形成的。不要說「太古之民」，就算是在乾隆以前的中國人也不是這樣子的。

感到這種衰世的人們，他們的生活道路也各不相同。有的人勇敢站起來企圖拯救這個衰世，如公羊學實踐派的那些人；也有許多人在這個衰世中尋找心靈的支柱，如正在蘇州遊學的連哲文就是其中一個。

一天，他透過一個朋友的介紹去見一個名叫昆山道人的老畫家。昆山道人提起筆尖蓬亂的畫筆，畫山、畫水、畫牛。哲文凝視著這支畫筆的移動，那裡出現了一個世界——一個與現實毫不相干的世界。哲文感覺這裡有著什麼。從第二天起，他經常上昆山道人那裡去。他對林則徐有牴觸的情緒，對昆山道人的畫筆卻毫無反感，因爲他認爲這裡有心靈的自由。

每天有老師到哲文那裡去講課，曾在飛鯨書院待過的周嚴教他實用的尺牘和英文，此外周嚴還負有監督哲文的責任。他捋著白鬍子，看了看哲文的書架，傷心地搖了搖頭。書架上盡是《重編圖繪寶鑑》、《畫塵》、《東莊論畫》、《海虞畫苑略》、《苦瓜和尚畫語錄》之類的書。

「這樣還算不錯哩！」周嚴轉念想。在送到蘇州來的連家兒子中，哲文是第三個。最大的統文雖善於交際，但不太用功，最喜歡呼朋邀友，擺出一副老大哥的架勢；第二個是承文，他是一個豁出命來吃喝玩樂的浪蕩公子。和這兩個相比，周嚴認爲哲文是個學習優秀的少年，可是他不知什麼時候竟迷上了繪畫。

「連家的兒子都有點不正常。不過，喜歡繪畫總比沉溺於女人、鴉片要好些吧！」周嚴心裡想著，咳嗽了一聲，打開了尺牘的教科書問道：「上次教到哪兒啦？」

哲文也翻著自己的教科書，可是他那翻書的手沒有一點勁。周嚴在講課，哲文卻在想著別的事情。

在靠運河的青樓窗戶下，結實的舢板船、破草蓆的船篷、撐著竹竿的少女，她那挑釁般的大眼睛裡投射出一種熱烈的眼光——這一切能不能成爲繪畫的素材呢？哲文心不在焉地聽著周嚴講課，心裡卻在描繪那個少女船老大的形象。

「明白了嗎？書翰文是有對象的，要看對象來寫文章，這也是經商的一個經驗。」

老師的這些話斷斷續續地進入哲文耳朵裡。「喲呵！」少女向對面小船打招呼——這種清脆少女聲的幻聽可比現實的講課聲更加清晰。

……那少女的船沒有畫舫那樣絢麗的色彩，是一艘沒有任何修飾的破舊小船，裝載的貨物也不是蘇州的絲綢之類的高級品，能裝點蔬菜、魚蝦等還算好的，一般都是裝運豬飼料。

一次，青樓的鴇母斥責這少女說：「臭死了！划到那邊去！」少女卻挺起胸膛回敬鴇母說：「這裡的河是你們家的嗎？你們家脂粉臭、酒肉臭，我還忍著哩！我還要妳搬搬家哩！」

這裡面有著什麼？哲文感覺好像有某些和生活直接連繫的東西在等待他去表現。他幻想的畫筆在少女的眼前徬徨徘徊——他一直在拚命地尋找著什麼。

「你明白了嗎？」周嚴發現哲文在發呆、想事情，他的聲音不覺得嚴厲起來。

哲文立刻清醒過來，視線回到老師臉上，他看到的是悲傷衰老的皺紋。他突然想道：「這也是一幅畫啊！」

4

這時，連家的大兒子統文正在武夷山中的茶城崇安飲酒喧鬧，一大群人圍著他，他興高采烈地向大家勸酒說：「喂！喝吧！」

他只有二十二歲，卻蓄著鬍子，裝著一副英雄豪傑的樣子。

「好，好，喝。」

那些人都是爲了喝酒而來的，此刻正津津有味暢飲著不要錢的酒。

父親是爲了懲罰學習不好的統文，把他打發到這個城牆上長著薺菜的山城，可是，統文卻毫不在乎。他這個人對任何地方、任何人都能很快適應，即使把他流放到當時重罪犯人的流放地——新疆的伊犁，他也會馬上把當地的人眾邀集在一起，乾杯痛飲。這是他的長處，也是他的短處。總之，他很缺乏嚴肅緊張的勁頭。

「喂！咱們今天晚上喝它個通宵吧！」統文用當地的土話說道。

他能很快地學會方言土語，這也可以說是他的特殊本領。到蘇州去的時候，他的學問是一點都沒進步，蘇州話卻很快學會了。

「少爺，不能這麼喝呀！明天還有事情要做。」拐角裡有人這麼說，話音裡帶有很遠的什麼地方的鄉音。崇安是各地茶商匯集的地方，外地的方言在這裡並不會讓人感覺奇怪。

「嗨！事情很簡單。」統文舉起酒杯，神氣十足地說：「明天到隆昌號去一趟，把倉庫裡的茶葉統統都買下來。」

「哦！買隆昌的茶葉……那可是很大的數量啊！」

「不管它有多少，我們全部買下。今天我老頭子來信了，信上就是這麼說的。我們不露出一點想買的神色，而是裝作無所謂的樣子，殺它的價錢。我們一定要把它買下來。」

統文這傢伙沒有一點警覺。在座就有好幾個來歷不明的人，甚至還有在隆昌號茶葉店裡從事鑑別茶葉工作的人。第二天一大早就有人向他的老闆建議說：「提高價錢，金順記會全部買走咱們的茶葉。」

隆昌號的店員還算不了什麼，還有更危險的人，這人就是剛才說話帶外地鄉音的那個，他有廣東口音。

他的名字叫郭青，他是公行的領導人之一——廣利行盧繼光的親信，正在暗中進行活動。他一邊冷靜地側目看著正洋洋得意、大口喝酒的統文，一邊在考慮對策。他心想：看來連維材是要囤積茶葉。一旦擁有大量存貨，就可以用它作爲武器操縱市場、搞垮公行——連維材的做法可能就是這樣。

爲了和金順記的連維材對抗，應該先不引人注意地購進茶葉，然後給廣州去信，要公行暫緩和外商訂立契約。

連維材的腦子裡早已把二兒子承文失蹤的事丟在一邊，他靜靜地坐在可以俯瞰廈門港的望潮山房裡。桌子上攤開幾張信紙，其中有崇安方面負責人的來信，信中報告統文已受到盧繼光派出的人包圍，盧繼光的一群人似乎已悄悄地四處搶購茶葉。

其實金順記收購茶葉的工作早已結束，目前已處於往外運出的階段。往福州運出八百擔，上海方面也即將有大批茶葉運達。連維材提筆在紙上補寫了幾句，「伺機在各地一起拋出。價格猛跌，公行的人就會四處搶購，然後大吃苦頭。」

連維材絕不是對公行的商人有什麼個人恩怨，一定要打倒舊的權威！——是這種本能的戰鬥意志促使他這麼做的。

他是一個以全部身心來接受時代要求的人。他的行動是把時代的浪潮作爲動力，而這個時代恰好又是一個疾風怒濤的時代，它蘊藏著無窮的、巨大的力量，他本人準確地意識到這一點，因而產生一種可怕的信心。他是光榮的先驅者，也可以說是使命感吧！在這樣一個偉大的使命面前，兒子們的事情只不過是細微末節的小問題。

「統文不過是一個拋出去的誘餌。」和統文同樣的人物，連維材還可以數出幾個，例如余太玄就是其中一個。余太玄只不過是個工具，他本身並沒有動力，只有裝上像連維材這樣的發條才能行動。

連維材閉上了眼睛。他的背後有奪目的榮光，可是先驅者的道路是孤獨寂寞的。

蘇州的周嚴來信，說他擔心三兒子哲文沉湎於繪畫。連維材想到這裡，低聲地自言自語說：「也許老三是幸福的。」

買辦

連承文並沒有什麼才能，卻有著驚人的力量。誼譚第一次對承文感到羨慕起來，不過，仔細想想，他覺得沒必要羨慕誼譚。承文自己並不能使用這種力量，他心想：「我能夠利用這種力量，還是我了不起。」

1

「怎麼？你不是自己開了一間店嗎？」

連承文從廈門溜走後在廣州找到了簡誼譚，但他卻有點失望，他聽伯父說誼譚已獨立經商，混得不錯，實際上，誼譚卻一直在夷館裡當買辦。

「混得不好。不過，買辦也是一種獨立的買賣呀！」誼譚冷笑著回答。

按道理也確實如此。買辦要有通事的保證才能進夷館工作，既然是爲外商工作，當然要從外商那裡領取報酬。不過，清朝認爲：骯髒的夷人雇用神州上的居民是不合情理的事。

外國人一向認爲買辦就是雇員，但清朝在形式上是不承認這一點的，它認爲買辦是爲了垂惠遠來的客人而特地被派去的接待人員。

「我是想學你獨立呀！」承文說。

「那你帶資本來了嗎？」

「只偷來了五百兩。」

「怎麼樣？能把這筆錢借給我嗎？我除了當買辦外還搞點小買賣。」

「這五百兩可是我的命根子啊！」

「那我們一起幹吧！我這個買賣只要有資本就能賺錢。」

「我不放心。」

「你不信任我，我也不勉強你一起幹。」

誼譚自「獨立」以來已經四年了，他還沒有成爲向姐姐西玲誇過海口的那樣大人物。不過，就一個二十來歲的青年來說，他已經算混得很不錯了。當時一個普通老百姓一年的生活費約爲二十兩銀子，而他已經攢了三千兩。

「只要有資本就有辦法。」誼譚經常這麼想。

他做的確實是賺錢的買賣，缺的只是資本，他經常爲資金短缺而發牢騷。

「我想知道我應該做什麼？」承文說。

「你不出資本，誰告訴你呀！」

「那好吧！我考慮考慮。」承文說後就離開了。

也不知道他住在哪裡，大概是打算只要手中有錢，就會在妓院裡鬼混吧！

誼譚這一天爲籌措資金而東奔西跑。

資金張羅不到，於是他跑到他的老大哥——英商顛地商會的買辦鮑鵬那裡發牢騷說：「這麼賺大錢的買賣，怎麼就借不到錢呀！」

鮑鵬滿臉油光，保養得肥肥胖胖的，他親切地笑說：「我說誼譚老弟，你還眞有點天眞呀！財主們願不願借錢，不是看買賣賺不賺錢，首先是考慮保不保險。」

「難道我不保險嗎？」

「嗯！現在還可以。不過，萬一發生了什麼事，貸款無法收回，到那時，根據你的情況他們要向誰去訴苦？有誰會爲你償還呀？這就是所謂的信用問題。」

「是呀！」

這些道理誼譚當然是懂得的，因爲他是沒任何後臺、背景的。

他想出的賺錢辦法極其簡單。他收買了在墨慈商會做查點貨物工作的約翰．克羅斯，讓他在英國僞造東印度公司的鴉片商標。同樣品質的鴉片，如果貼有東印度公司的商標，就可以提高百分之五到百分之十的賣價，原因就是鮑鵬所說的「信用問題」。誼譚從美國商人那裡購買波斯或土耳其的廉價鴉片，適當地摻進印度鴉片，然後再貼上東印度公司的「VEIC」商標。透過略微加工——即摻和，獲利可提高四成到五成。如果放手提高廉價鴉片的摻和率，利潤還會更高，但如果搞過了頭，就會暴露出是「假貨」，將會影響今後的生意，所以應該讓客戶產生這樣的心理：品質比往常好像降低了一點，可能是製造的時候出了什麼差錯。

另外還有一個困難。這種買賣所做的手腳很簡單，只不過是「摻和、僞造」，所以一旦出現擁有大批資本的競爭者就無法招架了。

和別人談時，他只能說是「賺錢的買賣」，不能詳細加以說明，如果詳細說明，別人也會產生想做這種買賣的念頭；可是不詳細說明，誰也不願借他錢。目前誼譚只能從鮑鵬那裡借一點錢做點小宗買賣。

誼譚終於不滿地說：「不要說那些大道理了，看來是沒有人會痛痛快快地借錢給我了。」

「世上的事情就是這樣嘛！」鮑鵬開導年輕的誼譚說：「如果你有信用，不用詳細說明也會有人出錢。」

「你所謂的信用究竟是什麼？」誼譚反問：「我對自己做的事情還滿有信心的。」

「所謂信用，不是光憑信心或才能就能建立起來的。假如有這麼一個人，他是大財主的兒子，或是大官的兒子，即使他的才能不如你，他也會受到別人的信任。」

「的確如此。」

這個世界上的矛盾誼譚體會得太深了。在這個廣闊的世界上，親人只有他和姐姐兩人，而且被打上了誰都可以看得到的「混血兒」烙印。他沒有任何靠山和背景，因此更加感到「靠山和背景」的力量。

鮑鵬所說的信用，追根究底就是金錢的力量，這一點誼譚也知道，他確實不具有這種力量。現在他正在創造這種力量，但是要產生這種力量，也還是需要金錢的實力。

「他媽的！」他心中暗暗地詛咒這個世道，但他是個精力充沛的人，馬上就暗下決心：「等著瞧吧！」

這時他想起這天來訪的連承文。就才能來說，誼譚要比承文高得多。他們在飛鯨書院同窗了好幾年，這一點他很清楚。承文是玩樂的好對手，但作爲買賣上的夥伴是靠不住的。他看中承文從廈門偷來的五百兩銀子，才勉強邀承文入夥，可是承文不願意，就這麼分手了。

五百兩的金額，誼譚也覺得沒有多大意思，不過，承文有的並不只是這五百兩，他的背後還有父親連維材這個「信用」，他意識到了這一點。

「不管是怎樣的浪蕩公子，只要他老子是財主就可以借錢嗎？」誼譚這麼問道。他把尖鼻子沖著鮑鵬好像在窺伺著什麼。

「當然借。」鮑鵬回答。他用微笑來掩蓋臉上的表情。

「他老子跟他斷絕了關係也可以嗎？」

「不管怎麼斷了關係，因爲本來是父子，做父親的就應該幫他處理善後。尤其父親如果是重名譽的人，他的信用就會大大地有利於他的兒子。」

「例如連維材的兒子怎麼樣？」

「那絕對沒問題。」

「老鮑，如果連維材的兒子想借錢，你能從中撮合嗎？」

「當然可以。只要是金順記的兒子，恐怕誰也不會問借款的用途，我也樂於從中撮合。」

誼譚一聽這話，眼睛裡閃現出光芒。

對！我需要連承文！我要的不是他的那五百兩，而是他的背景。浪蕩哥除了在這種場合可以當成工具用外，別無其他用途。

2

鮑鵬帶著他那張像圓月一般的和善面孔出入於各種場所。他的本職雖然是英商顛地商會的買辦，實際上他是廣州大官們發財的參謀，在大官們中頗受信任。

「這件事不會對你不利，你就委託我吧！」只要他這麼一說，一定讓你招財進寶。

他和廣州的富商們也有交情，經常充當官府與商人之間的牽線人。他是顛地的買辦，在外國人中間當然也有很多朋友。總之，他的交遊很廣闊。

鮑鵬與簡誼譚是在西玲家認識的，西玲在投資等問題上都會和他商量。

凡是有用的人都要大力交往，這就是他的主張。交遊廣闊爲他帶來了巨大信心。他心想：「一旦有什麼事，許多有實力的人都會當我鮑鵬的後盾。」

各方面確實都有不少有實力的人和他有交情，他平常拒絕所有人情的謝禮說：「今後少不了要麻煩你，這個情義就存放在你那裡吧！」他就是這樣積攢了許多無形的積蓄。

鮑鵬和公行的商人盧繼光關係密切。盧繼光經營的廣利行在廣州城外西郊十三行街附近，他的家在城內。他的府邸宏偉壯麗，花園裡有池塘，池上蕩著小舟。

這天，小舟中除了主人盧繼光外，還坐著總商伍紹榮和鮑鵬。操槳划船的是客人鮑鵬，他這個人很富有服務的精神。

鮑鵬把槳放在小船上說道：「要不了幾天一定會來的，一定是這樣。」

他說話很謹慎，但注意一聽，委婉之中有一種果斷的語氣。這是他自以爲是的性格一種變相表現。

「浩官，你看如何？」盧繼光帶著商量的語氣問伍紹榮。

「這究竟能給連維材多大的打擊呀？」伍紹榮面帶懷疑的神情問道。

「很難說。不過，應該盡力試一試。」

「這倒也是……」伍紹榮並不反對，但他的態度看起來並不太積極。

前幾天盧繼光來拜訪他，說廈門的連同松寄來一封很有趣的信。連同松是名門金豐茂的繼承人，可是一直走霉運，最近才有勢起來。一個原因是他代銷簡誼譚的冒牌鴉片，獲得了巨利；另外，他以在廈門代銷廣東物產的方式，得到廣州富商廣利行賒購的貨源供應。

爲什麼廣利行的盧繼光會給連同松這樣近似於救濟的援助呢？因爲連同松仇恨公行的仇敵連維材，而且他便於蒐集有關連維材的情報。

連同松的信大誇了一番自己的功勞，因爲他唆使連維材的兒子承文從廈門逃往廣州。他的信中寫道：

「承文可能去找墨慈商會一個名叫簡誼譚的買辦。」

因此，盧繼光找了買辦鮑鵬，正好鮑鵬很了解簡誼譚，這事讓他去做很恰當，對各方面都有利。

盧繼光和鮑鵬訂了計畫，這個計畫的大體內容是這樣：簡誼譚正在搞非法買賣，把連維材的兒子連承文拉進去，借錢給他，然後向官府揭發他們的非法行爲，如此一來，他們一定會完蛋。結果一定是連承文身背大批債務關進監獄，父親連維材不得不出來營救兒子，這樣一來，連維材就會放鬆對公行的進攻；而且他要善後處理兒子的借債等問題，在公行面前就不能趾高氣昂了。

伍紹榮本來並不喜歡搞這種陰謀詭計，但目前的狀況使他不能反對。由於連維材的威力，公行的成員中已有幾家店鋪瀕臨破產邊緣。就拿最近的收購茶葉來說，也讓連維材巧妙地鑽了空子，公行集團吃了大虧，所以，一定要挫挫連維材的銳氣。

「一切都拜託老鮑吧！」伍紹榮說。

「好。」盧繼光當然贊成。他說：「這件事不用花錢。我們慷慨地借錢給連承文，反正以後他老子連維材會代爲償還，我們不會吃虧。」

鮑鵬搓了搓手，低頭說：「那就交給我來辦吧！」

鮑鵬走出盧繼光的宅院時，門外的大樹後面躲著一個漢子，正目不轉睛地盯著他的背影。這漢子黑黑的臉上長著一雙細長的眼睛。

幾天之後，這個眼睛細長的漢子在花街柳巷轉來轉去，當連承文從一家妓院裡走出來時，這漢子就跟在他身後。

連承文走進一間小房子。盯梢的漢子抬頭看了看這戶人家，小聲地說：「果然是誼譚的家。」

3

十三行街的夷館區自成一個小天地，說是夷館，其實都是中國人的私產，是夷人租來的。房東主要是公行的商人，尤其是怡和行伍家擁有的房產最多。夷人無論賺多少錢，都不能在中國獲得不動產。

夷館根據建築物的不同，內部的構造略有差異。標準的構造是靠十三行街和面臨河岸的兩邊都開有門，在內部用弧形的長廊把大門和後門連接起來。一樓有辦事處、倉庫、售貨處、買辦室、僕役和苦力的休息室；二樓有餐廳和會客室；三樓是夷人的住房，都是洋式的。

最重要的地方是一樓巨大、鐵製的「錢庫」。當時是白銀本位的時代，應該不能稱它爲金庫而是銀庫，不過一般都稱爲「錢庫」。

錢庫的管理規定由買辦負責。登帳放進錢庫的金額之後如果發現短少，或摻進了假銀和份量不足的銀子，買辦應該負賠償責任。

買辦因爲對進出銀錢的金額和眞假要負責，作爲報酬，銀錢進出時，買辦可以每千元扣取二十分手續費。雖然一萬元只能得到二元，但忙的時候，一天有幾十萬元的銀錢進出，所以也不能小覷這份報酬。

按規定，夷館購買日用品和食品等都要透過買辦，這是爲了不讓夷人和一般的市民接觸。買辦在購買這些物品時，一般都要從中揩點油；兼營貸款的買辦，還可以從借貸人那裡撈到一筆經手費。由於有這麼多外快，買辦這個行業人們還是很願意做的。表面看起來薪水不多，但實際收入卻是薪水的好幾倍。

雖然籠統地稱其爲買辦，但簡誼譚不過是「助理」——見習買辦。他的薪水一年爲二百西班牙元。一個西班牙元規定爲銀一兩的千分之七百一十七，所以他的年薪不過一百四十三兩。錢庫銀錢進出的手續費和其他外快都被正式買辦裝進腰包裡，所以見習買辦並不富裕，沒什麼油水可揩。

不過，簡誼譚另有賺錢的門路。一天，他抓住從辦事處出來的哈利．維多說：「我要十五箱公班土，你幫我開票單吧！」

「十五箱？」哈利吃驚地瞪大了眼睛。

所謂票單就是提貨單，拿著它就可以到伶仃洋的鴉片母船上換取鴉片。

摻和用的鴉片從美國人手中購買，上等鴉片可以低價從墨慈商會購買。不過，平常他只買兩、三箱，這次一下子卻要十五箱。

「要十五箱，打完折也要一萬多元啊！」哈利說。

公班土是最上等的鴉片，一箱售價八百元，十五箱爲一萬二千元，即使優待職員打完折也要一萬多元。這可是一筆鉅款。

「我馬上用西班牙元奉上。」誼譚盡量裝得毫不在乎的樣子說。他心想：「哼！傻瓜，讓你嚇一跳！」

不過，他現在更加認識到「信用」的偉大力量了。把那個浪蕩哥連承文的名字一抬出來，貸款就滾滾而來，這點大出誼譚的意料。

除了這十五箱公班土外，還要從美國商人那裡購買土耳其鴉片三十箱。這種鴉片雖然便宜，但數量大，也要一萬多元。居然有人能慷慨地借出這麼一筆鉅款，誼譚也感到很吃驚。不僅如此，據介紹人鮑鵬轉述貸款人的說法：「如果需要，要借多少都可以。」

粗略算一下，這一次買賣就可以賺到八千元到一萬元。

四年來辛辛苦苦地只累積了三千兩，這次一下子就可以撈到近一萬元，誼譚實在太高興了！他高興到簡直有點發傻了。

連承文並沒什麼才能，卻有這麼驚人的力量。誼譚第一次對承文羨慕起來。不過，仔細一想，他覺得沒有必要羨慕他，因爲承文自己並不能使用這種力量。他心想：「我能夠利用這種力量，還是我略勝一籌。」

誼譚正要離開夷館去美國商館訂購土耳其鴉片時，約翰・克羅斯臉色陰沉，小聲地和他說道：「這次買賣可眞不小啊！」

誼譚一瞬間臉色很難看，但他馬上就笑嘻嘻地說：「你的那一份我不會少給。不過，紙片可能不夠了，這件事就拜託你啦！」紙片是指僞造的商標紙。

在美國商館的交涉也很順利，之後就是代銷的問題了，重要的是不能太冒險。「一切都由我來安排。」他暗中這麼決定，更加覺得自己了不起。他賺的錢當然絕大部分都落進他的荷包裡。

4

墨慈商會幹勁十足地集中曼徹斯特商人的資本，開始對清國進行貿易，最初並未取得墨慈所預想的成績。由於急功近利的北航遭到海盜搶劫，一開始就蒙受了巨大損失。

「不能心急！」儘管墨慈這麼提醒自己，但還是多次遭到失敗。不過，墨慈並不是一個一遇到失敗就氣餒的人。

到了第三年，好不容易上了軌道，才有可能拿出使股東們滿意的利潤。到了這時候，墨慈說話的聲音也大了。

「我說哈利，你趕快去澳門一趟，鴉片必須要補充了。另外，你到了澳門後，可不能泡在保爾那裡。」墨慈說著，在哈利．維多的背上輕輕地拍了一下。

「是，我搭下午的船去。」

「你先到金順記向溫先生問好。」

「我知道了。」

金順記不是公行的會員，按照規定不能和它直接交易。不過，墨慈商會在第三年生意上有了起色，就是得力於金順記的建議。例如像這樣輕描淡寫的建議：

「現在該是收購茶葉的時候了，要儘快收購。」

「稍微等一等看吧！」

令人吃驚的是——全都說的很準。

這些建議主要是澳門的溫章透過哈利提出的。溫章一再地叮嚀哈利：「這可不能對任何人說。如果我知道你把消息透露給別人，我就再也不和你說什麼了。」

墨慈從來也沒打算把這種寶貴的情報透露給其他公司。墨慈經常這麼想：「金順記眞了不起，能和這樣的商號直接交易該多好啊！」

單憑和金順記做交易這一點，他也想捅開清朝的門戶。

一次，連維材來到廣州，墨慈和他說了這樣的話，連維材卻若無其事地回答：「嗯！這種時代總有一天會到來的吧！」

說起來墨慈商會和查頓、馬地臣、顚地相比，在英商中還算是一家新興的商社，不屬於主流。在清朝，金順記沒加入公行、也不屬於主流，這種非主流派之間的結合，看來也是有某種原因的。

哈利一到澳門首先拜訪了金順記分店，那裡有他的好朋友溫章。

溫章這個人最大的優點是心地純潔，和他見見面、談談話，就會感到溫暖。他絕不會讓人感到有什麼壓力，是一個性格溫和的人，這些優點可以使遠離祖國、心靈容易荒廢的人得到精神上的安慰。

在金順記的澳門分店裡還有十五歲的彩蘭，這個爽朗、美麗的少女並不像她父親那麼拘謹，她帶著質問的語氣對哈利說：「據說顚地、查頓、馬地臣商會的人們回到倫敦，就大肆向英國政府要求對清朝採取強硬態度、出售更多的鴉片。這些都是眞的嗎？」

「我這種小職員不太清楚。」

「戰爭遲早會發生吧？」

「啊呀！這種事……」

「一旦發生戰爭，哈利先生也會當兵和我們打仗嗎？」

「不會。我不是軍人……怎麼說好呢？因爲我是商人。」哈利拿出手帕擦著額頭上的汗。

「行啦、行啦！別說了。」溫章責備女兒說。

哈利離開金順記去找保爾．休茲。保爾在一年前辭了墨慈商會的工作，在澳門找到更適合他的買賣——經營對外國人的酒吧和介紹妓女。

鴉片基地的澳門是個罪惡橫生的城市，這裡有低級下流的酒吧、賭場、妓院、鴉片館——凡是罪惡的東西可以說無所不有。

保爾的酒吧間——從溫章那裡來到這裡，簡直讓人感覺到了另一個世界。

「哈利，好久不見了。」保爾打過招呼後，馬上就談起女人：「最近從印度買來了三個女人，長得實在漂亮。」談的都是這一類的話。最後保爾握住哈利的手，一連聲地說：「謝謝你啦！」

「哈利，我對這裡十分滿意。我離開了墨慈商會，但這裡可眞是個好地方。你把我從曼徹斯特那樣一個到處飛舞著棉花的城市帶到這樣一個好地方，我要大大地感謝你啊！」保爾吐出的氣息中帶著酒氣。

酒吧間的老闆保爾看來好像十分滿意，他額頭上那塊傷疤顯得和這種地方很相稱。

「在著手工作之前，應該讓心裡清靜清靜。」哈利想著，離開酒吧朝教會走去。

歐茲拉夫外出了，但歐茲拉夫的夫人瑪麗．溫斯特爾在教會的附屬學校裡。

哈利去學校的時候學校剛放學，中國的孩子們圍著歐茲拉夫的夫人齊聲用英語喊道：「再見！」

一個孩子急著要回家，撞到哈利身上。

「啊呀！好危險！」哈利抓住這孩子的胳膊，看了看他的臉；孩子害臊地笑了。

「你幾歲了？」哈利用英語問他。

「八歲。」孩子也用英語回答。他是一個聰明活潑的孩子。

「你叫什麼名字？」

「容閎。」孩子回答後一溜煙地跑掉了。

「真是個可愛的孩子。」哈利對一旁的歐茲拉夫的夫人說道。

「容閎這孩子的學習成績最好。」

這是容閎幼年時的面貌。他七歲入歐茲拉夫的夫人的學校，後來進入耶魯大學，回國後曾對曾國藩、李鴻章、康有爲等政界要人產生很大的影響，成爲洋務運動和戊戌政變的重要人物。

弛禁

許乃濟的這篇奏文一開始也列舉了鴉片的弊害，認爲「誠不可不嚴加厲禁，以杜惡習也」，但認爲從現狀來考慮，嚴禁鴉片說起來容易，實際上是不可能實行的，而弛禁論是一種現實論、妥協論；其根源是來自維持現狀或漸進改良的想法。

1

龔定庵帶著連維材託付給他的理文在琉璃廠一帶漫步。

北京正陽門外所謂前門大街的西邊一帶，人們稱爲琉璃廠。不定庵和昌安藥房在前門大街的東面，離這裡不遠。

顧名思義，琉璃廠是過去燒製琉璃瓦作坊的遺址，據說從十三世紀的元代開始，這裡主要燒製蓋宮殿用的彩色瓦。明末的吳梅村有過這兩句詩：

琉璃舊廠虎坊西，月斧修成五色泥。

過去這裡有通往西山的河道，把作爲原料的陶土由水路運到這裡。現在這裡已無水路的遺蹟，但附近很多地名帶有「橋」字。

這裡原本只有官營和民營的磚瓦窯，不知從什麼時候開始逐漸有了市集，市集是在窯的旁邊，所以出售的都是古董；古書也作爲古董的一部分在這裡出售。

大概是在明朝萬曆年間（一五七三至一六一五），這裡不僅有露天市場，還開始出現店鋪。不久這裡成了書店街。除了書店外，出售字畫、碑帖拓本、銅器、紙墨筆硯等店鋪也集中到這裡，成了文化區。這大概是由於它的位置靠近讀書人集中的官衙地區的緣故。

許多文人墨客把在這條街上漫步當成無上的樂趣。林則徐的日記裡就寫著他在京期間經常到這裡來購買物品；到了現代，魯迅的日記中也經常出現琉璃廠的名字。

定庵走進一家名叫「二酉堂」的書店，理文吃驚地在堆滿書籍的店裡東張西望，他被萬卷的書驚呆了。

「書眞多啊！一輩子也讀不完！」理文好像有點掃興的樣子。

「必須要讀的書不會那麼多。再說，重要的是思考，不是讀。」定庵說道，他的眼睛並未離開書架。

他的這種感慨是眞的。最近他很多時間用在思考上，默琴要見他越來越困難了。過去幫他們從中撮合的清琴，說是要養病，到暖和的江南去了。來了新的傭人，遇事都不方便。只有在藉口學習寫字，帶著心腹侍女外出的時候，默琴才能和他有短暫的幽會。

幽會越困難，越引起他的思念。想念情人的心與慨嘆衰世的憂憤，在定庵的身上化成一團烈火，越來越分辨不清。

定庵和二酉堂的主人攀談了起來。

在清朝末年，流行由各個書店刻印的古書，稱之爲坊刻本，二酉堂以刊行《四書章法》和《說岳全傳》而著名。理文雖然生長在商業家庭，但他對這種書籍買賣還是感到很新奇。

定庵和主人談完話往店外走的時候，理文說：「同樣是做買賣，這樣的買賣才叫厲害。我要是商人的話，我就願意經營書店，不搞什麼茶葉、絲綢。」

定庵走出店外，回頭看了看二酉堂說：「不過，理文，你當不了書店老闆的。」

「爲什麼？」

「因爲你是福建人。」

「爲什麼福建人就不行？」

「只有江西人才能在琉璃廠開書店。」

「有這樣的規定嗎？」

「不是規定，是習慣。」

「習慣就不能被打破嗎？」

「這個問題，你聽我慢慢地說吧！」

當時鄉黨意識強烈，現代人是無法理解的。

琉璃廠的各家書店，從老闆到小夥計一向都是由江西人擔任，這是一條毫無例外、嚴格的慣例。其他省的人進入書店業是在鴉片戰爭發生二十多年後，由河北省的南宮和冀州的人開創的。這些新起的河北派書店絕不錄用江西人，另外還組織了同業公會，和江西派激烈競爭，甚至發生訴訟。開書店這樣一種帶文化性質的買賣，對理文這種少年很有吸引力，其實它的內幕也是排外、醜惡的。

定庵邊走邊這麼解釋，以啟發這個聰明的少年。

他接著說：「不過，如果慣例是打不破的，那就糟了。你剛才問這樣的習慣能不能打破？這種精神是十分寶貴的。你明白這個道理嗎？」

「明白。」

「我說的話也許對你的未來有點不利，因爲要當商人，遇事不妥協是做不成事業的。」

「這也不一定……」

「不，你說的是少數例外。對於未知的世界，還是少說爲妙。」定庵瞇著眼睛看著理文。看到這樣尚未成熟、有著各種發展可能的少年，確實是一種樂趣。定庵曾經在詩中說人生的黃金時代——少年時期「心肝淳」、「憂患伏」，歌頌他們「萬恨未萌芽，千詩正珠玉」。他喜歡人的未成熟時期。

少年的性格是不會屈服於人世間一般的常規的。理文說「習慣就不能被打破嗎？」他對這種提問感到很滿意。他心想：「這個小傢伙也許能成大器。」

理文被定庵看得羞怯地低下頭來，但定庵仍然定神地凝視著他。

2

定庵回到斜街的家裡，吳鐘世早就等著他了。

理文跑進比他大三歲的定庵長子龔橙的房間裡去了。龔橙是一個以扭曲的形式繼承父親性格的青年。定庵曲曲折折的憂患性格，以直截了當的虛無主義形式遺傳給兒子；詩人的自由奔放性格，他兒子卻以主觀獨斷的形式繼承下來。

「理文君，你接著昨天教我的吧！」龔橙拿著英語課本催促著剛剛回來的理文。

要說經學，年長的龔橙確實要高明得多，可是讓龔橙嫉妒的是理文懂一點英語。理文就學的家塾是飛鯨書院，它的特點是教授任何書院都不教的「洋文」。

最近好強的龔橙抓住理文開始學起了英語。

在另一個房間裡，客人吳鐘世把今天的「禮品」遞給定庵說：「許乃濟奏摺的抄本弄到手了。」

「哦！那我可要拜讀拜讀了。」定庵接過一本草草裝訂的小冊子說道：「這可比王玥的要詳細多了。」

當年道光十六年（一八三六）五月，湖廣道監察御史王玥曾就弛禁鴉片上過奏摺。王玥的奏摺這樣說：

一旦沾染上鴉片，惡習就不容易洗除。其間官吏受賄，外夷大賺其錢。看來士農工商等有正當職業的人不會沉溺於鴉片，吸食者都是「閒蕩之徒」，他們自己縮短自己的生命乃是自作自受，不足爲論。……但是，軍隊內鴉片流行，令人不勝憂慮。一兵必有一兵之用，嚴禁吸食鴉片可否在軍隊內實行？

王玥的這個奏摺定庵早已看過。到了六月，太常寺少卿許乃濟又向皇帝上奏了弛禁論，博得好評，但定庵還沒有看到它的全文，吳鐘世帶來的「禮品」就是這篇奏文。

「據說皇上動了心。……」定庵一邊這麼低聲說著，一邊開始默讀許乃濟的奏文。

所謂弛禁論也不是肯定鴉片，就連王玥也主張應該先把禁煙的重點放在軍隊。

許乃濟的這篇奏文一開始也列舉了鴉片弊害，認爲「誠不可不嚴加厲禁，以杜惡習也」；但認爲從現狀來考慮，嚴禁鴉片說起來容易，實際上不可能實行。

弛禁論是一種現實論、妥協論，其根源是來自維持現狀或漸進改良的想法。

許乃濟的奏文與王玥的奏文有所不同，其特點是極力渲染現實的經濟問題。許乃濟的論點爲：

……乾隆以前，（鴉片）列入藥材項下，每百斤稅銀三兩，又分頭銀二兩四錢五分。……嘉慶年間，每年約來數百箱，近年竟至二萬餘箱。……（鴉片）歲售銀一千數百萬元（西班牙元），每元以庫平七錢計算，歲耗銀總在一千萬兩以上。夷商向來攜洋銀至中國購貨，……近則夷商有私售鴉片價值，無庸挾貲洋銀，遂有出而無入矣。……向來紋銀每兩易製錢千文上下，比歲每兩易製錢至千三四百文，銀價有增無減，非銀（因購入鴉片）有偷漏而何？鹺（鹽）務易鹽以錢，而交課以銀，鹽商賠累甚重，遂致各省鹺務，俱形疲敝。州縣徵收錢糧，其賠累亦復相同。以中原易盡之藏，塡海外無窮之壑，日增月益，貽害將不忍言。

或欲絕夷人之互市，爲拔本塞源之說。在天朝原不惜捐此百餘萬兩之稅餉，然西洋諸國，通市舶者千有餘年。販鴉片者，止英吉利耳。不能因絕英吉利，並諸國而概絕之。瀕海數十萬眾，恃通商爲生計者，又將何以置之？且夷船在大洋外，隨地可以擇島爲廛，內洋商船，皆得而至，又烏從而絕之？比歲夷船周歷閩、浙、江南、山東、天津、奉天各海口，其意即在銷售鴉片，雖經各地方官當時驅逐，然聞私售之數亦已不少，雖絕粵海之互市，而不能止私貨之不來。

……

3 許乃濟的奏文以《許太常奏議》而聞名，稱他爲太常，是因爲他擔任的職務是太常寺的少卿。「寺」並不是一般所理解的寺院，而是官衙的名稱。不過，它不是行政機構，而是像宗人府或內務府那樣，主要掌管有關帝室的事務。

太常寺是司掌祭祀的機關，另外還有管理食膳和金錢出納的光祿寺、司掌朝廷儀典的鴻臚寺、司掌馬政的太僕寺等，只有掌管刑獄的大理寺性質略有不同，但總體上可以說是皇帝的私人機構。各寺的長官稱爲卿，副長官稱爲少卿。許乃濟是太常寺的少卿，正四品官。

後來黃爵滋著名的《黃鴻臚奏議》駁斥了弛禁論，使搖擺不定的道光皇帝傾向嚴禁論，終於導致了鴉片戰爭。這位黃爵滋就是鴻臚寺卿，和林則徐同屬改革派中少壯有爲的人物。

現在再回過頭來談許乃濟的奏文。

太常寺少卿許乃濟接著述說禁止鴉片所產生的弊害。他說：

禁越嚴，私售的方法越巧妙，瀆職官吏所受賄賂越多。現在躉船（鴉片母船）停泊在水路四通八達的伶仃洋上，私買者到夷館繳納銀款，領取「票單」，然後用快蟹船或扒龍船到躉船去領貨。這些護艇均備有槍砲，快速如飛，所過關卡，均有重賄。兵役巡船如欲拿捕，輒敢抗拒。另外還有內河的匪徒冒充官吏，藉搜查鴉片之名肆意搶劫，良民受累者不可勝數，這些流弊都是發生在嚴禁以後。……

接著他說出了兩句「名言」：「海內生齒日眾，斷無減耗戶口之虞。」理由是「究之食鴉片者，率皆遊惰無志，不足重輕之輩」。他建議：「准令夷商將鴉片照藥材納稅，入關交行後，只准以貨易貨，不得用銀購買。夷人納稅之費，輕於行賄，在彼亦必樂從。洋銀應照紋銀，一體禁其出洋。」

他接著說：

……至文武員弁士子兵丁等，或效職從公，或儲材備用，不得任令沾染惡習，致蹈廢時失業之愆。惟用法過嚴，轉致互相容隱。如有官員士子兵丁私食者，應請立予斥革，免其罪名。……或疑弛禁於政體有關，不知觴酒衽席，皆可戕生，附子、烏頭非無毒性，從古未有一一禁之者。且弛禁僅屬愚賤無職之流，若官員士子兵丁仍不在此數，似無傷於政體，而以貨易貨，每年可省中原千餘萬金之偷漏，孰得敦失，其事了然。……

接著他又說：

臣以一介菲材，由給事中仰沐聖恩拔擢，歷官中外，前任嶺表監司，幾十年報稱毫無，深自愧恨。而於地方大利大害，未嘗不隨時訪問。因見此日查禁鴉片流弊，日甚一日，未有據實直陳者。臣既知之甚確，曷敢壅于上聞，伏乞皇上敕下粵省督撫及海關監督，密查以上各情節，如果屬實，速議變通辦理章程，奏請宸斷施行，庶足以杜漏卮而裕國計。

許太常奏議的末尾還涉及罌粟問題。由於禁止栽培罌粟，國內沒有人敢種，日益爲夷人所壟斷，他慨嘆「利藪全歸外洋矣」。

據許乃濟說，中國的土性溫和，種罌粟製鴉片，不僅價值便宜而且藥力微弱，對人體傷害不大。他說：

……前明淡巴菰，來自呂宋，即今之旱煙，性本酷烈，食者欲眩，先亦有禁，後乃聽民間吸食，內地得隨處種植，呂宋之煙，遂不復至，食之亦無損於人。今若寬內地民人栽種罌粟之禁，則煙性平淡，既無大害，且內地之種日多，夷人之利日減，迨至無利可牟，外洋之來者自不禁而絕。……廣東省情形言之，九月晚稻，刈獲既畢，始種罌粟，南方氣暖，二三月便已開花結實，收漿後乃種早稻，初無礙於地方，而大有益於農夫。……

龔定庵看完了奏摺，把它放在桌子上說道：「哼！外面都傳說這篇奏文理路清晰。表面看來是這樣，可是，在議論的過程中卻偷湯換藥了。」

「對！在最關鍵的地方，把鴉片和酒色、附子放在同等地位來展開他的論點。」

「太不像話了！他說我國土性溫和，所產的鴉片對人體的危害不大。這一點我感到懷疑。」

「我也覺得奇怪。」吳鐘世說道：「我們請教請教哪個專家吧！」

附子和烏頭是把附子的籽和根晾乾做成的藥材，含有毒性，阿依努人❶的毒箭上塗的就是這種毒藥，但也可作為治病的藥來用。許乃濟的意思是說，從未禁止過這樣的毒藥，唯獨要禁止鴉片未免有點不公平。豈不知鴉片和附子的性質是根本不同的。

從現代人的眼光來看，許乃濟的論點實在太野蠻了，他認為只有統治階級的士大夫階層和為他們效勞的軍隊不能沾染吸食鴉片的惡習，愚蠢貧賤的老百姓則可聽任他們自生自滅，但這種觀點在當時並不被人認為多麼違背人道。

❶ 日本的一種少數民族，主要住在北海道。

不過，龔定庵早就預感到「山中之民」的力量，他從這種觀點裡清楚地看到統治階級的專橫和卑劣。
「他舉出了具體數字，可眞煞費苦心啊！」吳鐘世發表評論說。
「一千萬兩，這可抵得上國家全年收入的四分之一以上。」
「聽說皇上也動了心，這篇騙人的文章看來也還有力量。」
「應該批駁它，把它駁倒。」
「據說皇上已經根據許乃濟的奏請命令廣東進行調查。」
「這樣下去不行。我們應該趕快邀集一些人就這個問題交換意見、商量對策。」
「我已經做了這種安排。」吳鐘世說：「今天我到你這裡來就是來邀請你的。」
「是嗎？什麼時候碰面？」
「後天晚上，在不定庵。」

4

道光皇帝勵精圖治的時間只從道光十三年起持續了兩年。他每兩年就要失去一個親人，這種不幸連續發生了四次，到第五次的道光十三年死了皇后，但這一次使他振奮了一下，折斷了大煙槍。

不過，道光皇帝的勤奮還是不能持久的。到了道光十五年，他緊張的情緒終於又鬆弛了，唯有鴉片沒有重吸，但又開始倦於政務了。

這年正月，曹振鏞去世。這位老軍機大臣向來把向皇帝進諫當作自己的使命。前面已經說過，這位樞臣所關注的只是字要寫得端正，皇帝賜了他「文正」的諡號。文正這個諡號絕不是諷刺他，恐怕再沒有別的諡號更符合他的爲人了。

曹振鏞，字儷笙，安徽省歙縣人。嘉慶十六年（一八一一）他擔任會試的正考官，林則徐就是這一年進士及第的。當時的慣例，進士要把自己考中那年的主考官當作自己的恩師，所以儘管沒有直接受過他的教誨，林則徐仍稱他爲「曹師」。

曹振鏞對道光皇帝簡直就像一團煙霧，他的死也可能是道光皇帝倦怠於政務的一個原因。死去了大臣，當然是令人惋惜的，但皇帝卻覺得頭上的一團煙霧消散了，每天晚上他終於可以不必做那種用朱筆改正文字的蠢事了。「啊呀呀！好啦！」道光皇帝似乎嘗到一種解放的感覺。

同年七月，滿族的軍機大臣文孚辭職。他和一般的老年人一樣耳背，已經不能勝任他的工作。兩位老臣就這樣幾乎同時離開了軍機處。

曹振鏞與文孚的下一任是七月以後決定的，分別是趙盛奎和賽尚阿。

軍機處是當時清朝的政治中心。龔定庵曾經談論政治體系說：「軍機處乃內閣之分支，內閣非軍機處之附庸。」確實如此。龔定庵之所以這麼說，是因爲軍機處本來應該是內閣的分支，但實際上它已凌駕於內閣之上。軍機大臣和大學士不一樣，主要是憑實力而不是靠資歷。軍機大臣大多從各部的侍郎中任命，有實力的侍郎就可能進入軍機處。

道光十五年任命的兩位新的軍機大臣都是現職侍郎，趙盛奎是刑部侍郎，賽尚阿是工部侍郎。他們是新上任的年輕軍機大臣，當然沒有勇氣像老臣曹振鏞或文孚那樣批評皇帝，道光皇帝因此感到鬆了一口氣。弛禁鴉片論就這樣鑽進道光皇帝這種情緒鬆弛的空檔而放出來了。

紫禁城裡的綠樹開始染上金黃色，北京的秋天秋高氣爽、氣候宜人。

穆彰阿從乾清宮裡出來在休息室飲茶，把他看成宿敵的王鼎正背過身去不搭理他，其他的軍機大臣都是新到任的。

穆彰阿用得意的眼光看了看那些在查閱檔案或書寫公文的章京們。絕大多數的章京都仰承他的鼻息，對他唯命是從，只有一個最近剛當上軍機章京，名叫丁守存的傢伙，此刻正抱著胳膊，擺出一副不把軍機大臣放在眼裡的表情。

「世上也眞有怪人。」穆彰阿心想。

不爲利所動的人是不好對付的，這個精通天文曆算的丁守存根本不買穆彰阿的帳。

「我早晚要把丁守存革掉！」穆彰阿臉上笑瞇瞇的，心裡卻在考慮著各種整人花招。他在喝茶的時候，腦子還在轉個不停。

穆彰阿也深知鴉片弊害的可怕，但他擔心，嚴禁的體制如果繼續維持下去，一定會出現過激的事情。政治應該適應現實，而現實是這樣一個舒適快活的世界——柔軟溫暖的被褥、擺滿紫檀木桌子的山珍海味、伺候得無微不至的僕人、前呼後擁冰肌玉膚的美女、富貴的生活、一片名聲和地位的喝采聲——現實的這種狀態必須要千方百計地保住啊！以公羊學派爲急先鋒的改革派們，卻想用政治來改變現實，但是現實是不能改變的，應該堅決戰鬥。——在穆彰阿和善的表情背後燃燒著強烈的鬥志。

一些稱爲「蘇拉」的打雜少年提著茶壺在休息室裡轉來轉去。這些蘇拉是從十五歲以下不識字的少年當中挑選出來的，軍機處的檔案文件都是國家機密，在這裡工作的雜工最好是文盲。

一名蘇拉把一篇密封的奏文遞給章京海英，海英拿著它走到穆彰阿身邊說：「廣東的奏文到了。」

「哦……」穆彰阿面帶笑容。他不用看奏文內容也早已知道，廣東奏文的抄本早在兩天前就到了他的手裡。

5

吳鐘世不愧是那一行的能手，他早就把廣東覆奏弄到手了。

許乃濟主張弛禁，並要求命令廣東調查實際情況。他上奏的這些內容已獲得批准，聖旨已發往廣東。

其實許乃濟事前已與廣東當局取得連繫，穆彰阿的密使也同時奔赴廣東，所以廣東當局在所謂實際調查上所覆奏的意見，一開始就決定了是——贊成弛禁。

不定庵裡，在京的同人們聚在一起，正在討論這個廣東覆奏。

「廣東顯然與穆黨通了氣。」

「前段列舉所謂嚴禁鴉片的流弊，完全是許太常奏議的翻版。」

「看來是公行一手包辦的。」

「從章程的第四條來看，這是很明顯的。」

「那麼，我們該怎麼辦？」

「仍按以前商定的方針辦。不過，看來似乎有進一步加快腳步的必要。」

在上一次的聚會上已經決定上奏對弛禁的駁議，甚至已做好部署，決定先由內閣學士朱嶟放第一砲——上奏嚴禁論。

廣東覆奏認爲鬆弛對鴉片的嚴禁、設立新規是適當的，並提出以下九條新章程方案：

1. 採取以貨易貨辦法，不用銀交易。即使鴉片進口過多，其不足部分也不付款，超過部分暫存公行，在下一個貿易季節來航時歸還夷商。
2. 水師的巡船不得藉口查禁、出洋肇事。
3. 夷商可攜銀來充當運費及其他費用，但只准帶回攜帶金額的三成。
4. 鴉片已公認作爲藥材進口，因此應和其他商品同等對待委交公行，沒必要設立專局，否則將會產生壟斷所帶來的流弊。

5. 稅率仍按舊制，無必要增額；稅輕則冒險走私者將會減少。

6. 如果實行弛禁，鴉片價格必定下降，所以不應事先規定鴉片的價格。

7. 用船將鴉片運往全國各省時，應交付廣東海關的「印照」，無印照者將被認爲是走私。走私是漏銀產生之根源，應嚴加取締。

8. 對民間栽種罌粟略微弛禁。只准在山頭角地和丘陵等地栽培，良田不得栽種罌粟。

9. 嚴禁官員士子兵丁吸食鴉片。

「看來對方是有計畫地進行啊！」

「應該及早準備在朱嶟先生之後放第二砲。」

「許君，你來怎麼樣？上奏弛禁的許乃濟和你同宗，你來奉陪一下吧！」

「好吧！我來試試。」說話的是一個皮膚白皙的三角臉。此人名叫許球，是兵科給事中，有上奏的資格。

接著就是反覆琢磨批駁弛禁奏文的草稿，在遣詞用字上，龔定庵提出了不少意見。

正事一完，就轉入閒談：「無論如何，吳鐘世先生的情報快得驚人，看來他做偵探大有長進了。」

閒談了一會兒就散會了。龔定庵走出門外，旁邊就默琴住處。和她已經十幾天沒見面了，他回想起上一次幽會時的情景，那溫暖的肌膚、那發出像白瓷一般光澤的膚色……

「一到晚上，眞是秋寒刺骨啊！」龔定庵縮著身子，秋夜的涼風吹著他火熱的身體。默琴家的燈火都熄了。

同人們都離開了不一會兒，吳鐘世就聽到敲門的聲音。

「這時候還有誰來呀？是誰忘了東西吧？」他這麼想著，開門一看，軍機章京丁守存站在他的面前。

「你怎麼啦？」

「突然想來見見你。」丁守存摸著他的大下巴說。

「好，你先進來吧！」

丁守存跟在吳鐘世的身後走進會客室。

「你來這裡似乎有點不適合。」吳鐘世皺著眉頭說。

「爲什麼？」

「讓人知道我和你往來，我就不能從你那裡弄到情報了。」

「那有什麼關係？」

「你沒關係，我可有關係啊！」

「哈哈哈！誰也不知道我來。不知道什麼原因，對你家平時監視得很嚴，不過，剛才許多人從你家一離開，監視的人也一下子都不見了。現在任何人出入你家都沒關係了。」

「那你有什麼事嗎？」

「什麼事也沒有。」

「什麼事也沒有？」吳鐘世把丁守存的話重複了一遍，臉上露出驚訝的表情。

「不。說實在的，」丁守存說：「我想鑽進遭到嚴密監視的人家而不被任何人發現。我早就想這麼做了，今天晚上是個大好機會。」

吳鐘世望著丁守存小聲說：「你好像有點不正常吧？」

剛才不定庵的同人都佩服吳鐘世最近的情報既準確又迅速，其中是有原因的，因爲軍機章京丁守存把一切情況都透露給他了。

丁守存，字心齋，山東日照人。他是道光十五年的進士，任戶部主事後擔任軍機章京。

他擔任章京時，吳鐘世才去接近他。幾乎所有的章京都日益仰承穆彰阿的鼻息，獲取情報極其困難。吳鐘世認爲丁守存遲早也會被穆黨籠絡，但覺得在未受籠絡之前也許可以利用，因此並未抱很大期望，只是接近試試。

丁守存突然說道：「你是想從我這裡弄到軍機處的情報吧？」吳鐘世不知道怎麼回答他好，丁守存馬上接著說：「我一看你的臉就明白了，我想我大概是猜中了。好吧！我就協助你吧！」

「啊？協助？……」丁守存說得太爽快，吳鐘世一下子愣住了。

「我需要錢，」丁守存說：「但要的不多。我有要做的事情，遺憾的是錢不夠。」

丁守存提出的金額確實不多。吳鐘世半信半疑地和他聯絡，但沒想到他的情報準確的讓人吃驚。章京和軍機大臣不一樣，不可能仔細閱讀保密奏文。但丁守存的腦子構造特殊，不管多麼長的文章，只要一過目就能記住不忘。就拿這次的廣東覆奏來說，他並未做筆記，卻能在吳鐘世面前一口氣把全文說出來，吳鐘世就拚命地把它筆錄下來。

「眞的沒有什麼事嗎？」吳鐘世又問了一句。

「是的，眞的沒事。不過，勉強說有的事恐怕就是我想做點有趣的事。」

「有趣的事？……」

「對。我把軍機處的各種機密透露給你，這也是有趣的事。我這個人就是喜歡有趣的事。」

之後，丁守存喝了一杯茶，高高興興地回去了。

「眞是個讓人捉摸不透的傢伙。」吳鐘世一邊關門，一邊搖著頭說。

這個喜歡有趣事情的丁守存對士大夫階級必修的學問根本不屑一顧，卻沉浸於天文曆算，喜歡製造各種器具。在鴉片戰爭期間，就是他製造了地雷火，另外他還製造了石雷、石砲、竹筒泵等等新奇的東西。在他的發明中，最「有趣的」是一種名叫「手捧雷」的，它是外形像書信的炸彈，把信匣一打開就會爆炸。

這位奇人著有《造化究原》、《新火器說》等書；另外還有《丙丁祕鑰》，十分有名，但因爲獻給了皇帝，未曾流傳到外界。

「有趣的事！……這也是生活在這個世界上的一種方式嗎？」吳鐘世沉思起來。

舞弊

王舉志聽著這些咒罵聲，眼瞪著對面宅院裡的燈光。「這些舞弊的河吏！」他鄙棄地說。

在道光年間，朝廷每年要支出五百萬到六百萬兩的銀子作爲運河的修浚費，據說實際用於施工的費用還不到其中十分之一。

1

「哼！」穆彰阿哼著鼻子。他長著一張大臉，鼻子特別大，所以鼻子裡哼出來的聲音特別響亮。

他厭煩地打開一封信，還沒看完，就生氣地把它揉成一團。他的心腹藩耕時此時畢恭畢敬地站在他面前。藩耕時是正陽門外昌安藥房的老闆。

穆彰阿的背後立著一個大屛風，屛風上鑲著五色彩蝶嬉戲圖。從窗子裡可以看到穿山遊廊，窗子之所以開著，是怕別人偷聽他們的談話。

「給他們答覆，不准他們胡言亂語。這樣好嗎？」藥房老闆問道。

「不用，不必答覆。太胡作妄爲了！」穆彰阿用他藏青長褂的窄袖子擦了擦臉。

「是，遵命。」藩耕時恭恭敬敬地回答。

穆彰阿把藩耕時丟在那裡，自行走出房間。他站在穿山遊廊上朝院子裡瞭望。院子裡開著秋花，他從來就不喜歡這些寂寞的秋花，於是立即轉過頭，邁開了腳步。

廣東警備負責人爲昌安藥房送來一封請求信，竟然是要求北京更嚴厲地禁止鴉片。

「蠢豬！」穆彰阿低聲罵道。

這座宅邸多麼宏偉壯麗啊！對穆彰阿來說，這也是他必須保住的財產之一，所以現狀是不能改變的。拿鴉片的弛禁和嚴禁的爭論來說，實質上是藉「鴉片」問題，要維持還是改革現狀的爭鬥。如果推行嚴禁論，一定會和現狀相牴觸，其後果是十分可怕的；現在必須大力朝弛禁的方向扭轉。可是，屬於自己陣營的廣州警備負責人，卻遞來要求嚴禁鴉片的信。這簡直是兒子在忤逆老子。

「笨蛋！」穆彰阿心中的怒火還沒有消除。

主張嚴禁論的也有各種派別。以穆彰阿來看，公羊學派的嚴禁論是公然和現實背道而馳，企圖抓住一個改革的藉口；而廣州的要求嚴禁卻有另外的原因。

自從阿美士德號北航以來，鴉片船比以前更頻繁地北上了。以前最多到達南澳、廈門的海面，最近卻開進舟山群島，甚至在江南、山東、天津的海面上出現。鴉片的價錢越往北越貴了。

廣州警備負責人一向預設在廣州地區進行鴉片走私，從外商和私買者雙方索取賄賂，每一萬箱鴉片無條件地索取兩百箱。他們把兩百箱的一半作爲「沒收品」上繳朝廷，剩下的一半裝進自己的荷包。

鴉片船如果往北走，廣州的走私數量就會相應地減少，這就意味著受賄會減少。他們要求的嚴禁，只是要求在廣州以外的地方嚴禁，完全是出於一種自私想法。

受賄的官員們爲了保住他們這種可以大撈油水的肥缺，一直定期向北京的大官獻款，透過的管道就是昌安藥房。他們的請求書中寫道：

如不嚴禁其他地方的走私，今後給北京的獻款也許不得不減少。

「這些骯髒的捕吏，簡直是狂妄！你們以爲獻款的只有你們嗎？」穆彰阿滿臉不高興，自言自語地說。

弛禁是保守派的基本方針，而且從要求弛禁的公行方面獲得大量獻款，其金額之大，是廣州警備的獻款根本無法相較的。

公行由於它「公」的性質，不能從事鴉片交易。如果正式弛禁，不僅可以公開進行鴉片買賣，還可以和其他商品一樣對鴉片進行壟斷。弛禁關係到他們的利益，所以公行投入到弛禁的活動費金額有多大，那是不難想像的。

「這些利慾薰心的廣州官吏！夷船想北航做買賣，我看是很自然的事。」穆彰阿心裡仍在咒罵廣州那些不識大體、利慾薰心的傢伙。

鴉片船寧可冒遭到海盜搶劫的危險，仍要力爭北航，其原因就是獲利很大。到了北方，不僅鴉片的價格高，而且可以節省給廣州官吏的賄賂。到北方去當然也要向當地的官吏行賄、和他們談判，不過，北方警備的官吏對於鴉片走私還不像廣州方那麼熟悉，對他們來說，從鴉片船上獲得的賄賂並不是定期收入而是「臨時收入」，如果談不攏，夷商說一聲「我們到別處去賣」就完了。他們認爲失掉賄賂是個巨大的損失，往往很快就妥協了。

穆彰阿府邸寬闊的院子裡長著許多樹木，他望著那些大半已變成黃色的樹梢。在樹木的後面有一道高牆，牆外遠方「山中之民」的呼聲當然不可能傳到他的耳裡。

他突然喘了一口氣，心想：「皇上看來已經很傾向弛禁，再努力一下吧！」

2

道光皇帝的態度一直搖擺不定，嘮嘮叨叨的曹振鏞死去使他從苦行中解放出來，精神也鬆弛了下來，再加上女兒的死，多少讓皇帝產生了一些聽之任之的想法。

每隔一年死去一位親人，繼道光五年、七年、九年、十一年、十三年之後，在道光十五年，現任皇后在當貴妃時生的第三個女兒終於又成了這個凶年的犧牲者。這個可愛的姑娘剛滿十歲，皇帝因此追封她爲「端順固倫公主」。從這時起，皇帝對政務失去了熱情。「馬馬虎虎算啦！」他遇事都這麼想著。弛禁與嚴禁鴉片的爭論就發生在皇帝這種精神鬆弛的時期。

穆彰阿看到皇帝那種懶洋洋的神情，心中暗暗高興：「這一次可能很順利。」

前面已經說過，許乃濟的弛禁論是事前和廣東當局取得連繫後提出的。他從朋友何太青處聽到弛禁可以斷絕鴉片弊害的議論，於是透過何的介紹而求教廣州的碩學吳蘭修。

吳蘭修供職於廣州官立學海堂書院，著有《南漢紀》、《南漢地理志》、《南漢金石志》等著作，爲南漢學的泰斗。此外還著有《荔村吟草》、《桐華閣詞》等詩集，爲廣州的知名人士、教育界的權威。同樣是學海堂的教官，還有《吉羊溪館詩鈔》的作者熊景星和《劍光樓詩文詞集》的作者儀克中，他們都傾向於弛禁論。特別是儀克中和廣東巡撫祁𡠀爲同鄉關係，擔任過巡撫的祕書，所以影響很大。

廣東覆奏可以說是學海堂的教授和公行商人合作的結果。總督鄧廷楨和巡撫祁𡠀對弛禁論本來並不積極，大概是由於對鴉片實在束手無策，終於爲他們的說詞所迷惑。

廣東覆奏送到北京是十月初。

正當穆彰阿慶幸情勢好轉的時候，改革派進攻弛禁論的第一砲——朱嶟的上奏和第二砲——許球的上奏，相繼送到皇帝手中。

穆彰阿早就預料到會從改革派和慷慨派兩方面發出反弛禁論。對於慷慨派，他事先施展了各種手腕，巧妙地把他們拉攏過來。因爲這些人頭腦簡單，只要用慷慨激昂的言詞一勸說，他們就轆轆地滾過來了，甚至有的人還感動地說：「啊呀！我明白了，弛禁論也是爲了國家。我誤解了，實在對不起！」但是，他對改革派卻無法插手，因爲他們並不像慷慨派那樣從情緒上反對弛禁論，而是有著堅定的主張，所以穆彰阿也只好等他們出擊。

反駁比預料的還要猛烈，論點的展開也沉著堅定；因爲此奏文是在不定庵愼重地反覆修改而成的。

朱嶟和許球反弛禁論奏文的原文至今已經散佚不傳。許球的奏文只有一段爲《中西紀事》所引用，其中論述說：

……若只禁官與兵，而官與兵皆從士民中出，又何以預爲之地？況明知爲毒人之物，而聽其流行，復徵其稅課，堂堂天朝，無此政體。……

他還建議寫信給英國國王，通知他嚴禁鴉片。道光皇帝在對此批示的上諭中說：

……鴉片煙來自外洋，流毒內地，例禁綦嚴。近日言者不一，或請量爲變通，或請仍嚴例禁，必須體察情形，通盤籌畫，行之久遠無弊，方爲妥善。……

他的仲裁不傾向任何一方，態度曖昧。看起來皇帝好像是傾向於弛禁論，但他在鴉片問題上有一種自尊心。他有著用自己的力量征服可怕鴉片的經驗，「鴉片是可以征服的，朕就曾經征服了它。」——這種奇特的自信心，終於使搖擺不定的道光皇帝沒有下定決心弛禁鴉片。

「希望陛下對實際問題現實地加以考慮。」穆彰阿多次這麼建議。

道光皇帝厭煩地轉變話題說：「禁止水手設教還在嚴厲實行嗎？」他認爲這個問題比鴉片問題要容易對付。

「運河上平靜無事，沒聽說發生騷擾的事。」穆彰阿跪在地上回答。

3

運河靜靜地流著，商船、官糧運輸船成群結隊地在大運河上來來往往。從杭州到太湖之畔古城蘇州的浙江運河，在蘇州和丹陽運河連結，經無錫、常州和長江相交；從長江經鹽都揚州、寶應等城市至淮安的高寶運河，北上和泇河相連，橫切黃河，匯入會通河；從臨清入衛河，經德州、滄州，延伸至天津，再由通州到達皇城北京。

這些運河是當時中國的大動脈，商船和運載稅銀、官糧、官鹽的船隻，從中國最富饒的地區透過這些運河北上；北方的物產也透過這條水路運往南方。但這些來來往往的寶船也因此成了匪徒的目標，到處受到襲擊和搶劫。由於人口大量增加，從農村被排擠出來的青年們結成幫派盯著這些目標，在河岸上遊蕩，這樣一來，船上也開始武裝起來。當時如果有人懷著某種目的而想把人們團結起來，一定要採取宗教儀式，稱之爲「設教」，即設立教團、進行控制。

自從發生白蓮教大亂以來，清朝政府對這種「設教」極敏感，水手設教當然也在禁止之列。不過，運河上的水手設教目的是爲了自衛，這是靠一紙法律禁止不住的。

正如穆彰阿回答道光皇帝的那樣，最近河道上搶劫商船的事件日益減少，不過，這並不表示匪徒沒了，而是搶劫者被吸收到水手的「教團」裡去了。有的上船當了保鏢，有的當了水手，而留在陸上的人則讓商船或官糧船平安通過，以此領取報酬。這等於是一種通行稅，透過這種相互勾結，逐漸形成了一個龐大的互助組織。但是不搶劫寶船上的財寶，怎麼能養活這麼多人呢？付通行稅的錢又從哪裡來呢？水手和搶劫者的聯合教團，是用從附近居民徵收來的錢財來維持他們的財源。

匪徒和水手一般都是貧苦農家出身，他們卻要把農民當成他們生存的來源才能活下去。人吃人——多年後，魯迅所描寫的近代中國情景，在道光時代就已出現了。

「那麼，應該吃什麼呢？」這裡是靠近高寶運河一個名叫邵伯的小鎮，王舉志正和安清幫的頭頭們喝酒。

他曾看破紅塵，悠遊自在地在江南一帶漫遊。但是，自從遇見林則徐以來，他開始想建立某種勢力。要調動千百萬人！如此一來，就必須給他們食物。目前他用林則徐交給他的錢養活幾百人，而未來他所要調動的人，正從他們所拋棄的農村用不高明的方法在獲「食」。安清幫的頭頭們，對這一點卻從來沒有感到自我矛盾過。

安清幫——它是由水手的教團發展起來的祕密結社組織。傳說這個結社是在十八世紀初，由企圖反清復明的「哥老會」殘黨建立的。最初很可能是要建成反政府的組織，爲了收攏人，他們給了人們「食」。

安清幫三個字的含義，表明它是一個要使清朝平安的團體，但取這個名字可能是爲了轉移當局懷疑的視線。後來清朝的威信一下降，這個結社就去掉了「安」字和「清」字的三點水，稱作「青幫」。

這個鐵一般的祕密組織外殼雖然很堅硬，但爲了收攏人，待在裡面的成員卻過得很舒適。因爲只要成爲其組織的一員，哪怕是最底層的，最低生活也可得到保障。青幫的組織因此擴大起來，生活互助的一面日益擴大，而民族主義和反政府的傾向卻淡薄了。青幫後來變得十分複雜，它一方面受孫文革命派所操縱；一方面又爲北洋軍閥和反動政客所利用。

安清幫的頭頭現在吃的豬肉是從附近農村徵收來的，喝的酒也是這麼來的。

王舉志藉口「肚子不好」，沒有動筷子。

「那麼，應該吃什麼呢？」他再一次思考這個問題。

有很好的食物——那就是鴉片船，不過，這條大魚很難釣上來。對方是武裝起來的，經常保持高度警戒，王舉志曾經多次試過，只有兩次成功。他成功襲擊墨慈鴉片船的那次，實際上是借助了聖誕節的機會。

搶劫沿岸農家是王舉志不能做的事，因爲如果這麼做，就失去了他原本走上這條路的初衷。

「他媽的！對面還在喝酒、歡樂。」安清幫的一個頭頭這麼罵道。

從他們的屋子窗戶可以看到對面的大宅院，此刻那裡燈火輝煌、樂聲不絕。

「已熱鬧了三天三夜了。」

「那全是我們的稅捐錢啊！」

「眞是當官的強盜！」

王舉志聽著這些咒罵聲，眼瞪著對面宅院裡的燈光。「這些舞弊的河吏。」他鄙棄地說。

在道光年代，政府每年要支出五百萬到六百萬兩的銀子作爲運河的修浚費，據說實際用於施工的費用還不到其中十分之一。

修浚河道的官吏，把大部分經費浪費在「飲食衣服、車馬玩好」上。某個河道總督爲了吃一盤豬肉而宰了五十頭豬，因爲他只要豬背上的肉，而把其他部位的肉都扔掉；他爲了吃駝峰而殺死好幾頭駱駝。當時的情況是：「一席之宴常歷三晝夜而不畢。」、「元旦至除夕，非大忌之日，無日不演戲。」

在對面的宅院裡，河吏們今天晚上又在大吃大喝了。

「那裡有比鴉片船更肥的食物，應該吃它。……」王舉志咬緊嘴脣小聲說道。

4

王舉志回到住處，給招綱忠寫了一封密書——他要求會見林巡撫。

第二天早晨，他離開邵伯往南而去。

在邵伯與高郵之間有「歸海四壩」。壩是向海裡溢洪的水道，從南向北數，有昭關、車邏、五里、南關等各壩。可是，花了大量修河費，由於河吏的舞弊，溢洪道沒有很好地修浚，日益變淺，一旦漲水即成大災。厲同勳的《湖河異漲行》中說：

湖水怒下江怒上，兩水相爭波泱漭。

河臣倉皇四壩開，下游百姓其魚哉！

廣大的地區浸在水裡，無數的生命財產付諸東流。

在阿美士德號北航的前一年——道光十一年（一八三一）六月，發生非常大的洪水，四條溢洪道都打開了，當時出現一片淒慘的地獄般景象，林則徐急忙前去救災。道光皇帝的上諭中也說：「各處一片汪洋，僅存屋脊。……」《湖河異漲行》中哀憐村民「不死於水，而死於火」。官吏要放水溢洪，數千名農民爬到壩上躺在那裡阻止放水，河卒就朝他們開槍；農民們爲了保護家人的生命財產免遭洪水淹沒，他們沒被水淹死，反而被槍火擊斃了。

王舉志看著河中靜靜的流水，肩頭哆嗦了一下。他在常州收到林則徐的回信，信上說：「爲避人耳目，勞駕虎丘一榭園。」

蘇州西郊的虎丘是吳王闔閭的陵址，其金棺奉安的遺址稱作劍池。巨岩上刻著書聖顏眞卿的「虎丘劍池」四個大字，顏眞卿雄渾的字體和此地十分相稱。

林則徐和王舉志在一榭園的小亭中碰面。他們倆自從在常熟的燕園分別以來，已有四年沒見過面了。

「我早就想見您了。」林則徐說。

「我覺得您從來沒有委託過我任何一件具體的任務。」王舉志仍和四年前一樣十分爽朗，只是眉間有一點陰影。他說：「我白拿那筆錢，您說任由我隨便花，但我總覺得是應該歸還的。」

「爲什麼呢？」

「我要調動人，要調動人就要養活人，照目前這樣是養活不了的。除了從民眾中徵收外，還要……」

「以前外面都傳說，兩年前在舟山襲擊英國船是王舉志的手下人。這……」

「鴉片船不會那麼容易上鉤。不過，已經發現不亞於鴉片船的肥食了。」

「那很好。請問這肥食是……？」

「能夠養活幾千萬人。」王舉志繼續說：「皇城的官庫裡有多得快要腐爛的肥食，讓它爛掉不是太可惜了嗎？河吏們正在大肆揮霍哩！」

「您注意到的肥食是可怕的。」

「如果不從農民那裡奪取，那就一定要著眼於其他地方。您期待我的事，我總覺得有點不合情理。」

這是衰世感，必須要想點什麼解決的辦法。凡是有識之士，誰都會這麼想的，必須爲這個可悲的封閉時代打開一個突破口。龔定庵根據其詩人的直覺寄希望於「山中之民」。林則徐以正直的政治家眼力，看破了統治階層的讀書人對這種衰世負有責任，認爲這種階層沒有資格打開突破口，這一工作必須由根本不同的階層來做。他期待王舉志的就是要他團結這種力量，可是，這必然會成爲反朝廷的運動——王舉志是這麼認定的。

「您是得出了結論而來見我的嗎？」林則徐問道。

「是這樣的。從您這裡拿的錢，我想最近就歸還您。您是朝廷大官，用您的錢來做我要做的事，於心有愧。」

「不需要您還。」林則徐平靜地說：「我早就料到會是這樣。這絕不是我判斷錯誤。」

王舉志盯著林則徐的臉，深深地吸了一口氣，暫時憋住不吐出來，臉頰脹得微微發紅。最後，他慢慢地吐出憋住的氣說道：「說實在的，我想也會是這樣的。」

兩人不自覺的相互微微一笑。

「能見到您就很高興了。」林則徐說：「我最近要調動工作，看來要離開此地了。」

「哦！上哪兒去？」

「還未最後決定，可能是武昌吧！」

「那是湖廣總督囉？……我先向您恭賀啦！」

從巡撫變爲總督，當然是晉升，名義上的職稱也將由侍郎升爲尙書。

「您不應該說恭賀吧！」

「不，這……」王舉志苦笑了笑。「我也想上什麼地方去啊！」

「是嗎？上別的地方去看看將是很好的學習。尤其是您，和我們當官的不一樣，您可以自由行動。」

「是呀！老是在一個地方會變成井底之蛙。不過，我上什麼地方去好呢？」

「我要是您的話，我就去廣東。」

「廣東……」王舉志點了點頭。

「我的朋友龔定庵說現在的社會是衰世，確實是衰世。之所以變成這樣有種種原因，當政者不能解決好這個問題，他們的罪過更大。不過，您也考慮過產生衰世的原因嗎？」

「最大的原因是，」王舉志回答：「占國民大多數的漢族處於滿族統治之下。我經常說『羞愧』就是指這一點。實際上不是很羞愧嗎？」

林則徐是異族政權的高官，他不能回答這個問題。

「其次的原因呢？」林則徐問道。

「其次是人口增長太快。人太多了，農村越來越養不活這麼多人，溢出來的人變爲遊民。這也是自然趨勢吧！」

「嗯！這是個原因。不過，我總覺得外國影響我們今後將越來越大。遺憾的是，外國的技術看來比我們前進一步，人民的生活今後可能會發生很大的變化。最近的例子就是船，他們的船已經多次叫我們吃了苦頭。現在朝廷已經決定，準備把官糧的運輸由過去的河運改爲海運，這些船在不久的將來恐怕都要改爲洋式的，如此一來，目前靠運河吃飯的數十萬人的生活將會怎麼樣呢？洋船的效率高，一部分人員雖然可進海運，但不可能是全部，民生必然會發生動搖。今後如果不注意外國動向就不可能了解社會。」

「您勸我去廣東就是這個原因嗎？」

「是的，就是這個原因。」

兩人互相點了點頭。

5

數千農民躺臥在壩上阻止溢洪放水，卻遭到槍擊而傷亡——這類事情在正史上並無記載，只有透過前面引用的厲同勳《湖河異漲行》（收入《棲塵集》）才能了解。

夏寶晉的《冬生草堂詩錄》中有一首《避水詞》：

一夜符（命令書）飛五壩開，朝來屋上已牽船；
田舍漂沉已可哀，中流往往見殘骸。

還說：

禦黃不閉惜工材，驟值狂飆降此災；
省卻金錢四百萬，慘使民命換取來。

徐兆英的《梧竹軒詩鈔》中也有這種淒慘的詩句：

溝渠何忍視，白骨亂如麻。

還說：

骷髏亂犬齧，見之肺腸酸。

這些情況或是不向中央報告，或是報告了也不載於正史。

道光十六年底，在邵伯發生了襲擊河吏倉庫事件，這件事也不見於官方記載。在該地漂泊的文人陳孝平的詩中，偶然談到這次事件不能向中央報告的原因：

盜掠絹綢八十匹，工具完存不敢報。

盜賊侵入收藏修河工具器材的倉庫，搶走了絹綢八十匹，而修河工具器材卻一件也沒拿。修河工程的倉庫裡裝進絹綢，這件事本身就不對，當然不能向中央報告。這些東西顯然是河吏們貪汙了修河費後購買的，準備送回家。

倉庫前面有一個哨所，晝夜有六名官兵輪流在那裡站崗放哨。那些裝土的舊麻袋、沾著泥巴的鍬鎬和木夯，誰也不會去搶劫這些東西。他們這樣嚴密警戒，無疑是爲了保護河吏的絹綢。

那是一個沒有月色的黑夜，兩名漢子拉著車來到倉庫前。

「幹什麼的？」官兵舉起燈籠進行盤問。

「這是鄭老爺給治河大人送來的東西。」一名漢子彎著腰回答。

「送來了什麼？」官兵狠聲狠氣地問道。

「說是酒。」

「嗯！可是，怎麼弄得這麼晚呀？」

「半路上車輪出了問題，因此弄晚了。我們先送到治河大人那裡，大人吩咐要送到倉庫這裡來。」

「是嗎？宿舍裡有的是酒，喝不完。不過，沒有人和我們這邊連繫呀！」一個官兵一邊這麼說一邊拿出鑰匙，喀嚓一下就打開了倉庫門上的鎖。儘管沒有人來連繫，可是要把送來的東西推回去，說不定以後還會遭到上級斥責。

官兵們都只注意著倉庫的門，當門打開時，只聽官兵「啊喲」、「啊喲」地接連發出叫聲。六條漢子——正好和官兵的人數相等——從暗處躡手躡腳地走到官兵背後，以開門爲信號，飛快地一個人勒住一個官兵的脖子。接著又走出來十來個漢子，給官兵們的嘴裡堵上東西，然後緊緊地綑綁起來。官兵們手中的燈籠被打落在地，燃燒起來。其實車子上的酒缸都是空的，他們把空酒缸卸到地上裝上絹綢。

看來他們早就做了周密的計畫，一會兒工夫就把一切都辦妥，大家也跟著車子一起離開，只留下一個人——他是王舉志。他拿出準備好的筆在倉庫牆壁上寫著四個大字——還我民財。意思是說，這些東西本來是我們老百姓的，所以我們要把它收回來。

他微笑著正要離開時，只聽一旁有人小聲地喊道：「大人！……大人！……」

「怎麼？」王舉志蹲下身子，看著躺在地上的官兵們的臉。燈籠還沒有燃盡。「哈哈！動作再快，疏忽大意還是不行呀！看來還是訓練不夠。」他笑著這麼說。

一個官兵口中塞的東西鬆開了，看來是口中的東西沒有塞緊。「我求求您！」那個官兵小聲地說道：「帶我一塊兒走吧！……一旦發現倉庫裡的東西沒了，當官的一定會用鞭子把我們抽個半死的。」

「噢……不過，你們看守的是工具，那可一件也沒少啊！」

「要是工具少了，那還不打緊。求求您，請您……」

王舉志藉著燈籠越來越小的火光，看了看這個官兵的臉。——那是一張農民的臉。「好吧！跟我走吧！其他的人怎麼樣？……哈哈！你們嘴裡塞了東西當然不能說話。這樣吧！想逃走的人點點頭；願意留下來挨揍的搖搖頭。」

其他五個官兵趕忙把頭點得像個撥浪鼓。

「這麼一來，這個哨所看來是不需要了。」

王舉志撿起還在燃燒的幾個燈籠，一個接一個地扔進哨所裡，哨所裡原本鋪著的乾草立即燃燒起來。

「啊！燒得好！」

王舉志在揚州的住處。面前擺滿了勝利品，他放聲大笑說道：「夠去廣東的路費啦！」

之後仍然不斷發生搶劫河吏住所和倉庫的事件，消息不脛而走，人們都認爲這些事件和當年襲擊鴉片船很相似，而且到處都傳開王舉志的名字，但是誰也不知道王舉志在什麼地方。

一天，林則徐有事幾次要找招綱忠，但招綱忠不在。林則徐已接到去北京的命令，爲了做準備，幕客們也在東奔西走忙得不亦樂乎。

「看到招綱忠了嗎？」林則徐問官署休息室裡的石田時之助。

「從早晨就沒看到了。」石田回答。

林則徐猶豫了一會兒，終於說道：「那麼，石君你能爲我跑一趟嗎？把這封信送給閶門瑞和行的老闆。你親自去一趟，一定要老闆寫張收條帶回來。」

石田接過書信把它拿到房間裡，愼重地揭開信封。他做這種事已經成了老手了。這是給連維材的一封介紹信，內容大致說：有一個名叫王舉志的人將去廣東，希望貴店的廣州分店能予以照顧。……

「王舉志？……這個名字最近經常聽到呀！」石田小聲地說。這個人物就是外面傳說襲擊修河倉庫的嫌犯！「這件事關係到金順記，不能告訴清琴。」石田愼重地把信封恢復到原來的樣子。

斷章之二

英國的強硬派在清朝的活動逐漸奏效。不久，英國政府決定派遣東印度艦隊司令馬他崙去清朝視察。

北京不斷督促廣東驅逐鴉片母船。廣東當局透過公行通知義律，鴉片母船如果不撤走將「封艙」、全面停止貿易，但是，鴉片母船仍然屹立不動。

1

有人論斷，一八三四年發生律勞卑事件時，清英兩國關係一觸即發，當時事態如果發展下去，鴉片戰爭可能早就發生了。

英國的擴張主義者當時確實恨得咬牙切齒，對清朝的優柔寡斷十分憤慨，但鴉片戰爭在律勞卑事件五年之後才發生，原因是——時機還不成熟。

從英國的皇帝和外交大臣巴麥尊給商務監督的訓令中可以看出，他們是想極力避免和清朝的摩擦，還是先爭取和平進入中國。另外對於主要出口商品「鴉片」，也還是感到有些理虧。即使當時英國政府要採取強硬政策，但獲得國會同意也很困難。有實力的鴉片商人查頓、馬地臣、顛地等人，派人回國宣傳「應該打擊清朝」，也是在律勞卑事件之後才開始。

儘管強硬派到處向英國政府高官和國會議員遊說，在五年後的鴉片戰爭中，國會裡也只以二七一票對二六二票——九票之差——勉強通過了批准軍費的決議。

當時英國的精神、思想存在一種奇妙的矛盾，新興資產階級功利主義貪得無厭地向外謀求大英帝國利益，特別要求擴大貿易市場；另一方面，人們透過產業革命，親眼看到機器的偉大，但他們也感到一種不安，擔心人類會淪為機器的奴隸。

當時的哲學家卡萊爾這麼寫道：

如果非要用一個形容詞來表現現代的性質的話，那麼，我們不想稱它為英雄的、信仰的、哲學的或道德的時代，而想稱它為「機器的時代」。從詞的外在和內在的一切意義來說，現代完全是機器的時代，……不僅是人的雙手，就連頭腦和心也變成機器的了。……

因此產生追求「人的尊嚴」的思想，培育了人道主義和博愛主義精神。當時不單是對清朝的強硬派橫行一時，也還有一群人道主義者譴責鴉片的無人性。

清朝也不願意和英國發生事端。律勞卑事件的解決，道光皇帝嘉獎當時的兩廣總督，就是因為他的處理沒有導致戰爭。

說清朝不知道自己的實力，那是言過其實，當政者也深知軍隊的軟弱，連道光皇帝也在他的上諭中慨嘆「武備廢弛」。在征討連州瑤族叛亂時，士兵因為吸鴉片根本起不了作用，這是眾所周知的事實，所以清朝也盡量避免衝突，弛禁論就這樣冒了出來。這種弛禁論使廣州和澳門的外國鴉片商人大為高興，以為清朝正在屈服。

律勞卑死後，德庇時提升爲英國商務總監督。他曾是東印度公司的高級職員，比海軍軍人律勞卑穩健，一味採取靜觀的態度。英國的鴉片商人不滿他的這種態度，公開表示反對，而且派出全權代表團建議英國政府率領軍艦去北京。這個時期因爲律勞卑的氣死而產生的激情尚未平息，因而德庇時任職不到四個月就下臺了。

羅賓臣被任命爲德庇時的接任者，他大體上也繼承德庇時的做法。弛禁論就是在羅賓臣擔任總監督官時起來的。羅賓臣對許太常奏議和廣東覆奏抱著很大期待，居留在廣州的外國商人一時間也充滿了樂觀情緒。

弛禁論出現的一八三六年，鴉片的進口量大幅增加，突破了三萬箱。在廣州的清朝官員中也同樣洋溢著弛禁氛圍。因爲廣東覆奏是從這裡發出的，可以說這裡是弛禁論的發源地。伍紹榮、盧繼光等公行的人，邀請學海堂的學者們大開宴會。

學海堂是道光四年由當時兩廣總督阮元在廣州創建的一所學堂，歷史不長。阮元曾著有《疇人傳》，介紹過代數學，並在《天象賦》的著述中注意到西洋學術，是一位跟著時代進步的人物；後來擔任大學士，歷任刑部、兵部尚書。他在朝廷爲官時，人們都知道他和軍機大臣曹振鏞不睦。他是「實學派」，曹振鏞卻認爲寫端正的楷書就是政治，他們的意見會對立，看來也是理所當然的。這樣一個由阮元所創建的學海堂，卻成了弛禁論者的大本營，大概是因爲他的「實學」遭到了極大的扭曲。

最覺得掃興的是韓肇慶，他當初因爲取締鴉片有功而被升爲副將，他把一部分當作默許費的鴉片交給朝廷立了功，可是，一出現弛禁浪潮，不在廣州停留而直接向北航行的船隻日益增多，商人們就逐漸把默許費壓低了。

禁嚴才付默許費；禁弛，當然就沒必要付出高昂的費用了。收入減少當然會讓人不愉快，因此他成了「嚴禁論者」。於是，他透過有關方面懇求軍機大臣穆彰阿嚴禁鴉片，但是對方沒有任何回覆。不僅如此，一天，海關監督把他叫去，對他說：「暫時停止取締鴉片！這是北京某個有實力的大臣下的特別指示，違背這個指示，對你將會不利的。」他深知北京某個有實力的大臣多麼可怕，韓肇慶的情緒因此更加消沉了。

盧繼光的希望也同樣落了空。他派他的手下郭青到韓肇慶那裡告密，說有兩個名叫簡誼譚和連承文的小夥子，不僅私賣鴉片，甚至還在鴉片裡摻假，要求予以逮捕。

郭青去武夷收購茶葉時曾對連承文溜鬚拍馬，爲公行大肆活動，可是卻中了連維材的計謀，弄得他面子掃地。他滿以爲這次是挽回他的面子的好時機，於是跑去唆使韓肇慶，可是韓肇慶卻皺巴著臉說：「你來報告是好事，不過，這件事我也無能爲力。」

「爲什麼？」郭青吃了一驚問道。

「現在如果逮捕這些傢伙，我可能就會完蛋。」

盧繼光聽了郭青的報告，咂了咂嘴說：「弛禁也不盡是好事，叫那小子發財啦！」

穆彰阿派在朝廷做出弛禁的決定之前，認爲弛禁對自己有利，所以早就命令廣東進行這方面的準備。簡誼譚和連承文趁著這股弛禁的浪潮大賺了一筆，整夜在廣州的妓院裡拍著手、大聲唱著淫穢小調，沉湎在酒色之中。廣州的國內外商人，就這樣提前製造一種弛禁的繁榮景象，其實中央的情勢正朝著和他們期望相反的方向發展。

穆彰阿大出意外，道光皇帝的態度並沒有像他所想像的那樣倒向弛禁，穆彰阿也不知道皇帝的「個人經驗」，他只認爲皇帝的猶豫是受到反弛禁論的影響。

關於朱嶟和許球的反駁，前面已經說過，除了這些京官（中央政府的官吏）之外，在地方官中也有人上奏反弛禁論。像江南道御史袁玉麟就極猛烈地抨擊了弛禁論。在他十一月十二日的奏文中有以下論點：

> 即使按舊例，鴉片每百斤課稅銀三兩和分頭銀二兩四錢五分，兩萬箱只不過十二、三萬兩；加倍課稅爲二十餘萬兩，再加一倍也只是五十餘萬兩。弛禁課稅論乃是僅見小利而傷大體的妄說。
>
> 外夷售鴉片，爲欲獲銀，不會同意「以貨易貨」，一定暗中攫取內地之銀。總之，漏銀問題的解決，關係到是否認眞監視銀的流出。認眞查辦，鴉片之禁可行，銀出洋之禁亦可行；如不認眞，即使弛禁鴉片，禁銀出洋一定也會忽視。
>
> 如允許栽培罌粟，鴉片之利數倍於農，無知小民將會棄農奔利。人口日增，穀產日耗。這樣，即使連年豐收，亦不能充分養活户口。如遇災害，則將束手無策。
>
> 至於所謂愚民自縮生命，不足深惜，此乃「痛心疾首之言」。皇恩應沐一切人民。
>
> 所謂禁亦無效，等於不禁。此非法律之罪，乃是施行法律者之罪。如今海內和平，盜奸事件仍有發生。雖禁盜奸，事件仍然不絕，但從未因此而聽到要求弛禁盜奸之議論。何況鴉片之流毒更深，弛禁實無道理。
>
> 淡巴菰（煙草）過去一向禁止，解禁後亦無害，因此有人主張鴉片亦應按此道理。淡巴菰確實無益，但不致因之「廢事耗神」，怎能將它與鴉片相比。
>
> 所謂禁嚴則賄賂多，禁弛則賄賂少，但此乃綱紀問題。奉法如得人，雖禁鴉片，亦不會有賄賂；奉法如不得其人，雖弛禁鴉片，賄賂仍將以某種形式橫行。

袁玉麟所說的「得人」，確實是說到了重點。地方官和京官不同，他們的奏文雖然詞句不夠文雅，但確實將弛禁論批駁得體無完膚。從此以後，弛禁鴉片的議論再也沒有公開過，它在輿論上失敗了。另外，廣東覆奏的兩廣總督鄧廷楨等人，並不是積極的弛禁論者，這也是弛禁論的弱點，他們沒有熱情持續對反弛禁論再一次進行反駁。對鄧廷楨來說，他的朋友中有反弛禁論者對他進行了勸說。

廣州的司後街有一所官立學校名叫越華書院，它是乾隆二十年（一七五五）由當時的鹽運司范時紀創建，是比學海堂要早七十年的知名學校。這所學校的主講教官陳鴻墀著有《全唐文紀事》等著作，在廣州掀起弛禁論的高潮時，他是嚴禁論的急先鋒。他是總督鄧廷楨的門生，據說他和一些志同道合的朋友約好，要在總督生日那天，在酒間的閒談中批判弛禁論。

朋友中有一個叫李可瓊的老人說道：「鴉片要不嚴禁可不得了啊！我眞擔心，將來說不定自己的子孫也會吸鴉片、傾家蕩產，落個悲慘的下場。」

李可瓊這麼一說，陳鴻墀立刻大聲說道：「事關天下。擔心一家之私事和擔心吾師（指總督）百年之後，在青史上被寫上『宣導弛禁的魁首』，損傷其名聲相較，那算什麼呀！」

不知道這是否是事先導演好的一齣戲，據說鄧廷楨就因爲這幾句話而大大地覺悟了。他之後再也沒有提到弛禁，而且在鴉片戰爭中和林則徐齊心協力、共赴難局。而廣州的兩所知名學校越華書院和學海堂的對立，也許就糾結在這個問題上。

後來林則徐作爲欽差大臣到達廣州時，越華書院是他的行轅。這所歷史悠久、正統的學校，當時已受到新興的學海堂極大的競爭壓力。學海堂的規模大，正處於興盛發展時期。當學海堂的學者傾向於弛禁時，越華書院的人很可能會藉這個機會來反對他們。

太常寺少卿許乃濟可以說是弛禁論的點火人。他和龔定庵是同鄉，都是浙江仁和人，嘉慶二十二、二十三年，他曾在廣州的粵秀書院擔任過兩年教官。

這些情況不能不讓人感覺到，廣州的教育界已深深陷入鴉片的嚴禁和弛禁的爭論裡。附帶說一下，學海堂就是現在廣州市立一中的前身；越華書院在光緒二十九年停辦；許乃濟曾經執教的粵秀書院成爲後來省立大學的附屬中學。

2

道光十六年（一八三六），連維材除了到武夷山去了兩個多月外，其餘時間幾乎都待在廈門的望潮山房裡。他既沒去廣州，也沒去北方。他俯視著大海，深深地感覺到「時間」的逼近。

時間和他播下的種子並沒關係，照常邁動它的步伐。他只想在各個方面接上導火線，但看著眼前情勢的破壞力，他感到有點可怕。他提醒自己要有正視它的勇氣，因爲破壞力越大，突破口也越大。

這一年年底，英國商務總監督羅賓臣辭職，由查理斯．義律繼任。義律曾作爲律勞卑的隨員來過清朝，在清朝待過兩年多時間。義律一就任，就透過公行向兩廣總督提出要求，希望去廣州管理商務。

自從律勞卑退出廣州後，英國的商務監督一直住在澳門從未進入廣州。以前的大班——即東印度公司的特派委員，獲得清朝允許，平時都住在廣州。朝廷採取的方針是：准許民間人士住在廣州，但「夷官」則不准。

總督向北京奏報說：

英夷義律者，奉本國之命，前來監督本國之商人和船員。現在夷船雲集於黃埔，商人與船員之中，不識天朝法律者不在少數。爲恐徒增事端，希望親自常住廣州，以便管理云云。

雖非大班，但「名異實同」。則是否可比照大班之往例，准之入境？但若其有擅自非爲或者勾結漢奸圖謀私利之情事，當即驅令其歸國，以絕弊源。……

第二年——道光十七年正月十八日，批准了這個奏報。

林則徐於道光十七年正月四日到達北京，受到和他同年中進士的舊友和同鄉們的歡迎，並住宿於城外的三官廟。以前在江蘇協助過他的徵稅高手禹厚庵也來到北京。林則徐的日記上記載他們久別重逢、歡談舊誼的情景。

朝廷向廣東發出准許義律進入廣州的指示時，林則徐正在北京，他一有空就悄悄地和吳鐘世會見，聽取各種情報。

「老大人的情況如何？」他這麼一問，吳鐘世搖了搖頭說：「鴉片把人變成鬼啦！不定庵裡住著一個鬼。」

林則徐中進士待在北京時，吳鐘世的父親還正壯年，是一位慷慨之士。他具有豐富的經驗，懷有各種抱負，林則徐曾多次向他請教。而現在他已瘦得皮包骨頭，整天把蠟黃的臉向著天棚躺倒在床上，枕邊擺著吸食鴉片的器具，他的眼睛已變成鴉片鬼那種帶淚的眼，林則徐的模樣恐怕已經映不進他的眼簾，不，即使能映進去，一定也喪失了識別人的機能。林則徐了解他的過去，聽到他如今的變化，讓林則徐感到一陣淒涼。

王尚辰寫過一首《相思曲》：

炎荒瘴毒金蠶蠱，皀鴉嘬人肌骨腐；
磨脂滴血搗春華，摶就相思一塊土。
相思土碎青煙飛，拌使內地輸金錢；
閭閻元氣日澆薄，縕化作相思天。

相思兮相思，朝暮無已時。
但願不識相思味，待到相思悔已遲。
籲嗟乎！

世間多少奇男子，一生甘爲相思死。

傳說印度在栽培罌粟時，把年輕男女綑綁起來，當兩人的情慾達到最高潮時，就用利刃刺穿他們的心臟，用流出的縷縷鮮血來澆灌罌粟——這個傳說當時在中國相當流行。大概是人們一旦吸上鴉片就很難斷絕，這和相愛的男女難分難捨很相似，因此編造了這樣的故事；在詩中也稱鴉片爲「相思草」。

吳鐘世的父親確實如他的兒子所說的那樣，已經不是人，而是一個鴉片鬼。

吳鐘世從林則徐那裡拿的津貼不少，但光靠這筆錢還不能支付父親的鴉片費，要加上他協助金順記的工作才能勉強應付，否則他恐怕怎麼也弄不到新鴉片。當時他的犯罪動機大半都和鴉片有關。

「燃眉之急的問題是鴉片。」林則徐痛切地這麼認爲。

鴉片問題不僅是和保守派針鋒相對而產生的一種爭論，其本身也關係到人民是否滅亡的最急迫問題。

二月五日，林則徐從北京出發奔赴新的任地。他已被任命爲湖廣總督，這個官名因爲有一個「廣」字，往往被誤解可能和廣東有關，其實湖廣總督是管轄湖北、湖南兩省的總督，有時稱爲湖北湖南總督；在兼管四川省的時期，曾叫川湖總督。

三月四日，林則徐到達漢口；第二天進入總督駐地武昌城。

武昌於一九一一年十月十日陷入革命軍手中。這個城市在推翻清朝方面起了決定性的作用，「中華民國」於第二年成立，民國元年恰好是日本的大正元年；而十月十日的「武昌起義」遂定爲紀念節日——

「雙十節」。

在親眼看到武昌街頭高呼革命成功萬歲的老人們當中，恐怕還有人隱約記得林則徐當總督的時代；而武昌革命距林則徐到任則已有七十三年了。

3

道光十七年三月，林則徐到達武昌任湖廣總督時，龔定庵任禮部主事；四月補主客司主事，兼任祠祭司，爲正六品官。

清朝行政機構的「六部」來自於周代的天、地、春、夏、秋、冬的六官制，其所管轄的事項如下：

吏部——一般行政
户部——財政
禮部——典禮
兵部——軍事
刑部——司法
工部——技術、建設

沒有專管外交的部，這是因爲清朝認爲沒有一個國家可以與中華對等，因此不能有對等的外交。這種天朝的思想，即承認民間的東印度公司職員，但不准英國官吏商務監督入境。接待進貢國或外藩、和它們交涉，由禮部負責，所以，勉強地說，外交屬「禮部」管轄。但就對外貿易來說，因爲有海關，海關屬戶部所管，所以戶部也承擔了一部分外交任務。由此可見，中國的「部」相當於日本的「省」。現在中國仍然用「部」字，例如內閣的各機構就有民政部、外交部、國防部等，這是繼承了「六部」以來的傳統。

部的長官爲「尚書」，滿族、漢族各一人擔任，所以各部有兩名長官。例如道光十七年吏部漢族尚書爲湯金釗，滿族尚書是奕經。副長官爲「侍郎」，侍郎分左侍郎、右侍郎，而且和尚書相同，分別由滿、漢各一人擔任，合計有四名副長官。按順序排列，侍郎以下有郎中、員外郎、主事。郎中相當於日本的局長；員外郎相當於部長；主事則相當於課長。

定庵也於這一年被選任爲湖北的同知，但他沒有赴任。同知爲正五品官，是知府的輔佐官。

中國的地方行政組織順序是省、道、府、州、縣。中國的縣比日本的縣小，可以比作日本的「郡」；中國的知縣相當於日本的縣知事；中國的府相當於日本的府、縣。府的長官叫知府，同知相當於副知府。

湖北有林則徐，龔定庵雖然也想去那裡從事地方行政工作，但去了就再也見不到默琴了，因此他還是以六品官待在北京，而沒去上任。

這一年龔定庵有不少有關佛教的著述，校訂了七卷《龍藏考證》和七卷《三普銷文記》等。

弛禁論到這一年已經銷聲匿跡，許乃濟上奏弛禁，反而導致了嚴禁論的增強。

義律雖然獲准進入廣州，但在那裡無事可做，於是又返回了澳門。原因是，英國政府要採取和清朝對等的立場，不准義律以「稟」（請求書）的形式透過公行和清朝官方接觸。清朝雖然准許義律入境，但仍按以前大班的舊例，堅持「如有要求，應通過公行呈稟」的原則。清英兩國的關係因此再次緊張。

英國的強硬派在本國的活動逐漸奏效，不久，英國政府決定派遣東印度艦隊司令馬他崙去清朝視察。

北京不斷地督促廣東驅逐鴉片母船。廣東當局透過公行通知義律，鴉片母船如果不撤走將「封艙」、全面停止貿易，但是，鴉片母船仍然屹立不動。

在許乃濟主張嚴禁鴉片的奏文中，曾列舉夷商中九位最惡劣的鴉片販子。兩廣總督鄧廷楨透過公行的伍紹榮，命令這九人撤回澳門；但這九人仍賴在廣州不走。

這一年，英國的維多利亞女皇即位。

道光十七年，對道光皇帝來說又值第七個不祥的「凶年」，但這一年他的骨肉親人中誰也沒死，皇帝的情緒略有好轉，看來他似乎已脫離倦怠期而進入勤勉期，寢宮養心殿裡燈火徹夜通明，他在燈光下執著朱筆批閱奏文。

潛逃的女人們

「她終究是會離開的，現在這種時刻到來了。」連維材在那座已經沒有西玲的小宅院裡小聲地說道。

西玲離去了，連維材再一次體會到他是多麼愛西玲。

他是否要透過對失去女人的悲哀的忍耐，來考驗自己呢？

1

連哲文遊學蘇州即將結束，他不久就要回廈門了，但是他還不想回去。

這兩年來，哲文整天畫畫，弄得老師周嚴只能搖頭嘆氣。但對他來說，繪畫卻是他的人生啟蒙，如果回到廈門，恐怕很難遇到像昆山道人這樣傑出的畫師。「看來你已經開闢了新的道路，從我這裡已經學不到什麼東西了。」昆山道人雖然這麼說，哲文卻覺得還是可以從他那裡吸收很多東西。

哲文不願離開蘇州還有另外一個原因，那就是——女人。

哲文經常到哥哥們託付的妓女麗雲那裡去，但他和麗雲並沒有很深的關係。他們的年紀相差太大，而且她曾是哥哥相好的女人，所以一開始就產生不了情感。

她的房子緊靠著運河，窗子下方經常停靠著一艘邋邋遢遢的舢板船，船上有一個粗野的少女。哲文之所以經常到麗雲這裡來，就是想看一看這位女船老大。這不是出於他對異性的興趣，而是作爲一種繪畫的素材在挑逗著哲文的心。

夏季的某一天，哲文來到麗雲那裡。麗雲吸了鴉片睡著了，太陽還很大，窗上掛著竹簾子。

哲文朝窗外看了看，女船老大的舢板船沒有繫在那裡。他已經三次沒有看到這艘舢板船了。上次來的時候，麗雲半開玩笑地對他說：「那個大腳美人最近不見了，大概是上什麼地方去了吧！」

這天看到麗雲衣衫不整的睡姿，年輕的哲文產生了一種奇妙心情。他快二十歲了，但還沒有親近過女人。

麗雲沒穿內衣，只罩著一件長衫。長衫的料子是極薄的粉紅綢子，上面印著竹葉的花紋，給人一種清爽的感覺。長衫的大襟是解開的，裸露的胸脯上只覆著一把泥金的扇子，但不知什麼時候連這把扇子也滑落了。因爲出汗，長衫幾乎濕透了，粉紅的綢子緊貼在身上，顏色顯得更濃。乳房的四周也濕透了，乳頭清楚地顯露出來。

因爲是哲文，所以她並不注意自己的睡相；加上又吸了鴉片，睡得十分深沉，連長衫也撩了起來。她的下身連褲子也沒穿，而且蹺起一隻腿，連腿肚子也露了出來。竹簾的影子變成細線條的花紋，投射在她的腿肚上。如果沒有竹簾投下的影子，哲文也許會轉過頭去，但印在腿肚子上的條紋卻不由得吸引他。他很年輕，他的胸口撲通撲通直跳，心臟簡直要穿透後背跳出來了，他不由得搖搖晃晃地邁開步子。

他走到麗雲身邊，彎下身子，手哆哆嗦嗦地伸向麗雲的腿肚子，當觸及大腿內側時，哲文的手指頭激烈地顫抖起來。不過，麗雲並沒有任何反應。哲文馬上縮回了手，他的腦子裡閃現了另外的事物——畫。

「這個女人並不美，她的肌膚甚至可以說是醜的。那麼，究竟是什麼使我的心這麼怦怦地跳動呢？這個三十歲女人的肉體已受到鴉片腐蝕，絕不會有蠱惑人的魅力。是什麼給它帶來了美感呢？」哲文看到了窗子，他心想：「啊！是竹簾的影子。」

他走到窗邊捲起竹簾，耀眼的陽光一下子照滿了屋子。哲文揉了揉眼睛，看了看睡在床上的麗雲。刺眼的陽光也不能驚醒這個吸了鴉片而熟睡的女人，她只轉了轉頭，身子仍然一動也沒動。

陽光是無情的，她那完全暴露在陽光中的肌膚鬆弛而無光澤，就像一片枯肉。

「對，那是影子。不是普通的影子，是帶著許多細直線的影子。我從沒見過使用這種方法畫的畫。」正當哲文這麼想的時候，窗外有人喊道：「這位少爺眞糟糕，把女人弄成那個樣子還要打開簾子。」

窗外不知什麼時候停靠了一艘畫舫，畫舫裡一個年輕女人踮起腳正朝屋子裡看。說話的就是這個女人，她那張圓下巴的臉蛋叫夕陽一照顯得光彩奪目、十分漂亮，兩隻眼睛滴溜溜地轉動。女人見哲文漲紅著臉，沒有答話，於是向他打招呼說：「你的相好在睡覺，怪寂寞的吧！到我這裡來喝一杯吧？」女人的話語帶有北方口音。

畫舫是一種塗著彩色的帶篷的船。它是一種遊玩的船，不是運載貨物的。在江南水鄉，流行用這種畫舫載著歌妓遊玩。不過，現在向哲文打招呼的女人並不是妓女，據她說，她是租了一艘畫舫在獨自遊玩。

哲文已讓這個女人奪去了魂魄。大概是由於窗外射進的陽光，把麗雲醜陋、枯萎的肌膚無情地映在哲文眼中，因而緊接著所看到的美更加打動他的心。而且哲文具有藝術家氣質，他對第一印象尤其敏感、強烈。

之後，他和畫舫裡的女人見過許多次面，每次見面都在船上。他們約會的方式大體是這樣——「明天在桃花橋見。」

女人自己說她的名字叫李清琴，但她從未說過她住在什麼地方，若持續問她，她就笑著回答：「我住在船上呀！」

畫舫上還有船家夫婦倆，他們的口風都很緊，有關清琴的事，除了她簡單的經歷外什麼也打聽不出來。在分手的時候，一般都是先讓哲文在什麼地方下船，然後她繼續坐在船上向什麼地方開去。

不過，清琴並不讓人感覺到她是個神祕的女人；相反的，她的性格開朗、心直口快，愛打聽一些瑣瑣碎碎的事情。她這種毫不羞怯的個性，對性格內向的哲文來說反而有一種吸引力。

事實上，清琴也確實很少登岸，因爲她在躲避石田時之助。

由於林則徐調任，她的使命暫時告一段落，在武昌將有另外的人來刺探林則徐身邊的情況。她已接到新的命令要她留在蘇州，接近連維材的兒子。看來北京已開始注意金順記了。

石田時之助向清琴提出，他想趁林則徐榮升的機會辭去幕客，和清琴一起生活。清琴一聽這話，說了一句：「啊呀！我太高興了！」然後就逃到船上去了。

蘇州當時是一個擁有一百多萬人口的大城市，石田紅著眼睛每天都在拚命地尋找清琴。

清琴和哲文說：「有人在找我，所以我到處躲藏。」

這一半是事實，一半是謊言。

她編造了一段經歷，說她是一個不滿家裡定的親事而逃出家門的姑娘。

2

連維材讓西玲從自己的手中逃走了，不過，這是他早就預料到的事。他已經一年多未去廣州，而且他早就知道簡誼譚和承文勾結在一起，還發了大財。

西玲和誼譚除了一般的姐弟感情外，還有一種非比尋常的同志式感情把他們連繫在一起，這一點連維材也很清楚。現在誼譚既然發了財，西玲當然不願意再受到連維材的束縛了。

西玲有一顆奔放的心。爲了追求自由從波斯流浪到印度的帕斯人血液，現在正以另一種形式流在她的血管裡。「無聊死了！」她經常這麼說。這句話表明她無法忍受束縛。西玲最大的魅力就是她那奔放不羈的性格，連維材為自己有力量把她束縛住而感到高興。

「她終究是會離開的，現在這樣的時刻到來了。」連維材在那間已經沒有西玲的小宅院裡，小聲地說道。

西玲離去了，連維材再一次體會到他是多麼愛西玲。現在他是否要透過對失去心愛女人的悲哀的忍耐，來考驗自己的力量呢？

連維材和石田時之助不一樣，他只要想找馬上就可以把西玲找到。他很了解她弟弟的近況，只要循著誼譚的線索去找，很快就會知道西玲在什麼地方。

道光十八年，連維材來到廣州時，由於日益高漲嚴禁鴉片的浪潮，弛禁論已經銷聲匿跡了，在這樣的情況下，危險當然會向承文和誼譚的身邊逼近。而這兩個年輕人卻什麼也不知道，還在得意忘形地大搞冒牌鴉片的買賣。由於資本充足，甚至在西關租了倉庫，規模搞得比以前還大。

連維材叫來一個瞇著眼睛的偵探。

「我想找誼譚姐姐的住址。」

「這個我知道。」

「在什麼地方？」

「在石井橋附近。」

「石井橋不是鄉下嗎？難得她能夠窩在這種地方……我不在這裡的一年多時間，她做過什麼事？」

「邀朋呼友，幾乎每天晚上都舉行宴會。」他是一位很有本領的偵探，他什麼都知道，但只回答對方所問的問題。

「都是一些什麼樣的人？」

「讀書人。」

「現在石井橋的情況怎麼樣？」

「她還在和那一帶的讀書人交往。他們都叫她西玲女士，看樣子她很得意。」

連維材想了想。

之前西玲和鮑鵬那些外國商館以及流氓頭子交往，這些人和讀書人可不一樣。不過，她不願受束縛，爲了排遣寂寞，她什麼事都做得出來，所以她和那些閒散的知識份子交往也不值得大驚小怪。

連維材要偵探幫他畫了一張地圖，然後低聲說道：「我得去看看。」

林則徐介紹的王舉志已經祕密地來到金順記廣州分店。他的相貌、言談、想法等一切都顯得爽朗、正派，連維材暗暗地稱讚他的人品。

「我要去一趟鄉下。」連維材這麼一說，王舉志立刻說：「請您也把我帶去吧！我不會給您添麻煩，我喜歡在鄉下走動走動。以前我就一個人走過很多地方。」

「我要到一個叫石井橋的地方。」

「啊！那一帶我最近去過，我還在那裡交了一個朋友，我想去看看他。您在辦您的事情時，我就到我的朋友那裡去。」

於是兩人一起朝石井橋走去。

出廣州城往西，沿河北上有泥城、繒步等小鎮。東邊有「四方砲臺」，再往北即到後來鴉片戰爭時平英團包圍英軍的三元里。石井橋是位於三元里西北方的一個鄉間小鎮。

剛過舊曆正月，風和日暖，珠江沿岸一片新綠，到處可見全身沾著泥土的農夫在田地裡工作。

「他們這麼拚命地工作，勞動的成果卻幾乎全被當作捐稅、佃租被官府拿走了。」王舉志一路上說的都是這種話。

一到石井橋，王舉志說他要到前面不遠的地方去拜訪一個名叫李芳的朋友，就向連維材道別了。

西玲的家很快就找到了。這房子好像是在城裡發了財的商人，為了享受田園生活而建造的別墅。連維材並未向出來的女傭人報上自己的名字，只說：「我要見西玲女士。告訴她，關於她弟弟的事，我有話要和她說。」

3

房子並不怎麼寬敞。客廳裡傳出熱烈議論的聲音，其中有江南口音。那是一種「處士橫議」——未能踏上仕途的讀書人，他們的議論方式帶有一種特殊情調，一下子就能聽出來——他們喜歡用悲憤慷慨的語調痛罵官府。他們之中魚龍混雜，並不一定都是品行惡劣的人。因為當時的世道是不能寫端正的楷書就不能當官，所以有不少在野遺賢擁有超群的才能，往往會受到排擠。

連維材被領進另外一個房間，在那裡等了一會兒，西玲就走了進來。

「是你呀！」也許是她故作鎮靜。她看到了連維材，言語態度上也沒露出動搖的神色。

連維材也沒說多餘的話。「我到這裡來，是關於誼譚的事有些話要和妳說。」

「什麼事呀？」

連維材回去之後，西玲感到精疲力竭。對於她的不辭而別，連維材隻字未提，只告訴她誼譚有被捕入獄的危險。

「當然，這也關係到承文。」連維材說道：「像承文這樣的人，我覺得坐坐牢對他也許有好處。我正考慮我要如何做？不過，誼譚不是我的孩子，他的事，妳身爲他的姐姐應該考慮一下。」

西玲極力忍著一陣陣頭暈目眩說道：「我明白了。」

連維材點了點頭說：「這一次不如說誼譚是受了牽累。他們一開始就策劃好了要陷害承文，也就是說，他們要透過陷害承文把我逼入困境……」

「他們是……？」

連維材簡短地說明了事情經過，最後補充說：「當然，幕後操縱的是公行，但實際動手的是顛地商會的鮑鵬——那個忠於妳的傢伙。」

交談的時間很短，事情一談完，連維材絲毫未露出戀戀不捨的樣子就離開了。儘管如此，西玲還是深刻感覺到連維材對她的愛，而被人愛就意味著受到束縛，她希望擺脫這種束縛。再說，連維材雖然愛她，但她始終捉摸不透連維材這個人。

他是個可怕的人，和他比起來，現在她所交往的這些男人她是很了解的。這些人太容易了解了，他們絕不會束縛她的自由，可以讓她放心。

她交往過商人和街上的流氓地痞，他們有明確的金錢慾望，很容易被了解；現在在她家客廳裡的那些男人，大多嚮往當官。總的來說，後者比前者更富有男人味。他們說話慷慨激昂，可以排遣寂寞；有時還說一些很傻的話。

連維材的身上有什麼呢？她至今還不了解。好像既無金錢慾也無權勢慾，但一定有什麼東西是她所理解不了的。她所了解的只有他的愛，但西玲並不是只有愛就可以滿足的女人。

她用雙手使勁地搓了搓臉，然後才回到客廳。

客廳裡有五位客人正在大發議論。一個浙江口音的正用極粗魯的語言痛罵官吏的貪汙：「副將韓肇慶這小子，聽說他撈了一百萬兩。他媽的！他嚴禁個屁！大鴉片犯他放過，盡欺侮小傢伙。因爲小傢伙出不起賄賂嘛！」

這人的名字叫錢江，他到處罵人好出自己胸中的怨氣，據說一般紳士都不理他。不過，他確實很有文才。

在太平之世被認爲是多餘的人，往往到戰亂的時代才能分辨出眞假。錢江這個人有很多缺點，他平時雖然盛氣凌人、胡吹胡擂，但他和那些一上戰場就捲著尾巴逃跑的無賴還是有所不同。在鴉片戰爭中，他主動要求站到戰鬥的第一線，後來被流放到新疆。他雖然粗暴，卻是直腸子的好漢。

「就是嘛！盡欺侮弱者。」西玲幫腔說。

「西玲女士這次說的話很有感情。」旁邊另一個客人說。

「啊呀！這……」西玲和往常不太一樣，有點慌亂起來。

「說起來有點不好聽。以前西玲女士的幫腔有點像起鬨；不過，這一次很眞摯。太好了！」

以前她確實是爲了解悶而來聽這些熱烈的議論，即使插幾句話，也不是她認眞想過才說出口的。不過，這次她的幫腔和往常不一樣，原因只有她自己知道，但也有人從旁看得很清楚——她害怕了。

「何先生眞叫人害怕。」她瞅了瞅說話的對方。

這人叫何大庚，一向爲大官當幕客。後來林則徐來廣州時，他成了林則徐的幕客，主要負責草擬書函。

「我有點事要先失陪了。我不在這裡，仍請大家慢慢地談，我叫人馬上拿酒來。」西玲說後，走出了客廳。

對於諠譁的事，她必須採取她自己的措施。

「怎麼辦？……」她在走廊上緊皺著眉頭沉思起來。

4

白天的廣州城內，地點在貢院旁。

貢院就是科舉的考場，這裡正舉行廣東省的「鄉試」。各省鄉試及格的人即為舉人，能取得去北京參加「會試」的資格。考試要進行幾天，為了防止作弊，在考試期間要和外界完全隔絕。每個考生關在一間很小的房間裡，這房間很像監獄裡的單人牢房，有一張簡易的木床兼作書桌用，還有便桶。

廣州的貢院可以容納八千名考生，也就是說，有八千個單人房間。那簡直就像無數棟連簷屋❶一起。

貢院的附近白天幾乎沒有行人，連承文正從那裡經過。他走得並不急，可能是在想什麼事，對周圍根本沒注意。

這時他遇到一群暴徒的襲擊。事情是在一瞬間發生的，他記不清究竟有幾個暴徒，但不只一個是確定無疑的。

他被包圍了。「不好！」他剛這麼想，一個漢子就彎著腰向他衝過來。

他感到心口窩上一陣劇痛，馬上就失去知覺。撞他的漢子低著頭，但承文隱隱約約地看到這漢子的臉。他腦子裡閃過一個念頭：「好像在哪裡見過？」

當他恢復知覺的時候，他已經躺在一間小房間裡的木床上。承文沒有應過科舉考試，但他覺得這裡很像經常聽說過的貢院裡的單人房。

這是一個四方形的房間，木板牆上沒有任何裝飾。靠牆擺著一張小書桌，他躺著的那張簡陋木床緊貼書桌對面的木板牆。房角放著一個帶蓋的圓桶，不用說也可知道那是便桶。

---

❶ 日本的貧民窟因為屋簷緊連屋簷擠在一起，稱作「長屋」。這裡暫譯為「連簷屋」。

沒有窗子，承文試著推了推門，那扇厚實的木門卻一動也不動。他顯然是被監禁了。

「是誰把我抓來的？」

是因爲他是鴉片犯被官府抓的嗎？不，如果那些人是當官的，不會一句話不說就撲上來，應該耀武揚威地自報姓名，大喝一聲：「不准動！」然後才走過來。再說，這房間雖然簡陋，但比官府的監獄還要高級得多。

仔細一看，在小桌前的木板牆上，和桌子差不多高的地方有一個二十公分見方的木框，這框框的顏色比四周的木板牆顏色要深一些，好像是原本安在牆上的窗子，推了一下推不動，那一定是從外面打開的。這框框的作用後來他才弄明白，到了一定時間那裡就會打開，向桌上扔進一頓粗糙的飯食。

和貢院的單人房不同的是，桌子旁有一個書架，書架上擺滿了書，而把書籍帶進貢院就是作弊。

「他媽的！究竟是誰讓我吃這種苦頭？」

承文心裡恨極了，兩隻腳把地板跺得響亮，但這只能告訴他地板是多麼堅固牢實。

「不過，那傢伙是誰呢？」

那張臉他總覺得面熟，他究竟是什麼時候在什麼地方見過這個襲擊者呢？他想了又想，卻怎麼也想不起來。接著他爲鴉片擔心了起來。他擔心的不是西關倉庫裡的那些冒牌鴉片，而是他不能不吸的鴉片。

既然被監禁了，當然不會給他鴉片抽。一想到發煙癮的痛苦，承文簡直要發狂。「只要給我鴉片抽，幹什麼都行！忍饑挨餓也可以，用鞭子抽、用棍子打也甘願忍受。」他不知道抓自己的是什麼人，但不管是誰，他都願意向這個人跪下哀求。

從石井橋到廣州約有三十公里路程。西玲先央求村裡一個小夥子幫她送一封急信，然後自己坐轎子向廣州出發。

墨慈商會的辦事處設在西關十三行街最西邊的丹麥館裡。這裡名義上是丹麥館，其實一家丹麥籍的商館也沒有，只有幾家英人商館和一家帕斯人商館雜居在這裡。

西玲走進附近一家茶樓的包廂，然後派人把誼譚叫來。誼譚已從信上得知了大概情況，但他還是露出一副不太相信的神情。

「姐姐，這會是眞的嗎？」他問道。

「當然是眞的。」西玲肯定地說。她深知連維材在這種事上絕不會說謊，他既然開口了，絕不會有假。

「那麼該怎麼辦？」

「一定要把貨物全部轉移到當官的注意不到的地方去。」

「什麼地方好呢？」

「澳門怎麼樣？」

「鴉片都是從澳門運到廣州的，怎麼能運往澳門呢？」

「現在不談這些了。」

「那就這麼辦吧！」

「就這麼辦，馬上就辦！」

「這兩天承文這小子不知道跑到哪裡去了，連面也見不著。」

「一定是躲起來了。」

「好吧！我相信姐姐的話，先處理貨物……我趕快準備船。」

「給我留下一箱。」

「要做什麼？」

「我買。三百兩行嗎？」

「便宜一點給妳吧！」

誼譚一向做事爽利，倉庫裡的存貨一下子就搬空了。這事一辦完，他就一副若無其事的樣子出去採購食品了。

西玲把一箱冒牌鴉片送到顛地商會的買辦鮑鵬家中，同時寫了一封告密信。

她要報仇！

嚴禁論

閏四月十一日，鴻臚寺卿黃爵滋遞上關於嚴禁鴉片的奏文；這一天正是林則徐在武昌歡迎怡良和予厚庵，敘舊、暢談的日子。

這篇奏文似乎要使「發情期」的皇帝更興奮，因爲上面寫著對吸食鴉片者要「罪以死論」。

1

道光十八年閏四月。這時期如果陽光不足會影響農事；而這年湖北、湖南地區雨水過多。看一看湖廣總督林則徐當時的日記，就可以了解他是多麼關心天氣。

四月六日，早晨陰，東北風。午雨，至夜不息。

四月七日，黎明詣城隍廟行香祈晴。早晨尚有微雨，午後雨息仍陰。東北風。

四月八日，黎明仍至城隍廟行香祈晴。早晨天氣頗見朗，仍是東北風；午後風轉西南，陽光大照，但申刻（下午四時）忽又微雨，數點即止。夜陰。

四月九日，黎明仍至城隍廟祈晴。巳刻（上午十時）忽雨一陣，東北風，終日皆陰，晚又有雨數點。

林則徐就是這樣每天到廟裡去「祈晴」，在以農爲本的國度裡，這就是眞誠爲政者的面貌。十一日，好不容易「暢晴，東南風」，但爲時極短，接著又是連日陰雨。

四月十八日，初夏的太陽難得地在碧藍高空照耀著武漢街市。正好這天從北京送來了題名錄——會試及格者的名簿，林則徐在上面發現長子汝舟的名字。

「只中進士，還不是一個人應該走的道路。」——儘管林則徐這麼想，但在當時社會中如果不踏入仕途就沒辦法發揮經世之才。

林則徐突然想到了王舉志。即使像林則徐這樣擔任要職的大官，也不是不能聽到「山中之民」的呼聲，正因爲他能聽到，所以才託付王舉志來集結這種力量。

自己的兒子將來要做大官、參與國政，他與「山中之民」的力量將是什麼關係呢？他對這個問題的推測已過於正統了。他希望是合作關係，但是王舉志似乎認爲不可能。「要養活人，就只有掠奪官府。」如果按照這個結論發展，那就不是合作關係而是對立關係。

這些姑且不論，這一時期的林則徐可以說是他一生中的黃金時代。

四月十八日以後，連日晴天，林則徐沒去「祈晴」了，而且舊友接連來訪武昌——都是讓他高興的事情。

在接到汝舟中進士喜報的那天，林則徐又收到女兒普晴的來信。她嫁給表哥沈葆楨，從信上看來，她的婚後生活似乎很幸福。

閏四月十一日，予厚庵和怡良來到武昌。予厚庵曾是稅吏，在江蘇輔佐過林則徐；怡良歷任江蘇按察使、布政使，也在林則徐擔任江蘇巡撫期間協助過他。怡良現任廣東巡撫，予厚庵任廣東海關監督，他們是在去廣州赴任的途中路過武昌。

林則徐款待兩位舊友，暢談江蘇時代的回憶。

「關天培先去了廣州。當年江蘇的朋友都跑到那裡去了，說不定不久後我也會去。」林則徐說道。這在當時當然是閒談，可是誰知道，就在這年年底，朝廷竟決定派他擔任欽差大臣去廣州。

予厚庵和怡良離開武昌後，連維材來了。

在招待連維材時，林則徐的房裡掛著朱絹泥金的對聯：

桃花先逐三層浪
月桂高攀第一枝

這是朋友為祝賀林則徐的兒子及第而贈送的。連維材面對著這位幸福的父親，聯想起還監禁在廣州的兒子承文：「抽不了鴉片，正在受罪吧！」

他曾經聽說過，抽鴉片的人在發煙癮時近似於神經錯亂。他想像著那種場面，承文痛苦地在那狹窄的小房間裡遍地打滾，急促的氣息就像觸及連維材的臉頰，那是像熱風一般的氣息。「這樣對他有好處。」他暗暗地提醒自己。

連維材是沿長江而下到上海去見溫翰路過這裡。連維材離開後不久，又來了幕客石時助。

石田時之助形容憔悴。他曾留在蘇州尋找清琴的下落，最終沒有找到。他最後死了心，決定再回到林則徐的門下。

本來就是雨量大的季節，今年的雨水尤其多，長江的水漲得滿滿的，據說水勢比冬季要大好幾倍，不過，幾乎感覺不到水的流速有多快。

連維材搭乘一艘名叫「五板船」的快船。這種船是「川船」的一種，一般裝載四川省的鹽順長江而下，返航時載回下游地區的大米。船是柏木造的，船身塗著桐油，儘管如此，仍讓人感覺船是悠然地漂浮在茫茫的大江上。

逆航的船一般靠近水勢和緩的江岸航行；往下游去的船，為了乘上快速的江流，一般都在江中心航行。過黃州不久，水色清澈起來。因為巴河的清流在這裡匯合，不過，很快的又變成混濁的米黃色。這條大江就好像是中國歷史長河的象徵。

單調的景色在九江附近突然被打破了，原來是廬山聳立眼前。廬山頂上罩籠著紫煙，山麓好像女子描著的眉黛，從江上的船中望去，它的山容似乎在緩緩地變化。

河是母親，山是父親。

「我們的山河啊！」連維材深深地吸進一口氣，心裡這麼想著。

連維材到達上海後，在金順記分店和溫翰商量了今後方針。他們談到擴大上海分店的計畫，以及在臺灣建立茶場。

「把統文打發到臺灣去吧！」連維材說。不管到什麼地方，馬上就能和周圍打成一片，這是統文唯一的長處。

連維材一邊在上海的江岸漫步，一邊和溫翰說：「把這一帶的土地統統買下來。您看怎麼樣？」

「沒有多大油水吧！」老人回答。

「為什麼？」

「要花十年的時間才能見效。」

「等它十年不成嗎？」

「恐怕不到十年就會被朝廷收買去了。」

「朝廷？我們的朝廷有這種眼光嗎？」

「不，外國人會強制朝廷這麼做，將來一定會這樣。他們要在上海建立居留地，就在這江岸，朝廷必定要爲他們提供地皮。」

「那就算了吧！」連維材這麼說後，爽朗地笑了起來。

商船從北方的天津；南方的臺灣、廈門、廣州——從各地齊集上海。當時正是官糧由河運改爲海運的時期，其中也夾雜著這種船隻。不過，世界各國的商船在不遠的將來也將齊集到這個港口，連維材閉上眼睛，腦子裡就描繪出未來的這幅情景。

當地人們現在都驕傲地說：「上海最近也熱鬧起來啦！」不過，他們難以想像的大發展正在等待著未來的上海。

2

這時在北京，軍機大臣穆彰阿悶悶不樂。他是一個奇怪的大臣，當皇帝倦於政務的時候，他卻像得水的魚似的精神振奮；當皇帝勤奮起來，他卻無精打采了。

道光十七年，也許是親人中沒有死人的緣故，道光皇帝每天都勤奮努力。這是變化無常的道光皇帝週期性的勤奮期，而穆彰阿卻把它稱爲「發情期」，心裡感到很不痛快。道光皇帝的發奮期，在穆彰阿眼裡等於是貓狗的發情期。他心想：「得啦！馬上就會平息下來的。」

要是在一般的時候還不要緊，但這次發情的時間很不利。在這個即將煽起鴉片弛禁論的重要時期，皇帝卻「發情」了起來，眞叫他無計可施。

穆彰阿是個擅於權術的人物，他的這種本領，過去主要在皇帝的暫時消沉期才能得到發揮。他以爲馬上就會平息下去的皇帝「發情期」，可是鴉片嚴禁論的勢頭卻不能等到那時候。

閏四月十一日，鴻臚寺卿黃爵滋遞上關於嚴禁鴉片的奏文，這一天正是林則徐在武昌歡迎怡良和予厚庵敘舊暢談的日子。

這篇奏文似乎要使「發情期」的皇帝更興奮，上面寫著對吸食鴉片者要「罪以死論」。

「這可糟啦！」穆彰阿心想，頓時感到束手無策。他企圖維持現狀，認爲政治應該和現實妥協，根據他的這種想法，那就應該弛禁鴉片。他認爲現在如果實行對鴉片的嚴禁政策，就會引起大亂；就像在平靜的海上扔進一塊大岩石，現狀就不得不改變，而且其波動一定會波及很遠的地方。

他不由得對黃爵滋痛恨起來：「多管閒事！這傢伙平時盡說一些讓人嚇破膽的話……」

黃爵滋，字樹齋，江西人，道光三年進士，四十五歲。

據說他喜交遊，夜閉閣草奏，晝出走；與諸友人、名士飲酒賦詩，意氣頗豪，可見是個個性明快的男子。

他和林則徐、龔定庵、魏源等人有交情，並有志於穆彰阿最厭煩的「經世之學」。在不定庵的常客中，他也是屈指可數的論客。他不僅思路清晰，聲音之大也超群拔眾。他是直諫之士，敢於大膽上奏，是個很引人注目的人物。他歷任科舉的考官、福建監察御史，道光十五年提升爲鴻臚寺卿。

黃爵滋的奏文確實具有歷史意義，透過它決定了嚴禁鴉片的大政方針；派林則徐赴廣東，可以說是它的副產品。華長卿的《禁煙行》說：「鴻臚一唱人鬼驚。」可見是一篇紀念碑式的奏文。

黃爵滋首先談到漏銀問題說：「邊境的防衛費所需多少？巡幸的費用多少？修造的費用又多少？與過去相較，爲什麼有這麼大的差別？……過去製錢九百文至一千文換銀一兩，現在銀一兩値錢一千六百文。這並非是銀用於內地，而是漏於外夷了。」

接著敘述鴉片的現狀，然後說明過去對策失敗的原因：

第一，嚴查海口，但無效果，原因是沿海萬餘里到處都可進入。

第二，禁止通商，仍然不能防止銀流出海外——因爲鴉片本來就是禁品，「煙船」停泊於外洋自有奸人搬運。

第三，懲罰鴉片販賣人也不行——因爲各地的貪官汙吏與富豪大族的不肖子弟勾結，會庇護同好者。

第四，放鬆栽培罌粟之禁，對防止漏銀也不起作用——假定如弛禁論者所說的那樣，國產的鴉片溫和，吸之不致上癮；這樣一來，吸食者將會千方百計地獲取外國鴉片。

眞是文如其人，他的論點去掉了一切冗詞贅句，極其明快。

那麼，鴉片之害是不是就不能禁止了呢？黃爵滋說：「臣謂非不能禁，實未知其所以禁也。」他認爲銀流出海外是由於販賣鴉片盛行；而販賣鴉片之所以盛行，是因爲有吸食鴉片的大眾，如果不吸食，就不會有販賣，這樣一來，外夷的鴉片自然就不會來了。總之，國民如果能不吸食鴉片，一切問題就解決了。因此得出了黃爵滋奏文關鍵性的結論——「吸食鴉片死罪論」。他建議：

> 自今年某月日起，至明年某月日止，准給一年期限戒煙，雖至大癮，未有不能斷絕。若一年之後仍然吸食，是不奉法之亂民，置之重刑，……查舊例，吸食鴉片者，罪僅枷杖。……皆係活罪，斷癮之苦，甚於枷杖……故甘犯明刑，不肯斷絕。若罪以死論，是臨刑之慘急，更苦於斷癮之苟延。臣知其情願絕癮而死於家，必不願受刑而死於市。……誠恐立法稍嚴，……必至波及無

辜。然吸食鴉片者，有癮無癮，……立刻可辨。……故雖用重刑，並無流弊。……

黃爵滋還引用余文儀的《臺灣志》說：

爪哇人原為輕捷善鬥之種族。紅毛人製造鴉片，誘使吸食，因而元氣大衰，終被征服。紅毛人在本國如有吸食鴉片者，則在眾人環視下，將該人縛於杆上，用大砲擊入海中，因而誰也不敢吸食鴉片，所以各國只有製造鴉片之人，而無吸食之人。……以外夷之力，尚能令行禁止，況我皇上雷電之威，赫然震怒，雖愚頑之人，也會斷絕鴉片。……這樣，既可防止銀外流，銀價也不會再漲。然後講求理財之方，誠天下萬世臣民之福也。

奏文的結尾說：「臣愚昧之見，是否有當？伏乞聖鑑。謹奏。」

清代的地方自治組織稱作「保甲制度」，規定十戶為一牌，十牌為一甲，十甲為一保；其代表人分別稱作牌頭、甲長、保正。黃爵滋建議利用這次禁煙的機會清查保甲，讓他們互相負連帶責任。同牌或同甲中如有吸食鴉片的人，同組織的人應該揭發，如隱匿不報，事後發覺，罪及負連帶責任的人。至於來往客商等無定居的人，則令旅館、商店負責，如有容留吸食鴉片的人，則按窩藏匪賊治罪。

文武大小官吏如有吸食鴉片者，本人死罪自不待言，其子孫亦不准參加考試。在兵營內也建立與保甲同樣的聯保制度。

這個建議確實十分厲害——如果不採取果斷的措施，鴉片的病根是不可能斷除的。

這篇奏文果然打動了道光皇帝的心，他命令內閣，把黃爵滋這篇奏文的抄本分送盛京（奉天）、吉林、黑龍江的各將軍（東三省即滿洲地方，一向實行軍政）以及各地的總督、巡撫，要他們陳述自己的意見。

根據皇帝的命令，各地長官的意見在當年秋季大致都徵集齊了。有二十幾名高官覆奏，其中全面贊成黃爵滋意見的只有四人：

湖廣總督　林則徐
兩江總督　陶澍
四川總督　蘇廷玉
河南巡撫　桂良

在當時的地方長官中，後來和鴉片戰爭有關的有兩廣總督鄧廷楨、直隸總督琦善、雲貴總督伊里布和浙江巡撫烏爾恭等人，他們認為吸食鴉片者處以死刑不妥當，不過，他們並不主張弛禁。他們說鴉片必須禁止，但處以死罪太過了。

另外，從當時的疆臣表來看，這些地方長官中半數以上是滿洲旗人；而贊成派的四人中，滿洲人只有正紅旗人——桂良——一人。

3

不定庵裡公羊學派集團的話題暫時集中在黃爵滋的奏文上，黃爵滋本人也氣宇軒昂地經常在不定庵裡露面，照例用他那響亮的聲音談笑風生。

吳鐘世到處奔忙，調查各地對黃爵滋奏文的反應。

「我說這話也許有點輕率，老大人死在好時候了。」龔定庵來訪不定庵的時候對吳鐘世這麼說。

林則徐來北京看望之後不久，吳鐘世的父親就死了，所以老子可以不判死罪，兒子也不用擔心受牽累了。

「我不覺得是輕率，我也是正這麼想。現在想到父親時，盡量只想他未吸鴉片以前的事；吸鴉片以後簡直是一場噩夢。」

「現在正在做噩夢的人，在我們國家有幾十萬、幾百萬吧！」

「要救我們的國家，只有堅決消滅鴉片。」吳鐘世的話中包含著實際感受。

「現今對奏文的反應如何？」龔定庵問道。

「博得極大的喝彩，出乎意料。」

「是呀！琉璃廠的書店裡，刊印黃爵滋奏文的小冊子賣得飛快。」

刊印奏文，有洩漏國政機密的可能，所以是不准許的。不過，在沒有報紙雜誌的時代，要了解時事問題，最切實的辦法就是看奏文，因此往往把奏文刊印出來，只要不是特別機密的奏文，朝廷一向會默許私自刊印。

「不過，我今天去一看，所有的書店一冊都沒有了。」吳鐘世說。

「哦！賣得這麼快呀！」

「賣是賣了，是穆黨的人把書店裡的存書全部都買去了。」

「他們害怕嚴禁論擴大？」

「應該是這樣。不過……」

「小動作！這樣就能牽制輿論嗎？」龔定庵這麼說著，不高興地抱著胳膊。

「不過，對方也在拚命地活動。皇上徵求各省總督、巡撫對黃爵滋奏文的意見，聽說穆彰阿也在悄悄地做周密部署。」

「是想用金錢收買人出來反對嗎？」

「不，那些人畢竟是總督、巡撫，恐怕不會那麼容易叫他摸到底細。再說，這種事也關係到他們自己呀！」

「大概是叫他們手下留情吧！穆彰阿現在所進行的活動，是希望這些人這麼覆奏：『不能急，要一步一步地走。』」

「我想大概是這樣。」

向皇上呈遞奏文是要負責任的，即使被收買也不能隨便亂說。黃爵滋的強硬主張被採納後，以前上奏過弛禁論的許乃濟就被革職了，在這點上是很嚴厲的。

龔定庵腦子裡想著黃爵滋的奏文、想著這個衰世，離開了不定庵。可是一走到默琴家門前，他的心思馬上就變了。

不能隨意見面，這反而更加引起他對默琴的思念。不能隨意見面還可以忍受，但無法忍受的是穆彰阿卻可自由地上默琴那裡去。

「我要把默琴從他的手裡奪過來！」他盯視著默琴家大門，心裡這麼想著。

默琴這時已在家裡躺下了，而穆彰阿正坐在床邊的椅子上。軍機大臣那雙灰面上繡著蔓草花紋的緞靴戳在默琴眼前，靴子還不停地抖動著。穆彰阿正在抖著二郎腿。

「我是聽說妳病了才來，沒想到妳看起來還很有精神，這樣我就放心了。」軍機大臣說。

默琴感到心裡發涼。她本來是裝病，這下子說不定是真病了，她覺得就這麼離開人世該多好啊！

「謝謝您！」她小聲地說，閉上了眼睛。

「鴻臚寺卿胡說八道的奏文弄得我頭昏腦脹，照他說的那樣做就會天下大亂。」

默琴雖然不知道是怎麼回事，但她希望軍機大臣就這麼忙下去，再也不到她這裡來。

「這傢伙是想把大清朝搞垮。」穆彰阿繼續說道：「對，一定是這樣。清朝垮了，他們還會活著，可以建立漢族的王朝來代替，可是我們滿洲人必須和清朝同命運、共存亡，所以要愼重。皇上對這一點並不太清楚我要做許多工作。眞忙啊！……」穆彰阿接著解釋了他不能經常來看她的原因。

「哦！原來是在說黃爵滋先生的那篇奏文，這我從定庵先生那裡聽說過。」她終於明白了穆彰阿說的話，心想。

據穆彰阿說，這是叫王朝毀滅的異端邪說；可是據定庵說，如果不實行這些政策，這個國家就無法挽救。她總覺得自己是被兩個完全不同類型的男人摟抱著，她對自己這種身份感到十分悲痛。

「漢人竟然這麼不負責任地胡說八道。豈有此理！」

默琴一聽這話，心裡難受極了。她就是漢人，而穆彰阿竟然肆無忌憚地在她面前咒罵漢人。在穆彰阿的眼裡，默琴根本就不算是什麼漢人，只不過是他養的一個女人，這是她難以忍受的。因爲龔定庵已經給她灌輸了一些人道思想，「如果不結識定庵先生就好了。」這樣一來，她起碼可以在庸人的幸福感中繼續生活下去。

4

穆彰阿並不是什麼都不做，只等待道光皇帝的「發情期」平息下來。表面上他好像是個笑嘻嘻的老好人，實際上一刻也沒放鬆地做背後的工作。在皇帝倦怠時，這種工作做起來很順手；但在皇帝的勤奮期就有點費勁了——需要花很多時間。可是，這次嚴禁鴉片的事，把他置於比以前更困難的處境。

如果等待，嚴禁論所點起的火種就會熊熊地燃燒開來，而要撲滅這場火是異常困難的。他透過各種管道和關係，向各地受命覆奏的總督和巡撫傳達了這種想法：鴉片確實是禍害，一定要予以禁絕。不過，突然提出要處以死罪，未免有點過激。他認爲這樣的問題要給予充分時間，稍微緩慢一點解決。在這一點上，希望大家能予以理解。

要說服這些大官，採取現金戰術是不太容易奏效的，要採取「向閣下的至誠忠心呼籲」的方式進行。同時要悄悄地示意：在下次的人事變動上會力爭對他們有利的以作爲報酬。這種宮廷外交式的活動是穆彰阿拿手的。

另一方面，又不能露出想支持弛禁論的馬腳。他編寫了宣傳文，指責嚴禁論的片面性，禁煙應該極力和緩地進行，以嚴刑峻法來對待。弄宣傳戰術，穆彰阿不太擅長，這方面主要由他同黨中最有實力的直隸總督琦善來擔任。在舉世滔滔的禁煙輿論中，這種免費散發調和論是沒有市場的，當時可以說沒有一個人的身邊沒有抽鴉片的大煙鬼。目睹他們遭受鴉片侵蝕的精神和肉體，只要是還有一點良心的人都會傾向嚴禁論。

和穆彰阿的期待相反，道光皇帝仍一直處於「發情期」中。

「連朕都戒了鴉片，其他的人不會戒不掉的。」道光皇帝十分嚴肅。他首先從自己身邊的人「開刀」，把帝室中抽鴉片的人拿來當靶子。最大的人物是莊親王，對他進行了處罰；接著剝奪溥喜「輔國公」的稱號。

名字帶「溥」字的從乾隆皇帝算起是第六代，輩份相當低。從輩份來說，和同樣帶「溥」字的清朝末代皇帝溥儀屬於同輩。溥喜家是以乾隆長子永璜爲始祖的公爵門第。繼承乾隆皇帝帝位的嘉慶皇帝是乾隆第十五個兒子，他出生時，長兄永璜已在十年前死去，永璜的長子綿德繼承了門第，以後四代都由長子繼承，所以世代交替進行得很快，早在道光年間就由「溥」字輩的一代來繼承家業。

這兩人都是皇族。另外還處罰了三等伯爵貴明，剝奪了他的爵位；在男爵級當中，處罰了特古愼。在皇帝身邊伺候的宦官也有大批人受到處罰，這些人失去了性的歡樂，大概鴉片是他們唯一快活的泉源。

道光皇帝就是這樣先從身邊的人開始淸理。各省的長官也把逮捕和處罰鴉片犯的報告，陸續送到中央。

穆彰阿臉色陰沉說：「沒有道理嘛！在這個太平盛世，嗜好點什麼，也是想幹點什麼事業嘛！本來可以放置不管的……」

他想委婉地規勸皇帝，可是怎麼也說不通。在有關鴉片的問題上，道光皇帝有著充分的自信。剩下的問題只是實行嚴禁的方法，皇帝認眞地硏究各地官員的覆奏。

一天早晨，皇帝在乾淸宮召見了軍機大臣說：「看來還是湖廣總督的覆奏最爲妥當。」

「啊！他是林則徐，臣認爲他是當代罕有的人才。」王鼎答話。

穆彰阿心裡很不高興。他一聽林則徐的名字就感到全身哆嗦，心想：「早一點把這傢伙搞掉就好了……」

他早已放出了密探刺探林則徐周圍的情況，可是抓不到足以陷害林則徐的證據。而且林則徐周圍已有了一道保護牆，很多人都擁護他，軍機大臣王鼎恐怕也是這道保護牆上的一塊堅石。

「穆彰阿，你怎麼看？」

皇帝一叫他，穆彰阿馬上跪伏在地上說道：「臣也認爲湖廣總督的意見是妥當的。」

同意黃爵滋的鴉片犯處死意見的只有林則徐等四人，而覆奏的將軍、總督、巡撫等共有二十多人。

當皇帝問穆彰阿的意見時，他本來是想同意最溫和的意見，但他早已看出現場的氣氛不能這麼回答。穆彰阿在這些方面是十分機靈的。

因爲皇帝已經傾向最激烈的林則徐的看法，在這樣的情況下不提出相反的意見是明智的。除了上述四位贊成者外，其他人的意見也各不相同。例如兩廣總督的覆奏雖不同意死罪，但也相當嚴厲。

穆彰阿不得已回答林則徐的意見最爲妥當，但這絕不是出自他的本意；兩廣總督鄧廷楨認爲死罪太殘酷，建議在抽鴉片的人臉上墨黥。

中國人重面子，而且孝道觀念深入人心，認爲身體髮膚受之父母。臉上墨黥之後流放遠方，等於是徹底爲社會所拋棄。這種刑罰雖然不如死罪重，但比枷、杖要重得多。

「哈哈！鄧廷楨還提出了墨刑哩！……」皇帝早已把各地官員的覆奏都記在腦子裡。他說：「想得很好。不過，欠徹底。不忍殺死罪犯的心情是可以理解的，但是正如林則徐的覆奏中所寫的那樣，規定死刑之法，目的是希望處死的人逐漸斷絕。周書中就有『群飲拘殺』一條，連古代的聖人也不得不嚴於立法。從現在的鴉片流毒來看，墨刑太溫和了。」

皇帝看起來是在向大臣諮詢意見，其實他的主意早就拿定了，現在連他說的話也引用了林則徐的覆奏。

「眞糟糕！……」穆彰阿內心暗想。

林則徐的覆奏雖然全面支持黃爵滋的奏文，但是他還提出了一些具體措施。例如把一年的限期分爲四期，讓抽鴉片的人自首，分期遞加罪名。第一期自首者，寬恕無罪；在第二、三期自首者，雖免罪，但要酌情處理；過了第四期而不自首者，或自首後重犯者，則「置之死地，誠不足惜。」過了一年的限期，開鴉片館者、販賣鴉片者、製造煙具者，和吸食者同樣處以死刑。

他認爲嚴刑峻法容易使無辜之人負罪，但對吸食鴉片的人不必有這種擔心，甚至不需審訊嫌疑犯，讓他靜坐在那裡就可以了。因爲眞正的大煙鬼，一到時間就會發癮——「醜態百出」，這是最容易判明眞僞的審訊。即使有人想進行陷害、揭發無辜的人，眞相也立即可以大白。若眞是如此，這種「揭發」人還應該受到懲罰。

林則徐還說：「若猶泄泄視之，是使數十年後，中原幾無可以禦敵之兵，且無可以充餉之銀。興思及此，能不股慄？」

「林則徐的這些話絕不誇張。應該好好地想一想。」在召見軍機大臣的席上，一談到鴉片問題，幾乎是皇帝一個人在表演。

「陛下說的是。」穆彰阿不得不這麼回答。

「快把林則徐叫到北京來，關於鴉片問題，朕想讓他全權處理。」

「是。臣立刻命令吏部派特使去武昌請林總督。」王鼎回道，他感到皇帝的話很合自己的心意。他跪在地上，抬起頭來，狠狠地瞪了穆彰阿一眼。王鼎早就知道穆彰阿反對林則徐，這位個性直爽的軍機大臣並不想隱藏他現在對穆彰阿的回覆感到幸災樂禍的心情。

穆彰阿的臉色更加陰沉了。

這一天，直隸總督琦善來訪穆彰阿。琦善是一等侯爵，正黃旗人。

直隸即現在的河北省。但直隸總督除管河北省外，還兼管河南、山東兩省。直隸總督負責皇城附近一帶的統治，所以在所有總督中名列第一，往往由最有實力的人來擔任。後來的曾國藩、李鴻章都擔任過直隸總督。

穆彰阿和琦善關係密切。琦善因爲服喪停職三個月時，他的職務曾由穆彰阿代理。他們是同憂之士。

「糟啦！」穆彰阿對琦善說：「關於鴉片問題，皇上打算全權委託林則徐。」

「那不行！」琦善的眉頭也籠罩著烏雲。

「你不是曾經推舉過林則徐嗎？」穆彰阿撇了撇嘴說。

「是呀！」琦善說：「這個人確實有才能。不過，我的意思是最多把他放到按察使、布政使的位子上，因此我才推舉了他。」

琦善在道光初年前後擔任過三年兩江總督，當時林則徐在江蘇擔任按察使和布政使，很得琦善的讚賞。

「你的意思是說他不能當總督嗎？」

「就是這個意思，他當上總督就會變成危險人物。他的政績確實很顯著，他具有果斷的實行能力，因而有點獨斷專行的味道。如果當按察使或布政使，掌管工作的範圍有限，獨斷專行、痲利爽快地處理工作，利多於弊。不，恐怕應該說，如果不讓這種級別的官員獨斷專行，那就做不了事情。……可是，一當上總督，尤其是委以全權，那就會讓人感到可怕了，誰知道他會做出什麼事。」

「是呀！我也擔心這一點。看來他是個有信念的人。但這可不行，他要是蠻幹起來，誰知道他會惹出什麼簍子。……這次他到北京來，你能不能提醒他注意一下？」

「你剛才說了，他是個有信念的人，我說的話，他恐怕也不會聽吧！」

「你畢竟曾經是他的上司，總會有點效果吧！一切都是爲了大清朝嘛！」

「我知道了，到時候盡量牽制吧！有沒有效果，姑作別論。……」琦善點了點頭。

5

這時，公行成員正在廣州怡和行聚會，每個人的臉上都露出悲痛的神情。去年就發現兩家商行負了巨額的「夷債」。所謂夷債，就是負外國商人的債。興泰行負夷債二百二十六萬西班牙元；天寶行約一百萬西班牙元。其中興泰行的嚴啟昌，在律勞卑事件中遭到意想不到的牽連而被關進監獄。爲了湊齊釋放活動費，做了一些很不合算的買賣，這成了他破產的致命原因。

道光十七年，外國債權人向兩廣總督鄧廷楨呈稟申訴。

總督命令進行調查，公行方面要求以十五年爲期分年無息償還，但債權人不承認這個條件。後來公行雖然把十五年的期限縮短爲十二年，對方仍堅持不得長於六年。公行向外國債權集團揚言，如果過於威逼，將否認一切債務。

債權人於道光十八年三月再次稟呈總督申訴，同時致函外交大臣巴麥尊申訴，於是導致了正式糾紛。

公行的理由是，給營業不振的商行充裕時間，使其能夠恢復元氣，乃是商業上的人之常情；而且公行過去就把這種人情給了外國破產的商行。不過，這種人情過去主要是給了美國商人。

英國擁有東印度公司這麼龐大的組織；美國商行並沒有這種後盾，大多是弱小商行，其中有的是由公行爲它們出資，瀕臨破產，還曾經讓伍紹榮的父親救濟過。但是這次兩家公行的債權人幾乎都是英國商行。其名單如下：

英商查頓——馬地臣商行　2,158,349元
英商顛地商行　922元
其他九家英國商行　4,384元
兩家帕斯人商行　2,497元
兩家美國商行　78,648元
一家瑞士商行　3,414元

美國商行的債權還不到總額的百分之三，所以搬出過去對美國商人的情義方式是解絕不了英國商人的

問題的。

經過一番迂迴曲折，這次負債問題好不容易才達成以下協定：

興泰行的負債　期限八年半　無利息

天寶行的負債　分年償還，十年還清　利息六分

現在公行的成員在集會，就是爲了聽取這次達成協議的報告。

「公行的基金全都叫強制性的獻款和給官吏送禮掏光了，今後請諸位不要再考慮依賴公行了。」伍紹榮報告的聲音不時停頓。最後，他以這句話結束報告，坐了下來。

「唉！如果能讓鴉片弛禁……」有人嘆了一口氣說。

如果能弛禁，公行就能壟斷鴉片，獲得大量的利潤。

「弛禁已經不可指望了。」伍紹榮的語氣不覺得粗魯起來。

弛禁的氣氛確實一度蔓延了廣州，但在嚴禁論無情的進攻下，現在已淒慘地潰敗了。提出廣東覆奏的總督鄧廷楨和巡撫祁，曾在宣導弛禁論中發揮過一定作用，但之後他們再也沒有提弛禁。在反對鴉片嚴厲的輿論面前，他們也不得不閉上嘴巴。

弛禁法既可防止目前最緊急的白銀外流，公行又可透過鴉片壟斷獲得巨利，這對公行確實是件很大的好事。可是，這種好事卻一下子被埋葬了，這對大多數公行的會員來說是很難接受的。歸根究柢，是因爲他們根本不了解他們以外的世界。在公行成員的世界裡，認爲弛禁是無可指責、前景無限美好的理想政策。他們禁閉在自己的小屋子裡，根本體會不到屋外的強烈風暴。

了解外面世界的恐怕只有伍紹榮，連他的助手盧繼光也說：「北京方面說現在情勢不妙，要暫時等待，我們要稍微忍耐一點。」盧繼光堅信自己的世界；堅信大力支持這個世界的樞臣——穆彰阿。只要成功壟斷鴉片，區區兩、三百萬元債款馬上就可以還清。在和外國債權人的談判中，盧繼光曾多次透露出這個意思。他說：「請稍微等一等，情勢一定會好轉。」

可是，外商對外部的世界比公行的人要了解得多。裨治文和威利阿姆茲等人，千方百計蒐集奏文和上諭等翻譯成英文在外商中散發，所以他們十分了解，情勢並不像盧繼光所說的那麼樂觀。

會議上發言的人很少，會議就在陰沉的氣氛中結束。

「希望大家繼續努力、堅持。」最後伍紹榮大聲地鼓勵大家，這也是對他自己的鞭策。

此刻他的腦海裡閃現出連維材的臉，那是一張凜然的男子漢的臉。接著又出現一張紙片，那是前幾天收到金順記發出一張五萬元的匯票——連維材已經發現承文的借款來自公行，因此照數奉還。

大家回去之後，伍紹榮獨自坐在空曠的客廳裡。

「要戰勝連維材！」他覺得只有這樣自己的生活才有意義。他心想：「只要能戰勝他，那就完成了我的夙願，除此之外，我再也不祈求什麼了。不過，這個對手，用普通的方法是擊不敗的。」

伍紹榮感覺到自己身上突然產生一股生命的力量，這股力量要求他採取某種狂暴的、邪惡的、陰險的，而且是確實的措施。

前奏的砲聲

中型帆船孟買號正好此時從這裡通過。虎門砲臺放了兩砲，其意圖並不是要把英國船擊沉，而是一種代替停船命令的信號。孟買號是開往黃埔的，當然持有海關監督正式頒發的入境許可證。砲臺只是對他們提出了警告，訊問：「有沒有馬他侖和他的隨員？」如有，則不准入境。

八天之後，馬他侖爲質問砲擊孟買號一事，率領艦隊來到虎門水道附近的川鼻。

1

道光十八年夏，原在澳門的溫章帶著女兒彩蘭和如同家人的辰吉前往廣州。六月七日船抵達虎門水道。這是一年中最熱的時候，待著不動也會大汗淋漓。

「眞熱！我眞想跳進水裡游泳。」在海邊長大的辰吉認眞地說。

「那就不用客氣，請吧！游……」彩蘭帶著調皮的語氣說道，但她的話說了一半就中斷了。突然發出一聲轟隆巨響，彩蘭雙手捂著臉、溫章臉色煞白，連忙把女兒拉到身邊。

「是大砲！」辰吉用手搭著涼棚朝四周張望了一下說。他一登上船後就比平時活潑多了。

「大砲？」溫章反問。

「砲彈落到水裡了。離得很遠，不要緊。」辰吉的話音未落又響起了第二聲砲響。

「嚇死人啦！……」彩蘭說。

「彩蘭說出『嚇死人』的話，我還是第一次聽到。」

「可是……」

「看來好像是砲臺在瞄準那艘洋船，我們這邊是安全的。」

辰吉指的方向有一艘中型帆船，溫章對這艘船覺得很眼熟。他說：「啊！那艘船不是英國的孟買號嗎？這究竟是怎麼一回事？」

不一會兒，只見幾艘兵船向孟買號靠近。

「彩蘭，不會再開砲了。」辰吉笑道：「不過妳說『嚇死人』的樣子，可愛極了！」

「看你！這……」

「不過，那聲音也確實大得嚇人。」

自從關天培擔任廣東水師提督以來，砲臺正在大力整頓。

「聽說那個砲臺有好幾門八千斤的大砲哩！」彩蘭賣弄似的說。

溫章等人乘的船繼續朝虎門水道開去。

「到底發生了什麼事？」溫章考慮到種種情況，不免擔心起來：「要是發生了戰爭該怎麼辦？」

這種可能是存在的，因為英國的態度越來越強硬，清朝又禁止鴉片，態度強硬地要求驅逐許乃濟奏文中提到的九名鴉片商人，這些都刺激了英方。東印度艦隊司令馬他侖，不久前率領兩艘軍艦剛剛到達澳門。

「但願平安無事就好了……」溫章小聲地說。

年輕的彩蘭和辰吉此刻好像把開砲的事都忘光了，他們正在談論即將到達的廣州城裡的種種事情，溫章不覺得羨慕起來。

溫章到達廣州之後，聽說這次開砲的情況是這樣的：

馬他侖率領兩艘軍艦「威里斯立號」、「亞爾吉林號」到達澳門，那是一八三八年的七月十二日。澳門同知胡承光立即把這一情況稟報，廣州兩廣總督鄧廷楨接到這一報告時，腦子裡首先想到的是四年前律勞卑事件，他心想：「說不定又要發生麻煩事了。……」

義律很快就把要求接見艦隊司令馬他侖的信送到總督手裡，但是清朝禁止他們直接交涉，總督不予受理，把信打了回去。因爲馬他侖如果像律勞卑那樣進入廣州，後果將非常糟糕，一定要讓他在虎門水道「向後轉」。因此，各砲臺都接到命令阻止英艦前進。

中型帆船孟買號正好此時從這裡通過。虎門砲臺放了兩砲，其意圖並不是要把英國船擊沉，而是一種代替停船命令的信號。孟買號是開往黃埔的，當然持有海關監督正式頒發的入境許可證。砲臺只是對他們提出了警告，訊問：「有沒有馬他侖和他的隨員？」如有，則不准入境。

八天之後，馬他侖爲質問砲擊孟買號一事，率領艦隊來到虎門水道附近的川鼻。

馬他侖等人也知道砲擊孟買號不過是一種命令停船的信號，他眞正的目的不在質問，而是要以英國官吏身份和清朝官吏對等地談判。具體的措施是，把一度被打回的信又拿給水師提督。

水師提督關天培當然拒絕接受——夷國的「官」妄想和清朝的官吏平等談判。

馬他侖明明知道會遭到拒絕，但他又提出要求說：「希望不是口頭，而是用書面形式答覆。」關天培派副將李賢和守備羅大鉞向他遞交了「拒絕通知書」，這應該是巨大讓步。通知書雖然未蓋公印不是正式公文，但也是準公文。

爲何要做這樣的讓步呢？關天培了解英國海軍實力，擔心律勞卑事件重演。他到任以來，廣東水師已經加強，但要和英國戰艦交鋒，他還沒有信心。

既然一紙公文就可以使對方乖乖撤走，那就暫時後退一步。只是他也擔心會日後受到朝廷斥責，因此，在給北京的奏文中插進了這樣的話：「恐傳語錯誤，故派出官員。」這樣一來就留下伏筆，即今後若出問題可以辯解。

對英國方面來說，儘管這只是備忘錄式的公文，但畢竟撇開公行和清朝的高級官員進行了「對話」，因此也是一大收穫。

2

罌粟花包米囊子，割漿熬煙誇奇美。
其黑如漆膩如紙，其毒中人浹肌髓。
雙枕對眠一燈紫，似生非生死非死。
瘦骨山聳鼻流水，見者皆呼鴉片鬼。
富者但欲格外甘，貧者貪利不知恥。
倫常敗壞室家毀，一念之差遂如此。
呼吸苟延日餘幾，嗚呼生已無人理！

——吳蘭雪《洋煙行》

承文抽鴉片的歷史不過兩年多，最初抽的並不怎麼勤，最近一斷鴉片才露出發癮的症狀，所以他的外表上還沒有露出聳著瘦削肩膀、不停流鼻水之類嚴重中毒的症狀。

他關在單人房間裡經常發狂，用頭撞牆壁和桌角，導致他鮮血直流；有時還大聲叫喊，但是誰也不理他。這個單人房是誰家的？在什麼地方？他都不知道。不過他終於明白是誰把他抓起來了。他覺得撞他的那個人很眼熟，而他已想起了這個人。

一般抽鴉片上癮的人，空間和時間的概念和常人會越來越有差異。德．昆西在他的《吸食鴉片者的自白》中說：「兒童時代極其細微的小事，或後來早已忘記的各種場面，經常在腦子裡復甦起來。」

也許不應該說是回想起來，而是自然地浮現出來，而那張臉是——余太玄——的臉。

他們兄弟小時候經常一起鬧著玩，吊在拳術師粗壯的胳膊上要拳術師把他們懸掛起來。他們經常央求拳術師，「再來一次！」

如果是這位拳術大師余太玄，當然可以輕而易舉地撞中承文的要害。「一定就是那個傢伙！」可是，他很小的時候就和余太玄分開了，不可能和余太玄結下什麼冤仇，他想：「他一定是受了老頭子的委託。」簡單地說，余太玄是金順記的食客。

又過了幾個月，出乎他的意料，斷鴉片的痛苦並沒有想像中的那麼嚴重。不如說是在想像這種痛苦的時候，反而叫他受了極大的痛苦，他用腦袋撞牆和桌子就發生在這個時期。他不斷地感到心慌、奇妙的亢奮、焦躁不安、似睡似醒的恍惚狀態。這一切過去之後，就像做了一場夢。

在斷鴉片時，一般都會下巴發腫、口中潰爛，但承文的這種情況卻輕易地過去了，那一定是他的鴉片毒還不那麼深。

之後不久，他逐漸感覺到食物從來沒有這麼好吃過。從小視窗送進來的食物並不是山珍海味，但是好吃得要命。他的味覺已經恢復正常了。

最初他什麼也不做，唯一的樂趣就是吃東西，只要送食物的小窗一有聲響，他就趕快跑到窗口邊等著。

一個男人一天一次走進房間裡來換便桶；這時，另一個長相很凶的漢子會站在門口看著。這兩個人承文都不認識。

看守後來換了一個人，這個人很和氣。他很年輕，和承文的年紀差不多。問他叫什麼名字，他回答：「我叫辰吉。」問他是受誰委託來的？他笑著說：「這個我不能回答。」

「什麼時候放我出去？」

「這個我沒有問過。」

「和你的老爺說：『快點放了我！』」

「我不知道誰是老爺。」

「就是連維材！」

「他是誰呀？」

「呸！別裝蒜了！」

辰吉雖然挨了罵，仍然溫和地笑著。

只有吃飯的樂趣，單人房的生活仍然是寂寞的。承文確實不喜歡學習，但爲了排遣寂寞，就從滿是書籍的書架上取下幾本，隨便地翻閱起來。

在這之後不久，他從早到晚打開有趣的、帶插圖的《三國演義》、《水滸傳》，貪婪地閱讀起來。除了吃飯和閱讀通俗小說來調劑他的生活外，想像著各式各樣的事情也是一種樂趣。還可以唱歌。那簡直像要把這單人房的牆壁震裂似的，他大聲地高唱淫猥的歌曲，這叫他感到無比痛快。

一天，他正在發狂似的唱著極其下流的歌曲。還沒到吃飯時間，送食物的小窗卻打開了。

「誰？」躺在床上唱歌的承文跳了起來，跑到窗口前。

視窗露出一張白皙的臉。「是我呀！」

一聽這聲音就知道是彩蘭。彩蘭曾經在連家寄養過，連家沒有女孩子，承文過去把彩蘭當成親妹妹看待。彩蘭十一歲時離開廈門，至今已整整六年，她已變成十七歲的漂亮姑娘。承文盯著她的臉說道：「妳不是彩蘭嗎？」

「是呀！承文哥。你好啊！」

「好久不見了，妳長大了。」

「哥，你知道你是怎麼關進這裡的嗎？」

「知道。」

「知道是誰把你關進來的嗎？」

「現在知道了，是我老頭子。」

「你的鴉片戒了，你該感謝你爸爸。」

「不，並不……最初我生他的氣，事到如今也想開了。不過，我不想感謝他。」

「如果能從這裡出去，那你還會抽鴉片嗎？」

「不知道。我現在關心的是什麼時候能放我出去。」

「我到這裡來就是要和你說這個。」

「是嗎？什麼時候？」

「你爸爸最初說十年。」

「十年！……」承文倒抽了一口冷氣。

「現在的法令是：今後只要抽鴉片就要判死刑。和死刑相比，十年不是好得多嗎？而且你爸爸還特別幫你減去了兩年。」

「那麼……這麼說，是八年？」

「是，是八年。你挺住吧！」白皙的臉突然從視窗外消失了，接著送飯的窗戶喀嚓一聲關上了，那是上鎖的聲音。

「八年！……」承文陷進虛脫的狀態，精疲力竭地癱倒在床上。

八年——漫長的歲月啊！承文今年二十二歲，他要在這裡一直關到三十歲。他一直以爲，最多不過一年就可以獲得自由。他第一次懂得了父親的厲害。

無聊的、漫長的、可怕的八年歲月啊！——這和戒斷鴉片的情況一樣，想像這八年的痛苦比實際的痛苦還要可怕。

從此以後，再也聽不到他那震動牆壁的淫猥歌聲了。

3

清朝和英國雖然缺少溝通，但透過公行這條狹窄的管道彼此仍在進行悄悄的對話，只是沒有賦予官方形式，不能和高級官員對話。

連維材和溫翰之間幾乎沒有對話的必要，就連旁人聽來像啞巴禪似的談話，他們也嫌話太多了。

「公行的命運已是風前之燭啦！」連維材說，而溫翰的回答卻這麼說：「儘快把上海的分店充實一下吧！」

在這種對話中，他們已省略了一般人要費盡千言萬語才能說清楚的內容。

連維材從上海來到蘇州見了兒子哲文。哲文希望在蘇州再多待一些時候學習繪畫，連維材同意了。他說：「你既然這麼想學繪畫，那就朝這條路走下去。只是不能半途而廢，不要單純從興趣出發，我希望你勤奮學習。如果你有這樣的決心，我可以同意你。」

清琴和哲文之間沒什麼進展。她的新任務是透過哲文蒐集連維材身邊的情報，可是哲文甚至沒有介紹她去見已來到蘇州的父親。

哲文的藉口是：「我現在還在學習期間。」如果哲文回到廈門，清琴當然會跟他同行，這樣就可以接近連維材。可是哲文要留在蘇州學畫，他得到了父親的同意感到很高興，而清琴卻因此大失所望。

在廣州，公行總商伍紹榮一直在和金順記的溫章進行認眞的對話。這兩個人本來是互相對立的，但奇怪的是，他們彼此之間卻聊得很投機。

「恐怕再沒有別人像您這樣精通外國的情況了。我想請教一下時局：您覺得當前最重要的問題是什麼？」伍紹榮說。

「糟糕的是清朝和外國都不了解對方。」溫章回答：「互相不了解，當然就會發生一些麻煩的問題。我們應該更了解外國情況，老是說什麼夷人是『犬羊之性』是不能解決問題的。另外，把外國人關在十三行街也是錯誤的。我說這話也許很失禮，但現在包圍外國人的是你們這些錙銖必較的買賣人；精明圓滑的買辦、通事；和從他們那裡索取賄賂的貪官汙吏。我們國家的老百姓百分之九十以上是純樸的，能夠接觸外國人的只限於極少數特殊的人。連我們的文化遺產外國人也看不到，這樣一來，他們當然不會了解中國人是值得尊重的。我的話說得太遠了。我認爲撤掉彼此之間的牆壁是最重要的。」

「我同意您的看法。」伍紹榮頻頻點頭說：「外國人也必須停止向中國輸入鴉片，這樣才能得到中國人的尊敬。」

道光皇帝向兩廣總督、廣東巡撫、廣東海關監督，發出驅逐鴉片母船的命令，上諭到廣州是八月三日。第二天——八月四日，廣東官員透過公行要求義律撤走鴉片母船；八月十七日、九月十八日和十九日，又接連轉達了同樣要求，可是，鴉片母船仍然停泊在伶仃洋上，毫無退走的樣子。

同樣的要求第五次送到義律手上是九月二十九日，這次不是透過公行，而是透過廣州知府和副將。義律微微一笑。以前馬他侖撇開公行收到了「拒絕的公文」，這次雖然未能和總督直接公文往來，但知府、副將這些相當高級的官員竟成了命令的傳送者。如果這種情況繼續下去，情勢扭轉的可能性就會越來越高。

「這是我力不能及的事。」義律厚著臉皮回答。

清朝不承認外夷的「官」，義律也被當成一般的民間人士看待，既然是民間人士，哪有權力對鴉片商人發號施令呢？義律面帶奸笑地說：「如果正式承認我是外國官員，可以和總督對等地直接交涉，我也許還可以想點辦法。」

「可惡！」清朝方面的負責人恨得咬牙切齒。

「罵吧！這些豬仔官！」因爲可以進行一點小小報復，義律也暗暗高興。

在弛禁的浪潮後，馬上就來了個大反轉——從中央跳出一個「嚴禁論」。外商們很輕蔑清朝總是這麼朝令夕改，「不管下什麼命令，反正是實行不了。目前只是粉飾門面，安撫一下輿論。」

外商依然把鴉片母船停在海上，大做鴉片買賣。

4

「伶仃洋兩岸沒有砲臺，即使建造砲臺，東邊是銅鼓洋，西邊是磨刀洋，兩邊的洋面都很遼闊，砲彈恐怕打不到。根據目前情況，水師兵船沒有力量驅逐他們。」聽了水師提督關天培的說明，兩廣總督鄧廷楨感到束手無策。

既然義律說這是他職權範圍以外的事，那就透過公行要求居留廣州的外商協助撤走鴉片母船。但對方也不理睬，說什麼「鴉片母船與我等無關」。細讀當時廣東當局的奏文，可以看出他們確實是煞費苦心。他們上奏說：「因爲有私買者，所以鴉片母船不撤走，因此現在正在嚴禁私買。」接著枚舉嚴禁所取得的成績。讓人啼笑皆非的是，其中竟然列舉出大貪官──中軍的副將韓肇慶的名字，說他破獲了七件違反鴉片法的案件，還洋洋得意地幫他報了功。

副將韓肇慶是個大胖子，滿身肥肉，根本不像軍人。在弛禁論高漲時，他一度垂頭喪氣；多虧了嚴禁論盛行，最近他才開心起來。

「穆樞相雖然沒有回信給我，但看來是接受了我的要求，爲我掀起嚴禁論的高潮。」韓肇慶心想，趕忙給北京送去了禮品。

穆彰阿收到這些禮品時哭笑不得，罵了一聲，「蠢材！」

韓肇慶在家中的一間房間裡只穿著短褲躺在涼爽的竹蓆上，他的一個妾在旁邊爲他用大扇子搧風。他除了大老婆之外還有六個妾，都住在一起。他把手伸進妾的裙子裡撫摸著女人汗漬漬的大腿。

這時，女傭人在門簾外喊道：「鮑鵬先生來了。」

韓肇慶仍在摸妾的大腿，沒有答話。

之前他收到一封匿名信，說鮑鵬的家裡藏有鴉片，於是他派人把顛地商會的鮑鵬叫來訊問。

「絕對不會有這種事！」鮑鵬矢口否認。

「不管有沒有，先到你家看看。」

兩人到鮑家一看，果然發現一只木箱。這木箱光從外表看不出來裡面裝什麼，但打開一看，裡面果然是鴉片。

「你看這個。」韓肇慶說。

「我絕不會插手鴉片買賣，這一點您是知道的。這一定是誰爲了陷害我而做出的事。」鮑鵬臉色煞白辯解說。

韓肇慶想了想——這話也有道理。鮑鵬這種人不會幹這樣的蠢事，他知道鮑鵬在幹什麼，他是用更高明的辦法在賺錢。一問鮑家的傭人，回說這是當天一位姓陳的先生讓一個苦力送來的禮物。

「看來還是嫁禍於他了。」韓肇慶心想，還是嚴厲地說：「可是現在有人告密，你家裡又發現鴉片，以我的立場來說總不能置之不管吧？」

「這事還請您……」鮑鵬拱手哀求道。

「這個問題，難辦呀！」

「請你設法……」

「你我的關係當然要盡量妥善解決。不過……」韓肇慶微微一笑。

這樣交談之後事情就妥善解決了。鮑鵬給韓肇慶送去一大筆錢，這是自不待言的。

鮑鵬無法忍受這飛來的禍事，他想弄清楚究竟是誰計畫這個陰謀。誼譚和承文都不見了，最初他以爲可能是他們其中一個幹的。不久，他得知誼譚在澳門，於是他趁到澳門出差的機會找到誼譚質問他。被鮑鵬一問，誼譚反而說：「是你受公行什麼人的委託想讓我和承文上當，我想了想，越想越覺得是這麼一回事。」

事實確實如此，可是這是誰察覺出來的呢？不可能是誼譚或承文這兩個乳臭未乾的小子。但誼譚閉口不說是誰說的。

解開謎團的關鍵是告密信，從信的筆跡追下去，說不定能發現蛛絲馬跡，因此鮑鵬央求韓肇慶說：

「請你把告密信讓我看看。」

「不能讓你看。」

「那麼，請你賣給我。」

這話打動了韓肇慶。反正是沒有用的一張廢紙，既然能換錢也不錯。

「你出多少？」韓肇慶裝著開玩笑的說。

「五兩。」鮑鵬說。

「扯淡！絕對不行！」

「那麼，十兩。」

「不行！二十兩。少一個子兒也不行。」

「那不就是一張廢紙了嗎？」

「給二十兩就賣給你，不要就算了。」

「……」

他們的交易沒有談妥，

現在鮑鵬又來了，大概是改變主意，想用二十兩銀子來買那封告密信。

女傭人在門簾子外又一次喊道：「老爺，可以把鮑先生請進來嗎？」

「好吧！讓他進來。」韓肇慶這麼回答，就勢在妾的大腿上狠勁地擰了一把。

「哎喲！」年輕的妾跳起來大聲呼痛。韓肇慶看也不看她一下，爬起來去取告密信。

果然不出所料，鮑鵬帶來了二十兩銀子。

「就是這個。」韓肇慶把告密信遞給鮑鵬。

鮑鵬打開一看，喉嚨裡發出了一種奇怪的哼哼聲。不必費勁去進行筆跡鑑定，他一眼就看出了是誰的字跡。「原來是西玲這娘兒們！……」

5

「能帶我去一趟廣州嗎？」保爾．休茲揉了揉他的蒜頭鼻子說道。他辭了墨慈商會的工作，在澳門開了一家專做水手生意的低級酒吧。

「去吧！約翰．克羅斯正想見見你呢！」一名水手這麼說。

「是呀！」保爾喝了一口啤酒說：「聽說他病了，我很不放心。從在曼徹斯特時起，我就一直照顧那孩子。」

「你走了，這家店誰管呀？」

「交給誼譚。」

簡誼譚從廣州跑到澳門來避難。他把轉移到這裡的鴉片慢慢地處理掉，手頭積攢了一大筆錢。但他畢竟年輕，一閒著沒事就悶得發慌，於是經常到保爾的酒吧間廝混。過了不久，他竟拿出錢當上了酒吧間的合股經營人。

保爾也是一個沒有定性的人，在一個地方待不住。聽說約翰在廣州病倒他就想去看看他，同時也可以散散心。

「好吧！你就搭我們的麻六甲號去吧！」一個高大的漢子說。

他長著滿臉大鬍子，鬍子上沾的啤酒沫還沒消失。這漢子身材高大，不注意的話還不知道他懷裡正摟著一個矮小的歐亞混血女人。

「那我們就換個地方痛飲一下吧！」

「好，走吧！」

保爾回頭對著櫃檯裡的誼譚說：「店裡的事就拜託你啦！」

一大群人亂哄哄地朝店門口走去，那個滿臉鬍子的大漢懷裡仍抱著女人。走到門邊，女人機靈地溜了出來。

「看來妳不喜歡我。哈哈哈……」

「那當然囉！看你鬍子亂渣渣的。」

門外一片醉鬼的嚷嚷聲。從大鬍子懷中溜出來的女人回到店裡和誼譚調情。

「呸！」誼譚吐了一口口水。

「你怎麼啦？」女人問道。

「我對這個買賣厭煩透了！」

「還有更賺錢的買賣呀！」

「賺錢的買賣我做膩了，我想做有趣的買賣。」

「有一個買賣很有趣呀！」

「什麼買賣？」

「妓院。只要有本錢，再沒有比這種買賣更賺錢的。我眞想試試。」

在廣州商館的一間屋子裡，查頓、顛地、墨慈等英國鴉片商人正在打橋牌。

「聽說一個姓林的大臣要禁鴉片。」墨慈一邊洗牌一邊說道。

「那是聽伍紹榮說的。沒什麼了不起，不過稍微嚴一陣子，過去之後依然照舊。」顛地這麼說。

「我可要加大賭籌了。」查頓不顧他們倆的談話說道。

這個世界上最大的鴉片販子以前曾在東方航線的商船上當過醫生，後來他和他的蘇格蘭同鄉、愛丁堡大學出身的馬地臣合夥成立了查頓馬地臣公司，在對清貿易中大肆活動。這個公司至今仍然存在，在日本也擁有幾家分店。

「不過，我有點擔心。」墨慈說。

「你擔心什麼?是擔心查頓的牌，還是那位姓林的大臣?」顛地問道。

「聽說這個林總督是一個十分頑固的傢伙。」

「清朝的官吏我們領教得太多了。別看他擺出一副嚇人的臉，只要往他袖筒裡多塞點銀子，他臉上的肌肉就會自然地鬆弛下來。」顛地說後笑了起來。

「是呀……不過，我想偶爾也會有例外。說不定這個姓林的就是一個例外。」

「墨慈先生，你怎麼這麼洩氣呀?」

過了一會兒，查頓冷靜地說：「看來是我贏了。」

打完橋牌，他們一邊喝茶一邊閒聊。顛地說他有事先走了，只剩下墨慈和查頓兩個人。

「墨慈先生，」查頓認眞地說：「您對那個姓林的大臣好像十分擔心。關於他的事，您是從誰那裡聽到的?」

墨慈一看對方罕見的銳利目光，不覺得端坐起來。

6

東印度公司退出歷史舞臺，進入私人資本的自由貿易時代，英國的對清貿易也迅速成長起來。

鴉片是走私商品，沒有發表過準確的統計數字。據估計，一八三四年約爲二萬一千餘箱；第二年超過三萬箱；一八三八年達四萬箱，整整增加了一倍。不光是鴉片，其他商品的交易量也同樣迅速成長。

清朝主要的出口商品是茶葉。一八三二年的平均價格爲三一點六元，出口量爲三三五六九七擔（一擔爲六十公斤）；一八三七年分別爲四九點一元和四四二六九擔，單價大幅上漲，數量也顯著地增多了。

清朝僅次於鴉片的進口商品是棉花。一八三二年的平均價格爲一一點七元，進口量爲四四三二三八擔；一八三七年分別爲一二點一四元和六七七三五一擔。前面的統計數字是由英、美兩國商船輸入的棉花；後者僅爲英國商船的輸入量。

就利潤率來說，以墨慈商會成長最大。他之所以取得成功，是因爲從溫章那裡打聽到神祕的情報。不過，墨慈作爲回饋，也把外國公司的動向告訴溫章；另外他還提供英國的報紙和書籍。墨慈當然不會把這些情況告訴他的同業，但查頓好像已經嗅出墨慈的情報來源。他說：「墨慈先生，您的買賣做得很漂亮，您對未來的商業發展簡直看得一清二楚。」

「哪裡哪裡，一切都是僥倖。」

「不會只是僥倖。您太謙虛了！」

「商業發展當然也要考慮。不過，連我自己也感到奇怪，常常讓我猜到……」

查頓的臉上露出不相信的神情說：「墨慈先生，您那裡最近大概不會進鴉片吧？」

「不，最近還想進一點。不過……」

「那麼，能進一點我們的鴉片嗎？」

「可、可以。……不過，這……」墨慈不知該怎麼回答好。

「哈哈哈！……」鴉片大王威廉．查頓大笑起來，「我不過跟您開個玩笑。看來目前您沒有進鴉片的意思，您放心，我不會硬向您推銷鴉片的。」

墨慈取出手絹擦著額頭上的汗珠。

這時林則徐正從武昌赴北京的途中。他雖然還沒有被正式任命爲欽差大臣，但政界的小道消息早已傳到了廣州城。

這些消息透過各種管道傳遞。墨慈所聽到的消息是吳鐘世透過金順記帶給溫章的情報；公行也在北京設置了代理人和中央政界連繫；商人們蒐集的情報用信鴿傳遞，所以很快。另外，透過由戶部非正式傳到廣東海關的消息，以及北京到廣東來旅行的人們談話，都已知道皇帝將向廣東派遣欽差大臣處理鴉片問題，而且也知道人選已決定爲林則徐。不過，廣東還不太了解林則徐的爲人。

墨慈從溫章那裡聽說，林則徐絕不會把嚴禁鴉片的奏文當作一紙空文。溫章淡淡地說：「在目前這種時刻，手頭如果有鴉片的存貨，恐怕還是先銷出去爲好。」以往按照溫章的話去做還從來沒出過差錯，所以墨慈現在停止買進鴉片。

「墨慈先生，恐怕您已經知道，一個叫許乃濟的傢伙向皇帝提出『九個狡猾的鴉片商人』，我已經被列入這九人之列。這個國家的政府要驅逐我，我一直挺到現在。說實在的，我自己也沒有把握今後能否繼續挺下去。您是善於判斷命運的幸運兒，我想請您幫我算個命。」查頓說。

「這件事嘛！我……很難說什麼。」

「看來一切都決定在這個姓林的大臣，您對這個姓林的有所了解嗎？」

「不太了解，只是聽說他的名聲很好，是個少有的硬漢。」

墨慈又不停地用手絹擦額上的汗。這時，好像要幫他解圍似的，屋外突然喧鬧起來。

「哎呀！出了什麼事？」查頓站起來朝窗邊走去，墨慈也跟著走過去。

「哎呀！這……」平時不太動聲色的查頓，這時也變了臉色。

他看到窗子下面黑壓壓的一大片人群包圍商館。

這時是道光十八年（一八三八）十二月十二日中午。

花園

十二月十二日，南海縣典史坐上椅子，帶著十二名戴著紅纓帽的營兵來到了臨時刑場。絞首臺搭在美國公園中央，正好對著瑞典館的門前。

典史轎子後跟著一輛囚車，囚車裡載著死刑犯何老近。他的脖子上纏著七尺長的鐵鍊、腳上戴著鐵鐐。何老近嚇癱在囚車裡，當營兵把他從囚車裡拖出來時被花園裡的外國人看到，他們趕忙跑進夷館報告。

從夷館裡跑出約七十名外國人向典史抗議。典史悠然地坐在廣場上一張桌子前。這是官座，一個營兵站在他身後，爲他打著一把帶長柄的遮陽傘。

1

保爾·休茲來到廣州看望老朋友約翰·克羅斯。約翰一向體弱多病，病倒之後心情很灰暗。「唉！保爾，」他沮喪地說：「我不行了。」

「瞎說什麼？約翰，快點好起來到澳門去。澳門有酒、有女人。」保爾煽動著蒜頭鼻子鼓勵約翰說。

約翰身旁還有他的好友哈利·維多，此時哈利有點生氣地說：「約翰，你什麼也不用擔心，要像保爾說的那樣，快點把病治好。」

他說罷，約翰好像安心了似的閉上眼睛。

保爾一走出病房就深深地吐了一口氣。「看望病人這種事，我還眞受不了。」他向哈利聳了聳肩膀說：「我們現在要上哪裡去呀？廣州什麼也沒有。」

「是呀！只能散散步。」哈利說。

廣州十三行街的商館和日本長崎的出島一樣，禁止婦女入內居住，夷人的行動也受到限制。在夷館的南面到珠江岸邊有一塊三百步遠近的空地，夷人只能在這裡走動。這塊空地的西半部叫作美國花園，東半部叫作英國花園。

保爾和哈利從商館出來一看，只見這個散步廣場拐角的石階上有五、六個水手或坐或躺，隨意自在地喝著酒。

「那是幹什麼？」保爾朝美國公園那邊一看，不覺得驚訝起來——那裡圍攏著許多人。

根據中央的命令，廣東當局不得不嚴厲懲罰煙犯。

總督和巡撫了解了過去禁煙的情況，對禁煙的名人韓肇慶寄予很大期待，而韓肇慶也沒辜負上司的期望。

韓肇慶常說：「對不老實的煙犯要毫不留情。」同樣是煙犯，那些未向他行賄的人，在韓肇慶眼中則認爲是「不老實」的，他把這些不老實的走私者一個接一個地抓起來關進監牢；那些按時向他行賄的煙犯則逍遙法外，而大規模搞走私的正是這些人。在行賄上小氣的，一般都是生意蕭條的小走私犯和投機商人。

一個名叫何老近的傢伙就是這種生意不太好的鴉片走私商。他雖然叫這樣一個帶點老頭味道的名字，其實不過三十來歲。他長著尖尖的腦袋、一雙狡猾的眼睛，自以爲很機靈，但他已被官府抓過三次，每次都挨了「杖」刑，屁股被打得皮開肉綻。

對鴉片犯的刑罰，以前規定最高爲「杖」一百，可是現在正趕上嚴禁論高漲，對惡劣的煙犯則要處以重刑。尤其是因爲中央督促得緊，爲了向上面報告，往往也用重刑來懲罰煙犯。

何老近是個微不足道的小煙犯，不了解天下情勢。他心想：「這次是第四次，說不定杖一百也過不了關，但最壞也不過是兩、三年徒刑。」

可是這次他卻被判了「絞首刑」。這樣做是爲了殺一儆百，同時又可以作爲嚴懲的事例向北京報告。

兩廣總督命令南海縣當局對這個「重要煙犯」的處刑要發揮最大作用，意思是說，不聲不響地處刑達不到殺一儆百的目的，要盡量大張旗鼓地進行。

南海縣的知縣向縣丞傳達這道命令時，又發表了自己的看法：「鴉片是洋人推銷的，元凶是洋人。我們要殺一儆百，讓老百姓看固然很重要，但眞正說起來還必須讓洋人看。」

縣丞是輔佐知縣的正八品官，於是他把行刑的典史叫來說道：「要盡量在夷館附近處刑。」

縣裡捕捉犯人的巡檢是從九品官，而作爲獄吏的典史不入正從九品之列，俗稱「未入流」，不過是一個屬僚，相當於軍隊中的下士。這位典史把「夷館附近」定在夷館的門前。

十二月十二日，南海縣典史坐上椅子，帶著十二名戴著紅纓帽的營兵來到了臨時刑場。絞首臺搭在美國公園中央，正好對著瑞典館的門前。

典史轎子後跟著一輛囚車，囚車裡載著死刑犯何老近。他的脖子上纏著七尺長的鐵鍊、腳上戴著鐵鐐。何老近嚇癱在囚車裡，當營兵把他從囚車裡拖出來時被花園裡的外國人看到，他們趕忙跑進夷館報告。

從夷館裡跑出約七十名外國人向典史抗議。典史悠然地坐在廣場上一張桌子前。這是官座，一個營兵站在他身後，爲他打著一把帶長柄的遮陽傘。

外國人中有一個在美國帕金斯商會（旗昌洋行）工作，名叫威廉·漢特的青年，他質問典史說：「把平時散步的廣場當作刑場，這太不像話了。有正式的刑場，應該在那裡執行。」漢特是麻六甲英華書院的畢業生，中文說得相當好。

典史威武堂堂地回答：「處刑在任何地方都可以執行。」

「這裡的土地是作爲散步廣場租給我們的。」

「但這裡是大清帝國領土。」典史瞪了漢特一眼。

漢特在他的回憶錄《條約締結前在廣州的洋人》中，這樣寫到當時情況：

……這次的抗議是需要勇氣的。……旁邊就是絞首臺，眼前是脖子上套著鎖鏈、由兩名獄卒支撐著的死刑犯，這三個人都用吃驚的眼睛凝視著我們。典史的僕人在幫主人裝煙，營兵和轎夫們帶著新奇的表情。

這時如果沒有一批水手來到這裡，眞不知會怎樣？……

保爾看到這個抗議場面立刻說：「去看看！」

正在喝酒的水手們也拔腿跑了起來。

「這是幹什麼呀？」保爾跑到一旁問道。

「那個當官的要在這裡處死人。」一個公司職員解釋說。

「這和我們商館有什麼關係嗎？」

「據說是鴉片犯。」

「什麼？要在我們面前絞死鴉片犯嗎？」一個水手說。

「太殘忍了！」

「這是殺雞給猴子看。」

「最近也要殺我們洋人嗎？」

這時，一個喝得大醉的水手突然大聲喊道：「那不是何老近嗎？」

套著鎖鏈的何老近一聽有人叫自己的名字，就抬起他蒼白的臉。

「果然是何老！」經常走私鴉片的人和船上的水手往往是老相識。「何老近，我來救你的命！……這是什麼玩意兒？」

喝醉的水手上前緊抱著絞首臺搖動起來，他的夥伴們也上前幫著搖晃、鬧著玩，這臨時搭起的絞首臺很快就被拖倒了。

典史此時狼狽地站起來喊道：「幹什麼？」水手們踢開典史坐的椅子、推翻桌子、把茶壺扔在地上砸得粉碎。有的人亂扔茶碗，有的人揮舞著從絞首臺拆下的木板衝看熱鬧的人群中；營兵此時拔出了刀。

這眞是千鈞一髮！水手們個性火暴，加上又喝了酒。商館的外國職員確實已感到情況的嚴重性，開始拚命阻攔水手們。

哈利也緊抱著那個最難對付的醉漢的腰，不讓他動。「你們能不能先從這裡撤走呀？」哈利對著典史說。

典史戰戰兢兢，看來有點不知該如何是好的模樣。他嘟囔著說：「好、好吧……」

2

在夷館的廣場上行刑完全是典史想出來的主意。縣丞的命令只是說「在夷館附近」，並未堅持非在廣場不可，所以典史根本就沒打算排除這種抗議和暴行的可能性，一定要在這裡行刑。

反覆考慮的結果，典史在離夷館不遠的西關重新搭了絞首臺把何老近處死了。事情就這麼過去了。清朝的官吏本來就不想把事情鬧大，典史對酒醉水手的粗野行爲也就置之不問了。

不過，在看熱鬧的人當中，卻有人不同意就這麼了事。

在帆船聚集的珠江岸邊，沿著夷館散步廣場的南面，有海關的分署和監視所，督視一般的老百姓，盡量不讓他們和夷人接觸。所以在發生這次事件時，圍攏來看熱鬧的中國人主要是在夷館倉庫裡工作的苦力；另外就是和對外貿易有關的人，人數很少。

在看熱鬧的中國人中，有一個名叫阿才的十六歲少年。他在夷館的倉庫裡工作，一次他無緣無故地被洋人踢了一腳，一瘸一拐地跛了好幾天。這次他又倒了楣，被醉酒水手扔出的茶碗打中左臉頰，流了好多血。

「兔崽子！絕不能就這麼善罷甘休！」他在西關的鬧市區把夷館散步廣場的事件告訴人們。「這些番鬼太豈有此理。你倒了楣啦！」單憑這些同情的話阿才是不能滿足的。他心想：「有人能爲我把番鬼揍一頓就好了。」

阿才接著走進一家大茶廳──即現今的咖啡館──他在那裡又大聲控訴起番鬼的暴行。

滿臉不高興的老闆走出來說道：「喂！小傢伙，這裡可不是法庭，你不要妨礙我做生意。」

這時，裡面一間雅座的門簾撩了起來，一個濃眉大眼的漢子走出來開口說道：「喂！小傢伙，你剛才的話我聽到了。那是眞的嗎？」

「是眞的。您看這裡。」阿才指著他的左臉頰說。

「哦！那些當官的溜了嗎？」

「是呀！他們嘴裡說：『算啦、算啦！』就夾著尾巴溜掉了。」

「這些軟骨頭！那麼，那些看熱鬧的人呢？」

「人數很少。」

「好！這種事絕不能忍氣呑聲。小傢伙，」那漢子拍著厚實的胸脯用浙江口音說道：「我幫你報仇！」

這家茶廳的拐角上有一個單間雅座，剛才進來三個客人，其中一個是西玲。她最近和一些慷慨激昂的人士交朋友，今天她從石井橋來到廣州，約了兩個「同志」到這裡喝茶，其中一個是何大庚，另一個是錢江。

雅座雖說是單間，其實只不過是多掛了一張布簾，所以阿才的話他們都聽得清清楚楚。首先走出來的是錢江。錢江，浙江人，字東平，是一位慷慨俠義之士。

司馬遷在《史記》中專闢了「遊俠列傳」，給我們留下遊俠之士的傳記。遺憾的是，編寫清史的清朝遺老們的頑固想法，在《清史稿》上沒有設遊俠傳；就連龔定庵的傳也對此只寫了八行就草草了事。他們這樣的編史想法當然不會讓錢江登場，錢江的事蹟只能透過一些閒書來了解。

有的書上說：錢江「爲人負奇氣，以豪俠自命」、「被酒談兵，慨然有澄清天下之志」；有的書上說他「口若懸河」、「恃功而驕」；或者說「自恃其能，氣焰日盛」、「往往以言語相侵侮」。看來他這個人有奇才、性格豪放，但很傲慢、不好相處。

可以稱之爲鴉片嚴禁論發起人的黃爵滋曾經贈詩給錢江，其中有這樣兩句：

渥涯天馬愼飛騰，終見雲霄最上層。

這詩大概的意思是說，天馬如果能謹愼飛騰，最後一定會看到最高的雲層。錢江本來是可以成爲這樣的傑出人物，但遺憾的是他未能做到。

在英軍發動侵略時，向廣東義民發出的檄文就是錢江和何大庚執筆的。作爲檄文，他們是第一流的。後來他還寫過《錢江上太平天國洪秀全書》，這也是一篇痛快淋漓的文章。

他那口若懸河的口才也不亞於他的文才。這位天才煽動家親自出馬，對廣州民眾進行宣傳鼓動，其結果是可想而知的。立即有上萬名憤慨的群眾，手裡拿著扁擔、石子朝著十三行街奔去。

夷館被重重包圍起來。據外商方面記載，當時包圍夷館的人數有八千至一萬。

3

民眾的激憤是因爲洋人侮辱了中國官吏，其實背後還有更深的原因。如果沒有更深的原因，即使有錢江的三寸不爛之舌，也不可能在短時間裡把上萬名群眾動員起來。

一般民眾一提到「洋人」馬上就會聯想到「鴉片」，當時幾乎每個人的家人或親戚朋友中都有抽鴉片的。據說只要家中有一人抽鴉片，這個家就完了，情景十分悲慘。絕大多數的不幸都是起因於鴉片，可以想像就有多少人在詛咒鴉片。

包圍夷館的群眾中許多人高呼：「打倒鴉片鬼！」、「砍掉鴉片大王的腦袋！」

黃霽青的《潮州樂府》說：

罌粟之瘴難醫治，黃茅青草眾避之。
中此毒者甘如飴，床頭熒熒一燈小，
竹筒呼吸連昏曉，渴可代飲饑可飽。

塊土價值數萬錢，終歲惟供一口煙。

久之黧黑兩肩聳，眼垂淚，鼻出涕，一息奄奄死相繼。

嗚呼！田中罌粟尚可拔，番船來時那可遏？

國內無論怎麼禁止，即使拔掉田中的罌粟，對番船（洋船）運來的鴉片還是毫無辦法——詛咒鴉片的情緒已經變成人們對洋人的怨恨。躲在監視所裡的十幾名官吏，早已對這一大群充滿怨恨的群眾束手無策。

查頓和墨慈從窗戶往下看到的就是這個情景。夷館的洋人們嚇得面如土色，因爲讓一萬名群眾衝進來，洋人會一個不剩地都被踩死。十三行街的夷館裡只有三百多名商館人員，另外還有船員、水手，人數有限。在他們看來，這些蜂擁而來的群眾都是「暴徒」，爲了對付這些暴徒，商館選出具有戰鬥經驗、亞歷山大號船長拉斯克擔任指揮，進行防禦。

館內的手槍、步槍等武器都集中在一起，大門裡堆積著煤箱和家具，防止人群衝進來。更有效的防禦武器是玻璃，他們把所有空瓶子打碎撒在門上和路面。包圍夷館的幾乎全是勞苦人，他們不像士大夫階層那樣都有鞋子穿，對付赤腳的敵人，最有效的武器就是碎玻璃片。

「我們與其坐以待斃，還不如開門打出去。」

拉斯克船長提出建議，但查頓表示反對，「這太輕率了，等於白白送死。」

「不會的。我們有武器，對方只有棍棒，完全是烏合之眾。」

「一開槍，問題就嚴重了，恐怕就沒有挽回的餘地。」

「貿易一定會停止。」墨慈說。

「更嚴重的是，」查頓冷靜地說：「我們都成了棍棒的目標，通通都會被打死。」

「怎麼會呢？不過是萬把個乞丐嘛！……」拉斯克摩拳擦掌地說道。

「不，這裡也許只有萬把人，可是，廣州有一百多萬人，我們一出擊，他們就全都變成我們的敵人。」查頓用堅決果斷的語氣說。

「可是與其等死，還不如主動衝開一條活路。」拉斯克仍然堅持他的進攻策略。

「即使能衝開一條活路，到了黃埔，能一下子都搭上可裝幾百人的船嗎？」查頓這麼一說，大家都不吭聲了。接著查頓好像要消除大家消沉的情緒似的說：「只要能爭取到時間，伍紹榮他們馬上就會幫我們設法解圍的。」

夷館裡籠罩著一片悲壯氣氛，肇事的水手們酒早就醒了，正愧疚地縮在牆角裡。

「幸虧這裡沒有婦女、兒童。」顛地說。

這句話給大家帶來一種異乎尋常的反應。查頓皺了皺眉頭，大概是要沖淡一下顛地的話。他咳嗽了一聲說：「有沒有辦法把這裡的情況告訴伍紹榮？」

現在已無法走出夷館了。

「我們能像地老鼠那樣打地洞到怡和行去嗎？」墨慈這麼說後搖了搖頭。

這時，約翰·克羅斯一臉蒼白地從病床上爬起來，怯生生地說：「順著屋頂走，不是可以從瑞典館四號樓下到那家叫什麼商號的屋頂嗎？」

「對！地上被包圍了，還有屋頂，從屋頂上可以到伍紹榮那裡去。」查頓拍了一下手。

4

包圍十三行街夷館的群眾，最初是向夷館扔石頭。窗玻璃破裂的聲音給人們帶來了激憤。「快點運石頭來！」

夷館在把空瓶子等碎玻璃片從窗戶撒出之後，馬上就拉下百葉窗。

「哇──！」群眾用一種莫名其妙的聲音吼叫著。

「這樣帶不起群眾的憤怒情緒，還是需要更有節奏的聲音。」錢江心中暗想。他學過兵學，懂得領導群眾的方法。這麼沒有規律地亂吼雖然也能發出很大的聲音，但是沒有節奏，聲音很快就會嘶啞、提不高士氣。要使群眾激憤，就需要擊碎玻璃那樣的破裂聲。

「西玲女士，」錢江回過頭來對西玲說：「妳能不能到哪家小戲院裡借些鐃鈸和銅鑼來？另外，盡可能多買點爆竹回來。」

「我明白了。」西玲大聲地回答，然後就從人群中擠了出去。

哐──！這是石頭扔進百葉窗的聲音。看來扔的是很大的石頭，已經把木箱、桌椅等疊起來，加固了牆壁。但是夷館裡的外國人一聽到這聲音還是膽顫心驚，大氣都不敢出。

在英國館裡，幾個職員揭開天花板，想從那裡打開通往屋頂的路。「揭瓦片的時候不能發出聲音，不能讓外面的人發覺。知道了嗎？」拉斯克船長在指揮著。

突然響起了一陣尖銳的爆裂聲，館內的人臉色更加蒼白，彼此面面相覷。

「那是爆竹。不用害怕！」拉斯克船長趕忙大聲地喊道。

霹靂啪啦的爆竹聲到處響個不停，同時還有亂敲著銅鑼的聲音，在銅鑼聲的間歇中還可以聽到尖厲的鐃鈸聲。群眾原本有點疲累的吼叫聲，借助這股氣勢又重新高漲起來，不僅如此，而且開始有節奏了。群眾的聲音剛才只不過是亂叫亂嚷，現在因爲錢江一帶頭，不知不覺地竟變成了口號聲。

「鴉片大王滾回英吉利！滾回去！滾回去！」

「鐵頭老鼠、鐵頭老鼠滾蛋！滾蛋！滾蛋！」

這兩句口號反覆地呼喊著。

「看來我是最出風頭的了。」查頓板著臉說。「鐵頭老鼠」是中國人幫查頓取的綽號，他本人也知道。

原本有病的約翰．克羅斯也在床上躺不住了。他癱軟地坐在椅子裡，雙手放在胸前小聲地呼喚著：

「上帝啊！……」

他緊閉著眼睛，腦子裡飄舞著無數白乎乎的東西——那是紙片——僞造的東印度公司商標紙在黑暗中亂舞；這些飄舞的紙片即將落下時，群眾的喊叫聲又把它們衝到半空中。爆竹聲、銅鑼聲、鐃鈸聲，在約翰聽來都是上帝的震怒聲。

「不用擔心，有我在你身邊。」哈利抓住他的胳膊，一遍又一遍地說。

認爲這是上帝的震怒並不只約翰一個人，美國商人歐立福特也這麼想。人們稱他的商店爲「西恩角」——意思是「虔誠的基督教徒住的地方」。在十三行街的外商當中，只有歐立福特商會和鴉片毫無關係。

「我們算是認了，可是沒想到把您也牽連進來。」查頓對他說。

「不，以前上帝一發怒，也曾把好人也毀滅掉。」歐立福特畫了一個十字。

「屋頂還沒弄好嗎？」拉斯克船長喊叫過多，聲音有些啞了。

已決定了兩名爬屋頂的敢死隊員，他們是漢特和另一個美國青年。兩人都穿著一身黑色的中國服、戴著斗笠，正在準備行動；臉上也塗著黑煙渣仔。

「已經打了一個窟窿，一個人勉強可以過去。」天花板上有人應聲說。

「不行，還要大一點。別讓瓦片掉下去，把它集中到一邊，路就通了。」拉斯克船長乾脆俐落的命令聲起了鎮定人心的作用。在危急時看到充滿信心的人，往往會讓人覺得有了依靠。

西玲從藥鋪裡買來大量創傷藥，塗在人們被碎玻璃片劃破的腳上，然後再用布把傷口裹起來。同一時間來了幾個互不相識的婦女，不聲不響地幫她的忙——這讓她產生了一種充實感。

四面是震耳欲聾的口號聲。銅鑼和鐃鈸是她從小戲院裡買來的——這些聲音中已經滲透進她自己的力量。

「爬牆！」錢江大聲地喊著。

能往前衝的只有那些穿著草鞋的人，他們踏著碎玻璃片開始爬商館的圍牆了。不知道什麼時候，他們連工具也拿來了——劈柴的斧子——這斧子噗哧一聲砍進木板牆裡，手腕使勁往下一擰，木板牆就霹靂啪啦地給劈開了。

「把它通通扒掉！」錢江用最大的聲音喊著。

圍在這裡的上萬名群眾無不汗流浹背、圓睜怒目，齊聲高呼：「滾蛋！滾蛋！」

「是我掘通了管道，把他們的力量匯集到一起。」錢江想到這裡，感到十分高興。

爬牆之前，他考慮到對方有開槍擊中爬牆人的危險，於是禁止其他群眾這時扔石頭。當他一下命令，一個接一個傳達命令的聲音立即響遍整個十三行街，上萬名群眾沒有一個人扔石頭。聚集在這裡伸著拳頭、張著大口、露出牙齒的上萬名群眾，此刻已經不是烏合之眾，他們因爲錢江的領導爲他們帶來了紀律和力量。

夷館內，富有戰鬥經驗的拉斯克船長把大家召集到一起說道：「漢特君他們馬上就要從屋頂上爬出去，到怡和行求援。我們要轉移暴徒們的注意力，不能讓他們被暴徒發現。我們前後各打開一扇窗子，大家把手邊的東西——什麼東西都行——通通都從窗戶往外扔；在我沒說停止之前，請大家要不停地扔。暴徒們的注意力一集中到這裡，就不會留意屋頂上了。」

做準備工作花了一點時間，主要是準備從窗子往外投擲的東西。空瓶子早已打碎、用光了，他們就把所有的紙揉成許多紙團；搬來了煤塊；把綑貨物的繩子切成一段一段的；把舊衣服撕成碎片，浸上水以增加重量……

「好，吹號！」拉斯克船長舉起了右手。

號聲一響，所有窗子一下子打開了。紙團、破布團、煤塊、斷繩子、拖鞋、傳教的小冊子……所有東西都從窗子往外扔。

「啊呀！」群眾一發現這種情況一下子愣住了。對方的窗子打開了，想扔石頭又怕傷了爬牆的人，所以連石頭也不能扔。如果是烏合之眾也許會這麼做，但他們現在已經有紀律了。

這時，兩個美國人順著屋頂朝瑞典館爬去，拉斯克船長默默地在計算時間。「該到從瑞典館跳到雜貨鋪屋頂上的時間了。」想到這裡，他立即下令說：「停止！」

百葉窗又關了起來。「會不會太早了一點？」顯地擔心地問道。

「沒問題。」拉斯克拍著胸脯說：「暴徒們還會觀望一陣子，因為他們以為窗戶裡還會扔出什麼東西。」

果然不出所料，館外沉寂了。過了好一會兒，群眾才又喊起口號、爬起牆來。

墨慈一聽到這霹靂啪啦的爬牆聲就感到心慌意亂。他膽怯地說：「要是圍牆被扒開……」

「比這更可怕的是放火。要是放起火來，那就毫無辦法了……」查頓抱著胳膊說。

人們的臉上一片煞白。

「不必擔這個心。」拉斯克很有信心地斷言說：「你注意到了沒？外面那些傢伙好像已經不是簡單的暴徒，似乎有了領導人。」

「那不就更糟了嗎？」墨慈嘴脣發抖地問道。

「不，有了領導人，我想就不會做出放火之類的暴行。」拉斯克邊點頭邊回答。

「一切都交給上帝吧！」歐立福特這麼說後又畫了一個十字。

館外，錢江沉思著，「他們要幹什麼？」他已經看破這是洋人的一種策略，但他不明白對方利用這個空檔做了什麼。

5

錢江還在想問題，他感覺到一種不正常的氣氛。他的控制力已經被打亂了，他感覺有一種力量滲入到群眾中了。

果然不出所料，群眾中傳開了奇怪的謠言——

「聽說一個大官要到夷館裡逮捕今天阻撓行刑的洋人。」

「是呀！聽說要把那個破壞絞首臺的傢伙吊起來。」

這些謠言很快就傳到錢江的耳裡，他苦笑了笑說：「這些當官的軟骨頭又要來搗亂了。」當官的不願把事情弄大，再加上伍紹榮帶著大筆錢來懇求，所以一定要把這騷動鎮壓下去。可是群眾正在狂怒，因此先散布「當官的去懲罰洋人」的流言，把群眾的怒氣平息下去。

這時已是下午六點多，該是吃晚飯的時間了。並沒有誰勸誘，許多人都自發地說：「肚子餓了，該回去了。」然後陸續離開現場。

錢江回頭一看，何大庚也笑了笑對他說：「看來是要退潮了。」

就這樣，在散了一些人之後，一隊士兵在廣州知府余保純的率領下鳴鑼開道地走了過來。有的人聽說官吏來捉洋人，就趕忙向這一行人歡呼鼓掌。

「是余保純這個窩囊廢，他能逮捕誰？」錢江說。

走在前頭的官兵揮舞長鞭趕散了群眾。「官大人來了，該結束了。」——人們都這麼想。挨上亂揮舞的鞭子只是白吃虧，於是人們幾乎都走光了。

「洋鬼子已經嚇破膽了，今天就到此爲止吧！回去吧！」何大庚提議說。

「好吧！走，到附近喝一杯。」錢江也同意了。

「我還要在這裡待一會兒，你們先走吧！」只有西玲不想回去。

對鴉片和洋人的憤慨，她經常從「同志」們那裡聽到，並沒有眞正的實際感受。過去她只玩弄「慷慨激昂」之類的詞，現在她要親身體會。像今天這樣的充實感，她有生以來第一次嘗到，對此十分珍惜，想再一次回味。她感覺到這上萬名群眾的吶喊聲，好像還從什麼地方迴盪起來，就連他們汗水的氣味也還殘留在這裡。西玲深深地吸了一口氣。

伍紹榮一直盯著這三個人。密探郭青悄悄地指著錢江，在他耳邊小聲說：「今天煽動民眾的就是那個傢伙。」

「還有女的？」伍紹榮問。

「那個女的是石井橋的西玲，她是連維材的姘頭……」

「哦！……」伍紹榮的眼睛一亮。

錢江舉起一隻手說：「那麼，我們回去了。我們肚子餓了，還想喝點兒酒。」說後和何大庚並肩離開了。

他們離開後，伍紹榮走到西玲身後對她打招呼說：「西玲小姐。」

「啊！」西玲回頭一看，眼睛睜得很大。

伍紹榮是廣州的名人，西玲曾經多次從遠處看過他，只認識他的臉，但她做夢也沒想到對方會認識自己。

「騷動已經結束了。西玲小姐，怎麼樣？能到舍下去喝杯茶嗎？」

西玲回答：「好吧！奉陪。」

那些鳴鑼開道的官大人一行當然不是去夷館捉人的。余保純對「暴徒」們的無禮表示道歉說：「我們已經來到這裡，請不用擔心、害怕了。」他在夷館前通宵掛了官燈，讓士兵擔任夷館的守衛。

群眾散去之後，有一個人站在十三行街上久久不離去。這個人是溫章。

到處是被撞倒的圍牆、打得粉碎的窗玻璃——他凝視著外國商館的慘象。有人會像他這樣熱烈希望清朝和外國相互理解嗎？要做到這一點就必須拆除牆壁，雙方都應該冷靜地看到對方的優點，這是他的夙願。可是，牆壁又高又牢固，用溫和的辦法是拆不掉的。

不使用這種暴力——不，比這更可怕的暴力是不可能推倒牆壁的，而且推倒牆壁的一方必定會像怒濤般地湧進對方的領域，在這樣的情況下，怎麼會有相互理解的餘地呢？

溫章透過這次事件已經在一定程度上預見到未來。未來絕不可能是粉紅色的；未來將在暗灰色上不斷滴下鮮紅的血。這個世界不僅在等待他，而且還在等待他所鍾愛的女兒彩蘭的前途。

溫章感覺自己的眼角發熱了。

第二部

上任

這一天，他獲得皇帝的准許，不是騎馬，而是坐著肩輿進宮謁見。肩輿由八名轎夫抬著，他坐在肩輿的椅子上相當趾高氣昂。

頒給欽差大臣關防，馳驛前往廣東，查辦海口事件，該省水師兼歸節制。

林則徐拜受了這樣的特別使命，激動得全身顫抖。

1

「每黑夜潛行，躬自微察。」《國朝先正事略》的林則徐這樣寫著，這說明他喜歡微服視察民情。林則徐還有其他的愛好，例如「善飲喜弈（圍棋）」。不過，他的傳記上說他為官之後就戒了，但事實上不可能完全戒掉。

速來京見聖！

北京吏部傳旨下來，要正任職湖廣總督的林則徐立刻到北京覲見皇上。此時是道光十八年十月七日，武昌前一天晚上就開始下雪，這天十分寒冷。

之前北京的吳鐘世就給他送來情報說：「關於鴉片問題，看來皇上已下了很大決心要採取果斷措施，將任命足以信賴的高級官員為欽差大臣，全權委託他去辦理。據政界消息靈通人士說，您已被列為欽差大臣的候選人之一。」

第二天——十月八日，因爲有「湖廣總督由伍長華暫行兼署」的命令，他把公印交給湖北巡撫伍長華。

十日，參加慶賀皇太后萬壽的閱兵典禮；十一日，在皇華館接受文武官員盛大歡送後，林則徐過江到漢口，在一家名叫「興隆」的旅店住了一宿。這天晚上，他帶著招綱忠和石田時之助做了「黑夜潛行」。

省會武昌有衙門、學校，也有不少有名的庭園樓榭。但漢口純粹是個商業城市，他曾調查過漢口的商業情況。現在每天的商品交易額爲五千兩，在二十年前爲一萬兩。所有商品平均都減少了一半銷路；另一半的消費能力到哪裡去了呢？——轉到鴉片上了。

林則徐曾經在奏文中做過這樣的比喻：應該適時檢查河水以了解泄於閘外的水量，不能因爲河水尚未淺到妨礙船隻航行而感到放心。鴉片的情況也是如此。

由於瑤族發生叛亂，朝廷才知道軍隊因爲吸鴉片而不能打仗，於是急急忙忙把鴉片問題提前討論，這時才知道河水已經淺到妨礙航行。雖然慌慌忙忙地想疏浚河底，但爲時已晚，不過仍然必須疏浚。這種工作做起來很困難，必須動大手術。

如果在糧食便宜的豐收年，一個人一天的生活費四、五分銀子就夠了，一年不超過二十兩。可是吸鴉片的人，一天的鴉片費起碼要花一錢銀子，也就是說，一年要付出三十六兩鴉片費。

據戶部統計，當時的人口約四億。假設吸鴉片的人口占其中百分之零點五，則全國用於鴉片上的錢一年高達七千萬兩；而百分之零點五的比例是十分保守的估計。由此可見，這簡直太可怕了！不僅是財富上的損失，更嚴重的是人的精神在一天一天的消耗。

必須要用「死罪」這兩個字來拯救國民免遭鴉片禍害——林則徐對自己這有點過激的奏文抱有堅定的

信念。

「你不覺得氣氛好像有點變化嗎？」林則徐對招綱忠說。

「什麼？」招綱忠一下子愣住了。

「在吸鴉片的人多的地方，即使是緊閉門戶，也會有一種陰暗的、沉悶的氣氛，可以稱之爲『妖氣』吧！但這一帶很少有這種妖氣。」

「是嗎？」招綱忠還沒聽懂。

林則徐自從上任以來，在禁煙的問題上花了最多工夫。他先在武昌和漢口命令吸鴉片的人交出煙具，對響應號召的人免其罪行，發給「戒煙藥」；對不響應號召而繼續吸食鴉片的人則加重其罪行。他的這種做法，可以稱之爲「分階段禁煙」的試驗。

湖北、湖南兩省已經交出五千支煙槍，林則徐把它們通通燒掉、拋進長江，他還命令藥店源源不斷地供應「戒煙藥」。他深信這些措施已經取得了很大效果。

他認爲這次進京，不單是因爲他的奏文打動皇帝，恐怕皇帝也考慮到他在湖北、湖南採取禁煙措施所獲得的成果。

石田時之助對著林則徐稍微攏了攏手中燈籠的光，這光照出林則徐充滿自信、嚴肅的面孔。

「感覺不到這裡的氣氛有什麼變化。」石田心想。而林則徐卻打從心裡相信是變了，看來人的信念會改變周圍的氣氛，這是一種可怕的自信，大概是這種自信在支撐著林則徐大力推行禁煙措施。

「可是，他怎麼和王舉志這樣的人有關係呢？」石田心想。他曾經答應過清琴，加上又把自己放在旁觀者的立場，所以他自認爲是從不同角度來觀察自己的主人林則徐，只是他不太了解這個人。所謂堅定不移的信念，對石田來說是與他無緣的，正因爲如此，他很羨慕林則徐，但是這種信念說不定一下子就會變成笑柄。

「他和王舉志的關係可能是解開這個人之謎的關鍵……」就像面對考試的答案，石田不時地陷入沉思中。

2

林則徐於農曆十月十一日從武昌出發，一個月後到達北京。廣州十三行街的花園事件就發生在他進京途中。

農曆十一月十日，林則徐抵達北京城外的長新店❶。他原本打算在這裡休息一天，以稍解他長途跋涉的疲勞。但聽說皇帝將於十二日「祈雪」，於是突然改變計畫提前進入城內，當晚住在東華門外的關帝廟。

十一日早晨，林則徐進宮謁見皇帝。

清晨六點，紫禁城內一片昏暗，五步一哨御林軍的甲冑和刀槍在昏暗中閃著微光。侍衛手持帶豹尾纓的長槍，腰佩儀刀，排列在乾清門前。乾清門的侍衛規定要由鑲黃、正黃、正白等三旗的人來擔任。

「湖廣總督林則徐上殿！」在莊嚴而響亮的傳喚聲中，身穿朝服的林則徐嚴肅而緩慢地向乾清宮走去。

他朝服的長袍上有表示三品官身份的九蟒五爪圖案，補服上繡著表示一品文官的仙鶴；同樣是一品，如果是武官則是麒麟圖案。文官的品級由鳥來表示，武官則由獸來表示。林則徐是湖廣總督，具有兵部尚書的兼銜。

❶ 即長辛店。

他腰間繫的「朝帶」上有四個「鏤金玉方形版」，版上各鑲一顆紅寶石，這也是一品官的標誌。如果是二品官則不是方形版，而是圓形版。

林則徐的脖子上套著珊瑚朝珠，他用右手緊緊握住胸前朝珠。朝珠和念珠的形狀一樣，走起路來會發出喀嚓喀嚓的響聲。按照慣例，上殿時要握住朝珠不讓它發出聲音。

林則徐走進空曠的乾清宮，一步一步地登上臺階，跪伏在寶座下面。在寬廣的大殿內只有皇帝和林則徐兩個人。皇帝准許林則徐坐在氈墊上，垂問達三刻多，一刻為十五分鐘。垂問的事情幾乎全都是鴉片的問題。

令人吃驚的是，皇帝竟然把林則徐的奏文默記了下來。

「你以前說過這樣的話……」皇帝引用了林則徐一段很長的奏文。每當這時候，林則徐就跪伏在地、全身冒汗。面對皇帝，他不由得不想到王舉志、想到山中之民。

第二天，皇帝在大高殿主持了祈求「雪澤」的儀式後又召見林則徐，垂問達兩刻之久。

第三天，陰天，風大。這一天皇帝又召見了林則徐，垂問了兩刻。道光皇帝已經被他的人品迷住了。皇帝的稟性喜怒無常，但是他一旦喜歡一個人就喜歡得要命。

對於皇帝的垂問，林則徐總是奉答一些強硬的政策。在一個月的旅程中，他一直在思考要如何奉答皇帝關於鴉片問題的垂問，所以他奉答的強硬政策絕不是簡單的高調，而是經過反覆思考，具有深刻內容的政策。

道光皇帝十分高興，瞇著眼睛問道：「卿能騎馬嗎？」

「是，略微會一點。」

「那麼，朕准許你在紫禁城內騎馬。」

准許在紫禁城內騎馬是一種破格的榮譽，林則徐為此而感激涕零。在日記中寫道：「外僚（地方官）

得此，尤異數也。」

林則徐「賜紫禁城騎馬」的第二天——十四日，這天天氣晴朗。寅刻，林則徐騎馬進宮晉見道光皇帝。從天安門到午門排列著儀衛，他們打著杏黃傘，飄著青扇飛虎旗，帶著六桿旗槍、八桿青旗；有兩名前引和八名後從。所經過的路旁燃著熊熊的篝火。

林則徐騎在飾有華麗纓子的馬上，簡直有點頭暈目眩。他對騎馬實在沒有把握，心想，「出點小差錯還不要緊，可千萬不要從馬上摔下來。」所以他很緊張，那樣子就像緊摟著馬兒似的。

穆彰阿已經來到軍機處辦公。他從遠處望著林則徐進宮謁見，皺著眉頭說：「林則徐這傢伙這樣下去會沖昏腦袋，不知道會幹出什麼事來。」

同時道光皇帝也帶著御前侍衛，面帶微笑，從殿廊裡望著林則徐走過來。

召見時，道光皇帝問道：「卿是南方人吧？」談話一開始，語氣就十分親切。

「是，臣是福建人。」

「不習慣騎馬吧？」

「是。……」

「不習慣就會感到緊張。明天你可以坐肩輿來。」

「是，臣謝恩！」林則徐叩頭感謝。

中國常說南船北馬。北方人善於騎馬；南方人以船作爲主要交通工具，不太會騎馬。林則徐是南方人，而且又是文官，老實說，他對騎馬是很不擅長的。

人們都說林則徐輕巧地騎馬進入紫禁城，被皇帝任命爲欽差大臣再奔赴廣東，把這當作美談到處談論。其實他受命爲欽差大臣是在第二天——十五日。這一天，他獲得皇帝准許，不是騎馬，而是坐著肩輿進宮謁見。肩輿由八名轎夫抬著，他坐在肩輿的椅子上相當趾高氣昂。

「頒給欽差大臣關防，馳驛前往廣東查辦海口事件，該省水師兼歸節制。」

林則徐拜受了這樣的特別使命，激動得全身顫抖。

所謂欽差大臣，是根據皇帝的特別派遣就某一任務而委以全權的大臣。關防就是公印，蓋有這種關防大印的文件也稱爲關防。這種文件具有絕對的權威。

林則徐受委任對禁止鴉片採取一切措施，並被授予廣東海軍的指揮權。

「朕希望把夷商運來的鴉片通通燒掉。鴉片是天理人情均不允許的怪物，燒毀這種到處流毒的鴉片，百世之後人們也不會指責的。」在這天的召見中，道光皇帝這麼說。

「燒掉鴉片！」林則徐反覆琢磨著皇帝的話。

3

在受命爲欽差大臣的第二天，林則徐又被皇帝召見，他坐的仍是肩輿。召見持續達三刻之久。

在回來的途中，他去了軍機處。軍機處的事大多是機密，所以記述它的書籍很少。梁章鉅有一部著作叫《樞垣記略》，這可能是唯一記述它的書。前面已經說過，軍機大臣具有莫大權力，因爲他們要隨時回答皇帝的諮詢，所以在皇帝巡幸、謁陵、駐園時，都要跟在皇帝身邊。軍機大臣所在的地方就是他們的辦事處，因此在圓明園、頤和園、西苑門、興隆宗門等處，都有稱作「軍機直廬」的地方。

林則徐去軍機大臣那裡是爲了領取關防大印，軍機大臣王鼎親手把大印交給林則徐。王鼎十分偏袒林則徐，這時他當然十分高興。

在當時，單憑氣節而榮升到很高地位是非常困難的，而王鼎這個人卻排除這些困難。這樣的人常會給那些小人帶來很多麻煩，但可採取一些對付他的辦法反而容易駕馭他。慣常使用陰謀詭計的穆彰阿經常被王鼎咬住，而他之所以沒有施展陷害王鼎的詭計，就是這個原因。

把王鼎這個不懂策略、只會爭吵的傢伙放在軍機大臣的位子上，反過來加以利用，就能取得很好的效果。王鼎的「氣節」經常會成爲一種障礙，而穆彰阿只說：「得啦！得啦！」然後睜一眼閉一眼的不加理會。有王鼎這種人存在，對於了解敵人的情況是十分重要的。如今王鼎已老邁，而且越來越頑固了。

「你就放手幹吧！要狠狠地懲罰廣東那些夷人、漢奸！」他反覆地鼓勵林則徐。

「則徐菲才，只是體會皇上的意圖，盡力爲皇上效力。」林則徐對這位老前輩深深地低下頭。

穆彰阿當然也在軍機處，他對任命林則徐爲欽差大臣雖然不高興，但這種情況下也正表現了這個傢伙的爲人。他表面上裝作和藹可親的樣子說道：「廣東那地方氣候很不好，您可要保重身體啊！」

「謝謝您！」林則徐看著穆彰阿的臉，向他表示感謝。他們雖然很少碰面，但彼此之間可說是太了解了。

「這次看來是叫你占了上風，可是勝負還沒有定呢！」——穆彰阿的笑臉背後隱藏著這樣的挑釁。

從王鼎手中領來的「欽差大臣關防」是一個很大的印章，用滿漢兩種文字各刻了六個字，是乾隆十六年刻製的。

十七、十八日兩天，林則徐又被皇帝召見入宮。從十一日以來，連續八天他都被召見，每次都准許他坐在御前的氈墊上。

十一月十六日領取關防的那天，正是農曆一八三九年的大年初一，七天以後林則徐就離開北京。在這期間他非常忙碌，首先是準備出發，因爲從北京到廣東將是一次長達兩個月的旅程。在北京志同道合的好友幾乎每天都來拜訪林則徐，吳鐘世也蒐集了各種情報向他彙報。龔定庵也來到林則徐位於燒酒胡同的住所訪問。因爲來客太多，無法細談，他又給林則徐寫了信。定庵文集中的《送欽差大臣侯官林公序》就是當時寫的信。信中提出各種建議：要求將吸食鴉片的人處以繯首誅（絞刑）、將製造和販賣者處以刎脰誅（斬刑）、士兵吸食者也要斬首；要以武力斷絕鴉片，把夷人全部遷往澳門，只留下夷館一處，以便互市；要把僕役、左右親信都視爲大敵，對他們嚴加監視。

十一月二十三日（農曆一月八日），林則徐焚香九拜，開啟嚴封的關防大印，邁開了長達兩個月旅程的第一步。

欽差大臣一行人從正陽門出彰儀門，到長新店時，天色已昏暗，他們仍然繼續前進。抵達良鄉縣後，就住在東關外的卓秀書院。

道光皇帝在任命林則徐爲欽差大臣的同時，向廣東當局發出上諭。遞送上諭的折差（傳遞奏摺或上諭的官吏）在林則徐離京的五天前，就已經從北京動身奔往南方。

上諭中說：

> 近年來鴉片煙傳染日深，文銀出洋消耗彌甚，屢經降旨，飭令該督等認眞查辦。……昨經降旨，特派湖廣總督林則徐馳赴粵省，查辦海口事件；並頒給欽差大臣關防，令該省水師兼歸節制。林則徐到達粵後，自必遵旨竭力查辦，以清弊源。惟該省窯口（鴉片館）、快蟹（走私小艇）以及開設煙館、販賣吃食，種種弊竇，必應隨時隨地淨絕根株。著鄧廷楨、怡良，振刷精神，仍照舊分別查辦，毋稍鬆懈，斷不可存觀望之見，尤不可存推諉之心。再鄧廷楨統轄兩省地方，事務殷繁，如專責以查辦鴉片，以及文銀出洋，恐顧此失彼，不能專一心力，盡絕弊端。現派林則徐前往，專辦此事。……乘此可乘之機，力挽前此之失。總期積習永除，根株斷絕。想卿

等必能體朕之心，為中國祛此一大患也。……

林則徐臨出發時，給北京至廣州沿途各州縣的官吏發出了這樣的「傳牌」：

……本部堂奉旨馳驛前往廣東，查辦海口事件，並無隨帶官員、供事書吏，惟頂馬一弁、跟丁六名、廚丁小夫共三名，俱係隨身行走，並無前站後站之人。如有借名影射，立即拿究。所坐大轎一乘，自雇轎夫十二名，所帶行李自雇大車兩輛、轎車一輛，其夫價轎價均已自行發給，足以敷其食用，不許在各驛站索取絲毫，該州縣亦不必另雇轎夫迎接。至不通車路及應行水路之處，亦皆隨地自雇船夫。本部堂係由外任出差，與部院大員稍異，且州縣驛站之累，皆已備知。……所有投宿公館，只用家常便飯，不必備辦整桌酒席，尤不得用燕窩燒烤，以節靡費。此非客氣，切勿故違。……

在當時，為了應酬大官們奢侈的巡遊，地方官衙往往疲於奔命。通知巡遊的「傳牌」等於是催促款待，那些稱作前站的先遣小官吏，一般都帶有預先檢查款待準備工作的任務。不僅如此，這些巡遊的大官們一方面領取出差費，同時又無償地隨意徵用伕役；伕役們在各個驛宿依仗大官們的權勢索取錢物。這些慣例所帶來的後果，最後都落到當地的貧民身上。

林則徐這種打破慣例的「傳牌」，從另一方面說明了當時大官們巡遊時胡作非為的內情。

4

果然如「傳牌」中所宣布的那樣，林則徐沒有帶書吏和幕客，盡量避免巡遊的派頭。不過，他有一件重要的東西必須保護，那就是「欽差大臣關防」。正因爲有了這顆大印，林則徐的命令才等於聖旨。因此他悄悄地帶了保護大印的人，例如石田時之助就僞稱是轎夫跟他同行。

十一月二十四日住在涿州南關外。

二十六日，直隸總督琦善派一位名叫周永泰的軍官到雄縣來迎接。直隸總督駐在天津，外國人都稱直隸總督爲天津總督，但這是鴉片戰爭後三十年的事；總督衙門在道光年間設在保定。

琦善在擔任兩江總督時，林則徐曾任江蘇的按察使。琦善曾受穆彰阿的委託，要求他的老部下林則徐愼重行事，當時林則徐簡短地回覆他的老上司說：「我採取的措施是爲了國家。」

林則徐離開後，琦善給他的盟友穆彰阿寫過這樣的信：

……說服和軟化林則徐，看來是辦不到的。他說話很溫和，但從他的態度來看，似乎已決心要幹到底。局面將會被他打亂，我感到我們將不得不來收拾他可能引起的麻煩。

琦善的這種預感眞猜中了。後來他擔任欽差大臣赴廣州，處理被認爲是林則徐所引起的鴉片戰爭善後工作。

已進入農曆臘月。十二月一日，林則徐會見在恩縣擔任知縣的老朋友阮烜輝。這天風很大。

十二月五日，大寒。河東河道總督栗毓美來訪，一起用餐，交談到很晚。

一般的總督都有管轄的地方，沒有管轄地方的是擔任運輸的「漕運總督」和擔任治水的「河道總督」；後者又分河南河道總督和河東河道總督。林則徐在擔任江蘇巡撫前，曾經擔任過河東河道總督，所以栗毓美應該是他的下一任。

前面曾說過河道官吏的舞弊，但這只限於河南河道。河東方面因爲有林則徐、栗毓美這樣優秀的官員，並沒有發生過類似事情。尤其是栗毓美，他好像生來就是爲了治水，被人稱爲「河臣之冠」。他在職期間，河堤從未潰決過；開創獨特的用磚修堤法的人就是他。

林則徐看到栗毓美面容憔悴，「希望您保重身體。」

「您也要保重。這次任務繁重，祝您身體健康！」

林則徐到達廣東不久，就接到栗毓美去世的訃告。他是過於勞累而倒下的，此後河東河道不斷潰決。嚴禁鴉片的奏文中強調要「得人」，不僅鴉片問題如此，治水問題也是如此。

林則徐一行人從直隸省到安徽省的行程很快。到達江西省後，經常因爲下雨而耽誤了行程。

農曆十二月二十一日，過江到達中路灣。這裡正好位於北京和廣州的中間，距兩個城市的距離都是二千七百華里，所以取名爲「中路」。它坐落在安徽省和江西省的邊界上，緊靠九江。

二十二日，因爲風向不順，沒有開船。

二十三日，從九江出發，經湖口，勉強抵達二郎洲。

二十四日，風向轉西南，船行遲緩。

二十五、二十六、二十七，共三天，天氣不好，無法開船。

林則徐的心早已飛往廣州，對行程這麼遲緩當然感到焦急萬分。他在九江曾經接到連維材的一封信：

……英國只要抓住一個藉口，就會把強大的軍隊開進大清國。大清國的軍隊是抵禦不住的，起碼沿岸的要地將會被他們占領。

林則徐不時拿出這封信來看，緊緊地咬著嘴唇。接著，他的耳邊響起龔定庵酒後說過的話：「中國人如能斷絕鴉片，就算以拋棄滿洲人的王朝作爲代價，也沒什麼好可惜的。」、「滿洲人也好，英國人也罷，對我們來說同樣都是異族。」

龔定庵雖是奇人，他也不會傻到把這種想法留存於文字。關於他的排滿思想雖有種種說法，但都來自於傳說，不知眞僞如何。還傳說定庵曾說過這樣的話：「與其把國家給滿人，還不如割讓給西洋人。」日本是非間人所著的《清季佚聞》中也引用過這句話，但不知其根據何在。

連維材的信和龔定庵的話深深地刺激了林則徐。

石田時之助凝神注視著林則徐。「他竟然動搖了！這可不是一般的事。」石田心想，感覺很有意思。

看來林則徐可能要採取什麼大行動了。

石田爲了忘卻在蘇州失蹤的清琴，期待有什麼驚人的事件發生。他從林則徐表情微妙的變化中，嗅出了將會發生驚天動地事件的預兆——這正是他所期待的。

十二月二十八日，天氣暖和，船只開到青山。

二十九日，風大，無法開船。

道光十八年除夕，這天早晨聽到雷聲。東北風，開船前進。到達南康府時，岸上送來了酒餚。雖然已透過「傳牌」禁止款待，但這天是除夕，於是破例接受了款待。午後再次響起雷聲，下起雨來。欽差大臣一行人的船隻停泊於吳城鎭，在這裡過了年。

第二天是道光十九年元旦。清晨，船中擺設香案，上面鋪著錦布，焚香叩拜。北風較大，但林則徐急於趕路，仍然命令出發。

正月初二到達南昌。南昌是江西省的省會，巡撫錢寶琛等文武高級官員上船請安。林則徐上岸答謝，當晚受巡撫邀請住在南昌的官署，飲酒至深夜。

5

石田時之助是作為轎夫隨行的，他頭戴竹笠、腳穿草鞋、身著粗布衣服。

林則徐住在南昌的江西巡撫官署時，船上由安徽省派來的兩名軍士守護關防大印。裝在錦囊中的關防大印放在沒有主人的欽差大臣船艙中，兩位軍士端端正正地坐在它兩邊。看守關防大印的不只這兩個，林則徐悄悄帶來的石田時之助等三位會武藝的人，分別扮成廚師和轎夫，輪流擔任警衛。

丟失關防大印比日本陸軍被奪走團旗還要嚴重。要想給欽差大臣林則徐致命打擊，最容易的就是盜走他的關防大印。林則徐深知自己樹敵眾多，因此帶了石田等人隨行。

儘管是在旅途中，正月初二還是充滿新年的氣氛，船上的人也放鬆警戒。

船停泊在省會南昌滕王閣碼頭的長堤邊。林則徐因為新年准許當地人來船上慰問，南昌當局也把豐盛的酒席送到船上。

送酒餚的人回去後，船上擺開酒宴。不一會兒，又有三名女子送酒來說：「這是布政使老爺送的酒。」

酒宴快要結束了，船上的人嬉皮笑臉地伸出酒杯對這些送酒的女子說：「請妳們順便幫我們斟斟酒吧！」

女子中有一個三十五歲左右俊俏的半老徐娘，石田一見這女人，心中猛吃了一驚，「這不是蘇州清琴家的侍女嗎？這裡面一定有鬼！」再一看，女人們正在幫船上的每一個人斟酒，石田趕忙鑽進放在船上的空轎子裡。

兩個看守關防大印的軍士中有一個好像已經喝了女人斟的酒，只聽另一個人說：「我值夜班，不喝酒。」

「那麼，我去幫你倒杯茶吧！」

「茶！……好吧！那就領受你一杯茶吧！」

石田揭開轎簾朝外看了看，女人匆匆忙忙地把茶端來了，她那慌慌張張的神情讓人感覺很不尋常。值夜班的軍士喝了女人拿來的茶。「你慢慢地歇著吧！」女人這麼說著，站起身來，朝四周掃視了一遍，好像是看看有沒有什麼漏洞。

女人們下船到岸上去了。「她們還會來的。」——石田深信。因爲船上的人現在大半已經橫七豎八地倒下來，開始朦朧入睡了；值夜班的也在揉眼睛。不一會兒，所有人都進入了夢鄉。

「果然是下了蒙汗藥。」這一定是想爲盜取關防大印做準備，以便把欽差大臣弄下臺。關防大印如果在這裡被人盜走，那可是一件有趣的事。從旁觀者石田來看，對有趣的事是十分感興趣的。不，不必等到對方再來，石田自己就可以把關防大印盜走，因爲現在船上只有他一個人還清醒著。

「不過，林則徐到了廣東還會發生更有趣的事呢！」石田走到兩個軍士呼呼大睡的地方，拿起裝在錦囊裡的關防大印隱藏在船邊。

果然不出所料，過了一會兒來了一對男女。女的就是清琴的侍女，名叫美貞的半老徐娘。「沒問題了。」女的小聲地和男的這麼說。

「好像是，一點聲音也沒有。」男的聲音也很小。不過，四周寂靜無聲，石田卻聽得很清楚。

石田一動不動地伏在船邊拔出「二人奪」，屏住呼吸靜待著。

「我們上船去拿那個東西嗎？」男人的腳已經跨上跳板，但還有點猶豫不定。

「我不是說沒問題嗎？」女人焦急地在後面催促著。

這時石田猛地跳起，刷地一下亮出白刃大聲喝道：「對不起！還有點問題。」石田感到很痛快。湊巧遇到這種事情，這個世界還是有點意思的。

男的猛地一驚，踏空了腳，險些掉進水中；女的則嚇得不知怎麼辦才好。

「美貞！」石田叫著女子的名字說：「這裡太暗，也許妳看不清楚。我就是石時助。」石田左手高舉著裝有關防大印的錦囊說：「這就是妳想要的東西吧？不過，現在不能給妳，妳就老老實實地回去吧！」

美貞扶著男子的肩膀說：「失敗了，回吧！」男的覺得情勢不利，也拔腿就跑了。

石田衝著他們大聲喊道：「見到清琴，替我告訴她，就說我對她毫無留戀。她大概是想要弄我一下，我也是隨便應付應付。關於林則徐，重要的情況我一點也沒說。」

當那兩人消失在黑暗中後，石田才把關防大印送回原處。

天快亮時，值夜班的軍士中有一人從熟睡中醒來。他一醒來立刻飛身撲向關防大印，證實關防大印平安無事才放了心。接著他用腳踢著還在沉睡的同事說：「喂！看你睡得像一頭死豬。關防大印要是被人盜了，看你怎麼辦。」

6

正月初三，北風狂吹，天氣寒冷。船上終日來客，不能出發。初四，西北風狂吼，雨中夾雪，不能出發。初五，終日暴風雪，天氣嚴寒，無法開船。

在滯留南昌期間，林則徐會見了公羊學的泰斗包世臣，聽取他的意見；另外，他還像平常一樣進行了「黑夜潛行」。

江西省受鴉片的毒害也很嚴重。「氣氛不妙！」林則徐在街上邊走邊皺眉頭。不必去看鴉片館，只要看一看街上那些瘦骨嶙峋、臉色青黃的人，就知道鴉片已經滲透到中國社會的每一個角落。放任十年不管，國家必將滅亡！

假如像連維材所說的那樣，英國一旦出兵，大清國不可能取勝。現在必須要明確表示反對鴉片的決心，因此，即使王朝覆滅，也應該彰顯中國人的正氣，有了這種正氣，才能開闢新的時代。現在如果像穆彰阿、琦善那樣一味地害怕，中國就會腐爛到骨髓，喪失迎接新時代的能力。要爲反對鴉片而戰！一定要把這種紀錄留在歷史上；即使失敗了，這千秋正氣也會永存。

正月初六，河岸上積雪一尺多厚，船沿和船篷上的雪都凍成了冰。林則徐命令鏟掉冰雪再開船出發。船溯贛江而上，不久就抵達十八灘的險惡地帶。此灘別名爲「惶恐灘」，由此可以想像其地形的險惡。不過，林則徐的日記上只輕描淡寫地列舉所經過的地名，並未記述是怎樣的經歷、艱險。日記中引用蘇東坡的詩句，對十八灘的地名做了考證，並說：「……按，今之灘名，志載多有參差。……」

林則徐不滿於學術界的主流——考證學，而走向經世濟民的公羊學，但他絕不是討厭考證，就連以公羊學派驍將而聞名的龔定庵，也十分喜歡考證。考證似乎是中國知識份子天生的一種稟性，他們也因此過於重視「紀錄」。

林則徐要把「反對鴉片」留存於歷史上的心情，也是來自於中國人這種尊重紀錄的精神。兩廣總督鄧廷楨最初傾向於弛禁鴉片，他的門生表示反對，認爲這樣會「留惡名於青史」。由此也可聯想到中國知識份子如何重視歷史紀錄，也許地名的變遷是無所謂的，重要的是紀錄。

正月十三日，過武溯灘、黃金灘、良口灘，住宿於土牆灘。廣東海關監督予厚庵派人從廣州來土牆灘迎接。

正月十五日稱作上元，在中國是節日。因爲天陰沒有月色，於是在舟中設便宴，慰勞同行的人。第二天，廣州府、南海縣、番禺縣等當局派官員來迎接，但立即打發他們回去了。

十八日，因河淺，改搭小船。從南安府開始走陸路。

十九日，越過江西和廣東交界的梅嶺關，顧名思義，這裡以梅花而著名。唐代柳宗元（字子厚）受左遷時，在這裡曾經吟詩：「梅嶺寒煙藏翡翠。」元朝征討南宋的將軍伯顏也在這裡吟過詩：「擔頭不帶江南物，只插梅花一兩枝。」不過，林則徐從這裡經過時，梅花還沒有開放。

終於進入廣東省境內，過南雄關之後，乘船到達韶關。這裡的河已不是長江的支流，而是屬於直通廣州的珠江水系。下游稱爲珠江，但這裡稱作湞水。一過韶關，河流改稱爲北江，通過怪石林立的曲江，以及英德、清遠等沿岸的城市。船隻順流而下，河身越來越寬，所以最後的行程比以前要輕鬆許多。

正月二十四日到達荔枝園，珠江的水在這裡已經摻進了海水。經仙管開往當時的煉鐵工業城市佛山鎮——船隻繼續向廣州進發。

7

道光十九年正月二十五日，林則徐搭乘的船飄揚著「湖廣總督」、「兵部尙書」等字樣的鮮紅旗幟，到達廣州的天字碼頭。直到前一天爲止，天氣一直陰霾。這一天天氣晴朗，耀眼的紅旗映著清澄的藍天。穿著盛裝的滿洲儀仗兵排列在道路兩旁，在迎賓樂聲中，林則徐坐著八人抬的綠呢大轎，從碼頭來到接官亭。

他一到接官亭，禮砲齊鳴。他是欽差大臣，所以要用最高的禮節把他當成御使來迎接。接官亭的禮臺上面朝南放著一張桌子，桌上罩著一塊作爲皇帝象徵的黃布。林則徐坐在桌前，來迎接的高級官員全都跪伏在下面。

放了九發皇家禮砲，一直到「請聖安」禮完畢，欽差大臣受到和皇帝同等的禮遇。

兩廣總督鄧廷楨代表全體官員行了三跪九叩禮之後，奏道：「臣鄧廷楨恭請聖安！」然後抬起頭來。

林則徐答了禮。但他已看不清老前輩鄧廷楨的臉，他的眼睛已被淚水蒙住了，擺在黃布桌上的關防大印也好像在搖晃。

四周散發出一種南方特有的氣味，那大概是接官亭裡的相思樹散發出的氣味吧！林則徐是在南方長大的，從小他就十分熟悉相思樹、榕樹的氣味。

檯子下面還有廣東巡撫怡良、廣東水師提督關天培和廣東海關監督予厚庵。他們曾在江蘇省擔任過布政使、江南提督和稅吏長，輔佐過林則徐。

廣州將軍德克金布、副都統左翼公爵奕湘、右翼英隆等滿族駐軍的首腦也站在那裡。綠旗營（漢人部隊）的將軍中有韓肇慶，他的補服上繡著象徵二品武官的獅子圖樣。他因爲「嚴禁鴉片」有功，已被提升爲總兵。還有廣州知府余保純，他是江蘇常州人，字冰懷，早年在家鄉以地方仕紳的身份用捐款等方式協助朝廷，因爲他巧妙地壓下花園事件受到巡撫林則徐的表揚。

大多數是熟悉的面孔，林則徐不由得感慨起來：「我將把這些人帶到哪裡去呢？一旦打仗，擔任軍職的關天培必定要親臨前線，要是打了敗仗，許多人都將受到處分。我自己已橫下心，可是還要連累這些忠厚的老人啊！」

正式的儀式一結束，林則徐一下子就被熟人圍了起來。「少穆（林則徐的字）行轅決定在越華書院。」鄧廷楨瞇著眼睛這麼說。

他比林則徐年長十歲，在林則徐赴任途中，曾多次派捷足（信使）和廣東當局連繫，當時林則徐就轉告了自己的要求，希望行轅盡可能在離夷館不遠處，越華書院最適合。

林則徐把手搭在關天培的肩上說道：「軍門，看到你很有精神，我十分高興。」

「少穆，你來了，太好了！」關天培的話叫人感到粗魯、生硬。但其實他比任何人都焦急地等待林則徐的到來，可是他不知道要用什麼方法把這種喜悅的心情表達出來。他說：「不，不能叫你少穆，應該稱呼欽差大人……。總而言之，我一直在等待著。你來了，一定會做點什麼事。」

「那當然，我是打算做點什麼事才來的。」林則徐使勁地搖了搖對方的肩膀，這麼回答。

諭帖

……本大臣面承聖諭，法在必行。且既帶此關防，得以便宜行事。非尋常查辦他務可比。若鴉片一日未絕，本大臣一日不回。誓與此事相始終，斷無中止之理。……今令洋商伍紹榮等到館開導，限三日內回稟。一面取具切實甘結，聽候會同督部堂（總督）、撫部院（巡撫）示期收繳，毋得觀望諉延，後悔無及。

1

連維材從雕著蓮花花紋窗框的玻璃窗裡俯瞰廈門港。海面上風平浪靜，閃耀著早春的陽光。

連維材在望潮山房度過道光十九年的元旦。附近不斷傳來鞭砲聲，那是飛鯨書院的頑童們放的。連維材的夫人阿婉坐在乳黃色洋式梳妝臺前，用手攏著頭髮。

之前吳鐘世來廈門遊玩時，曾經半開玩笑地說：「我眞幸運，能夠見到兩位絕世佳人，遺憾的都是別人的妻子。一個是龔定庵夫人，另一個是連維材夫人。」

定庵夫人何結雲確實是一名美女，她和她丈夫被人們頌爲「國士無雙、名姝絕世」，而龔定庵現在卻迷戀著李默琴。同樣的，連維材雖然擁有漂亮的夫人，也在廣州養著西玲。

「阿婉，這次我們一起去廣州吧！」連維材對妻子這麼說。

「啊？跟我……」連維材夫人轉過身來問道。

「對。這次在廣州待的時間可能要長一些。」

「不過……」她早就知道丈夫和西玲的關係。

「得啦！去吧！」

林則徐在赴任途中就曾經寫信勸他來廣州，而且廣州的密探也給他打來報告，說西玲最近經常在伍紹榮那裡出入。

西玲的身影突然映在窗玻璃上，但很快的就消融在廈門港明亮的海面上。

連維材夫婦進入澳門時，欽差大臣林則徐還沒到達廣州。

簡誼譚此時早已在澳門和保爾．休茲合股經營，專門做外國水手生意的酒吧間「不死鳥」就是他的家。

一天晚上，店裡的客人已經散去，誼譚正在喝啤酒，一個中國人在店門口朝四面看了看，悄悄地走了進來。

「啊呀！你不是亞福嗎？」誼譚看了看這人的臉問道：「你怎麼搞成這個樣子？」

「讓我在你這裡躲一躲吧！」這人一瘸一跛地朝誼譚走來。

這個叫李亞福的人，在做鴉片買賣的人中間還是小有名氣的。

「大概是最近禁煙，從廣州逃出來了。」誼譚心想，開口問道：「你險些叫抓鴉片犯的人抓住了吧？」

「是呀！求求你，讓我躲藏幾天吧！」

「你可以到老林那裡去嘛！」

「老林也被抓起來了。」

「啊？」誼譚吃驚地站了起來。

老林名叫林第發，原本在澳門的縣衙裡工作，現在開旅館。據說他的旅館是鴉片走私的巢穴，但和衙門的關係很密切，躲到他那裡，首先可以保證安全。現在連林第發也被捕了，可見禁煙的勢頭來得十分迅猛。

「誼譚，我是豁出性命從廣州逃出來的。廣州現在糟透了，大夥兒都遭了殃。和鴉片有關的主要人物都被一網打盡，連王振高也被抓走，我好不容易才逃到澳門。我去過林第發那裡，不知怎麼他也被捕了。我沒別的地方可去。誼譚，你這裡是夷人的家，是安全的吧？」

「連王振高也被捕了？」誼譚臉上露出難以置信的表情。

王振高是鴉片走私組織的最大頭目。他以前私鑄過貨幣，後來做鴉片買賣獲得巨利，於是透過捐款買了個「都司」的官職。這是捐職，當然只有名義。都司是四品武官，他有效地利用這個「虛職」和韓肇慶等海軍中的高級軍官拉上關係來做鴉片走私，不管禁煙的勢頭多麼大，也不會把他抓起來的，同夥的人都這麼認爲，他本人也這麼相信。現在連王振高也被捕了。

「是呀！我們這一行可完啦！」李亞福說。

「唉！」誼譚嘆了一聲。姐姐曾勸他暫時不要插手鴉片，越來越證明姐姐說得對。

「鴉片買賣看來是完蛋了。」李亞福把他那隻跛腳放在椅子上說：「爲什麼要胡亂抓人呀？」

「是要更多的賄賂吧？」

「好像不是。……從北京來的欽差大臣看來不好對付。據說他造了個名簿，下令把名簿上有名字的人通通逮捕。他是欽差大臣，行賄也不管用。」

「這名簿是怎麼回事？」

「上面有五、六十個人的名字，聽說也有我的名字，所以我趕快逃出廣州。」

「有我的名字嗎？」誼譚問道。

「好像沒有你的名字。你已經好長一段時間不做這買賣了，所以我才跑到你這裡來。」

「是嗎？」誼譚喝了一口啤酒，擦了擦嘴。

二月二十四日，林則徐的日記中沒有記載，但這一天他向廣東布政使和按察使發出了重要指示。他下發一個廣東有關鴉片重要犯和次要犯約六十人的名單，下令把他們逮捕起來。名單上開列的名字都是彙報到北京的鴉片漢奸，這是由政府的監察機關報告的，或透過連維材的管道得知的。他們大多是政府低級官吏和兵營中的下級軍官。

林則徐的命令中說：

……上司不得包庇，不得「化有爲無」，說自己單位的職員名簿上沒有此人，或說該人已死。其中也許有一兩個無辜之人，但一經訊問，立即眞相大白。名單上的要犯不能逃脫一人。……

名單上把姓名、原籍和現在的住址都寫得清清楚楚。例如謝安，即何老眞。他是娘媽角稅口書差，他可能就是在花園事件中已被處死的何老近；李亞福，番禺人，又名跛腳福。

這道命令是林則徐還在江西省境內時發出的，由於是捷足送去的，所以比欽差大臣早十天到達廣州，因此發生了大逮捕。

2

留在廣州的外國人，對欽差大臣林則徐到廣州的反應各不相同。鴉片販子顚地仍然不改他的樂觀態度說：「清朝的官吏不就是爲了錢？不管他們怎麼說大話，一碰到錢就變成了軟骨頭。他們這些人，沒有一個不見錢眼開的。」

「不過，這次的鎭壓和往常好像不一樣，連王振高也抓起來了。」墨慈插嘴說。

「王振高算什麼，上面還有韓肇慶呢！你看，還沒聽說他受到什麼處分吧！那個叫林則徐的大臣收了韓肇慶許多賄賂，現在要往後縮啦！」

「會是這樣嗎？」墨慈表示懷疑。

「我說的沒錯。」顚地說：「你不相信嗎？」

「我和你的看法有點不同。」墨慈含糊其辭。

他所說的「我的看法」，嚴格地說並不是他的推測，而是溫章的判斷。從林則徐的清廉和身體力行來看，禁煙將會是徹底的——溫章是這麼判斷的。只要是金順記的情報，那就像上帝的啟示一樣，墨慈是深信不疑的。

外國人稱欽差大臣爲「皇帝的高級專員」。歐茲拉夫翻遍典籍，了解到清朝任命欽差大臣近年來只有一個先例，那就是道光十二年臺灣叛亂時，曾任命福州將軍瑚松額爲欽差大臣。「這可是不尋常的事啊！」歐茲拉夫眨著眼睛說。

並不是所有人都對嚴禁鴉片感到反感，在夷館裡也有對此表示歡迎的，美國籍傳教士裨治文就是這樣一個人。他說：「我們外國人和基督教在中國受到尊敬，那得要等到停止鴉片貿易以後。欽差大臣所採取的措施，使我們朝這種理想靠近了一步。」他在廣州的外國人之中充當反對鴉片貿易的先鋒，當然受到鴉片商人們的冷嘲熱諷。他是美國歐立福特商會所招聘的傳教士，被人們稱爲「西恩角」❶的歐立福特從不做鴉片買賣，他心想：「我和鴉片毫無關係。」他對自己有此先見之明頗有點洋洋得意。

歐立福特用一種冷漠的表情嘲笑鴉片商人的忽憂忽喜，而顚地卻感到很不自在，他暗暗地罵道：「等著瞧吧！」顚地堅信林則徐很快就會軟化。

夷館裡的外國人每天都迫不及待地聽取來自伍紹榮、盧繼光有關欽差大臣的情報。

從事鴉片買賣的中國人已被一網打盡，在欽差大臣尚未到達之前，廣州已出現動盪不安的局面。

三月十日，「皇帝的高級專員」林則徐終於到達廣州。

當天伍紹榮和外國人說：「我們從事對外貿易的人已經奉命要住在越華書院附近，以便隨時回答欽差大臣的詢問。據說欽差大臣的個性就是這樣，一旦想起什麼事，即使半夜也要把人叫去詢問。看來情勢越來越嚴峻了。」

「你們看吧！」歐立福特說：「我早就預料到會有這一天。查頓先生趕在『好』的時候回去了，他算是個聰明人，這件事處理得很漂亮。」

「不過，要不了多少時間就該輪到我來說：『你們看吧！』」顚地咬了咬嘴脣回答。

「但願今天早上的禮砲就是宣告鴉片貿易的結束。」裨治文小聲地自言自語。儘管他身邊都是鴉片商人，但他不在乎，他相信，「今後一定會是這樣的。」

裨治文編輯的《中國叢報》，曾以一百英鎊的鉅款在英國懸賞徵集「關於鴉片貿易的論文」，他想透

❶ 耶路撒冷的別稱。

過這種徵文活動來喚起英國人對鴉片危害的關心。

3

北京城分內城和外城，廣州也分舊城和新城。沿著珠江補建的細長新城，面積只有舊城的四分之一大小。

廣州的新舊兩城共有十五座城門。十三行街在城外西郊，從它的東端小溪館往北走兩百碼左右就有城牆，最近的城門是竹欄門。伍紹榮擔任總商職務，經常往來於自己的店鋪和海關監督官署之間，所以每天要經過竹欄門好幾次。在欽差大臣到達的第二天，他受海關監督的召見從竹欄門進入新城。他在新城街上看到一個人從對面走過來，不覺得停下腳步，心想：「他果然來了。」

這人是金順記的連維材。兩人鄭重地寒暄一番後，伍紹榮問道：「您是什麼時候光臨廣州的啊？」

「三天前來的。本想去拜訪您，由於時間關係，我想您一定很忙，所以就免了。」

「不必客氣，隨時歡迎您光臨。不過，我目前住在越華書院旁邊。」

一看到連維材，伍紹榮就想起了西玲。在花園事件時，他曾主動邀請過西玲，之後西玲就經常在他的店裡出入。最近西玲在長壽庵附近租了房子，住在廣州的時間比在石井橋還多。

伍紹榮經常吃連維材的虧，決心要把西玲從連維材手中奪過來。在欽差大臣到達廣州這麼重要的時刻，連維材果然來到廣州。

「他來是要看看公行的最後收場嗎？」要是在過去，他這麼一想一定會心頭火起，但這次因為有西玲一事，心情能夠稍微平靜了。

海關監督予厚庵和總督、巡撫、提督等人，在林則徐住處吃了午飯、商談工作，現在剛剛回到官署。伍紹榮已經被叫到官署，予厚庵向他詳細詢問了鴉片躉船情況，伍紹榮也據實回答。

「正月二十日，十四艘鴉片躉船撤出伶仃洋，停泊在了洲洋上。第二天，四艘鴉片躉船也採取了同樣行動。了洲洋是外國船隻回國時的必經之地。」

「這麼說，船隊還在了洲洋上嗎？」

「是的。」

「眞的會回國嗎？」

「鴉片在英國和其他國家是賣不出去的，恐怕不會白白地把貨裝回去，我想很可能是在了洲洋暫時觀望一下。」

「不管他們怎麼觀望，欽差大臣的決心是堅定的。要讓夷商明白這一點。」

「我會竭力說服他們。」

「你把從伶仃洋撤出去的鴉片躉船列出一個名單交上來，呈送欽差大臣過目。」

伍紹榮彙報了該說的事情後就離開了海關監督官署。

海關監督官署正好位於新城中央。伍紹榮回去時沒有經過竹欄門，而是從官署附近的靖海門出城，沿著城牆向西漫步回到十三行街。

回到怡和行，盧繼光的親信、公行的耳目郭青早已等在那裡。他打聽到了新的情況，「據說今天早晨連維材會見了欽差大臣。」

「哦！他也見了欽差大臣？」

大概是在到達的當天，因爲不可能處理正式日程上的公務，欽差大臣就召見了連維材。這件事可非同小可。連維材受到重視，而且他確實是值得重視的人物——伍紹榮早就明白了這一點，欽差大臣也知道這一點？這使他大吃一驚。

當時也在場的盧繼光擔心地說道：「連維材這傢伙是透過什麼管道和欽差大臣拉上關係的？」

林則徐在到達廣州的第二天寫道：「晴，早晨客來絡繹。鄧制軍、怡撫軍、關提軍、予榷使俱在寓便飯議事。下午答拜數客。晚回。夜作家書一封，託福州的琉球館客商信局帶閩。」在絡繹不絕的來客中就有連維材。制軍就是總督；撫軍是巡撫；提軍是提督；榷使是管理財務的長官，這裡是指海關監督。

這一天，越華書院的門前貼出兩張布告，一張是針對隨員的，上面寫著不得擅離崗位，對文武官員因公而欲稟謁者隨時接見，但不得接近「遊人術士」。公館內的一切飲食由自己準備，不得接受他人供應；購買物品應按時價用現金支付；因公外出臨時雇轎，無需派轎來迎等等——這是林則徐獨特方式的布告。另一張布告上說：民間的訟詞僅接受有關海口的事項，其形式應遵照呈遞總督或巡撫的訟訴法規，不受理違章訟訴或直接訟訴。

林則徐在鴉片問題上採取實際措施，是在到達廣州後的第九天。在這期間，他盡可能會見各式各樣的人聽取意見。對一個名叫蔡懋的通事曾經詢問了半天時間。

三月十八日，欽差大臣採取了第一個措施。他會同總督和巡撫發出兩封諭帖。一封是頒給公行的，譴責他們過去和夷人勾結的錯誤，命令三天以內讓夷人交出漢文和夷文的「甘結」（保證書）各一紙。甘結上應寫道：「嗣後永不敢帶鴉片，如再夾帶，查出人即正法，貨盡入官」。「正法」的意思就是處以死刑。

這封諭帖極其嚴厲，甚至把道光十年，公行中的東裕行曾贈送東印度公司大班轎子作爲勾結的例子舉出來，因爲清朝一向禁止夷人坐轎子。

諭帖中還指責說：

> 過去規定夷人初次正裝來訪公行各商，一般不予接見；第二次來訪時才予會見。而近年來，

據說公行各商中竟有人去澳門迎接夷人。爾等欲獻媚得利，廉恥何存？爾等僅知通商致富，欲勾結夷人發財。爾等豈不知夷人之利皆「天朝之所予」？去年夷人中有私售貨物者、有攜帶火藥者，而爾等竟佯言「不知」，企圖蒙混過去。如此下去，爾等公行究竟起何作用？這次如不要來保證書，可知爾等平日勾結奸夷、私心向外。本大臣將遵循王命，立即對爾等處刑，並沒收爾等財產。

另一封是《諭各國夷人》。欽差大臣和夷人之間當然不可能直接接觸，這封諭帖也交給公行。這封諭帖譴責夷人進行鴉片貿易說：

我大皇帝一視同仁，准許爾等貿易，爾等由此而獲得利益。……爾等應感恩畏法，不應利己又害人。而爾等爲何竟將汝國不吸食之鴉片帶進我國，騙人之財、害人之命？……爾等以此物蠱惑中華之民已達數十年，所得不義之財不可勝數。此乃人心之共憤，天理所不容也。

接著說：

關於鴉片的禁令，大皇帝聞說未能嚴守，甚爲震怒，決心加以根除。內地人民販賣鴉片者、開設鴉片館者，自不待言；吸食者亦立即處以死罪。爾等來到天朝之地，應與內地人民同樣遵守法度。

還說：

本大臣來到此地，大皇帝特頒給在平定外域中屢建奇功之「欽差大臣關防」。唯恐爾等遠人或不知此嚴禁，現明申法度。因「不忍不教而誅」也。……在此嚴禁之下，各省均嚴厲取締，鴉片已不可出售。爾等船隻長期漂流洋上，徒耗經費，且有風火之虞。……

接著命令對方繳出全部鴉片：「諭到該夷商等，速即遵照，將躉船鴉片盡數繳官，不得絲毫藏匿。」另外，也和公行的諭帖上所寫的那樣，要求夷人呈上保證書。例如「悔罪畏刑，尚可不追既往」，保證進行正常貿易。

最後說：

……本大臣面承聖諭，法在必行。且既帶此關防，得以便宜行事，非尋常查辦他務可比。若鴉片一日未絕，本大臣一日不回。誓與此事相始終，斷無中止之理。……今令洋商伍紹榮等到館開導，限三日內回稟。一面取具切實甘結，聽候會同督部堂（總督）、撫部院（巡撫）示期收繳，毋得觀望、諉延，後悔無及。

這樣的嚴厲措施是沒有先例的。

「欽差大臣關防」就是准許獨斷專行的批准書。從越華書院門前張貼的布告也可以看出，林則徐不僅是清廉的，而且是嚴厲的。公行的商人們接到這道命令，個個抱著腦袋，默默無言。

伍紹榮閉上了眼睛。對於鴉片貿易，伍紹榮一向也是反對的。怡和行素來和鴉片交易沒有關係，因爲鴉片買賣是不對的，但是「對外貿易」卻必須要保護。它不是林則徐諭帖中所說的那種「天朝之所予」，伍紹榮從來沒有像現在這樣對「父祖之家業」感到惋惜。

4

廣州的外商們早已習慣清朝高級官員的所謂嚴命。中央的指令雖以「諭帖」的形式發出，但一般都不了了之，只要行賄，任何嚴命都會變成一紙空文。例如貿易季節一過、夷人必須撤離廣州的「禁止越冬」規定，早就變得有名無實了。

「不過，這次絕不會像過去那樣。」伍紹榮嚴肅地提醒外國人注意。

「將人家殺掉也行的保證書！沒收鴉片！渾蛋！」顚地鄙視地說：「這樣的事情也能同意嗎？」

在諭帖發出的第二天，海關監督予厚庵透過公行發出指令：欽差大臣正在查辦中，在判明結果之前，禁止居留廣州的外國人去澳門，但不禁止外國人到廣州。

律勞卑事件後，英商爲了加強團結成立了商業會議所，之後發展爲各國商人參加的商業總會議所。這個總會議所立即召開會議，會長是美國商人維特摩亞。

寫了保證書，今後帶進鴉片就要處斬首刑。外商們詢問會不會眞的這麼做？伍紹榮明確地回答：「落到欽差大臣手裡一定會這麼做。」

伍紹榮不是一個誇誇其談的人，這一點外商們也都很清楚，他說的話是可以相信的。

「不行！保證書絕對不能寫！」顚地叫嚷著。涉及利害關係的重大問題，顚地這些人的發言是很發揮作用的；裨治文等少數傳教士反對鴉片的呼聲，相較之下是無力的。他們得出的結論是：這次可能要比以前花更多的錢，但也沒有辦法。

有的人提出這樣的意見：關於沒收鴉片，儘管他們說要沒收所有的鴉片，但我們只交出相當數量給欽差大臣留個面子。這樣是否可以？

這個意見並不是墨慈提的，他在這個問題上已處於不能說話的境地。根據溫章的建議，他把手頭的鴉片全部處理掉之後一直沒進貨，他現在是無事一身輕。他本來想說：「應該把所有鴉片全部交出來。」可是他這麼說的話，顛地一定會大聲訓斥地說：「你可以這麼說，因爲你一箱鴉片也沒有。」

會議在沒有討論出一個明確方針下就結束了。墨慈登上丹麥館的二樓。約翰·克羅斯一直臥病在床，哈利·維多仍然和往常一樣待在他身邊。

墨慈興沖沖地拍著哈利的肩膀說：「越來越有意思了。」

「兵船已經集中到這一帶來了。」哈利說。

墨慈走到窗邊，透過窗簾望著珠江，江面上分布著許多載著兵員的船隻。「眞是的，」墨慈回過頭來對病人說：「好好養病吧！只要活著就有好戲可看了。」

欽差大臣諭帖中規定的期限是農曆二月二十一日，到了這一天，夷館只透過公行通知清朝當局說：「現在已召開全體會議任命委員研究此事，研究的結果將在一週內報告。」既未提保證書，也未提交出鴉片。

針對這一通知，欽差大臣表達他的態度，「如果不交出鴉片，我將於明天早晨十點鐘去十三行街，我將在那裡表明我要做什麼。」實際上，這等於是把期限延長了一天。

包圍

哈利把水壺裡的水倒進杯子，回到約翰床邊說：「看來情況更糟了。」

「沒錯。」約翰顎骨高懸、眼窩深陷，有氣無力地說道：「我躺在這裡十分清楚。不是從外面而是內心裡面十分清楚，做鴉片買賣怎麼能不受到上帝的懲罰呢！」

不一會兒，夷館內就熱鬧起來了。

1

林則徐作爲欽差大臣到達廣州後，仍未改他「黑夜潛行」的習慣。他身邊只帶了石田時之助，跑遍了整個廣州。

「好像有人在盯梢！」石田提醒林則徐，而林則徐只回答了一句，「我知道。」

諭帖規定的期限是三月二十一日，這一天正好是春分，當天夜裡新城外發生了小火災。幸好是在城外，如果是在城內，就要追究地方官的責任。清朝的官吏對天氣、災害都要負責任，如果在城內發生火災，燒了十家以上要扣九個月薪俸；燒了三十家以上要罰一年年薪。

「正好是個機會，我們趁這混亂出去吧！」林則徐催促著石田，說了一聲「往舊城去」。

他們倆朝著和火災現場相反的方向走，從歸德門進入舊城，直奔六榕寺西面。林則徐在一座砌有白色磚牆的小小宅院前停下腳步。「我要在這座宅院裡見一個人。可能時間會久一點，你在屋子外面警戒。」他給石田留下這幾句話後就進了宅院大門。

這座宅院以前是連維材讓西玲住的。在一間還飄溢著閨房氣氛的房間裡，林則徐和連維材對面而坐。

「澳門的義律今天接到廣州的緊急報告，正準備出發。」連維材說。

「今天的事情我都已經知道了。這太快了呀！」

「是信鴿帶過來的。」

「原來如此。那我要進行包圍的安排。」

林則徐早就預料夷人不僅不會同意交出鴉片，恐怕連保證書也不會交。但他早已下定決心，一定要徹底實現這兩項措施。他準備包圍夷館，不惜用武力來根除鴉片。問題是包圍的時間。原定那天立即包圍夷館，可是仔細一想，最主要的商務總監督義律目前還在澳門，因此決定要等義律進入廣州。義律聽到廣州的情況後，就準備立即從澳門動身去廣州。

「他就要來了。」連維材說。

林則徐點了點頭，閉上眼睛。

正事一談完，兩人的話就少了。期待的日子即將來臨，也確實讓人感到緊張。西玲掛在牆上的鴛鴦戲水圖還原封不動地在那裡，但是現場的氣氛卻讓人感到掛軸上那種濃豔的色彩已經消除得一乾二淨。

根除積弊！這是林則徐不可動搖的信念。不知道包圍夷館將會帶來什麼後果，但是已經不允許後退了。爲了把膿血徹底排出去，什麼樣的痛苦都要忍受。

透過破壞來打開突破口！連維材試圖想展開潛藏在他胸中的未來願景。

他們倆相對而坐，兩人呼出的氣息在某些地方完全協調一致，但過了不久就慢慢分離了。林則徐打算用果斷的行動來結束衰世，但對連維材來說，重要的不是結束，而是要開闢一個新世界。兩人的氣息在這種地方就不一致了。

經過這天晚上的商談，在逮捕一名有勢力的英國鴉片商人問題上，兩人達成了一致意見。對重視僑民生命的英國來說，這將是一次重大事件。他們想先點一把火，所以在方法上沒有多大分歧。

應該逮捕誰呢？從北京出發時，林則徐就打算先把查頓拿來祭旗，因爲他是鴉片貿易的巨頭。可是查頓在林則徐到任五天前就已從澳門回英國了。

查頓的名字早已列入被驅逐者的名單，他的回國，林則徐認爲是畏懼清朝所致，所以他在呈給北京的奏報中說：

……在廣東夷館盤踞達二十年之久，人稱「鐵頭老鼠」的查頓已乘船回國。

查頓回國後，就成爲提倡對清採取強硬政策的急先鋒，並最終導致了開戰。從後果上來看，驅逐他也許是個下策。

由於查頓回英國了，林則徐失去了打擊的目標。

「夷館裡的會議情況如何？」他問連維材。

「最強烈反對交出保證書和鴉片的是顛地。」連維材在夷館內部也有情報網。

「那就攻顛地吧！」

「是誰都沒關係，總之，只要是鴉片商人就行。」

「好，就顛地。」林則徐站起身來。

2

在限期的第二天——三月二十二日，林則徐要在上午十點去十三行街，但他沒有露面，只派去一個代理官員。

林則徐的日記裡寫道：「早晚俱對客，本欲出門，未果。」大概是絡繹不絕地來了許多重要客人。外商們協商的結果決定不提保證書，而是交出一千零三十七箱鴉片給欽差大臣一個面子，並向公行提出了這個意見。

林則徐透過連維材和水師的報告，十分了解鴉片躉船的情況，估計積存在鴉片躉船上的鴉片約有兩萬箱，因此，當場就駁回了夷館意見。

林則徐已經發過話，「我將表明我要做什麼。」這句可怕的話籠罩在十三行街外國人的頭上。究竟要做什麼？到了下午終於明白了。欽差大臣向廣州府和南海、番禺兩縣，發出了逮捕英商顛地的命令。

「縣」是清朝地方行政區中的最小單位，相當於日本的「郡」；縣上面有「府」，相當於日本的「縣」。廣州府擁有十四個縣，廣州城西半部屬於南海縣，東半部屬於番禺縣。由於一個城市分割為兩個行政區，想在全市通緝，當然要向兩個縣發出命令。

府縣接到命令再傳達給公行。凡是清朝的官吏，即使是最下級的官吏，也不得直接和夷人接觸，所以要採取這種迂迴的方式。

欽差大臣的命令中說：「速交出顛地一犯！」公行通知夷館時則改為「召顛地先生入城」。

「不能給其他人帶來麻煩，我願意去。」顛地準備接受這個「召」，但其他人制止了他，認為沒有欽差大臣簽名蓋章的保證書，保證他可以在二十四小時內平安回來就絕不能去。很多人發表意見說：「事到如今，我們應該同生死、共命運。」

二十二日就這麼過去了。

二十三日早晨，廣州府的官員來到公行，譴責他們，「爲什麼不交出顚地？」公行在這天晚上召集全體成員討論對策。因爲在他們眼前非常現實地放著欽差大臣的諭帖，諭帖上明文寫著：

如不執行命令，將對你們處刑、沒收你們的財產。

他們又討論了「信用」問題。外國人是他們的重要顧客，出於商人應遵守的信用，他們應該堅決保護顧客的生命——有人發表了這樣悲壯的意見。不過，最後得出的結論是——「只講一半信用」。

夷人遭到追究，是因爲他們進行鴉片買賣。而公行的會員是官方允許的商人，並沒有經手鴉片買賣，他們只是從外商那裡購買合法進口的商品，再把茶葉、絲綢賣給外商。公行並沒有得到販賣鴉片的好處。對顧客要講信用，但應該有個限度——這就是他們的想法。

於是他們決定對付官吏的辦法。「請把鎖鏈套在我的脖子上吧！」伍紹榮對前來的官員說：「我套著鎖鏈到他們那裡去。」他的意思是要表明，公行的生命也處於危險之中，以此來呼籲對方交出顚地。

「請把我也套起來吧！」總商輔佐盧繼光也伸長脖子說：「鎖鏈也好、首枷也好，也給我套上吧！」

廣州府的差役們眞的在他們脖子上套上了鎖鏈，拉著他們往夷館走去。

西玲正要去怡和行，剛走到美國館前，看到伍紹榮那一副可憐的樣子，她那發藍的眼睛一下子就閃出了淚光。

就連夷館的那些外國人看到這兩個大富豪像罪犯似的套著鎖鏈，也驚呆了！

維特摩亞會長含淚說道：「好吧！我們再商量一次，然後答覆。」

商量已經夠多了。經過翻來覆去的考慮，仍然覺得交出顛地他會有生命危險。而且這不僅關係到他個人，同樣的命運說不定什麼時候也會降臨到所有從事鴉片買賣的商人頭上。反覆商量的結果得出的仍然是這個結論：即使是應召前去，也要得到生命安全的保證。目前只有盡量拖延，以等情勢變化。

顛地商會的一名職員來到公行，要求派出四名委員就此事和清朝官吏談判。四名委員很快來到城內，但和官吏們的談判依然各持己見，沒有成效，因爲沒有一個官員能保證顛地的生命安全。他們堅持說：「這只有欽差大臣才能回答，我們無能爲力。」而這位欽差大臣整天接見來客，根本沒顧及這個問題。

當四名精疲力竭的委員回到夷館時已是晚上九點。

3

怡和行的店內，「由我端去吧！」女僕正往主人伍紹榮的房間送茶，西玲在半路上接過女僕手中的茶盤。

伍家在公行商人中最富有，堪稱是世界級的富豪，但是生活卻非常簡樸。在漢特的著作中，也說伍紹榮的父親極其節儉，怡和行的設備等都非常簡單、樸素。

伍紹榮正在房裡對著書桌沉思。他喜歡讀書，桌上和平常一樣放著打開的書本，但他現在沒有讀它。後來他編撰了嶺南耆舊遺詩，刊刻過許多先賢的著述，例如《粵雅堂叢書》就多達數百種。此外還經手出版了《粵十三家集》、《輿地紀勝》等珍貴書籍。

伍紹榮的個性主要還是傾向於幽靜的書齋，而不是商業戰場，不過，他對「家業」仍感到眷戀。現在有多少萬人由於伍家的事業而獲得生計，他對此感到驕傲。現在他被迫處於維護這一驕傲的境地。

「請用茶！」伍紹榮隨著聲音轉過頭來，看見了西玲。

「啊呀！是西玲女士。您什麼時候來的？」

「剛才……」

「我忙得疏忽大意了，請原諒！」

「看您說的。今天早上，我看到您和盧繼光先生……」

「哦！那個呀！」伍紹榮微笑著說：「脖子上套著鎖鏈，一副可憐的樣子吧？」

「您眞了不起，能把這種事一笑置之。我聽您店裡的人說，是您主動要求那麼做的。是嗎？」

「是的。」伍紹榮平靜地回答。

西玲感到腳下搖晃起來。她過去所看到的世界都是支離破碎、不完全的世界。她看過連維材那種深不可測、難以接近的世界的一鱗半爪；也看過像錢江、何大庚那樣簡單明瞭的男性世界片段；而現在，她看到了伍紹榮循規蹈矩、彬彬有禮的世界。他沒有慷慨之士那種明朗豪放，也沒有激烈狂暴的精神，但是看著伍紹榮在安靜喝茶的側面，西玲感到很美。

這究竟是一種什麼樣的美呢？對！這是一種秩序井然的美；是循規蹈矩、心滿意足地安居，以求得內心充實的囚徒的美。

西玲是不堪束縛的，這和伍紹榮的個性正好相反，但這時的伍紹榮側臉是確確實實的美。西玲不能自持了，她把自己的臉埋在正端坐在椅子上的伍紹榮膝上，她感覺到這個男人的手此刻正在愛撫自己的頭髮。

「多麼相似啊！」西玲覺得和連維材很像。連維材在狂暴地壓倒她身體前那種奇妙、猶豫的感覺，正在她的身上甦醒過來。

「不！比他快！」伍紹榮的氣息很快就撲到她的耳邊。男人的手從她的頭髮撫摸到她的下巴上，火熱的手掌燙著她的下巴。

西玲抬起頭，伍紹榮卻把臉轉向一邊說：「不要看！我現在精疲力竭，我不願讓妳看到這樣的臉。」西玲把手放到對方的臉上說：「看著我！我求求您！我要看您疲勞的臉，因爲那也許才是一個眞正的人的臉。」

這時，走廊裡響起了腳步聲，兩人分開了。

腳步聲在房門前停下，只聽僕役說道：「連維材老爺求見。」

伍紹榮走到門邊說：「請他到這裡來。」

西玲兩手捂著臉頰，帶著畏怯的眼神說：「他到這裡來？那我要離開這裡。」

「請您就待在這裡。」伍紹榮的聲音溫和，但他的話卻有著束縛她的力量。

她呆呆地立在那裡迎接連維材的到來，她一時間陷入了一種失魂落魄的狀態。當連維材進來時，兩人的視線雖然碰了一下，但西玲的眼神發呆，雙方視線的接觸並沒有迸發出火花，只有連維材的視線深深地射進西玲的身體。

伍紹榮一邊勸坐，一邊問道：「您大駕光臨，不知有何貴幹？」

「我今天早晨看到您套著鎖鏈去了夷館。」連維材的話每停頓一次都要緊閉一下嘴脣，「聽說是您自己要求這麼做的。我想，就這一點向您進一句忠言。」

「請吧！」

「您爲什麼要做出一副可憐的樣子呢？拉您去的不過是抵不上您一根寒毛的小官吏。我希望您能擁有一個商人的驕傲。」

「要說商人的驕傲，我覺得我比誰都強烈。」

「那您爲什麼還要套著鎖鏈去呢？」

「那是商人之道。」

「是嗎？今後我們國家要養活眾多人口，就必須要發展生產，把貨物流通做好。尤其是和外國的貿易，這在不遠的將來將成爲救國大道。我們的時代就要到來，做任何事情都要依賴我們的財力。我們應該挺起胸膛走路，沒有犯罪就不應該讓人家套著鎖鏈拉著走。看到您的樣子，我哭了。您到底在幹什麼呀？」

「我自己把鎖鏈套在自己的脖子上，原因很簡單：就是剛才說的『商人之道』。在必須要這麼做的時候，商人什麼事都要做。」

「受任何的屈辱也……？」

「是的。」

「難道您是說這裡面有著驕傲嗎？」

「有！有著鎖鏈、首枷都不能磨滅的極大驕傲。」

「是這樣嗎？我國最大的貿易家，竟然讓那些微不足道的小官們拖著走！」

「看來您是太拘泥於形式了！」

「……」連維材無話可說。拘泥於形式，這應該是連維材想對伍紹榮說的話。可是，背負著公行這一重擔的伍紹榮，現在卻把這句話拋向自由自在的連維材。

連維材目不轉睛地盯著伍紹榮帶著傲氣的面孔。

西玲還像虛脫似的站在他們兩人旁邊，伍紹榮好像把她當作自己勝利的一個證物放在連維材面前。他的話之所以強而有力，使連維材感到畏縮，也許是因爲他把西玲當成了他身後的背景。

連維材站起來說：「您是我的對手。我曾經聽人說過，傑出的武將希望敵將也是出色人物，我也是帶著這樣的心情來說了要說的話。好吧！再見了，祝您頑強地奮鬥。」

「謝謝！」伍紹榮拱了拱手說：「我準備盡力去做。這幾天的事情，我總覺得是把您當作對手。這個敵將看來是太出色了！」

4

在清朝朝廷派出了欽差大臣這一個重要時期，英國商務總監督義律卻待在澳門。義律是這麼想的：清朝的目的是取締鴉片，它的目光會先放在河口的鴉片躉船上，因此，欽差大臣的司令部一定會設在澳門。可惜，義律估計錯了。林則徐知道鴉片貿易的巨頭們是在廣州的夷館裡操縱著鴉片躉船，因此他把矛頭對準了廣州十三行街。

義律在澳門得到欽差大臣諭帖的抄本，這才意識到戰場不在澳門，而是在廣州，於是，他匆忙溯珠江而上到廣州。出發之前，他命令英國所有船舶齊集香港島附近，懸掛國旗，準備抵抗清朝的一切壓力。

「你哄著他，他就驕傲自大；你嚴厲地對待他，他就會往後讓。」——義律在和清朝的官吏打交道時，深信這是一條顚撲不破的眞理。義律在給外交大臣巴麥尊的報告中，也充分顯露了這種想法。他說：

「毫無疑問，強硬的言行將會抑制地方當局的粗暴氣勢。」

義律把欽差大臣的諭帖看成是莫名其妙的逞能之作，可是，欽差大臣卻正等著他進入廣州。諭帖上說的期限是三月二十一日，實際上延長了一天。二十三日，伍紹榮又套著鎖鏈去夷館，林則徐也沒採取什麼特別行動。而且二十四日是星期天，清朝朝廷沒怎麼催促，看起來好像是棄置不管，其實一切都爲了等待義律。

義律進入廣州十三行街的夷館是二十四日下午六點。

商務監督官的辦事處並沒有設在之前的東印度公司，而是在法國館和美國館之間的中和行。義律一到，先高高地掛起英國國旗。他是軍人出身，特別喜歡掛旗子。然後他給公行寫了一封信：

我同意讓顚地先生進城，但是必須附加條件，我要以商務監督的身份和他來往，而且要得到蓋有欽差大臣大印的明文保證，不得把我們二人隔離。

另一方面，林則徐一接到義律進入夷館的報告，立即發出「包圍」的命令。其實一切早就安排妥當，只等義律到來。

約翰·克羅斯的病情仍無好轉，曼徹斯特糟糕的環境早就把他的身體搞垮了。哈利·維多爲生病的朋友倒水喝，來到窗前木架邊，不經意地朝外看了看。

因爲禁止外國人出境，從前幾天開始，清朝已在夷館設置了少數崗哨。但這時哈利看到的卻是另外一幅景象：一片燈籠海包圍了夷館，這些燈籠上寫著南海縣、粵海關等字樣，有數百個之多。

哈利從水壺倒水進杯子，回到約翰的床邊說：「看來情況更糟了。」

「的確會是這樣的。」約翰顴骨高懸、眼窩深陷，有氣無力地說道：「我躺在這裡十分清楚。不是從外面而是裡面——心裡面。做鴉片買賣怎麼能不受上帝的懲罰呢！」

不一會兒，夷館內就喧譁起來了。

欽差大臣再次給伍紹榮下了諭帖，諭帖上說：

前已說過，鴉片要全部入官，三日之內寫出保證書，但至今沒有答覆。因而對停泊於黃埔的外國船隻實行「封艙」，停止買賣、禁止貨物的裝卸；各種工匠、船隻、房屋等，不得雇用、租借於夷人，違反者以私通外國罪懲處。夷館的買辦及雇員等，全部退出。

到了晚上九點，夷館內已沒有任何一位中國人了。

義律覺得這下子糟了！他這才明白對方早就做好一切準備，只等他進入廣州。以前清朝的大官受命來取締鴉片，一般都是到澳門一帶坐在船上，在鴉片躉船匯集的珠江河口來回打轉。他們只是要展示一下忠於職守，適當地上奏一下就了事，但林則徐並不是表面上取締，而是要徹底根除鴉片。他十分清楚，如果以清朝的海軍力量巡查海面，即使費再多力氣也是白搭，辦法只有一個，包圍鴉片貿易的根據地——夷館，強制對方全面屈服，從而一舉解決問題。義律意識到這一點時已經晚了，他恨得咬牙切齒。

被包圍的外國人共二百七十五人，他們以義律爲中心舉行了緊急會議。顛地縮在一邊，他覺得這個亂子是因爲他而引起的，所以垂頭喪氣。

詹姆斯·馬地臣拍著顛地的肩膀安慰說：「也不全都是因爲你。要逮捕你，不過是把你當成代表。對他們來說，逮捕我也可以。」面臨困境時，友誼往往會加深。

馬地臣勾結查頓，正在經營「查頓馬地臣商會」。從鴉片存貨的數量來說，馬地臣遠遠超過顛地。

「馬地臣先生，我想聽聽您的高見。」義律首先徵求馬地臣的意見。

詹姆斯·馬地臣當時四十三歲，蘇格蘭人，愛丁堡大學畢業後，進入加爾各答的馬金特休商會，後來成爲在廣州開創鴉片貿易的曼益商會大股東。一八三二年聯合查頓開辦了鴉片公司，在居留廣州的外國人當中，他被看成是最重要的智囊人物。在澳門無法進行大宗鴉片交易時，就是馬地臣想出了把鴉片躉船開到伶仃洋上的辦法；最初把鴉片運到南澳和福建省沿海地區也是他的創舉。義律是想借助於這位馬地臣的「智慧」。

提起鴉片商人，人們想像的一定是面目凶惡的人，其實馬地臣的外表是位完美紳士。他用一種和會場緊張氣氛不相稱、冷靜而穩重的聲音說道：「和外界斷絕連繫，那就毫無辦法了。先決條件是和往常一樣進行收買工作，並和外界取得連繫。」

「請問怎麼連繫呢？」義律問道。接著又補充了一句：「現在我們被包圍得水洩不通呀！」

「首先得有人出去。」

「怎麼出去？」

「強行出去是不可能的，可以考慮合法出去。」馬地臣這麼說，仍然沉著冷靜。

「合法？」

「我們研究研究前些日子欽差大臣逮捕顛地先生的命令。」馬地臣掏出這道命令書的抄本說：「這是從伍紹榮先生那裡拿到的。關於要逮捕顛地先生的原因爲：『聞得美利堅國夷人多願繳煙，被港腳夷人顛地阻撓。』您看，欽差大臣對美國人好像還有點好感呢！」

「那麼？」義律焦急地催促馬地臣說下去。

「中國在兵法上有一條法則叫『以夷制夷』，自古以來就有分裂我們的戰術。總之，我感覺到欽差大臣有施展這種戰術的可能性，說不定他希望我們分裂，然後把和鴉片無關的美國人放出去。例如放出像歐立福特這樣的人。」

「有道理。讓美國人出去取得連繫，是這樣嗎？」

「當前恐怕只有這個辦法。明天就請歐立福特先生去懇求，怎麼樣？」

「當然可以。」歐立福特商會的頭頭這麼回答。但是他好像沒有多大信心，又說：「不知道起不起得了作用？」

「盡量去做吧！」馬地臣說：「我也採取了一些措施……」

「採取了措施？」義律追問。

「嗯！在撤退出去的中國人當中，我已經請一位最能說善道的人要他去告密，盡量誇大商館內英國人和美國人的不和。」

5

改名爲林九思的原絲綢商人久四郎，也從十三行街的夷館裡撤了出來。根據欽差大臣的命令，夷館內的所有中國人都必須退出來。原名叫久四郎的林九思，僞裝是澳門出生的中國人，當然要退出夷館。

他在夷館裡當印刷工人。當時廣州有兩種像簡報性質的英文報紙，一個叫《廣東報》，一個叫《廣州紀要》。另外還發行號稱是季刊、內容充實的《中國叢報》，主編是裨治文，正式的撰稿人有歐茲拉夫等人。這個《中國叢報》，林則徐曾讓幕客翻譯，魏源曾作《海國圖志》的附錄出版，於幕府末期傳到日本，題名改爲《澳門月報》。本來是經常缺期的季刊雜誌，卻變成了「月報」，實在有點奇怪；而且發行所也不在澳門，是在廣州的夷館內，譯成這樣的題名實在叫人難以信服。這些都不說了。除了這些英文的報刊外，還要印刷基督教傳教用的資料，當然需要像久四郎那樣會漢、英兩種文字且懂印刷技術的人。

在從夷館退出來的買辦、僕人和雜工中，有相當多人和久四郎一樣在廣州沒有棲身的地方，因此，伍紹榮爲這些人開放了太平門外的自家倉庫，讓他們在那裡住宿。

廣州的三月濕氣很大，整天濃霧瀰漫，不過氣候相當暖和，在這個臨時住處可以舒舒服服地睡覺。在這個作爲臨時宿舍的倉庫裡，先燒了一陣子炭火，並不是爲了取暖，而是爲了驅除濕氣。

第二天早晨，久四郎進了城，馬地臣委託他去找總督府一位官吏，說他要報告夷人的動向。

馬地臣果然有眼光，久四郎確實口若懸河、能言善道。他說夷館內的英國人和美國人之間發生了激烈爭論，幾乎要互相扭打起來。

久四郎的這一情報立即傳到欽差大臣耳裡，林則徐下令：「把此人叫來！」

久四郎被叫來後，畢恭畢敬地在欽差大臣面前裝出一副膽顫心驚的樣子，其實他心裡一點也不害怕。

早在日本時，他就是一個精明強悍的二掌櫃。經歷了海上漂流後艱苦的異鄉生活，他對自己的才幹更增強了信心。在陌生的土地上，語言不通、無親無故，而他卻能在這樣的境遇中，一個接一個地找到可以投靠的人。他再次確認了自己是個多麼聰明的人。

在久四郎眼裡，連清朝的欽差大臣也應該爲他的好口才所左右。不過，在這種時候，他必須畢恭畢敬。他非常懂得獲得他人好感的辦法。

林則徐問清了英國人和美國人的不和原因後，又向他打聽夷館裡的糧食情況。

「夷人吃的東西和我們有些不同。蔬菜、魚蝦之類要在當地購買，能夠儲藏的東西已經帶進去很多了。」久四郎回答。

「水怎麼樣？」林則徐問道。

「是。水好像不多。不過，離開了幾百名買辦、僕役，他們的那一份留了下來。聽說好像規定每人一天要分多少水。」

「夷人們對包圍的事說了些什麼？」

「義律說最多一個月，還說軍艦最近就要從印度開來了。」

久四郎是想煽動林則徐，意思就是說：「一定要快、要拉攏美國人，在軍艦從印度開來之前把問題了結。」他以爲這是一種咒術，只要他這麼一說，對方就一定會隨他的意思打轉。

連維材聽到夷館的雇員林九思向林則徐報告夷情的消息，立即找溫章問道：「你知道夷館的林九思嗎？」

「知道，在澳門的時候就知道。他是在海上漂流過的日本人。」

「哦！是日本人。他是個什麼樣的人？」

「簡單地說，是個頭腦機靈、溜鬚拍馬的人。」

「是個淺薄的人嗎？」

「不，是個相當愼重的人，可以說是謀士類型的人物。」溫章雖然有優柔寡斷的缺點，但他看人還是很敏銳的。

連維材趕忙去見林則徐。他到達越華書院時，林則徐正接到公行透過海關監督呈遞上來一份美國商人的請求書。請求書的主要內容是：

我們向來和鴉片毫無關係，而且保證今後也不販賣鴉片，懇求重開貿易。

呈遞人是歐立福特商會的查理．金谷。請求書的末尾爲自己辯解說：這個保證之所以在限期之後提出，是因爲想等待和其他商人一起提出。

林則徐絕不是受了久四郎的口才左右。在這次赴任前，他努力研究了外國情況。他對國際情勢的認識和魏源一樣，他們所獲得的資料來源也大體相似。

魏源根據歷史的事實，在《海國圖志》中指出英、美兩國的矛盾說：

過去佛蘭西開墾彌利堅之東北地，置城邑、設市埠，英夷突攻奪之。佛夷與英夷在此成爲深仇。及後，英夷橫徵暴斂，彌利堅十三部起義驅逐之時，曾求援於佛蘭西。

林則徐的腦子裡早就有過什麼時候要利用這種矛盾的想法，久四郎的消息只不過成爲旁證林則徐有關外國情況的一個事例。

「把美國人從夷館裡放出來，暫時讓他們住到別的地方去，英夷可能會感到更孤立。」林則徐看了金谷的請求書產生了這種想法，正好這時連維材來訪，林則徐也向他透露了這種想法。

「不行！不能批准！」連維材幾乎要抓住林則徐的袖子，表示堅決反對。

「爲什麼不行？對方有矛盾可利用那就要利用，這不是兵法的常識嗎？我聽說美國這個國家是造了英國的反而建立起來的。」

「對商人來說，本來就沒有國境。」

林則徐看著連維材認眞的臉。二十年來，連維材提供了政治資金，但一次也沒有提出過想強加於自己的意見和要求。林則徐只是偶爾想過自己是被他當成象棋上的「車」來利用，但他從未覺得自己的行動受到限制。

「國境？」林則徐還是有一點國際常識，這個詞還是懂得的，如果是其他的清朝大官，恐怕連這個詞也不懂。他們不知道清朝之外還有其他國家，也不知道國境究竟在哪裡，因爲他們認爲中國本身就是一個世界。

「義律現在猜不透欽差大臣究竟有多大決心，他所希望的是您的決心會動搖。現在如果可憐美國人，就有可能被他誤解爲您的決心產生動搖，義律就會因此得到鼓舞，說不定眞的會堅持一個月。現在如果採取堅決的態度，也許幾天之內他們就會舉手投降。」在林則徐的記憶中，連維材這麼侃侃而談還是第一次。

「也許是爲了今天，他才對我寄予期望吧！」林則徐這麼想。他想到二十年的交往，覺得和連維材彼此之間不必再多說什麼了。

「好，駁回美國人的請求。」林則徐拿起朱筆在紙上寫道：

該夷一面之詞，恐不足據。一時開艙等事，尚難准行。

屈服

夷館裡外國人的生命危在旦夕。除非全面接受欽差大臣的要求，別無解圍辦法。連智囊人物詹姆斯．馬地臣也縮著肩膀，一味地搖著頭。

義律終於屈服了。他爲了推行外交大臣巴麥尊的強硬政策而竄進廣州以來，僅僅過了四十八小時。

1

美國商人的請求被無情地駁回，再加上總兵韓肇慶被欽差大臣革職和逮捕。義律聽到這些消息，才眞正領會了林則徐不是一般的「清國大官」。

上千名包圍的官兵通宵吹著喇叭、敲著銅鑼。館內夷人連覺也睡不好，儲存的糧食和飲水也不多了。

義律辦事處的牆上張貼著欽差大臣的四條諭帖：

一、論天理……爾等離家數萬里，一船來去，大海茫茫，如雷霆風暴之災，蛟鱷鯨鯢之厄，刻刻危機，天譴可畏。我大皇帝威德同天，今聖意要絕鴉片，是即天意要絕鴉片也。天之所厭，誰能違之？如英國之犯內地禁者，前在大班喇弗圖占澳門，隨即在澳身死。道光十四年，律勞卑闖進虎門，旋即憂懼而死。馬里臣（馬禮遜）暗中播弄，是年亦死，而慣賣鴉片之曼益（丹尼爾．曼益），死於自刎。……天朝之不可違如是，爾等可不懍懼乎？

二、論國法……今則大皇帝深惡而痛絕之（鴉片），嗣後內地人民，不特賣鴉片者要死，吸鴉片者也要死。恭查《大清律例》內載：化外人有犯，並依律擬斷等語。……若販賣鴉片，直是謀財害命。況所謀所害，何止一人一家？此罪該死乎？不該死乎？爾等細思之。

三、論人情……爾等來廣東通商，利市三倍，即斷了鴉片一物，而別項買賣正多。要做鴉片生意，必至斷爾貿易。且無論大黃、茶葉不得即無以爲生，各種絲斤不得即無以爲織。即如食物中之白糖、冰糖、桂皮、桂子，用物中之銀硃、滕黃、白礬、樟腦等類，豈爾各國所能無者？而中原百產充盈，盡可不需外洋貨物。

四、論事勢……爾等遠涉大洋，來此經營貿易，全賴與人和睦，安分保身，乃可避害得利。爾等售賣鴉片……即里閭小民，亦多抱不平之氣。眾怒難犯，甚可慮也。出外之人，所恃者信義耳。現在各官皆示爾等以信義，而爾等轉毫無信義。……況以本不應賣之物，當此斷不許賣之時，爾等有何爲難？有何靳惜？且爾國不食，勢難帶回，若不繳官，留之何用？至既繳之後，貿易越旺……本大臣與督、撫兩院，皆有不忍人之心，故不憚如此苦口勸諭，禍福榮辱，皆由自取，毋謂言之不早也！

夷館裡外國人的生命危在旦夕，除非全面接受欽差大臣的要求，別無解圍辦法。連智囊人物詹姆斯·馬地臣也縮著肩膀，一味地搖著頭。

義律終於屈服了。他爲了推行外交大臣巴麥尊的強硬政策而竄進廣州以來，只過了四十八小時。

三月二十七日，颳起大風，懸掛在夷館旗杆上的英國國旗，從早晨起就呼啦啦地飄揚著。義律站在窗邊長時間地仰望著國旗，過了一會兒，他用力地關上窗戶大聲喊道：「諸位，在英國國旗下，英國臣民遭到監禁，財產遭到搶奪！」一時間沒有人答話。這時他決定屈服，繳出鴉片。

中國的雇員全部撤走了，商館正遭到武裝士兵的包圍，糧食和飲用水都儲存不多。從印度召軍艦來爲時已晚，軍艦要一個月才能到，到那時，夷館裡的人恐怕早就餓死了。

「義律大校閣下，這不是您的責任。」馬地臣終於開口說話了。

「我們中了他們的奸計了。」

「不，這種計策也不高明。這是恐嚇！是搶劫！」

「無論如何，生命是最寶貴的。」商人們小聲地在議論著。

「諸位！」義律突然高聲喊道：「事情並沒有就此結束，只不過是迎來了新的局面。用屈服來結束，大英帝國是絕不能忍受的。即使出現更困難的局面，還得要求諸位協助。這並不是我在要求，而是光榮的英國國旗在向諸位要求！」義律眼露凶光，緊握的拳頭在顫抖。

接著，墨慈自作聰明地說道：「追根究柢，都是因爲對方是不明事理的狗官。」可是，沒有一個人幫腔，因爲他這種空洞的即興發言，和現場被義律製造出的氣氛一點也不搭。而有的年輕職員全身顫抖；有的人用手絹捂著眼睛。

馬地臣掃視了大家一眼說道：「諸位，我希望大家要做好準備。只是接受要求，對方還不會解除包圍，很可能是把我們關在這裡當人質，並在這種情況下沒收鴉片。我希望大家了解，被包圍的痛苦還要繼續下去。」

義律閉上眼睛，聽著馬地臣的發言，他把嘴脣咬得發痛。

當天林則徐一早就接待總督鄧廷楨的來訪，兩人密談了很長時間。

總督回去後，上午十點前，伍紹榮和盧繼光送來了義律的稟（請求書）。稟上說：「全部繳出英國人手中的鴉片，希望明示裝載鴉片的英國船隻應開往何處。關於鴉片的清單，等我查清後立即呈閱。」

林則徐不禁產生一種勝利的喜悅。儘管他抑制著自己想到「大事還在後頭」，但他的臉上還是露出了笑容。自到任以來，他第一次在公行商人面前露出溫和的笑臉，然後他上了轎子往舊城的方向行去。

天氣突然熱起來，人們都換上了單衣。林則徐來到巡撫官署，把義律的屈服告訴怡良，商談了善後、和怡良共進午餐。林則徐很久沒有這種舒暢的心情了，但這樣的時間也很短，今後的事情開始占據了他的腦子。

第二天早晨，伍紹榮又帶來義律的信。信上說：英國人所有的鴉片共計兩萬二百八十三箱。

「先給夷人送點牛羊肉去。」林則徐這麼吩咐伍紹榮說。

「他們最希望的是先讓僕役回去。」伍紹榮說。

林則徐考慮了一會兒說：「這個放後一點吧！」

傍晚，北風狂吹，天氣突然變冷，昨天以來的悶熱好像根本沒有發生過似的。

2

關於鴉片戰爭，除了像《籌辦夷務始末》、《宣宗實錄》等，以及留下的奏文、論文、地方誌之類所謂官方資料外，還有不少私人著述。在小說方面，以程道一的《鴉片之戰演義》爲代表，他採取的是中國傳統章回小說形式，讀起來很有趣，但內容有些是杜撰的。例如好幾年前已經去世的曹振鏞，卻在道光十八年作爲軍機大臣在小說中出現。

另外著者不明的《夷艘入寇記》、《英夷入粵記略》和夏燮的《中西紀事》、李圭的《鴉片事略》等也很有名。這些書都是作者根據資料或傳聞而寫的，其中以目擊者記錄的《夷氛記聞》❶最精彩。

《夷氛記聞》的作者梁廷枏，廣東順德人，當時任職於越華書院是碩學之士，尤其熱心於外域史的研究。越華書院正是欽差大臣的行轅，林則徐經常拜訪他，聽取他的意見。

這部《夷氛記聞》有些記述很有趣。

據說有一天晚上，林則徐把伍紹榮叫去說：「你是官商，今後如果要向夷人賠償鴉片款，那可不是一件小事。」當時廣州的街頭巷尾正流傳著一個謠言，說伍紹榮私下對義律做保證，將分年償還沒收的鴉片款。

兩萬多箱鴉片是一個龐大的數字，包圍了幾天，義律就痛痛快快地把它交出來了，因此造出了這樣的流言。關於這一點，梁廷枏寫道：「無明顯證據。」

在沒收的兩萬多箱鴉片中，查頓馬地臣商會占七千箱，顚地商會占一千七百箱，這兩家公司就將近占了總數的一半。

當時廣州的鴉片批發價格一箱爲七、八百元，所以總額達一千五百萬元。不過，在印度購進的原價爲每箱兩百元，因此，實際損失，包括運費在內估計爲五百萬元左右。

義律呈報的是兩萬二百八十三箱。其實帕斯人公司的四百零六箱和另外一百一十七箱是重複的，所以鴉片躉船上存放的鴉片實際是一萬九千七百六十箱，但是一旦上報就沒辦法更改了，義律因此決定以每箱

❶ 據云原題為《夷氛聞記》。《夷氛記聞》是後人篡改的。

五百元的價格從顛地商會購買五百二十三箱，以供清朝朝廷沒收。顛地小看了林則徐，直到最近他還在印度收購鴉片，幾天之後即將到達的船中就有他買的鴉片。

美國領事皮塔．斯諾報告說：美國商人根本沒有鴉片，只爲英國人代賣的一千五百四十箱，已退還義律。

義律說：他已同意繳出鴉片，因此要求恢復他的行動自由。

欽差大臣採取了對策：各商人如繳出表冊上數量的四分之一，就允許歸還買辦和僕役；繳出一半，允許坐舢板船往來；繳出四分之三，允許重開貿易；全部繳完，一切恢復正常。

林則徐過去禁煙也是採取這個辦法。他是一個講究實際的政治家，遇事喜歡分階段進行；另外，對沒收的鴉片每一箱換給茶葉五斤，以示嘉獎。

義律之所以屈服，是因爲他看到林則徐的決心沒有動搖。如果在欽差大臣的措施中讓他看出有絲毫妥協的可能，也許他還會堅持下去。從這個意義上來說，韓肇慶的革職有重要意義。

義律最初還抱有一線希望，認爲林則徐的「查辦」比別人唱的調子雖然高一些，但這裡面恐怕仍然有清國官吏之間的「串通合謀」。

當時的鴉片走私，可以說是在韓肇慶的默許下進行的，嚴重時，甚至由清朝海軍的舟艇來運輸鴉片。由於林則徐在江西發出要求逮捕的信，擁有都司官職的王振高被捕，在有關鴉片的人們當中引起恐慌。但是就是在這種時候，顛地等人仍然冷笑著說：「也不過是王振高嘛！還沒聽說韓肇慶被捕呀！」說要嚴厲禁煙，最多也不過處分一下用錢買了個四品官的王振高，法官的手恐怕不敢動比他更大的人物，因爲他們之間有「串通合謀」——夷人是這樣想的。

可是，現在連韓肇慶也受處分了。韓是左翼總兵，二品官，指揮的兵員達萬人，是武官僅次於提督的要職。據說他透過默許鴉片走私而撈到的錢達數百萬兩。他有這樣的官位和財富也逃脫不了處分，這哪裡還有什麼串通合謀呢？那些抱有一線希望的人們一聽到這件事，當然就完全絕望了。

關於韓肇慶的革職，《夷氛記聞》中寫得很詳細。

林則徐說要檢查學政，從越華、粵秀、羊城等三家書院挑出數百名學生進行考試。他從江蘇時就致力學政，喜歡爲各個書院出考題。這一類的記載在他的日記中到處可見。

「啊！又來這一套啦！」幕客們都這麼想。

在考試的前一天晚上，林則徐把印刷工人叫來刻印考題，印刷工人在宿舍裡待到第二天。

當天的試題有四題：

1. 寫出大窯口（鴉片批發商）的地址和開設者姓名。
2. 寫出鴉片零售商販。
3. 寫出有關鴉片的見聞。答案紙上可以不寫自己的姓名。
4. 斷絕鴉片的方法。

林則徐到任以來會見了各種人，進行「黑夜潛行」、視察了民情，現在他又想喚起純眞學生們的正義感，這就是林則徐的「觀風試」。觀看風景，叫觀光；視察當地的風俗民情，稱爲觀風。爲此而舉行的考試就是「觀風試」。

很多學生在第三道題的答案中舉出韓肇慶的名字。韓肇慶用官位和金錢控制了許多重要部門，唯有學生的正義感他控制不了。林則徐立即革了韓肇慶的職。據梁廷枏的書中說，最初林則徐準備判韓肇慶死刑，但由於總督鄧廷楨說情，才給予其革職的處分。

韓肇慶把作爲默許費獲得的鴉片一半作爲沒收品繳公，鄧廷楨對他的「禁煙成績」很滿意，曾在給皇帝的奏文中特別提到韓肇慶名字，報告他的「成績」。如果讓皇帝知道這位禁煙有功的人實際上是走私鴉片的元凶，鄧廷楨就會陷入不好的處境了。林則徐爲了照顧這位老前輩的面子才打消處死韓肇慶的念頭。

不過，革了韓肇慶的職，在人們心理也起了很大的作用。

3

四月九日，林則徐接到駐紮在虎門水師提督關天培的一封信，信中報告：「鴉片躉船已從了洲洋開來，並開始繳出鴉片。」

第二天，十日下午，林則徐和鄧廷楨、予厚庵一起從靖海門上船，開往虎門。

十一日，到達虎門，受到關天培的歡迎。這天沒收鴉片五十箱。

十二日，沒收六百箱；十三日，一千一百五十箱；十四日，八百五十二箱，外加二百袋。

林則徐坐在新會一號兵船上，監督鴉片躉船繳出鴉片。

就這樣，到四月二十二日為止，共接收了一萬一千七百多箱鴉片。為了進行清理，決定暫時停止接收。

二十六日，再次開始接收鴉片，但由於天氣的關係，進展不順利。

像大虎島、小虎島這些地核隆起的島嶼，形狀看起來確實像趴伏的老虎，那些深綠的樹蔭和褐色岩石，一會兒沐浴著初夏陽光；一會兒籠罩在雨雲之下，幾乎每天都在變化。有時潮濕，有時乾燥；忽而陽光閃爍，忽而陰雲密布。

五月五日晚上，林則徐和鄧廷楨在船上暫時把公務丟在一邊作詩唱和。鄧廷楨的詩集《雙硯齋詩鈔》中的《虎門雨泊呈少穆尚書》，就是這時寫的。詩曰：

戈船橫跨海門東，蒼莽坤維積氣通。
萬里潮生龍穴雨，四周山響虎門風。

長旗拂斷垂天翼，飛砲驚回飲澗虹。
誰與滄溟淨塵塊，直從呼吸見神工。

林則徐也和總督的詩韻寫了一首，即林則徐的詩集《雲左山房詩鈔》中的《和鄧嶰筠虎門即事原韻》：

五嶺峰回東複東，煙深海國百蠻通。
靈旗一洗招搖焰，畫艦雙恬舶風。
弭節總憑心似水，聯檣都負氣如虹。
牙璋不動琛航肅，始信神謨協化工。

欽差大臣所搭乘的船上掛著一塊「煙深海國」的匾額，他把這塊匾額寫進了詩中。

如何將沒收的鴉片運往北京，林則徐幾乎每天都和鄧廷楨商談。兩人的意見一致，認爲海路運送可能較陸路安全，於是決定將此意見和巡撫商量。但北京的御史鄧瀛反對，認爲這麼多鴉片在途中有被「偷漏抽換」的危險。

五月九日，道光皇帝下了裁決：

……斷不疑其（林則徐）稍有欺飾。且長途轉運，不無借資民力……即交林（則徐）、鄧（廷楨）、怡（良），於收繳完竣後，即在該處督率文武官弁共同查核、目擊銷毀。俾沿海居民及在粵夷人共見共聞、咸知震讋。

到了農曆四月，虎門收繳鴉片也大致完成。

五月十六日，鄧廷楨給林則徐送來十八根青荔枝。林則徐難得地作了一首幽默詩表示感謝。詩曰：

蠻洋煙雨暗伶仃，忽捧雕盤顆顆星。

十八娘來齊一笑，承恩眞及荔枝青。

不久前去世的英國知名東方學家、《源氏物語》的翻譯者亞瑟．維里，曾把林則徐的這首詩譯成英文。

鴉片全部收繳完畢是五月十八日，總數爲一萬九千一百八十七箱和二千一百一十九袋。除去包裝的重量，淨重二百三十七萬六千二百五十四斤，合一千四百零二十五噸。

這天，連維材來到虎門登上了林則徐的船。「終於大功告成了！」連維材說。

「收繳完了。」林則徐回答：「但是，接下來的工作即將開始。」

「我得先向您道賀。」

「謝謝！由於您的協助，總算走到了目前這一步。」

這時，廣州派來巡撫的急使，傳達了上諭：

任命林則徐爲兩江總督。到任前由陳鑾代理。

「今後該是江甯（兩江總督的駐在地，現在的南京）啦！」林則徐仰頭朝天說。

「再次向您祝賀！」連維材說。

一般的總督管轄兩省或一省的地方，唯有直隸和兩江總督管轄三省。前者是皇城所在地，後者是長江下游的富庶地區，一般都認爲比他所處的總督地位要高。就日本來說，大概相當於東京和大阪。連維材向他祝賀是理所當然的。

「不過，這件工作還不知道什麼時候能完成，一時間我恐怕還不能赴任。」林則徐低聲說。

「我剛才雖然向您道賀，」連維材說：「其實我還是希望您能在這裡多留些時候，處理對外工作。」

十二天之後，北京傳來了命令：鴉片就地處理。

4

據說一箱鴉片淨重一百斤。其實瑪律瓦產的鴉片在孟買裝運時一箱是一百零一斤，這是考慮到乾燥之後它的重量會減輕，因此多裝了一斤。

瓦臘納西一帶產的鴉片品質低劣，價錢僅爲公班土的一半，而且損耗大，所以在裝運時一箱爲一百六十磅，即一百二十斤。在運輸途中及在伶仃洋上存庫期間，經過乾燥，大約爲一百斤。箱子的表面上向來都印著1331/3磅（一百斤），由於以上原因，淨重一般都不太準確。

裝鴉片的容器因產地而異，一般都是裝在長一公尺、寬五十公分、高五十公分的芒果樹木材的箱子裡，所以，即使是相當大的房間，最多也只能裝進四、五十箱。像虎門這樣偏僻的地方，可以用作儲藏的民房或寺廟是很少的，在處理前，林則徐就建造了臨時儲藏所。這儲藏所是在廣場上圍起結實的木柵，上面蓋著塗漆的屋頂。有監督的文官十二人、武官十人和一百名士兵，在它周圍晝夜巡邏。

關於處理方法——根據試驗結果，了解到如果用簡單的焚燒法，例如澆上桐油點火焚燒，鴉片的「殘膏餘瀝」將滲入地下，之後把土挖起來熬煮，仍可得到二、三成鴉片，所以不能採取這種方法。

鴉片最忌的是食鹽和石灰，因此，林則徐讓人在虎門鎮口海邊較高的地方挖了兩個池子，縱橫十五丈餘，大約是五十公尺見方大小。爲了防止鴉片滲透，還在池子四邊釘上木板、池底鋪上石板；臨海的一面安上涵洞（閘門）；相反的一面還挖有溝道。池子的四周圍著高高的木柵，木柵裡設有監督官等。

接著，從溝道把水引進池中，撒下大量食鹽，然後從木箱中取出成球狀的鴉片塊，每塊切成四半投進池中的鹽水裡。就這樣讓鴉片在鹽水中浸泡半天，然後投進生石灰塊，它就會逐漸冒煙，最後沸騰起來。池子的上面搭著跳板，許多工人站在跳板上用長木棒和鐵鋤攪拌，可以加快鴉片的融解。到了退潮時，打開海岸邊的閘門，把融解的鴉片放入海中。之後，再用水清洗池底和四邊木板，使其不留下鴉片的殘渣。

另外，在現場處理鴉片的正式命令是五月三十日到達的，林則徐早在這之前就知道了。北京的吳鐘世，把道光皇帝五月九日的裁決意見，用不到十天的時間就送到廣東林則徐手中。當然這是透過金順記的信鴿傳遞的。

開始銷毀鴉片是六月三日（農曆四月二十二日）。在這兩天前，林則徐就設祭壇祭告海神。

實際祭海神是農曆四月二十日，而作爲《鴉片奏案》的附錄留存下來的祭文日期是四月七日，而且農曆四月七日的林則徐日記也明確寫著「作祭海神文一篇」。當時還準備把鴉片運往北京，但林則徐透過吳鐘世的快速情報，已經知道要在現場處理。

祭文的開頭是這樣寫的：

惟道光十九年歲次已亥，孟夏之月，丙寅朔，越七日，欽差大臣調任兩江總督林，謹以剛鬣、柔毛、清酒、庶羞，敢昭告於南海之神曰：……

這種難懂的古文要逐字翻譯幾乎不可能。大意是：

首先歌頌了神德，然後陳述鴉片的弊害，因而要嚴禁、要沒收。關於沒收的上萬箱鴉片的處理，如果用火燒的話，則有被人拾去殘膏的危險，因而不如投之深淵、「長淪巨浸」，如此一來，就會有「蝁蝁氣滅凌雲之幻」。……所以希望水族們暫且到其他地方去躲避一下這種毒氣。我的本意是爲了除害群之馬，而不是殃及魚類。

六月三日，雨過天晴，初夏的陽光灑在虎門海濱。從這天開始處理鴉片。高級官員輪流擔任這一工作的監督。這天從廣州來了巡撫怡良、海關監督予厚庵和布政使熊聲谷。另外，早就駐在虎門的關天培、余保純，也來到現場。

因爲是第一天，到天黑時只處理了一百七十箱。之後技術熟練，效率不斷提高：六月四日處理了二百三十箱；五日一千四百袋；六日九百箱；七日九百五十箱；八日一千五百箱……

5

「又少了一箱！」簡誼譚嘻嘻哈哈地嚷著。他夾在許多起鬨的人當中，從鴉片處理所外面的木柵欄縫裡看著銷毀鴉片。

他接受姐姐的忠告暫時停止鴉片買賣。現在禁令越來越嚴，大頭頭基本上被一網打盡，看來再沒有人能插手鴉片了。「這可是千載難逢的大好時機啊！」他心想。其實他這麼想也不是沒有道理，即使沒有賣鴉片的人，但並不表示鴉片不再被需要。鴉片癮不是那麼容易戒得掉的，許多鴉片鬼一定還在尋找鴉片，而供應一少，價格一定會上漲。

誼譚認爲這是個好機會，於是在澳門拚命地蒐羅鴉片。死刑是可怕的，那些擁有鴉片的人，會用最低的價格把沒登上表冊的鴉片拋售出去。他撬開「不死鳥」酒吧間的鋪地石，在下面挖了一個洞，洞裡塡上稻皮防潮，再埋進三百斤鴉片。

另外，還在他情婦賣淫的一間空房子地板下埋了近千斤鴉片。這是冒著生命危險的勾當，它比僞造冒牌鴉片更加危險。

他深信鴉片一定會漲價。果然，鴉片黑市的價格一下子猛漲了一倍。他認爲漲得還不夠，收藏的鴉片仍不出手。

今後私賣鴉片，如果一個不小心腦袋瓜子可是要搬家的啊！澳門抓了一個叫紀亞九的傢伙，他坦白鴉片是從葡萄牙人安東尼奧那裡買來的，安東尼奧嚇得逃跑了。清朝的澳門同知一向對此不聞不問，這次也大肆抓起鴉片犯來了。

「很快就會鬆弛下來，只是林則徐這老小子在這時候嚴一陣子。聽說他已經當上了兩江總督，遲早會離開廣東的。不過，等鬆了之後再出手又晚了，價格一定會下跌，應該要在價格最高的時候賣。當然，這也會帶來危險。」誼譚眼睛看著鴉片銷毀，腦子裡一直在轉著這些事。每銷毀一箱鴉片，他就想到價格又提高了一點，心裡高興得不得了。

六月三日開始的銷毀工作到六月十五日休息了一天。因爲這天是農曆五月五日端午節。

誼譚第三次來看熱鬧是六月十七日。

「啊呀！不好！」誼譚突然發現了連維材，趕快低下頭。

連維材好像不是來看熱鬧的，他只在四周踱來踱去，還不時仰頭望著天空。

這一天，夷人也難得地來看熱鬧。他們是歐立福特商會的金谷夫婦、裨治文和本遜，四位都是美國人。他們向欽差大臣打了招呼，領取了禮品。

林則徐讀過《中國叢報》的譯文，他以為此舉足以禁絕鴉片貿易。

道光皇帝的上諭裡說，不僅要讓中國人看，也要讓英國人來看看。但是英國人沒有來。目睹苦心經營的鴉片被銷毀，當然不會是愉快的事情。他們只在廣州開往澳門的船上，遠遠地望著在虎門冒起銷毀鴉片的濃煙。

林則徐在給北京的報告中說：「察其情狀，似有羞惡之良心。」

鴉片東流

義律帶著挑釁的眼神望著虎門群山。在虎門鎮口那裡，一度熄滅的鴉片濃煙又重新冒了起來。

「五百萬元化成的煙啊！清朝對此要付出更大的代價。」馬地臣不知什麼時候來到他身邊說。

「是呀！你看那煙冒得多高呀！」

1

林則徐「燒毀鴉片兩萬箱」，在歷史上是十分有名的。其實正如前面所說，並不是點火燒毀，是向浸泡在鹽水裡的鴉片投進生石灰，就立刻冒起濃煙，這種情形說它是「燒毀」大概也是可以的。

一般民眾是從柵欄外面觀看。他們每天都來，官方也鼓勵他們來看，因爲這樣會使人們留下對禁煙政策的深刻印象。

一天，連維材帶著夫人來到虎門鎮口銷毀鴉片的地方。由於林則徐的特別觀照，他們進入了木柵欄裡。這時正好向池子投擲鴉片。身材健壯的士兵們只穿著一條短褲，正用斧頭劈鴉片箱。芒果樹材料製作的木箱，兩三下就劈開了，皮球大小的黑鴉片膏骨碌碌地從裡面滾出來。士兵用刀將其砍成四半，扔進池裡。池子裡的水已經摻進了食鹽。池子上搭上木板當踏腳板，工人們也只穿著一條褲子站在木板上用長木棒攪和著池水。

廣東南部的六月已經很熱了，但讓他們打赤膊，不光是天氣的因素，也有防止他們盜竊鴉片的目的。士兵也好，工人也罷，都是經過挑選體格健壯的人。大概因爲這也是一種帶有宣示政策性的儀式吧！這些人都大汗淋漓，陽光一照，全身油光閃亮。

「體格健壯的男子漢，我們國家也有很多啊！」連維材對夫人說。

連夫人阿婉瞇著眼睛望著這些光脊背的男人，點了點頭說：「是呀！」

「人們都在議論，如果不趁著還剩下這些健壯漢子禁絕鴉片，那就晚了。」

阿婉沒有幫腔，看著丈夫說：「你這個人好像生來就是爲了議論似的。」

「這是什麼意思？」

「這個世界上還會生出很多像你這樣的人嗎？」

「如果時代需要這樣的人，恐怕還會生出來的。」

「第二個連維材？」

「這個暫且不說了！」連維材改變話題，「來廣州已經快半年了，我打算在這裡繼續待下去。」

「我明白了，你是要我回廈門吧？」

「如果妳願意回去的話……」

阿婉沒有答話。

開始往池子裡投生石灰了。飽吸著鴉片的鹽水像發狂似的開始冒泡、冒煙。

「你帶我到廣州來的目的，就是要我來看冒煙的吧？」

「是這個目的。」

「我在仔細地看著哩！」阿婉入神地注視著那冒起的白煙。柵欄外響起了一片歡呼聲。在場許多人都因爲鴉片而吃了各種苦頭——父親、丈夫、兒子、兄弟、叔伯們吸了鴉片而弄得傾家蕩產。

「這煙是你讓它冒起來的啊！」阿婉小聲地說：「爲了冒這股煙，你付出了金錢、四處奔忙。這煙冒得好高呀！」

「我不只想讓妳看看我所做的事。」

「還有別的？」

「這煙不是戲的結束，而是開幕的信號。」

「好戲還在後頭嗎？」

「戲的內容我不太願意讓妳看，所以只讓妳看看開幕，同時也希望妳有所準備。」

「要說準備，我早就……」阿婉盡量壓低自己的聲音，但她的臉上仍然掩飾不住憂慮的神情。

由罌粟製成的鴉片正被食鹽和石灰分解而化爲漿狀，不一會兒，臨海的閘門打開了，融化的鴉片迅猛地流進大海，大海的顏色也比平時顯得更藍了。

只見一艘舢板船正從虎門水道開出來。「英國人坐那艘船去澳門。」連維材指著那艘舢板船向妻子解釋說。

「那也是戲的情節之一吧？」

「是不太好的情節。」

沒收英國人的鴉片現在正在銷毀。從連維材的座位可以看到，欽差大臣在遮陽的傘下正盯視著那升起的濃煙。化爲煙他會不會認爲這意味著一切的結束呢？不會的。像林則徐這樣的人物，不可能認爲把鴉片化爲煙就萬事大吉了。

無數人被這可怕的鴉片所吸引，其根源尚未消除，還有因此而帶來的生活貧困、道德淪喪……。陷進鴉片裡的人大多是由於絕望，覺得四面八方都被堵塞，沒有一條活路。他們在限定的狹窄地方出生，窮苦、年老，最後死去，爲了尋求暫時的解脫，他們把手伸向煙槍，這又有誰能責怪他們呢？

乾隆盛世之後，藝術已一蹶不振，既未能給民眾帶來歡快的娛樂，也沒有值得一看的東西。在禁閉人們的灰色牆壁上，沒有塗上一點可以愉悅人們的色彩，所有這一切都沒有著手解決，卻突然把鴉片化爲一股煙。這確實存在著問題。

被沒收鴉片的英國，當然不會就這麼老老實實地退走，他們很快就要打破中國的壁壘。確實好戲還在後頭。

連夫人沉默了一會兒後突然說道：「我要回廈門去。」

2

從往來於虎門水道的船上，也可以看到鎮口銷毀鴉片的地方冒起濃煙。英國人正坐在這些船上。儲存的鴉片已經全部繳出了，所以商館的包圍解除，中國的買辦、僕役也回來了。由於重開貿易，當然可以直接在商館裡繼續進行交易。但是只是繳出鴉片，問題還不能解決，還留下另一個困難的問題，那就是保證書。要英國人保證今後不從事任何鴉片買賣，如果發現帶進鴉片就處以死刑。

義律不准英國人在保證書上簽字。另外，對包圍商館、剝奪英國人的財產（即鴉片）等事，也表示強烈抗議。英國人要全部從廣州撤出。

義律勸說居留廣州的全部英國人一起撤走。他說：「這是爲了對欽差大臣進行抗議而採取的抵制行動。爲了使抗議增加威力，我不希望有任何人留下來。」與其說這是勸說，不如說是命令。

義律的官職名稱是商務總監督官，也稱作領事。他是英國派來的官吏，有權代表政府向當地英國人發號施令；但對英國人以外的外國人，他是不能命令的。

住在廣州十三行街商館中的外國商人絕大多數是英國人，但也有少數是其他國家的，例如美國商人就多達二十餘人。爲了徹底進行抵制，義律要求美國人也撤出廣州。

「我們有買賣要做。」歐立福特代表美國商人回答：「而且，要是實行抵制，爲難的只是伍紹榮他們的公行，欽差大臣是不會在乎的。」

「現在採取強硬態度，不僅對英國，對各國將來的貿易也是必要的。我希望你們能好好地考慮一下這個問題，我們一定給予協助。」義律鼓動說。

「讓我和大家商量商量吧！」歐立福特避開義律的鼓動，敷衍地回答。

美國商人商量的結果是拒絕義律的要求，因爲目前情況對他們來說是一個機會。英國人一向占據廣州對外貿易的第一把交椅，現在他們要全部撤出，美國人就可以不費吹灰之力掌握廣州貿易的主導權。

「協商的結果十分遺憾，我們美國商人決定不和貴國商人採取共同步驟。」義律接到這一無情的回答，氣憤地說：「這些傢伙一點都不明白事理，我要再說服他們。從長遠來看，這麼做對他們也是有利的。」但充當參謀的鴉片販子馬地臣制止他說：「不用去了！美國人只有二十幾個，廣州留下這麼點外國人也好嘛！」

「不，抵制行動越徹底越有效。」

「義律大校，你忘了最近商館遭到包圍時的教訓嗎？」

「教訓？」

「因爲孤立無援我們不得不屈服。欽差大臣不太恨美國人，當時我們想讓美國人出去在外面活動，結果他們也不能離開商館。如果當時他們成功了，說不定就不是現在這種情勢了。」

經馬地臣這麼一說，義律也認眞地考慮起來。要是在五年前，還是跟隨律勞卑的青年軍官義律，一定不顧馬地臣的制止再次跑到美國人那裡爭辯，但他現在已有了五年經驗，年紀已快四十歲，每天接觸的又都是商人，他已經懂得自己必須要保護的，除了居留在這裡的同胞生命財產外，還包括關係到國家利益的貿易。所謂抵制，也不過是爲了未來能更順利地進行貿易所採取的手段。

「對！與其拉美國人一起走，還不如讓他們留在廣州當耳目。」義律終於改變主意。

於是，英國人絡繹不絕地離開廣州前往澳門。他們穿過虎門水道時要咬緊嘴唇，遠遠地望著在銷毀曾是他們所持有的鴉片所冒起的濃煙。

「等著瞧吧！」義律和所有英國人都衝著這股濃煙低聲說。也有人大聲發誓詛咒，決心要報仇。

「想不到有這麼大的氣勢！」義律高興地看著這些人心想：「還是讓美國人留下來好。」

儘管發生了這麼悲慘的總撤退，但英國人並沒有意志消沉，原因就是廣州還有美國人，今後還希望透過美國人繼續進行對廣州的貿易。只要有希望，人就不會消沉。

義律在船上和馬地臣商談了今後對策。「美國人已經提交保證書，他們將獲得自由貿易的權利，我們當前只能暗暗地透過他們的管道進行買賣。我們要以一年時間爲目標，研究對付此處境的辦法。」馬地臣這麼說。他的態度始終是冷靜的，義律對這位智囊人物的沉著冷靜，不得不感到敬畏。

「一年啊！」義律好像在自言自語，「太長了，不行，不能讓美國人的勢力擴張得太大。」

「儘管是暫時的，一旦形成美國人壟斷對清貿易的局面，說不定大批美國商人就會從加利福尼亞過來。我們要考慮防止這種情況出現。」

「哦！有什麼辦法可以使這些貪婪的傢伙不來嗎？」

「把這個地區弄成不穩定狀態。美國人是喜歡冒險的，但是一談到做買賣，恐怕還是會先考慮安全問題。」

「馬地臣先生，我明白了。也就是說，要把這一帶弄成一觸即發的危險地區。」

義律來到船尾望著周圍海面，他心裡在琢磨：把軍艦從印度叫來吧！然後經常製造一點小衝突，如此一來，加利福尼亞的冒險家們就會猶豫了。不過，這不過是臨時性的保衛商權策略，要想求得問題的根本解決和爭取未來發展，恐怕只有動用大規模武力。一年期間，在最近一年期間……義律帶著挑釁的目光望著虎門群山。在虎門鎮口那裡一度熄滅的鴉片濃煙，又重新冒了起來。

「五百萬元化成的煙啊！清朝對此要付出更大的代價。」馬地臣不知什麼時候來到他身邊說。

「是呀！你看那煙冒得多高呀！」

3

公行總商伍紹榮和盧繼光來到虎門報告英國人的動靜，這一天正好連維材也帶著妻子來觀看銷毀鴉片。

海關監督予厚庵是外商工作的負責人，他因爲視察鴉片的銷毀工作暫時住在虎門。伍紹榮和盧繼光要見海關監督就進了木柵欄裡面。

「留下的夷人只有二十五個，全是美國人。英國人撤走的意圖還不清楚，正在設法探聽。」他倆這麼報告之後坐在欄內的特別觀看席上，這個席位正好隔著池子和連維材夫婦相對。

盧繼光首先發現了連維材，扯了扯伍紹榮的袖子說：「那傢伙也來了。是夫妻倆……」

伍紹榮瞇著眼睛看了看前方。池子裡尙未投進生石灰，還沒有冒煙。連維材的樣子是看清楚了，但隔得遠，兩人的視線沒有碰在一起，不過，伍紹榮還是感到很緊張。

「發生了這樣的事情，我總覺得和那個傢伙有關。」盧繼光小聲說。

「咳喲！」伴隨著這種威武的吆喝聲，砍成四半的鴉片塊被不停地扔進池中，其中還夾雜著劈木箱的聲音。

盧繼光洩氣地望著現場情景。扔進池中的鴉片，在一分鐘之前還是可以挽救公行的商品，只要實行弛禁，就可以撈取大批利潤。在公行的成員中，已有幾家店鋪面臨破產倒閉的危險。

「多麼可恨啊！弄到這種地步，當然是因爲欽差大臣採取的措施造成的。大臣是政治家，他提倡嚴禁鴉片，那也是出於他的政治理念。可是，同樣是商人的連維材卻和公行爲敵，到處進行種種陰謀活動。這種人是不能寬恕的！」盧繼光心想。

帶著夫人來看熱鬧的連維材，那樣子讓人覺得他好像在幸災樂禍地說：「你們看，可以成爲公行救世主的鴉片，就這麼付諸東流、消失到大海裡去了。」

坐在盧繼光旁邊的伍紹榮也在考慮公行的事，不過，他並沒有把已經從手裡漏掉的鴉片利益和公行連繫起來，這種已經過去的事情想它也沒有用。他也和連維材一樣，覺得這次銷毀鴉片不是戲的結束而是開始。他覺得公行滅亡的戲就要開始了。公行雖然是他背負的沉重包袱，但是一想到要在連維材面前來演這場滅亡的戲，就實在受不了。

生石灰塊從四面八方投入池中，不一會兒，池上籠罩著一片白茫茫的濃煙。

柵欄外又響起一片歡呼聲。

柵欄外面的榕樹下坐著一大堆人，他們在一邊喝酒一邊看熱鬧。「吸盡天下蒼生血淚的鴉片，現在也要被大海吸走啦！」何大庚吟詩般地說。

錢江好像跟他唱和似的，捲起白色長衫的下襬，用嘶啞的聲音喊道：「對！中華億萬人民的千仇萬恨，在這裡煙消雲散啦！」

「怎麼樣？西玲女士也來一杯？」何大庚舉起酒杯對西玲說。

是他們把西玲請到虎門來的。這些慷慨之士正在口沫橫飛地談論鴉片的危害和根除鴉片的辦法。他們直接了當的理論和慷慨激昂的情緒，確實讓人感到痛快，西玲一度也曾在這種痛快中發現了生活的意義，但是現在她的想法不能那麼簡單了。「血也好，淚也好，這升起的煙中不也包含著伍紹榮的血淚嗎？」她想到這裡，閉上了眼睛，腦海裡浮現出伍紹榮脖子上套著鎖鏈的形象。她剛才還看到伍紹榮帶著沉痛表情的臉走進了木柵欄。

現在她想到的是另一個世界的痛苦。這個世界和在這裡高呼痛快的世界不一樣，是一個複雜的世界，是大多數人們所不理解的世界。

「雖然不太清楚，但問題一定不是在這裡拍手稱快就能解決的。」儘管是漠然的，但她也感覺到這不是事情的結束，而是開始。

那些慷慨之士好像認爲事情已經徹底了結了，他們興高采烈，對著濃煙不停地拍手鼓掌。

「啊？」西玲在看熱鬧的人群中發現了一個笑嘻嘻的小夥子，她踮起腳一看，果然是弟弟誼譚。西玲正想喊，小夥子已擠進人群中看不見了。

「不過，他的臉色好像還不錯。」西玲朝著弟弟消失的方向看了一會兒，自言自語地說。

4

一個老頭兩手舉在前面搖搖晃晃地朝柵欄走來。他那伸出的胳膊瘦得可怕，從褲腳下露出的兩條腿也瘦得像枯樹枝。尖削的下巴、瘦得皮包骨頭的臉頰、失神帶著淚花的眼睛、鉛塊似的臉色——這樣鬼魂一般的人當時到處可見，人們稱他們爲「大煙鬼」。

這就是已變成廢人的鴉片中毒者。看起來是個老頭，實際年紀也許並沒那麼大。據說這些人不到四十歲，臉色和身體就已經像六十歲的老頭般。這個「老頭」顯然是個大煙鬼，他抓住木柵欄，把臉擠在柵欄的縫隙裡嘴巴開始蠕動。看熱鬧的人把他圍了起來。大煙鬼把他的兩條瘦胳膊伸進柵欄，好像不停地在哀求什麼。也許他本人自以爲在叫喊著什麼，但誰也聽不出是什麼意思。

在反覆嘟囔了許多次之後，他突然冒出一句清晰的話：「賞我這個可憐的老頭一塊鴉片吧！」人們屏息斂聲地看著這情景，各式各樣的感慨掠過圍觀者心頭，一種淒涼的氣氛籠罩著他們。四周寂靜無聲，連樹葉被風吹動、互相摩擦的聲音也能聽到。

突然一個聲音打破了這種寂靜。「諸位同胞！」慷慨之士錢江站在路旁的石頭上，指著那個大煙鬼大聲說：「你們已經看到了。在廣州街頭，諸位看過多少這樣可憐的人啊！那些已經沒有力氣出外晃晃、像死屍似的躺在破屋子裡的大煙鬼爲數更多，而且越來越多。諸位父母兄弟，不，諸位自己說不定也會很快變成這個模樣；變成像這個人這樣，不顧廉恥地伸出雙手向人乞求恩賜，說什麼『賞給我一點鴉片吧！』向誰去乞求呢？還不是紅毛夷人？你獻上國土，他們就會賞賜給你鴉片。那不就是我們中國滅亡的日子嗎？……」

圍觀的人嘰嘰喳喳地議論起來，有的人朝自己的周圍看了看，他們的眼睛裡充滿著不安。錢江滿臉通紅，這不只是因爲激動，他剛才已大口大口地喝了許多酒。

旁邊的何大庚跳上同一塊石頭接著說：「吸鴉片的人傾家蕩產、摧毀身體，一天天窮下去。現在有多少這樣的大煙鬼啊！是什麼人從他們那裡攫取大量錢財而肥了自己呢？是有錢的大商人和夷人勾結、吸人們血的大商人，也就是公行的那些大財主。」何大庚也滿臉通紅，不亞於錢江；他喝的酒當然也不少於錢江。觀眾中議論的聲音更大了。何大庚察覺到這一點，滿意地點了點頭，然後揮舞起緊攥的拳頭補了一句：「讓那些和夷人勾結、吸窮人血的公行商人見鬼去吧！」

公行是官商，把茶葉、絲綢賣給外商，從外商那裡買進棉花、毛織品。它是國家正式的貿易機構，不經手國家禁止的鴉片。其中雖然有人偷偷地把資金借給鴉片走私商，和鴉片交易有間接的連繫，但公行本身和鴉片並無關係。可是，一經這位傑出的鼓動家的嘴，「公行——鴉片商人吸血鬼」這這句話，就輕巧巧地灌進了聽眾耳裡。「有錢人剝削窮人」這也是簡單易懂的口號似的。要說廣州的有錢人那就是公行、鹽商和地主等三種人，其中鹽商和地主都跟外國人沒有直接關係，因此，公行當然就成了吸血鬼代表。

群眾越來越激動，他們不僅在竊竊議論，還不時發出附和幫腔的喊聲，「對，揍死他們！」、「不能饒了他們！」

當然不是所有人都被煽動起來，像簡誼譚就在離人群稍遠的地方，把身體靠在松樹幹上。聽了這兩個人的演說後，他冷笑著說：「說話的口氣好大呀！是老酒喝多了吧？」

不過，絕大多數的人還是因爲他們的鼓動演說而激動起來。

「打倒公行！」、「燒毀十三行街！」正當這樣的喊聲沸騰起來時，伍紹榮和盧繼光從柵欄裡走了出來。他們報告了英國人動靜、觀看鴉片銷毀，現在準備回廣州了。他們搭的是怡和行的船，六名船員一直在柵欄外等著。

伍紹榮是公行的總商，是廣州屈指可數的大富翁，很多人都認識他；廣利行的盧繼光也是人們所熟悉的人物。

「看，怡和行的伍紹榮！」人群中發出了喊聲。

「盧繼光也來了！」

「吸血鬼！」

「揍他！」

群眾最初是遠遠地圍住他們，隨著後面發出喊聲，包圍的圈子越來越小。在柵欄出口等著的船員們已經聽到鼓動性的演說，早就感覺情勢十分險惡。

「這究竟是怎麼一回事？」伍紹榮的臉上露出迷惑不解的神情。一名船員衝到他的耳邊小聲地說道：

「是一些無賴在煽動民眾，說公行是走私鴉片的元凶……」船員們也嚇得臉色蒼白。遭到這麼多人包圍是無法逃出去的。

並不是所有看熱鬧的人都包圍上來，但人數也不下三、四十位，而且大多是紅著眼睛的年輕人。

「打！」隨著一聲高喊，包圍的群眾好像把它當作信號似的，吶喊著猛衝過來。六名船員把身體靠在一起，想把伍紹榮和盧繼光保護在中間，但怎麼也抵擋不住。船員們一個個被拉出去，兩個公行商人被包圍在狂叫的群眾之中。

5

幸虧這是偶然發生的事情，群眾還沒有準備木棒、石塊之類。這是一場敵我糾纏在一起的亂鬥，一場徒手戰鬥。事情已經到了這種地步，被拉出去的船員們也只好揮拳迎戰了。盧繼光揮動雙手進行抵抗，但很快就被打倒在地。伍紹榮一開始就任憑群眾的擺布。他的右臉頰先挨了一拳，在他覺得整個臉部像火燒似地發熱的剎那間，後腦勺上又挨了第二下。他已站不穩腳跟，東搖西晃起來；這時左邊脖子上又狠狠地挨了一擊。他的眼睛發眩，向前打了個趔趄。看來打他的人還會點拳術。他正要倒下時，脖子被人一把抓住又揪了起來。另一個漢子轉到他面前，左右開弓打他耳光。他的臉已經麻木，感覺不到疼痛了。他看了看面前的那個漢子，那漢子來回打了他幾個耳光後，用充滿憎恨的眼睛瞪著他，大眼珠子上布滿了血絲。

盧繼光被打倒之後就趴在地上。人們踏在他的背上扯住他的辮子，當他仰起因痛苦扭曲的臉時，赤腳板就踢他的下巴，揚起的塵土進入他的眼睛。

船員們畢竟比這兩個商人會打架，但他們挨的揍也不輕，而他們經過海風鍛鍊的鐵拳也叫對方吃了很大苦頭。不過，到底還是寡不敵眾。

沒有參加的觀眾，也拚命地吶喊著表示支援，

「喂！狠勁地揍！」

「他逃啦！抓住他！」「對！把這個鴉片大王撕成八塊！」

「叫怡和行姓伍的小子把吸進的血吐出來！」

連維材一出木柵欄就聽到這些怒吼聲。他一眼就看清了現場狀況，他平靜地回頭望著妻子說：「妳先待在柵欄邊，把身子轉過去，不要朝這邊看。」

「你？」

「挨打去！」連維材走了幾步，回頭這麼回答。只見他像脫兔似的朝亂鬥的現場跑去。

另一個女人西玲一看這情況，臉色煞白。

連維材顯然是衝著伍紹榮跑去的。伍紹榮已經被打倒在地，背上還踏著幾隻泥腳。連維材突然朝他的身上撲去。

「你他媽的想來阻攔？」一個漢子揪住連維材的領口把他拉起來，攥緊的拳頭就打向他的心窩。

連維材捂著胸口踉蹌了一下，但沒馬上倒下。他的臉孔、腹部、背上，挨著來自前後左右的亂打；他朝著伍紹榮喊道：「紹榮，閉上眼睛，挺住！」

這時，簡誼譚離開他靠著的松樹。他看到有人跑進人群，但不知道是連維材。「有意思，要打伍紹榮的嘴巴只有這次機會啦！」他也摩拳擦掌地朝亂鬥的現場跑去。

挨打的幾乎都已倒在地上，分辨不出誰跟誰。

誼譚擠進人群，順手揪住倒在旁邊一個人的辮子，把他提了起來。「喂！掌嘴！」他猛地打了對方一個耳光，但接著就「啊」地一聲，再也不敢吱聲了。

對方的臉已經腫得像紫茄子，他既不是伍紹榮也不是盧繼光而是連維材。誼譚鬆了手，趕忙往後退；連維材又落到沙土地上。

「糟了！」誼譚拔腿就跑，邊跑邊想，「他的眼睛是閉著的，不會看到我的臉。」

風向變了，銷毀鴉片的煙像追趕他似的，從他背後罩過來。

這時，響起了一片銅鑼聲。——聽到柵欄外的鬧騰，原本在池邊的士兵們也遵照上頭命令跑了出來。群眾一下子散開了，剩下五個人躺倒在地上、兩個人蹲在那兒；一個人坐在地上，仰頭望著天空；後面一個人跌跌撞撞地爬了起來。

「你！……」連維材的妻子比士兵還快地跑到站起來的人身邊，之後連維材癱軟地伏在妻子肩上。

一陣煙把他們籠罩起來。

在不遠的一棵榕樹下，西玲的眼睛一眨也不眨地看著這情景。她的臉色慘白，像化石似的一動也不動，只有嘴唇不時地抽搐著。在她身後，錢江和何大庚正在碰杯暢飲，因爲他們只發表了演說，並沒有參加亂鬥。

「哈哈！這場熱鬧眞痛快。」

「發洩了胸中的一點悶氣。」

他們的談話聲在西玲耳邊發出空洞的聲響。

負傷的人被送到附近居民家去治療。

伍紹榮眼圈烏黑、全身是血。他忍著藥物滲進傷口的疼痛，喘息著問連維材說：「你爲什麼要跑到那種地方去？」

「你們只因爲是有錢的商人才受到那種制裁。我也是有錢人，而且也是商人，所以我不能逃走。」連維材用布擦著脣邊的血這麼回答。白布一下子就染成鮮紅，他的妻子再默默地遞給他一塊乾淨白布。

根據林則徐的奏文，六月二十五日，將沒收的鴉片全部銷毀。但他日記上記載，到六月二十一日應該全部銷毀完畢，二十二日以後的日記根本沒有觸及銷毀的事，只寫著觀看火箭，和鄧廷楨、關天培飲酒之類的事情。可能他這幾天在處理善後工作。

六月二十五日，林則徐上午九點上船，在關天培的歡送下去廣州。他懷著無限的感慨告別虎門翠綠的群山，仰望著獅子洋山上的寶塔。河道彎彎曲曲，風向不時發生變化。第二天早晨到廣州。

林則徐在迎賓館和官員們歡談之後回到住所。午飯後，突然下起了大雨。這場爽快的大雨好像要爲他洗塵，雨過天晴之後，仍把涼爽留在人間。

一件重大的工作終於結束了。

「不過，我並沒有結束的感覺，我只覺得一切就要開始。」林則徐躺在越華書院的床上自言自語地說。

皇城初夏

一到農曆四月，北京城內外的綠樹像水洗過似的鮮豔欲滴，人們都脫去了重裘，勞動的人們已經穿著一件單衣在幹活了，整個城市讓人感到好像換上了輕裝。紫禁城裡的色瓦一天比一天光豔；黃色和藍色的琉璃瓦在落日餘暉中閃閃發亮。

千代田城裡將軍府的內院和吉原的妓院很相似；同樣的，紫禁城裡的內廷，那些飄溢著脂粉氣的狹窄石鋪道路，也和妓院差不多，所不同的是，這是只有皇帝才能暢行無阻到的地方。

1

從廣州把奏文送到北京需要二十天左右，這在當時已是相當快捷的。十八世紀末，去北京的馬戛爾尼使節團的一名成員，在他的見聞記中說，清朝的郵政在速度上是英國遠遠無法相比的。

普通郵件裝在一個用籐條裹著的四方大竹籠裡，信使用皮帶把它綁在背上，那樣子就像小學生背後背著書包一般。信使就這樣騎在馬上在官道上疾馳，每到一個驛站都要更換坐騎。清朝是一個重視文字和信件的國家，把郵政當作一件大事；這種郵政信使要由五名輕騎兵保護。

郵囊上繫著鈴鐺，信使一跑起來，鈴鐺就發出叮鈴叮鈴的聲響，一聽到這聲音，人們都要讓道。它的作用大概就像現在的員警巡邏車或消防車的警報器。奏文和普通郵件不放在一起。奏文要裹在防水的竹皮裡綑綁在背上，十分輕便，而且要由特別挑選的騎手承擔這一任務，所以速度非常快。正因為如此，林則徐在廣州的行動，不到二十天北京就知道了。

軍機大臣穆彰阿整天提心吊膽。吸食鴉片的人要判處死罪這也會打亂現狀，當然他不高興。不過，瘦弱的大煙鬼起來造反是不可能的；再說，即使形成法律，他也可以把法律弄成有名無實；但和外國發生事端就麻煩了。滿州八旗軍已經腐朽透頂，各地雖然配備了滿族駐軍將軍，卻根本發揮不了作用。

拿廣州來說，廣州將軍指揮的滿洲駐軍擔任城內警備，而《中國叢報》上卻刊載過這樣的文章：

據說有稱作騎兵和砲兵的部隊擔任保衛市內的任務，但我們卻很少聽說過，而且也未曾見過。八旗軍中有兩百人的精銳部隊，在舉行儀式時身穿漂亮服裝，看起來很威武；但一般士兵的裝備很差，而且缺乏訓練。大部分堡壘都沒有武裝，缺乏防禦能力。叫人害怕的是，擋住砲口的木板上畫著的猛虎頭。

以上文章都是同情清朝的裨治文執筆的，當時情況如何就可想而知了。不僅構成滿族王朝統治前景的八旗營是這樣，漢人部隊綠旗營的士氣也不振，如此一來，一旦發生戰爭該怎麼辦？

在皇帝召見時向皇帝進行說服工作，本來就不是穆彰阿所擅長的事，尤其是在皇帝「發情」期間，他的影響力更是大大地打了折扣。他能夠做的是在背地裡玩弄陰謀詭計，這是他最拿手的好戲。

他和剛到達北京的直隸總督琦善商談了很長時間。他們已獲得情報，知道林則徐採取包圍措施，英國領事義律已經屈服，開始上繳鴉片。

「看來你的做法是行不通的。」琦善說。

「嗯！不太妙。」

「你急了。」

「我？」穆彰阿自以爲在忍耐力方面是毫不遜色的。他頻頻望著對方的臉。

「是呀！你想一舉除掉林則徐。奪關防失敗了，現在安下了密探打探他身邊的情況。怎麼樣？找出能夠使他致罪的事實嗎？」

「找不出也可以編造嘛！」

「捏造也不是那麼容易的事吧？」

「是嗎？」

「現在皇上對他很信任，是不會輕易懷疑他的。而且他深得民心，爲他加上罪名人民是不會相信的。」

「民心沒什麼要緊……」對於專搞宮廷陰謀權術的大官來說，民心當然算不了什麼。

「你用的是邪門歪道？」

「邪門歪道不好嗎？」

「不是不好。不能只是用邪門歪道，可不可以也配合著用一點正道？」

「你所說的正道是……」

「之前林則徐在赴任途中，我受你的委託曾經想抑制他，但是沒有做好。現在回想起來，想在幾個小時內說服他那是根本辦不到的，我如果能多花一些時間，或許能打動他。」

「那麼……？」

「廣州只派了打探他行動的人，我覺得這不行，要有能抑制他的人。」

「林則徐恐怕是不會受人抑制的吧！」

「大部分的人是這麼認爲，但也不一定正確。如果下一點功夫，我想會有一點效果——當然囉！重要的還是人。」

「在廣州可以抑制他的人……」穆彰阿首先舉出了幾個人的名字。兩廣總督鄧廷楨——他不行！自從林則徐赴任以來，他明顯地靠近強硬派。廣東巡撫怡良——他和林則徐很熟，但是這個人長於世故，極力迎合上司，恐怕沒有勇氣提出反對意見。

「對，我看予厚庵還可以。」穆彰阿說。

「厚庵似乎缺乏口才。」琦善有點不信服地回答。

「這好呀！要想打動他，不是靠口才而是靠人。和他關係好的人口才都不行。」予厚庵和林則徐從江蘇以來就是好朋友。林則徐之所以看中予厚庵，不就是因爲他工作踏實、拙嘴笨舌嗎？

在人事關係上，穆彰阿是頗有信心的。決定利用予厚庵來牽制林則徐。他立即想起了予厚庵的人事關係。

就同是滿洲旗人的身份來說，把予厚庵誘進自己這邊來，看來並不是什麼難事。不過由誰去說最有效？穆彰阿認爲自己處理這個問題最適合。

穆彰阿的腦裡早已想好了大致辦法。「對！」他拍著大腿說：「厚庵還有個叔父哩！……」

2

琦善回去後，僕人告訴穆彰阿，昌安藥鋪的藩耕時來了。「哦！來了嗎？」穆彰阿走進藩耕時等候的那個房間。

這位藥鋪老闆看到穆彰阿走進來，就把頭低了低。

「怎麼樣？」穆彰阿往椅子那裡走去的途中停了停腳步，這麼問道。藩耕時的樣子有點奇怪，好像有點膽怯。

「今天早晨廣州來了信。」藩耕時回答。

「哦！說了些什麼？」穆彰阿一屁股坐在鋪著綴錦墊的椅子上，伸出雙腳放在腳踏上。

「欽差大臣好像很忙。」

「這麼說，沒有什麼特別的事嗎？」

「沒有什麼特別值得一提的事，目前他好像埋首工作。」

像包圍夷館、沒收鴉片，這些都是相當特別的事，但這些事都已從奏文中了解了。藩耕時應傳達的情報，主要是關於林則徐身邊私生活上的事。

穆彰阿是想從這些地方找出敵人可以鑽的空子。用琦善的話說，這就是「邪門歪道」。對方公務繁忙，私生活上也無懈可擊，當然不會有什麼可鑽的空子。

「關防一事，已經不成了嗎？」

「恐怕有困難。在南昌已經失敗了，我想他的警戒可能更嚴了。」

「一點辦法也沒有了嗎？」穆彰阿盯著對方心想：「這傢伙今天有點怪！」

「是，……」藩耕時低下頭，用眼梢看了看軍機大臣的臉。

「那麼，你是說，沒有什麼可報告的囉？」

「不，有一點……」

「什麼？快說！」穆彰阿摸了摸膝頭，開始抖起腿來。

「連維材已經公開地和林則徐會面了。」

「不久前的報告裡還說他們是偷偷地會面呀！」

「據說是要聽取外國的情況，還說這樣的人現在已經大批在越華書院進進出出，所以連維材就不顯得太引人注目。」

「好啦、好啦！那件事你傳達了嗎？」

「是的。不過……」

「不過什麼？」

「廣州方面說，可能效果不大。」

「工作都還沒做，怎麼就知道有沒有效果？」

「是的。不過，欽差大臣的名聲太好，放出他私吞鴉片的流言，恐怕也只會叫人付之一笑。」

「你在胡說什麼？」穆彰阿顯得很不高興。

「不，這不是我說的，是廣州那個人的意見。」

「你和他說，這種事不必他擔心。要即刻展開散布流言的工作。」

「是！」藩耕時又低下頭。

穆彰阿盯著藩耕時新剃的青頭皮。當藩耕時要抬頭時，穆彰阿問道：「除了廣州的消息外，還有什麼要說的嗎？」

「是……」藩耕時又猶豫起來。

「什麼事呀？」

叫穆彰阿這麼一催促，他好像才下定決心開口說道：「默琴小姐不見了，昨天夜裡沒有回來。」

「什麼？默琴怎麼啦？」軍機大臣那大鼻子抽動了一下。

「昨天深夜，那邊的侍女來到我那裡說默琴小姐還沒有回家，我趕快找了各種線索……」

「沒有找到？」

「是的。我實在很抱歉！」藩耕時膽怯地看著穆彰阿那張大扁臉，他那浮腫的小眼睛正一眨也不眨。

「不准看我的臉！」穆彰阿大聲斥責說。

藩耕時慌忙地轉過頭，等待著下面的訓話，但是穆彰阿一言不發。過了好一會兒，他才像嘴裡含著什麼東西似的說道：「滾吧！」

藩耕時弓著腰，逃也似的走出房間。穆彰阿狠狠地朝腳下的腳踏子踢了一腳，腳踏子立刻在大理石地上咕咚咕咚地滾出了好遠。

3

好多年沒有這麼笑過了。「你別說了，再笑我的腸子都要斷了。」默琴這麼說。她確實有點受不了了。

丁守存一邊摸著長下巴頦，一邊對她說了自己多次失戀的往事。這些往事都能讓人笑破肚皮。

「不，妳最缺少的就是笑。好久沒有笑過了吧？妳就盡情地笑吧！腸子受點委屈那算什麼呀！」丁守存一本正經地說。

「在這種時刻我竟然能笑……」默琴心想，連自己也感到奇怪。

她此刻在右安門外的一戶農家——丁守存說是他自己隱居的地方——住了一宿。

丁守存帶著夫人也住在這裡。他當著夫人的面談了自己過去怎樣遭到許多異性無情拒絕的事。默琴心裡很清楚，這一定是丁守存為了安慰自己、消除自己害怕的情緒而故意說的，但她終於笑了。

「那麼，我們就要分別了。轎子已經準備好了，妳就請上吧！妳在下一個住宿地等定庵先生，再忍耐兩天吧！」

「謝謝你！眞不知道該怎麼謝謝你才好。」

「不，我喜歡做這種事。我最討厭平平凡凡、沒有意義的事情。我問定庵先生有沒有什麼新奇的事，他就把這件事交給我來幫忙了。最近實在太無聊了，連私奔的事也很少有了。」

默琴羞得滿臉通紅。

扔掉纏住自己的魔鬼，像眞正的人那樣活下去！——她早已下定決心：從軍機大臣那裡逃走，也離開龔定庵，她認爲只有這條路。反覆考慮了好久，終於得出了這種結論。

她對龔定庵說：「你給我帶來一個人的心，所以我決定要作爲一個人活下去。我希望在新的土地上以一個新人活下去，因此，也必須和你分手。」

「好。」龔定庵不愧是個詩人，他這麼回答：「也讓我作爲一個人吧！」

「你本來就是人。」但是龔定庵直搖頭。

默琴爲了今天的到來早已偷偷地攢了錢。因爲要想在新的土地上過新生活，沒有經濟基礎是不行的。她決定去上海，她覺得上海才是新的土地。

「跟妳分手是很難受的。不過，想到妳是去開闢新的道路，我也就想通了。希望妳能讓我把妳送到上海，作爲妳我之間最後的回憶。」龔定庵說。

這是他的眞心話，只要能把默琴從穆彰阿的手中奪過來，他就心滿意足了。把她奪過來，放她到燦爛的陽光中去。

龔定庵於這一年四月辭去了禮部主客司主事的職務。他的叔父龔子正去年當上禮部尙書。在中國的官僚界一向認爲，有血緣關係的人應該避免在同一個部門工作。尙書是長官，在直屬於他的處長級幹部中有一個侄兒，那是很不洽當的事。另外，出於同樣的想法，長官應該避免在自己的故鄉當官。叔父當了尙書，這就成了龔定庵辭官的藉口。

有人勸他換個部門工作就好，不用辭官，他又拿出父親年邁的理由堅決辭職。龔定庵的父親暗齋已年過七十，他要回浙江奉養老父，這理由可說是合情合理。

他決定把默琴送到上海，但離開北京時必須避人耳目，因此，他拜託丁守存，讓默琴先走一步。他對家裡人說：「我先回鄉，然後再來接你們。」

龔定庵的夥伴中，同年進士劉良駒、桂文耀、黃伯西等人；衙門的同僚和親朋好友，連日爲他舉行餞別宴。詩人龔定庵的靈魂又在不尋常的預感中顫慄了。

他回故鄉浙江而走出首都北京的城門是四月二十三日（國曆六月四日），也就是林則徐在虎門開始銷毀鴉片的第二天。

《己亥雜詩》中收錄了幾首龔定庵離開北京的詩：

浩蕩離愁白日斜，吟鞭東指即天涯。
落紅不是無情物，化作春泥更護花。
太行一脈走蝹蜿，莽莽畿西虎氣蹲。
送我搖鞭竟東去，此山不語看中原。

4

一到農曆四月，北京城內外的綠樹像水洗過似的鮮豔欲滴，人們都脫去了重裘，勞動的人們已經穿著一件單衣在幹活了，整個城市讓人感到好像換上了輕裝。紫禁城裡的色瓦一天比一天光豔；黃色和藍色的琉璃瓦在落日餘暉中閃閃發亮。

千代田城裡將軍府的內院和吉原的妓院❶很相似；同樣的，紫禁城裡的內廷，那些飄溢著脂粉氣的狹窄石鋪道路，也和妓院差不多，所不同的是，這是只有皇帝才能暢行無阻到的地方。

道光皇帝走在夕陽斜照的內廷小道上。今天他又到那個女人那裡去了。

在去年新進宮的宮女當中，有一個女人很合皇帝的意。據說她是一位貧窮旗人的女兒，她本人是抱著苦熬十年的決心而自願申請入宮的，但是只要看過她一眼，誰都可以預言她絕不會以一個普通宮女的身份而終。果然不出所料，她很快就當上「貴人」。一般的侍女是沒有身份的，一旦受到皇帝寵幸，馬上就成爲貴人。貴人的上面是「嬪」，誰都可以看出她很快就會成爲「嬪」。她就是這樣受到皇帝的寵愛。

她端正的容貌，總讓人感到帶有一種頹廢的情調。臉蛋是下巴頦稍尖的瓜子臉、薄嘴脣、細腰肢，長得婀娜多姿，像畫上畫的。道光皇帝就喜歡這樣的女人。

「朕來了，妳爲什麼不高興呀？」

皇帝這麼一問，女子立刻用袖子掩住臉。

「妳這個女孩兒眞怪。」

「妾誠惶誠恐！」

「妳的臉上有悲傷的樣子。」

女子慌忙低下頭，細聲地說：「皇上已經知道了吧？」

---

❶江戶城（現在的東京）亦稱為千代田城。吉原為當時江戶的妓院區。

「朕什麼都知道。上次我問過妳，妳說沒什麼。我早就知道不是這樣。」

「妾誠惶誠恐！」

「光說誠惶誠恐也不能解決問題呀！今天妳把原因說給朕聽聽。」

女子戰戰兢兢地抬起頭，眼睛裡噙著淚水。擺在房角的鼎裡飄溢出麝香的香氣。道光皇帝背朝著鑲有瑪瑙、珊瑚、象牙的山水屏風，坐在那裡。

「妾爲父親擔心。」女子說。

「是生病了嗎？」

「不是。」

「那擔心什麼呀？妳已經升爲貴人，內務府會給妳家裡送去賞賜。」

「不是這種事。是……」她吞吞吐吐地說不出口。

「什麼都可以說，不要對朕隱瞞。」

「是……」她猶猶豫豫地說：「鴉片……聽說吸鴉片的人要判死罪。」

「涉及鴉片的罪現在要重判了。」

「我父親……吸、吸鴉片。」

「啊！妳父親……」

「他沒有別的嗜好，又上了年紀了。我媽媽說，要他戒掉也不忍心……」

「是嘛？」

「父親從年輕時候起就當小官，一向是勤勤懇懇的。只爲了吸鴉片，要是判了個死罪……」

「妳就是擔心這個呀！躲在家裡吸就不會被發現。」

「家裡房子窄，很快就被發現了。」

「那可麻煩了。」

「而且還會有人告密。父親個性頑固，經常和左右鄰居鬧點糾紛，遭到人們的忌恨，所以一定會被人家告密的。妾就是爲這件事擔心的夜裡都睡不好覺。」

「告密可眞叫人討厭。」道光皇帝轉過臉去。他的視線投向床上。床前垂掛的簾子是幾天前剛剛換上的夏季羅紗，透過羅紗可以看到裡面的臥床。一只黃底金絲鳳凰枕頭和一只淡紅底五色鴛鴦圖案的枕頭並排擺在床頭。床邊的小桌是紫檀木製的，上面也並排扣著兩只水晶杯。

道光皇帝收回視線看了看女子。她的黛眉是緊鎖著的，竟然有這樣討厭的問題，使這樣美麗的女人被愁雲籠罩。他對此感到氣憤起來。

5

在廟堂之上進行正面議論，穆彰阿連頭腦簡單的王鼎還不如，可是，要搞邪門歪道，他可是個行家。在絕對專制的時代，暗地搞陰謀活動是很重要的，尤其是針對皇帝個人進行的活動，需要使用各式各樣的方法。要打動皇帝，並不一定要在政策上多發議論。

穆彰阿連宮女也用上了。政策上發議論的事，穆彰阿交給他的同夥琦善去做。

關於鴉片問題，直隸總督琦善在他的奏文中表達了所謂「不應視民命爲草菅」的觀點。他認爲，如果把吸食鴉片者判處死刑，像苗族、壯族這樣凶悍的民族，就會「不肯俯首受縛，勢必聚眾抗拒」。

福建沿海喜歡「械鬥」（同姓的人結成一夥和外姓人進行決鬥）、打架的人很多，而這些人當中吸食鴉片者也不少，如果以死罪相逼，他們可能會逃遁海島和外國人勾結。剿滅普通的叛亂，殺一萬、八千之叛徒即可，如果判處吸食鴉片者死刑，將會殺戮幾十萬人，此乃「率土普天之大獄」，斷不可興。

道光皇帝正在「發情」期，這些觀點當然不能正面提出。琦善委婉提到，禁煙過嚴會帶來天下大亂。

他要耐心地做說服工作，使皇帝的頭腦冷靜下來。

七月十五日公布了禁煙章程三十九條，這一天正好是農曆五月五日端午節，林則徐讓虎門的銷毀鴉片工作暫停一天。

這個章程是很嚴厲的，基本上是根據黃爵滋的奏文和林則徐的嚴禁法制定。章程規定，沿海奸徒凡開設窯口（鴉片商行）、儲存鴉片者，首犯斬首示眾；共謀者、中間人、運送者以及知情而受雇的船主，處以絞刑。給吸煙犯一年零六個月期限，期滿仍不知悔改者，不論官民，處以絞刑。

但在這三十九條章程中有一條說，有關吸食鴉片的案件只能由官府取締，不准民間揭發。看來這裡留了一條生路，宮女哭求道光皇帝的戰術終於發生作用。

「應該留兩、三個漏洞。」穆彰阿了解到他的邪門歪道起了作用，感到很得意。

「不，正道也要同時並用。」琦善說。直隸總督琦善因事入宮，穆彰阿等琦善從乾清宮出來，兩人邊走邊交換意見。

他們的右邊排列著保和殿、中保殿、太和殿等龐大建築物，左邊可以看到新左門，向前不遠就是體仁閣。在收藏《四庫全書》的文淵閣東邊、古柏遮天的東華門附近有國史館，龔定庵曾在這裡編纂《大清一統志》。

廣闊的紫禁城內，大風把翠綠的樹木颳得來回搖晃。他們都戴著玉草編的夏帽。兩人都是一品官，補服上的圖案都是仙鶴，繡著波浪花紋的長袍衣襬被風颳得呼啦啦地飄動。

「正道是你的事。」穆彰阿說。

「皇上現在一心在嚴禁論上，主張弛禁恐怕是行不通的。當前應該對準林則徐，恐怕也只能先議論一下他的做法。」

「是嗎？就像不久前步際桐的那種奏文吧！」

「對，這樣可能還可以起一點作用。」

河南道監察御史步際桐曾經上奏說，光憑林則徐的措施很難期望可以根除鴉片。他認爲銷毀鴉片、要夷人具結，單憑這些還不能保證根除鴉片，要考慮另外的辦法——這是一種無理苛求。

林則徐在六月一日祭海神那天獲悉了步際桐的奏文，他心想：「在鴉片問題上還有什麼周全、確實的辦法嗎？」他沒有理睬這些干擾。但是不准民間揭發這一條章程，看來已給未來投下了陰影，北京的反對派並不是在袖手旁觀啊！

甘米力治號

六月七日，甘米力治❶號威風凜凜地出現在澳門海面上，這時林則徐正在虎門用鹽水和石灰大量地銷毀鴉片。

「我願意協助保護英國商船。」道格拉斯毛遂自薦地對義律說。

當時清朝沿海沒有一艘英國軍艦，義律十分高興。

1

廣東省境內有許多花崗岩，所以廣州的街道大多鋪有石板，但是除了主要街道外都非常狹窄，而且彎彎曲曲的。挑擔子的商販特別多，他們大聲叫喊著沿途叫賣。就像和他們比賽似的，那些在路旁擺攤的攤販也在聲嘶力竭地叫賣，在叫賣聲中還可以聽到乞丐帶著哭音的哀乞聲。

廣州是個嘈雜又擁擠的城市，擠在街道兩側的房屋磚瓦大多是暗灰色，狹窄街道上又蓋著遮太陽的茅草簾子，所以顯得非常陰暗。一到夏天，勞動的人都不穿上衣。苦力、商販、轎夫們帶著汗味的體臭和街

❶ 甘米力治是當時的譯法，原文即「Cambridge」，後來一般譯為「劍橋」。劍橋是英國的學術中心，著名的劍橋大學就坐落在這裡，故下文說「帶有一點學院的味道」。

上的食物氣味混合在一起，瀰漫在空氣中。在貧民窟較多的舊城北部，房屋很少是磚砌的，絕大部分是塗著泥巴的平房；街道上也沒有東西遮蔽陽光。

簡誼譚從舊城西邊可以看到懷聖寺白塔的地方走過，那裡行人很少，他的那身打扮看起來就好像是哪家商店的小夥計。他一隻手提著一只塗漆的圓竹籃，竹籃裡裝著約七斤鴉片。

禁煙一嚴確實是賺錢的好機會，只是做買賣的方式必須要有所改變。這是要豁出性命的黑市買賣，涉及的人越少越好，否則一旦被破獲，順藤摸瓜、一網打盡，那可不得了。

手不能太敞開，選擇的對象要愼重，因此要盡量減少交易量。反正這時價格已猛漲數倍，交易量也不可能增加，要用積少成多的辦法取勝。由於採取的是這種打游擊戰的方式，運送的任務當然也要由自己來承擔，他就這樣親自當運送工人來運送自己的商品。買主是一個可信的人，再沒有比這個更安全保險了。他正朝指定的地方走去。

俗話說：「禍從天降。」即誰也不知道災禍會在什麼時候降臨。

簡誼譚悠然地走著，他那副沉著的樣子倒不是故意裝出來的，而是打從心裡就沒感到害怕。作爲一個運送禁品的人，他的態度可以說是挑不出一點漏洞。他既無膽怯害怕的樣子，連周圍的情況也不太留意。爲了僞裝，這個帶提手的竹籃裡裝了許多油炸點心所以很重，他要經常換手，但他換手的動作也非常自然。

在廣州將軍府不遠的街角上他突然停下腳步，微微地彎了彎身子，想把竹籃子換隻手提。這時，連他自己也不知道發生了什麼事，總之，是和誰撞了個正著，自己被撞翻在地。

在街角上碰頭撞倒在地，這種事是很少見的。這是因爲對方不是正常地走路，而是飛奔著跑過來。對方是飛跑時向前俯衝的姿勢，誼譚爲了換手也是微俯著身子，因此兩人的額頭迎面撞在一起。

誼譚的眉梢上給撞了一下，痛得受不了。他「哎喲」一聲，一屁股坐在地上，竹籃子也脫離了他正換著的手滾了兩公尺多遠。

「他媽的！」誼譚斜眼看著竹籃子裡滾出來的東西，哼哼唧唧地罵道：「你小心一點！」這時，被撞倒的那個人正要站起來，但他朝四周看了看又癱倒在地。

正支著腿要站起來的誼譚此刻也終於明白了是怎麼一回事——四周已被軍隊包圍了起來。那人是被軍隊追趕、逃跑時撞上誼譚的，當他倒在地上時，追他的五名士兵趕了上來把他包圍起來。一個好像是小頭頭的士兵，此刻踢著滾在地上的竹籃子問道：「這籃子是誰的？」

「這小子逃跑的時候沒拿籃子。」一個士兵回答。

「這麼說，這個竹籃子是撞倒的那個傢伙的囉！」小頭頭高興地笑起來。他用腳尖撥弄著夾在從竹籃中滾出來點心包裡的黑圓球。

瓦臘納西出產的鴉片一般都捏成球狀，外面裹著一層用鴉片渣子做的膠狀殼。用芒果樹木材做的百斤裝的鴉片箱子，裡面分成兩層各隔成二十格，共有四十個格子，所以一顆鴉片丸子的重量是兩斤半。

小頭頭用腳尖數了數鴉片丸子說：「三顆……追小偷沒想到交了好運，偶爾也眞能白撿到這樣的好東西啊！」

誼譚沮喪地耷拉下腦袋，歪歪晃晃地往前爬。士兵從左右抓住他的胳膊，把他拖了起來。

2

沒收鴉片開始時，原本在澳門海面上的拉呢號軍艦（艦長布萊依克）已經返航去印度，所以當時在中國沿海沒有一艘英國軍艦。

廣東南部的情勢雖說緊張，但還沒到一觸即發的程度。撤退到澳門的英國商人，透過仍然留在廣州的美國商人繼續做買賣。

一八三九年六月出版的《中國叢報》上，談到中國沿海重開鴉片貿易的情況。這當然不是正式貿易，而是要豁出性命的黑市買賣。也有的記載說，鴉片每百斤原本是八百元，廣州一度漲到三千元。鴉片的價格在十月是一千六百元，年底落到一千二百元。這說明在嚴禁之下仍然有人在大做鴉片買賣。價格的下跌，當然是由於供給增多。

同月的《中國叢報》上刊登了一篇報導說，對沒收的鴉片實行賠償似不確實。

義律曾對英國商人這麼說：「我代表英國政府沒收居留廣州的英國人所有鴉片，把它交給中國政府。」並給繳出鴉片的商人開了收據，說是回到倫敦拿出收據就可領到現款，看來這個保證有點靠不住了。

義律逐漸遭到本國商人的怨恨。商人們不滿地說：「領事軟弱！」義律也怏怏不樂。

鴉片全部繳出後，義律又禁止所有英國商人提交保證書，說是保證書關係英國臣民的生命安全，絕不能交。於是這次英國商人說：「領事頑固！」指責他的頭腦不靈活。

這時林則徐把給在澳門的英國商人諭帖交給公行，褒獎義律如約繳出了全部鴉片，「該領事誠實居心，深明大義，恪守天朝之禁令，保全夷眾身家，恭順勤勞，洵堪嘉尚。」並勸他將卸掉鴉片的空船開至黃埔，載中國的貨物回去。

對此，義律回答：「我國船隻去黃埔，需得女皇之許可。目前準備在澳門載貨。」這一年六月，實際上只有十一艘美國船去廣州黃埔裝卸貨物。

在中國的沿海有六十三艘英國船，這些船都停泊在澳門和香港海面。當時的香港島只有一些小小的漁村。美國商船把英國船上的貨物從香港海面運往廣州，反過來又把中國的茶葉、絲綢等，從廣州運到香港的英國船上，這種「海運業」十分發達。這樣近在咫尺短距離的海上運輸費用，美國船卻要價三十至四十西班牙元，這種價格比當時從三藩市到廣州的運費還高。從倫敦繞非洲到廣州這樣遠距離的海上運費，每噸爲十二英鎊，按當時的匯率合五十五西班牙元。由此可以了解，香港與廣州之間的運費高得出奇。顚地、墨慈等英國商人當然爲此恨得咬牙切齒，他們越來越怨恨義律，但義律爲了大英帝國的榮譽，仍然堅持抵制林則徐。

這一年二月，一艘名叫甘米力治號的英國商船，滿載著鴉片、棉花和其他商品，從孟買啟航來中國。這艘一千零八十噸的商船名字，帶有一點學院的味道，但它的船長約瑟夫·阿布拉罕姆·道格拉斯卻是一個典型的海盜式人物。

船停靠麻六甲時，他聽到廣州鴉片動亂的消息。在通訊不發達的時代，傳出的消息往往是被誇大的。

「聽說要是帶著鴉片去，當場就被拉上絞首臺。」道格拉斯和他的老婆說。他的老婆把一張床放在甲板上，正舒舒服服地打盹兒。因爲是長期航海，當時的高級船員一般都會帶著夫人同行。

「你那張臉就配上絞首臺。每次看到你的臉，我都是這麼想的。」道格拉斯夫人邊打呵欠邊這麼說。

「妳在瞎說什麼呀？我還捨不得這條命哩！」

「那就夾起尾巴回去啊！」

「我不甘心！」

「那怎麼辦？」

「已經到這裡了……眞叫人火大！」

「你不是捨不得命嗎？」

「在新加坡把鴉片換成別的商品吧！……可是，現在鴉片已一文不値了。」

「返回去火大，又捨不得一條命，那也只好這樣囉！」道格拉斯夫人的話還沒說完，就開始打起微微的鼾聲。海盜的老婆大概都是這副德行。

「該怎麼辦呀？」道格拉斯摸著海盜鬍子心裡在琢磨：「看來好像要打仗了。」

五月四日到達新加坡，他用極低的價格拋售鴉片。他並未用這筆款子購買香辣調味料等南洋的土特產，而是購買二十一門十八磅砲、四門遠端砲和許多砲彈、彈藥；另外還雇了十名凶猛的水手。

爲了防禦海盜襲擊，當時的商船都是武裝起來的。甘米力治號本來就有六門十八磅砲，現在又在新加坡買足了武器彈藥，完全變成一艘臨時改裝的巡洋艦。

六月七日，甘米力治號威風凜凜地出現在澳門海面上，這時林則徐正在虎門用鹽水和石灰大量地銷毀鴉片。

「我願意協助保護英國商船。」道格拉斯毛遂自薦地對義律說。

當時中國沿海沒有一艘英國軍艦，義律十分高興。

「我願花一萬四千英鎊租用甘米力治號八個月。」

「這條船的老本我花了一萬五千六百英鎊。好吧！我同意。」

六月十日，道格拉斯被義律任命爲「中國派遣艦隊」司令。

這個契約只是口頭訂的，並沒有在正式文件上簽名畫押，這是這位海盜船長一輩子最大的疏忽。

八月底，史密斯艦長指揮的英艦窩拉疑號到達澳門，接著黑雅辛斯號也開到這裡，這麼一來，「中國派遣艦隊」司令道格拉斯的地位就懸空了。

義律向他宣布說：「已經開來了兩艘女皇陛下的軍艦，甘米力治號的任務已經結束。該船兩個月的租用費，我準備付兩千一百英鎊。」

道格拉斯勃然大怒。最初答應八個月給一萬四千英鎊，現在義律單方面通知廢除契約，因此道格拉斯堅持要他付全部款項。

「我要跟他爭到底！」道格拉斯在老婆面前說。

「這種扯皮的事就算了吧！現在恐怕沒有比做軍艦買賣更賺錢的了。」海盜的老婆說：「與其讓人家綁住八個月，還不如把船賣給美國人。」

香港和廣州之間的航線現在已成為美國船的搖錢樹，美國人正需要更多船隻。

「妳說的也有道理。不過，只給兩千一百英鎊實在太欺侮人了。」

道格拉斯原則上堅持要求義律付給他原本約定好的一萬四千英鎊，目前暫時要求按八個月一萬四千英鎊的比例計算，以預支形式先付甘米力治號擔任保護英船的任務，實際日數的費用為三千六百英鎊。

「我不能這麼做。」義律拒絕了這個要求。

道格拉斯原本打算再堅持下去，但出售甘米力治號的談判已在進行，必須要儘快解決眼前的事。海盜船長只好同意義律所說收下了兩千一百英鎊。另外，義律也寫了一張字據給他：

關於甘米力治號契約的金額，將極力說服本國政府支付全額。

船賣給美國商人戴拉羅，價錢是一萬零七百英鎊。

之後，這艘甘米力治號飄揚著星條旗，踏上香港和廣州之間的搖錢樹航線。第二年四月，林則徐買下這艘船，中國海軍的第一艘洋式軍艦就是這艘甘米力治號。林則徐命令關天培把這艘船當作假想敵研究進攻洋艦的方法，並作為中國造船技術的參考。

道格拉斯回國後，最終也沒有領到這筆契約金。據說他寫了一本《個人的犧牲與國家的忘恩》的書，把自己的餘生浪費在迫使英國政府兌現其和義律訂的契約上，最後在失意中窮困而死。

甘米力治號成爲清朝的軍艦後，在鴉片戰爭中被英軍俘獲、炸毀，最後這條命運悲慘的船在離廣州二十公里的烏涌被烈火包圍，隨著轟隆一聲巨響，沉沒水底。

3

林則徐准許英船來廣州，義律拒絕了這個建議，揚言希望在澳門進行貿易，但這個意見也爲林則徐拒絕——清朝只開放廣州的港口。

葡萄牙人在澳門擁有特殊的居住權，和清朝共同管理這地方，所以清朝官吏對這裡的統治力量並不強。如果准許在這種地方進行貿易，這裡有可能立即變爲鴉片基地，林則徐會拒絕是理所當然的。如此一來，英國只好仍舊依賴美國船。

在當時情況下，除了美國的船主外，澳門的酒店也發大財。廣州全部的英國人都遷居過去，他們變得自暴自棄。那些在香港海面上整天和波濤爲伍、過著寂寞單調生活的船員們，偶爾也來澳門大喝大玩。

「不死鳥」酒吧間的老闆保爾．休茲，整天笑逐顏開、洋洋得意。廣東當地產的酒十分暢銷，船員們臨上船之前都要買許多酒，準備在船上喝到下一個登岸地點。人一發了財似乎也變得溫暖起來。讓人感動的是，保爾經常去探望生病的約翰．克羅斯，在約翰身旁仍然是哈利．維多在看護他。在從廣州向澳門轉移的船中，約翰的病情更加惡化了。

「振作起來！年底我陪你一起回曼徹斯特。」保爾這麼鼓勵約翰說。

「我恐怕是回不去了。」約翰已經完全喪失了信心。

保爾回來時路過公司館，朝客廳裡一看，只見顛地和墨慈在討論義律。

「他應該考慮考慮商人的立場，立個保證書也沒什麼關係嘛！」

「就是啊！現在只讓美國人賺錢。」

「要是圖個痛快，轟地開它一砲也可以。現在簡直是半死不活。」

保爾回到「不死鳥」酒吧間一看，那裡和往常一樣仍然是高朋滿座。一個滿臉大鬍子的男人傲慢地坐在角落椅子上。

「怎麼樣？司令官。」保爾向這個漢子打招呼。

「保護商船這件事可不能小看，眞有夠忙的。」艦隊司令道格拉斯挺著胸膛這麼回答。名義上說是艦隊，其實是安裝了幾門大砲的甘米力治號。這時是道格拉斯一生中最光輝燦爛的時期。保爾向司令說了一句恭維話，然後回到櫃檯。

「啊？」他看到誼譚正在他面前喝啤酒，大吃了一驚問道：「你什麼時候回來的？」

「今天。」誼譚回答。

「聽說你被抓起來了？」

「笑話！我能叫人抓住？」

「是呀！」合夥經營者的歸來，對保爾來說不知是喜還是悲。

「生意很不錯呀！」誼譚朝店裡掃視了一眼說。

誼譚在廣州被捕的第二天，連維材到林則徐那裡提供英國人轉移到澳門後的情報。「表面的現象比較容易了解，內部微妙的情況現在卻很難獲得情報了，他們好像有所警惕。」連維材說。

「對付夷人，我一向認爲你是神通廣大的。」

「自從我公開出入越華書院以來，他們也對我抱有戒心了。我曾經想過把熟悉澳門情況的溫章派去，但是只要和金順記有關的人，他們恐怕都同樣抱有戒心。」

「有沒有適當的人，接近他們又不會被他們懷疑的？」

兩人正談到這裡，副都統右翼英隆走了進來。

清朝的國防當時已幾乎全部靠漢人部隊綠旗營的兵力，但各要地還是配有滿洲八旗的駐軍。駐軍的長官冠以該地地名的「將軍」稱呼，例如廣州就稱廣州將軍；駐軍的副長官爲「副都統」，設左翼和右翼兩人。當時廣州駐軍的副都統左翼奕湘是宗室（皇族，而且是公爵）他不擅長打仗，但出身門第很高。副都統右翼英隆是一個熱衷工作的人。這一天，他爲了一件不太重要的公務來拜訪欽差大臣。

連維材正準備離座，英隆制止他說：「不，坐下、坐下！要談的並不是非要把人攆走的話。」談完公事，開始閒談時，英隆談起昨天抓住一個鴉片犯的事，「這是一個少見的倔強小夥子，不管怎麼拷問就是不說同夥的名字，就連他自己的姓名也不說。」

滿洲八旗的人戰鬥力不強，可是拷打起人來做得並不比別人差。

「除了拷打，還有別的辦法嗎？」林則徐問道。

「有。這小子的長相有點與眾不同，大眼睛、勾鼻子，相貌有點像夷人。只要找人一問，一下子就可以了解他的身份。」

「像夷人」這句話吸引了連維材，他說：「這青年可能我認識。」

「哦……」英隆注視著連維材。

「如果我猜的沒錯的話，他可能是在墨慈商會當見習買辦的一個混血兒。」連維材說到這裡，拍了一下膝頭接著說道：「如果是他，也許就能打進澳門的英國人中去，而且不會遭到懷疑。」

「如果他能做到就可以饒他一命。」林則徐很想得到英方的情報，對連維材的話很感興趣，「不過，這個人怎麼樣？」

「剛才英隆將軍已經說了，他是一個挨了拷打也不開口的傢伙。只要我們充分控制住他，我想應該沒問題。」連維材回答。

連維材猜想得沒錯，這傢伙果然是簡誼譚。作爲間諜打進英國人當中是一件驚險的工作，並不亞於做鴉片生意，誼譚當然滿口答應了。

那天和誼譚接頭的那個人，怎麼等也不見他到約定的地方，因此深信他是被捕了，這樣就傳開了誼譚被捕的消息。

為了消除這樣的傳聞，誼譚在廣州住了幾天，並裝出一副若無其事的樣子到各種場合露面。當有人問到他被捕的傳聞時，他回答：「哪有這種事！那天我是因為突然肚子痛才沒去送鴉片。我這個人會讓人抓住嗎？」

之後他來到澳門。一到澳門，他先去看一看「不死鳥」酒吧間。

「保爾，你曾經勸我到墨慈那裡工作，你還記得吧？」誼譚說。

「是呀！現在到處都缺買辦，他們很不方便。」

對保爾來說，讓這樣一個讓人發毛的合夥人永遠待在這裡，他是受不了的。

英國的各個商館都因為缺少買辦而面臨很大困難，有的買辦已被當成漢奸被清朝逮捕；也有像顛地商會的鮑鵬那樣逃到遙遠的北方山東省去了。

「我想再回商館去大幹一番！」誼譚站起身來在座位的四周蹀來蹀去，在鋪地的石板下有趁保爾不在家時埋下的鴉片。他開心地微微一笑。

4

越華書院裡欽差大臣的住所是寬敞的，但室內非常簡樸。在作為書齋的房間裡，書桌前的牆壁上貼著一張紙條，上面寫著自我警惕的話：「制一怒字。」意思是說要抑制怒氣。林則徐很少在別人面前發怒，但他確實生來愛生氣，尤其是在青年時代，由於憤怒而有過多次失敗的教訓。最近由於自我克制這種事才逐漸少了，但有時候——例如像在下圍棋時——偶爾還會露出這種脾氣。

客廳裡沒什麼裝飾。在空曠的客廳裡，他和從虎門來的關天培對面而坐。

——解除左營游擊謝國泰的職務。

——南澳總兵沈鎮邦降級爲游擊。

林則徐以欽差大臣的身份掌握廣東水師的指揮權，他向提督關天培宣布了以上的人事變動。

「謝國泰年紀太大了，沈鎮邦沒有積極性。」林則徐耐心地說明變動的原因。

關天培一聲不吭，只是點頭。他是一員猛將，但卻是一個笨拙的溫情主義者，對於無能的部下也不忍採取果斷措施，所以林則徐不得不越俎代庖、介入人事。

「處理了鴉片，接著可能就是戰爭。我們需要的是有力的武器、勇敢的士兵和有才能的指揮官。」林則徐這麼說，關天培仍然默默地點頭。

關天培來廣東已快四年，他改善了練兵方法，大力整頓和充實砲臺、兵船和武器。林則徐赴任以來，又從葡萄牙增購了五千斤到九千斤的重砲，其數量已達三百門，尤其是虎門的防守已經面目一新。

「軍隊沒問題吧？」林則徐問道。

「和我到任時相比已經好多了，但我還不敢說沒有問題。」

「人數夠不夠？」

「不夠。不只是人數，素質也不好，因爲吃不上飯的人才當兵。」

「是呀！好男不當兵嘛！……」林則徐仰視著天花板說：「沒有保衛國家的熱忱，起碼有一點保衛家鄉的心情也行呀！」

「不好辦呀！」關天培畢竟是關天培，終於老實地說出了洩氣話。

「對民間的青年進行訓練，你看怎麼樣？」

「他們也有自己的生計呀！」

「我們發薪餉，那些水性好的漁民會成為很好的水兵。再說，他們的家就在這附近，他們會拚死參加保衛戰的。」

林則徐從桌子上一束文件中抽出一張紙片遞給關天培。紙片上寫著：「水勇五千，每人月薪六元、安家費六元，總共月額六萬元。」如果給本人月薪六元、家屬撫養費六元，支出十二元，每月共付出六萬元，就可以培養優秀的水勇——即水兵五千人。

關天培了解了林則徐的這一計畫，喜笑顏開地說：「對這些人的操練，我希望一定要由我來擔任。」

關天培離開後，林則徐瀏覽了一會兒書桌上的文件，其中有廣州附近的民情報告。新來的幕客何大庚和金順記方面的人，詳細地報告廣州附近農村的情況。

「王舉志一類的人，將會在我國到處出現啊！」林則徐看完報告，小聲地說。

民眾正在組織起來，他們採取的形式比過去的保甲制又更前進了一步。這並不是因為和外國的關係日益緊張，而是有更深刻的原因。

人口異乎尋常地成長——農村養不活的人口變成危險流民向各方流溢，最糟的是變成盜賊。農村對此不能不實行自衛，要自衛就必須要有組織，於是各地出現了組織的領導人。這些群聚的小組織像毛細血管似的互相連繫，逐漸形成龐大的組織。

農村的自衛組織大多是以「社學」為中心發展起來的。社學是依靠地方豪紳的捐募而建立的教育機關，是當地子弟們的私塾，同時也是民眾集會場所和防範盜賊而訓練壯丁的地方。

林則徐好像在下圍棋一樣，一步一步地考慮社學的未來——目前對流賊最有自衛必要的是那些財主，社學也是在他們的經濟援助下建立起來的。可是，接受訓練的大部分壯丁都是極貧農家的子弟，他們沒有什麼東西需要保護，如果他們失去了一切，就會依靠自己的武術和所在的組織而想得到一點什麼。在這種時候，如果有王舉志那樣的人物爲他們搖旗吶喊，那將會出現什麼局面呢？這對國家是否是值得高興的事呢？但就目前情況來看，當政者還是可以對它加以利用，使它成爲增強國家軍隊實力的一股力量。

「這些姑且不想它。石田時之助現在的情況如何？」他派石田時之助去調查沿海漁民和人民的情況，至今還沒有得到報告。

石田時之助正沿著虎門以南的珠江東岸旅行。他從新安經官浦一直到九龍，對岸就是香港島。當時這一帶還沒有任何城市的痕跡，海面上排列著被義律禁止開往廣州的英國商船隊，呈現出帆檣林立的熱鬧景象。

石田住在九龍尖沙咀一戶姓林的漁民家中。林家的主人林維喜是個酒鬼，但卻是個很爽快的漢子，一喝醉酒，就大吹特吹他打架鬥毆的「光榮史」。

林維喜坐在海岸邊的岩石上伸出拳頭說道：「這拳頭呀！不是我吹牛，它可喝了好多人的血。」他的年紀剛滿四十，但頭髮已經花白。漁民從事劇烈的體力勞動，骨骼看起來很健壯，其實衰老得早。

「啊！眞了不起！」石田給他捧場說。他裝作是廣州海味行的老闆，說是到這裡來看看漁家的捕撈情況。

這時，林維喜的老婆背著一個裝乾魚的大竹筐正好從這裡經過，她大聲地說：「客人，這人一灌了黃湯就胡說八道，你別信他。」

「說什麼呀！妳這個醜八怪！」

「拳頭喝了血！哼！我一聽就膩了。」她頂撞說：「你白活了這麼大年紀，打架鬥毆倒是蠻喜歡的。可是，最近你的頭上不是打開了裂口，就是打出了包。」

「瞎說！快給我曬魚乾去！」

「你也該去補補漁網了好不好？」

「補漁網？有意思。我已經不幹漁夫，要當水兵了！妳知不知道？關將軍正在招收壯丁哩！」

「你是當壯丁的年紀嗎？」

「妳少說什麼年紀、年紀的，我這身子骨是硬朗的，五個、十個洋鬼子，我隨時都能把他們捏成泥。」

「看你神氣的。如今打仗可是用大砲。」

和平常一樣，老婆和他隨便地鬥幾句嘴就走開了。

石田重新看了一下林維喜的身體，可憐他那古銅色的肌膚上已經露出衰弱的癥兆。

林維喜彎起胳膊，使勁地使臂上的肌肉隆起疙瘩說道：「怎麼樣？很厲害吧？」

石田站起身來說道：「我們上那邊的小酒鋪去喝一杯吧！」

「喝一杯？那……」林維喜是個看到酒就不要命的人。

這個寒傖的小酒鋪是這一帶唯一集會和娛樂的場所。兩根彎彎扭扭向相反方向傾斜的柱子上貼著紅紙條，唯有這紅紙條上寫的對聯顯得十分堂皇：

花映玉壺蕩紅影

月窺銀甕浮紫光

聚集在裡面的年輕人情緒高昂，正在大聲談論，「你去參加水師訓練嗎？」

「那當然囉！一個月有十二元呀！」

「待遇不錯嘛！」

「而且打死了洋鬼子還能得到獎賞。」

「這些兔崽子洋鬼子！」

對於貧窮的漁村青年來說，每月能拿到十二元那可是一筆不小的收入，而且他們對外國人都懷有仇恨。尖沙咀的海面是英國商人船隊停泊的地區，英國人經常上岸來購買食物，那些船員大多態度粗暴。

「前幾天來了十名洋鬼子，說是要買十甕酒。」酒鋪的老闆說：「要每人先喝一杯。讓他們喝了，又說酒不好不買了，酒錢也不給。是每人一杯呀！喝掉我十杯！眞他媽的見鬼！」老闆懊惱地說。

「大叔，你就這麼忍氣吞聲嗎？」

「那時正好沒有客人。我已經這麼一大把年紀了，對方是十個人，其中六個是紅毛、四個是黑鬼。眞叫人可恨啊！」酒鋪老闆說後，緊咬著他的厚嘴唇。

林維喜一聽這話，揮動著拳頭大聲說：「當時我要是在場的話，絕不會輕饒他們。眞可惜！」年輕人當中有人失聲笑了起來。不過，林維喜已經喝醉，沒有聽到人們笑話他。「紅毛也好、黑鬼也好，我要讓我的拳頭喝一喝他們的血！」他再一次掄起他那乾枯的拳頭這麼說。他的舌頭已經打結，不聽使喚了。

石田定神地注視著遠處的英國商船隊。商船隊背後就是香港島，「正在進行準備啊！……」石田心想。他暗暗地把這裡的情景和日本漁村做了比較。

5

西玲從廣州又回到石井橋。

她受過各式各樣人物的影響，外國公司的買辦、慷慨激昂的攘夷志士、連維材和伍紹榮，她對這些缺乏選擇能力，可以說，她是用她那流動著奔放血液的身體來承受這些影響，用她最大的努力來呈現她的反應。

「不知爲什麼，我越來越糊塗了。」她懷著這樣的想法回到了石井橋。一接觸到田園的清新空氣，她很自然地感覺到可以找出最根本的原因了。

這裡有一個人對她不會產生任何影響。這人是個病人，名叫李芳。他出身於地方名門，雖然只有三十多歲，但也許由於體弱多病的緣故，使人感覺到他已經老了。西玲每當爲自己周圍劇烈的變化而感到精疲力竭時，就到李芳那裡去尋求平靜。

走下李芳家門前的石臺階有一片小小的空地。一天，西玲拜訪過李芳準備出門時，發現現在社會上有許多人們正在議論的「團練」（壯丁訓練）。三十多名頭戴斗笠的年輕人光著脊背，在強烈的陽光下踢腿、揮拳。

「嗨——」隨著這一聲好像猛獸咆哮的吆喝聲，指揮的人向前伸出雙拳。他兩臂上隆起的肌肉帶著汗水，在陽光下發光。

「啊！是余太玄。」西玲看了看指揮人的臉，縮了縮肩頭。拳術大師余太玄正在爲壯丁們做示範動作。

李芳把西玲送到空地，正要轉身回去時說道：「有錢的財主出錢訓練窮人，因爲他們要保護自己的財產。可是，訓練出來的力量是無法從窮人身上收回去的。不久的將來，有錢的財主們將會爲窮人的力量感到苦惱。」李芳說了一聲，「妳路上小心。」就轉身向家裡走去。

在空地上，余太玄的右腿向空中猛踢了一腳，三十來名壯丁的腳也跟著一起向空中踢去，但踢得不太高明，有的人竟錯踢了左腳。「再來一次！」余太玄放開公鴨嗓子大聲喊道。

西玲轉過視線，定神地目送著李芳背影，他正緩緩地向石臺階上走去。他兩肩瘦削，連穿在身上的那件薄薄的白長衫，對他那瘦弱的身軀來說也似乎過於沉重。病弱的李芳不時地停下腳步略微喘一口氣；石臺階下面，壯丁們發達的肌肉有規律地躍動著。在同樣的陽光下，強壯和孱弱如此分明。想到這裡，西玲感到不可思議。

當虎門銷毀鴉片的工作結束時，離開北京南下的龔定庵已經穿過淮浦到達了揚州。旅途中，他和默琴有時同行，有時稍微離開一點。因爲沿途府縣的地方官有的是他同年的進士，他們要招待龔定庵，他不得不避諱和一個不是自己夫人的女子結伴同行。

在揚州，龔定庵會見了闊別多年的魏源。魏源一直在揚州埋首於經世濟民的著述。敘過闊別的寒暄話後，魏源帶著火熱的激情滔滔不絕地談論起海防、鹽政、河運、鴉片等具體問題。龔定庵作爲一個公羊學者，對這些問題當然也頗有興趣，但一涉及具體問題，就不如魏源研究得深入。龔定庵不是博聞強記型的學者，而是多半憑直覺——不，甚至是憑預感——來觸及現實的詩人。

話題很自然地涉及他們志同道合的朋友、正在廣州的林則徐。銷毀鴉片的消息早已傳到揚州。

「英夷將採取什麼態度，這要看他們對林尙書的決心能忍受到何種程度……」魏源咬著嘴唇說。

龔定庵感覺到一個「時代的核心」問題，這個問題遠遠超過繼銷毀鴉片之後種種外交上的交涉。

「衝擊了衰世啊！」他小聲說。

「你說什麼？」魏源不理解龔定庵的低語是什麼意思，龔定庵自己也很難解釋清楚。

「總之，一個很艱難的時代已經到來了。」

「那當然囉！」

「林尙書能成爲時代的救星嗎？」

「來，我們喝一杯，遙祝他健康！」

兩人都盡情地痛飲一番。在這次旅行中，龔定庵耳聞目睹了衰世的詳細情況，民力的疲弊遠遠超出想像。百姓已經精疲力竭，現實社會好像一座活地獄，在這樣的社會中，怎能過於指責鴉片呢？人們只能在鴉片中尋求解脫啊！不應只用禁止鴉片來恢復民力，只有喚醒人民才能根除鴉片。龔定庵慨嘆地賦了一首詩：

不論鹽鐵不籌河，獨倚東南涕淚多。

國賦三升民一斗，屠牛那不勝栽禾。

「你住些時候再走吧！」魏源說。

龔定庵不顧魏源的挽留匆匆離開了揚州。在橫渡長江的船中，他又和默琴會合，踏上了江南的土地。對岸鎮江是個熱鬧的城市。

這天，正好是祭祀道教之神玉皇和風神、雷神的節日，有數萬人來參加祭祀。龔定庵帶著默琴走在熙熙攘攘的人群中，到處是人山人海，但惹人注目的大多是窮人。

突然有人抓住龔定庵的衣袖。龔定庵回頭一看，原來是一個彎腰駝背的老道士。道士瘦得皮包骨，樣子十分可憐。

「您是個讀書人吧？」道士用嘶啞的嗓子問道。

「讀過一點書，會寫幾個字。」龔定庵回答。

「那麼，您能爲我寫篇青詞（祈禱文）嗎？」

「你自己寫吧！」

「我不太會寫字。」

老道士遞上一張青紙，一隻手拿著墨水匣和毛筆。

「那我就幫你寫一篇吧！你到底要祈求什麼呢？」

「我也不知道該祈求什麼好。」

「這就不像話了。」

「寫上你的祈求就好。」

「這可不好辦呀！」龔定庵苦笑了笑。不過，他很快就露出嚴肅的神情。祈求什麼好呢？要祈求的事情太多了，龔定庵的眼裡溢出了淚水。他揮筆疾書：

九州生氣恃風雷，萬馬齊喑究可哀。

我勸天公重抖擻，不拘一格降人材。

這首詩充分表達了衰世之民的痛切願望。這一年龔定庵寫了三百多首詩，彙集成著名的《己亥雜詩》，這首詩在這些詩中也被認爲是最優秀的詩篇之一。

龔定庵和默琴在水鄉蘇州分手。默琴的妹妹清琴在蘇州，只要想，馬上就可以找到，因爲默琴也想擺脫妹妹，沒有去找她。要想作爲一個新人生活下去，那就必須孤身奮戰。龔定庵要把她送到上海，但默琴不願意，她像潛逃似的隻身從蘇州奔赴上海。

默琴走後，龔定庵冒著火燒般的暑熱朝故鄉杭州繼續他的傷心旅程。他辜負了鄉親期待，官職未超過六品，在中央政界未能成名。他把自己的這種狀況稱作「蒼涼」——淒涼地回到故鄉。

不過，一到杭州，就發現有人在傳誦他離開北京時所寫的詩，他的詩比他本人先回到故鄉。在《己亥雜詩》中就有「流傳鄉里只詩名」的詩句。他懷有經世濟民之志，卻唯有詩名獨高，這恐怕不是出自他的本意。

開端

「老好人林維喜的死，一定會成爲一個很大的事件——比他平常吹的牛皮要大得多的事件！」石田抱著胳膊繼續想著。

在他腳邊的地面上，還鮮明地留下林維喜老婆手指頭抓過的痕跡。石田定神地看著這些手指印，連這屋子裡的魚腥味也讓他感到十分淒涼。

果然如石田所預料的那樣，這裡的場面終於變成了鴉片戰爭的開端。

1

廣東海口的情勢早就孕育著危機。英國商人根據義律的命令，全部從廣州撤退到澳門；英國商船隊奉命不准開往廣州，停泊在九龍尖沙咀的海面上。這些商船的船員們爲了獲取食物，在九龍和香港島上岸，經常和居民發生糾紛。

六月十九日，義律向澳門的清朝當局呈遞一封書信。收信人是林則徐特派到澳門擔任禁煙工作的佛山府同知劉開域，和澳門同知蔣立昂兩人。信上說：

> ……尖沙咀海面聚集了清朝兵船三、四十艘，使我國商船難以得到食物，饑餓的人有可能冒險去尋找食物。貴國的兵船如長期停留於此海面，也許會引起不幸事件，那時我將不負責任……

跑到他國的海域說他國的兵船礙事，這種理怎麼也說不通。

欽差大臣林則徐和兩廣總督鄧廷楨，透過劉、蔣二人作了以下反駁：

> ……停泊在尖沙咀的外國商船有三類：
>
> 1. 繳完鴉片的空船。
> 2. 從外洋載貨來的船隻。
> 3. 從廣州黃埔載貨離開的船隻。
>
> 如果是第1、3類船，應該立即回國；如果是第2類船隻，應該迅速進入廣州。
>
> 所謂久泊尖沙咀、船員饑餓，乃是你們隨意所爲，我方並未禁止開進廣州，也未禁止居民出售食物。兵船在那裡負有取締鴉片走私的任務，你們沒有理由說三道四。自本日起，限五天之內，回國的船隻要迅速撤走；來廣州的船隻要立即申請入港。

這道命令是六月二十日（農曆五月十日）發出的，但五天的期限已過，英國的船隻既未開進廣州也不準備回國——都是義律命令這麼做的。當時停泊在尖沙咀的英國商船船主們，當然希望開進廣州做買賣，但義律不准他們這麼做，因此才不得已委託美國船。就連這種經過中間人的貿易，義律也感到不高興，義律甚至想扼殺這種經過中間人的貿易，他鄭重地向英國商人說：「我要向英國政府建議，暫停中國茶葉的進口。」

義律雖然是政府任命的官吏，但政府並不一定會完全採納他的建議。商人可以向政府進行遊說，而且茶葉又是生活必需品。

商人們在這個問題上的態度很強硬。他們說：「不管他說得多好，義律的建議是絕不能採納的。」

不過，唯有禁止商船開進廣州一事，義律認爲關係到自己的面子一定要商人嚴格遵守，幾個月之後才打破了這條禁令。

義律看來有點頭腦發脹了。他想在對清貿易上採取抵制行動，認爲清朝的對外貿易主要是以英國爲對象，如果英國採取徹底抵制行動，清朝將面臨困境。可是，清朝當局一向把對外貿易看作是對外夷施加的恩惠，他們對義律的做法感到無法理解。

「英國人是抱著什麼打算在堅持著呢？」他們考慮來考慮去，只能解釋爲他們是在等待禁令鬆弛，重開鴉片貿易。

另外，義律還嚴厲禁止英國人提交林則徐所要求的保證書，清朝當局也以疑惑不解的看法看待這一問題。

林則徐到虎門監督銷毀鴉片時，曾多次坐著兵船巡視珠江河口。當時他曾瞪視著停泊在尖沙咀的英國船隊，皺著眉頭小聲說道：「那裡漂浮著三十顆大鴉片！」

由於英國人全部退出廣州和銷毀鴉片之後，情勢迎來了新的局面。清、英雙方都在愼重地窺伺著對方的新態度。

2

義律看到林則徐不斷地增強軍備，心想：「如果只是想展示一下自己的強大，那他會不會在什麼地方妥協呢？」

對方如果是井底之蛙，問題就簡單多了。可是，據公行方面的人說，林則徐十分了解英國的軍事力量，從公行以外的管道也獲得同樣情報。既然了解英國實力，欽差大臣的強硬措施自然就會有個限度。

「戲演得相當不錯，到攤牌的時刻他會妥協的。」義律心想。他承襲了律勞卑的強硬路線，爲了保護和擴大貿易，主張不必光靠和平手段。既然認識了英國力量，不論發生什麼事，對方一定會避免武力衝突，林則徐一定是在窺測這個限度。

在澳門商館的一間屋子裡，義律咬著嘴唇在默默沉思。不一會兒，他自言自語地說：「欽差大臣呀！你應該知道，當你認爲適可而止的時候，已經超過限度了。」

林則徐在往廣州赴任的途中確實還未打定主意。一想到和英國開戰的後果，他的心就感到一陣戰慄。赴任以後，由於接連採取包圍商館、沒收鴉片等一系列措施，已經無暇顧及其他。但是從虎門回來稍一喘息之後，壓在心中的戰慄又重新甦醒過來。已經走到這個地步，再也無法後退了，只能一直走下去。他並不像義律所推測的那樣在窺測限度，而是認爲只能前進。

派到沿海去的石田時之助送來了第一份報告：

總的來說，當地居民對英國水手的印象極壞。但也有一部分人或高價出售食物，或暗中做鴉片買賣而大發其財。對這些人來說，英國人是他們的衣食父母。

石田詳細報告這方面的事例，林則徐也認眞地閱讀這份報告。

這時連維材來訪。一見到連維材，林則徐突然產生一種奇怪的念頭，「是不是他拖著我走到現在這種地步呢？」

兩人雖然見了面，但彼此都不願觸及關鍵性問題。「這會使國家滅亡啊！」——他們都有這樣的擔心，兩人的談話十分自然地做了很多省略。

「看來石井橋一帶的沿海居民情況似乎有些不一樣。」林則徐對連維材說。

「當然了，大概有不少趨炎附勢的人吧！除了公行外，就數他們和外國人接觸最多了。」

「我的想法是，即使打仗也要打得漂亮。我希望私通敵人者越少越好。」

「這將會成為今後的一個問題。」

「要打得漂亮。」林則徐又重複說了一遍。

要打很漂亮——林則徐的所有努力都集中在這一點上，但他並不是說要在戰爭中取勝。

同一時間，在澳門的商館裡，義律也在考慮打仗的事。英國方面如果要首開戰端，有一個最大的弱點——那就是道義的問題。

為了鴉片的戰爭、為了大英帝國的領土擴張，應該奉獻一切，但是這個帽子是他不敢領受的。為了打破頑固的清朝中華思想——應該把問題從「鴉片」轉移到這方面來。

義律把傳教士歐茲拉夫叫來說：「在虎門上空升起銷毀鴉片的濃煙，已經讓鴉片問題告一段落。今後我希望擺脫鴉片問題，討論清朝的唯我獨尊和傲慢自大。」

「確實應該這樣。」歐茲拉夫帶著《聖經》上鴉片船也從來不感覺有什麼矛盾。他眨著小眼睛這麼回答。

「可是，裨治文這些傢伙很討厭。」義律把《中國叢報》五月號遞到歐茲拉夫的面前說。

傳教士裨治文在一篇題為《談目前鴉片貿易危機》的短文中，談到希望清朝禁煙政策成功，批評印度孟加拉政廳公開承認製造鴉片的合法性，譴責英國商人在中國傾銷鴉片是道德上不可寬恕的行為。

「我們作爲傳教士，也認爲清朝的閉關自守政策是個大問題。」歐茲拉夫的話中帶有諂媚的味道。

「我希望能大提特提這個問題。」義律迫不及待地說：「如果不把清朝的門戶開得更大一些，棉花、呢絨的出口就不會增加。」

「如果能打開清朝門戶，那將是一件大好事，《聖經》也將會隨著棉花包深入到這個廣闊的國家內地。」

「在這一點上，貿易和傳教的利害關係是一致的，我希望你能在這方面進行大力宣傳。」

「我的力量雖然微薄，但我願意向教會方面強調這點。」

「教會的人往往有一種感傷情緒，這種人一多就麻煩了。」義律就這樣轉換了話題。

從廣州全部撤退到澳門的英國人當然情緒低沉，這也許是因爲他們普遍存在一種失敗感。

當時來到中國的英國商人，在氣質上和一八三四年以前東印度公司壟斷時代的英國人有很大不同。東印度公司的職員大多是國教派教徒，也許是反映了英國國教具有妥協性，他們雖然有點粗暴，但都是吊兒郎當的樂天派。他們很像海盜，大口吃肉、大碗喝酒，抓起帶肉的棒子就啃，任何事情都嘻嘻哈哈了事，性格極其豪爽。對於鴉片貿易，他們恐怕絲毫也沒受到良心譴責，從來就沒有思考這種問題過。這種說法也許讓人感到奇怪，但當時的確有一種和鴉片貿易十分相符的氣氛。

進入自由貿易時代後，來到中國的鴉片商人幾乎全是蘇格蘭的新教徒，像查頓、馬地臣、顛地等人都是，而且是虔誠的新教徒，他們是帶著一種嚴格戒律和反省精神的宗教思想來從事鴉片貿易的。東印度公司時代那種快活的氣氛早已無影無蹤，現在是在宗教的氣氛中進行鴉片買賣，既沒有用手抓著吃的帶肉棒子骨，也沒有爽朗快活的歌聲。新教徒還有一種想法，認爲獻身於職業是遵從上帝的聖命。鴉片貿易和新教徒的職業聖命觀融合，確實是一個很有趣的問題。

本來就陰沉的英國人現在被流放到澳門，當然會更加陰鬱，這種陰沉的氣氛簡直叫人難以忍受。義律想消除這種令人窒息的氣氛，一談起可以大發其財的戰爭，如果是海盜一定會齊聲歡呼；可是，這些蘇格蘭的新教徒們卻情緒消沉。

「商務監督官！」他們用一種簡直像在講述《聖經》的聲音喊道，但是說出的卻不是《聖經》，「爲什麼不償付我們繳出鴉片的代價呢？」

「這些傢伙是些什麼人呀？」義律心裡在責罵他們，他和這些商人總是不對頭。

3

保爾·休茲辭去墨慈商會的工作當了酒店老闆，其原因之一就是因爲商館裡沉悶的新教徒氣氛和他的個性不合。

陸地上的英國商人性格陰鬱，海上的水手則還保持著船員特有的爽朗快活個性，所以保爾經常藉口「慰問」到香港海面上的商船遊玩，他也可藉此機會去送客戶訂購的酒。

「酒在海上喝沒有勁，我們還是要在陸上喝吧！」

「對、對，我們上岸去痛快地喝一頓吧！」

「看不到女人的臉，我們簡直要變成野獸了。」

船上的生活往往是寂寞無聊的，船員們經常一起上岸去散心解悶。

七月七日下午，爲了痛快地喝一頓，保爾和幾名船員一起坐著小艇在九龍的尖沙咀登了岸。這一帶漁村的副業是種蔬菜和養雞鴨，一名水手悄悄地走近一隻在路旁啄食的雞，把牠活捉過來。雞拚命地叫著、撲打著翅膀，捏住牠的脖子才老實下來。

「我們用牠來喝一杯。」

「一隻不夠呀！」

「先將就著，我們再捉。」

他們在棕櫚樹蔭下就地圍坐成一個圓圈，打開了酒瓶，一席鬧鬧嚷嚷的酒宴開始了，歌聲也飛揚起來。酒是保爾從澳門帶來推銷的，他們在賣主面前大量地消費著。

「太少了，馬上就要喝完啦！」保爾逗樂說，眨了一下眼睛。

「我們已付了錢，這是我們的酒。保爾老爺，我們請客，你就喝吧！」

「好，我喝。」保爾並不是不喜歡喝酒的人，他也高高興興地陪起席來。

拾來枯樹枝，點起火，把雞烤熟了。到底是人多，抓來的雞一眨眼工夫就變成了一堆骨頭；帶來的火腿、乳酪很快吃光了。最重要的是，酒也剩下不多了。

「眞叫人洩氣呀！」

「酒沒了，我們去買當地的酒吧！」

「味道不佳，將就將就吧！」

酒眞的喝光了。一個把最後一瓶酒對著嘴巴喝的人倒著酒瓶搖了搖，大聲說道：「一滴也沒有啦！」說罷，他把酒瓶扔了出去。扔出的空酒瓶滾進草叢中。棕櫚樹下，雜草叢生，蟻群在草叢中匆忙地爬動。

「我們走吧！」保爾站了起來，他的腳踩死了兩隻螞蟻。「這次我請客。酒店在什麼地方？」

「不太遠。」

船員們勾肩搭背地走著，胡亂唱著下流的歌曲開始向酒店進軍。他們在半路上和五名同樣爲了散心而上岸來的印度水手會合。

在這群人後面很遠的地方，一個女人在拚命地奔跑著，她是在追趕他們。她是一個漁夫家的姑娘，正在尋找一隻丟掉的雞。她在棕櫚樹下的幾個空酒瓶中間發現了雞骨頭，同時看到遠遠的前方有一群醉漢。

「等一等，偷雞賊！」她邊跑邊大聲地喊著。

有幾個人聽到她的喊聲，回頭看了看。

「那姑娘歇斯底里了。」

「是個漂亮的姑娘嗎？」

「臉蛋兒看不清。」

「看那樣子，也許是發瘋了。」他們繼續往前走，還是酒的吸引力大。廣東的海口地方女人比男人強，這是自古以來有名的。據說女人比男人還會勞動，當然不興纏足。

在小酒店前，那姑娘好不容易才趕上他們。「喂！偷雞的洋鬼子！」姑娘指著他們尖聲地喊道。這位追上來的姑娘確實很勇敢，從她的嘴中迸出了尖酸刻薄的罵人話語，但是洋鬼子們聽不懂。

「那個小娘們在叫什麼呀？」

「生得黑一點，臉蛋兒還不賴。」

從小酒店裡出來了幾個顧客，老闆也膽顫心驚地跟在後面看著。

顧客中有個聰明人，連比帶畫地跟洋鬼子說明情況。他首先撲打著雙手學捉雞的樣子，又做出狼吞虎嚥地吃雞模樣，然後用手指比劃一個圓圈，說明這樣做是不對的。他是想讓對方理解他們是不花錢白吃了雞，可是水手們喝了酒，有幾個人已經近於爛醉。

「說什麼？」有的人用英語大聲嚷著，揮動著拳頭。

「你長得黑，還怪可愛的，肉緊綳綳的哩！」一個喝醉的水手把手放在姑娘的肩上。

「你這個短命鬼！」姑娘放聲痛罵，想推開水手，但這個紅毛大漢力氣大。他那隻連手背都長著毛的大手抓住姑娘的肩頭不放。

「你要幹什麼？」酒店的客人中跳出兩個年輕人，從兩邊抓住紅毛大漢的手腕，把他從姑娘的身邊拖開。

「好哇！來吧！」紅毛心頭火起，攥緊了拳頭。

4

這時林維喜正在小酒店裡，跟往常一樣，他大談打架鬥毆的「光榮歷史」，可是人們都不愛聽，他乾生氣，喝起了悶酒，還喝得爛醉，門外的吵鬧聲使他睜開了眼睛。他朝四周一看，只剩下一個白髮蒼蒼的楊大爺。

「這是怎麼搞的？剛才在這裡熱熱鬧鬧喝酒的人呢？」他問楊大爺。

「到門外去了。」楊大爺不耐煩地回答。

「哦……」林維喜渾濁的眼睛朝門外看了看說：「門外怎麼那麼熱鬧呀？」

「當然熱鬧囉！在吵架呢！」

「吵架？」林維喜一聽說吵架，儘管已喝得爛醉還是坐不住，「誰跟誰吵架？」

「跟洋鬼子。洋鬼子偷了雞，還調戲劉家姑娘。正在吵著哩！」

「什麼？洋鬼子調戲中國姑娘？」林維喜站了起來，踉踉蹌蹌地朝門口走去，邊走邊喊著說：「好哇！這場架由老子來包打吧！」

門外已經開始亂鬥，林維喜搖搖晃晃地擠進了亂鬥的人群中。身體互相衝撞著，然後又扭打在一起。一場中國拳術和西洋拳擊比賽似的鬥毆開始了，而且越打越精彩，怒吼聲夾雜著咒罵聲，塵土滾滾。

自從英國商船隊集結在香港和尖沙咀海面以來，岸上就經常發生這樣小規模的鬥毆。不過，今天的鬥毆和往常情況有點不一樣，原因是半路上加入了五名印度水手，他們對打架鬥毆還不習慣，可以說是受白人水手的牽累而被捲進來的。

那些慣於打架鬥毆的人知道適可而止，懂得找個適當的時機就收場，這些印度水手由於還不習慣打架，因此產生一種被趕上戰場的悲壯情緒。他們深信一定會遭到群眾圍攻，說不定還會被眾人打死。

小酒店裡這時來了許多挑運貨物的顧客，他們把扁擔靠在門口。白人是赤手空拳在搏鬥，而恐懼的印度水手們卻拿起門前扁擔開始胡亂地揮舞起來。扭在一起、互相毆打，還有一定限度，可是，當扁擔呼嘯起來，那就帶有拚死決鬥的樣子了。從小酒店裡出來的人慌忙地躲閃到扁擔掃不到的地方。

「停下！」白人水手發出了這樣的喊聲。

但是，揮舞扁擔的人已經瘋狂地在拚命決鬥。

「這不成！快跑！」保爾在善於打架和見機行事方面從不落人後，他一看這種情況就大聲喊道。

白人水手撒腿就朝海邊的小艇跑去；印度水手已用扁擔把對手趕跑，趁此機會也拋下手中的武器尾隨白人水手跑了。

「兔崽子溜啦！」

「滾蛋！」

由於敵人退卻，小酒店一方的陣營發出了一片歡呼聲。但是在敵人逃跑後，他們發現地上躺著一個人。「啊呀！誰給打倒了？」

這人一定是自己人。他的臉伏貼在地上，後腦勺上紮著辮子，剃光的前腦殼往外冒血。人們跑過去把他抱起來。他的臉也被打壞了，鼻子被打破了，嘴巴也歪了，滿臉是血，不過，還能認出他是誰。

「這不是林維喜嗎？」

「叫扁擔打得眞慘啊！」

「這可糟啦！」

「先把他抬回家吧！」

能夠氣勢洶洶地跳出來打架的人，一般都有迅速躲開的本領，但林維喜已經喝得爛醉，他連正常走路都不能，哪裡還有躲開扁擔的本事，他的反射神經早已喪失了機能。

「洋鬼子渾蛋！」他用捲曲的舌頭這麼喊著，然後悲慘地變成扁擔下的屈死鬼。

5

石田時之助正在他借宿的林維喜家給林則徐寫報告。天熱得出奇，寫一行就必須用芭蕉扇搧一搧身體。他的上衣早就脫掉了，上半身是光著的。

據說英國商船的乘員和一部分沿海居民之間的黑市交易方法越來越巧妙、規模越來越大。有跡象表明，廣州的高利貸正在暗暗地借貸走私販私有的資金——石田想把自己的這些見聞寫出來。可是，因爲天氣太熱，怎麼也歸納、整理不好。他覺得寫起來很費勁，擦汗的手又弄汙了紙張，越來越提不起寫的勁頭。再加上一旁在補破蓆子的林維喜老婆不時跟他搭話，石田終於放下筆。

「那個人能把一說成十，你可要小心啊！」林維喜的老婆笑著這麼說。

「這麼說，妳從來就把丈夫的話打折扣來聽嗎？」石田決定放下報告，當上了林維喜老婆的聊天對象。

「這是我長年的經驗得出的體會呀！」

「不過，老林說話只是誇大一點，還不至於無中生有、說謊話。」

「這也算是他的長處吧！他只是把事情誇大，還從沒有編造過沒有的事情來嚼舌根，我看，他恐怕也沒有這個才能。」她在說丈夫的短處，但話裡還是流露出對丈夫的感情。

這時，一個人氣喘吁吁地跑了進來。「維喜嫂！」這人說：「妳可別嚇著啊！妳要冷靜一點！」

「你怎麼沒頭沒腦地說這樣的話？我看還是你先冷靜一點吧！」

「維喜哥……他叫人家給打壞了！」

「什麼？」林維喜的老婆扔下手中的破蓆子問道：「他怎麼啦？」那人呑呑吐吐地說不出口。其實也無需加以說明，不一會兒，屋子裡就湧進了一大群人。重傷的林維喜躺在門板上，人們把門板放在裝著各種漁具的櫃子上。

「啊喲！」林維喜老婆一看丈夫被打壞的臉，哇的一聲哭了起來。儘管她很堅強，也經受不住這樣的打擊。

「你這是怎麼搞的呀！……」她一下子癱軟了，趴伏在林維喜胸前，邊哭邊搖晃著丈夫完全變了樣的身體。

「不要動他，醫生馬上就來。」人們趕忙把她拉開。

石田從旁一看，心想：「恐怕沒救了。」

林維喜頭上的傷就像裂開的石榴張開很大的口子，黏糊糊的血不停地從傷口往外流，他的臉簡直叫人不忍再看。林維喜的老婆掙脫開拉她的人，一下子躺倒在地上，她的手指扎進地下的泥土，憋著一口氣，哭不出聲來。過了好一會兒，她才抬起被淚水打濕的臉問道：「到底是怎麼弄成這個樣子的？」

人們七嘴八舌地說：「在小酒店前面跟夷人打架。」

「洋鬼子用扁擔打的。」

「維喜哥多喝了一點酒。」

一個窮漁夫和外國水手鬥毆，被打成致命的重傷，地點是在漁村一間破爛的民房中。在這四壁是泥牆的家中，地面是裸露的泥土，而圍著犧牲者的都是平民。「可是，這將會成爲一件大事。」石田直覺地這麼想。

林則徐在對英關係上一直在探索，想抓住一個什麼時機，這件事說不定就可以成爲這樣的時機，林則徐內心描繪的局面也許將從這裡展開。從石田所觀察的林則徐來推測，這個事件當然不是一件小事。面對眼前的這副情景，石田不僅身體，連心都顫抖起來。

醫生來了，做了一些搶救性的治療，但他不時搖著頭。

林維喜不時地發出微弱的呻吟聲，他的妻子在哭喊著，但她的聲音越來越沒有力氣了。

官吏們也來了。尖沙咀村屬於新安縣。

「已經報告了縣衙門，據說知縣老爺馬上就到。」一名官吏用莊嚴的聲調這麼說。

「知縣老爺要來？」

「這可是一件大事呀！」

這件事大大地出乎人們的意料。

林維喜看來是沒救了，在這個村子裡確實是一件大事，可是，它會大到讓縣太爺大駕光臨嗎？他們自認爲很了解自己的身份，沒想到縣太爺竟然會到他們這裡來。在現場的人當中，只有一個人在想像著比七品知縣大駕光臨更嚴重的場面，這個人就是石田時之助。「皇帝親自授給關防大印的欽差大臣不會放過這個事件的。」石田心想。

斷斷續續可以聽到撕心裂肺的呻吟聲和哭泣聲。

「老好人林維喜的死一定會被放大成爲一個很大的事件——比他平常吹的牛皮要大得多的事件。」石田抱著胳膊繼續想著。

在他腳邊的地面上還鮮明留下林維喜老婆手指頭抓過的痕跡。石田定神地望著這些手指印，連這屋子裡的魚腥味也讓他感到十分淒涼。

果然如石田所預料的那樣，這裡的場面終於變成鴉片戰爭的開端。

一八三九年七月七日，林維喜好不容易熬過了這一天；然而，次日他就死了。

退出澳門

糧道斷了、雇傭人員離開了，這一次比在廣州受到包圍時的情況更糟。清朝禁止外國婦女進入廣州，外國商人一向把家屬留在澳門，在廣州，男人們遭到圍困；在澳門，家屬也面臨同樣艱難的局面。

「爲了我國在清朝未來的利益，我向諸位提出許多勉爲其難的要求。坦白說，這一次我希望諸位能再加一把勁。……不過，婦女、兒童和我們在一起……」義律長嘆了一口氣，他的眼睛裡布滿血絲，說起話來也粗聲粗氣。

1

想抓住一個時機的人並不只有林則徐，在澳門的義律也有同樣想法。不過，林維喜事件不可能成爲對英國方面有利的「時機」；相反的，它意味著給了清朝一張王牌。

「糟啦！」義律聽到消息敲著桌子說。

他早就預料到遲早都有可能發生這種事，所以他早就對林則徐說：「到那時我將不負任何責任。」但他的這種說法已經遭到駁斥，因爲清朝並未禁止英國船開進廣州購買食物。

「無論如何要趕快處理。」充當軍師角色的馬地臣在一旁建議說。

「由我們來處理，還是……」

「按常規，應該把犯人引渡給清朝當局。不過……」

「引渡！」義律不以為然地說：「怎麼能把英國的臣民交給那群狼？」自從發生包圍商館的事件以來，他的肝火一直很旺。

「我看還是儘快和死者家屬、村裡人商談為好。」馬地臣一直很冷靜。

「是呀……」

七月十日，義律組織了「查問會」來處理這件事。

尖沙咀的漁民都很窮，林維喜家也窮。他家失去了頂樑柱，五個孩子都丟給了他的妻子。最大的孩子十三歲，最小的只有三歲，這一家今後要怎麼過下去呢？村子裡有頭有臉的人物都聚集在尖沙咀的文昌祠裡開會商量。

「羅亞三說的事，大家看看要怎麼辦？」村裡的長老掃視了大家一眼這麼問道。

「羅亞三說得也有道理，我們恐怕也得考慮考慮維喜嫂今後的日子呀！」一個五十來歲的男子一副通情達理的樣子，好像代表大家回答。

「不過，年輕人恐怕不會答應吧！」楊大爺小聲說。

「聽說羅亞三正在說服那些年輕人。」

「那些血氣方剛的年輕人能老老實實聽他的勸說嗎？」

「不，那傢伙也許會成功。我有生以來還沒見過這麼能說善道的人。」

受義律派遣的羅亞三，帶著兩名幫手，在事件發生的小酒店前被村子裡的年輕人團團圍住。

「我說諸位，要報仇也是應該的。就拿我來說，我是滿心想把這個可恨的傢伙腦袋砍下來。可是，大家把手放在胸口想一想，光是報仇，老林的靈魂就能升天嗎？老林放心不下他的老婆和五個孩子，不會去西天成佛的。大家想一想，是不是這個道理？可以把那個揮舞扁擔的傢伙腦袋砍下來，可是，以後的事怎麼辦？老林丟下的一家人會不會餓死？問題是在這裡啊！大夥明白我的意思了吧？還有人想不通嗎？」

羅亞三是個老練的買辦，口才超群、態度和藹，圓臉上經常帶著柔和的微笑。他的語氣雖然溫和，但他深入淺出的講話很具有說服力。

「我還是想不通！」一個青年鼓起勇氣說道。

「為什麼呢？」羅亞三笑嘻嘻地反問。

「無論如何，維喜哥的仇不報，我心裡這口氣就嚥不下去。」

「那麼，我請問，」羅亞三的一個幫手用不亞於他師父的那種溫和的、跟這種場合不相稱的緩慢語調說：「你能負責撫養六名家屬嗎？」

「也就是說，」羅亞三好像是補充幫手的話說：「你能出得起這一筆錢嗎？」

「這、這……」青年支支吾吾地答不上話來。他滿臉通紅。

「現在已經不是感情用事的時候了，我們要冷靜地考慮一下他家屬的問題。」剛才那個幫手這麼說。這傢伙很像他的師父，很適合當一名說客。他長著一張扁平大臉——他就是在歐茲拉夫那裡工作的林九思，也就是日本的漂流民、開過綢緞鋪的久四郎。

另一名幫手不但不怎麼說話，還好像怕被人看見似的不時低下頭，微微地笑著。他那雙大眼睛是凹下去的，鼻子是尖的——他是墨慈商會的簡誼譚。

表示想不通的那個青年嘴唇仍在微微地顫動著，但他已經不發言了，不過臉上還殘留著懊恨的表情。

「我想大家一定會明白，我們一定要考慮死者最希望的辦法。」羅亞三好像不放心似的又叮嚀了一句。他已經把這些血氣方剛的青年說得啞口無言了。

他說，只要村子裡的人能證明「林維喜的死是偶然事故」，就會給林維喜的家屬一千五百元的撫恤金；另外還準備給村子裡一些捐款。

窮人是軟弱的，他們敵不過金錢的力量。村子裡的人誰也沒有經濟力量來照顧林維喜的家屬。也許少數和英國船做黑市買賣的人稍微寬裕些，但他們早就站到英國人那一邊去了。

到了傍晚，羅亞三終於能和村子裡的領頭人物協商具體辦法了。

「你們眞的能拿出這麼多錢嗎？如果我們出面證明，事後你們會不會不認帳？」

對於這種質問，羅亞三認眞地回答：「如果我們不遵守信用，你們可以收回證明嘛！」

「這話也有道理……」村裡人的頭腦就是簡單。

2

英國人撤走後的廣州變成美國商人壟斷的地盤，不僅是商人，就連醫療傳教會的醫院也由美國醫生彼得·伯駕接手經營了。伯駕原本是眼科醫生，但在醫院裡他什麼病都看。

附在醫療傳教會一八三九年七月報告書後面的病歷卡中，診號六五六號病歷卡上可以看到林則徐的名字。上面寫著：

職業：欽差大臣

症狀：疝氣

不過，林則徐只是口頭上問了問治療疝氣的藥物，並沒有眞正看病。彼得·伯駕回答：「疝氣用藥治不好，應該戴疝氣帶。」

其實林則徐去醫院並不是爲了治病，他是帶著瑞士法律學家埃梅利克·得·瓦台爾的《國際法》去請伯駕翻譯的。

林則徐的幕客中有好幾個人會英文，連維材那裡也有這方面人才，但這些人都很忙。因爲欽差大臣吸收外國情況的知識慾很強烈，這些人必須翻譯各種文獻來滿足他。他身邊的翻譯已經加足馬力工作，因此想把外國人當中會中文的人也利用起來。

林則徐希望伯駕幫忙翻譯的是有關外國人犯罪的條款，顯然他想根據《國際法》來處理林維喜事件。

在一國領土內犯罪的外國人應該引渡給該國，再根據該國的法律制裁，——這是《國際法》的基本準則。林則徐了解了這一準則，感到很滿意。

英國方面說林維喜是因爲偶然發生的事故致死的，林則徐對這一說法付之一笑。尖沙咀的村民在被新安縣知縣傳訊時，不知爲什麼竟採取了曖昧態度，但是林則徐對這情況瞭若指掌。當時在尖沙咀的石田時之助早已給他送來報告。另外簡誼譚在獲釋之後被放到澳門的英國人當中充當間諜，他也偷偷地報告義律收買村民的活動。

誼譚現在正被義律派去進行收買活動，這是千眞萬確的事實。他作爲羅亞三的幫手被派往尖沙咀時不時露出會心的微笑，因爲他在考慮該如何給林則徐寫報告。

由於這些原因，林則徐懷著絕對的自信來看林維喜事件。由於有了自信，他採取的態度就強硬起來——堅持要求引渡犯人。

義律已經感情用事了，他想的只是——「不能把英國的臣民交給狼。」

「七月七日在九龍上岸的不只英國船員也有美國船員，爲什麼欽差大臣只對英國如此強硬？」義律反駁說。

「據美國領事斯諾說，當天沒有美國船員上岸。」

林則徐一想到英美兩國領事態度的不同，就無條件地相信美國說的話。主張反對鴉片貿易的外國人幾乎全是美國的傳教士，林則徐經常閱讀《中國叢報》的譯文，當然對美國抱有好感。英國人傲慢地退出廣州，擺出一副抵制架勢；而美國商人卻交出保證書，老老實實地在廣州做買賣。此外，林則徐還沒有丟棄中國傳統「以夷制夷」的設想，他希望能促使美英反目，起碼不能使英美兩國聯合，因此他對美國特別表示了好感。

「時局一天比一天嚴峻，希望僑民進一步團結起來。」義律向澳門的英國人提出這樣的要求。

八月五日，義律宣布，要把拘留在船上的五名印度水手作爲林維喜事件的嫌疑犯，開庭審判。

八月十二日，在船上設立由十二名陪審員組成的法庭。這確實是爲了避開在中國領土上進行審判，五名嫌疑犯被判「有罪」，但否認「故意殺人罪」。量刑很輕：三人禁閉六個月，罰款二十英鎊；兩人禁閉三個月，罰款十五英鎊。

八月十五日，義律通知澳門同知蔣立昂說：

……查五月二十七日尖沙咀村居民一名，被毆傷斃命，遠職（指義律）遵國主（指英國女皇）之明諭，不准交罪犯者，按照本國之律例，加意徹底細查情由，秉公審辦。倘若查出實在死罪之凶犯，亦擬誅死。……

3

八月十六日，林則徐和兩廣總督鄧廷楨一起進入香山縣縣城。澳門原本屬香山縣管轄，縣城距澳門四十公里，欽差大臣住在縣城的豐山書院。

第二天，十七日，林則徐的日記中寫道：「晴。早晨對客，遂赴嶰筠制軍（指鄧廷楨）處，即回，批夷稟。」所謂「批」，是指上對下的覆書。

這一天的批也是由林、鄧兩人聯名發出的，主要內容是這樣：

——在英國，赴某國貿易，應遵守該國之法律，這已經成爲慣例。

（伯駕已將瓦台爾的《國際法》的主要部分題爲《各國禁律》譯出，所以林則徐了解英國在其他地方尊重《國際法》有關裁判權的原則。）

所謂國主不准引渡這次的犯人，英國女皇在數萬里之外，事件發生不到月餘，試問義律如何把這次事件報告給女皇？又如何接到命令？這顯然是義律庇匿凶夷，將其責任推給女皇，應該說極其不忠。

這樣的人竟說什麼「查出凶犯，亦擬誅死」，這話誰能相信？

所謂「該犯罪不自覺」更是欺人太甚的說法。自此事件發生後，義律兩次親赴尖沙咀調查，如果無法查出罪犯，應該說他是笨蛋。其實犯人已經查清楚了，是他們私自關押在船中。

如果不引渡犯人，將根據隱匿犯人罪向義律問罪，本大臣和本總督將不得不執法。

林則徐所採取的措施和沒收鴉片時所採取的辦法相同——禁止向澳門的英國人供給食品，命令中國買辦、雜役等退出商館。

林則徐赴香山縣不單是爲了林維喜事件，還因爲接到當地又運進鴉片的情報，一度猛漲的鴉片價格開始下跌了，這說明透過走私販私的供應又恢復了。

廣州附近禁煙十分嚴厲，於是運用舢板船把鴉片運往潮州、南澳和海南島一帶。鴉片的來源無疑是新到達尖沙咀的躉船，指揮這一行動的當然是居留在澳門的英國商人。

義律接到林則徐措詞嚴厲的「批」後，召開居留澳門的英國人大會討論打開時局的對策。大家議論紛紛，提不出決定性的對策，唯一的解決辦法當然是引渡林維喜事件的犯人，但唯獨在這個問題上義律頑固地不予採納任何意見。

糧道斷了、雇傭人員走了，這一次比在廣州受包圍時的情況更糟。清朝禁止外國婦女進入廣州，外國商人一向把家屬留在澳門，在廣州，男人們遭到圍困；在澳門，家屬也面臨著同樣艱難的局面。

「爲了我國在清朝未來利益，我向諸位提出了許多勉爲其難的要求，坦率地說，這一次我希望諸位能再加一把勁。……不過，婦女、兒童和我們在一起……」義律長嘆了一口氣，他的眼睛裡布滿血絲，說起話來也粗聲粗氣。

「有人會有各式各樣的議論，不過，你的心情大家還是理解的。」馬地臣反過來安慰義律。

林則徐也有苦惱。關於英國的強大，他早就有所了解。透過來到廣州以後的見聞，他了解到英國比他預料的還要強大。

他訪問伯駕醫生的時候也問了相關情況，伯駕毫不猶豫地回答：「就海軍力量來說，英國無疑是世界上最強大的。」

和這樣的國家作戰要打得很漂亮，那是需要做充分準備的，可是，沒有預算——道光皇帝提出了種種要求，但他是清朝最吝嗇的皇帝，並沒有拿出和他的要求相對應的預算。

可以作爲依靠的是海關監督予厚庵。在籌措金錢方面，恐怕再沒有比他更可以依賴的人了。從江蘇時代予厚庵就是徵稅的能手，爲林則徐盡過力。必要的政治資金，只要向他提出要求，他一定都會籌畫齊全。可是，這一次卻有點不一樣。他說：「海關是新工作，情況還不知道。」這話的意思就是委婉地想推脫籌款的責任。

「他怎麼啦？」林則徐感到奇怪。

林則徐對自己的影響力是有信心的，就連比他年長十歲的兩廣總督鄧廷楨也好像迷戀上他似的，對他崇拜得五體投地。對鄧廷楨來說，現在如果沒有林則徐，那簡直就好像天空也不會有白天似的。

巡撫衙門的官吏也在底下流傳著這樣的笑談，「巡撫越來越像欽差大臣啦！」廣州巡撫怡良是一位有才能的官吏，但有時顯得優柔寡斷，說得不好聽一點，他往往犯有官吏特有的那種大事化小、小事化無的毛病。可是，自從林則徐到任後，無論是談話還是下命令，他也逐漸使用十分果斷的語氣，看來好像是林則徐的性格影響了他。後來林則徐被罷官，對中央派來的反戰派高級官員抵抗最強烈的就是怡良。

林則徐就是這樣爲總督和巡撫等人帶來決定性的影響，這種影響是來自他的誠心誠意和大公無私的精神，他自己也認爲產生這種影響力是理所當然的。可是，不知是什麼原因，和他交往時間最長的予厚庵卻好像在擺脫他——而且是在這種最需要籌措資金的時候。

林則徐來到香山縣城正在注意澳門義律的動向，這在他的心裡產生了一絲陰霾，「予厚庵能爲我好好地籌措資金嗎？」

構築砲臺、購買大砲、建造兵船、鄉勇的薪餉和訓練……一切都需要錢啊！

4

「這我明白。其他官員恐怕是難以理解的。」予厚庵附和著伍紹榮的話說。

這裡是公行總商伍紹榮府宅的一間房間，伍紹榮正在解釋說明外國貿易的情況。英國之所以成爲世界最強大的國家，那是依靠它的經濟力量，國家的財富是透過工商業和對外貿易累積起來的。可是，清朝卻把對外貿易單純看作是對夷人的恩惠，沒有積極推進的作爲，這恐怕是很大的錯誤。伍紹榮談了這些意見，還詳細說明了英國對外貿易的情況。

予厚庵自從踏入仕途以來一直擔任經濟方面的官員，他完全理解伍紹榮所說的話。在有關財政的問題上他是備嘗甘苦的，如果能仿效英國的做法，許多問題都可以立即解決。聽了伍紹榮這一番話，他心想：

「他可是我們陣營中的人啊！」

他稍一疏忽，不覺得發起了牢騷，「欽差大臣確實是好人，但是在理財上認識還是不足。不，他這種人一向所處的地位就無需理解這些事情……」

「你不能向他解釋解釋，讓他更好地理解嗎？」伍紹榮說。

「不，沒有用，不同領域的人，你就是把嘴皮子說破了他也不會理解的。」

予厚庵覺得伍紹榮是「我們陣營中的人」，這個詞是突然在他腦子裡浮現出來的。使用這種用語雖然不太恰當，但用這個詞來表達是可以的。「對，叔父的信中就使用了這個詞。」予厚庵想起了叔父給他的信。

他受到叔父的照顧比受到自己父親的照顧還多。在踏入仕途後，也是他叔父在幕後爲他進行官位提升的運作。這位叔父最近給他捎來一封密信，信的內容是這樣的：

對廣東海口的局勢不勝憂慮。皇上派遣林則徐爲欽差大臣，對他表示了極大的信賴，但他所採取的政策絕不會對我們有利。北京我們陣營中的權威人士，懷著恐懼的疑慮注視著林則徐過激的措施，結果很可能引發不幸的戰爭，那將是我們毀滅的第一步，所以一定要對他進行掣肘。軍機大臣穆彰阿和直隸總督琦善閣下也深感有這麼做的必要。廣東沒有人能抑制林則徐的行動，聽說總督和巡撫現在反而受林則徐影響。明確地說，林則徐不是我們陣營中的人，他的一切措施都將對我們不利。現在總督和巡撫已經不足以信賴，除了賢侄外，恐怕已無他人。尤其賢侄曾和林則徐長期交往，較他人條件方便。希能竭盡全力，阻止他的意圖實現。……

叔父的心情是可以理解的。清朝軍隊的軟弱乃是天下共知的事實，一旦發生戰爭，事態將不可收拾。予厚庵來到廣州後，聽了伍紹榮等人的談話，了解到英國的強大，覺得不可能戰勝對方，認爲軍機大臣和直隸總督的擔心是有道理的。不過，他對叔父密信中的「我們」、「我們的陣營」這類詞的含義產生了一些誤解。

戰爭會導致清朝滅亡，清朝如果覆滅，滿族就會被漢族趕出關外，就會從現在的寶座上跌落下來——他的叔父是站在穆彰阿和琦善這種種族主義的立場上，希望自己的侄兒抑制林則徐。

予厚庵雖是滿族，但他已經完全漢化，他理解成把人分爲主戰派和反戰派兩個陣營。他是經濟方面的官僚，是個和平主義者，他錯誤地認爲：凡是重視理財的人都屬於自己陣營；而那些不顧經濟、大唱高調，給皇帝寫官樣文章的政治家、軍人，則屬於對方陣營。所以，在他眼裡，把漢人伍紹榮也看作是和自己同一陣營的人。

「總之，我只希望避免戰爭，如果發生戰爭，那可就糟了。」予厚庵說。

「我同意你的看法。」伍紹榮說：「我希望能設法阻止戰爭的發生。」
「我也在考慮這個問題。不過，我剛才已說了，要說服欽差大臣是不太可能的。」
「那就不能想點什麼辦法嗎？」
「我有個辦法。」予厚庵很有信心地說道：「這是我最近想出來的。如果我不籌措資金，恐怕欽差大臣也會束手無策。我也是國家的官吏，規定的預算額當然要給他，但是欽差大臣要預算以外的軍費，我還是可以控制的。」
「有道理，沒有錢就打不了仗。」
兩人之間突然產生了同志般的感情。
予厚庵喝了一口茶，茶是珠蘭茶。茶葉捲成小球狀，用金粟蘭花薰上香氣，所以叫作珠蘭茶。這是一種高級茶，產量少、難保存，所以不出口。
予厚庵的口中充滿金粟蘭的香氣，這種香氣帶來一種讓人舒服的刺激，透過舌頭輕撫著鼻腔後側。
「好，我盡力去做。」予厚庵反覆這麼說。
送走予厚庵，伍紹榮又喝了一杯珠蘭茶。予厚庵的話讓他大大地放心了。但是喝完茶，他又感到不安起來。海關監督不出錢，可是林則徐不一定不能透過另外管道籌措資金啊！伍紹榮想起了連維材。

5

在細長、突出的澳門市南端有一座媽閣廟。外國人稱澳門為Macao，就是源自於這座廟的名稱。據說這座廟建於明朝萬曆年間，所以它是澳門最古老的廟宇，祭祀的是媽祖。
據傳說，福建某富豪的船隻在這裡的海面上遇到風暴，即將沉沒，突然媽祖顯靈，立即風平浪靜，於是富豪在這裡建立廟宇以祭祀媽祖。在農曆三月二十三日的祭祀日，數萬名善男信女來這裡參拜媽祖，熱鬧非凡；就連平常的日子也有不少人來參拜。

簡誼譚提著一只塗漆的淺底圓籃登上石臺階，他那樣子很像在廣州運送鴉片時的模樣，只是現在籃子裡裝的不是鴉片，而是作爲供品的雞和豬肉。長長的線香不能完全放進籃子，好長一節露在籃口外，在外人眼裡他完全是一個燒香參拜的人。

走進廟門，他微微露出笑容，心想：「據說今天的對手是個女的……」

廟裡很廣闊，到處是石碑，碑上刻有來訪的名士詩文，大多是這樣的詩句：

萬里帆檣仗神力，洪波到處穩乘風。

有一位名叫張玉堂的文人歌頌這一詩碑林立的情況說：

誰向名山留妙筆，淋漓潑墨破蒼苔。

這兩句名詩也刻在石碑上留傳至今。

誼譚的步伐完全像個來參拜的人，但是眼睛卻不停地左顧右盼。

他曾在廈門的飛鯨書院學習過，但是一向疏懶，所以文章寫得不怎麼樣。現在，他作爲販運鴉片的現行犯被捕，免除處罰、充當間諜。但是他的情報不是透過書信，而是口頭向林則徐派遣的密探報告，爲了愼重，情報聯絡地點隨時變更。今天的地點是指定在媽閣廟山路旁的賴布衣詩碑前，據說對方是一個手拿黑摺扇的女人。

「那個叫賴什麼傢伙的詩碑在哪裡呀？」誼譚心想。他是大概估計著時間來的，說不定對方還沒到。

他朝周圍掃視了一眼，終於發現一個女的背靠著石碑，一把黑摺扇放在胸前。

「啊呀！是個美人兒。」誼譚看到對方是一個比自己想像的還要漂亮的年輕姑娘，不由得高興起來心想：「沒想到欽差大臣的腦子也這麼靈活啊！」

他走近姑娘身邊對姑娘說：「蓮花開世界。」——這是一句暗語。

「煙霞遍南冥。」姑娘面帶緊張神色這麼回答。

這些暗語其實是刻在姑娘背後碑上的最後兩句詩。

誼譚簡直不敢正視對方。姑娘長得太美了——她的年紀約莫十七、八歲。她的美並不豔麗，而是給人一種颯爽英姿的感覺。

「誼譚，你現在做得很不錯呀！」姑娘說。

「啊！妳？」誼譚仔細打量著姑娘的臉。

從對方的話聽起來像一個熟人，可是他怎麼也想不起來。他心想：「這樣的美人兒，見過一次也不會忘記呀！……」

「我是彩蘭，溫章的女兒。你還記得嗎？在廈門的連家……」

「啊！太失禮了！」

誼譚是七年前離開廈門來到廣州的，當時他十六歲，彩蘭還只有十一歲。在廈門時，誼譚住在飛鯨書院，必須經常到連家去請安問候。溫章的女兒一向寄養在連家，誼譚去連家的時候，他們碰過面。

在誼譚的印象中，彩蘭是一個可愛的女孩子。當年十一歲的女孩，現在已長成十八歲的妙齡姑娘，一時想不起來也不是沒有道理的。

至於彩蘭，她早就知道對方是誼譚。

「先聽你說說情況吧！我們邊走邊談。」

「好吧！」

誼譚跟她並肩走著。彩蘭穿著短袖粗布白上衣和深藍色褲子，完全是平民打扮，顯得乾淨俐落。

「看起來我們像一對戀人。」誼譚一邊這麼說，一邊打量著彩蘭的臉。

「就讓人家這麼看吧！」

誼譚開始小聲談起來，他說得很慢，好讓對方準確地記住。「這一次義律好像一開始就不抱任何希望。英國人已經開始收拾東西，是義律建議他們這麼做的。我是買辦，根據欽差大臣的命令也退出了商館，不過，我跟那裡的人隨時都可以連繫，他們現在正匆匆忙忙地準備到船上去。」

「是要回國嗎？」彩蘭插話問。

「不，不是回國。義律還很強硬，看來是上船之後要在香港一帶等待時機、等待軍艦開過來。窩拉疑號軍艦就要來了。現在有一個叫道格拉斯的傢伙自稱是艦隊司令，做出一副不可一世的樣子，其實並沒有眞正的軍艦，誰也不指望他。總之，義律是在等待軍艦。」

「軍艦什麼時候到？」

「再過十天左右大概就會到……。已經知道艦長的名字叫史密斯。不過，從目前的情況來看，好像只是義律一個人在硬撐著，其他的英國人都很消沉。因爲帶著婦女、兒童的五十七個家庭就要開始過海上生活了，這讓他們感到膽怯。」

6

誼譚還詳細地談了英國人的情況。

「現在我傳達廣州方面的指示。」彩蘭說。

「哦！下一步我該幹什麼呀？」誼譚把籃子換隻手提著，問道。

「你要回到商館去。」

「這麼做不是違反命令嗎？抓住了會被關進牢房的。」

「這一點你不必擔心，因爲是廣州方面指示你這麼做的。」

「眞的不要緊嗎？當然，坐牢對我也沒什麼。」

「如果英國人決定撤到船上而不回國，希望你也到他們的船上去。」

「不過，義律會讓我上船嗎？」

「英國人現在迫不及待地需要買辦。」

「需要是需要，可是，義律也怕欽差大臣呀！」

「在那種場合，你要好好地想辦法，甚至可以對他們說：『你不喜歡清朝……』」

「是嗎？我也許能辦得到，因爲我畢竟是混血兒嘛！」誼譚說後，笑了起來。

「今後的聯絡方法要隨機應變地考慮。廣州方面認爲，即使斷了連繫，只要把你安插在他們當中，什麼時候能發揮作用就好。另外，還有你當前需要做的工作。」

「什麼工作？」

「要散布謠言。」

「哈哈！是擾亂人心吧！」

「是的。英國人如果上船而不回國，停泊在香港海面，他們人多，食物、飲水很快就會用完，這樣一來，他們一定會在戒備不嚴的海島或海岸登陸，以得到補給。因此要你散布謠言，說清朝方面已在英國人可能登陸的海岸一帶往水井裡投了毒藥。」

「是眞的要放毒嗎？」

「這個我不知道，我只知道要在英國人中引起一種動搖的情緒。」

「是不讓他們逃到海上去吧？」誼譚苦笑了一下。

「這些不說了。我說誼譚，你現在蠻高興的吧？」

彩蘭這話說到誼譚的心裡去了。

兩人走進光線黯淡的廟中，把帶來的雞和豬肉供奉在航海女神面前，點起了線香。這種做樣子的參拜一結束，彩蘭就說道：「到洋船石那裡我們就分手吧！」

在媽閣廟的左邊有一塊兩公尺來高的石頭，上面刻著一艘船，船尾的旗子上還刻著四個字「利涉山川」，這就是「洋船石」，傳說也是萬曆年間刻造的。

彩蘭穿的那條深藍褲子的褲腳捲到離腳脖子十來公分的地方，腳下穿的是黑色布鞋。在藍、黑兩色之間露出她一小部分雪白的腿。這點從一開始就引起了誼譚的注意，他的視線不由自主地低了下去。

彩蘭對此毫不在意說：「承文哥現在也很有精神了。」

「啊！承文？」誼譚不自覺地抬起頭來問道：「承文現在怎麼樣了？」

「在監獄裡待著。」

「沒聽說他被抓呀！……不過，他倒是突然不見了……」

「他被抓了，不過，不是被官府，而是被他父親。」

「這麼說，是私設的監獄囉？」

「是的，他的鴉片癮已經戒了。他父親把他關進監獄，就是要把他的煙癮戒掉。」

「原來如此……」誼譚聽到他的好朋友消息好像放了心似的說：「我一直在爲他擔心，不知道他怎麼樣了。」

「最近他在監獄裡用心學習呢！」

「真的嗎？他可是個不愛學習的人啊！」

「可是，在監獄裡沒有別的事可做呀！」

「妳見過他嗎？」

「嗯！經常。」

「下次見到他，請妳告訴他我也很好。」

「下次見到承文哥我一定幫你轉告。不過，承文哥對你的情況很了解，包括你現在做的工作。」

「是妳告訴他的吧？」

「是的。」

兩人在洋船石前面停下腳步。「那我就先走一步了。」彩蘭低頭行了一個禮就邁開腳步。誼譚目送著她的背影，一直到她兩隻露在褲腳下的白腿消失在樹木叢中。

一八三九年七月的《中國叢報》上有這樣的報導：「目前時局日益險惡，澳門的葡萄牙當局對英國人表示好感。」不過，當林則徐禁止向澳門的英國人供給食物時，葡萄牙的總督也無法為英國人做什麼了。

葡萄牙人在澳門的「特殊居住權」一向很微妙，如果把事情鬧大，說不定會產生什麼嚴重的後果。葡萄牙當局不願多管閒事、自尋苦惱。總的來說，他們希望維持現狀。

八月二十一日，義律勸說英國人退出澳門。

八月二十四日，林則徐命令葡萄牙當局驅逐英國商人和他們的家屬。葡萄牙總督通知英國人說：「我們已經不能保證諸位的安全了。」這時英國人已經開始從澳門撤退。

八月二十六日，居留澳門的英國人——男女老幼全部撤退完畢。

九龍砲火

英國在其前方排列開五艘大小不一的船隻，再從其中一艘船上放下小艇去遞交抗議信。五小時一過，義律舉起右手，五艘英國船一起拉開了砲門。

在第一次砲擊中，清軍兵船上的水兵歐仕乾就中彈陣亡。由於遭到突然的襲擊，賴恩爵趕忙命令岸上的砲臺應戰，清、英兩國的砲戰就這樣開始了。

1

《中國叢報》報導當時英國人從澳門撤退的情況說：「男人、女人、兒童們，全都從他們的住房匆匆忙忙地往本國船隻上撤退。由小艇、帆船、洋式的中國船所組成的小船隊，滿載著人群離開港口，緩緩地開走。」

英國商館（舊東印度公司）位於澳門的東海岸——現在的南灣街，這一帶叫作大碼頭。現在來往於香港間的船隻，在西海岸帶有號碼的防波堤前離岸、登岸，這一帶稱作小碼頭，當時海關監督在澳門的派出機構就設在這裡。清朝當局的強硬命令就是從西海岸的海關派出機構發出，對東海岸的英國商館施加壓力。

義律的心情十分黯淡。英國的輿論如何還不太清楚，英國政府尚未決心對清朝採取強硬政策；來自英國的訓令仍然要求避免刺激清朝，禁止接近虎門水道。雖然已把英國人全部收容到船上，可是並不知道今後該怎麼辦，他還沒有想出什麼高明的辦法。

「一切由我來解決！」「艦隊司令」道格拉斯在甘米力治號的甲板上，拍著他的厚胸脯、耀武揚威地說。但義律本來是海軍軍人，他對道格拉斯的這副無賴相很不滿意，一看到他那海盜鬍子就討厭。

「窩拉疑號一到，就把道格拉斯解雇。」——義律從這時起就打好了主意。

船上的英國人被謠言弄得心驚膽顫。

還不僅僅是謠言，在撤退尚未完畢的八月二十四日，發生了布拉克．焦克號在澳門和香港之間遭到海盜襲擊的事件。

這艘船遭到三艘中國帆船包圍，被投進火罐，搶走十幾箱銀元和金銀器皿，一名船員耳部受傷。義律向正在巡邏的大鵬營清軍兵船發出抗議，說一名英國人被削去了耳朵，英國方面懷疑是清朝官員為了擾亂人心在幕後製造了這次襲擊事件；另一方面，清朝當局則推測事件是義律捏造的，目的是為了抵消林維喜事件。因為清朝官吏詢問被割掉耳朵的船員姓名並要求驗傷，被義律拒絕了。

義律把船員的耳部受傷加以誇大，說成是割掉了耳朵。如果同意「驗傷」，那就等於把審判中一個階段交給清朝處理，這和義律在林維喜事件中所規定的「不讓清朝審判英國臣民」的原則相抵觸。

清朝的官員則認為，「什麼夷人被割掉耳朵？壓根兒就沒有這回事。」

在這樣的情況下，珠江河口充滿了緊張氣氛。

「求你們也把我帶走吧！我是混血兒，除了當買辦，什麼工作也不會做。我希望和大家一起到船上去，不願在這裡受清朝人的欺侮。」誼譚在義律和墨慈面前懇切地哀求著。

英國人即將開始讓人膽怯的船上生活，很希望有人能為他們和島上或沿海的居民打交道。

義律非常高興地說：「不過，你現在不能在這裡上船。你先到香港島去，在那裡我會把你搞上船。我有事情要你辦。」

「什麼事情？」

「購買食物、弄到乾淨的飲水。關於飲水，現在有不少謠言。」義律說。

「我明白了，那我馬上就到香港島去。」

於是，登上英國船的買辦，除了誼譚外還有好幾個人。久四郎——林九思也是其中一個。

「那傢伙可靠嗎？」充當軍師的馬地臣追問說。

「不會有問題吧？他是個混血兒……」

對於清朝當局可能放進來的間諜，英國方面也很神經敏感的，對一般的人並不輕率地留下來使用，誼譚是憑他那鷹鉤鼻和發藍的眼睛而受到信任，因爲住在澳門的混血兒，一般都缺乏對國家的忠誠。

林九思不是中國人，是日本的漂流民，而且和教會有關係，當然同樣受到信任。

「清朝的軍隊已開進前山，人數是兩百。」爲了進一步鞏固義律對他的信任，誼譚經常報告清軍方面的動態。

前山是和澳門毗鄰的一個鄉間小鎮，葡萄牙人稱它爲「卡薩布蘭卡」。那裡有一個小城寨，軍隊開進那裡，發揮著像把匕首放在澳門咽喉上的作用。

義律日夜盼望的窩拉疑號軍艦，終於在英國人全部撤退後的第四天出現在澳門海面上。

眞正的軍艦終於來了！它和甘米力治號可不一樣，艦長是史密士大校，他是老練的軍人，當然比海盜道格拉斯值得信賴。義律感到好像得到了千百萬援軍。

九月一日，義律依恃這艘窩拉疑號的威力，向葡萄牙的澳門總督建議說：「如果同意英國人返回澳門，我們可以負起保衛澳門的責任。」

澳門總督說了「許多遺憾之辭」，婉言拒絕了義律的建議。

原因很簡單，前面已經說過，由於葡萄牙人在澳門有特殊居住權，他們不願引起爭端；另外，如果接受英國人建議，澳門本身也有被英國奪走的危險。

九月三日，林則徐來到澳門，葡萄牙的澳門總督以儀仗隊出迎。

林則徐贈給總督色綾、摺扇、茶葉、冰砂糖等，並用牛肉、羊肉、麵包和四百枚洋銀犒賞了葡萄牙士兵。這是對他們謹遵天朝命令、驅逐英夷的褒獎。

2

「夷人好治宅。」——林則徐在進入澳門那天的日記上這麼寫道。可見他對葡萄牙人「重樓疊屋」的住宅很感興趣，但對他們的服裝則做了嚴厲批評。

當時中國仕紳的服裝是「寬衣」，這種不適合勞動的服裝正是仕紳的象徵。穿上這種寬大衣服不便做出粗野的行動，更不能打架鬥毆；而葡萄牙人男人穿的是緊身衣服，包括裹在腿上的細筒褲，和束縛在身上的西裝、背心，這是既能跑又能跳的匹夫、野人的服裝。

林則徐譏諷地在日記上寫道：「如演劇扮作狐兔等獸之形。」意思是說，夷人的衣服就好像是扮演滑稽的狐狸所穿的服裝。

從「朝廷」、「朝政」等這些詞中可以了解，當時的政治活動是在早晨進行的，中國的官吏起床起得特別早。

這天林則徐上午五點剛過就從前山出發去澳門，上午九點多就踏上了歸途。

午飯是回到前山吃的，下午三點到達距前山北面二十多公里的雍陌，在這裡遇上暴雨，和兩廣總督鄧廷楨一起宿於鄭氏祠。碰巧遇到從廣州去澳門的海關監督予厚庵，晚飯是三個人一起吃的。予厚庵去澳門的目的據說是視察海關的澳門派出機構。

「貿易不能正常化，關稅收入日益減少，這可是一個棘手問題啊！」在吃飯期間，厚庵說出了這樣的話。

「不過，爲了永久禁除鴉片，這不過是大問題中的一個小問題。我們暫且忍耐一下吧！」林則徐這麼說。但是他突然感到奇怪，心想：「這是很簡單明瞭的事，厚庵應該完全理解，可是他爲什麼現在又說出這種話呢？」

林則徐雖然努力了解外國情況，但他還沒有完全擺脫傳統中華思想和蔑視外夷的觀點。他在澳門看到葡萄牙人的情況，就得出「眞夷俗也」這樣一個輕蔑的結論，由此也可看出他的想法。英國人把貿易視如性命，但清朝並未把每年區區幾十萬兩的關稅收入當作一回事。他還沒有改變這樣的想法。

「時局是這樣，北京不會因爲關稅收入減少而責備你。」鄧廷楨從旁安慰予厚庵說。

「問題不僅是關稅。」予厚庵結結巴巴地說：「公行和茶商的買賣不振，茶場的工人和搬運的伕子一旦失業，民力的損傷就會擴大。」

林則徐更覺得奇怪了。厚庵最近的態度和以前不同，讓人難以理解；在籌措軍費上也感覺到他正在採取不合作的態度，這不能不讓人想到，「是什麼人——反戰或希望維持現狀的什麼人——影響了厚庵」。這些人可能是公行的商人。是伍紹榮影響了他嗎？最近予厚庵經常和伍紹榮會面，林則徐對此已有所耳聞。不過，厚庵所處的地位是監督公行，而且目前是問題成堆的時期，從職責上來說，和公行的總商經常碰頭也是無可厚非。

是不是受到比伍紹榮更大的人物影響呢？林則徐的腦子裡浮現出北京大官們的身影。穆彰阿和琦善等人對他的行動是不會袖手旁觀的，他不由得想到這些人正在搞什麼詭計，「是他們在影響予厚庵吧？」如果他們想要在當地拉攏什麼人，恐怕再沒有比掌握財政大權的予厚庵更有用了。

這天晚上，予厚庵和林、鄧兩人分散住在其他的地方。

第二天，九月四日，林則徐凌晨四點從雍陌出發，黎明時過平逕嶺，上午九點到達香山縣，並從香山搭船赴虎門。他一整天坐在船上巡視了海面。

船溯珠江而上；而在相反方向的九龍，則響起了可以稱之爲鴉片戰爭前哨戰的砲聲。

3

在英國人退出澳門的同時，欽差大臣和兩廣總督向沿海村民發出命令：禁止給英國人提供食物、阻止他們登陸。

任何命令在剛發布時都有很大的約束力。

「最近剛發出命令，這個命令有點太過分了。不過，過些日子也許還可以想點什麼辦法。」誼譚在九龍購買食物，村民們都感到害怕，不敢把食物賣給他，即使他提出「只要用小船把食物送到夷船就按時價加倍付款」的條件也不起作用。

「這可不好辦了！」誼譚抱著胳膊沉思起來。他的口袋裡裝有從墨慈那裡領來的洋銀。

「這可是發財的好機會啊！」誼譚的腦海飛快地轉動起來。

這不是和開店的商人做買賣，而是和不認識、毫無關係的村民打交道。就說對方要求預付貨款，因此把錢付給了對方；然後說對方可能是害怕欽差大臣收了預付款而不送食物來，於是把貨款暗自藏起來——嗯！這個主意不錯！這樣一來，口袋裡的洋銀就變成自己所有了。誼譚臉上露出了微笑。

他趁著黑夜駕著小船來到英國船上，向墨慈報告說：「他們說明天拂曉會把東西送來。我可費了好大的勁啊！死乞白賴地懇求，好不容易才以預付貨款的條件把買賣談妥了。」

「是嗎？一定會送來嗎？」

「我想不會有錯。」

「這次辛苦你了。」

誼譚心裡暗自覺得好笑，心想：「大洋八百塊！這買賣不錯啊！」

英國船撤離澳門時盡量往船上裝食物，但是，生鮮食品很快就不足了，誼譚出去採購的也是蔬菜、水果，肉食眼看也快吃完了。

誼譚回到英國船上是九月三日。第二天四日早晨，應該送來的食品卻沒有送來。本來就沒有做這筆買賣，當然不會有人送東西來。誼譚表面上裝作極其憤慨的樣子說：「是叫人家給騙了嗎？他媽的！這怎麼辦？」

英國難民團的頭頭們聚集在窩拉疑號軍艦的船艙裡。誼譚在他們面前故意做出一副咬牙切齒的樣子，墨慈看到他這麼生氣，反而安慰他說：「得啦！附近有這麼多兵船，那些傢伙雖然答應了也會有所顧忌，不是沒有原因的。」

「不！按照約定好的在拂曉前送來是不會被發現的。這些鄉巴佬一定是一開始就打定了主意要詐騙預付款！」道格拉斯在一旁大發雷霆說。甘米力治號的船長道格拉斯由於正規軍艦窩拉疑號的到來，他的地位被架空，所以氣勢洶洶地大唱高調，以顯示自己的存在。

「放他幾砲，這樣就會老實了。」道格拉斯敲著桌子說。

「只要有義律先生的命令，任何事情我都可以做。」窩拉疑號艦長史密斯剛來不久，對情況還不太了解地說。他具有典型的軍人素質，很少說話。表面上雖不像道格拉斯那麼活躍，卻反而讓人感到可以信賴。

義律的心在口沫飛濺的道格拉斯和沉默寡言的史密斯之間搖來晃去、拿不定主意。

「怎麼辦？」義律情緒焦躁。

他認眞地考慮買不到生鮮食品的問題，覺得「一開始就是這種情況，未來更讓人擔憂。」其實正因爲是剛開始，所以才這麼困難；隨著時間的推移，命令的威力就會逐漸削弱，弄到食品的可能性就會大增。可是義律卻擔心，現在如果不立即採取什麼措施，將來會更麻煩。

「好吧！試一試吧！」他小聲地這麼說。

「不這麼做就是失策。」道格拉斯說。他把手指關節扳得咯咯作響。一旦開砲，就可以發揮他海盜的才能。由於正規軍艦的到來，他在人們心目中的地位已經開始削弱，透過開砲，將會重新恢復他的地位。

「等一等！開砲威嚇威嚇也未嘗不可，不過，我們要考慮一下後果。」軍師馬地臣插話說。

「以後的事以後再考慮吧！」道格拉斯不服氣地說。

「不，還是應該事先考慮。」

「馬地臣先生，這是爲什麼？」義律問道。

「你也知道，清朝的官吏最看重形式和體面。開砲之後，我方不留個臺階下是不行的，對方同樣也是如此。所以念點咒文，使雙方都能巧妙地下臺階，這樣不是更高明嗎？」

「咒文？」

「也就是說，事先要遞交一封抗議信，如果五小時之後不予答覆，我們就開砲威嚇。之後我們就有了理由，說是因爲遞交了抗議信而沒有得到答覆；對方也可以找到一個藉口，說是由於下級官吏的怠慢，沒有把抗議信呈報上級，這樣就保住面子，彼此都有臺階可下。」

「有道理……」

義律聽了馬地臣的建議，寫了這樣的抗議信：

數千英國臣民的食品正常供給在這裡遭到了阻撓，如果這種狀況繼續下去，今後必然會不斷發生糾紛，到那時，貴方應對其後果負責。我們完全是「為了和平與正義」而發此信。

歐茲拉夫把抗議信譯成了中文，英國人搭小艇靠近正在海上巡邏的清軍兵船遞交了抗議信。

4

發出這封抗議信本來就不期望得到回音。

清朝官吏原則上不准和夷人直接交涉，當然也不能隨意地答覆。事情十分明顯，如果是重大問題將會向廣州請示；至於像兵船影響購買食物之類的抗議信，當然不會予以重視。

義律只是漫不經心地不時看一看錶；而道格拉斯則眼瞪著錶，等待著戰鬥開始。

五小時過去了。一小時以前，各船已經做好開砲準備。地點是在九龍洋面，距英國船停泊地尖沙咀約十公里。清軍的三艘兵船正在那裡遊弋，指揮官是大鵬營的參將賴恩爵。英國在其前方排列開五艘大小不一的船隻，再從其中一艘船上放下的小艇去遞交抗議信。

五小時一過，義律舉起右手，五艘英國船一起拉開了砲門。

在第一次砲擊中，清軍兵船上的水兵歐仕乾就中彈陣亡。由於遭到突然襲擊，賴恩爵趕忙命令岸上的砲臺應戰，清、英兩國的砲戰就這麼開始了。

英國人有一種蔑視對方的心理，認為清朝的海軍連大砲也不會開。其實當時沿海的清朝水師因為受過提督關天培的嚴格訓練，已經不像過去那麼孱弱，早就能相當準確地操縱砲臺的大砲了。

「嗨——！嗨——！」在甘米力治號的甲板上，道格拉斯像猛獸般咆哮著指揮砲戰。現在是他展示自己的絕佳機會，所以他盡量擺出一副引人注目的架勢。他傲慢地認為清軍砲臺的砲彈打不準，可是卻大出他的意料，砲彈在英國船周圍很近的地方落下，激起沖天的水柱。

「敵人的砲彈不會打中我們！落在附近的砲彈是偶然的。」道格拉斯揮舞著雙手，聲嘶力竭地斥責著部下。這時，一顆砲彈在他身邊開了花，把一部分船的欄杆炸飛了。

「嗨——！」道格拉斯狂吼了一聲，倒在甲板上。

「沒什麼！」接著他又這麼大喊一聲，咬緊牙關站了起來。而手腕上流下的血正吧嗒吧嗒地滴落在甲板上。

「司令官！」水手們喊叫著跑到他身邊。道格拉斯喜歡人家叫他司令官，而不願別人叫他船長。

「司令官，到船艙裡去吧！」水手們把他抱進了船艙。他在進船艙之前一直瞪著眼睛盯著九龍砲臺。

這次砲戰是從午時開始的，英國支援的船隻很快就從尖沙咀開來，增強了進攻力量。清軍兵船一邊開砲一邊向海岸邊撤退。兵船上拉著鐵絲網以防被砲彈命中，但是看來沒有多大作用。

據說英國船隊停止砲擊、開始撤退是在戌時；也就是說，相互砲擊是從中午一直持續到日落。聽起來好像是展開了一場壯烈的海戰，其實它跟現代戰爭不一樣，戰鬥的速度相當緩慢。英國雖然開出一艘軍艦和十多艘武裝商船，但其主要目的在於威嚇，所以並沒有出現拚死決鬥的狀況。

清軍方面除了前面說的歐仕乾在戰鬥開始時陣亡外，水兵陳瑞龍在用步槍狙擊敵船時，反而被敵彈打中，當場死亡。陣亡的只有兩個人。另外向上的報告中說：重傷二人、輕傷二人，但並無生命危險；兵船也有損壞，因中彈而進水或部分破損，但能很快修復。

據記載，英國船隊雖有折斷桅杆之類的部分損壞，但無人死亡，只有四人受傷。手腕受傷的道格拉斯當然是其中之一，看來他的運氣眞有夠糟的。

幸而事先發出了一封抗議信，這次砲戰並沒有成爲構成重大衝突的直接原因。由於馬地臣的出謀獻策，在九龍砲戰後，義律立即透過澳門的葡萄牙當局向清朝官吏解釋說：「這是爲了生存而不得已採取的行動，我方現在仍然希望和平。」

應該說這次九龍洋面威嚇性的開砲，還是收到了一些效果。這次事件確實刺激了廣州高層，也給基層的戰鬥部隊帶來動搖，因爲在砲戰中可能丟掉性命的畢竟是第一線的士兵。

「由於得不到食物而產生的仇恨是可怕的，食物的交易就睜一眼閉一眼吧！」終於有人說出了這樣的話。以後去向英國船兜售食品的小船，等於是免驗放行了。

英國的紀錄也記載說，食品的價格比時價略高，這意味著向英國船提供食品的危險已經大大地減少了。可以想像，沿海鄉村的居民和水兵之間已經達成默契，由於這種默契，雙方都可以獲得利益：一方面可以不必打仗；另一方面可以透過兜售食品而獲利。

九龍洋面發生衝突的九月四日，正是前面所說林則徐訪問澳門的第二天。他在這一天乘船巡視海面，但他是朝著和九龍的相反方向巡航的。

這次發生的衝突，林則徐在九月十八日——即事件發生的兩週後才向北京報告。在這篇奏文中，寫著：

因我方砲彈命中敵船，「夷人紛紛落水」、「漁舟迭見夷屍隨潮漂淌」，並引述新安縣知縣梁星源的報告，據說夷人從海中撈起屍首，悄悄地掩埋了十七具。

向上級報告戰況，一般都要把自己一方的傷亡縮小，對敵人的損失加以誇大。九龍的指揮官賴恩爵給林則徐的報告也是經過一番粉飾的。

不過，林則徐早就知道事實眞相。他已派石田時之助再次前往九龍，同時又和打進英國船隊的簡誼譚保持連繫，雙方的實際損失情況早已原原本本地傳到欽差大臣的耳朵裡。

應該向朝廷奏報到什麼程度呢？來自現場的正式報告根本沒有證據加以證實。看到敵兵紛紛落水，畢竟只是看到；據說漁船上的人親自看到敵屍漂淌，只不過是聽說、看到；聽說掩埋了十七具屍體，也只是風聞，無法確定其地點，再把屍體挖掘出來看看。

賴恩爵送來三頂英國水兵的帽子作爲證物，說是淹死的敵兵遺物。戰鬥時，在甲板上被風颳走帽子是常有的事；很可能是戰鬥之後，有兩、三頂帽子漂流到岸邊。

林則徐在心裡暗笑起來，但是他還是煞費苦心地撰寫給北京的報告。關於英國船開砲的動機，簡誼譚作爲一個當事人，早已送來一份報告——不過是英國人爲了便於獲得食物而進行的威嚇，並不是有預謀，而是臨時決定的。

「時機尙不成熟。」林則徐這麼認爲。海陸兩方的志願兵剛剛開始訓練，爲了把仗打得出色，當前他最需要的是時間，如果對方並無眞正要打仗的意思，現在就不應該深究這次事件。

「要更嚴厲地禁止鴉片走私！」林則徐先向海口各部隊重申了這道命令。這道命令帶有微妙的含義。從表面上看，不過是過去命令的重申；但是再一次發出了這種命令，是強調先要嚴禁鴉片；也可以解釋爲是把監視英國人購買食物的事放在次要地位。

九月十五日，接到澳門諜報說義律偷偷進入澳門。第二天，十六日，收到澳門同知蔣立昂同樣內容的正式報告，說義律透過葡萄牙當局（西洋夷目）「乞誠」。所謂乞誠，就是要進行辯解，乞求重新和好。

「看來誼譚的情報還是正確的。」

林則徐摸清了英國方面的想法，和十七日來到虎門的鄧廷楨商量之後草擬奏摺，十八日呈送北京。奏摺中關於九龍砲擊事件，原封不動地抄錄賴恩爵的粉飾報告。他認爲報告打了勝仗，皇帝就不會發脾氣了。

「……限定的時間一天一天地少了。」林則徐仰望夜空低聲地這麼說。他在這一天的日記上寫道：「……時見月華。」

5

由於林則徐下了帶有暗示性的命令，再加上和第一線官兵及沿海居民的利益一致，英國船隊購買食品比以前容易多了。

「好不容易輕鬆一點，還是因爲放了大砲啊！」哈利．維多首先爲他臥病在床的好友約翰．克羅斯高興。

「不過，我討厭大砲的聲音。」約翰用微弱的聲音說。

這裡雖然是尖沙咀海面，但九龍洋面的砲聲還是聽得很清楚。約翰的病情一直沒有好轉。從廣州撤到澳門，又由澳門被趕到海上，這樣急劇的變化當然對病人沒有什麼好處。

「我願意以自己的身體來爲大夥兒贖罪，這也許是我的使命。我覺得還是在人世好……」約翰經常這麼說。哈利每聽到這樣的話總感到一陣淒涼。

《孫子兵法》上寫道：「圍師必闕。」完全斷絕退路的軍隊就會拚死決鬥，所以包圍敵軍，一定要給敵軍留一條退路，這是一種戰略。《六韜》上也有同樣的說法，認爲窮寇一定會死戰，因此要「置遺欠之道」。英國船隊已從澳門被趕出來，如果在海上又得不到食物，那就可能會成爲「窮寇」。九龍砲擊也許就是這種窮寇的表現。

林則徐決定在這裡「置遺欠之道」。他遵照「窮寇勿追」這一傳統的兵法原理，開了一條獲得食物的道；另一方面，他決定更加嚴厲地禁止鴉片走私。

對於惡劣的鴉片走私船，清朝早已記錄在冊、密切注意。記載在冊的鴉片船中，行爲最惡劣的要數英國船巴基尼亞號。有情報說，巴基尼亞號於九月十一日晚開進譚仔洋。這是附近漁民向官吏報告的。

守備黃琮率領兵船趕赴譚仔洋海面，於九月十二日上午四時左右發現一艘好像巴基尼亞號的大船，船旁邊停靠著一艘小艇。悄悄地近前一看，大概是鴉片交易已經完畢，從大船上垂下一個繩梯，三、四個黑影溜進小艇，接著小艇就飛速地划走了。

黃琮立即下定決心，「好，小傢伙不管它，就針對巴基尼亞號！」

四周一片漆黑，要追小艇的話很容易迷失方向，而對付巴基尼亞號這樣的大船不需要擔心，兵船中有一個人略懂一點洋文。

「怎麼樣？一定是那艘船嗎？」兵船悄悄地靠近商船，黃琮問道。

這個懂洋文的人辨認了一下船尾浮現在黑暗中的白色文字回答：「嗯！看來不會有錯。」

於是兵船上點起幾個燈籠突然鼓噪起來。大船上的人以爲有什麼事，兩、三名水手來到甲板看著下面問道：「三更半夜的，有什麼事嗎？」

因爲說的是外國話，兵船上的人不知道對方在說什麼；那個勉強認識一點洋文的人其實根本無法和外國人對話。

「搜查船艙！」黃琮大聲地喊道。可是對方也不懂他的中文。

商船上另一個水手來到甲板上想探身往下看一看。這時，他把手放在旁邊的大砲的砲上。當時是海盜橫行的時代，貿易商船也是武裝的。黃琮一看甲板上的水手把手放在砲身上，就認爲要開砲，於是他毫不猶豫地下令——「投擲火斗火罐！」

所謂「火斗火罐」是一種投擲武器，大概像原始的火焰瓶。兵船上準備了很多火斗火罐，水兵們於是抓起來使勁地投向商船。

清代有一種噴射毒焰的武器叫做「噴筒」，筒內安裝一個齒輪狀的物件，上面帶有小瑪瑙石，向軸頭衝擊，立即就像打火機那樣打出火焰，點燃充塞在筒內的硫磺等各種藥粉，噴射出劇烈毒氣。據說藥粉的配方是保密的。不過，火斗火罐並不是用毒焰來消滅敵人，目的只是引起火災。

接連不斷投進商船的火斗火罐打在桅杆上，像焰火似的火花四射、在甲板上爆炸，也燃燒了起來。

「起火啦！」船上一片混亂。

「到處都起火啦！」

「這是怎麼搞的？」

「快跳海吧！」

從睡夢中被叫起來的船員們，一點也摸不著頭腦。總之，船被大火包圍了，船員們慌忙地朝海裡跳。好在離岸近，還可以游泳逃命。

這是一場意想不到的大火，誰也不知道是什麼原因。

「怎麼弄成這個樣子？是遭到了大規模海盜襲擊嗎？」

連船長也不知道是怎麼一回事。他不知道也是有原因的，因爲這艘船並不是巴基尼亞號、不是英國船，它是在馬尼拉航線上航行的西班牙貿易船，名叫畢爾巴羅號，它遭到了從未經歷過的襲擊。首先是沿海漁民聽到這艘船的名字認爲它就是巴基尼亞號，於是向官吏報告；接著是兵船上唯一一個能辨認一點洋文的傢伙也認爲如此。畢爾巴羅和巴基尼亞兩字相差雖然很大，但發音有點相似，但這給它帶來了厄運。

黃琮活捉了兩名尚未來得及逃跑的水手，洋洋得意地凱旋而歸，還向上級報告他進攻並燒毀了鴉片走私船巴基尼亞號。林則徐在九月十八日的奏摺中當然也寫進了這一「輝煌的戰果」。

關於這次「巴基尼亞號事件」，第二年二月，馬尼拉政廳派遣使節哈爾貢去澳門和清朝當局進行談判，好不容易才得到解決。由於沒有鬧出人命，只是賠償問題，所以順利地達成協定。另外，九月十二日拂曉急忙離開畢爾巴羅號划走的小艇並不是鴉片走私船，而是出售生鮮食品的小船。

部署

穆彰阿藉此機會，按照自己的意圖一舉發起了人事調動，林則徐被取消了兩江總督任命，改任爲兩廣總督。兩廣和兩江相比，級別就降低了一等。

關鍵的兩江總督一職一度曾任命鄧廷楨擔任，但擔心他受林則徐的巨大影響，立即改變主意，派他擔任雲貴總督；接著又發生變化，最後讓他擔任閩浙（福建、浙江）總督。兩江總督決定由原雲貴總督伊里布擔任，他是穆彰阿打了三個圓圈的人物。

1

外國船和中國船連氣味也不一樣。附著在甲板、船具上的氣味、食品與和調料，以及外國人的體臭，人們稱之爲夷臭或魔臭。它給人們帶來那種不協調的、不舒服的感覺，近似於迷信深的人對待魔性事物所懷有的那種原始畏懼感。在人們眼中，往往把未知的世界看成是另外一個世界。

當時很少人對另外的世界感到憧憬和嚮往，一般人都懷著一種蔑視又恐懼的心理，對於未知的事物，像對無底的深淵那樣有一種莫名的恐懼。從未接觸過夷人和夷船的人，並沒有這種可怕的恐懼感，只在概念上把它們當作應該憎惡的異物。對夷人或夷船，廣東人也認爲是來自另一個世界的異物，但有立體的、實際的感受；而北京方面只從平面來考慮，並無立體感，所以往往認爲可以簡單地把他們收拾掉。

「這些帶進鴉片的不法之徒，把他們趕走！」

對深居在紫禁城裡的道光皇帝來說，一提起夷人，不過是向中國輸入鴉片、削弱民力、流出財貨，使清王室貧困、像狐狸般狡猾的商人集團。他知道他們有軍艦，但那是保護商業的可鄙武裝；這種軍事力量並不是爲了正義和統治，而是爲了賺錢——他們口頭上大談正義時，一定都摻雜著商業利益。以往來朝見的夷人，例如馬戛爾尼、阿美士德、律勞卑，都是爲了商業談判而來的。

道光皇帝只往來於北京和避暑地熱河之間，對其他世界一無所知。乾隆皇帝多次遊江南，道光皇帝認爲祖父大規模「南巡」浪費了大量經費，是清王室財富減少的一大原因，至今他還爲祖父的虧空擦屁股，所以他從未想過要外出巡遊。

每天都有全國各地的奏摺送到他面前，他可以從文章中了解全國的情況。但那只是透過文字而獲得的知識，這些文字是寫在紙上的，這些知識也像紙一樣平板而單調；他不知道使奏摺內容充實的方法，不能夠掌握有血有肉的眞實情況。可是，所有的事卻是由他來決定一切。

對於廣州九月十八日上報九龍事件、巴基尼亞號事件等的奏摺，道光皇帝做了這樣的朱批：「……朕不慮卿等孟浪，但誡卿等不可畏葸。」

「孟浪」是草率從事、胡作非爲的意思。這個朱批的意思是：「我不擔心你們胡作非爲，只是警告你們不要害怕。」也就是說，出一點差錯沒有關係，關於鴉片和夷人的問題你們不要害怕，要大膽放手地去做。這實際上是帶有挑唆的意思。

林則徐認爲準備不足，因而盡量避免大規模衝突。在道光十九年秋天，北京的皇帝比廣州當局要激動得多。

來自各地的奏摺，爲了避免皇帝斥責，都巧妙地做過一番粉飾。拿九龍事件來說，奏報什麼敵人掩埋了十七具屍體，屍體在海上漂淌，其實英方實際負傷的包括道格拉斯在內只有四人。有的報告上還寫道：

「由於我方的砲擊，義律的帽帶被打斷了。」光看這些奏摺的表面文章，當然會感到英國人不足爲懼。

穆彰阿這些人一直在捏著一把冷汗。同樣是在北京，他們能從廣州密探那裡接到事實眞相的報告比皇帝知道的更多，所以提心吊膽。而且皇帝的「發情期」似乎還沒有過去。

和往常一樣，穆彰阿和來京的直隸總督琦善在家中密談。

「皇上什麼也不知道卻大發雷霆，說什麼過火一點也沒關係，要大膽放手地幹。眞要這麼幹的話，可要出大亂子啊！」軍機大臣抱著胳膊說。

「予厚庵那邊的情況怎麼樣？」直隸總督擔心地問道。

「根據廣州的報告，據說林則徐警告部下不要輕舉妄動。看來厚庵還算順利吧？」

「眞的能順利就好了。不過……」

「目前來看，廣州事件是極力往小裡收拾。不過，這種事累積下去老是發生糾紛，說不定會發生什麼大事。眞叫人擔心啊！」

「是呀！皇上那麼氣勢洶洶的，廣州完全交給予厚庵一個人可以嗎？」

「除此之外沒有別的辦法。要想抑制林則徐，光靠厚庵確實弱一點。不過，林則徐目前需要的恐怕還是錢而不是人，厚庵畢竟是掌握財政的能手。」

「還是得小心謹愼，因爲厚庵有可能被捲進去。」

「當然，對林則徐恐怕還是得要用更大的力量、用天下的聲音來對他施加壓力，關於這方面，我已經採取了種種措施。」

所謂天下的聲音並不是指人民的輿論。穆彰阿雖然冠冕堂皇地這麼說，他所說的天下的聲音，是指身居要職的大官意見。他早已拉攏了一些顯要人物形成派閥，但他認爲還有進一步加強和擴大的必要。

「林則徐就任兩江總督，這可不妙。」琦善小聲地這麼說。穆彰阿頻頻點著頭。

2

琦善回去之後，穆彰阿在桌上鋪開紙，手拿著朱筆陷入沉思。紙上開列著幾十個人名字的名單，這是剛才和琦善邊商量邊寫下來的。

穆彰阿用朱筆在這些人名上打上圓圈、雙圓圈、三角等記號。雙圓圈表示特別值得信賴的心腹；一個圓圈表示雖然是同夥，但需要做進一步努力，拉得更近一點；打三角的表示既不是自己人也不是敵人，今後應該努力把他拉進自己的陣營——穆彰阿是這麼分類的。

在這個名單中，也包括以後鴉片戰爭有關的人物。

伊里布，字莘農，鑲黃旗人。嘉慶六年進士，歷任陝西巡撫、雲南巡撫，現爲雲貴總督。因鎭撫邊境有功，授予協辦大學士的榮譽職位。宗室耆英，宗室是和皇室有密切關係的貴族。耆英字介春，正藍旗人。擔任過熱河都統，現爲盛京（瀋陽）將軍，統率東北的滿洲八旗軍。這兩個人後來都曾作爲欽差大臣參與了鴉片戰爭，名單中這兩個人的名字上都打了雙圓圈。

朱筆還停在「伊里布」這個名字上沒有離去。過了一會兒，穆彰阿在這個名字上又加了一個圓圈——打了三個圓圈。

軍機大臣終於放下朱筆，眼睛凝視著前方的牆壁，嘴巴撇成「八」字形。

「需要做的事情太多啦！」

他的腦海裡浮現出名單上人物的面孔，和圍繞這些人物的種種人事關係的漩流。這些人事關係的漩流漸漸放慢了旋轉速度，明顯地表露出他們各自的強處和弱點——穆彰阿立即理解到應該瞄準什麼人的什麼地方了。

牆上掛著高南村的「指畫」掛軸，畫的是山水。清初的畫家高南村用手指頭和指甲畫畫。他自稱用筆拙劣，因此用指頭和指甲來畫畫藏拙。其實他用筆畫畫得並不差。

穆彰阿在廟堂上搞正大光明的政治很蹩腳，所以專門靠走後門、拉關係，搞陰謀詭計。他覺得自己的這些手法和高南村「指頭畫」有相通之處，所以露出了苦笑。

「只要達到目的就好。這幅畫不是用筆畫的，不也表現出了山水的美嗎？」他正想到這裡，僕役報告藩耕時來訪。

「好吧！帶他到那間屋子裡去。」軍機大臣站起來疊起名單。

藩耕時一見穆彰阿進來，趕忙彎腰行了個拱手禮。

「稟告大人，今天廣州沒有報告送來。」藩耕時預先說了這句帶著辯解的話，低下了頭。

「那麼，你來是爲了什麼事？」

「關於默琴小姐的事。」

「哦！默琴的下落弄清楚了嗎？」

「明確的下落還不清楚。不過，她是和定庵先生一起南下的這點是確定無疑的。」

「定庵要去的地方？當然是他的故鄉浙江仁和囉！」

「不過，定庵先生是一個人回浙江的。到蘇州之前他的確和默琴小姐在一起，應該是在這之後就分手了。」

「也就是說，默琴又下落不明了？」

「是……」藩耕時又低下頭，「這是跟蹤的人疏忽大意了。他們認爲她一定會和定庵先生一起去浙江……」

「他們只盯著定庵而讓默琴逃脫了。是這樣嗎？」

「是，是這樣的。」

「什麼定庵？我不管，我只要找到默琴的下落。」

「明白了。」藩耕時頭也不抬地回答。

穆彰阿的太陽穴上隆起了青色血管，但是他很快就改變了主意，問了一句，「是在蘇州失去下落的嗎？」

「是……」

「清琴在蘇州，是不是投靠她妹妹去了？」

「我也這麼想過才和清琴小姐聯絡。可是……」

「不在清琴那裡嗎？」

「是的。目前……」

「你來就是爲了說這些嗎？」軍機大臣很不高興地說。

「是的。我想先報告一下……」

「得啦！」穆彰阿說後就站起身來。

他說他不管定庵的事，可是，事到如今已經不能不管了，他是不會饒恕從他手裡奪走女人的那個男人。

「要報復！」他朝房外走去，內心忿忿地這麼說。他穿的是上等緞靴，在光滑的大理石地板上沒有腳步聲，但他那走路的樣子氣勢洶洶。

廣州的事件和默琴的失蹤，在穆彰阿的腦子裡是同等重要。廣東海口和外國人發生衝突會引發國家大亂，其結果將會奪走他許多東西，所以他感到害怕；默琴也是他的東西，跟這個府宅、庭園裡儲藏的金銀財寶、古董字畫，並沒什麼兩樣。現在不是要不要和外國打仗，而是被一個處長級的芝麻大官給奪走了。在被人奪走東西這一點上也是相同的，他當然無法忍受。

「我們和蘇州的清琴小姐保持密切連繫，一找到默琴小姐，立即向大人報告。」藩耕時沖著穆彰阿的背影急得直搓手。

穆彰阿的步伐顯得稍微平穩了一些，看來是怒氣消了；不，只是憤怒暫時給向定庵報仇的想法讓了位。他一步一步走著，每跨出一步，腦子裡就冒出一條拿手的詭計。

「要用哪個辦法幹掉他呢？」

3

清琴在哲文的身邊。

哲文現在在研究西洋畫。自從明末利瑪竇傳來西洋畫的技巧後，中國也出現了像焦秉貞那樣吸取西洋畫技巧的畫家，哲文還想從這裡尋求更新的東西。西洋畫在中國畫論中所謂的「應物象形」——即寫實方面，確實是傑出的，但是從中國藝術要求畫出事物內在精神這一理想來看，人們感覺到西洋畫可吸取的只有表面技巧。不過，哲文認爲西洋畫中也有所謂「氣韻生動」的內在美，他一直在苦心研究如何吸收這一精髓。

江南是中國藝術中心，清代著名畫家十之八九都是江南人，所以哲文才不願放棄這種地利而回廈門。可是，從清琴看來，她想進入廈門、蒐集連維材身邊情報的指望是落空了。而且北京又來了指示，說連維材那邊已改配其他密探，要她留在蘇州休息。

「我要工作！」奉命休養的清琴最近確實是這麼想。過去她一直「工作」，工作使她著了迷，休息反而會使她感到痛苦。

她和哲文的結合並不是出於愛情而是爲了工作，如果抽掉工作，她和哲文的可能性就等於零了。

「畫有什麼用？」她側眼看著提起畫筆的哲文心想。她過去一直做著關係到「國家大事」的工作，一向以此爲榮。她的行動是爲了支援軍機大臣推行的政治，她的「力量」已經深入到有朱漆圓柱和黃色琉璃瓦、金碧輝煌的紫禁城內部。

「我不是普通的女人。」她一向這麼深信。而現在她即將變成普通的女人了，這是她難以忍受的。她整天焦躁不安、惶惶不定。

「什麼線條粗呀細、什麼光線濃呀淡呀！這些玩意兒有什麼用？」她把那些被墨和石青弄汙的畫紙揉成一團，朝著哲文身上亂扔，每當這種時候，哲文總是用悲傷的眼神凝視著她。

清琴確實惶惶不安了。當她做著穆彰阿指定她做的工作時，她覺得自己是一個齒輪在推動著什麼，感到一種滿足，其他什麼也不想。現在這種滿足感沒有了，相反的，自我思考的時間增多，她惶惶不安的原因正在這裡。她有了考慮自己的時間，她才感覺到事情的可怕。

「我什麼也不願想！」

當她面對自己的時候感到害怕，就好像面臨著深淵一樣。她覺得與其受這種痛苦的折磨，還不如像從前那樣腦袋空空地拚命工作。

當她精神亢奮時曾經撕毀過哲文的畫稿，但是她馬上又突然可憐起自己啜泣了起來，對哲文說：「原諒我吧！原諒我吧！」

「好啦！妳太激動了。」

「我是一個壞女人！」

她擦去眼淚，簡直像換了一個人般地伺候哲文，柔聲蜜語地安慰他；幫他洗畫筆、調配顏料、準備金泥。

在飯後閒談時，清琴經常談起政府大官們的調動和宮廷傳聞，而哲文對這些似乎不太感興趣，只隨便地應兩句；相反的，哲文對廣州的鴉片事件異常關心，清琴除了對林則徐的消息感興趣外，其他毫無興趣。如此一來，不知不覺地他們彼此間的溝通又不協調起來，清琴又開始歇斯底里；過一會兒，她又流著眼淚向哲文道歉……這已變成了兩人生活的常態。

這時，她聽到姐姐默琴從穆彰阿那裡逃出的消息。

「姐姐爲什麼要從軍機大臣那裡逃出來呀？」她感到疑惑不解。

再一打聽，看來是因爲默琴和龔定庵已從一見鍾情變成眞正的夫妻了。

「是我做錯了嗎？」清琴也曾這麼想過，但她是個不喜歡自我反省的女子。

「那是姐姐自己願意這麼做的，不是我的責任。」她是這麼認爲的。不過，聽到姐姐來到蘇州的消息已經好久了，卻沒有和她連繫，她認爲姐姐既然來到蘇州就應該到她這裡來。

「姐姐到底怎麼啦？」正當她這麼想的時候，北京終於來了指令，「接近上海金順記的溫翰，透過他調查連維材。」

清琴輕快地吸了一口氣，這是她引頸期盼的工作，可是，不知道爲什麼，她卻突然感到全身沒有一點力氣，或許是新的指令意味著要和哲文分別吧？可是她和哲文之間並沒有愛情，那麼，爲什麼她會產生這樣的情緒呢？

接到指令的第二天，她對哲文說：「我在你身邊會妨礙你鑽研繪畫，再說，我對蘇州已經膩了，我想到上海去待一些時候。」

「換個地方也許心情會好一點，而且上海也很近。好吧！我給溫老寫封推薦信吧！」哲文考慮了一會兒這麼回答。

4

吳淞江又名蘇州河，它注入長江支流黃浦江的地方，古代稱作「滬」，滬是上海的古名。廣州停泊外國船隻的地方也叫黃埔，容易混淆，所以上海黃浦的「浦」字偏旁是三點水，廣州的黃埔是土字旁。滬字的意思是用竹子編的捕魚竹柵，這裡過去是漁村。

長江上游帶來的大量泥沙慢慢堆積成陸地。據歷史學家推斷，上海形成陸地是西周時代，距今已三千多年。春秋時這裡屬吳國，但吳被越滅；戰國時代越又被楚所滅，上海變爲楚的貴族春申君黃歇的封地，黃浦的名字就是來自於這個人的姓；黃浦江別名春申江或申江，也是取自這個人的號；上海另一個別名爲「申」，過去上海最大的報紙叫《申報》。在十三世紀的宋代，這裡設市舶司的分所，可見它早就是貿易港。設置上海縣是在十三世紀的元代。

鴉片戰爭時，上海市街的四周還圍著城牆，是明代建造的，因爲當時經常遭到日本海盜「倭寇」的襲擊。城牆高約八公尺，長達三點九公里。城外掘有又寬又深的壕溝，傳說是利用倭寇襲擊的空檔只花三個月就建成的，到了二十世紀才把城牆拆除。

金順記的上海分店是在城外靠近帆船聚集的碼頭。李默琴帶著龔定庵和吳鐘世所寫的介紹信來到金順記的上海分店，溫翰最初讓她住在店內。

「我想工作。」默琴說：「掃地、做飯都可以。」

溫翰捋著白鬍子看著這位女子。掃地、做飯本來是女子的傳統工作，但他不想把這種平凡的工作讓這個爭取新生的女子去做。要把婦女的新職業給新女性去做——溫翰是這麼想的，決定讓默琴協助金順記的生意。

默琴本來就受過教育，加上受了龔定庵先生的指點所以很有文才，在記帳方法和來往信函的寫法上略爲教導，很快就能領會，她在金順記起了不小的作用。

可是，麻煩的事情發生了。蘇州的哲文來信說讓清琴暫時到上海來，並要求要給予照顧。

「目前我不想見妹妹。」默琴說。

「可是，她就要到這裡來了。」溫翰兩手撐在腰上在屋子裡踱來踱去。該怎麼辦呢？

「我離開這裡。感謝您給了我很多照顧。」

「離開後妳打算怎麼辦？一個婦道人家……」

「我本來就打算一個人去尋求新生。在溫先生這裡受到這樣的照顧，但我並不想嬌慣自己。」

「不過，人是要在社會中生活的，眞正一個人的時候還是有困難的。」

「可是，我想盡可能靠自己。幸好我還準備了租房子的錢。」

「妳說過要工作。」

「是的，我想找另外的工作。」

「妳是一個來歷不明的外鄉人，又沒保證人，恐怕不容易找到工作，還是由我來介紹吧！」溫翰這麼說，仍然在房間裡踱來踱去。

「謝謝您！」默琴低頭行了個禮。

她必須離開這裡。如果和妹妹見了面，除了意味著不能一個人獨立之外，還有可能讓穆彰阿知道。妹妹清琴做的是女人很少做的密探工作，而希望工作的願望姐妹倆是共同的，但默琴一直懷疑妹妹對工作是否有「自覺性」。

妹妹生性不愛動腦，恐怕只是無意識地在拚命工作。不管她怎麼勸告，也很難保證她不會把姐姐的情況向北京報告。她可能還認爲這是讓姐姐再次獲得幸福的方式呢！因爲要連繫，妹妹身邊還可能有其他密探，說不定其中就有認識默琴的人，所以她一定要離開金順記，除此之外沒有別的辦法。

溫翰停下腳步，拍了一下大腿說：「對，可以上斯文堂去。」

「斯文堂？是書店嗎？」

「是的。在小東門內，老闆魏啟剛老頭是我朋友，前些時要找一個幫忙校訂書籍的人。老魏夫婦都是好人，我可以推薦妳去。」

「是校訂的工作嗎？」

「對，妳有這個能力，而且不必到店鋪露面。」

溫翰知道默琴不願意惹人注目。於是，默琴就這樣離開金順記，住進城裡的斯文堂。

跟溫翰告別的時候，默琴把妹妹的情況告訴溫翰。

「妹妹是軍機大臣穆彰阿的密探，我雖然不知道她來上海的目的，但恐怕還是在做這類工作……。溫先生和這些事情並無關係，但我還是希望您了解爲好。」

「明白了。」溫翰微微一笑的回答。其實並不是沒有關係，穆彰阿在上海要刺探的正是金順記，這一點溫翰早就知道了。

小東門夾著護城河，和後來的法租界東南角相對，那裡有通向黃浦江的小河，河上架著十六鋪橋、陸家石橋。小東門外有潮州會館，是相當熱鬧的地方。默琴走上護城河上的橋，突然感到一陣淒涼，因爲她想起了龔定庵。

「聽說妹妹要來……多麼想見一面啊！可是不能見。」她心想。

進了小東門就是嘈雜的市街。

斯文堂的門面很大，但店裡光線黯淡，陳列書籍的地方只是一個小小的角落，看來書店的主要業務是刊刻書籍，而不是出售。

「哦！這麼標緻的人。」溫翰事先來信要求老闆魏啟剛幫一名女子找工作，但是魏啟剛並未想到默琴會是這麼標緻的美人兒。這老頭是個老實人，並不掩飾他的驚訝。

默琴滿臉通紅。

「有這麼多書不會寂寞的。」她在心裡極力說服自己。

5

對林則徐來說，該做的事情早已決定了，剩下的只是準備工作。義律也做了種種部署，他一再向外交大臣巴麥尊建議對清政府採取強硬政策。查頓已經回國，他是義律政策最有力的支持者，正在英國展開支援活動。

義律在給巴麥尊的報告中，指責林則徐嚴禁鴉片的措施是違反正義的暴行，是侵犯英國人的生命財產、損害英國女皇尊嚴的行為。主張對待中國最有效的辦法只有迅速果斷、一鼓作氣地給予沉重打擊。說什麼「對於嚴禁鴉片這一卑劣的、強制性的強盜行為，女皇陛下有要求賠償和得到今後保證的權利。……」

查頓連日訪問英國政府的大官，遊說義律的主張是正確的。查頓是在中國待過多年的實業家，他的言論是很有份量的。原本人道主義的主張逐漸被查頓的言論壓倒，被認為其不過是不合時宜的感傷主義。

穆彰阿也在一步一步地採取措施。首先展開試圖取消已經任命林則徐為兩江總督的活動。

前面已經說過，管轄中國最富庶的江蘇、江西、安徽等三省的兩江總督，是和統治京畿三省的直隸總督並駕齊驅、最有實權的地方大員。

總督在形式上是和行政機構六部的尚書同一級別，但實質上，總督的地位已在六部尚書之上。因為總督擁有直接統治的土地，而且掌握兵權；六部的尚書是滿、漢各一名，互相掣肘、彼此顧忌，這種職位往往不引人注意。從當時六部的尚書來看，例如禮部的漢人尚書是龔子正（龔定庵的叔父），大多是學者型人物。

相較之下，總督是實權人物，尤其以直隸和兩江更是雙璧。這種總督掌握實權的傾向以後越來越顯著。鴉片戰爭後，左右國家政治的實權人物，例如曾國藩、左宗棠、李鴻章、張之洞和袁世凱等，不是直隸總督就是兩江總督。到了清朝末期，掌握兵權的總督和巡撫最終變成了軍閥。把直隸或兩江總督的職位交給敵對陣營，就等於在決定勝負的棋局上讓對方布下一記殺招。

林則徐雖然已被任命爲兩江總督，但是因爲鴉片問題尚未了結，實際上也無法赴任，因此由江蘇巡撫陳鑾代理，代理總督陳鑾卻在這一年年底去世。穆彰阿集團藉此機會，按照自己的意圖一舉發起了人事調動活動，林則徐被取消了兩江總督的任命，改任爲兩廣總督。兩廣和兩江相比，級別就降低了一等。

穆黨找了一個巧妙的藉口說：「林則徐正在查辦廣東海口事件，當前看來還無法到江寧（南京）赴任，索性就讓他當兩廣總督吧！」皇帝也覺得言之有理。

關鍵的兩江總督一職一度曾任命鄧廷楨擔任，但擔心他受過林則徐的巨大影響，立即改變主意，派他當雲貴總督；接著又發生變化，最後讓他當閩浙（福建、浙江）總督；兩江總督決定由雲貴總督伊里布擔任，他是穆彰阿打了三個圓圈的人物。

各個陣營都在拚命地進行部署。

穿鼻海戰

這次戰鬥被稱爲「穿鼻海戰」。

窩拉疑號軍艦的船頭和帆檣受到很大破壞，連旗子也被擊落了。黑雅辛斯號在窩拉疑號後面，沒有受到什麼損失。清軍二十九艘兵船幾乎全都受到損傷，戰鬥結束後，勉強能開動的只有三艘。

1

湯姆士·葛號是一艘擁有百名船員、大砲八門的英國籍商船。這艘船於一八三九年八月五日從印度的孟買港啟航，開往廣州。船長瓦拉和貨主達尼爾在啟航前已經知道林則徐嚴禁鴉片，以及義律撤出廣州和對廣州貿易怠工等情況。

同樣是英國船，爲了區別從英國繞南非開往廣州的商船，人們把從印度開來的地方貿易船稱爲「港腳船」（中國的譯音）。湯姆士·葛號就是屬於這種港腳船。

貨主達尼爾原本是東印度公司的職員，曾經在廣州當過大班。東印度公司的職員一般都有濃重的官僚氣，達尼爾卻沒有這種習氣；相反的，他非常討厭官僚。像義律這樣不懂商業的官僚，隨意停止貿易，達尼爾對此非常惱火。

「好吧！我偏要越過虎門到廣州去。」達尼爾下定決心。

其實增強他這種決心的還是因爲收到墨慈的一封信。信中說：

……義律停止貿易，在英國的商人中風評極壞。只是因爲懼怕這個專橫武斷的官僚，沒有人敢出來違抗他，大家都期待有個勇敢的商人出來反抗他。不過，如果我是您，我想一定會不顧義律的反對堅決禁行貿易。不知您是否願意爲大家做一個榜樣，我想一定會有人跟上來的。因爲目前清朝正希望英國船去廣州，只有義律在頑固地抗拒。如果英國船能進入廣州，一定會受到清朝極大的歡迎。

看了這封信，達尼爾和瓦拉動了心。想要一決雌雄，不只在商業上，也要和官僚義律一決雌雄。他們心想：「沒必要給美國船付那麼多運費，由他們把貨物從香港運到廣州。光是省下這筆運費就夠賺一大筆錢了。」

表面上看來好像是墨慈唆使了達尼爾，其實是連維材在背後插手。墨慈曾遭受過海盜襲擊，一度處境相當困難，救他的正是來自金順記的各種情報。

這封信也不是連維材強迫墨慈寫的。連維材悄悄地和墨慈取得連繫，由溫章翻譯，並若無其事地說：「恐怕不會有敢反抗義律的有骨氣的商人吧？」

墨慈想了一會兒，回答：「要是達尼爾也許會反抗。不過，他現在在印度。」

「對，要是達尼爾先生他一定會反抗的。如果由他來打開一個突破口，會給同行們帶來好處的。」

「是嗎？」

「我認爲是這樣的，起碼有試一試的價值。」

由於這次交談，墨慈才給達尼爾寫了信。

湯姆士．葛號裝載著棉花從孟買啟航，途中在馬尼拉又購進胡椒，於十月十一日到達澳門洋面。

從孟買出發時，達尼爾和瓦拉就已經決定要進入廣州。到達澳門洋面的第二天，他們向澳門同知領取去廣州的牌（許可證）。澳門的清朝當局要瓦拉在保證書上簽字，保證書上說：

……若查驗出有一丁點鴉片在遠商船上，遠商即甘願交出夾帶之犯，必依天朝正法處死，連遠商之船及貨物亦皆充公。

船長瓦拉毫不猶豫地簽了字。

交出保證書之後立即發下許可證。湯姆士．葛號於十月十五日進入黃埔，根本不理義律。打破控制的事例終於出現了，義律擔心出現仿效者，又向英國船隊發出了嚴正警告。

九龍事件後，義律曾去澳門和清朝官員會談。經過種種交涉，除了引渡殺害林維喜的犯人和提交保證書兩點外，其他並沒有什麼難解決的問題，甚至達成妥協方案，簽訂暫時在虎門外進行貿易的協定。

清朝官員說，提交保證書後到廣州進行貿易，但英國不願交保證書，卻要求准許在澳門貿易，結果採取折衷辦法，決定暫時在虎門水道外進行貿易，於是海上的英國人也開始回到澳門。可是到了十月中旬後，清朝突然否定了虎門外的貿易協定，仍然堅持如果不提交保證書到廣州就不准貿易。不僅如此，還要求剛剛回到澳門的英國人再一次撤走。

與此同時，不斷發生清兵向停泊在尖沙咀的英國船投擲火斗火罐的小事件，接著又嚴禁向英國船提供食物。

義律拍著桌子大叫，「這是背信棄義！」

在湯姆士．葛號開進廣州不久，一度似乎軟化的清朝官員採取了強硬態度。湯姆士．葛號開進廣州實質上是踐踏了義律的權威。正如人們所說的那樣，「義律飛揚跋扈地不准英國商人寫保證書，可是現在瓦拉不是爽爽快快地簽了字嗎？」義律已遭到人們的輕視。

當時繼窩拉疑號之後，黑雅辛斯號軍艦也在艦長渥淪的率領下開到這裡，所以義律依恃這兩艘軍艦，態度也強硬起來。

2

義律連日召集相關領導人物開會。一天，會上討論了尖沙咀船隊提出獲得食物困難的問題。

「在砲轟九龍後，食物一度容易獲得了，清朝方面一定是忘了那一次的教訓。那找個什麼地方再轟它一砲吧！」窩拉疑號艦長史密斯提出建議。

「也可以。」義律也動了砲轟的念頭。

正在這時候傳來了義律最害怕的消息，說是又出現了第二艘湯姆士．葛號。出問題的船叫羅依亞爾．撒克遜號，英國籍，是從爪哇裝大米來的船，船長名叫塔溫茲。

塔溫茲雖然勉強服從義律的命令，但在某一次會議上，也許是喝了點酒的關係，他罵罵咧咧地說：「俺的船一向專運大米，做正正經經的買賣。俺叫靠鴉片發橫財的小子們給玩了，倒了楣！」

不做鴉片生意的商人似乎都有一種固執、不滿的情緒，覺得自己沒做壞事卻當了別人的犧牲品。正在這時候，湯姆士．葛號進入廣州。

據說湯姆士．葛號在廣州受到歡迎，公行用高於時價的價格買下它的貨物。塔溫茲一聽這話，手腕就發起癢來。

「好吧！俺也來這麼一手。」塔溫茲終於下定決心，他也仿效達尼爾和瓦拉，瞞著義律在保證書上簽了字，從澳門同知那裡弄到進入廣州的許可證。

事情是祕密進行的，他裝作從澳門洋面開往尖沙咀的樣子揚起了船帆。可是，這件事被羅依亞爾．撒克遜號上的船員走漏消息，剛一開船就傳到正在開會的義律耳裡。

「馬上行動還來得及。」義律說：「絕對不能讓羅依亞爾．撒克遜號進入虎門。用武力阻止這艘船進入廣州。」

放過了第二艘湯姆士．葛號——羅依亞爾．撒克遜號，很快的就會出現第三、第四艘湯姆士．葛號，那就會大大損害女皇陛下的代表——義律的權威，使清朝的態度更加強硬。

義律命令史密斯、渥淪兩位艦長出動，自己也登上窩拉疑號，他們商量著要在什麼地方開砲。

「這次不在九龍，在穿鼻附近開砲吧！」義律在窩拉疑號甲板上這麼說。穿鼻是虎門的入口。

「什麼地方都行，就在您希望的地方開砲吧！」史密斯艦長毫無表情地回答。

當窩拉疑、黑雅辛斯兩艘軍艦向虎門猛進時，林則徐正在虎門。

季節已是十月底，但廣東南部還是很熱，身穿一種名叫「綌」的單衣還汗流不止。根據通知，廣州從十月三十一日（農曆九月二十五日）以後應戴冬帽。林則徐在日記裡寫道：「日來不能離綌，如何戴領（冬帽）？」

義律是十月二十九日搭窩拉疑號從澳門洋面出發的。這一天提督關天培自沙角（虎門外穿鼻島的西端）來虎門會見林則徐；三十一日，兩廣總督鄧廷楨從廣州來到這裡，三人難得一起在清談中度過。這一天，林則徐從福州的家書中得知外甥中鄉試第三名，氣氛還不錯。

他們三人一向很投緣。林則徐感慨地說：「自中秋以來，還沒有這麼悠然自在過。」

道光十九年的中秋是國曆九月二十二日，這天，林則徐收到義律透過澳門同知關於砲擊九龍的辯解信，從此以後就忙碌起來。

中秋晚上，他們三人曾在沙角砲臺上小飲，當時林則徐曾作《眺月》詩。詩中說：

今年此夕銷百憂，明年此夕相對否？

這看起來好像是一般的感傷詩，其實裡面包含著對時局緊張的實際感受。第二年中秋正是鴉片戰爭期間，鄧廷楨已去福建，關天培忙於軍務，林則徐已處於下臺的前夕。

3

簡誼譚和林九思一起被趕上窩拉疑號，準備在購買食物時讓他們和沿海村民交涉。

臨出發前，誼譚向澳門的密探緊急報告說：「看來他們準備像在九龍那次一樣再打一仗。這次是去追趕羅依亞爾．撒克遜號的，可能會在虎門附近發生衝突。」

他裝作若無其事的樣子登上軍艦，但是他不能不注意林九思那雙沒有表情的眼睛。他甚至想：「是不是這小子已發現我是間諜呀？」

「你不信上帝嗎？」在廚房裡，林九思一邊切菜，一邊這麼問誼譚說。

「上帝！什麼上帝？」

「天上的上帝。」

「天？算了吧！」誼譚覺得林九思有點不好對付。他心想：「這小子搬出上帝，是要我不要當間諜嗎？」

「你應該得到拯救。」林九思莊嚴地說。

「可是，馬上就要打仗了，這艘船看來是要開去打仗的。」

「正因爲要打仗，更需要上帝的……」

「得啦！我不想聽什麼上帝。」

誼譚身在即將和清軍兵船交戰的英國軍艦上，卻是清朝的間諜，他覺得自己這種身份很有意思。他對打仗幾乎一點也不覺得害怕，心想：「清軍的砲臺和兵船是打不沉這艘軍艦的。」他甚至因爲一心期待那驚險的場面而感到激動。

十一月二日，窩拉疑號和黑雅辛斯號兩艘軍艦趕上了羅依亞爾．撒克遜號，命令它，「返回尖沙咀！」

在羅依亞爾．撒克遜號的甲板上，船長塔溫茲氣得滿臉通紅、咬牙切齒。可是，誰叫讓人追上了，就沒有法子可想了，對方是軍艦呀！企圖打破控制的羅依亞爾．撒克遜號只好改變航向，沒精打采地往回開。

兩艘軍艦順利地追回羅依亞爾．撒克遜號之後，繼續向穿鼻靠近，放下小艇，向清朝的官員遞交了書信。書信的內容是抗議清朝海軍向尖沙咀的英國船隊投擲火斗火罐等敵對行爲，要求讓英國商人及其家屬安心登陸居住。

清朝官員不能和夷人對等地交換正式信函，英國人當然沒有得到回音。義律對這一點早就十分清楚。他是和九龍事件一樣要找一個開砲的藉口——由於沒有得到有誠意的回答……

第二天，提督關天培率領二十九艘兵船來到海上，清軍兵船和英國軍艦交換了非正式函件的「備忘錄」。

史密斯艦長向關提督說：「希望清朝兵船撤退到沙角。」

關提督回答史密斯艦長說：「不交出殺害林維喜的凶犯，絕不撤退。」

窩拉疑號和黑雅辛斯號分別裝備二十八門和二十門大砲，按照預定計畫兩艦開始砲擊。提督關天培坐在兵船米字一號上，他早就預料到英艦會開砲。前一天他在虎門和林則徐見面，當時欽差大臣對他說：「有這麼一個情報。」接著就把誼譚送來的緊急情報告訴他。

關天培早就有準備，所以一聽到砲聲立即拔出腰刀。他口才不佳，平時連在正式場合講幾句話都應付不了，常常結結巴巴，可是一到戰場，他簡直像換了一個人，說起話來非常流暢。他口齒清晰、乾脆俐落地下命令、進行督戰。

林則徐在報告這次戰鬥的奏摺中說：

該提督親身挺立桅前，自拔腰刀，執持督陣，厲聲喝稱，敢退後者立斬。

「怯陣者斬首！」他大聲地吼道。

窩拉疑號上打出一發砲彈折斷提督身旁的桅杆，桅杆的碎木片打中提督的手，他手上冒出了血，但他毫不在意。

「瞄準大砲！」他大聲喊道。他從口袋中取出事先準備好的銀錠放在身旁的桌子上，大聲說道：「擊中敵艦大砲者，當場賞銀兩錠！」

提督所搭的兵船上裝有葡萄牙製的三千斤大砲。這座三千斤大砲噴出火舌、發出巨響，把兵船震得來回晃盪。接著一瞬間，在窩拉疑號前十來公尺的地方冒起了一道巨大水柱。

「差一點！」關天培喊道。

三千斤砲再一次咆哮起來。

「打中啦！」關天培在灰白的鬍鬚中露出雪白牙齒，高聲喊道。

砲彈在窩拉疑號的船頭上爆炸了。

4

「眞他媽的倒楣！」誼譚吐出嘴裡的鹹海水岔岔地罵道。他掉進大海裡了，但是他很會游水，不過海水有點涼。

戰鬥是從中午前開始的，他本來想悠閒自在地看一場熱鬧，可是海戰一開始，連在廚房裡幫忙的人都被趕到甲板上去了。帆船上需要人手，誼譚他們被拉到窩拉疑號的船頭上幫忙拉前檣的帆繩。

「要我上船不是幹這個的呀！」誼譚喊叫了一番，可是英國軍官拔出軍刀，兩眼瞪著他，他只好抓住帆繩做出拉的樣子，可是並不怎麼使力。好在是好幾個人一起拉，誰不出力誰也不知道。

正在這，那座三千斤砲一個砲彈落了下來，發出震耳欲聾的聲音並爆炸了，拉帆繩的人被氣浪掀了起來，好幾個人從軍艦上被震落到海裡，誼譚也是掉進海裡的人之一。不過，好像並沒有怎麼受傷，他還能用雙手雙腳划水。右腿好像有點火辣辣地在發痛，但還能彎曲、可以活動，看來傷得並不重。

「保住了性命，這就是萬幸了。」

他剛剛輕鬆地換了一口氣，只聽轟的一聲巨響，強勁的海浪劈頭蓋腦地朝他臉上打過來。那是落在附近海面上的砲彈掀起的水柱。

「太危險了！」

如果不小心，說不定會叫流彈給報銷掉，現在最聰明的辦法是儘快逃到戰鬥海域外去。他對游泳雖然有信心，但是要游到岸邊還是相當困難的。他一邊游著，一邊朝四面張望。

附近海面上散亂地漂浮著許多木片。「能抓住一塊合適的木板，游起來就不會太吃力了。……」他在物色適當的木片，可是木片太小了。他一直向前游，看見左邊漂著一塊相當結實的木板，有一個人死命地抓住它，近前一看，原來是林九思。

林九思和誼譚是同時被震到艦外去的，看來他的額頭什麼地方受傷了，他只要把臉露出水面一會兒，流下的鮮血就立刻染紅了他的臉，然後又被浪花一下子沖洗掉了。

誼譚游到這塊木板前把手搭在木板上。

「大小正合適，不過，兩個人用有點勉強。」他說。

林九思只是嘴巴一張一合地動著，好像已經說不出話來了。可能是除了額頭外，其他什麼地方也受了傷。

「你不是說上帝會救你嗎？那就不需要這木頭板子來救你了。」誼譚說。

林九思的眼睛裡一下子充滿了恐怖情緒，他那剛被浪花洗淨的臉上又開始流血了。

誼譚伸出手揪住林九思抓著木板的手指頭。

「放開！上帝會救你的！」誼譚開始把林九思的手指頭一根一根地從木板上扳開。林九思死命地抓住木板不放，喉嚨裡發出哈哧、哈哧的聲音。

這時，他們的頭頂上掠過一顆砲彈，發出可怕的聲音。綢緞鋪掌櫃林九思隨著這聲音不覺得手指上失去了力量。

「啊！」當他好不容易發出勉強算是聲音的時候，已經晚了，木板脫離了他的手，已經被誼譚向前推出了好幾公尺遠。

林九思撲打著手腳激起一陣水花。

「去找拯救你的上帝吧！」譚誼這麼說。之後他頭也不回的離開了。

他抓住了木板，對游泳很有信心，又熟悉這一帶的水路，所以他十分悠閒地漂流著。漂流了沒多久，他被一艘漁船救了上來。說是搭救，其實是他先發現漁船，然後使勁地揮著手游了過去。

「受傷了嗎？」漁船上的老人並未停止手中編竹籠的工作，這麼問道。在這一帶的漁村，男女都是差不多的打扮。老人戴著竹笠，下巴上布滿皺紋，沒有鬍子，最初還分不清他是男人還是女人，但一聽到他那粗大的破嗓門才知道他是個老頭。

誼譚經過長時間的漂流已經相當疲憊，但是他還有餘力，只是嫌麻煩，所以裝作半死不活的樣子，有氣無力地說道：「右腿上……」

老頭俯身查看他的右腿說道：「這算不了什麼傷。」然後又編起他的竹籠。

「這個人沒有穿軍隊的衣服呀！」一旁一個十七、八歲的小夥子這麼說，這小夥子好像是老頭的孫子。

「打仗也不只是軍隊打呀！也要帶伕子、伙夫去。從他那張臉來看，一定是了不起的將軍大人的廚師吧！提督老爺命令我搭救從兵船上落海的人，並沒說只救軍隊呀！」老頭這麼說，連臉也沒有轉過來看一看。

中午的太陽把平靜的海面照得閃閃發光，遠處的砲聲好長時間才能聽到一次。

看來這艘漁船是奉上頭的命令開出來搭救漂流的人員的。漁船停在遠離戰鬥海域的地方，老人在漁船上一心編他的竹籠。

「那就救他吧！」小夥子說。

「是呀！」老人一邊靈巧地編著細長的竹絲，一邊答話。看來他並不熱心搭救瀕死的漂流者。漁船是根據上頭命令開出來的，不從海裡搭救一兩個人是不行的，碰巧就有一個自己送上門來。

誼譚一骨碌坐起來，精神抖擻地說：「能給我一杯熱茶嗎？」

老人這才停下手裡的活兒，奇怪地凝視著誼譚。

5

這次戰鬥被稱作「穿鼻海戰」。

窩拉疑號軍艦的船頭和帆檣受到很大破壞，連旗子也被擊落了。黑雅辛斯號在窩拉疑號後面，沒受到什麼損傷。清軍方面二十九艘兵船幾乎全都受到損傷，戰鬥結束後，勉強能開動的只有三艘。

林則徐給皇帝的奏摺中說這次海戰打了勝仗，戰鬥持續了兩個小時左右，最後兩艘英國軍艦撤退了——也可以做這樣的解釋。不過，窩拉疑號和黑雅辛斯號是在達到威嚇目的之後才撤退的。林則徐的奏摺中也說，敵人的「船旁船底，皆整株番木，且用銅包，雖砲擊亦不能具透」。

清軍方面沒有軍官傷亡，只陣亡了十五名士兵，其中六人是米字二號兵船上的士兵，他們是在船上的火藥庫中彈時被燒死的。提督關天培由於這次「戰勝」而獲得了「法福靈阿巴圖魯」的勳位。

在被雇傭的漁船搭救起來的士兵當中，重傷的都收容在穿鼻島的沙角砲臺裡，誼譚也是被收容者之一，躺在砲臺內的一間屋子裡。

「怎麼辦？」他閉著眼睛思考著。

同一個房間裡躺著七、八個傷患，大多脫去了水淋淋的軍裝換上便衣。所以就服裝來說，他是不會受到懷疑的，他擔心的是自己混血兒的外貌。不過，幸好他的頭髮是黑色的，加上又梳了辮子，看來不會被懷疑爲敵人，可是要是問起他所屬的部隊，那就無法回答了。目前他裝作由於長時間漂流而處於昏迷狀態，所以畫皮還沒有被戳穿。可是一到明天早晨，一定會被認爲是來路不明的人。

「呃，沒問題！」誼譚警戒地翻了個身。他想到一旦有事，就說出自己帶有欽差大臣的祕密使命就會萬事大吉，於是心裡落下了一塊石頭。

旁邊的士兵不斷地小聲呻吟。他微微地睜開眼睛看了看，這人的半邊臉裏著白布，布上滲透著烏黑的血跡。

「哼、哼、哼……」也許過於痛苦，他臉上沒有裏布的部分痙攣似的抽動著。

「傷得不輕啊！」誼譚這麼想，但他馬上就考慮起自己的問題，「不過，暴露了身份那就太平淡了。」

他的眞正價值就在於始終隱瞞身份從事充滿驚險的間諜工作。他對這種工作很滿意。

「逃吧！」他得出了這樣的結論。他想先逃到尖沙咀，然後再鑽進英國船。

他偷偷地朝周圍看了看。這裡收容的是不能動彈的傷兵，當然不會有人警戒，只有醫生或護理人員不時來看看情況，要想逃的話是很簡單的。眞的被抓住了，還有欽差大臣這張王牌。逃跑一定沒什麼風險，簡直有點像玩遊戲。

誼譚看準了護理人員在屋子裡轉了一圈出去後，悄悄地爬了起來。

同屋裡都是重傷患，他們用最大的努力在忍受自己的痛苦，沒有一個人還有餘力來管別人的閒事。

不過，誼譚躡手躡腳地剛邁出房門，就和剛才走出去的護理人員碰了個面對面。他錯誤地以為護理人員剛出去不會馬上回來，其實是護理人員看到一個傷患傷勢惡化，趕忙去叫醫生，因此又回來了。

「糟啦！」誼譚吸了一口冷氣。護理人員連一眼也沒有看他就進屋去了，緊跟在護理人員身後的是一個裝模作樣、蓄著鬍子、像是醫生的人，正大模大樣地走進來。

「唉！眞沒意思。」誼譚一下子洩了氣，同時一種很少有的感慨掠過他的心頭，「誰也沒有注意到我啊！……」

那些巡房的護理人員當然不會熱心到記住傷患的臉，即使剛才和誼譚迎面碰上，恐怕也只認爲是軍營內的雜役，根本沒有放在眼裡。

出了營房一看，沙角砲臺的廣場已經快近黃昏。他原本以爲下一道難關是如何走出砲臺，可是看來也沒什麼大不了的。因爲正在加固砲臺的工事，大批伕子進進出出的。

「這太沒勁了！」誼譚捧起一把土把臉和衣服弄髒參雜在伕子裡，然後大搖大擺地走出大門。

狂潮

「目前不過是小試身手啊！」連維材走出營牆觀看砲戰，自言自語地說。

在不遠的將來將會展開一場更慘烈的拚死決鬥。時機日益成熟，這不過是序曲。在黑暗的遠方，他的腦子裡已描繪出一幅慘絕人寰的地獄圖景。

1

記載廈門連家家塾飛鯨書院的《飛鯨書院志》上，輯錄了連維材的數十首詩。

連維材幼年時沒有受過正規教育，在以後漫長的歲月中，他赤手空拳地在商業界孤軍奮鬥，無暇享受風雅之道，直到他在相當富裕之後才練習寫詩，所以詩寫得不太高明，詩的數量也不足以編成詩集，只能像附錄似的附在《飛鯨書院志》末尾。

他的詩風格有點公式化，習作的意味很濃，盡量避免艱澀字句，只在語調上下工夫，每首詩都認眞地標註寫作日期和地點。《飛鯨書院志》中的第一首七言絕句附記上寫道：「道光十九年九月二十九日，於官湧。」這一天是國曆十一月四日，即穿鼻海戰的第二天。

官湧面臨香港北面約三十公里的銅鼓灣，對岸就是新安縣的縣城。詩曰：

官湧碧浪接天流，客路紅煙踏海收。
望盡孤雲斷崖影，峰頭覓得少陵愁。

這不過是一篇習作，並沒有什麼內容。從註明的日期來看，是他的詩作中最早的一篇，所以也可以稱之為處女作吧！他說自己尋得了少陵（杜甫）愁，這表示當時連維材是急於要表現心中一種風雅的詩情。他的一生中並沒有文學青年的時期，但在中年所經歷的這種文學思春還是充滿清新的感覺。

他來到僻遠的官湧是為了視察夷情。石田時之助就住在這附近，連維材想親自去看看。

義律在率領軍艦開赴穿鼻的同時，建議英國商船隊在銅鼓灣集結。

英國船隊的老巢原本是在尖沙咀，這裡處於香港島和九龍之間，風平浪靜，為陸地和島嶼所環繞，是理想的船舶停泊地。不過，萬一打起仗來，香港和九龍這些屏障說不定會變為清朝的進攻基地，有受到夾擊的危險。就這一點來說，銅鼓灣比尖沙咀要開闊得多，即使遭到砲擊，也可以很快地逃到射程之外。

連維材在官湧的山峰上緬懷杜甫的哀愁，但他看到的卻是英國船隻群集在他的眼下。

他作了這首詩後，再一次拿出望遠鏡觀察英國商船隊的情況。

「這說不定會……」連維材小聲地說。

他認出了甘米力治號。這艘武裝船看來是在進行不尋常的活動，船員們在甲板上匆忙的腳步顯得很不尋常，而且好像還在不停地裝什麼東西。

這天晚上連維材住在兵營裡。這裡的駐軍首長是增城營的參將陳連陞，他接到上司關天培的信，要求他照顧連維材。

連維材一回到營房就對陳將軍說：「今天夜裡對方可能會開砲。」

「是嗎？」陳連陞帶著懷疑的眼光看著連維材。只因爲有提督的介紹信他才勉強地接見連維材，其實他心想：「商人能懂什麼？」這種心理也流露在他的態度上。

陳連陞以魯莽好鬥而聞名，是一個有勇無謀的軍人，在當時清朝的軍事界是一個罕見人物。他是湖北省鶴峰人，行伍出身，曾鎮壓過四川、湖南、陝西所謂「教匪」（帶有宗教色彩的農民起義），在平定廣東瑤族之亂中有功，提升爲參將，是關天培最信任的武將之一。

「甘米力治號的船長是在九龍戰役中負傷的道格拉斯，這艘船看來是在準備進攻。對於道格拉斯這個傢伙應該提高警覺。」連維材這麼解釋說。

義律率領窩拉疑號、黑雅辛斯號兩艘軍艦開往穿鼻，把臨時改裝爲巡洋艦的甘米力治號棄置在這裡。自從眞正的軍艦到來以後，道格拉斯和他的甘米力治號就這樣一下子身價大貶，因此，道格拉斯認爲有必要像九龍戰役那樣顯示一下自己。

陳將軍對敵人內部的這些情況不感興趣，尤其對商人口裡說出的話更是鄙視。他說：「剛才已接到穿鼻海戰的戰報，說是我方大捷。銅鼓灣的英國船要報穿鼻之仇，有可能會來進攻，這一點我們充分了解，也已經做好一切準備，你不必擔心。」言外之意是說，連維材狗拿耗子多管閒事。

「這位武將實在可惜！」連維材心想。他顯然遭到了輕視。

這天夜裡，海上果然開了砲，砲彈打到官湧營房的牆上，擊毀了幾處磚牆。清軍方面的砲臺也開了千斤砲回禮，砲彈在夜空中呼嘯著飛向海面。

這天夜裡沒有月色，敵我雙方在黑暗中互放了一些大砲，彼此所受到的損失都微不足道。

在給北京的報告中說：「究竟轟斃幾人，因黑夜未能查數。」

「目前不過是小試身手啊！」連維材走出營牆觀看了砲戰，自言自語地說。

在不遠的將來，將會展開一場更慘烈的拚死決鬥。時機日益成熟，這不過是序曲。在黑暗的遠方，他的腦子裡已描繪出一幅慘絕人寰的地獄圖景。

砲戰結束後，他仍在夜風中呆立了好一會兒。這裡雖然是南國的廣東，但夜間的秋涼還是滲透肌膚。不知是秋天的夜風，還是因爲預感到即將到來的時代而害怕，他感到脊樑上冷颼颼地直打寒噤。連維材壓緊衣領回到了營房。

陳連陞早就在屋子裡等著他。

「我想再次恭聽您談談夷情。」陳連陞的語氣和態度都變了。

2

「他媽的！你們要幹什麼？」誼譚的兩隻手腕被人按住，他一邊跺著雙腳，一邊叫罵著。

他從沙角砲臺輕而易舉地逃出來，這叫他感到有點掃興。他準備先到新安城，然後按預定計畫打進英國船隊。可是走到新安縣城前的一座竹林子前，突然跳出十幾名漢子，不容分說就把他捉了起來。

「是劫路的強盜嗎？」可是，不會是強盜的。誼譚穿著從沙角砲臺逃跑時那身粗布破衣、赤著腳走來，哪有強盜會愚蠢到看中他這副窮酸相。

「是追捕的人嗎？」他覺得從那種地方丟失一個人，是不會這麼興師動眾的。

誼譚被帶進一座破廟，一個頭戴官帽的小官站在那裡威嚴地問道：「你叫什麼名字？」

「連章，爲什麼要捉我？」誼譚把連維材的姓和溫章的名字拼湊在一起，編了一個假名。他的兩手被扭住，只好用腳踢著沙土地。

「哦！蠻有精神哩！」小官一本正經地說：「從什麼地方來的？」

「廣州。」

「上什麼地方去？」

「不知道。我來找工作。」

「有父母嗎？」

「我生下來就沒見過父母。」

「那很好。」小官滿意地點點頭說。

誼譚從破廟的後門被帶到外面的廣場上，那裡站著許多持著標槍和火槍的士兵，圍成一個圈圈。他被推進圈子裡。他摔倒在地，朝四周看了看，周圍都是年輕小夥子，大約有一百多人，皮膚黝黑，看來是漁村的青年。

其中一個小夥子問誼譚說：「你這副白嫩的面孔在附近是找不到的。我估計你是城裡人，對嗎？」

「是的，我是從廣州來的。這到底是怎麼一回事？」

「要和英吉利打仗，現在徵集壯丁，看來你是莫名其妙被抓來的吧？」

「是嗎？他媽的！」

當時除了正規軍外，當局還募集「近縣的壯丁」給各個保甲強制分配人數。因爲會發一點薪餉，所以窮人家子弟都願意去；稍微富裕一點的保甲則向官吏行賄，可以去。官吏方面必須湊足規定的人數，收了賄賂之後，就把當地的流浪漢或過路行人中的年輕人抓來補齊不足的人數。誼譚就是落進這種爲了湊足人數而抓人的圈套裡。他老實地說出自己沒有父母，官吏聽了大爲高興。因爲抓了這樣的人去當壯丁，以後不會發生麻煩的事。

「這仗要在什麼地方打？」誼譚問道。

「聽說在官湧。」

誼譚想起義律曾命令英國船隊在銅鼓灣集結，官湧正處於可以俯看銅鼓灣的位置。

「又要打仗啦！」誼譚目睹了穿鼻海戰。聽說要打仗，又勾起了他的好奇心。他打定主意：「暫且和這些全身魚腥味的傢伙混在一起吧！」

十一月四日，提督關天培接到官湧遭到英國船砲擊的報告，立即採取措施向官湧增派軍隊。由於英國船隊已由尖沙咀轉移到銅鼓灣，於是決定把駐守九龍的參將賴恩爵和都司洪名香調駐官湧。賴恩爵是九龍事件的指揮官，駐守宗王台的參將張斌也接到了同樣命令。

十一月八日，英國船隊再次開砲，並派出一百多名水兵分乘小艇登陸。增城營把總劉明輝迎擊，雙方均無死亡，英國兵很快又撤退到海上。

第二天，九日，官湧偏東的胡椒角遭到英國船砲擊，駐守該地的游擊德連應戰。風雲突變。游擊班格爾馬辛和守備周國英等人率軍趕去增援，關天培急忙送去大砲。

清軍方面的部署是把官湧的軍隊分爲五個兵團。五個兵團的長官分別爲參將陳連陞、參將張斌、守備武通標、參將賴恩爵和游擊德連。這一帶屬新安縣管轄。知縣梁星源接到命令要徵募兩百名鄉勇（民間的壯丁），誼譚被抓去就是被編入這些鄉勇的行列。

3

「又遇到了這個討厭傢伙！」誼譚在官湧的兵營裡發現連維材，趕忙縮回脖子，他覺得金順記的老闆很不好對付。誼譚戴著斗笠夾雜在壯丁隊裡運土，所以對方並沒有認出他。

此刻連維材在和陳連陞談話。十一月十一日的夜間又發生砲戰，現在是兩天後的傍晚。

「今天晚上可能又要發生麻煩的事情。」連維材說。

「是嗎？那我還得小心留意，盡量做到萬無一失。」陳連陞現在已經對連維材言聽計從了。

眼底下的海灣裡停著十幾艘大大小小的英國船，其中就有那艘甘米力治號。用望遠鏡一看，它和前次一樣正在進行不祥的活動。

在兩天前的砲戰中，英國方面遭受到空前損失，那是清軍分爲五個兵團之後的首次戰鬥。砲彈從意料不到的方向飛來，所以英國船已不像以前那樣得意了。

那天夜裡大部分英國船都開到灣外。現在甘米力治號及其僚船蕭·阿拉姆號，好像率領一群小舟艇似的又開進灣裡，而且耀武揚威地在測量水深。陳連陞回到營房裡和賴恩爵等人商量之後，五個兵團立即做了部署。

天黑之後，甘米力治號的十八磅砲向官湧開了第一砲，接著蕭·阿拉姆號也開了砲。這時，在銅鼓灣外停泊著墨慈商會所屬的一艘商船沙章·沙加號。在這艘商船的一間船艙裡，臥病在床的約翰·克羅斯微微地動了動嘴唇。最近幾天他的病情更加惡化了。

哈利·維多一直待在約翰身旁，他的眼睛通紅，昨天晚上他幾乎一夜未眠。約翰的嘴唇每動一次，哈利都要把耳朵靠近前去。約翰好像在說什麼，但是聽不清楚。

這時傳來了砲聲，約翰的嘴唇又微微地顫動著，這次他用清晰的聲音說道：「再見了！哈利。」

「約翰，別胡說了！」哈利把手放在約翰的肩膀上，悲傷地搖了搖頭說：「振作起來！一定會好的！」後面的話變成了哭聲。

約翰閉上眼睛，他的頭好像微微地搖了搖，他那張皮包骨的臉上沒有一絲血色。

這時，保爾·休茲吹著口哨走進來問道：「約翰的情況怎麼樣？」

哈利沒有回答，低下了頭。

保爾一屁股坐在床邊的椅子上說：「這個時期眞糟糕，連病人也不能上岸。」

「沒辦法，這是欽差大臣的命令。」哈利說。

「欽差大臣是塊石頭，義律老兄也太頑固了。眞要命！」保爾忿忿地把指關節捏得咯咯地響。

狹窄的船艙裡兩人都沉默著，充滿著陰沉氣氛。這時又傳來幾發砲彈聲。

「道格拉斯這小子亂放砲。現在他這麼蠻幹是因爲軍艦來了，甘米力治號就不重要了。」保爾這麼說。

保爾對飛揚跋扈、自稱司令官的道格拉斯一向沒有好感。眞正的司令官到來之後，道格拉斯的威嚴大大地降低了，保爾感到很痛快。

「這種聲音對病人可不好啊！」哈利小聲地說。

「可不是嘛！眞糟糕，再這樣下去，還不知道是怎樣的結局？」保爾用手中的帽子拍打了一下膝頭。

接著又響起了一陣砲聲，這響聲和剛才的砲聲不一樣。

「砲臺也開砲了。」保爾不耐煩地說道：「爲什麼不打得更厲害一些呀！道格拉斯這小子淨打小仗，這麼打法，沒完沒了。」

「保爾，叫醫生！」哈利一直屛住呼吸彎腰俯在病人身上，這時突然轉身衝著保爾焦急地說道：「庫巴醫生在斯萊克號上。剛才去叫了，還不來……大概在下象棋吧！你坐小船去把他找來！」

「好，我這就去。」保爾一下子就跳起來。他朝病人的臉上看了一眼——生命的火花就要從那張臉上消失了。

這位在曼徹斯特曾經和約翰同住過一間屋子的保爾，用他粗壯的大手擦了擦自己的蒜頭鼻子，抓起帽子就走出船艙。正好傳來一陣砲聲，蓋住了他在走廊上的跑步聲。

哈利嘆了一口氣。爲了不讓氣息噴到病人臉上，他輕輕地轉過頭。他的肩頭上慢慢地失去重量。

4

沙粒打在臉頰上。

「他媽的！」誼譚揉了揉眼睛，眼睛裡也進了沙子。

英國船的砲彈落在堡壘旁邊的沙袋上，揚起了沙土。誼譚他們離得相當遠，身上也蒙上了一層沙土。

「呸！」旁邊的一個人吐了口口水。他大概是在傻乎乎張著嘴巴時，沙子飛進了他的嘴裡。

「在這種地方受傷，太愚蠢了。」

這時夜幕已經降臨，人們把火把隱藏起來，免得變成大砲攻擊的目標。因爲正在戰鬥，砲臺的門衛警備森嚴，不可能像在沙角砲臺那樣輕而易舉地逃跑。不過，天很黑，離開戰鬥的行列人們是不會發現的。誼譚拂掉臉頰上的沙土，悄悄地離開了壯丁隊伍。

「這是愚蠢的戰鬥，簡直是浪費砲彈。」

雙方在勉強達到的射程距離內互相砲擊，英國的砲彈最多也不過擦傷堡壘的牆壁，第二天又驅使壯丁隊去修補好。官湧砲臺的砲彈也徒然地在海面上掀起水柱，偶爾勉強達到敵船，也只能擦傷一點船邊。林則徐在奏摺中報告這一天的戰鬥說：「有兩砲連打多利船艙，擊倒數人，且多落海漂去者。」多利是蕭·阿拉姆號船長的名字。報告說兩發砲彈打中了，其實蕭·阿拉姆號安然無恙，英國方面的記錄也未記載有戰死的人。所謂「擊倒」、「漂去」等，看來是守衛官湧的軍隊給上司報告時所使用的粉飾詞句。戰鬥是在夜間進行的，當時的情況不可能看出戰果。

壯丁隊發了竹紮槍。在這種砲臺和船隻的戰鬥中，竹紮槍當然不起任何作用。正規軍有人用鳥槍狙擊，但那正如俗語所說：「黑夜放槍，勞而無功。」總之，只有大砲才管用。

在這樣的砲戰中，除了砲手外，軍隊和壯丁不得不變成木偶，他們的存在不過是以防萬一敵人會登陸。

「我就少陪啦！」誼譚抱著竹紮槍鑽進了後面松林。

誼譚向東約走三十公尺松林就到了盡頭。通向崖下的廣場，那裡安放了一門一千斤大砲。

說英國船的十八磅砲等，那是指砲彈的重量；說清軍砲臺的一千斤砲或三千斤砲，那是指整個砲身的重量。當時的大砲要發射一發砲彈是很費事的，我們不能用現代戰爭的概念來硬套鴉片戰爭時期的戰鬥。大規模的戰鬥姑且不論，像官湧這次波狀進攻的小戰鬥，砲聲是稀稀落落的。因爲分爲五個兵團，分散在各處的大砲輪番吐出火舌，看起來相當熱鬧，但就各個大砲來說，開砲的間隔長得幾乎叫人不敢相信。就好像節日的煙火，好半天才想起來似的放一下。

戰鬥一開始，參將陳連陞就忙於指揮，不能陪連維材。參將的衛兵——一個名叫葉元火的青年留在連維材身邊招呼著。難怪陳將軍很喜歡這個衛兵，這個青年確實很聰明，性格也開朗。

「我現在正在考試，就要當軍官了。」葉元火高高興興地這麼說。

連維材一下子就喜歡上這個青年。他覺得看到這樣的年輕人，應該對國家的前途感到樂觀。

「葉君，今後的戰鬥就是那個囉！」連維材指著大砲說。

「是呀！」葉元火爽快地回答：「那些拿刀拿槍的士兵都傻頭傻腦地站在那裡，只有砲手在活躍著。」

「你與其練習舞刀，還不如研究大砲。」

「看到這次打仗，我也深深地感覺到這一點。」

連維材心想：「這麼想的人越來越多就好啦！」

不知什麼地方突然亮了起來，一會兒就聽到一聲巨響，到處都發出亂糟糟的喊聲。

「有的人揮舞著竹紮槍亂嚷哩！」連維材說。

「那是傻瓜！」聰明的衛兵爽朗的說：「不過，那是爲了壯壯膽子吧！」

「要出去走走嗎？」

「我奉陪。」

兩人從砲臺廣場向松林那邊走去。

松林裡，誼譚把竹紮槍靠在樹上，頭枕著樹根、把斗笠蒙在臉上睡覺。最近的那門一千斤砲發出巨響，射出了砲彈，在松林裡都能感覺到地面在輕輕顫動。

「這鬼大砲，吵死人啦！覺都睡不好！」誼譚氣憤地自言自語道。

5

沙章・沙加號上，庫巴醫生帶著沉重的神情把著約翰・克羅斯的脈。他不時地吐一口氣，氣息中帶有一點酒氣。哈利・維多的眼睛一眨也不眨地注視著。

約翰面如土色，每呼吸一次，肩頭都要顫抖一下。他那精疲力竭的身體，看來是用最後一點力氣來維持這微弱的呼吸。他的眼睛平時就是混濁的，現在更讓人感覺到上面好像黏上一層什麼膜似的，生命的火花已經從他的瞳孔中消失了。

庫巴醫生退到船艙的拐角上打開醫療包。

「怎麼樣？」哈利小聲問道。他的聲音顫抖著。

醫生咬了咬嘴脣，閉上了眼睛，然後微微地搖了搖頭說：「最多還能支持一兩個小時吧！」

哈利感到心頭一陣發熱。他走出船艙，把手伸進口袋，但口袋裡沒有手帕，他用手背擦了擦眼眶。保爾・休茲緊跟著哈利來到走廊上。

「哈利，這是沒辦法的事，約翰本來就不可能長壽。」

「是我把約翰帶到這裡來的。」哈利沮喪地說。

「約翰要是待在曼徹斯特，恐怕早就死了。我說哈利，我跟他在一起最清楚不過了。曼徹斯特的那個地窖，唉！那簡直不是人待的地方。你把他帶到這裡來，起碼使他多活了一、兩年。我是這麼認爲的。」保爾的蒜頭鼻子湊到哈利面前勸慰著。

「只有一、兩個小時了。」哈利好像沒聽見保爾的勸慰，小聲地說。

「眞叫人受不了！這砲聲能停一停也好啊！」保爾跟平常不太一樣，他縮著肩膀，悲傷地把他那小眼睛瞇得更小了。

「反正約翰也不會聽到了。」

砲聲還在響，離得遠，但也許是風向的關係，聽起來聲音卻很大。商船隊的大砲和官湧砲臺的大砲響聲明顯不一樣，這兩種砲聲交織在一起，衝擊著哈利的心。

「道格拉斯這小子，你算了吧！」保爾罵了起來。

確實如保爾所說的那樣，約翰如果一直待在曼徹斯特那個髒汙的地窖裡，也許早就死了。英國工業的大發展正是建立在無數犧牲者的屍骨上。鋼鐵、煤炭和棉花，所掀起的旋風，使多少人喪失性命。修改選舉法和憲章運動，也未能遏止這股旋風。

約翰．克羅斯來到廣東前，他的身體已經受到很大摧殘，他的死絕不是哈利．維多的責任。而使哈利感到壓抑的並不是這種責任感，而是一種無法言說的深沉悲哀。

從澳門撤退時，約翰把一個沉重的口袋交給哈利說：「這裡有四千塊銀元，我沒有親人，所以我把它交給你，你好好地爲我處理吧！我想把它捐贈給廣州醫院，如果可能，我希望能用作治療吸食鴉片者的費用。……」

光靠約翰的薪水是不可能積攢出四千塊錢的。「怎麼積攢了這麼多錢呢？」哈利曾經考慮過這個問題，但他沒有說出口。

哈利曾經發現，約翰好像和簡誼譚合夥做過什麼買賣。因爲合夥人是誼譚，可以想像不會是什麼正經的買賣。約翰希望把這筆錢用作治療吸食鴉片者的費用，從這句話裡也可大致猜測出那個買賣是什麼性質。

哈利走到甲板上。在左舷的遠方，不時地閃過一道道亮光和一聲聲砲響。水手們靠在船欄杆上一邊大聲說話，一邊觀看砲戰。

哈利回憶起曼徹斯特那地窖似的房子——住在那種地方只有死路一條，誰都想從那種地方掙脫出來，尋找一條活路。甲板上的水手們以及哈利本人都是屬於那種人，要想活，似乎必須把別人當作犧牲品。在廣州、澳門的陋巷中遊遊蕩蕩幽靈似的鴉片鬼形象，此時突然閃現在哈利眼前。

這時，在沙章．沙加號的另一間船艙裡，船主人威廉．墨慈的禿頭反射著煤油燈的燈光。他正在查閱文件，船長戈爾德．史密斯在他面前抽著煙斗。

墨慈抬起頭，帶著微笑說：「湯姆士．葛號做了一件妙事。不過，這種妙事再也辦不到了，看來只能斷了這個念頭。和義律打交道到如今也應該散夥了。」

「你打算到哪裡去？」船長問道。

「麻六甲、新加坡、爪哇、馬尼拉……只要船能經常開動，暫時的困難是可以應付過去的。」

「你準備裝什麼貨？」

「我正在了解行情。藤子跌價了，我想都買下來囤積在什麼地方。廣州的貿易總不會永遠這麼停頓下去吧！」

「很可能要打仗。」

「打仗也不會永遠打下去，總有一天會結束的。打完仗以後的事也要考慮。拿藤子來說，根據目前的價格，存放兩年也不會虧本。」

墨慈又開始翻閱檔案，他在查閱各地物產的行情價格，砲聲好像和他毫不相干。過了一會兒，他站了起來，興奮地說：「當然會打仗，不可能進行貿易。那麼，怎麼辦？之前向清朝出口的商品會因此失去市場，價格會一落千丈。好，那我就先去麻六甲。由於打仗而落價的商品，在打完仗之後還會上漲的。再說，仗也不會打很長。對，這是一個機會。」

船長對墨慈的每句話都一一點頭。

一艘小艇划到了沙章・沙加號旁邊。哈利一看到爬上繩梯那人的臉，不覺得呆呆地愣住了。歐茲拉夫抱著《聖經》上了甲板。

「還趕得及嗎？」牧師問水手們。

「怎麼說呢？」一個水手回道。

「眞是醫生之後又來牧師呀！」後面傳來了這樣的說話聲。

哈利趕在歐茲拉夫前面跑到約翰身邊。

這天晚上，約翰・克羅斯握著哈利・維多的手嚥了氣。約翰斷氣後五分鐘，墨慈帶著船長走進船艙，恭恭敬敬地劃了個十字，小聲地說：「來遲了一步！」

6

衛兵葉元火確實年輕，跟他走在一起，儘管四周一片漆黑也讓人感覺到有一種充滿生氣的氣氛，這使連維材很高興。他們談了許多話，連維材敏銳地感覺到，這位年輕軍人的精神暗示著新時代的到來。

「時代已經不同了，可是軍人的考試還是弓箭刀槍。說實在的，這個不改變可不行啊！」葉元火這麼說。話中雖然有感慨，但絲毫沒有消極的情緒。

「學習大砲、火藥，對考試雖然沒什麼好處，不過，我認為將來一定會有用。」連維材一邊這麼說，一邊想起自己的兒子們。

「我連大砲的邊也沒有靠近過，平時只在遠處看看。」

「那邊就有一門大砲，去看一看開砲嗎？」

「好吧！去看看。」

兩人在松林裡一邊談著話，一邊往簡誼譚的身邊走去。誼譚聽出是連維材的聲音，趕忙屏住呼吸。

「發現我該怎麼辦？」誼譚心裡在琢磨著。

連維材大概會幫他從壯丁隊裡放出來，可是誼譚覺得要謝絕他這麼做。現在他的心中已開始醞釀著新的冒險，他要靠自己的力量從這裡逃出去。

連維材和葉亢火穿過松林來到崖下一千斤砲旁。這是一種短粗的煙捲型舊式砲，就當時的大砲來說，這種砲並不算太大。關天培已在各個砲臺配備五千斤以上的巨砲了。崖下的這門砲由大鵬營的士兵負責，指揮開砲的小軍官和連維材認識。

「我們來參觀一下。」連維材和小軍官搭話說。

「請吧！不過，有點暗。」

砲的左右兩邊點著燈籠，前面擋著一塊大木板，防止燈光透到海面上。

一千斤砲每發射一發砲彈砲身就發熱，熱得能把手燙傷。要等它冷卻之後把砲口清掃乾淨才能打第二砲。

中國在明代已盛行火器的研究，當時已能製造不亞於西方各國水準的火器。可以稱之爲機關槍始祖的「八面轉百子連珠砲」，近似於現代迫擊砲的「神煙砲」、「神威大砲」，以及「飛火流星砲」、「萬人敵」等獨創性的火器，聽一聽名字也讓人膽顫心驚；甚至還發明了被稱爲「混江龍」的水雷。到了清朝，軍事當局對火器完全沒有熱情，根本不研究新式武器。爲了準備和英國打仗，林則徐和關天培趕忙整頓砲臺，但是光靠本國製造明代以來那種舊式大砲已經來不及，只能從葡萄牙等國購買。直到鴉片戰爭後二十五年的同治五年（一八六六年），在上海創建江南製造局之後，中國才開始製造新式武器。

「這是第幾發了？」連維材問小軍官。

「剛才打了三發，現在正準備打第四發。」

「那正好。這位年輕的葉君說他還沒有在近處看過開砲，讓他看看吧！」

「可以。不過，注意不要把耳朵震聾了，用這個把耳朵塞住就行了。」小軍官把兩塊像棉花團似的東西遞給葉元火。葉元火把它塞好，蹲在大砲旁邊。

葉元火的側臉映照著朦朧的燈籠光，顯得神采奕奕，簡直就像年輕中國的象徵。他那明亮的眼睛注視著砲手們的一舉一動。

「還有點熱，我看可以了吧？」用水桶向砲身上澆水的士兵報告說。砲手們的臉已被火藥粉末弄得烏黑。

「裝砲彈！」發出了號令。

砲彈是從砲口裝填的，葉元火目不轉睛地看著砲手的操作。手持引火棒的士兵彎下腰。

「開砲！」手持腰刀的小軍官迅速把手往下一揮。

引火棒伸出去點著藥線，點燃的藥線發出斷斷的聲音。連維材沒有塞耳塞，在離得稍遠的地方兩手捂住耳朵等待著。接著，一瞬間，猛烈的爆炸聲震動了周圍。

「啊！」連維材條件反射似的趴在地上。

這不是一般的開砲，而是震耳欲聾、帶著金屬聲音的巨響。他抬起頭一看，眼前那門煙捲型一千斤大砲突然不見蹤影，打落的燈籠在地上燃燒；破裂的大砲殘骸躺在地上冒著白煙。

「葉君！」連維材拚命地跑過去。可是，葉元火剛才所在的地方只有一片散亂的鐵片，到處都發出呻吟聲。

指揮的小軍官拖著一隻受傷的腳，發狂似的在周圍跑來跑去。他指著左邊喊道：「連先生，那個士兵被打到那邊去了！」

在離燃燒的燈籠三公尺來遠的地方，一個士兵倒在那裡。連維材跑過去把他抱起來。他的臉的下半部已被削去，連維材不禁把他的身體緊緊地摟住。

「啊！葉君！」連維材用自己的臉頰貼著葉元火傷殘的臉。年輕人臉頰上黏乎乎的血還是熱的，身體還留有餘溫，可是，年輕人豪放的靈魂已經脫離了軀體。

在松林中睡覺的另一個年輕人被這一聲巨響嚇得跳了起來。他操起竹紮槍，一個勁地敲打著松樹，嘴裡嘟囔著：「太不像話了！」

英國船進攻官湧前後共六次，清軍方面的紀錄說六次全部獲勝。其實六次砲戰，清軍戰死兩人。由於發生了大砲爆炸事故，用引火棒點火的砲手和在砲邊觀看的葉元火兩人，當場死亡。

林則徐在奏摺中寫道：「……（十月）初八日（國曆十一月十三日）晚間，有大鵬營一千斤大砲放至第四出，鐵熱火猛，偶一炸裂，致斃……兵丁兩名。……」

十一月十三日的砲擊，是英國船向官湧發動的最後一次進攻，之後，英國船開始分散停泊於龍波、赤瀝角、長沙灣等地。

幾天之後，漁船從海中打撈起一具夷人屍體交給官吏。當地官吏向上司報告說，這是英國方面遭到官湧砲臺反擊被打死的夷人。其實這具屍體並無外傷，這是水葬的約翰．克羅斯的屍體。

《飛鯨書院志》上刊載了連維材題爲《哭葉元火君》的兩首詩。一首爲五言絕句，一首爲七言絕句：

銅鼓麟兒在，桓桓粉骨功。
魂留襟帶固，南粵恨無窮。

五海狂潮滿虎河，三營凜冽健兒多。
斜暉忽覆雄圖碎，萬籟齊鳴是輓歌。

斷章之三

投票表決的結果是，贊成的二百七十一票，反對的二百六十二票，以九票之差通過軍費支出案。最後的希望破滅了。像塞維爾教授這些代表英國良心的人們不禁仰天長嘆：「英國的國旗終於遭到玷汙，今後我們看到它也不再熱血沸騰了。」

查頓和馬地臣之流則舉杯慶賀——「爲英國的新領土香港和舟山乾杯！」

1

一八三九年十一月三日的穿鼻海戰爲鴉片戰爭的開始，這幾乎已成定論。

英國政府決定出兵是第二年——一八四〇年二月；同年四月，國會通過了軍費支出案。不過，戰爭並不是從通過軍費支出案或決定出兵時開始的。

在穿鼻海戰的前兩個月，雖然發生過九龍砲戰，但是之後義律曾赴澳門和清朝官員接觸，進行辯解；清朝的予厚庵也費盡心機研究了解決辦法，所以九龍砲戰並未導致兩國關係完全破裂，看來還是以穿鼻海戰作爲鴉片戰爭的開端較爲妥當。在穿鼻發生衝突之後，又在官湧發生了小規模戰鬥，清、英之間已經沒有商談的餘地了。

英國派駐清朝的只有兩艘軍艦，他們等待大規模遠征軍的到來；清朝則在爲砲臺的建設和戰鬥人員的訓練爭取時間。兩個國家在等待時機和進行準備的這段期間，好像是暴風雨前夕的寂靜。

《中國叢報》雜誌所說的清、英兩國關係籠罩烏雲而無特別事件的時期，就是這一時期。

我們說兩國由於穿鼻海戰而斷絕外交，不過，正如前面多次所提的那樣，清朝的天朝意識使其並不承認所謂的「外交」，斷交的形式就是「永遠不准交易」。

十二月十三日，道光皇帝下達停止和英國貿易的上諭說：「……所有該國船隻，盡行驅逐出口，不必取具甘結（保證書）。其毆斃華民（林維喜）凶犯，亦不値令其交出。……」保證書和引渡犯人都不値得一提了，意思就是說斷交。

不過，當時對義律來說，雖然對貿易消極怠工，但是還利用美國船等繼續進行間接的貿易；甘米力治號也是這個時期轉賣給美國商人的。清朝方面卻提出一種更極端的論調，主張英國和其他國家要停止一切貿易，並禁止民船出海，企圖徹底閉關自守。

這種主張稱之爲「封關禁海議」。這種徹底閉關自守主張的代表人物是順天府尹（如今北京市長）曾望顏。曾望顏爲廣東省香山縣人，他於道光十九年十二月十一日上奏了極端的封關禁海議，北京把曾望顏的這篇奏摺抄本送往廣州，徵求林則徐等當地官員的意見。

廣州方面，總督林則徐、巡撫怡良、海關監督予厚庵、水師提督關天培和陸路提督郭繼昌等五人進行了協商，決定奏答。

陸路提督郭繼昌，直隸省正定縣人，字厚庵。他主要在西北邊疆從事軍務，兩年前擔任現職已是七十二歲高齡。這位提督在鴉片戰爭中因爲過度勞累而病死。

朝廷諮詢的是有關對外貿易的事項，所以五位官員中，予厚庵的意見最有份量。不過，林則徐也不贊成徹底閉關自守。他來到廣州之後，對外國的情況已相當了解，他絕不是頑固的攘夷論者。

五人協商得出的結論是反對曾望顏的極端主張，其理由是，除英國外，其他國都對清朝表示恭順，並在鴉片問題上提交了保證書；另外還說，應該優待外商，以離間他們和英商的關係，採取「以夷制夷」的策略。

兩廣總督鄧廷楨這時已調任閩浙總督，林則徐接任兩廣總督。

林則徐早就被任命爲兩江總督，只因爲夷務不能離開廣州無法去江寧（南京）赴任。而穆彰阿擔心授予林則徐兩江總督的要職，他的發言權會增強，因此積極策劃；結果林則徐改任兩廣總督。這些在前面已經說過，兩江的要職給了穆彰阿畫了三個圓圈的伊里布。

鄧廷楨離開廣州時，贈給林則徐等諸摯友的詩中說：

欲知高厚何由答，盡變蠻煙化瑞煙。

所謂「蠻煙」，當然是指鴉片。

2

清朝方面理所當然地以懷疑的眼光來看待義律在這一時期的態度。義律表面上命令英國商人繳出鴉片，又訓令英國商人不得從事鴉片貿易，但是他的行動說明這不過是表面的粉飾。清朝認爲：「義律爲什麼不准英國商人提交關於鴉片的保證書呢？爲什麼不讓裝載鴉片的船隻回國，而停在九龍洋面和銅鼓灣呢？」——產生這些疑問是十分自然的，因而難免產生這樣的猜測，「義律是在等欽差大臣一離開廣州立即恢復鴉片貿易。」再加上一再地開砲，所以林則徐等廣州當局要員越來越認爲義律的話不足採信。英、清間斷交，可以說其主要原因是對義律的不信任。

「義律是個頑固、不講道理的傢伙，英國國內會有稍明事理的人吧？」林則徐這麼認爲，因此他想拋開義律直接向英國呼籲。

道光十九年夏天，廣州一個姓翁的商人因爲刊售官方文件而受到懲罰。這個商人就是因爲獲得林則徐致維多利亞女皇信件的抄本，而把它印刷出售。

林則徐致維多利亞女皇的信有兩封。前面提到市井間流傳的那封信上寫的職銜是「欽差大臣湖廣總督」，可見是他在被任命爲兩江總督之前寫的，並註明這封信沒有發出；另一封信是隔了好久之後寫的，並委託不顧義律的禁令、進入廣州的湯姆士．葛號船長瓦拉帶往倫敦。

信的開頭說：「洪惟我大皇帝撫綏中外，一視同仁，利則與天下公之，害則爲天下去之，蓋以天地之心爲心也。貴國王累世相傳，皆稱恭順……」接著譴責鴉片貿易「天怒神恫」，並詳細說明天朝的禁令，建議對罌粟「拔盡根株，盡鋤其地，改種五穀，……此眞興利除害之大仁政，天所佑而神所福……」最後結尾寫道：「王其詰奸除慝，以保爾有邦，益昭恭順之忱，共用太平之福，幸甚！幸甚！接到此文之後，即將杜絕鴉片緣由，速行移覆（回答），切勿諉延（藉口拖延）！……」

從信中可以看出，這種語氣不是一國大臣給另一國國王的信函語氣，像「爾」、「恭順」等，完全是對待屬國土酋長的命令語調。

林則徐對外國的情況很了解，他也知道這種書信從國際常識來看是失禮的，但是要給英國女皇寫信，當然要得到北京准許。如果以對等的態度寫信，不僅不會得到准許，光起草這樣的信就會受到處罰。清朝的天朝意識就是這樣難以消除。

信的內容姑且不說，單憑對女皇缺少敬意這一點，不管瓦拉船長多麼勇敢，也不敢把這樣的信轉交女皇。在英國的資料中，也未發現有關維多利亞女皇收到林則徐信件的記載。

瓦拉船長離開廣州時，說他確實收下了這封信，甚至還寫了收據，收據上的日期是一八四〇年一月十八日，保證要「小心謹愼帶之」。但是他把這封信壓下了，對他來說，這麼做也是理所當然的。瓦拉是因爲不聽義律的命令而受到林則徐賞識，因此才把這樣的重任委託給他。

一八三九年十二月二十二日，清朝官員抓了英國人古里布爾。

由於耶誕節即將來臨，停泊在銅鼓灣的英國船隊比平常更頻繁地補充物品。因爲是高價收購，民間的商販絡繹不絕地乘小船來和英國船連繫，英國人甚至用鴉片代替銀兩來付貨款。

清朝的警備當局比平時更嚴。

這一天，古里布爾在銅鼓灣乘小船遇到清軍的巡邏船。這傢伙是新來的，對情況不太了解。老的嚇唬新來的，誇耀自己怎麼冒險，把上次燒毀西班牙船畢爾巴羅號事件加以誇大說給他聽，弄得古里布爾有點神經衰弱，以爲「被抓住就完蛋了」。

當清軍的兵船一靠近，他嚇得臉色蒼白、手忙腳亂地放了一槍。由於對方突然開槍，巡邏的兵船認爲一定是在做鴉片走私買賣，於是開到小船邊逮捕了古里布爾。

審訊結果證明古里布爾和鴉片走私並無關係，因此決定釋放。關於來廣州接領古里布爾的船隻，林則徐特別指定羅依亞爾·撒克遜號。

羅依亞爾·撒克遜號就是在穿鼻被義律趕回去的那艘英國船。它的船長塔溫茲要當湯姆士·葛號第二，在保證書上簽了字，企圖越過虎門。林則徐指定這艘船，當然是因爲對反抗義律的塔溫茲船長抱有好感。

古里布爾於一月十四日獲釋。除了古里布爾外，在海南島近海遇難的十五名英國人也被清朝救起，並立即送還；登岸被捕的印度水手，經訊問後也釋放了。

與英斷交後，林則徐對英國人仍然採取「不妄加刑戮」的方針；而義律卻經常誇大清朝官吏的暴戾，向英國報告。要是在現代，什麼地方發生糾紛，世界各地的新聞記者都會扛著設備跑去進行報導，即使傳出的是性質不同的資訊，但是加以綜合分析，仍然可以推測出接近事實眞相的消息。可是，當時的通訊和情報蒐集的水準，可以說現場有關人員的發言就是一切，被掩蓋的事實往往長期得不到澄清。早到的英國人用可怕的話來嚇唬新來的古里布爾；同樣的，爲了爭取英國政府的同情和支持，現場英國人誇大地傳出他們是在和多麼凶惡的對手做爭鬥。

廣州的清朝官吏也是如此，他們經常向北京做粉飾事實的報告。北京和倫敦的對立比林則徐和義律的對立，具有決定權的兩端朝著相反方向拉大距離。擴大的速度更快得多。

3

就英國來說，鴉片戰爭顯然是不義之戰。被沒收高達兩百萬英鎊英國臣民的財產——這是否能構成開戰的正當理由呢？而這些所謂的財產都是禁品鴉片。

有人會說，鴉片雖然是禁品，並不在清朝的領土內，而是裝在停在外海的英國船上，所以沒收它是違反正義的。可是，儘管鴉片是在公海上，但是三歲兒童都知道，鴉片儲存在那裡是爲了向中國輸出。而且當時清朝在禁煙上已逼到不能不採取果斷措施的地步，這是眾所周知的事實。

爲了洗清不義之戰的惡名，英國曾經流行過種種掩飾的說法。其先驅，恐怕要推約翰．馬禮遜以《給編輯的信》的形式在《中國叢報》上刊載的文章。

馬禮遜認爲，清、英兩國糾紛的實質原因不在鴉片貿易問題，而在於清朝的中華思想，其傲慢無禮的態度和英國的「進步的自由精神」互不相容。意思是說，這並不是爲了鴉片的戰爭，而是進步的自由精神拍打了一向自高自大的中華思想和天朝意識。進步、自由——多麼美麗的詞彙啊！爲鴉片戰爭辯護的論調，都高高地打起進步和自由的旗號，目的是想掩蓋鴉片戰爭的實質性問題。

九龍事件之後，予厚庵曾一度瞞著林則徐企圖在澳門恢復貿易，伍紹榮等公行的成員曾大力支持這一活動；義律爲了對九龍事件進行辯解，也曾在澳門和清朝當局做過非正式接觸。這些活動最後雖然都流產，但是確實幾乎達成了在虎門進行貿易的協定。

可以看出，當時兩國之間的各種糾紛，除了提交保證書和引渡殺害林維喜的犯人這兩點外，其他還是可以設法解決的（即使是暫時性的）。

殺害林維喜是突然發生的事件；提交保證書是長期懸而未決的問題，義律堅決拒絕提交保證書。

穿鼻海戰應該說是鴉片戰爭的序幕。它起因於羅依亞爾·撒克遜號違抗命令在保證書上簽了字，企圖開進廣州，於是義律率領軍艦去把它追回。

義律拒絕做出不從事鴉片貿易的保證——這就是戰爭的直接原因。

據說當時如果停止鴉片出口，一向靠此維持運作的孟加拉政廳就會垮臺，這會影響到英國對印度的統治，義律當然不會做出不從事鴉片貿易的保證，開戰的目的就是爲了維持鴉片貿易。

外交大臣巴麥尊列舉的出兵理由實在奇怪。一是：英國臣民生命財產的安全受到了威脅。

林則徐不過建議，在有關鴉片的保證書上簽字，就可以和以前一樣在廣州進行貿易。當時湯姆士·葛號的船主和船員就是這麼做的，生命財產不但沒有受到威脅，反而受到盛情優待。禁止鴉片是清朝的方針和法律，對此予以尊重乃是國際法的常識。

二是：打破中華思想、開闢廣州以外的各個港口、締結通商協定、把長江下游地區納入英國經濟的勢力範圍。這些對英國來說並不是特別緊急的問題。

關於門戶開放，在一定程度上可以期待世界情勢的發展和中國方面慢慢覺醒，只要耐心等待是可以實現的。約翰牛❶不是以耐心著稱嗎？

儘管如此，英國還是派出了遠征軍。燃眉之急的問題還是鴉片，順帶想一舉達成上述的各種目的。爲鴉片戰爭辯解的論調，都是拉出這些「順帶解決的問題」來頂替「鴉片問題」。

回到英國的鴉片商人查頓和馬地臣等人，大肆煽動開戰論，「這樣下去，連印度也危險了！」「只要打，一定會勝利。」

阿美士德號的報告書從反面說明了這一情況。歐茲拉夫略帶誇張的警句——「英國的一艘護衛艦可以打垮清朝一千艘兵船」——不脛而走，經常從主戰論者的口中說出。

在英國，也不是沒有站在人道立場上反對鴉片貿易的呼聲。劍橋大學神學教授塞維爾，於一八三九年寫了《在中國做鴉片貿易罪過論》，譴責對中國進行鴉片貿易玷汙了光榮的英國國旗。這篇論文曾刊載於《中國叢報》，由林則徐的幕僚譯成中文。

前面談過清朝官員曾送回遇難得救的英國人，這是穿鼻海戰前夕的事。當時遇難的英國人名叫多庫特·喜爾，他的報告書中說林則徐讓他看了這篇論文，並說：「你看，你們國家不也是在譴責鴉片貿易嗎？」但是英國政府早已打定了出兵的主意。一八四年二月，英國決定出兵。印度總督俄庫蘭德下令動員四千陸軍，其中以駐錫蘭的愛爾蘭第十八團和駐加爾各答的第二十六團爲主力，此外還有孟加拉工兵兩個連、志願軍幾個連和馬德拉斯砲兵兩個連等，接著又組成艦隊，命令四月在新加坡集結。

印度的東方艦隊由以下各艦船組成（艦船名稱下的數字爲裝備的大砲門數）：

❶ 英國人的綽號。

威里士厘號　七十四　（戰艦）
康威號　二十八
鱷魚號　二十八　（和窩拉疑號同型的輕巡洋艦）
巡洋號　十八
阿勒琴號　十
阿塔蘭塔號
皇后號
馬達加斯加號
青春女神號　（東印度公司武裝商船）

從英國國內派出：
布朗底號　四十四　（重巡洋艦）
卑拉底士號　二十

從開普敦緊急開往新加坡的：
麥爾威里號　七十四　（戰艦）

摩底士底號　二十
哥倫拜恩號　十八

接著又派出：

伯蘭漢號　七十四（戰艦）
進取號　十八

在廣東的水域已有窩拉疑號和黑雅辛斯號兩艘軍艦在游弋。在遠征軍到達之前，約翰．邱吉爾艦長所指揮的重巡洋艦都魯壹號（配備四十四門砲）於三月二十四日開進銅鼓灣。除了以上艦船外，還有伊古爾號、人魚號、鳶號、約翰．阿達姆斯號、阿拉萊比號、庫利夫通號、埃爾納德號、拉罕馬尼號、斯利馬尼號等九艘運輸船開往中國。

4

當時英國是自由黨執政時期，首相是威廉．邁爾本。出兵已經決定，但是軍費支付案如果遭到國會否決就還不能遠征。

四月，政府如履薄冰迎來國會的召開。

在下議院，保守黨成員、古雷內閣時期的海軍大臣詹姆士．古拉哈姆做了長達三小時慷慨激昂的演說，譴責這次戰爭說：「這種不義的戰爭，即使勝利也不會給我們帶來任何光榮。」

外交大臣巴麥尊抖動他的薄嘴唇站起來答辯：「……在清朝的英國臣民被施加暴行、英國的財產被沒收，而且英國政府的代表遭到侮辱和監禁，這些不法行為使英國不得不和清朝開戰，一直到我們的要求被接受為止。可是，反對者卻談論政府在鴉片貿易上應受到譴責，應負在穿鼻發起軍事行動、引起戰爭的責任等等。……」

執政黨的野心家湯瑪斯·巴賓古谷·馬科維列，曾被《泰晤士報》揶揄為「饒舌的馬科維列」。他為開戰辯護，發表了以下激昂的演說：

……義律先生命令在被包圍的商館陽臺上高高地懸掛起英國國旗。……看到這面國旗，瀕死的人們立即復甦了，因為這使他們想起了自己是屬於不知道失敗、投降和屈辱的國家。……這個國家曾在普拉西原野上為黑色大廈的犧牲者報仇雪恨。自從偉大的攝政宣誓要使英國人的名字比過去的羅馬市民的名字更受人們尊敬以來，這個國家就從不知道後退。他們雖然被敵人包圍、被大洋和大陸隔絕了一切援救，但是他們知道，哪怕是自己的一根頭髮，如果有人敢對它施加危害，都不可能不受到懲罰。……

對這位饒舌的馬科維列的開戰演說，反對派古拉德斯頓做了以下反駁：

……其原因是我從不知道也不理解，如此不義的戰爭、如此遺臭萬年的戰爭。和我持不同意見的紳士，剛才談到在廣州光榮飄揚的英國國旗，其實這面旗子是為了保護禁品的走私而飄揚的。如果現在這面旗子要像過去那樣在中國沿海飄揚，我們看到它都不禁感到恐怖和戰慄。……

投票表決的結果是，贊成的二百七十一票，反對的二百六十二票，以九票之差通過了軍費支出案。最後的希望破滅了。

像塞維爾教授這些代表英國良心的人們仰天長嘆——「英國的國旗終於遭到玷汙，今後我們看到它也不再熱血沸騰了。」

查頓和馬地臣之流舉杯慶賀——「為英國的新領土香港和舟山乾杯！」

喬治・義律少將被委任為遠征軍總司令兼全權大使，這位五十六歲的海軍軍官是商務監督官查理・義律的堂兄。查理・義律也被授予了全權副使頭銜。三十九歲的堂弟義律和他堂兄的關係並不好，兩人在鴉片戰爭中經常爭吵。

遠征軍的艦隊越過印度洋，開往新加坡。五月三十日，集結在新加坡的主力向中國出發。道光十九年除夕（國曆二月二日），英國政府決定出兵，但是廣州卻謠傳義律被解職，決定由前東印度公司大班、七十歲高齡的史特溫頓（實際上史特溫頓當時不過五十九歲）接任。這個謠言來自於《廣州紀錄》上刊載一段未署名的報導：「據倫敦的報紙報導，喬治・史特溫頓將出任派往中國的特使，這消息令人遺憾。他是『茶葉就是一切』的時代人物，眼中並無國家的榮譽。……」

從這篇稿子裡可以看出，在中國的英國人對史特溫頓並無好感，原因是他是「反對鴉片聯盟」的成員。

可是，一八四〇年四月，史特溫頓在下議院所做的報告中卻充滿矛盾。他說：「我比任何議員都強烈反對鴉片貿易。」又說：「這是正當而合理的戰爭，我支持政府。」

史特溫頓將接任義律的傳說，最後證實是一派胡言。

林則徐日記中記載，他聽到義律將解任的消息後，認為是義律的不法行為違反了女皇的意願。可以想見，他看了塞維爾的論文等資料，顯然過於看重英國國內反對鴉片貿易的輿論。

農曆十二月初，林則徐身體不適，頭痛、臂痛，曾請蘇州名醫杜某診治。這在他的日記中亦可散見。

十二月二十二日（國曆一月二十六日），他接到調任兩廣總督的通知，雖然未赴任，但是他此前已被任命爲兩江總督，現在由兩江改調兩廣，等於是降格。拿薪俸來說，兩江總督的養廉爲一萬八千兩，兩廣總督僅爲一萬五千兩；至於在政治舞臺上的地位差距就更大了。

到了年底，他的身體似乎康復。大概是和前總督鄧廷楨交接事務，忙得顧不上身體有病了。這一年除夕「大風微雨」，天候不佳。日記的結尾寫道：「甚忙碌也。」可見公務十分繁忙。林則徐就是這樣迎來了決定他命運的道光二十年。

林則徐日記缺這個重要一年的春節至八月十四日（國曆二月三日至九月十日）部分，應該不是沒寫，而是散佚了。

5

前面我經常提到一些大家不常聽到的官職名稱和不太熟悉的制度，所以不得不用很多篇幅做說明，也許大家感到有點厭煩。不過，我還想利用這個機會談一談當時的中國和日本相較一些根本差異，以免讀者把日本歷史背景簡單地套用到這部小說上。

首先，中國不曾存在過世襲身份制度。

日本士農工商的身份是作爲世襲而固定下來的。武士的兒子一定成爲武士，農民的孩子不管其劍術多麼高超，也不可能成爲武士。

中國在制度上並沒有這樣的規定。雖然出身於農民家庭，只要透過科舉可以當官，也可以成爲軍人；當然，農民的孩子絕大多數還是務農。前面出現駐守官湧的副將陳連陞，在鴉片戰爭中他和兒子一起戰死在沙角砲臺。他們父子都是軍人；關天培的兒子也是軍人；林則徐的孩子們則都當了高級官吏。這是環境自然形成的，而不是強制的。貧苦農民因爲很難有受教育的機會，所以很難當官。中國的通俗小說和戲劇中，很多故事都是說貧寒青年刻苦用功，科舉及第，當上大官，得到美妻。也有人被剝奪了參加科舉考試的資格，例如前面提到的民、樂戶和佃民等。但是從全國人口來看，他們只不過是九牛之一毛。有人認爲，過去的中國只存在士大夫和非士大夫兩個階層，即讀書人和非讀書人。但是這絕不是世襲的階層。日本有嚴格的世襲身份制度，絕不能以此來類推當時的中國。

其次應該注意的是，中國在傳統上重文輕武。

日本是尙武的國家，武士統治國家的時期很長。中國則恰恰相反，是尙文的國家，錄用官吏的考試也要求有詩文方面的文學修養。

小規模的戰爭姑且不說，凡是涉及國家命運的大戰爭，一般都任命文官爲總指揮。在中國歷史上，由武官擔任大戰爭總司令的，恐怕只有宋代的岳飛和現代的蔣介石。辛亥革命的領導人是醫生出身的孫文；中國共產黨也是由文的毛澤東來總指揮，其地位在武的朱德之上。這是徹底的文官控制，穿軍服的歷來受到冷落。

在清代，同級的官吏，人們認爲武官要比文官低得多。文武官員的薪俸——「養廉費」，同級的武官只有文官的十分之一。文官要用它來養活許多幕客；而武官所指揮的士兵薪餉另有費用支出，所以利用虛報士兵人數、從中揩油的現象相當普遍，本來就受輕視的軍隊就更加腐敗。

拿廣東來說，從一品的水師提督關天培，本來應在正二品的巡撫怡良之上，可是在聯名上奏時，武官關天培的名字一定要放在怡良之後。

從二品的海關監督予厚庵的名字，一般當然放在關天培之後，但是有時卻相反。例如道光皇帝下達褒獎廣東領導人沒收鴉片的上諭時，名字的順序是林則徐、鄧廷楨、怡良、予厚庵、關天培。武職就是如此受到輕視。在這一點上，和同時代的日本的情況有很大的差異。

火攻

後面的船退到上風三十來公尺的地方，火船發出轟隆轟隆的巨響。無數火球飛向空中，像天女散花似的紛紛降落到甲板上。船帆、桅杆；甲板上都騰起了火焰；船員們亂跑亂竄地想把火撲滅；有的人慌忙跳入水中。

船上放下小艇，拋出帶鉤的繩子鉤住火船，想把它從船腹上拉開。

1

飽含著濕氣的南風強勁地吹著。

廣東的六月已是盛夏，夜間溫度幾乎和白天一樣。西玲在帆船上不停地揮動孔雀毛的羽扇。「你說到水上就會涼快些。可是……」她用一種抱怨的語氣和躺在旁邊的弟弟誼譚說。

「姐，妳不能要求過高嘛！我看還是比岸上好一些。」

這裡是磨刀洋水面，地處銅鼓灣和澳門之間，面對著內伶仃島。不過，因為是夜晚，島影隱沒在黑暗裡看不見。近處黑漆漆一片，那不是島，而是英國的軍艦。

都魯壹號重巡洋艦，自六月三日以來一直懸掛半旗，因為艦長邱吉爾勳爵病死了。英國商船停泊在附近，像包圍這些船似的，許多小舟艇群集在它們周圍。舟艇的樣子形形色色，主要是向英國船出售物品的民間「辦艇」。出售鮮魚、蔬菜的小船的叫「蝦筍艇」；提供日用雜貨的叫「雜貨料仔艇」；賣點心的叫「糕餅扁艇」；其中也混雜鴉片走私船。

「眞熱鬧呀！」西玲朝四面看了看說。

「是呀！向英國船出售東西可是樁好買賣啊！」

「讓巡邏船發現了怎麼辦？」

「沒什麼。磨石洋這麼大，老遠就能看到大家四面散開，一溜煙就逃掉了。」

那些蒼蠅似聚集在英國船周圍的「辦艇」，大大小小有三十餘艘。西玲和誼譚所搭的帆船，艙內整潔乾淨，好像是遊覽船。他們姐弟倆是雇了船來乘涼的。

「也可能涼快點，但眞無聊啊！」西玲躺了下來，把扇子蓋在臉上。對於她體內奔放的熱血來說，無聊是個大敵，因爲無聊，她的心靈和肉體到處徘徊。

「姐姐的個性好像不適合過平靜生活。」

「眞無聊啊！」西玲又說了一遍。由於開口說話，臉上的扇子滑落了下來。

「哪能每天都有驚天動地的事情呀！」誼譚雖然這麼說，但他也似乎感到無聊起來，「我們回去吧！順便從軍艦旁邊通過，看一看軍艦怎麼樣？」

「好吧！」西玲懶洋洋地坐起身子。

她已經三十歲了。人到了這樣的年紀，想法還不定，連她自己也覺得該到穩定的時候了。她的每一天都過得讓人惋惜，她覺得年輕時代奔放不羈的生活是美麗的，仍然想這樣繼續下去。可是，一到三十歲，她感到生活中似乎夾雜著一些讓人擔心的斑點。

姐弟倆的帆船划到都魯壹號旁邊。

「這艘巡洋艦有四十四門大砲，比窩拉疑號、黑雅辛斯號大得多。夠厲害吧！」誼譚誇耀地說。

西玲對軍艦並無興趣。她用扇子掩著口，她又感到無聊，打了一個呵欠。

其實一幅異常的情景馬上就要展現在她眼前。一艘又一艘的小舟艇，趁著黑夜紛紛向英國船靠近。這些避開巡邏艇划來的小船是出售蔬菜還是做鴉片走私的呢？看到這些船只能這麼想，這些船確實是民間的船，不過艙裡坐的卻是官兵。

一部分船遠遠地包圍英國船，停泊在一些重要地方；幾艘小舟已划到英國船旁邊。

稍遠的水面上，不惹人注目地停泊著一艘帆船，船上有林則徐和關天培。他們兩人隔著一張小桌對面而坐，桌上展開一張紙，紙上寫著「火攻計畫圖」，圖上標著英國船位置。關天培在這張圖上一會兒放上一顆棋子，一會兒把棋子移動。他瞭望遠處海面，放了一顆新棋子說：「楊超雄的船已經到達了規定的位置。」林則徐點了點頭。這是火攻英國船的作戰計畫。

這天晚上動員由副將李賢指揮的四百餘名官兵。游擊班格爾馬辛和守備黃琮、盧大鉞、林大光等軍官，分擔著各種任務。他們都是大家已經熟悉的人物：李賢兩年前曾和來抗議砲擊孟買號的馬伊特蘭進行談判，當時盧大鉞把一份備忘錄遞交給英國軍艦，這兩個人在沒收鴉片時都擔任委員；班格爾馬辛在英國船砲擊官湧時曾率兵援助，指揮過五個兵團中的一隊人馬；黃琮是把西班牙船誤認爲鴉片船燒毀時的指揮者。

2

一千兩百噸的英國商船巴厘號，已經從乘黑而來的辦艇上購買急需的生鮮食品。它已不需要辦艇，可是還是有小船朝它划來。

在巴厘號的甲板上，幾個船員一邊看著靠近來的兩艘小船，一邊大聲地談話，「這些利慾薰心的傢伙，簡直就像見了蜜的螞蟻，又來啦！」

「我們的東西已經買了呀！」

「以後要降低點價。」

「對，就因爲是高價，所以才上船來。」

一名水手朝著海面用英語喊道：「回去！回去！我們什麼也不要了！」

海上的兩艘小船像連在一起一樣向巴厘號靠近。離巴厘號十來公尺的地方，前面小船上的兩條漢子飛快地從船尾跳到後面的船上；後面小船的船頭上有幾個人影。兩艘船停了一下，接著後面那艘船迅猛地划起來，站在船頭上的人好像在用竹竿推著前面的船前進。這時，後面的船向空中拋起一個黑乎乎的東西，這東西發出了微弱響聲，那東西在半空中發出青白色的光。

「啊呀！」在巴厘號甲板上納涼的人不覺得驚呼起來。

在空中飛舞的光團很快地就加速往下落，落到巴厘號桅杆的半空中，突然騰起通紅的火焰，四周一下子明亮了起來。

「火攻！」水手們邊跑邊喊。

一大團火落在甲板上，向四面八方迸射出小火焰。

「快！」

「水！」

「把大家叫起來！」

這時，第二個火罐又接著落下來。不僅如此，那兩艘被認爲是辦艇的小舟當中，前面那艘是滿載澆了油的柴禾和火藥粉末的「火船」；後面那艘一邊發射火罐，一邊猛推前面的小船。前面的船一碰上巴厘號的船腹，後面的船趕忙往後退。退到十來公尺遠的地方，再接連地向前面的火船放了五支火箭，火船一撞到巴厘號的船腹就開始噴火。當時的船最怕火，不管多麼大的船都是木頭造的。軍艦是在木頭外面包上一層銅，但商船大多不能防火。

後面的船退到上風三十公尺的地方，火船發出轟隆轟隆的巨響。無數火球飛向空中，像天女散花似的紛紛降落到甲板上。船帆著了、桅杆著了；甲板上騰起了火焰。船員們亂跑亂竄想把火撲滅；有的人慌忙地跳入水中。

船上放下小艇、拋出帶鉤的繩子鉤住火船，想把它從船腹上拉開。就在這前後，磨刀洋上到處都閃現火光，停泊在附近的幾艘英國船和巴厘號同樣遭到火攻，聚集在英國船周圍的私賣物品辦艇，也遭到了火箭進攻、燃燒起來。小艇上，水手們使出渾身力氣拚命地划著槳。火船慢慢地脫離巴厘號船腹，但還是向四面噴火。巴厘號趕忙起錨。

烈火熊熊的火船不時發出爆裂聲，每爆裂一次，火粉就紛紛落到小艇上。一名水手用鐵桶舀起海水，劈頭蓋腦地就往那些身上落滿火粉的人們身上澆。

「加油！再鼓一把勁！」那個水手一邊吶喊鼓動，一邊澆水。可是，這艘火船剛被拉開，不知從什麼地方卻出現了另一艘船朝小艇划來。

林則徐在報告這天火攻的奏摺中，特別提到一個名叫方亞早的人。其實他只是一個水勇（志願水兵），可見他的功績是相當突出的。

「嗨——」方亞早狂吼一聲，揮舞著大刀，跳上英國人的小艇。小艇上的英國人也拔劍相迎。他們用互相聽不懂的語言吶喊著、交鋒起來。

方亞早閉著眼睛揮舞大刀、亂砍一氣。好幾次他感覺砍中了什麼，不過他的左腕和胳膊也挨了劍傷。他確實砍中了人，睜眼一看，對方已倒在小艇上。這時火船又發出爆裂聲，落下一陣火粉，藉著火焰的光亮，只見倒下的那個人白衣服上染了一片朱紅，他一看這情景，馬上又發狂似的揮舞起大刀。另一名水手緊握著劍、彎著腰，正看著他的漏洞，準備撲上去。

「喂！我來支援你！」是說中文，當然是自己人。

他回頭一看，只見外委（下級軍官）盧麟站在那裡，臉被火焰映照得通紅。

英國的水手們停止划船，用手中的槳砍過來。方亞早用刀背撥開船槳，他感覺手一陣發麻，不過大刀還是緊握在他手裡。船槳這次朝他的下盤掃過來。由於激烈的混戰，小艇搖晃得很厲害，連腳跟也站不穩。方亞早終於招架不住帶著呼呼風聲掃過來的木槳，小腿上狠狠地挨了一下，他倒了下來。就在這時候，小艇也大晃了一下，整個兒翻了過去。

「扔掉大刀！」盧麟從水面上露出頭大聲地喊著。

掉在水裡的方亞早並沒有浮上來。盧麟深深地吸了一口氣，一扭身就鑽進了水中。

3

「誼譚！」帆船上，西玲緊緊地抱住弟弟。

竹子編的船篷上紮進了幾支火箭，劈劈啪啪地燃燒著。連船幫也好像燒著了，已經無法挽救了，划船的人都慌忙跳水逃命。誼譚不知是傻大膽，到了這種時候反而意外地沉著。他被姐姐抱著，一股脂粉的香氣鑽進鼻子，他甚至回想起摟抱女人的滋味。

「姐姐不會游泳吧？」他在姐姐的耳邊小聲地問道。

「這還用問嗎？」西玲雖然感到害怕，但她畢竟是個倔強的女人，她帶著斥責的語氣這麼回答。當時除了在水上生活的人外，不會有女人學游泳的。

「燒成這樣，火是撲不滅了。」

「所以船伕都跑了，把客人丟下不管，這也太不負責任了。」

「不要生氣嘛！姐。」誼譚笑了笑說。

「想個什麼辦法吧！」她搖著懷中弟弟的身體說。

「他媽的！」誼譚罵道：「被他們給當作鴉片走私船、辦艇了！」

姐弟倆爲了納涼而雇的帆船，被清兵誤認爲是走私船，因此遭到火箭攻擊。可是船是在英國船隊旁邊，被人家當成是走私船也是有原因的。

「事到如今，說這種話也沒有用。怎麼辦？啊喲！好熱啊！」

「妳離開一點。這麼抱著，我一點辦法也沒有。」誼譚掙脫了姐姐，開始卸船裡的木板說：「姐姐，妳下到水裡後不要抓著我，只要緊緊抓住這塊板子。我抓住另一塊板子就浮在姐姐身旁，以防萬一……」

「明白了！」西玲使勁地點了點頭。

火還沒有燒到船尾，誼譚從那裡把幾塊木板丟到海面上。風基本上停了，沒有浪。對進攻的一方來說，風停了會很大失所望的。

「姐姐，妳先慢慢下去，我隨後就跳下去。」

「好吧！」西玲雖然這麼回答，但還是有點猶豫，好像是擔心她的衣服。

「快點！姐姐，火就要燒過來了，有弟弟在妳不必擔心。快！就是那塊板子。」誼譚用手指了指。

「我下去了。」西玲從船上輕輕地滑到水中。

她穿的那身高級綢綢的衣服，帆船上的火光一照，在水中就像花瓣似的膨脹開來。誼譚低聲地說：「幸虧是夏天啊！」當他看到滑進水中的姐姐抓好了木板，他自己也準備跳水了。他吸了一口氣，凝視著眼前巨大的黑影，心想：「這麼大的軍艦，這時候竟然一點作用也沒有。」

如果是隔開一段距離互相射擊，軍艦上的大砲將會發揮可怕的威力。可是現在是敵人迫近到眼前，而且自己一方的小艇和敵人的舟艇在海面上混雜在一起，重巡洋艦都魯壹號引以爲豪的四十四門大砲也無用武之地。船舷邊上排列著端著槍的水兵，但是步槍也不能隨便射擊。海上有自己的小艇；清軍的水師乘的是民船，和那些出售食物的「友好」民船無法區分。面對事先策劃好的火攻，都魯壹號只能像木頭人似的兀立在那裡。由於整隊的狙擊兵排列在軍艦上，清軍的水師無法靠近。不過，有些小船不斷地朝都魯壹號發射噴筒。只是因爲離得遠，打不到軍艦上。

一個噴筒落在誼譚的帆船後尾部。誼譚正準備跳水，不知什麼原因這個噴筒沒有冒出火苗，所以他一點也沒有察覺。他把兩隻手擺向背後做好跳水的架勢時，有個什麼東西發出微弱的聲音落在他的腳跟前，他才發現了噴筒。

大概是落下的衝擊，噴筒終於恢復機能，突然冒出一股濃濃的黑煙。這煙發出一種怪氣味——臭中帶甜。侵入鼻孔的煙把一種猛烈的酸性刺激一下子傳到眼窩下面，誼譚的眼睛發黑了。就在這一瞬間，他的嗅覺也失靈了，以致他接連吸進了好幾股黑煙。

如果他不顧一切跳進海裡就好了。可是聰明的誼譚也有糊塗的時候，也許是他跳水之前還想到必須要保護姐姐，因此特別愼重。他在船尾站了一會兒，當他無意識地踢了一下那個噴筒，不僅是嗅覺，連全身都麻木了。毒氣侵入他的神經中樞，最後他不是跳進水裡，簡直是跌到海裡了。

「誼譚！」西玲抓住木板，發狂地喊叫著。

誼譚掉進海裡之後，並沒有游泳的樣子。

西玲從下面往上看，只覺得誼譚在跳水時突然被一股黑煙纏繞起來。她想弟弟是不是中彈了？弟弟不是身負重傷就是當場死了。誼譚往海裡掉下去時看起來確實如此。

再也沒有人保護她了。如果弟弟眞的受傷了，她反而要保護弟弟。她是那麼疼愛自己的弟弟，她也因此忘了在海上漂流的恐怖。她不會游泳，一邊使勁推動懷中的木板，一邊在水中撲打著兩隻腳朝弟弟掉下來的地方游去。

誼譚爲了愼重，向水中投下好幾塊木板。當西玲一點一點地向他靠近時，他的手終於攀上了一塊木板。在這之前，他簡直就像死屍，一動不動地漂在水面上。

西玲看到這情景才放了點心。既然誼譚的手能動、能抓住木板，那就表示弟弟還活著。

「誼譚！」她又叫了一聲。

誼譚並沒有轉頭看她，他的手放在木板上，眼睛呆呆地望著前方。帆船正熊熊地燃燒起來，海面上更加明亮了。

西玲不知什麼時候已漂到誼譚面前，伸開胳膊就可以碰到誼譚了。這時她又叫了一聲弟弟的名字。

誼譚此時不僅手扶著木板，連下巴也擱在木板上，他的臉上帶著笑容。大概是姐姐的聲音並沒有傳進他的耳裡，西玲叫他的名字時，他連眼睛一動不動。他始終保持那張露出雪白牙齒的笑顏，就像貼在臉上的假面具。

西玲浸泡在水中的身體感到一陣戰慄。「你怎麼啦？」她的聲音中帶著哭聲了。

誼譚突然放開嗓門，大聲地唱起一首不知名的歌：

綢裙兒，飄呀飄，水中開了花一朵。

白腳兒，搖呀搖，那是水裡的海蜇兒。

我要吃海蜇的白腳兒，吃呀吃呀！味兒眞叫好啊！

4

「襲擊的關鍵在於掌握時機。我看就這麼收兵吧！」林則徐對關天培說。

一般的突然襲擊，發起的一方最初不會有什麼傷亡；不過，當對方從慌亂狀態中恢復過來之後，情況就不一樣了。

林則徐一直擔心自己的一方會遭受損失。他心想：「不能損兵折將，武器也不應該浪費。」

他已經獲得英國遠征軍即將到來的情報，爲了眞正的戰鬥，一定要極力保存兵力。

關天培是軍人，他還想再打一會兒。但他往遠處一看，夜空中飛舞的發亮弧線越來越少，看來自己的火箭已經用盡了。

他站起來說：「發出撤退信號！」

總督和提督乘坐的船很快就撤回沙角砲臺。這天晚上的火攻完全按計畫進行，如果風颳得更大一點，戰果會更加輝煌。

回到沙角砲臺，各個戰鬥部隊都送來報告。軍隊沒有一個人死亡；有幾個人被劍刺傷，但都無生命危險；奮戰的方亞早一度掉進海裡，但很快就被搭救起來。

英國方面不怕砲戰，他們有信心在砲戰中獲勝，但對這種「火攻」卻束手無策。清軍當時也只能採取這種戰術，如果敵人接近虎門，當然會是另外的情況。虎門水道的各個砲臺已經增強，和以前不太一樣。

六年前，英國方面爲了救出律勞卑，兩艘巡洋艦就輕輕巧巧地突破虎門。如果他們現在還要這麼做的話，一定會被擊沉。英國方面也懂得這一點，所以不靠近虎門，而是在廣闊的磨刀洋上等待時機。

清軍發起了幾次小規模的火攻，二月二十八日和五月九日，進行的火攻規模較大。這天晚上——六月八日——是第三次大規模火攻，燒了幾艘英國船；另外還燒毀了幾艘向英國船提供食物的辦艇，抓了十三名煙犯。

連維材早就在沙角等林則徐，他帶來從美國商人那裡獲得的情報：從印度和開普敦來的英國艦隊已從新加坡出發，除了水兵外還載有陸軍，其數約一萬五千人。

廣州的街頭巷尾早就流傳開英國遠征軍即將到來的消息，可是，市民們——甚至政府當局，還抱著半信半疑的態度。但是事實越來越明朗化了。

林則徐聽了連維材帶來的情報，望著遠處八千斤砲的砲列，低聲地說：「這座砲臺該起作用了。」

「對方腿伸得很長，補給是個大問題。盡量把戰爭時間拖長，可能是上策。」連維材這麼建議說。

不過，這並沒有觸及根本問題。他們彼此心裡都明白這一點，而且極力避免觸及根本問題。他們倆都預料到，這次戰爭將會是悲劇性的結局，唯有他倆共有著這個誰也不知道的祕密。

天亮以後，林則徐檢閱了前一天晚上出擊的水勇。一排排被海風吹黑了臉、年輕健壯的戰士排列在那裡。他們每一個人現在都有自己一個小小的生活天地，他們的身上都有著千絲萬縷的愛和憎。

年輕的士兵們一隊接一隊從他面前走過，每走過一隊士兵，他們那躍動的生命都在林則徐心上投下影子。這些生命將要成爲英國可怕武器的犧牲品。

「不過，還有山中之民。」林則徐又想起了王舉志。不，現在已沒必要特別想到那些江南健兒，他身旁也出現了「山中之民」，這些年輕的士兵犧牲後，還會有人組成第二道、第三道防線來保衛山河。

他的腦海裡出現最近去視察石井橋的社學訓練壯丁的情景。在那些壯丁背後有綠色的森林和巍峨的群山，林則徐正是把這些帶著泥土香氣、堅定不移的群山當作自己的精神支柱，他用這群山的土塊堵住了從他心頭流過的感傷。

連維材在遠處望著閱兵，他心中有的不是山而是海，他把希望寄託在波濤洶湧的藍色大海上。

「國家的門戶就要被打開，廣闊的大海無邊無涯……」

海潮的氣味洗滌著他的心胸，在連維材眼中，這些列隊行進的士兵不過是即將潰決的堤防，堤防的潰決將把這個國家和大海連在一起。

5

「這就是不敬上帝的人的可憐下場。」在都魯壹號的甲板上，綢緞鋪的掌櫃久四郎鄙視地看著誼譚，冷冷地這麼說。

誼譚坐在甲板上還在唱他那首「海蜇歌」。他的聲音已經嘶啞了，西玲蹲在他身邊全身哆嗦。

林九思──久四郎把手放在她的肩上說道：「快去脫掉濕衣服，好好地把身子擦一擦。我們已經爲妳特別準備了房間。」

她什麼也不能思考了，睜著大眼睛，搖搖晃晃地站起來。她只能照著林九思說的去做。她的嘴唇是烏紫的，全身哆嗦個不停。

他們姐弟倆是被英國的小艇打撈起來送到都魯壹號上來的。西玲濕透的綢旗袍緊緊地吸在身上，露出胸部和腰部的線條。她已經顧不了水兵們投射在自己身上好色的目光。

「那麼，請這邊走。」林九思故意用一種鄭重的語氣催促著西玲。

西玲全身往下滴水，跟在林九思身後。她的腿腳不靈活，好像馬上就要倒下去。她被帶進一間狹小的房間，那裡已經準備好毛巾、毯子和衣服。她抓起一件粉紅色女西服。由於經歷太大的打擊，她幾乎失去知覺，但是女性本能似乎還沒有喪失。

她從來沒穿過西服。不過，她在澳門時經常看到西洋女人，她心裡曾經暗自想過，自己穿這樣的衣服也許很合適。

她拿起衣服之後，感到力氣慢慢地恢復了。衣服對於女人有可怕的魔力，當她的手摸到西服的裙子時，低聲地說：「可憐的誼譚，他還能恢復正常嗎？」

她擔心精神失常的弟弟，不過，她手中拿著的粉紅色西服，使她對同樣顏色的世界產生期待。她開始脫下濕衣服，一絲不掛，用毛巾狠勁地擦著身體。她感到好像凍結在體內的血正慢慢地在融化，又開始流動了。她入神地俯視著自己的肉體、婀娜的腰肢。

接著她又低聲呼喚著誼譚的名字。在她那慢慢清醒的腦子裡，此刻浮現出連維材、伍紹榮、李芳、錢江乃至逃跑的買辦鮑鵬——各式各樣男人的面孔。她心靈的船隻在各種奇形怪狀的波濤中沉沒。

不一會兒，門打開了，進來一位西洋女人。當時遠洋航海的高級人員都帶著夫人同行，西玲趕忙用手中的衣服遮住身體。

西洋女人微笑著用英語跟她說了什麼。西玲雖然聽不懂，但是她能理解對方要說的意思：這是我的衣服，我來幫助妳穿吧！眼睛是心靈的窗戶，它能夠把意思比語言更快地傳到對方心裡。西玲終於也露出笑容。

關於這天晚上的火攻，林則徐在奏摺中報告說：「夷人……被煙毒迷斃者，不計其數。」

由此看來，這天晚上可能使用了毒焰噴筒。毒焰噴筒的火藥配方一向保密，當時的技術不可能製造出火藥量均等的噴筒，其中一個一定雜染著毒性較弱和特強的噴筒。落在誼譚身邊的噴筒看來毒性非常劇烈，他的神經中樞才會受到損害。

同一篇奏摺上還寫道：「……都魯壹號船上，帶兵之夷官贊卒治厘（約翰．邱吉爾），亦在該船病斃。」意思是說，由於這一天的火攻，致使敵將死亡。其實邱吉爾艦長是五天前病死的。

在火攻磨刀洋兩週後，約翰．戈登．伯麥準將所率領的遠征艦隊的主力到達澳門。伯麥乘坐威里士厘號戰艦，這艘軍艦並不陌生，三年前曾來廣州抗議砲擊孟買號，艦長也是當時的馬依特蘭。

博雅文庫 123

鴉片戰爭（上）
一本小說式的歷史史實書

作　　者　陳舜臣
譯　　者　卞立強
編輯主編　黃惠娟
責任編輯　魯曉玟
封面設計　韓衣非

出 版 者　五南圖書出版股份有限公司
發 行 人　楊榮川
總 經 理　楊士清
總 編 輯　楊秀麗
地　　址　106台北市大安區和平東路二段339號4樓
電　　話　（02）2705-5066
傳　　真　（02）2706-6100
劃撥帳號　01068953
戶　　名　五南圖書出版股份有限公司
網　　址　https://www.wunan.com.tw/
電子郵件　wunan@wunan.com.tw
法律顧問　林勝安律師
出版日期　2015年 2 月初版一刷（共二刷）
　　　　　2025年 7 月二版一刷
定　　價　新臺幣650元

國家圖書館出版品預行編目資料

鴉片戰爭（上）／陳舜臣著；卞立強譯. -- 二版.
-- 臺北市：五南圖書出版股份有限公司，2025.07
冊；　公分
ISBN 978-626-423-360-6(上冊：平裝)

861.57　　114004772